인
아메리카

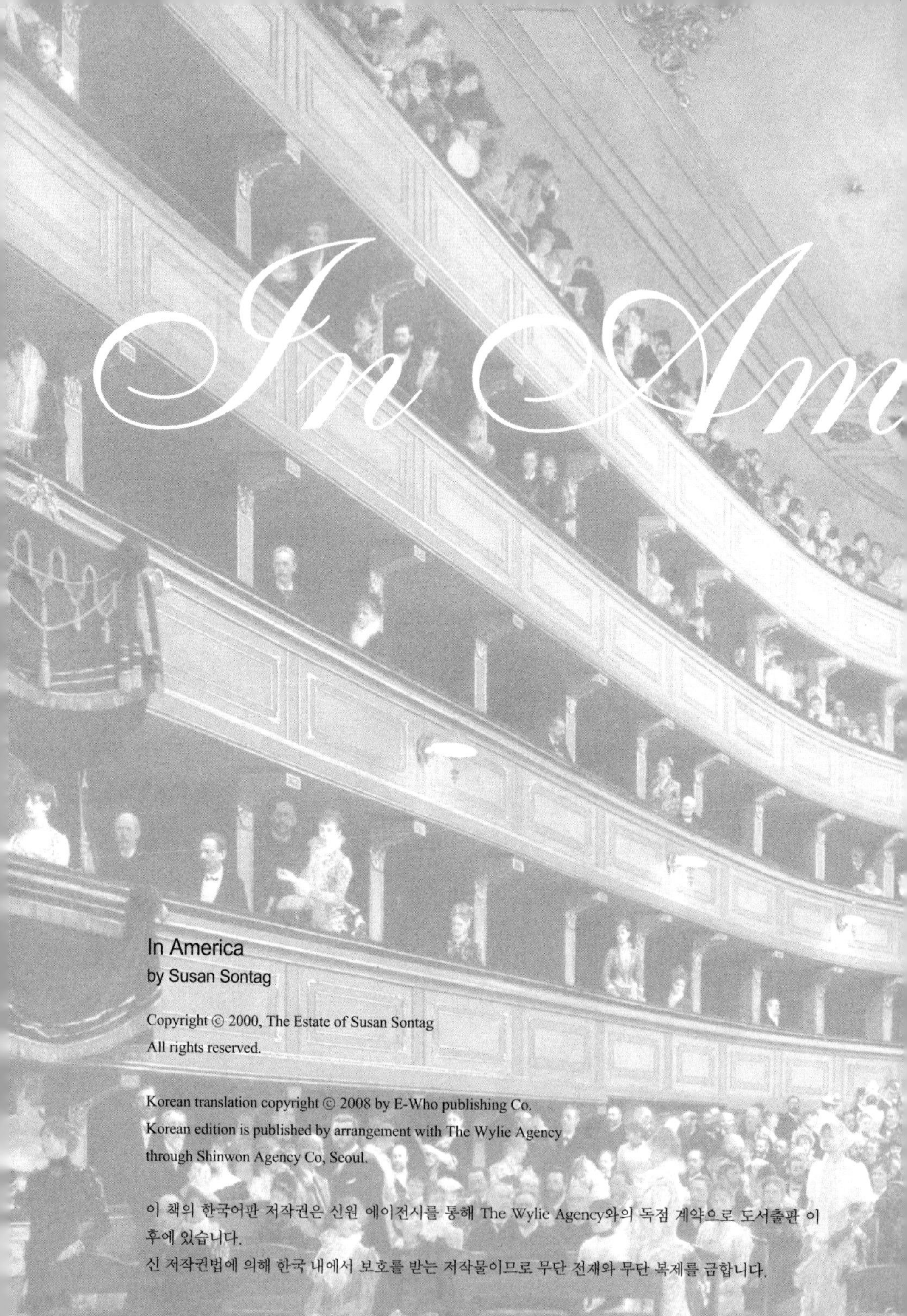

In America
by Susan Sontag

인 아메리카

수전 손택 | 임옥희 옮김

이후

인 아메리카

지은이 | 수전 손택
옮긴이 | 임옥희
펴낸이 | 이명회
펴낸곳 | 도서출판 이후
편집 | 김은주
표지 · 본문 디자인 | Studio Bemine

첫 번째 찍은 날 | 2008년 7월 11일

등록 | 1998. 2. 18(제13-828호)
주소 | 121-836 서울시 마포구 동교동 165-8 엘지팰리스 827호
전화 | 대표 02-3141-9640 편집 02-3141-9643 팩스 02-3141-9641
홈페이지 | www.e-who.co.kr
ISBN 978-89-6157-011-4 03840

이 도서의 국립중앙도서관 출판시도서목록(CIP)은 e-CIP 홈페이지
(http://www.nl.go.kr/cip.php)에서 이용하실 수 있습니다.
(CIP 제어번호: CIP 2008001936)

사라예보에 있는 나의 친구들에게

In America

as

『인 아메리카』의 이야기는 1876년 남편인 캐롤 츨라포브스키Karol Chlapowski 백작, 열다섯 살이었던 아들 루돌프, 젊은 저널리스트이자 장차 『쿠오바디스*Quo Vadis*』의 저자가 되는 헨릭 시엔키에비치Henryk Sienkiewicz, 그리고 몇 명의 친구들과 함께 미국으로 이민을 왔던 폴란드의 유명한 여배우 헬레나 모드제예브스카Helena Modrzejewska에게 영감을 받은 것이다. 그들 일행은 잠시 동안 캘리포니아 애너하임에 머물렀다. 헬레나 모드제예브스카는 헬레나 모드예스카Helena Modjeska라는 이름으로 미국 무대에서 엄청난 성공을 거뒀다.

내가 영감을 받은 것은 더도 덜도 아닌 그 정도 선이다. 이 소설에 등장하는 대부분의 캐릭터들은 가공의 인물들임에도, 실생활과 그다지 동떨어진 인물들은 아니다.

내가 변형시켜 이용한 일화와 자료 등은 모드제예브스카와 시엔키에비치에 의한, 그리고 그들에 관한 책과 기사에 신세진 바 있다. 뿐만 아니라 오류를 바로잡는 데 파올로 딜로나르도, 칼라 요프, 카시아 고르스카, 피터 페론, 로버트 웰시, 그리고 특히 베네딕트 요먼의 도움이 컸다. 또한 민다 래 아미란, 야로스라프 안데스, 스티븐 버클레이, 앤 홀랜더, 제임스 레브렛, 존 맥스턴 그래험, 래리 맥머티, 미란다 슈필러에게 감사한다. 1997년 벨라지오의 록펠러 센터에서 보낸 한 달 동안에 대해 대단히 감사한다.

수전 손택

Susan Sontag

"아메리카는 영원할지니!"

—랭스턴 휴즈Langston Hughes—

차례

망설였다. 아니, 오히려 한기에 떨었다. 나는 호텔 객실 전용 식당에서 열리고 있는 파티로 불쑥 쳐들어갔다. 실내 역시 쌀쌀한 기운이 느껴졌으나, 길고 어둑한 방안에서 프록코트를 걸친 채 서성거리는 남자들, 드레스를 입은 여자들은 추위쯤이야 아랑곳하지 않는 것처럼 보였다. 덕분에 나 혼자 구석에 놓인 타일 스토브를 독차지할 수 있었다. 천장 높이의 퉁퉁한 신형 스토브를 껴안았다. 불길이 이글거리며 타오르는 벽난로였더라면 더욱 좋았겠지만 어쨌거나 나는 이 방에 있었고 스토브는 방안을 따뜻하게 데워 주었다. 그러자 뺨과 손바닥으로 온기가 전해져 왔다. 몸이 조금 녹자 마음도 훨씬 진정되었다. 방안의 한쪽 끝으로 과감하게 가로질러 갔다. 창밖으로는 고요하고도 탐스럽게 내리는 눈송이들이 달무리가 보내는 역광에 비쳤다. 마차와 썰매가 줄지어 서 있는 모습을 내려다보았다. 올이 성긴 담요로 몸을 감싼 마부가 마부석에 앉아 졸고 있었고, 잔등에 눈송이를 얹은 짐승들이 고개를 숙이고 있었다. 근처 교회에서 열 시를 알리는 종소리가 들렸다. 몇몇 손님들이 창문 곁에 놓인 커다란 참나무 장식장 가까이에 모여 있었다. 나는 몸을 반쯤 돌린 채 사람들의 이야기에 귀를 세웠다. 하지만 그들이 하는 말을 제대로 알아들을 수가 없었다.(나는 13년 전에 이 나라 폴란드를 단 한 차례 방문했을 뿐이었다.) 그 사람들의 언어를 이해하지 못하면서도 나는 묻지 않았다. 감으로 말뜻을 파악할 수 있었다. 한 여자와 한 남자에 관한 열띤 논쟁처럼 들렸다. 나는 약간의 정보만으로도 두 사람에 관해 즉시 더 나은 추측을 할 수 있었다. 두 사람은 당연히 결혼한 부부였다. 그러지 말란 법이 없지 않은가. 마찬가지로 격렬한 또 다른 목소리가 두 남자와 한 여자에 관한 이야기를 이어 나갔다. 이 여자가 바로 그 여자임은 의심의 여지가 없었다. 한 남자는 그녀의 남편이고, 다른 한 남자는 그녀의 연인임이 틀림없으리라고 지레짐작하면서도 그처럼 통속적인 상상밖에 할 수 없는 나 자신을 스스로 꾸짖었다. 한 여자와 한 남자든, 아니면 그 여자와 두 남자든 간에, 나는 그들이 왜 사람들의 입방아에 오르내리고 있는지, 그 이유에 관해서는 여전히 알지 못했다. 여기 모여든 모든 사람들이 익히 알고 있었던 이야기라면, 그걸 또다시 되풀이할 필요는 없었을 것이다. 손님들은 너무 쉽게 들키지 않도록 조심하면서 말하고 있는 건지도 몰랐다. 그러니까 그 남자와 그 여자, 혹은 두 남자 또한 지금 이 파티에 참석했기 때문이었을 것이다. 그 때문에 나는 방 안에 있는 사람들을 차례차례 훑어보아야겠다는 생각이 들었다. 내가 알고 있는 당시의 옷차림새로 짐작하건대 파티에 참석한 손님들은 서로 눈에 띄려는 것처럼 하나같이 잘 차려입었다. 이런 생각을 하면서 주변을 둘러보는 순간 그녀가 내 눈에 확 들어왔다. 아니, 내가 왜 여태까지 저 여자를 보지 못했는지 의아할 지경이었다. 서른이 넘었지만 여전히 매력적인 여자를 두고 흔히 하는 말처럼, 여자는 더 이상 갓 피어난 청춘은 아니었다. 중키에 꼿꼿한 자세의 여자는 삐져나온 옅은 금발머리 한 가닥을 조심스럽게 쓸어 넘겨 묶고 있었다. 대단한 미인은 아니었지만 보면 볼수록 사람을 끌어당기는 힘이 있었다. 사람들의 입에 오르내리고 있는 여자가 바로 그녀일 수도, 아니 그녀임이 분명했다. 방안에서 어디로 움직이든 여자는 언제나 사람들에게 둘러싸여 있었다. 여자가 말을 하면 사람들은 한결같이 여자의 말에 귀를 기울였다. 여자의 이름을 얼핏 들은 것 같았다. 여자의 이름이 내 귀에 들렸다. 여자의 이름은 헬레나, 혹은 마리냐Maryna였다. 그 두 사람 혹은 그 세 사람을 알아볼 수 있다면 이 이야기를 이해하는 데 도움이 되지 않을까 하는 생각이 들었다. 그들에게 이름을 붙여 주고 시작하는 게 훨씬 나을 것 같았다. 먼저, 남편처럼 보이는 남자부터 샅샅이 살펴보았다. 내가 상상한 헬레나, 그러니까 내 말은 이 마리냐처럼, 그녀가 몹시 사랑하는 남편이라면, 다른 여자에게 깊게 빠져드는 일은 결코 없었을 것이다. 그 순간 나는 그녀 가까이 서 있는 바로 그 남자를 보았다. 마리냐를 주시하다 보니까, 그녀가 오늘 이 파티를 연 사람이었거나, 아니면 이 파티가 그녀를 위한 자리임이 분명해 보였다. 멋진 금발에 뾰족한 턱수염을 한 남자가 그녀를 뒤따르고 있었다. 남자는 머리를 단정히 빗어 깔끔하게 전부 뒤로 넘겼으므로 높고 힘차고 둥글고 기품 있는 이마가 드러나 있었다. 남자는 여자가 무슨 말을 할 때마다 애정 어린 눈길로 고개를 끄덕였다. 남편이 틀림없다는 생각이 들었다. 이제 누가 그녀의 애인인지, 다른 한 남자를 찾아야 했다. 흥미진진하게도 연인이 아닐지는 모르겠지만, 적어도 사랑스런 얼굴을 한, 젊은 귀족일 거라는 생각이 들었다. 남편이 삼십대 중반이고 물론 자기 아내보다 한 두어 살 어렸음에도 좀 더 나이가 들어 보인다면, 이 남자는 이십대 중반의 잘생긴 청년이리라. 그는 젊음이 주는 불안감으로, 아니 그보다는 오히려 열등한 사회적 지위 때문에 지나치게 차려입었을 것으로 짐작이 되었다. 어디 보자, 그는 떠오르는 기자이거나 법률가일 수도 있었다. 파티에 참석한 사람들 중에서 그런 기대에 부응할 만한 남자가 있나 살펴보았다. 술잔을 들고 있는 솔직한 친구가 가장 그럴듯해 보였다. 내 시선이 닿는 순간, 그는 방의 한쪽 끝에서 최고급 은제품과 크리스털 제품들을 널찍한 테이블에 배치하고 있는 하녀에게 집적대는 중이었다. 남자가 하녀의 어깨에 손을 얹고 땋은 머리카락을 만지작거리면서 그녀의 귀에다 대고 속삭이는 것을 보았다. 내가 점찍은 옅은 금발머리 미인의 애인 후보감이 만약 이 남자라면 일이 정말 재미있어지겠는데, 하는 생각이 들었다. 자기 절제가 강한 독신남이 아니라 내로라하는 바람둥이라니! 나는 가벼운 마음으로 그 남자이고, 그자임이 틀림없다고 확신했다. 다른 한편 그 배역을 위해 젊은이 하나를 더 물색해 두기로 마음먹었다. 노란색 조끼를 입고 베르테르 분위기를 약간 풍기는 날씬한 청년이었다. 더 정결하거나 아니면 적어도 좀 더 신중한 연인이었더라면 나머지 두 명의 구애자 신분에 훨씬 잘 어울렸을 것임이 분명했다. 그러다가 다른 한 무리의 손님들에게로 시선을 돌렸다. 몇 분 동안 열심히 엿들었지만, 그들이 나누는 대화 가운데서는 그들 세 명에 관한 이야기는 더 이상 듣지 못했다. 지금쯤이면 두 남자의 이름쯤은 내가 들었겠거니, 하고 독자는 짐작했을지 모르겠다. 적어도 남편의 이름 정도는 말이다. 그런데 내가 서 있는 곳과 그다지 멀지 않은 곳에 서 있는 남자에게 말을 건네는 사람들 중 누구도 그의 이름을 부르는 사람은 없었다. 사람들은 이제 여자를 빽빽이 둘러싸고 있었다. 그 남자가 남편인 것은 분명했다. 예기치 않게 그녀의 이름을 선물 받고는 그 점을 확신하게 되었다. 그랬다. 나는 그녀의 이름이 헬레나였을 수도 있었다는 확신이 들었지만, 그럼에도 그녀의 이름이 마리냐일 것이라고, 아니 반드시 마리냐여야 한다고 결정해 버렸다. 남자의 이름은 내 귀로 직접 들었든 듣지 않았든, 상관없이 내 마음대로 정하기로 했다. 그러니까 남편의 이름을 어떻게 지어야 할까? 아담, 얀, 지그문트. 그에게 최고로 어울릴 만한 이름을 생각하려고 애썼다. 사람들에게 이름이란 무척 중요한 것이므로, 대체로 그에 합당한 이름이 주어지는 법이었다. 마침내 어떤 사람이 남자의 이름을 부르는 소리가 들렸다. ……캐롤. 캐롤이라는 그의 이름이 왜 내 마음에 들지 않았는지 이유를 설명할 수는 없다. 아마도 사람들의 이야기를 짐작할 수 없어서 조바심이 났고, 그래서 길고 창백하고 균형 잡힌 얼굴을 한 남자의 부모가 듣기 편하게 붙인 이름에다 나의 실망감을 그대로 터뜨린 셈이었다. 내가 너무나 확실하게 그 이름을 들었으므로, 남자의 아내 이름처럼(헬레나라고 했던가, 아니면 마리냐라고 했던가) 긴가민가하면서 내 귀가 의심스럽다고 주장할 수도 없었음에도 불구하고, 남자의 이름이 캐롤일 리가 없다, 이름을 잘못 들었다고 우기면서 남자에게 보그던Bogdan이라는 다른 이름을 붙여 주어야겠다고 나 자신을 설득했다. 보그던이라는 이름이 내가 사용하는 언어권에서는 캐롤만큼 그렇게 매력적이지 않다는 걸 잘 안다. 그러나 그 이름에 익숙해지기로 했으며, 그렇게 될 것으로 희망한다. 그 다음, 나는 다른 한 남자에게로 관심을 돌렸다. 공책에다 뭔가를 적으려고 가죽 소파에 주저앉던 남자를 보았다. 단지 그 하녀와의 약속 시간을 메모하고 있다고 보기에는 너무 오래 적고 있었다. 그와 이름이 어울린다, 혹은 어울리지 않는다는 느낌이 전혀 들지 않는 걸로 짐작하건대 아직까지 남자의 이름은 듣지 못했음이 분명했지만 과감하게 남자 이름을 아예 붙여 보기로 했다. 그에게 리처드, 혹은 그들의 언어로 리샤드Ryszard라고 붙여 보았다. 노란색 조끼를 입은 남자의 대역 배우를 보면서 나는 이제 이야기를 빨리 진행시키기로 마음먹었다. 이 남자는 타데우즈Tadeusz라고 부르고자 한다. 적어도 이 이야기에서 그가 전혀 필요하지 않을 것이라는 생각이 들기 시작했지만, 그래도 이름을 붙이고 싶은 기분이 한창 무르익은 지금 그에게 이름을 붙여 두는 것이 훨씬 나을 것처럼 보였다. 그 이야기에 관한 나의 관심을 서서히 고조시키면서 다시 귀담아들으려고 되돌아갔을 때, 디너에 초대되었던 대다수 사람들이 골머리를 앓고 있는 이야기가 내 귀에 훨씬 더 잘 들렸다. 나는 적어도 이 지경일 것이라고는 예측하지 못했다. 여자는 딴 남자 때문에 남편 곁을 떠나려 하고 있었다. 소파에 앉아서 뭔가를 끼적거리고 있는 남자가 사실은 옅은 금발머리 여자의 애인이라는 확신이 들었다. 이 파티 참석자들 사이에 몇 가지 사랑과 몇 가지 불륜이 있었다는 걸 알게 됐다. 한껏 빼입은 활발하고 매력적인 친구들, 동료들, 친척들이 모인 곳이면 어디나 그렇다시피 몇 가지 사랑과 불륜의 이야기들이 있기 마련이었다. 한 여자와 한 남자, 혹은 한 여자와 두 남자에 관한 이야기로 인해, 기대했을 법한 것들이 오늘밤 여기 손님들을 자극하고 부추기지 않았다 할지라도, 하여튼 나는 그런 이야기들을 들었다. 그렇지만 **그녀가 해야 할 일은 여기에 있잖아요. 이건 너무**

무책임해. 아무런 이유도 없이……그런 다음에는 이런 말들이 이어졌다. **그 사람이 그 남자에게 그렇게 하라고 권했다잖아요. 그가**……**그건 괜찮아요**……그러다가 다시 **하지만 고상한 모든 사상들에는 오류가 있는 것처럼 보여요. 결국 그녀는**……, 마침내 단호한 목소리가 들렸다. **오, 주님이시여 당신께서 그들을 보호해 주소서.** 마지막으로 엷은 자주색 벨벳 옷을 걸친 나이 지긋한 여자가 그렇게 기원하는 소리가 들렸다. 그녀는 성호를 그었다. 모인 사람들이 하는 이야기로 짐작하건대 도무지 연애 사건처럼 들리지는 않았다. 그럼에도 연애 사건과 비슷한 막연한 초조함이 묻어 있었다. 비난의 무게만큼이나 잘 되었으면 하는 소망이 실린 것처럼 들렸다. 처음에 그 이야기에는 그 여자와 그 남자에 관한 염려인 것처럼(마리냐와 보그던), 혹은 그 여자와 두 남자(마리냐, 보그던, 리샤드)에 관한 염려처럼 들렸다가, 때로는 단지 그들 두서너 사람만이 아니라 많은 사람들에 관해 우려하는 것처럼 들리기도 했다. 그 방에 서 있는 손님 중 몇몇은 생각에 잠긴 채 한 손으로는 와인 잔을 들고 다른 손으로는 손짓을 하면서 **우리**(그들뿐만이 아니라)라고 말했기 때문이었다. 나는 여러 이름들, 바바라, 알렉산더, 율리앙, 완다라는 이름이 거론되는 것을 들었다. 그들은 이런저런 판단을 내리고 있는 방관자들이 아니라 그 이야기의 일부이자, 심지어는 공모자인 듯했다. 어쩌면 내가 지금 너무 성급하게 이야기를 몰아가고 있는지도 모르겠다. 공모든 공모가 아니든 상관없었다. 어쨌거나 공모라는 생각이 자연스럽게 내 마음속에 떠올랐다. 뭐라고 변명을 하든, 어떤 허세와 안락을 가장하든, 여기 모인 사람들은 수십 년 동안 자기 조국이 외국 군대에 의해 세 번이나 점령되고 갖가지 보복 조처가 벌어졌던 나라에서 살 수밖에 없었던 사람들인 것이다. 그러다 보니 일상적인 많은 행동들, 우리나라 사람들이었더라면 일상적인 자유의 행사로 간주했을 법한 행동들이 그곳에서는 공모의 성격을 띠게 되었던 것처럼 보였다. 그들이 했거나, 혹은 하려고 계획했던 것들이 합법적인 것이라고 할지라도, 적잖은 사람들이 그 여자와 그 남자, 혹은 그 여자와 두 남자(독자들도 이제 그들의 이름을 알게 되었다.)가 개입된 이 이야기에 연루되었다는 사실을 어쨌거나 나는 이해하게 되었다. 그들의 행동이 "옳은 것인가", 아니면 "그릇된 것인가"를 따지면서 열을 올리고 있는 사람들 가까이에 있는 몇 사람들은 또한 이 이야기에 포함되어 있었다. 내가 왜 이 단어들에 인용 부호를 치고 있는지 그 이유는 나도 잘 모르겠다. 내가 들었던 단어들을 그냥 옮기는 것이므로 인용 부호를 친 것만은 아니었다. 내가 옳다, 그르다와 같은 단어들이 주는 의미에 그다지 확신이 없는 시대를 살고 있는 탓임이 분명했다. 심지어 가치판단이 실린 그런 단어를 사용하려면 내가 잘난 척하면서 생색내는 괴팍한 인간이 아니다, 혹은 치명적인 보복을 가하려는 인물이 아니라고 변명해야 하는 시대를 살고 있기 때문이었다. 그러면서도 다른 한편으로 이들이나, 혹은 그들이 살았던 시대에 관해 상당한 매혹을 느끼는 까닭은, 그들은 무엇이 "옳고", 무엇이 "그른지"를 확실히 알고 있었거나, 혹은 알고 있었을 것이라고 믿기 때문이었다. 그들은 "옳다", "그르다" 혹은 "좋다", "나쁘다"라고 판단할 수 없었더라면 실제로 정말 수치스러워했을 것이다. 우리는 그런 것이 애처롭고 이미 별 볼일 없는 것으로 치부되는 시대를 살고 있기 때문이었다. 그들이 소중하게 여기는 것들인 "문명화된", "야만적인", "품위 있는", "천박한" 같은 기준을 우리 시대는 철저히 불신하기에 이르렀다. 반면 우리 시대가 중시하는 "자아가 없는", "자아 중심적인" 같은 개념들을 그들 입장에서는 도무지 이해할 수 없었을 터였다. 계속해서 인용 부호를 사용하는 걸 용서하기 바란다.(앞으로는 더 이상 인용 부호를 사용하지 않을 것이다.) 다만 여기서는 이런 단어들을 적절하면서도 신랄하게 강조하려는 의미에서 인용 부호를 사용했을 따름이다. 내가 이 방에 모습을 드러낸 것도 부분적으로는 이런 이유 때문이기도 하다는 생각이 떠올랐다. 그들에게는 그런 단어들이 있었고, 그 단어의 의미 자체에 얽매여 구체적으로 실천하려 했다는 점에 감동을 받았기 때문이기도 했다. 나는 오로지 그들의 부드러운 목소리에서 열정과 진정성을 엿들었다. **우리가 그래야 하나요?** 그들은 **그렇게 해서는 안 돼요. 어떻게 그가 그럴 수 있나? 어떻게 그녀가 그럴 수가. 어떻게 그들이 그럴 수가. 내가 그들의 입장이라면, 그녀는 아직 그럴 권리가 없어요, 하지만 자존심상**……. 나는 반복을 즐기고 있었다. 그들과 한마음이라고 감히 말할 수 있을까? 하지만 그들과 거의 한마음이었다. 그 끔찍한 단어들, 혹은 남들이 보기에(내가 아니라) 그런 끔찍한 단어들이 나에게는 애무처럼 느껴졌다. 즐거운 무감각에 빠져든 채, 나는 그들의 음악을 느낄 수 있었다……. 대머리에 뾰족한 턱수염을 한 남자를 관찰하기 전까지는 적어도 그랬다. 내가 여태껏 들었던 어떤 목소리보다 날카로운 목소리가 말했다. **물론 그들은 그럴 수 있어요. 그녀가 원한다면요. 그는 부자잖아요.** 실은 그게 현실의 일부였다. 무슨 논의든 결국은 돈이 필요한 것처럼 보였다. 그것도 많은 돈이 필요했다. 게다가 문제는 누구도 부자가 아닐 가능성이 훨씬 더 크다는 데 있었다. 심지어 그들 중에 작위를 가진 사람, 말하자면 내가 그녀의 남편일 것으로 추측한 남자의 경우처럼 작위가 있거나 혹은 모든 사람들이 하나같이 통상적인 기준으로는 상당한 부를 누리고 있다고 하더라도, 정말로 부자가 아닐 가능성이 더 컸다. 재물보다는 그들의 위상을 보여 주는 증거가 훨씬 더 많았기 때문이다. 내가 능숙하게 말할 수 있는 언어가 그들의 대화에 이제 규칙적으로 끼어들었다. 자유로운 전문직일 뿐만 아니라 상류계급으로서 그들은 프랑스에서 멀리 떨어져 있었음에도 여전히 권위 있는 프랑스어로 담소를 나눌 수 있었다. 가끔씩 프랑스어가 들려와서 내가 안도하려는 순간, 옅은 금발머리인 나의 마리냐가 외치는 소리를 들어야 했다. **오, 제발 우리 더 이상 프랑스어로 말하지 맙시다!** 정말 안타까웠다. 프랑스어를 말하는 그녀의 목소리야말로 모든 사람들 중에서 가장 낭랑하게 울려 퍼졌기 때문이다. 그녀는 깊이 있는 목소리로 말했다. 그 목소리는 마지막 모음에 맛깔스럽게 머물렀다. 그녀는 이리저리 움직이면서 말을 했는데, 다른 사람들과는 리듬과 억양이 달랐다. 거침없는 몸짓의 마지막 부분에 이르러 말을 멈췄다. 그녀는 더 이상 가냘픈 몸매가 아니었지만, 날렵하게 이리저리 몸을 돌려 말을 하면서, 마치 이 무리 저 무리의 사람들이 보내는 존경심을 받아 주려는 것처럼 무리들 가운데 잠깐씩 멈춰 섰다. 때때로 그녀는 짜증이 난 것처럼 보이기도 했다. 나는 그녀의 그런 모습을 얼핏얼핏 보았다. 다른 사람들도 그런 모습을 눈치 챘는지 나로서는 알 도리가 없었다. 그녀는 그냥 피곤한 것처럼 보이기도 했다. 나는 최근 들어 그녀가 아팠던 것은 아니었을까 하는 의구심이 들었다. 그녀는 어린 소년에게 말고는 그다지 미소를 보내지 않았다. 나는 방안에 아이가 한 명 있었다는 점을 언급하지 않았다. 성숙한 시선과 바스러질 것처럼 가는 머리카락을 가진 소년이었다. 내 짐작으로는 마리냐의 아들 같았다. 소년은 어머니를 쏙 빼닮아서 내가 그녀의 남편으로 짐작한 남자, 내가 보그던이라는 이름을 붙여 주었던 남자의 모습은 아이에게서 전혀 찾아볼 수가 없었다. 내가 남편으로 간주할 만한 남자를 제대로 알아맞힌 것인지 의심스러울 지경이었다. 어떤 사람은 어린 시절 한쪽 부모를 빼다 박았다가 어른이 되어 가면서 양부모 모두의 고유하고 독특한 특징을 골고루 닮기보다는, 다른 쪽 부모만을 전적으로 닮을 수도 있었다. 소년은 마리냐의 관심을 끌려고 애쓰고 있었다. 아이의 유모는 어디에 있었을까? 그 나이 또래의 아이가 이 늦은 시간까지 잠자리에 들지 않고 아직까지 깨어 있다니. 소년은 대략 일곱 살 정도로 보였다. 그런 의구심이 일어나자 비로소 이 커다랗고 싸늘한 방을 벗어났을 때 그들의 삶이 어떤 것인지에 대해 나로서는 아는 바가 거의 없으며, 그들의 삶은 베일에 가려져 있다는 생각이 떠올랐다. 파티에 참석하여서도 긴장을 풀지 않은 채 훌륭하게 처신하는 듯 보이는 그들을 관찰하면서, 예를 들어 그들이 오늘 밤 두 개의 침대를 끌어당겨 마주 붙여 놓고 남편과 아내로서 널찍한 한 침대에 들 것인가, 아니면 두 개의 침대 사이에 심연과 같은 거리가 가로놓여 있을까, 혹은 그냥 좁은 틈새가 있을 것인가를 나로서는 알 수 없었다. 기어코 추측을 해야 한다면 내가 짐작하기로, 마리냐는 보그던과 한 침대를 사용하지 않을 것 같았다. 그것이 귀족 가문인 보그던 집안의 풍속이었다. 하여튼 나는 아직도 손님들이 거론하고 있는, 누가 옳고 누가 그른가 하는 분분한 논의가 어떤 행동을 가리키는 것인지, 아니면 어떤 프로젝트를 지칭하는 것인지 여전히 알지 못하고 있었다. 비록 내가 새로운 단서들을 받아들이고 있다 할지라도, 이제 그들은 말을 너무 빨리 하고 있었다. 그래서 내가 기억할 수 있는 한에서 다시 한 번 인용 부호로 표시할 것이다. "그녀의 대중을 포기하다", "민족적 상징", 그리고 "신경쇠약", "도저히 만회할 수 없는 것", "고상한 야만인", "니푸Nipu"와 같은 말들이 간간히 내 귀에 포착되었다. 그래, 분명 니푸라고 했다. 내가 한때 읽었던(프랑스어 번역본으로 읽었던) 『니콜라스 위즈덤 씨의 모험*The Adventures of Mr. Nicholas Wisdom*』이라는 제목의 책에서 일어난 일처럼, 위즈덤 씨는 이상적이고 더할 나위 없이 고립된 공동체에 머물렀다고 생각했지만, 실상은 니푸라고 불리는 섬에 머물렀던 것이다. 하지만 여기 모인 사람들이 설마 자기네들 민족 문학의 고전을 언급하리라고는 생각지도 못했다. 그 소설은 호텔 전용 식당에 모여든 손님들과 동시대에 씌어진 민족 문학이었으므로 나는 그들에 관해 생각 중이었다. 그 소설은 볼테르와 루소, 두 철학자에게서 받은 소박한 영향으로 씌어진, 완벽한 사회에서의 이상적인 생활을 묘사한 것이었다. 그 소설은 지나간 시대의 기괴한 모든 환상을 반영하고 있었다. 확실히 여기 모인 사람들은 그런 계몽주의적인 견해, 말하자면 고전적인 계몽주의와는 상당히 멀게 느꼈을 수도 있었다. 무자비하게 해체되어 버린 역사를 가진 나라가 계몽주의 같은 인간의 완전성에 대한 신념이나 이상적인 사회에 대해 무슨 신념을 가질 수 있었겠는가, 하는 것이 내 생각이었다. (그리고 고전적인 계몽주의에 버금가는 막강한 또 다른 환영으로부터 영원히 치유받으리라고는 볼 수 없었다. 한때 그들의 가장 위대한 시인은 조국의 쓰라린 경험이 가르쳐 준 교훈을 이렇게 선언했다. "유럽인들의 단어는 아무런 정치적 가치가 없었다. 막강한 외세의 침입을 받은 우리나라는 유럽어로 된 설득력 있는 책과 신문으로 사방을 채웠다. 이 모든 언어의 군대로는 단 하나의 행동조차 취할 수 없었다.") 그런데 여기 장엄하고 오래된 도시 한복판에 있는, 눈부신 천장과 페르시아 융단이 깔린 호화로운 방에 모인 그들이 니푸를 떠올리고 있다니. 니푸는 완벽한 농촌 공동체의 군더더기 없는 생활에 대한 엄격한 청사진이었다. 철 지난 **낭만주의**(낭만주의 시대는 이미 오래 전에 끝나고 있는 중이었다.)의 마법에 걸린 것은 아닌가 하는 의구심이 들기 시작했다. 나는 그들이 두려웠다. 그들이 아직도 소중하게 간직하고 있을 법한 환상이 두려웠다. 그들은 유례없고 터무니없는 유형의 소박한 애국자들일 수도 있었다. 그들의 대화 중에 여러 번 **고국**이라는 단어가 들렸다는 것을 여기서 언급해야만 하겠다. 한 번도 **전 인류의 그리스도**를 들먹이지는 않았다. 당시의 애국자들은 순교한 민족을 그렇게 부르길 좋아했다. 불의에 대한 기억이 그들의 모든 감정을 채색하고 있었다. 자기 나라가 유럽의 지도에서 사라져 버렸기 때문이었다. 내가 살고 있는 시대에 들어와서 민족주의자들과 민족 감정이 치명적으로 부상하는 것에 두려움을 느낀 나로서는, 특히(우리는 한 번에 한 곳에만 존재할 수 있다.) 유럽의 작은 한 국가가 맞닥뜨린 운명이 너무나도 끔찍하게 여겨졌다. 부족들끼리 단합하여, 유럽 열강들의 승인 아래, 혹은 유럽 열강의 공모 아래 아무런 처벌도 없이 유럽의 작은 한 나라가 완전히 파괴되어 버렸다(나는 포위된 사라예보에서 거의 3년 가까운 세월을 보냈다.)는 사실이 너무 끔찍했으므로, 유럽의 기만과 배신 때문에 민족 문제에 관해 그들 또한 나만큼 완전히 지쳤을까 하는 궁금증이 들었다. 하지만 어떤 사람을 가리켜, 옅은 금발머리를 한 그 여자, 내가 마리냐라고 부르기로 작정했던 그 여자를 분명히 가리켜, 여자더러 **민족의 상징**이라고 부르는 것이 대체 무슨 의미였을까? 그 여자가 누구의 딸, 혹은 누구의 미망인이었기 때문에 그처럼 귀중한 존재가 아니라, 그녀 스스로 성취한 것 때문에 그처럼 소중한 존재가 되었다고 가정해 본다면, 과연 그녀가 이룩한 것이 무엇이었을까? 나는 역사를 다시 쓸 수는 없었다. 그녀와 동시대의 여성이 수많은 대중들에게 알려지고 존경을 받을 수 있을 만한 가장 그럴듯한 직업은, 무대에 서는 것이라는 점을 인정해야만 했다. 그 무렵은 내 어린 시절 최고의 우상이었던 마리아 슈클로도브스카Maria Sklodowska, 장차 퀴리 부인이 태어난 지 불과 8년 후였기 때문이었다. 그러므로 여성에게 열려 있는 부러워할 만한 이력이라고 할 만한 것이 거의 없었다.(그녀는 가정교사, 학교 교사, 창녀가 될 작정은 아니었다.) 댄서가 되기에 그녀는 지나치게 나이가 많았다. 어쩌면 가수였을지도 모르겠다. 그 점은 사실이다. 하지만 그녀가 배우일 거라는 확신이 들었다. 배우였다면 훨씬 이채롭고 더 애국적인 영향을 발휘할 수도 있었을 것이다. 그녀의 훌륭한 외모가 어떻게 남들에게 그처럼 큰 영향을 끼쳤는지 비로소 설명이 되는 것 같았다. 능숙한 몸짓, 압도하는 시선, 생각에 잠기고 주저하는 방식까지도 곱게 봐 줄 수 있었던 것도 그 덕분이었다. 내 말뜻은 그녀가 정말로 배우처럼 보였다는 것이다. 분명하게 보이는 것에 더 많은 공을 들여 살펴볼 필요가 있다고 혼잣말을 했다. 대부분의 경우 사람들은 자기 모습대로 보이는 것 같았다. 나는 또 다른 남자를 주시하고 있다. 그를 헨리크Henryk라고 부르기로 정했다. 안락의자에 웅크리고 앉아 있는 깡마른 남자는 술을 너무 많이 마셨다. 염소같이 서투른 자세와 우울한 눈길의 그 남자는 체홉의 희곡에 등장하는 의사처럼 보였다. 체홉의 연극에서라면 남자는 의사가 되었을 수도 있다. 그 당시 교양 있는 환경에서 가장 쉽게 될 수 있는 직업이 의사였기 때문이다. 만약 마리냐가 정말로 배우였다면, 여기엔 그 이외에도 극장 관계자들이 있을 것이라는 것쯤은 짐작할 수 있었다. 말하자면 이번 연극의 주연배우가 이 자리에 있을지도 모를 일이었다. 나는 키가 크고 말을 할 때면 낭랑하게 울리는 목소리에 턱수염이 없는 남자를 점찍었다. 이유는 알 수 없었지만 그는 타데우즈에게 고함을 지르고 있었다. 적어도 마리냐 세대쯤으로 보이는 다른 여배우들의 존재는 그다지 확실하지 않았다.(그들은 마리냐의 경쟁 상대였을 것이다.) 십중팔구 나는 이 도시 주요 극장의 총감독쯤으로 짐작되는 이를 찾아냈다. 극장의 시즌 동안 그녀는 해마다 게스트로 출연하여 활력을 불어넣었다. 그녀의 친구 가운데 연극 비평가가 없었을 리 없다. 연극 비평가는 그녀에게 칭찬 일색의 비평을 했지만 그래도 충분히 믿을 만한 인물이었을 것이다.(그는 먼 옛날 한때 그녀로부터 완곡하게 거절당한 구혼자였다.) 한 걸음 더 나아가 세속적인 사교 모임에 어울리는, 은행가, 판사 등이 이 모임에 속해 있었음이 분명했다……. 내가 너무 급하게 진행시키고 있는지 모르겠다. 나는 스토브 쪽으로 몸을 돌려 심호흡을 했다. 뜨거운 검초록 타일 위에 손을 가져다 댔다. 이제는 전혀 추위가 느껴지지 않았으므로, 다시 창문 쪽으로 되돌아가서 창밖에 드리운 밤을 내다보았다. 떨어져 내리던 눈발은 이제 눈보라가 되어 휘몰아쳤다. 눈보라는 창틀에 요란하게 부딪혔다. 손님들을 훑어보려고 되돌아섰을 때, 손잡이가 달린 오페라글라스를 든 다부진 체격의 사내가 말을 하고 있었다. **자, 자, 내 말 좀 들어요.** 자기네들끼리 나누고 있던 이야기를 멈추는 사람은 아무도 없었다. **여러분!** 하고 그가 소리를 질렀다. **그의 고함은 눈보라처럼 들렸다. 콩죽 솥에 빠뜨린 말린 콩처럼 아무런 효과가 없었다!** 마리냐가 미소 지었다. 나 역시 다른 이유로 미소 지었다.(그것이 올바른 이유인지 따지고 싶은 마음은 전혀 없었다.) 그냥 나는 극장 사람들 사이에 끼어 있었다. 남자는 결과에 안달하는 사람이었으므로, 그가 무대 매니저임이 분명하다고 마음속으로 그의 역할을 정했다. 내가 좋아하는 생존 시인을 기념하려고 그에게 체슬라브

Czeslaw라는 이름을 붙여 주었다. 나머지 배역에 관해서는 새롭게 자신감이 생겨서 나 혼자 중얼거리면서 작명을 했다. 다른 여성들의 신원에 관해서는 아직 파악해야 했다. 그중 여섯 명은 주연 배우, 극장 감독, 비평가, 은행가, 판사, 그리고 무대 매니저의 아내일 수 있다는 점을 알게 되었다. 헝클어진 머리카락을 하고 있는 의사는 『반야 삼촌*Uncle Vanya*』에 나오는 아스트로프와 비슷했으므로 의사로 정했다. 나는 그가 단지 결혼하지 않은 것이 아니라, 결혼할 수 없는 인물이라고 가정했다.(나는 리샤드가 아내 없이 독신으로 살아가게 할 필요가 있다고 보았다. 그래야만 마음껏 여자들과 희롱하다가 지쳐 갈 것이므로. 그러다가 나이가 지긋해졌을 무렵에 보니 그는 결혼했을 뿐만 아니라 그것도 세 번씩이나 한 것으로 밝혀지지 않을까 하는 생각이 들었다.) 나는 여성에게 관심을 돌렸다. 마리냐를 오판했던 것은 아닐까 하는 생각에 사로잡혀 그녀를 잠시 동안 지켜보았다. 엄청나게 성공하여 예전 멘토를 자기 곁에 둘 정도이면서도, 젊은 세대들의 위협을 느끼지 않을 정도의 나이라면, 그녀는 친구 범주에 나이가 자기보다 어린 여배우 하나쯤은 포함시키고 있었을지도 몰랐다. 그래서 나는 그런 여자를 재빨리 포착해 냈다. 창백하고 섬세한 여성이었다. 머릿단이 가슴을 가리고 있었다. 마리냐와 흡사한 몸짓으로 황갈색 머리카락을 계속 뒤로 빗겨 넘겼다. 아, 그리고 또 다른 한 여성은 친척일 수도 있었다. 내가 생각하기에 보그던의 누나처럼 보이는 여성이 그 순간 의사가 앉아 있는 의자 쪽으로 허리를 굽혀 말을 건넸다. 그녀는 의사가 술에 약간 취했다고 생각하는 것 같았다. 나 역시 유태인을 찾을 수 있을까, 하고 둘러보았다. 야쿱Jakub과 같은 이름을 가진 젊은 화가로서, 로마에 있는 코스모폴리탄 예술계에서 2년을 보낸 뒤 최근에 돌아온 화가가 있을 수도 있었다. 여기에 오직 한 명의 화가가 있는데, 그가 만약 유태인이 아니라면 그의 이름은 마이클이었을 것이다. 빨간 머리카락의 남자는 걸음걸이가 뻣뻣했으며, 대략 서른 살쯤 돼 보였다. 그는 열여덟 살 때 봉기에 가담하여 한쪽 다리를 잃었다. 마지막으로(당분간), 이 정도 구성과 규모의 파티라면 적어도 외국인이 한두 명은 있을 법했다. 손님들을 가능한 샅샅이 훑어보았지만 이미 내 눈에 띄었던 한 사람 이외의 외국인은 없었다. 턱수염이 무성하고 뚱뚱한 남자가 넥타이에 다이아몬드 핀을 꽂고 있었다. 그를 중심으로 몇 사람들이 키가 높은 창문가까이에 서성거리며 독일어로 대화를 나누고 있었다. 어쩌면 그 남자는 극단주인지도 몰랐다. 비엔나에 있는 그의 극장에서 매력적인 마리냐의 제자들은 바야흐로 내년 봄에 작은 역할을 맡게 될 참이었다. 나는 그가 비엔나 출신일 것으로 추측했다. 그의 억양으로 짐작할 수 있었다. 내 기억력은 특히 소리에 민감하여 독일어를 제대로 이해하거나 배워 본 적이 없었음에도 억양으로 식별할 수 있었다. 물론 그들 모두가 탁월한 언어 감각을 지녔다는 사실이 그다지 놀랍지는 않았다. 겨우 80년 전에야 유럽의 지도상에 다시 나타나게 되었던 이 나라의 교육받은 자들은 오늘날에도 몇 개 국어쯤은 유창하게 구사했다. 내가 구사할 수 있는 것이라고는 라틴계 언어들뿐이었다.(나는 독일어를 잠시 배웠으며, 일본어로는 20종의 물고기 이름을 알고, 보스니아어는 어느 정도 이해하고 있다. 그렇지만 이 방 안에 보이는 나라 사람들의 언어는 거의 알지 못했다.) 말했다시피 그럼에도 나는 그들이 나누는 대화를, 어쨌거나 대부분 이해할 수 있었다. 내 판단이 옳다고 가정하더라도, 그러니까 누가 여배우이고, 누가 무대 매니저이며 나머지는 어떤 사람들인지에 관한 내 판단이 옳았다고 해도, 그 여자 마리냐, 그 남자 보그던, 혹은 두 남자 보그던과 리샤드가 무엇을 하고 있었는지, 혹은 무엇을 계획하고 있었던 것인지, 혹은 무엇이 옳고 그른지에 관한 논쟁의 매듭을 푸는 것에 이런 대화가 그다지 도움이 되지 않았다. (독자 여러분도 알다시피, 나는 버팀목으로서의 인용 부호를 없애 버렸다.) 심지어 그들이 잘못하고 있다고 비판했던 사람들조차 마리냐의 경우에는 자기들의 판단을 유보하고 싶어하는 것처럼 보였다. 모든 사람들이 마리냐와 그녀의 남편, 그리고 그녀의 애인일 수도 있고 아닐 수도 있는 남자(리샤드, 혹은 아마도 타데우즈)를 존경하고 있음은 분명했다. 모든 남자들과 상당수 여자들이 마리냐와 다소간 사랑에 빠져 있다는 건 의심의 여지가 없었다. 사실 그것은 사랑 이상의 감정이었다. 그들은 마리냐에게 매료되었다. 방관자로서 그들을 이해하려고 하는 입장이 아니라, 내가 그들 중 한 사람이었다면 나 역시 마리냐에게 빠져들지 않았을까 싶었다. 그들의 감정과 그들의 이야기를 위해, 그리고 나 자신의 감정과 이야기를 위해서 시간을 내고 싶었다. 그들은 (나는 그들과 흡사했으며 그들을 대신하리라고 맹세했다.) 지칠 줄 모르는 것처럼 보였다. 그렇다고 이것이 내 초조감을 없애 주지는 못했다. 나는 빨리 안도감이 찾아들기를 기다리고 있었다. 곧장 핵심에 이르거나 분명한 문장이나 대화를 들음으로써 그들이 하는 걱정에서 나 역시 벗어나고 싶었다. 그러자 내가 너무 게걸스럽게 엿듣고 있지는 않은가 하는 생각이 들었다.(신경쇠약이라는 단어가 내 귓가에서 웅웅거렸다.) 아마도 나는 여기에서 벗어나고 싶었던 것이 분명했다.(그렇다면 그녀가 대중을 저버린다는 건 무슨 의미였을까?) 아래층으로 내려가서 눈보라가 몰아치는 거리로 나가 한동안 걸어 다닐 수만 있다면(혹은 눈보라 속에서 인내심 강한 말과 더불어 마부 옆 좌석에 올라앉아 있을 수 있다면), 그들을 사로

잡고 있는 문제가 무엇인지 이해할 수 있을 것만 같았다. 한줄기 신선한 공기가 그립다는 걸 인정해야만 했다. 내가 이 방 안으로 처음 들어왔을 때 손님들 중 누구도 추위에 아랑곳하지 않았는데, 이제 그들은 너무 후덥지근하다는 사실 또한 전혀 개의치 않았다. 근처 교회의 종소리가 열한 번을 쳤다. 멀리서 울려 퍼지는 메아리가 다른 교회의 종소리와 뒤섞여 들쭉날쭉 한꺼번에 울려 퍼졌다. 얼굴이 붉고 뚱뚱한 여자가 토마토 색 붉은 앞치마를 춤추듯 흔들면서 장작을 한아름 가득 안고 나타나 내 앞을 스쳐 지나갔다. 그녀는 스토브 문을 열고 장작을 집어넣어 불길을 살렸다. 원하는 만큼 연통이 불길을 끌어올리자, 내가 기대했던 것은 가스 불꽃이 아니었을까 하는 생각이 들었다. 고르지 않게 타들어 간 장작 때문에 불길이 바깥으로 새어 나왔고, 언제나 그랬던 것처럼 불꽃이 툭툭 튀었다. 천연가스가 나오기 전이었으므로 어쩔 수 없는 일이었다. 네온과 할로겐 시대를 살고 있는 사람으로서 나는 가스 불꽃을 감상하면서도 방 안에 있는 다른 사람들과는 달리 매캐한 냄새에 익숙해질 수가 없었다. 게다가 많은 남자들이 담배를 피고 있었다. 리샤드는 손님들의 캐리커처를 그리고 있었다. 그는 내가 마리냐의 아들이라고 짐작했던, 눈에 졸음이 가득한 소년을 재미있게 해 주려고 그러는 모양이었다. 캐리커처를 그리는 동안 장식을 새겨 넣은 커다란 해포석 담배 파이프로 연기를 뿜어 냈다. 그런 파이프야말로 불안정하면서도 야심만만한 젊은이가 소유할 만한 페티쉬의 하나였을 법했다. 나이 지긋한 남자들 몇몇은 버지니아 시가에 불을 붙였다. 마리냐는 이제 커다란 윙체어에 앉아 나른한 손길로 기다란 터키산 담배를 쥐고 있었다. 담배를 핀다는 것은 평판이 약간 나빠질 수도 있었지만, 유명한 여배우에게 그 정도는 허용될 만했다. 마리냐가 내키기만 한다면 조르주 상드처럼 바지를 입을 수도 있었다. 마리냐를 보면서 남장 로잘린드를 완벽하게 상상할 수 있었다. 그녀는 멋진 로잘린드를 연기할 수 있었을 것이다. 로잘린드 역할을 하기에는 조금 나이가 많았지만, 단지 나이가 많다는 이유만으로 유명한 여배우를 말릴 수는 없었을 것이다. 쉰 살의 여배우가 줄리엣으로 승부할 수도 있었다. 입센의 인기가 상승하던 시대였으므로 나는 마리냐가 노라나 헤다 게블러를 연기할 수도 있었을 것이라 생각했다. 하지만 그녀는 맥베스 부인을 연기하고 싶어하지 않았던 것처럼 헤다 게블러를 연기하고 싶어하지 않았을 것이다. 이것은 그녀가 진정으로 위대한 배우가 아니라는 것을 보여 주는 사례일 수도 있었다. 진정한 배우라면 괴물을 연기하는 것을 결코 두려워하지 않을 것이기 때문이다. 고상한 정신이라는 핑계로, 혹은 자기애 때문에 더 높은 예술적 성취에 도달하지 못하는 일이 그녀에게 일어나지 않았으면 했다. 그녀는 비엔나에서 온 극장주와 이야기를 나누고 있었다. 그는 신중하게 미소를 지었고, 다른 사람들은 열심히 듣고 있었다. 타데우즈는 마침내 주연배우의 장광설에서 마침내 풀려났다. 나는 그들이 나눈 마지막 단어를 들었다. **그야말로 어리석군.**(남자 배우가 하는 말) **돌이킬 수 있는 건 아무것도 없어.**(타데우즈가 하는 말) 이제 타데우즈는 마리냐가 앉아 있는 의자 곁에 서 있었다. 자기 엄지손가락을 노란색 조끼의 어깨춤 아래에 집어넣은 채. 베르테르하고는 거리가 먼 몸짓이었다. 베르테르 타입이 아니라고 누가 그를 비난할 수 있단 말인가. 그는 행복하고 자신에 차 있었다. 단지 그녀 곁에 서 있다는 사실만으로 그랬다. 리샤드는 조금 떨어진 곳에서 다시 공책을 꺼냈다. 여자는 리샤드를 쳐다보면서 물었다. **뭘 쓰고 있어요?** 황급하게 공책을 자기 호주머니에 집어넣으면서 그는 우물쭈물했다. **당신을 묘사했어요. 소설을 쓸 짬이 난다면, 소설에 써먹고 싶어서요. 우리가 지금 해야 하는 모든 것들을요.** 그러다 그는 고개를 저었다. 내가 연극 평론가라고 짐작했던 남자가 그의 등을 쳤다. **젊은 친구, 이유가 한 가지 더 있지. 이런 어리석은 짓은 두 번 다시 하지 않으려고 말일세.** 그가 유쾌하게 말했다. 하지만 마리냐는 이미 눈길을 아래로 내리깔았다. 그녀는 자제하는 침착한 태도로 극장주와 이야기를 하고 있었다. **아, 그것만으로는 전혀 충분치 않아요.** 이 오만한 여성을 보면 볼수록, 나는 그녀의 말이 곧 법이라는 것을 깨달았다. 그녀는 타인을 설득할 필요가 없었다. 그녀의 말이 곧 법이므로. 나는 처음으로 디바를 바로 곁에서 똑바로 보았던 순간을 기억했다. 삼십 년도 더 된 일이었다. 몹시 가난한데다 낯설기까지 한 뉴욕이었지만, 그래도 나에게는 부유한 구혼자가 있었다. 어느 날 그가 점심을 먹자며 뤼테스Lutèce로 나를 데려갔다. 맛있어 보이는 첫 번째 요리 접시가 내 앞에 나왔을 때도 내 관심은 온통 내 옆자리에 있는, 높은 광대뼈, 흑단 같은 머리카락, 탐스럽고 붉은 입술의, 몹시 낯익은 여인이 음식을 먹는 모습에 쏠려 있었다. 나이 지긋한 남자와 자리를 함께 한 여자는 큰소리로 말했다. "미스터 빙, [말 없음] 우린 그걸 칼라스식으로 하든지 아니면 아예 하지 말든지 선택해야지요." 문제의 미스터 빙은 내가 그랬던 것처럼 한동안 말이 없었다. 이제 나는 마리냐, 나의 마리냐가, 정말 내가 생각했던 바로 그런 여성이었다면, 비록 오늘밤은 아니라 할지라도, 친구들 가운데 둘러싸여 있을 때, 누군가를 감언이설로 설득하고 싶어했다면, 칼라스와 같은 방식으로 했어야 했을 것이다. 하지만 나는 그녀의 푸른 잿빛 눈동자가 짜증으로 점점 커지는 것을 볼 수 있었다. 그녀를 알면 알수록, 그녀가 얼마나 간절히, 의자에서 벌떡 일어나 모든 사람들을 당혹스럽게 만들면서 방 안에서 걸어나가 버리고 싶어했을까, 하는 생각이 든다. 도망치기 위해. 출구를 찾으려고. 내가 원했던 것처럼, 단지 신선한 공기가 필요한 정도가 아니라 출구를 찾기 위해서 말이다. 심지어 눈보라마저 개의치 않고 바깥으로 나가 15분 정도라도 몸을 피하고 싶었다. 추위를 그토록 끔찍하게 여기는 나였지만 말이다.(나는 남부 애리조나와 남부 캘리포니아에서 성장했다.) 그렇지만 그 자리를 감히 떠날 수가 없었다. 내가 자리를 비운 바로 그 순간 모든 것이 확연해질 이야기가 나올까 봐 염려스러웠던 것이다. 지금은 아래로 내려가 눈보라치는 거리로 나설 순간이 전혀 아니라는 것을 깨달았다. 긴 테이블 저쪽 끝에서 수석 웨이터가 보그던에게 신중하게 신호를 보냈다. 네 명의 하인들이 몸을 굽혀 세 갈래로 갈라진 은 촛대에 일제히 불을 붙였다. 마리냐가 자리에서 일어나 쑥색 의상의 앞면을 한 손으로 쓸어내리면서 다른 한 손으로는 담뱃불을 껐다. **사랑하는 여러분**. 그녀가 말문을 열었다. **너무 오래도록 기다리셨군요. 대단한 인내심이었습니다**. 그녀는 수줍어하듯 보그던을 흘깃 쳐다보았다. **그래요**. 보그던이 대꾸했다. 남편으로서의 느긋함과 부드러움이 보태진 표정이 그의 얼굴을 스치고 지나갔다. 그는 그녀의 팔을 잡았다. 그 자리를 떠나고 싶었지만, 그러지 않고 남아 있기를 정말 잘했다는 생각에 나는 얼마나 기뻤는지 모른다. 나는 일단 손님들과 디너 테이블에 앉기만 하면, 여기저기서 흘러나오는 이야기를 연결시켜, 사람들이 몰두하고 있는 게 뭔지 알아낼 수 있지 않을까 기대했다. 모든 사람들은 자리에서 일어나 호텔 일층(미국에서는 이층에 해당하는) 객실의 한쪽 끝에 놓인 긴 식탁을 향해 총총히, 혹은 옆걸음질을 하여 다가가면서 이 계획, 혹은 이 행동에서 누가 옳고 그른지 여전히 은밀하게 이야기하고 있었기 때문이다. 그 계획에 얼마나 많은 사람들이 연루되었는지, 내가 그 점을 마침내 알아 낼 수 있다고 한다면, 최소한 두 사람은 연루되어 있으며(내가 실제로 세어 본 결과 방 안에는 스물일곱 명이 있었다.) 어떤 한 사람이 다른 사람들보다 훨씬 더 많은 책임이 있을 뿐만 아니라, 그러니까 특정한 한 사람이 훨씬 더 많은 책임이 있을 뿐만 아니라, 방향타까지 쥐고 있다는 것을 알게 됐을 수도 있다. 그런 지도자가 만약 여자였다면, 당대의 분위기로 볼때 아무리 많은 책임을 지고 있다 하더라도 자기가 감히 그런 이름에 합당한 자가 아니라고 부인했을 테지만 말이다. 수수께끼 같기도 하지만, 왜 어떤 사람들은 지도자의 뜻을 따르는가? 수수께끼이기는 매일반인데, 왜 어떤 사람들은 지도자의 뜻을 따르기를 거부할까? 그 같은 현상에는 설명이 필요한 법이다. (글을 쓴다는 것은 어떤 것인가 하면 추종하기와 리드하기, 두 가지 모두를 동시에 하는 것이다.) 모든 사람들이 오랫동안 기다리다가, 식탁에 앉아 차려 낸 음식을 대접받을 때까지 고분고분 따르는 모습을 지켜보았다. 그런 모습을 지켜보고, 귀담아듣고 있는 나에 대해서는 전혀 개의치 않았다. 파티마저 개의치 않았다. 이 파티에 초대받은 손님들이 나의 존재를 알았더라면, 너무나도 낯선 침입자가 있다는 것을 알았더라면, 나를 위한 자리를 식탁에 배치해 주었을까 하는 상상을 해 보지 않았던 것은 아니었지만 말이다.(내가 눈 내리는 길거리로 쫓겨날 수도 있었다는 생각은 결코 떠오르지 않았다.) 초대 받지도, 보이지도 않았으므로, 내가 원하는 만큼 얼마든지 오랜 시간 동안 그들을 지켜볼 수 있었다. 심지어 뚫어지게 쳐다볼 수도 있었다. 사람을 빤히 쳐다보는 것은 예의에 어긋나는 것이므로 평소에는 할 수 없는 행동이었다. 그렇게 하면 상대방도 나를 빤히 주시할 것이기 때문이었다. 어린아이였을 때 나는 외로운 아이들이 흔히 그렇다시피, 내가 남들 눈에 보이지 않았으면, 그래서 남들을 더 잘 관찰할 수 있었으면 하고 바랐다. 내 말은, 남들이 나를 볼 수 없었으면 했다는 뜻이다. 나는 또한 종종 장님 놀이를 하고는 했다. 열세 살 무렵, 가족이 단출한 짐을 꾸려 턱산에서 로스앤젤레스로 이사하고 난 뒤, 남들이 보지 않을 때면 새 집에서 눈을 감고 혼자 걸어 다니는 놀이를 즐겨 했다.(장님놀이 중에서 가장 기억에 남는 모험은 한밤중에 화장실에 갈 때였는데, 그때 지진이 일어났다.) 내 감각에만 의존하는 기분을 즐겼다. 오로지 혼자 힘으로 대처하는 수밖에 없다는 기분 말이다. **몇 시야?** 판사는 자기 아내에게 안달하듯 중얼거렸다. 아내는 미소 지으면서 조용하라는 뜻으로 손가락을 입술에 가져다 댔다. 그곳에도 **아이스크림이 있을까요?** 꼬마가 물었다. 손님들이 식탁으로 다가오고 있었다. 리샤드는 한 걸음 앞서 내달았다. 리샤드는 자기 자리가 마리나와 얼마나 가까이 배치되어 있는지 알고 싶어서 참을 수가 없었다. 타데우즈가 바로 뒤따라왔다. 리샤드는 걸음을 재촉하여 제일 먼저 식탁에 도착했다. 나는 그가 자리에 놓인 카드를 보면서 주변을 쭉 훑어보는 것을 지켜보았다. 씩 웃는 모습으로 보아 그다지 불만족스럽지는 않은 모양이었다. 일단 손님들이 전부 자리에 앉아 빳빳하게 풀 먹인 냅킨을 펼치고 있을 동안, 웨이터들이 풍성한 첫 번째 요리 코스를 대접하기 시작했다. 나 역시 앞으로 움직여 이 방의 끝에 있는 커다란 창문 턱에 다리를 꼬고 앉았다. 식탁에서 나오는 첫 마디에 귀를 기울이느라고 내 머릿속에서 이런 단어들은 침묵시켜 버렸다. "쏘렐 수프", "카르페 라 주브", "가자미 그라탕", "체리 소스를 곁들인 수퇘지 고기"……. 인용 부호를 한 것은 내가 그런 것들을 지금 일일이 묘사할 만큼 인내심을 발휘할 수가 없어 그냥 표시만 해 두겠다는 의미다. 내가 그들의 이야기를 이해하고 나면 이런 것들은 얼마든지 상세히 묘사할 시간이 있을 테니까. 그들이 계속 기다리고 있다는 걸 알고 있었지만(다른 면에서 나 역시 그랬지만), 모든 사람들이 요란법석을 떨지 않고 감추고 있는 것이 그저 놀라울 따름이었다. 그들이 식사 전에 기도하기를 기대했던가? 아마 그랬던 모양이었다. 실제로 그중 한 사람, 보그던의 수수한 누님이 포크를 들기 전에 길게 중얼거렸다. 기도문을 암송하는 것이 분명해 보였다. 논쟁하는 데 지치지 않았으면, 하고 바랐지만 그 순간 모든 사람들은 화려한 식사에 온통 마음을 빼앗긴 것처럼 보였다. 나는 식사하는 사람들의 태도를 전부 다 관망할 수 있었다. 고상하게 먹는가 하면 굶주린 것처럼 허겁지겁 먹는 사람, 음식과 심지어 눈보라에 관해 다채로운 평을 점점이 곁들이는 사람까지 아주 다양했다. 맙소사, 날씨 탓이 아니었다! 내가 과거의 역사로부터 불러낸 고상한 이상주의자들이여 돌아오라. 모든 사람들이 오로지 먹기만 하는 것은 아니었다. 나는 의사가 샴페인을 더 선호한다는 걸 알았다. 그는 두 번째 코스에 나온 헝가리 와인을 좋아했다. ("호두로 속을 채운 칠면조", "검은뇌조 구이와 메추라기 구이"……) 그리고 젊은 여배우는 진줏빛이 도는 주름살 없는 마리냐의 얼굴에서 눈을 떼지 못하면서 천천히 음식을 씹고 있었다. 자기 접시에 담긴 음식을 거의 다 비웠다는 것도 알지 못하는 듯했다. 젊은 여배우와 마찬가지로 대다수 손님들은 나의 주된 관심사인 마리냐로부터 벗어나기 힘들어 보였다. 나는 마리냐의 실제 나이가 얼마나 되는지 궁금했다. 어쨌거나 그녀는 배우였다. 요즘 같았더라면, 그녀가 사십대 중반쯤이라고 말했을지도 몰랐다.(풍만한 가슴과 두툼한 턱, 분별력 있는 동작, 풍성한 드레스 때문에) 하지만 부유하게 나이 든 사람들, 가난하지 않은 모든 사람들은 지금 우리의 기준으로 볼 때는 과체중이었다는 것을 참작한다면, 아마도 그녀는 서른다섯을 넘지 않았을 것이다. 방 안에 있는 모든 사람들의 나이를 짐작하느라고 시간을 낭비하지는 않았다. 리샤드는 삼십대는 훨씬 넘은 것처럼 보였지만 스물다섯 살쯤이었을 것이다. 과거로 거슬러 올라가는 시간 여행이므로, 분명한 보상과 확실한 해명뿐만 아니라 어느 정도 실망(허리 높이에서 이글거리는 불길이 보이는 벽난로가 아니라 높고 불길을 안으로 감춘 스토브)과 몇 가지 조정할 것들(이십대 중반을 지난 사람들은 누구나 겉으로 보이는 나이에서 열 살을 빼야 제 나이가 된다는 것) 또한 예상했다. 화제는 음식에 관한 의례적인 찬사에서부터 마리나의 오늘 저녁 공연에 대한 칭찬을 쏟아내는 것으로 옮아 갔다. 그녀는 칭찬을 겸손하게 받아들였다. 그녀의 태도는 확고하면서도 매력적이었다. **정말 멋졌습니다**. 리샤드가 감탄하는 어조로 말했다. 그의 얼굴은 흠모의 정으로 불타올랐다. **당신은 자기 자신을 다시 한 번 뛰어넘었어요. 만약 그런 게 가능하다면요**. 젊은 화가가 말했다. **마리나는 언제나 그랬어요**. 주연 남자 배우가 나무라듯 정중하게 거들었다. 식욕이 없는 듯이, 마리나는 아주 조용히 앉아 있었다. 하얀 면 손수건을 왼쪽 뺨에 댄 채 그녀는 거의 숨조차 쉬지 않는 것처럼 보였다. 언제나 브라바. 의사는 무슨 말인지 몰라 어리둥절한 채 자기 잔을 채워 주고 있는 웨이터에게 그렇게 외쳤다. 떠들썩한 목소리들이 일시 잠잠해지고 다들 열심히 식사로 되돌아갔다. 물론 나는 좀 더 다른 것을 고대하고 있었다. 연극 평론가가 한 손에 보드카 잔을 들고 불안정한 자세로 일어났다. **마리나, 당신을 위하여**. 마리나의 잔을 제외한 모든 술잔들이 공중으로 올라갔다. 오늘 **저녁의 성**

공을 위하여. 의사가 잔을 내려 편안하게 입으로 가져갔다. 그러자 **잠깐, 너무 성급하군요, 헨리크.** 평론가는 다소 조롱 섞인 단호한 목소리로 외쳤다. **내 말이 아직 끝나지 않았다는 것도 모르겠소?** 의사는 툴툴거리면서 팔을 치켜들어 건배 자세로 되돌아갔다. 평론가는 목청을 가다듬고 읊조리기 시작했다. **영광스러운 당신의 아름다움, 그리고 천재성으로 인한 숭고하고 애국적인 예술을 위하여. 극장을 위하여.** 마리냐는 평론가와 다른 사람들에게 목례를 하면서 입술을 내밀고 극장주에게 뭐라고 속삭였다. 극장주는 그녀의 오른편에 앉아 있었다. **이건 부당한 처사군. 한 번이 아니라 세 번 건배를 해야지요.** 의사가 쾌활하게 말했다. **세 번의 건배에, 이 탁월한 보드카 세 잔을 위하여!** 라면서 의사는 웨이터를 큰 소리로 불렀다. **친애하는 마리냐, 방금 말했던 그런 감상에 온마음으로 동의하지 않았단 소리는 아니지만 말이오.** 그는 자기 잔을 다시 채우면서 말을 했다. 그러다가 다시 한 번 잔을 높이 들었다. **오늘 당신의 공연을 위하여!** 그렇게 외친 다음 의사는 자기 잔을 비웠다. 다음에는 테이블의 끝에 앉아 있던 보그던이 자리에서 일어섰다. **우리의 친구 서른 명이 심란하지 않기를 바라며, 난 한 번의 건배로 끝내기로 하겠소. 그리고 이것은** (공중으로 술잔이 올라갔다.) **우정을 위하여.** 하고 외쳤다. 그러자 **옳소, 옳소!** 하고 리샤드가 외쳤다. 보그던이 한마디 했다. **그래요, 우리의 동지애를 위하여.** 동지애라는 말이 마음에 걸렸다. 도대체 동지애가 뜻하는 것은 무엇일까? **어이, 저 친구 또 시작이군.** 의사가 소리쳤다. 보드카를 이미 입에 털어넣고 탐욕스럽게 마시다가 의사는 자기 리넨 셔츠에 조금 엎질렀다. **저 친구인들 어쩌겠나.** 판사가 웃으면서 외쳤다. **누구, 나 말이오?** 라고 의사가 입을 훔치면서 반문했다. 마리냐와 보그던을 빼고 모든 사람들이 웃어제꼈다. **진심이오.** 보그던이 경건하게 계속했다. **우리가 함께 성취할 것을 위하여.** 박수가 터져 나왔다. **옳소, 옳소!** 타데우즈가 맞장구를 쳤다. **난 준비됐소.** 겸연쩍은 침묵 속에서 모든 사람들이 마리냐 쪽을 쳐다보았다. 그녀는 자기 잔을 들어 그것을 이마에 대고 눌렀다. 그런 다음 자리에서 일어나지 않은 채 술잔을 머리 위로 치켜올렸다. **한 번인 척하면서 세 번 건배할 것이 아니라, 난 진정으로 한 번의 건배를 제안하고 싶어요.** 그녀가 사랑스러운 미소를 보그던에게 보냈다. **셋으로 나눠진…… 하나를 위해 마셔요. 그건 언젠가 하나로 통일될 거예요.** (극적인 휴지) **우리의 고국을 위하여.** 모든 사람들이 박수를 쳤다. **건배!** 화가가 소리쳤다. 너나없이 전부 시끌벅적하게 건배를 했다. 모인 군중들을 즐겁게 해 주었던 건배가 묘하게 모든 사람들을 우울하게 만든 것처럼 보였다. 작은 소년(이름이 표트르였던가? 로만이었던가?)이 살금살금 발끝으로 걸어가 자기 어머니에게 뭐라고 속삭였지만, 내 귀에는 뭐라고 하는지 들리지 않았다. 소년의 어머니는 고개를 저으면서 약간 화난 표정으로 아이를 쳐다보았다.(이런 것을 보고하게 돼 유감이다.) 아이는 자기 자리인 보그던의 누님 곁으로 되돌아갔다. 고모는 소년을 자기 무릎에 앉혔다. 소년은 고모의 목에 기대 잠에 빠져 들었다. 음울한 대화가 잇따랐으나, 그런 이야기 대부분은 기록하지 않았다. 그냥 느끼고 싶다고 말할 수 있었으면 했다. 그래서 나는 눈을 감고 어둠 속에서 다음 단계로 나갔으면, 하고 생각했다. **당신은 고민할 거리를 너무 많이 안겨 주었어요.** 음울한 목소리가 그렇게 말했다. **그야 물론 난 삶의 지평을 넓히고 싶어요.** 노래하는 듯한 목소리가 대답했다. **전혀 불안하지 않아요, 조금도요?** 통렬하고 확신에 찬 목소리가 말했다. **당신을 얼마나 존경하는지 몰라요.** 애달픈 목소리가 말했다. **돌이킬 수가 없어요.** 나는 다시 한 번 그 소리를 들었다. 나는 눈을 떴다. 아마

의사의 목소리였을 것이다. 그는 머리를 두 손에 파묻고 있었다. 내가 무엇을 놓쳤던가? 어리석은 생각이 내 마음을 때리기 시작했다. 누군가의 발자국 소리가 희미하게 사라지는 소리……. (그것이 내가 기억했던 것의 전부다.) **나의 젖동생, 마렉, 그들의 아들과 더불어.** 나는 그 말을 하는 사람이 은행가 부인의 옆자리에 앉아 있었던, 뚱뚱하고 면도하지 않은 뺨을 하고 있었던 남자라고 짐작했다. 시골 아낙네의 젖가슴에 그토록 매달리다니! 정말 대단히 식탐이 많은 아기였던 모양이라는 생각이 들었다. 식사는 도무지 끝날 줄을 몰랐다. 나는 식사가 어떻게 짜여 있는지 따라가려고 노력하지도 않았다. 이것이 소위 3막짜리 프랑스식 디너겠거니, 했다. 원할 때면 언제든, 마치 극장 프로그램처럼 작은 글씨체로 모든 세팅을 일일이 적어 넣은 메뉴를 들여다볼 수 있었다. 따라서 앞으로 어떤 메뉴들이 어떻게 진행될 것인지를 알 수 있었다. 마치 그가 내 속마음을 읽기라도 한 것처럼, 아니면 내가 그의 마음을 읽어 내기라도 한 것처럼, 보그던이 중얼거렸다. **우리는 이런 식으로 먹을 필요는 없습니다. 우선 소박한 식사가 좋을 테니까요.** 이제 그만 디저트 차례가 되었으면 했다. 보그던이 포크와 나이프를 내려놓았다. **쿠오바디스?** 판사가 말했다. **주님, 어디로 가시나이까?** 리샤드가 미소 지으면서 자기 노트를 꺼냈다. **어디로, 그래요, 그리고 어떻게가 문제일 테죠.** 은행가가 덧붙였다. **만사를 신중하게 생각해야 해요. 서두를 이유가 없잖아요.** 일순간 침묵이 흘렀다. 모든 사람들이 생각에 잠긴 듯했다. 그러다가 나는 다음과 같이 노래하는 듯한 목소리를 들었다.

> 산으로부터 무겁고 엄숙한 십자가를 나르는
> 그들은 저 멀리 약속의 땅을 볼 수 있었네.

그들은 계곡의 푸른빛을 볼 수 있었네.

그들 민족이 향하고 있는 그곳에서…….

엷은 자줏빛 모자를 쓴, 나이 지긋한 여성이 부르는 노래였다. **피아노가 있어야겠군.** 무대 매니저가 한마디 거들었다. **쇼팽의 분위기가 아니고서는 이 시를 더 이상 읊을 수가 없어요.** 나이 지긋한 여성, 그녀는 누구의 아내인지, 아니면 노처녀로 늙은 누구의 고모인지 전혀 알 수가 없었다. 아마도 보그던의 고모였는지도 몰랐다. 그녀는 기분이 상한 모양이었다. **제발 계속하세요.** 젊은 여배우, 크리스티냐가 말했다. 나는 그녀의 이름을 알아내서 언급한다는 것을 깜빡했다. **나도 그럴 작정이었어요.** 나이 지긋한 여성은 가시가 돋친 말투였다. **그 다음은 어떻게 되나요? 당신은 잘 아시잖아요.** 화가가 물었다. 한 남자가 울리는 바리톤 목소리로 계속했다.

그러나 그들 자신은 결코 약속의 땅에 당도하지 못하리!

그들은 결코 인생의 향연에 자리하지 못하리.

그리고 아마도 잊혀지고, 잊혀지고, 잊혀지리라.

그는 훌륭한 발성법을 가진 자였다. **정확해요.** 나이 지긋한 여성이 감탄했다. 그러다가 약간 혼란스러운 일이 일어났다. 마리냐가 팔을 치켜들고 따뜻한 알토의 목소리로 선언했다.

조약돌 해변으로 몰려드는 파도처럼

우리의 시간 또한 서둘러 끝을 향하네.

예전에 갔던 곳들 제각기 변하고

앞장선 모든 것들 뒤따른 수고와 다투게 된다네.

잠시 동안 나는 그녀가 영어로 낭송하고 있다는 사실을 깨닫지 못했다. 낭송을 들으면서 처음에 무슨 생각을 하고 있었는지, 나는 분명히 말할 수가 없다. 이런 모임에서 어떤 언어로 이야기를 하든지 놀라지 않았을 것이기 때문이었다.(러시아어만 제외한다면. 러시아어는 이 나라를 짓밟은 세 압제자 가운데서도 가장 증오의 대상이었으므로.) 다른 외국어를 알지 못했음에도 어쨌거나 오늘 저녁에는 어느 정도 이해가 되었다. 그 사이 젊은 여배우의 입에서도 낭송이 터져 나왔다.

그러니까 우리가 달아날 방법을 나랑 함께 궁리해 봐요,

어디로 가야 할지, 무엇을 가지고 가야 할지.

혼자 모든 걸 책임지려 하지 말아요,

나는 내버려둔 채 혼자 삭이면서 말예요.

우리의 슬픔에 창백해진 하늘을 두고 맹세하노니,

당신이 뭐라고 하든, 난 당신과 함께 갈 거예요.

그녀의 눈부신 목소리가 떨리다가 멈췄다. 『뜻대로 하세요*As You Like It*』를 잘 알고 있는 사람이었다면, 그 구절을 기억하고 있었으리라. 물론 마리냐가 로잘린드였다면 그녀, 젊은 여배우는 실리아였을 것이다. 모인 사람들은 거의 알아채지 못했겠지만, 그녀의 억양은 심지어 마리냐보다 조금 더 심했다. 그녀, 마리냐는 그다지 기뻐하는 기색이 아니었다. **내가 셰익스피어의 멋진 영어를 망쳐 놓았군요.** 그녀가 연극 평론가에게 하는 말이 들렸다. 평론가는 그녀의 왼편에 앉아 있었다. **그럴 리가 있습니까. 당신은 너무나 멋지게 해냈어요.** 그러자 **당치 않아요!** 하고 마리냐가 날카롭게 대답했다. 사실이 그랬다. 그녀는 제대로 발음하지 못했다. 그들이 영어를 좀 더 많이 사용하게 되면 나아지겠거니, 했다. 그들이 무엇을 의논하고 있었는지 사실 아무것도 이해하지 못했지만 그럼에도 앞으로 그들이 영어를 더 많이 사용하게 되리라는 지레짐작이 들었다. 물론 그들은 외국인 억양이 있는 영어를 계속 말하게 될 것이다. 미국의 많은 사람들이 그랬다. 나의 고조할아버지(모계 쪽)와 나의 할아버지(부계 쪽)가 그랬던 것처럼 말이다. 그분들의 자손인 나는 자연스럽게 외국인 억양이 없어졌다. 이쯤에서 이 말을 하고 넘어가야겠다. 말하지 못할 이유도 없으니까. 나의 조부모 네 분은 모두 이 나라에서 태어났다.(그러니까 대략 80년 전에 이미 지도상에서 사라져 버린 이 나라에서 태어났다.) 나의 조상들은 내가 오래된 그 시절의 대화를 엿들으려고 시간을 거슬러 이 호텔방으로 막 들어섰던 그 해에 실제로 태어났다. 나를 낳았던 부모님을 낳았던 그분들, 나의 부모님의 부모님, 그러니까 나의 조부모님들은 여기 모인 사람들과는 대단히 달랐다. 세속에 물들지 않은 소박하고 가난한 시골 사람들이었으며 직업이라고는 보따리장수, 여관 주인, 나무꾼, 탈무드 신학생이 고작이었다. 여기 모인 사람들 중에는 유태인은 없으리라고 짐작했으며, 없었으면 하고 바랐다. 어쨌거나 누구의 입에서도 반유태주의적인 발언이 튀어나오는 것을 듣고 싶지 않았다. 직감이기는 하지만 그 사람들이 친유태적이라는 생각은 들지 않았다. 나의 조상들이 혼잡한 3등 여객선을 타고 이 나라를 떠났다고 해서 이들과 나를 연결시켜 줄 수 있는 것이라고는 거의 없었지만, 그래도 그런 연유로 이

나라의 이름이 내 마음속에 떠올랐다고 짐작할 수는 있었다. 그래서 어떤 곳보다 여기 이 방에 이끌렸을 수도 있었다. 사라예보에서 그 시절의 호텔 객실 전용 식당을 주술적으로 불러내려고 했지만 실패했고 내가 내려앉은 곳을 받아들여야만 했다. 과거는 모든 것 중에서 가장 큰 나라다. 과거에 관한 이야기를 하려는 욕망을 불러일으키는 한 가지 이유가 있다. 좋았던 모든 것은 하나같이 과거에 있었기 때문이다. 그렇게 생각하는 것 자체가 착각일 수 있다. 하지만 나는 내가 태어나기 이전 시대에 향수를 느낀다. 과거는 현대적인 금기에서 자유롭다. 아마도 그것은 과거에 대해서는 책임을 지지 않아도 되기 때문일 것이다. 내가 살고 있는 시대를 수치스럽게 여길 때가 종종 있다. 과거는 또한 현재가 될 것이다. 이 호텔 객실의 전용 식당에 예언의 씨앗을 흩뿌리면서 바로 내가 이곳에 있었기 때문이다. 나는 그곳에 속하지 않았다. 나는 낯선 존재였다. 나는 귀담아들으려고 한 무리 사람들과 몸을 비비며 가까이 다가가야만 했다. 모든 것을 전부 다 이해할 수는 없는 노릇이었다. 심지어 내가 오해했던 것마저 일종의 진실일 수도 있었다. 만약 그들의 이야기가 일어났던 시대가 아니라 내가 살고 있던 시대에 한정된 것이라면 진실일 수도 있다는 말이다. **우리 자신에 관해 언제나 좀 더 많은 질문을 해 보아야 합니다**. 마리냐가 단호하게 말했다. **언제나**. 혹은 **오로지 나 자신만을 위해서 말하고 있는 건가요**? 아, 그것은 사랑스러운 음조였다. 나는 진지함과 열정에 약해지는 약점이 있다. 내가 만약 마리냐를 소설 속의 등장인물로 간주했다면, 도로시아 브룩 같은 인물이었으면 좋아했을 것이다.(내가 맨 처음 『미들마치』(*Middle March*, 조지 엘리엇의 소설. 옮긴이)를 읽었을 때를 기억한다. 나는 갓 열여덟 살이 되었다. 그 책을 3분의 1쯤 읽었을 때 나는 눈물을 흘렸다. 나야말로 『미들마치』의 여주인공 도로시아였을 뿐만 아니라 몇 개월 전에 내가 결혼했던 인물이 카사본이었기 때문이었다.) 그렇다고 옅은 금발 머리카락과 솔직하고 강렬한 푸른 눈을 가진 이 여자에게서 복종하거나 자기 파괴적인 면은 전혀 찾아볼 수 없었다. 그녀는 타인들에게 좋은 일을 하고 싶어하면서도 자신을 망각하고픈 유혹에 넘어가는 일 따위는 결코 없었다. 무대에 서려는 야심을 가진 사람들에게는 여자라는 것이 결코 장애가 되지 않았다. 그녀는 경쟁을 했고, 그리고 승리했다. 그녀가 계속 자신을 개선하려는 욕망을 가지고 있는 한, 상당한 자기애와 허영심은 참아 주어야 한다는 생각이 들었다. 그녀를 관찰하는 동안 그녀의 얼굴에 한편으로는 성급하면서도 방심하지 않고 조심하는 흔적이 스치고 지나가면서도, 다른 한편으로 아주 아주 고요하게 자제하는, 특이한 태도의 대조적인 모습을 보았을 때 그런 생각이 들었다. 누가 내 모습을 묘사하려 들었다면 나 역시 얼마나 기이해 보였을까? 내가 지금 그녀를 묘사하고 있는 것처럼, 창문 가까이 깊숙한 곳에서 몸을 편히 묻고 타인을 묘사하고 있는 나를 또 다른 누군가가 묘사했다면 어떠했을까. 사실 나는 다소 충동적이다.(나는 만난 지 열흘 만에 카사본 씨와 결혼했다.) 모험을 감수하려는 경향이 있으면서도 동시에 질질 끌면서 의무감에서 비롯된 염려 때문에 문제를 해결하는 것이 아니라 문제를 한구석에 밀쳐 두는 경향도 있다.(카사본 씨와 이혼하는 것이 옳다고, 도덕적으로 옳다고 결정을 내리기까지 9년이 걸렸다.) 그러다 보니 이 사람들이 식사를 앞에 두고 그들 중 일부가 무엇을 할 작정인지에 관해 한없이 장황한 논쟁을 하고 있는 모습을 보면서도 나는 쉽게 빠져들어 즐길 수 있었다. 그러면서도 동시에 그들에게 쉽게 격분할 수도 있었다. 아무도 초조해하는 사람은 없었다. 나는 비밀리에 어떤 술수를 쓰는 것을 포착하지 못했다. 아무도 자리를 뜨지 않았다. 한 소년이 졸리는 눈을 부비면서 잠자리에 드는 대신 한 여성의 무릎에 몸을 말고 앉아 있는 것을 제외한다면 말이다. 그 방에서 소년은 유일한 아이였다. 소년의 어머니가 오늘 저녁 특히 아이가 자기 곁에 있었으면, 했던 게 분명했다. 그랬으면서도 그녀는 식탁에 앉고 난 뒤 거의 두 시간 동안 소년에게 전혀 신경을 쓰지 않았다. 자기네들이 몰두하고 있는 주제임에도 일순간 반짝 동요하는 듯했지만 분위기는 지나치게 차분히 가라앉았다. 얼어붙어 있는 이런 상태에서 내가 뭘 할 수 있었겠는가? 음식이 너무 익었으니 빨리 식탁에 내다 놓으라고 재촉이라도 해야 할까? 사고하는 데 익숙한 계급의 고질적인 비효율성일까? 지루하고 답답한 대화가 19세기 후반의 특징이었던가? 나 스스로 이보다 활기찬 상상을 꺼리기 때문은 아닐까? 그 또한 사실이다. 제대로 활기찬 일이 일어나기까지 시간은 아직 많았다. 누군가 심장발작을 일으킬 수도 있었고, 누군가는 디너 파트너의 머리통을 후려칠 수도 있었다. 혹은 기분 나쁘게 구는 상대방의 얼굴에 술을 끼얹거나 으르렁거릴 수도 있었고, 울고 불고 흐느낄 수도 있었다. 내가 차지하고 앉아 있던 창문에서 벗어나 식탁 위에 올라가 춤을 추거나 수프에 침을 뱉거나 누군가의 무릎을 쓰다듬거나 혹은 발목을 물어뜯는 일이 도저히 일어날 수 없는 일인 것처럼, 그런 소란은 일어나지 않을 것처럼 보였다. 눅눅한 생각들. 나에게는 신선한 공기가 필요했다. 보그던이 손짓을 하자, 웨이터 한 명이 방의 끝에 있는 창문을 열었다. 이곳에 도착한 뒤로 내가 몸을 감추고 있었던 창문이었다. 그러자 거리에서 고함 소리, 말들이 힝힝거리는 소리가 쏟아져 들어왔다. 교회의 종소리가 울렸고, 지금 막 한 시가 지났다.(그랬다. 내 시계로는 한 시가 되었다. 나는 마음이 초조해지기 시작했다는 점을 인정하고 있었다.) 나는 오늘 저녁 7시 공연 때 극장에 있지 않았다. 물론 나도 그들처럼 그 공연이 보고 싶었다. 일부 손님들 역시 초조했을 것임이 틀림없었다. 그럼에도 마리냐가 자리에서 일어설 때까지 아무도 일어나지 않았다. 오늘 저녁 아무리 오래 식탁 앞에 앉아 있더라도 그들이 중구난방으로 떠들고 있는, 누가 옳고 누가 그른가 하는 문제에 대한 해답을 얻을 수 없을 것 같았고, 그런 희망을 포기해야 할 지경까지 이르렀다. 그들 주변에서 배회하면서 그들을 바라보고 귀 기울이면서 그들에 관해 생각하고 있었다. 누가 옳고 그른가에 관한 논쟁이란 것이 본래 그런 식이었다. 언제나 불안하고 다음 날이면 새로운 생각이 떠오른다. 저녁이 되어 자신이 나눴던 대화를 돌이켜보면서 어떻게 그런 소리를 할 수 있었지, 얼마나 멍청했던가, 후회할 수도 있을 것이고, 아니면 그 생각에 동의할 수도 있을 것이다. 내가 모모 씨의 영향을 받았던가? 내가 제정신이었던가, 그처럼 생각 없이 굴다니? 혹은 내 도덕적 잣대의 성능이 뚝 떨어졌나? 하고 생각할 수도 있다. 그러다가도 다음날 아침이면 완전히 마음이 반대로 바뀔 수도 있었다.(완전히 정반대로 생각할 수도 있을 것이다. 바로 전날 밤에 당신이 그렇게 주장했다는 바로 그 점 때문에 정반대로 우길 수도 있었다. 이 점에 관한 진척을 보려면, 혹은 더 나은 의견을 찾으려면 신선한 공기로 환기시킬 필요가 있다.) 도덕적 숙취로 머리가 지끈거리지만, 마음은 진정된 것처럼 느낀다. 왜냐하면 올바른 길에 들어섰기 때문이다. 그러면서도 마음 한구석에서는 여전히 불안한 의구심이 들고, 내일이면 또 달리 생각하게 될 것이다. 그 사이 당신이 이리저리 재면서 결정할 시간과, 그 뜻을 따라야 할지말아야 할지 행동의 진로를 결정할 시간은 점점 다가오고 있다. 지금이 바로 그 시간일 수도 있다. 그때 마리냐가 일어섰다. 황금 구슬로 된 손가방에서 담배를 꺼내 방 한가운데로 미끄러져 갔다. 다른 손님들도 일어섰다. 나는 그들 모두 이제 떠날 모양인가 보다, 했다. 그런데 리샤드만이 마리냐의 손에다 열광적인 키스를 하고 난 다음, 방 안에 있는 모든 여성들의 손목에 키스를 하면서 한 바퀴 순례를 했다. 나는 그가 좋아하는 사창가에서 오늘 저녁을 마무리하려고 고대하고 있는 것은 아닐까 지레짐작했다. 그 다음에는 극장 감독과 그의 아내가 떠날 채비를 했다. 그 뒤를 따라 은행가와 판사와 그 아내들, 주연 배우와 아내, 무대 매니저와 아내, 그리고 몇몇 사람들이 그들의 뒤를 따랐다. 나머지 사람들은 자리를 뜰 생각을 하지 않는 것 같았다. 의사는 장식장에 있는 토케이 포도주 병을 땄다. 작은 소년 표트르(뒤늦게 소년에게 이름을 붙여 주었다.)가 일어났다. 누군가가 잠든 소년을 깨웠다. 잠이 깬 소년은 자리를 뜰 채비를 하다가 안락의자에 앉아 기다리기 시작했다. 마리냐는 안락의자 뒤에 나른하고 매력적인 자세로 기대섰다. 그 주변으로 보그던, 타데우즈, 젊은 여배우, 극장주, 보그던의 누님, 의사, 외다리 화가가 둘러섰다. 돈지갑에 든 돈을 확인하듯 대화가 확실히 무르익을 수 있는 마지막 기회였다. **그러니까, 물론이죠.** 마리냐가 말했다. 그녀는 웃으면서 강조했다. **나 스스로에게도 언제나 동의하는 것은 아니거든요.** 고무적인 생각이었다. 그들은 또다시 나직나직 이야기를 나눴다. 나는 계속해서 듣고 싶었다. 어린아이처럼, 나는 남의 말을 듣는 데 숙달되었다는 점은 인정하면서도 책, 전기 등이 의미하는 바가 무엇인지를 이해하려고 할 때 내가 "정말로 지적인" 것은 아니었다는 점을 확인했다.(여기서 사용한 인용 부호는 무시해 달라.) 그리고 내 주변 어디에도 "정말로 지적인"(여기서도 마찬가지로 인용 부호는 무시하기를 바란다.) 것처럼 보이는 사람은 없었다. 그러면서도 나는 장차 어떤 인물이 될 것인지 결심만 하면, 마음먹은 대로 될 것이라고 생각했다. (나는 퀴리 부인처럼 화학자가 될 작정이었다.) 중요한 것에 관해 꾸준히, 그리고 남들보다 좀 더 노력하면 내가 원하는 것은 무엇이든지 할 수 있을 것이라 믿었다. 지금의 나는 필요한 만큼 많은 시간을 투자하여 이들을 지켜보고 그들의 말에 귀 기울이고 곰곰이 생각해 본다면, 이 방에 있는 사람들을 이해할 수 있을 것이라는 생각을 했다. 그들이 하는 이야기가 나에게 하고 싶은 이야기였다는 것이 이해될 것도 같았다. 어떻게 그럴 수 있는지 설명할 수는 없었지만 말이다. 할 이야기들이 너무 많다. 왜 이 이야기가 아니라 하필이면 저 이야기인지를 설명한다는 것은 어렵다. 아마도 이 이야기를 가지고 많은 다른 이야기를 할 수 있기 때문임이 분명했다. 그럴 수 있는 필연성이 이 이야기에는 있을 것이기 때문에 그럴 수 있었다. 나는 제대로 설명을 하지 못하고 있다. 설명을 할 수가 없다. 그것은 사랑에 빠지는 것과 비슷하다. 왜 그 이야기를 선택했는지 아무리 설명하려고 해도(어린 시절의 슬픔이나 동경에서 정수를 짜내는 것일 수도 있다.) 그다지 설명이 되지 않았다. 이야기란, 내가 말하는 긴 이야기란, 소설을 의미하는 것인데, 그런 소설은 80일간의 세계 일주와 흡사한 것이다. 이야기가 끝날 무렵쯤이면 그 시작이 어땠는지 기억해 내기 힘들 수 있다. 아무리 긴 여정이라 할지라도 어딘가에서 시작해야 한다. 말하자면 이 방에서 시작해야 하는 것이다. 우리들 각자는 자기 안에 방 하나를 짊어지고 다닌다. 그 안에 채워 넣을 사람과 가구들을 기다리면서. 만약 당신이 열심히 귀 기울이려 한다면, 자기만의 방에 있는 모든 것을 침묵시킬 필요가 있을 것이다. 그러면 당신의 머리 안에 있는 다른 방들의 소리가 들릴 것이다. 불꽃이 딱딱 터지는 소리, 시계가 째깍거리는 소리, (만약 창문을 열어 둔다면) 골목길에서 오토바이가 부르릉 부르릉거리는 소리, 마부가 외치는 소리를 들을 수 있다. 하지만 그 방이 소리들로 가득 차 있다면 이런 소리 중 어느 것 하나도 듣지 못할 수 있다. 거친 사람, 혹은 부드럽고 예의 바른 사람들이 식탁에 앉아서 당신이 거의 이해할 수 없는 이야기를 하고 있을 수도 있다. 텔레비전이 최대 볼륨으로 켜져 있기 때문에 듣지 못하는 것은 아니기를 바란다. 당신은 요점을 포착할 수 있을 것이다. 우선 처음에는 고작 한 구절, 이름 하나, 절박한 속삭임, 혹은 외침 정도만 파악할 수 있을 것이다. 외침이 있다면 비명 소리도 있을 수 있고, 침대 같은 것을 볼 수도 있을 것이다. 그러면 당신은 어떤 사람이 고문을 당하고 있는 방이 아니라, 누군가가 출산의 비명을 지르는 방이 있기를 희망할 수 있다. 출산의 비명 또한 견디기 힘든 것이라 할지라도 말이다. 아량이 넓은 사람들 가운데 있는 자신을 발견하고 싶어할 수도 있다. 열정은 아름다운 것이다. 열정과 마찬가지로 이해도 아름다운 법이다. 무엇을 이해하게 된다는 것, 그것은 열정이다. 그것은 여정이기도 하다. 하인들이 마리냐와 다른 손님들에게 외투를 대령했다. 그들은 이제 떠날 준비를 하고 있었다. 앞날에 대한 예감으로 몸을 부르르 떨면서, 나는 그들을 뒤따라 세상 속으로 들어가고자 마음먹었다.

아마 다섯 시가 조금 지났을 무렵이었던 것 같다. 마리냐는 가브리엘라 에버트에게 뺨을 한 대 얻어맞았다.(나는 그 사건을 직접 목격하지는 못했다.) 그 때문에 상당히, 아니 모든 것이(나는 이 사실 또한 몰랐을 수도 있다.) 일순간 확연해졌다. 여느 때와 다름없이, 무대 커튼이 올라가기 두 시간 전, 마리냐는 어김없이 극장에 도착했다. 마리냐는 곧장 자기 전용 분장실로 가서 슈미즈와 코르셋을 벗고 의상 담당자 조피아의 도움을 받아 모피로 테두리를 두른 의상과 슬리퍼를 신었다. 마리냐는 자기 의상을 다림질해 달라면서 조피아를 옆방으로 보내고, 거울의 양쪽 가장자리 가까이로 초를 밀어 놓았다. 이미 뚜껑을 열어 놓은 화장품 케이스와 화장품 병들이 뒤죽박죽 엉겨 붙은 팔레트 앞에 놓인 거울로 몸을 내밀어 너무나도 익숙한 가면, 자신의 진짜 얼굴이자, 여배우의 얼굴 뒤에 있는 얼굴을 더 꼼꼼하게 살펴보고 있었다. 바로 그때 마리냐 뒤편에 있던 문이 갑자기 왈칵 열렸다. 마리냐는 앞에 놓인 거울을 통해, 그녀의 최대 경쟁자가 자신에게 돌진해 오는 것을 보았다. 얼굴이 벌겋게 상기된 가브리엘과는 터무니없이 모욕적인 언사로 고래고래 소리를 질렀다. 마리냐는 몸을 돌려 제자리에 앉았다. 마리냐가 눈꺼풀에 가해진 통증으로 자기도 모르게 얼굴을 찡그리는 순간, 라이벌의 한 팔이 내려가는 것이 얼핏 보였다. 동시에 마리냐의 윗니가 얼얼해지고 코가 욱신거렸다. 큼직한 반지를 낀 손이 마리냐의 얼굴을 냅다 후려갈긴 것이다.

이 모든 일은 신속하고 요란스럽게 일어났다. 마리냐의 눈은 감겨 있었다. 문 닫히는 소리가 들렸다. 쉭쉭 소리를 내며 타오르고 있는 가스 등불 때문에 여기저기 어른거리는 그림자가 드리워진 방안은, 이제 또다시 너무 고요해졌다. 분명 악몽이었을 것이다. 마리냐는 지금 악몽을 꾸고 있는 건지도 몰랐다. 마리냐는 얻어맞은 얼굴을 손바닥으로 두드렸다.

"조피아? 조피아!"

조심스럽게 문 여는 소리가 들렸다. 보그던이 어쩔 줄 몰라 걱정스럽게 중얼거렸다.

"아니 저 여자 대체 뭘 원하는 거야? 얀과 함께 복도에 내려가 있지 않았더라면, 이런 일은 막을 수 있었는데. 감히 당신 얼굴을 어떻게 이 모양으로 만들어 놓을 수가 있어!"

"아무것도 아니에요."

마리냐가 감았던 눈을 뜨고 얼굴에 갖다 댄 손을 내리면서 말했다. "아무것도 아니에요." "아무것도"라는 말은 그녀 뺨에서 화끈거리는 통증이 아무것도 아니라는 의미였다. 이제 편두통이 머리 반대편에 모습을 드러내고 있었다. 오늘 저녁 이 시간까지 상당한 의지로 편두통을 억눌러 왔다. 마리냐는 몸을 굽혀 손수건으로 머리를 묶은 다음 일어나서 세면대로 움직였다. 세면대 앞에서 열심히 비누칠을 한 다음 얼굴과 손을 박박 문지르고 부드러운 수건으로 얼굴을 두드려서 말렸다.

"난 이전부터 쭉 알고 있었소, 그녀가……."

"괜찮아."

마리냐가 말했다. 보그던에게 한 말이 아니었다. 반쯤 문을 연 채 주춤거리고 서 있는 조피아에게 한 말이었다. 마리냐가 입을 의상을 걸치고 있는 조피아의 팔이 허공에 쭉 뻗어 있었다.

손짓으로 조피아를 방 안으로 불러들인 다음 보그던은 의도한 것보다 문을 세게 닫았다. 마리냐는 걸치고 있던 옷을 벗고 황금 수실로 장식한 붉은 와인색 가운을 걸쳤다.("아니, 아니, 등에 단추는 잠그지 말고 그냥 둬.") 청동 거울 앞에서 천천히 한두 번 돌아보고 난 뒤 자신에게 고개를 끄덕이더니 느슨해진 구두 버클을 수선하고, 헤어 아이론을 달궈 달라고 조피아에게 부탁했다. 그런 다음 화장대 앞에 다시 앉았다.

"가브리엘라가 원하는 게 뭐였소?"

"아무것도 없어요."

"마리냐!"

마리냐는 오리털 브러시를 꺼내 얼굴과 목에까지 펄 파우더를 두껍게 펴서 발랐다.

"오늘 저녁 공연 잘하라는 말을 전하러 왔어요."

"정말이오?"

"대단히 아량이 넓은 여자예요. 당신도 그렇게 생각하지 않아요?

그 역할이 자기 것이라고 생각했을 텐데."

"아량 한번 대단하군!"

보그던은 대답하면서도, 가브리엘라가 그럴 리가, 하는 생각이 들었다.

보그던은 마리냐가 파우더를 고쳐 바르는 모습을 지켜보았다. 토끼 발톱 모양의 붓으로 광대뼈 위로 눈 아래까지, 그리고 턱 위까지 연지를 칠했다. 그녀는 눈꺼풀을 시커멓게 칠했다가 세 번이나 스펀지로 전부 털어 냈다.

"마리냐?"

"이런 게 부질없다는 생각이 가끔 들 때가 있어요."

마리냐가 억양 없이 말하면서 흑연 막대로 눈꺼풀을 다시 칠하기 시작했다.

"이런 거라니?"

마리냐는 부드러운 낙타털 브러시를 검은색 물감 접시에 찍어서 아래 속눈썹 안으로 아이라인을 그려 넣었다.

보그던은 마리냐의 아랫눈썹 아이라인이 너무 진해서 그녀의 아름다운 눈이 슬퍼 보이거나 실제보다 나이 들어 보인다고 생각했다.

"마리냐, 날 좀 봐요!"

"보그던. 당신을 쳐다보지 않을 거예요."

그녀가 눈썹을 좀 더 진하게 칠했다.

"당신은 내 말을 듣지 않을 테니까요. 지금쯤이면 이제 내 신경과민에 단련될 법도 한데 말이에요. 배우의 신경과민에요. 평소보다 약간 더 악화되었지만, 이건 첫날밤이잖아요. 나에게 너무 신경 쓰지 말아요."

마치 그런 일이 가능하기나 한 것처럼 말이다! 보그던은 고개를 숙여 마리냐의 목덜미에 가볍게 키스를 했다.

"마리냐……."

"왜요?"

"우리 몇 사람이 모여 당신 공연 축하하려고, 사스키 호텔에 방을 예약해 두었다는 것 기억해요."

"조피아를 불러 줘요, 그래 줄 거죠?"

마리냐는 헤나를 섞기 시작했다.

"당신은 공연 준비를 하고 있는 판에 디너 예약한 걸 이해해 줘요. 당신 기분이 영 좋지 않으면…… 취소해야겠지만."

"그러지 말아요."

마리냐가 중얼거렸다. 마리냐는 더치 핑크빛이 조금 도는 색깔을 혼합하고 있는 중이었다. 손과 팔에다 안티몬과 호분을 섞은 파우더를 발랐다.

"여보?"

보그던은 대답하지 않았다.

"파티를 고대하고 있을게요."

그렇게 말하면서 마리냐는 장갑 낀 손을 돌려 자기 어깨에 올려놓았다.

"뭔가 당신 기분을 상하게 했나 보군."

"모든 게 내 기분을 나쁘게 만들어요"

마리냐가 메마른 목소리로 말했다.

"그냥 그렇게 내버려두면 좋겠어요. 노련한 배우에게는 최선을 다할 수 있도록 해 주는 자극이 필요하거든요!"

마리냐는 보그던에게 기꺼이 거짓말을 할 수가 없었다. 보그던은 그녀를 사랑했던 사람들, 혹은 사랑한다고 주장했던 모든 사람들 가운데 마리냐가 정말로 신뢰하는 유일한 인물이었기 때문이다. 마리냐에게는 보그던의 분노나 진지한 위로가 자리할 공간이 없었다. 마리냐는 이 깜짝 놀랄 만한 사건을 혼자 견디고 넘어가는 것이 좋겠다고 생각했다.

때때로 사람들은 지금이 꿈이 아니라 현실이라는 것을 느끼고 싶어서 제 얼굴을 때리기도 한다. 인생이 당신을 괴롭힐 때면, 이런 것이 인생이다, 하고 스스로에게 말한다. 스스로를 강하게 느낀다.

사람들은 강하다고 느끼고 싶은 것이다. 중요한 것은 앞으로 전진하는 것이다.

마리냐는 단 하나의 목적, 거의 유일한 목적을 가지고 있었으므로, 많은 것들을 무시해 왔다. 참고 인내하는 기질을 가지고 있다면, 자존감이라는 재능을 가지고 있다면, 신이 당신에게 부여해 주었던 또 다른 재능을 가지고 열심히 일해 왔다면, 근면과 뚝심으로 감히 희망하는 것만큼만 정확히 보상을 받았다면, 당신의 성공이 예기치 않게(마음속으로는 그럴 자격이 있다고 생각할 수도 있다.) 즉각적으로 나타났다면, 사소한 것을 기억하고 앙심을 품는다면, 옹졸하다고 여길 수도 있을 것이다. 내가 행복한지 그렇지 못한지 따지는 것이나 마찬가지로, 상처받는다는 것은 약자라는 의미였다.

예기치 않은 고통을 경험하고 나면 불투명하고 막연했던 느낌이 투명해질 수 있다.

이상을 유지하려면 땅에서 발을 약간 떼고 있을 필요가 있다. 그런 이상이 세속화되지 않도록 말이다. 불행과 모욕에서도 거리를 둘 필요가 있다. 그로 인해 당신의 영혼이 뿌리뽑혀 질식하지 않도록 하려면 말이다.

빰을 얻어맞은 것을 있는 그대로 한번 받아들여 보라. 도무지 넘볼 수 없는 마리냐의 성공 때문에 질투심에 사로잡힌 라이벌의 광적인 모욕을 있는 그대로 받아들여 보라. 보그던과 그 사건을 함께 나눌 수도 있었고, 그러다가 애써 잊어버릴 수도 있었다. 그것을 일종의 상징으로 받아들여 보라. 수개월 동안 어른거리면서(이것은 자기 혼자만의 비밀로 간직해 둘 가치가 있었다. 혹은 그만큼 소중한 것이다.) 쉬쉬 했던 요구에 대한 반응이 현실로 나타난 것이었다. 그랬다. 마리냐는 불쌍한 가브리엘라가 빰을 때린 것을 소중히 여길 것이다. 빰을 얻어맞은 것이 아기의 미소였다면, 그 미소를 회상하면서 미소로 응답하리라. 만약 빰을 얻어맞은 것이 그림이었다면 액자에 넣어 두고 화장대 위에 걸어 두리라. 만약 그것이 머리카락이었다면 그걸로 가발을 만들어 달라고 했으리라……. 아, 내가 이러다가 미치겠군. 마리냐는 그런 생각을 했다. 이 사건이 그처럼 단순한 것일 수 있는가? 그러다가 마리냐는 자조했다. 헤나를 입술에 칠하는 자기 손이 떨리고 있는 것을 불쾌하게 바라보았다. 비참하다는 것은 잘못된 것이다. 가브리엘라가 비참해하는 것이 잘못인 것과 마찬가지로, 내가 비참해하는 것도 잘못된 것이다. 가브리엘라는 내가 가진 것을 원할 따름이다. 비참함이란 언제나 잘못된 것이다.

여배우 인생에서 위기였다. 연기는 다른 배우와 경쟁하는 것이다. 그러다가 놀랍게도(사실 우리가 보기에는 전혀 놀라운 것이 아니지만) 한 사람이 다른 어느 누구보다도(빰을 갈겼던 그 여배우를 포함하여) 탁월하다는 점을 인정받게 되었다. 그것으로 충분하지 않았을까? 아니다, 더 이상은 충분하지 않았다.

마리냐는 자기가 배우라는 점을 좋아했다. 극장에서는 오직 진실만이 있는 것처럼 보였기 때문이었다. 더 고차원의 진실이 있었다. 연극에서 연기를 할 때, 위대한 연극의 배우로 있을 때, 실제 자기 자신보다 훨씬 더 나은 인간이 되었다. 연극에서는 잘 다듬어지고, 반드시 필요하고, 최대로 고양된 단어만을 말했다. 언제나 아름답게 보일 수 있었다. 그 나이에는 인위적인 것이 도움이 되었다. 모든 동작 하나하나는 무대에서 표현할 때 자신에게 주어진 재능 이상으로 향상될 수 있었다. 마리냐가 사랑에 빠진 셰익스피어, 혹은 실러나 수오바츠키Slowacki가 늘어놓은 고상한 장광설 한가운데서, 비현실적이고 버거운 의상을 축으로, 자기 예술에 빠져든 관객들에게 몸짓을 보이고 연설하면서, 관객들을 느끼면서도 이제 그녀 스스로를 더 이상 느끼지 못하는 일이 벌어지게 되었다. 예전에 느꼈던 자기 변신의 전율이 사라져 버렸다. 진정한 예술가에게는 꼭 필요한 감정인 무대 공포마저 그녀를 저버렸다. 가브리엘라가 뺨을 때린 것이 마리냐를 깨어나게 만들었다. 한 시간이 지나 마리냐는 가발을 쓰고 가짜 왕관을 머리에 올려놓고, 마지막으로 거울을 한 번 더 들여다본 뒤 무대로 나갔다. 그녀 자신도 인정할 수 있을 만큼, 자기가 세워 놓은 진정한 기준으로 보더라도 썩 괜찮은 공연이었다.

보그던은 개선 행진이 시작될 무렵 처형장으로 향하는 마리냐의 위엄 있는 모습에 완전히 사로잡혀, 융단 덮개가 씌워져 있는 앞줄의 자기 좌석에서 일어나지 못한 채 그대로 앉아 있었다. 보그던의 손은 의자 팔걸이를 꽉 움켜쥐고 있었다. 정신이 돌아온 보그던은 자기 누나, 비엔나에서 온 극장주, 리샤드, 그리고 다른 손님들 틈새로 빠져나갔다. 두 번째 커튼콜이 진행되고 있을 때 보그던은 무대 뒤로 향했다.

"정말 대아아단~했어."

보그던은 무대 날개에서 세 번째 커튼콜을 기다리며 서 있는 마리냐 옆으로 가서 소리쳤다. 우레와 같은 박수 소리로 보건대 꽃이 뿌려진 무대로 그녀를 또 한 차례 불러낼 것이 분명했다.

"당신이 그렇게 생각한다니, 기뻐요."

"저 소리 들어봐요!"

"저 소리라! 이보다 더 나았던 내 공연을 본 적이 없었다면, 저들이 뭘 어떻게 알겠어요?"

마리냐가 네 번의 커튼콜을 더 받고 난 뒤에, 보그던은 그녀를 호위하여 분장실 문을 열었다. 조피아는 마리냐가 성황리에 끝난 공연을 혼자 만끽할 것으로 생각했다. 그런데 막상 안으로 들어온 마리냐는 말없이 흐느끼다가 울음을 터뜨렸다.

"아니, 부인!"

조피아 역시 방금이라도 울음을 터뜨릴 것처럼 보였다.

조피아의 얼굴에 나타난 괴로운 표정을 보면서 위로할 작정으로 마리냐는 조피아의 품에 몸을 던졌다.

"자, 자, 진정하세요."

조피아는 마리냐를 꼭 안아 주다가 한 손으로 뻣뻣해지고 헝클어진 마리냐의 머리카락을 조심스럽게 쓰다듬었다.

마리냐는 어쩔줄 몰라 하며 자신을 안아 주고 있는 조피아의 품에서 몸을 빼내 그녀를 사랑스럽게 쳐다보았다.

“넌 정말 마음씨가 착해, 조피아.”

“부인이 슬퍼하는 걸 견딜 수가 없어요.”

“난 슬프지 않아, 난……. 나 때문에 슬퍼하진 마.”

“부인, 거의 마지막까지 무대 날개에 있었어요. 부인이 죽을 무렵이었는데, 이보다 더 훌륭하게 죽는 연기를 이전에는 본 적이 없었거든요. 부인이 연기를 너무 잘해서 울지 않을 수 없었어요.”

“그럼 우리 두 사람을 위해 운 것만으로 충분해. 그렇잖아?”

마리냐가 웃기 시작했다.

“멍청한 아가씨, 일해야지, 일. 우리 둘 다 왜 이렇게 꾸물거리고 있지?”

왕족 의상을 벗고 모피 테두리를 한 옷을 다시 걸치고 마리냐는 메리 스튜어트(스코틀랜드의 여왕, 나중에 처형되었다. 옮긴이)의 얼굴을 스펀지로 털어 내고서는 재빨리 보그던 뎀보브스키Bogdan Dembowski의 부인 역할에 적절한 가면으로 분별력 있게 되돌아갔다. 아직도 울먹이면서 조피아(“조피아, 그만하면 됐어!”)는 오늘 저녁 보그던이 사스키 호텔에서 베푸는 디너파티에 입고 갈 옷으로 마리냐가 고른 쑥색 드레스를 보듬어 안고서는 그녀의 의자 뒤에 서 있었다. 마리냐는 전신거울 앞에서 드레스를 천천히 입은 다음 화장대로 다시 돌아와 구불구불한 머리카락을 빗고 또 빗어내려 느슨하게 머리 위로 올렸다. 거울을 자세히 들여다보다가 약간 녹인 왁스를 속눈썹에 덧칠했다. 그런 다음 자리에서 일어나 다시 한 번 자신을 살펴본 뒤 복도를 따라 올라오는 떠들썩한 소리에 귀를 기울였다. 요란스럽고 리드미컬한 숨소리들이 들리다가 문이 열리면서 고함 소리와 박수갈채의 물결이 온몸을 덮쳤다.

무대 뒤 분장실까지 들어오는 것이 허용될 정도로 잘 아는 숭배자들 가운데는 지인들이 상당수 있었지만 널찍한 가슴에 은빛 꽃다발을 한아름 안고 있는 리샤드 말고는 마리냐와 절친한 친구는 없었다. 파티에 초대받은 사람들은 먼저 호텔로 출발하라고 부탁해 놓았다. 궂은 날씨에도 백 명이 넘는 사람들이 무대 출입구 바깥에서 기다리고 있었다. 보그던이 상아 손잡이가 달린 뾰쪽한 우산으로 호위를 해 주겠다고 했으므로 마리냐는 눈발이 휘날리는 가운데 15분 이상을 더 머물렀다. 소심해서 그때까지도 프로그램에 사인을 받지 못한 팬들을 뿌리치면서 보그던이 마리냐가 군중 틈새를 빠져나가 대기하고 있던 썰매로 갈 수 있게 해 주지 않았더라면, 그때부터도 족히 15분 이상은 더 지체했을 것이다. 리샤드가 마침내 꽃다발을 마리냐의 품에 안겨 주면서 사스키 호텔까지는 고작 일곱 블록 거리니까 자기는 걷는 편이 낫겠다고 말했다.

자기가 태어난 도시에서 친구들을 호텔에서 만나는 것은 정말 기분이 이상한 일이다. 하지만 지난 5년 동안 그렇게 해 왔다. 마리냐는 자기 재능 덕분에 정상의 자리에 올랐고 바르샤바에 있는 임페리얼 극장과 종신계약을 맺게 되었다. 그래서 크라코프에는 마리냐의 아파트가 없었던 것이다.

"정말 이상해요."

마리냐가 말했다. 누구도 아닌 보그던과 자신에게 한 말이었다. 보그던이 얼굴을 찌푸렸다.

그들이 호텔에 도착했을 무렵 포성처럼 천둥번개가 번쩍거렸다. 비명 소리였다. 아니, 비명이 아니라 단지 고함 소리였다. 화가 난 마부가 자기 말에게 내지르는 고함 소리였다.

그들은 카펫이 깔린 대리석 계단을 걸어 올라갔다.

"당신 괜찮소?"

"물론이죠. 난 정말 괜찮아요. 이건 또 다른 입구니까요."

"그럼 내가 당신을 위해 문을 열어 드리리다."

이번에는 마리냐가 찌푸릴 차례였다.

공연 첫날밤 파티에 어떻게 박수갈채와 환한 얼굴로 맞이하는 사람들이 없었겠는가. 특히 마리냐는 정말로 멋진 공연을 하지 않았던가. 보그던이 문을 열어 주자("보그던, 당신 괜찮아요?" 하는 그녀의 말에 대답을 하면서 그는 한숨을 내쉬고 그녀의 손을 잡았다.), 그녀는 입구로 들어섰다. 표트르가 달려와 마리냐의 품에 안겼다. 그녀는 보그던의 누나와 포옹을 나눈 뒤 리샤드가 준 실크 꽃다발을 그녀에게 주었다. 크리스티냐가 포옹하도록 내버려 두었다. 크리스티냐의 눈은 눈물로 그렁그렁했다. 손님들이 그녀 주변으로 몰려들어 저녁 공연에 대한 찬사를 늘어놓자, 마리냐는 그들의 얼굴을 차례차례 살펴보면서 노래하듯이 즐거운 목소리로 말했다.

이보다 더 나은 향연을 결코 보지 못하리라

공치사에 능한 과묵한 친구들이여.

이 말에 모든 사람들이 웃음을 터뜨렸다. 내가 추측하기에(그때까지 나는 그곳에 도착하지 않았으므로) 영어가 아니라 폴란드어로, 마리냐가 타이먼의 대사를 읊조린 모양이었다. 마리냐 본인을 제외하고는 셰익스피어의 『아테네의 타이먼*Timon of Athens*』을 아무도 읽지 않았다는 뜻이었다. 이 연극에서 '향연'은 행복한 것이 아니다. 무엇보다 향연을 베푸는 사람이 행복한 기분이 아니었기 때문이다. 손님들은 커다란 방 안 여기저기로 흩어져 끼리끼리 마리냐의 공연에 관해 이야기들을 나누기 시작했다. 그런 연후에 더 많은 질문들이 뒤따랐다.(나는 이곳에 도착하여 추위에 떨면서도 이 이야기를 열렬히 알고 싶어하던 중이었다.) 마리냐는 더 겸손하고 덜 냉소적으로 굴려고 애쓰고 있었다. 질투에 사로잡힌 경쟁자는 여기 없었다. 이 사람들은 친구였으며, 마리냐가 잘 되기를 바라는 사람들이었다. 감사의 마음은 어디로 갔던가? 마리냐는 만족하지 못하는 자신이 싫었다. 만약 새로운 인생을 살 수 있다면 두 번 다시 불평하지 않으리라고 마리냐는 생각했다.

"마리냐?"

대답이 없다.

"마리냐, 무슨 잘못된 일이라도?"

"잘못될 일이 뭐가 있겠어요, 의사 선생님?"

그는 고개를 저었다.

"아, 알았소."

"헨리크."

"훨씬 낫군."

"내가 당신을 귀찮게 하는 거죠?"

"그래요."

그가 미소 지었다.

"당신이 날 귀찮게 하고 있어요, 마리냐. 진료실에서가 아니라 내 꿈속에서 말이오."

마리냐를 놀린 것을 채 비난하기도 전에, 그는 "어제저녁 당신 공연은 정말로 훌륭했소." 하고 말을 이었다.

헨리크는 마리냐가 여전히 망설이고 있는 모습을 보았다. "자, 이리 와요." 헨리크는 손을 내밀었다.

"앉아요." 헨리크는 마리냐에게 태피스트리 커버를 한 긴 의자를 권했다.

"내게 말해 봐요."

방 안으로 두 발자국을 옮겨 놓으면서 그녀는 서가에 기대섰다.

"앉지 않을 작정이군?"

"당신이 앉아요. 난 이리저리 계속 걸어 다닐 거예요……. 여기서."

"이런 날씨에 말이오? 그게 현명한 처사일까?"

"헨리크, 제발 좀!"

마리냐가 발걸음을 옮겼다.

"스테판 문제로 당신을 계속 괴롭힐까 해요. 만약 스테판이 정말로……."

"그건 내가 벌써 말했잖소."

헨리크가 중간에 끼어들었다.

"스테판의 폐는 놀랄 만큼 좋아졌어요. 의사와 환자가 그처럼 막강한 적과 싸우려면 장기전이 될 수밖에 없어요. 내 생각에는 우리가 이길 것이오. 당신 오빠 스테판과 나 말이오."

"당신은 시시한 얘길 하는군요, 헨리크……."

"마리냐……. 무슨 문제가 있소?"

"누가 그 시시한 얘길 당신께 해 주던가요?"

"마리냐……. "

헨리크가 한숨을 쉬었다.

"당신이 상담하려는 것이 스테판 문제인 거요?"

마리냐는 고개를 저었다.

"어디 한번 맞춰 봅시다."

헨리크가 과감하게 미소를 지었다.

"이런, 옛 친구가 날 놀리고 있군요."

마리냐가 우울하게 말했다.

"여자들의 신경과민이란 원 참, 그렇게 생각하고 있는 거죠? 아니면 그보다 더한 경우로 생각하거나."

"내가?"

헨리크가 책상을 찰싹 때렸다.

"내가 말이오? 당신이 인정하다시피, 당신의 오랜 친구로서 그 점에 관해 당신에게 고마워하는 내가, 당신을 진지하게 받아들이지 않는다 이 말이오?"

헨리크는 마리냐를 날카롭게 쳐다보았다.

"그게 뭐요? 두통 때문이오?"

"아뇨. 그건 아니에요."

마리냐는 갑자기 털썩 주저앉았다.

"내 문제예요. 내 말은, 그러니까 내 두통 말이에요."

"당신 맥박을 한번 짚어 봅시다."

헨리크가 자리에서 일어나 마리냐에게 몸을 숙였다.

"얼굴이 상기되었어요. 열이 있다고 해도 놀랄 일도 아니지요."

잠시 침묵이 흐른 뒤 헨리크는 잡았던 손목을 주인에게 돌려주면서 다시 한 번 마리냐의 얼굴을 살폈다.

"열은 없어요. 더할 나위 없이 건강한 상태군요."

"잘못된 건 없다고 내가 말하지 않았던가요?"

"아, 그럼 나에게 그냥 불평을 털어놓으려고 왔단 의미이신가? 좋아요, 그럼. 나야말로 남의 말을 가장 잘 들어주는 인물이잖소. 불평을 말해 봐요, 마리냐."

헨리크가 쾌활하게 말했다. 그는 마리냐의 눈에 고인 눈물을 보지 못했다.

"불만을 털어놔 봐요."

"결국은 오빠 문제겠죠, 아마도."

"그런데도 당신은……."

"미안해요."

마리냐가 자리에서 일어섰다.

"나 자신을 조롱감으로 만들었나 봐요."

"그럴 리가! 제발 가지 말아요."

헨리크가 자리에서 일어나면서 마리냐를 멈추게 하려고 문을 막아섰다.

"당신은 열이 있어요."

"열이 없다고 하지 않았어요?"

"내 말은 마음의 신열이 있다는 거지요. 몸과 마찬가지로 마음에도 열이 있는 법이니까."

"인간의 의지를 어떻게 생각해요, 헨리크? 의지의 힘 말이에요."

"이건 또 무슨 종류의 질문인가?"

"내 말은, 사람들은 자신이 원하는 대로 할 수 있다고 생각하느냐고 묻고 있는 거예요."

"바로 당신이 그런 사람이지요. 당신은 원하는 건 뭐든 할 수 있잖아요? 우리 모두 당신의 노예이자 추종자인걸."

헨리크는 마리냐의 손을 잡고 머리를 숙여 그 손에 키스를 했다.

"오, 이런."

마리냐는 자기 손을 뺐다.

"당신 정말 지겨워. 나에게 아부하지 말아요!"

헨리크는 온화하면서도 놀라는 표정으로 마리냐를 한동안 바라보았다.

"이봐요, 마리냐."

헨리크가 위로하듯이 말했다.

"남들이 당신에게 어떤 반응을 보이는지 경험으로 배우지 않았소?"

"경험은 소극적인 교사잖아요, 헨리크."

"하지만 경험은……."

마리냐는 잿빛 눈동자를 반짝이면서 힘주어 말했다.

"낙원에서는, 경험이란 건 없을 거예요. 오로지 축복만 있겠죠. 낙원에서 우리는 서로에게 진실만을 말할 테지요. 아니면 아예 말이 필요 없거나."

"언제부터 낙원을 믿게 되었소? 당신이 부럽군."

"항상 그랬어요. 내가 어린아이였을 때부터요. 나이가 들어 가면서 점점 더 낙원을 믿게 돼요. 낙원이라는 건 필요하니까요."

"낙원을 찾진 못할 거요……. 낙원을 믿는다는 게 힘들지 않아요?"

"아, 문제는 낙원이 아니에요. 문제는 나 자신이죠. 비루한 나 자신 말이에요."

마리냐가 신음하듯 중얼거렸다.

"예술가처럼 말하는군. 당신과 같은 기질을 가진 사람들은 언제나……."

"당신이 무슨 말을 하려는지 난 알아요, 안다고요!"

마리냐가 발을 동동 굴렀다.

"내가 당신에게 명령하노니, 탄원하노니, 기질 이야기는 더 이상 꺼내지 말지어다!"

(그랬다. 그녀는 과거에 신경과민을 앓은 적이 있다. 그랬다. 그녀는 여전히 앓고 있었다. 의사 친구를 제외한 모든 친구들은 자기네들끼리 그렇게 말했다.)

"그러니까 당신은 낙원을 믿는다, 이 말이오?"

헨리크가 달래듯이 더듬거렸다.

"그래요. 낙원의 입구에서 나는, '이게 당신의 낙원인가요? 흰 옷을 걸치고 흰 구름 가운데서 떠돌고 있는 에테르와 같은 이 인물은 누구인가요? 난 어디에 앉을까요? 강물은 어디에 있죠?' 하고 말하게 될 거예요."

"마리냐……."

마리냐의 손을 잡고 헨리크는 그녀를 다시 긴 의자에 앉혔다.

"코냑 한 잔을 따라 드리리다. 그게 우리 두 사람 모두에게 도움이 될 것 같소."

"당신은 너무 많이 마셔요, 헨리크."

"자, 여기 있소."

헨리크는 술잔을 내밀며 마리냐 맞은편으로 의자를 바싹 당겼다.

"이게 더 낫지요?"

마리냐는 코냑을 한 모금 삼켰다. 다시 등을 기대고 말없이 헨리크를 물끄러미 바라보았다.

"왜 그래요?"

"조만간 내가 죽을 거라는 생각이 들어요. 지금 당장 대단히…… 무모한 짓을 저지르지 않는다면 말이에요. 당신도 알잖아요. 작년에도 난 죽을 것만 같았거든요."

"하지만 당신은 죽지 않았잖소."

"그럼 내 말의 진정성을 입증하기 위해 내가 죽기라도 해야 한단 말인가요!"

다름 아닌, 그녀 자신이 스스로에게 보낸 편지.

사랑하는 오빠, 그 오빠가 죽어 가고 있기 때문은 아니다. 나는 존경할 사람을 갖지 못했다……. 내 어머니 때문도 아니다. 사랑하는 우리 어머니, 내 신경을 온통 긁어 놓는 어머니 때문도 아니다. 오, 하지만 어머니의 입을 막을 수만 있다면, 하고 얼마나 바랐던가……. 나 역시 좋은 어머니가 못 되기 때문은 아니다.(내가 어떻게 좋은 어머니가 될 수 있겠는가? 난 배우인데.) 남편 때문도 아니었다. 내 아들의 아버지가 아니지만 너무나 다정해서 내가 원하는 것이면 무엇이든지 해줄 것이다……. 나에게 박수를 쳤던 사람들 때문도 아니었다. 그들은 겉으로 보이는 나의 모습과는 다르면서도 생생한, 또 다른 내가 있을 수 있다는 것을 상상조차 하지 못한다……. 내가 서른다섯 살이기 때문도 아니고, 내가 유서 깊은 나라에서 살고 있기 때문도 아니다. 나는 늙고 싶지 않다.(나는 추호도 어머니처럼 되고 싶지는 않다.) 잘난척하는 비평가들 때문도 아니다. 이제 나는 젊은 여배우들과 비교 대상이 되고 있으며, 매번 공연이 끝나고 난 뒤 우레와 같은 박수갈채가 모자라기 때문도 아니다.(도대체 이 박수갈채의 의미가 다 무엇이란 말인가……) 내가 아파서(신경과민) 3개월 동안 공연을 중단했기 때문도 아니다.(나는 일을 하지 않으면 오히려 몸이 좋지 않았다.) 내가 낙원을 믿고 있기 때문도 아니다. 아, 그리고 경찰이 여전히 나를 감시하면서 나에 대한 보고서를 올리고 있기 때문도 아니다. 그 모든 무분별한 진술과 모든 희망들은 오래 전에 지나가 버렸다.(맙소사, 봉기가 있는 지 벌써 13년이 지났다.) 이런 이유들 때문에 아무도 원하지 않는 일을 내가 하려고 하는 것은 아니다. 모든 사람들이 어리석은 짓이라고 만류함에도, 그들이 원하지 않음에도, 그들 몇 사람들과 함께 이 일을 도모하고 싶은 것은 이런 이유들 때문은 아니다. 내가 원하는 것이면 무엇이든지 하려고 하는 보그던마저(결혼할 때 그렇게 하기로 나에게 약속했으므로) 진정으로 이 일을 하고 싶어하지 않는다. 그래도 보그던은 이 일을 해야 한다.

"아마 도처에 있는 저주일 거예요. 세상은 대단히 크다는 뜻이에요, 내 말은."

마리냐가 말했다.

"세계는 많은 부분들로 이뤄져 있어요. 세계는 불쌍한 폴란드처럼 언제나 쪼개져 있어요. 쪼개진 것들이 또 다시 쪼개지고. 당신은 그중에서 얼마나 작고도 작은 공간을 차지하고 있는지 깨닫게 돼요. 물론 그 작은 공간에서 편안함을 느낀다 할지라도 말이에요……."

"무대 위에서 그렇겠지요."
그 친구가 도움이 되는 말을 했다.
"당신이 그렇다면, 그게 무대일 수도 있겠죠."
마리냐가 냉담하게 말했다. 그러다 그녀는 이마를 찌푸렸다.
"설마 나더러 세계가 다 무대라는 점을 기억하라고 말하려던 것은 분명 아니겠죠?"

"어떻게 당신 자리를 떠날 수가 있소, 여기 이 자리를 말이오?"
"내 자리, 내 자리라고요?"
마리냐가 소리쳤다.
"나에게 그런 자리는 없어요!"
"당신은 저버릴 수……."
"친구들요?"
마리냐가 야유했다.
"실제로, 아이린과 나는 당신 관객들을 염두에 두고 있었소."
"누가 그래요? 내가 관객을 저버렸다고? 내가 여기를 비우고 떠난다면 관객들이 날 잊을까요? 아뇨. 내가 되돌아오고 싶어한다면 그들이 날 반길까요? 그래요, 내 친구들로 말하자면……."
"그래서요?"
"내 친구들을 저버리고 싶은 마음은 추호도 없어요……."

"친구들이 적보다 훨씬 더 위험해요."

마리냐가 되풀이했다.
"친구들의 인정을 염두에 두고 하는 말이에요. 그들의 기대. 친구들은 있는 그대로의 나를 원해요. 친구들의 미몽을 완전히 깨 줄 수가 없어요. 그들은 날 사랑하지 않을지도 몰라요."
"그 점을 친구들에게 설명해 왔어요. 그들에게 변덕을 부리는 것처럼 그 사실을 일러 줄 수도 있었어요. 최근 들어 난 그럴 준비를 하고 있었다는 생각이 들어요. 호텔 디너파티에서, 첫 공연이 끝난 그날 저녁에 열렸던 파티에서 말이에요. 난 술잔을 들고 '자, 난 떠날 작정입니다. 조만간. 영원히' 라고 말할 수도 있었죠. 그러면 누군가가 소리쳤겠죠. '아니, 부인 어떻게 그럴 수가?' 그랬더라면 이렇게 대답할 수도 있었어요. '난 할 수 있어요, 할 수 있다고요.' 그런데 막상 그 말을 할 용기가 없었죠. 그래서 그렇게 말하는 대신 '해체되어 버린 우리의 비참한 조국을 위해서 건배' 하자고 제안했던 거예요."

조국에 대한 사랑, 친구에 대한 사랑, 가족에 대한 사랑, 무대에 대한 사랑…… 아, 그리고 신에 대한 사랑, 언어에 대한 사랑, 마리냐의 입술에서 이런 것들이 술술 흘러나왔다. 하지만 연극적인 소재인 낭만적 사랑은 거의 기대할 수가 없었다.
마리냐는 엄격하고 의무감이 강한 아이였다. 신이 언제나 지켜보면서 커다란 갈색 장부에다(그녀는 그렇게 상상했다.) 그녀의 일거수일투족을 낱낱이 기록할 것이라고 생각했다. 마리냐는 등을 꼿꼿하게 펴고 사람들의 시선을 언제나 정면으로 응시했다. 신은 그렇게 하는 것을 좋아하리라고 확신했다. 불평은 부질없는 짓이라는 것을 일찌감치 이해했으므로, 아무에게나 불평을 털어놓지 않으려고 최선을 다했다. 신은 그녀가 얼마나 약한지 잘 알았으므로, 열심히 노력했다는 것만으로 용서해 줄 것이라 믿었다. 그 대신 그것이 자신의 재능이든, 소망의 힘이든, 그 밖의 무엇이든 간에 자신이 진정으로 받을 만한 자격이 없는 것들을 신에게 절대 요구하지 않겠다고 결심했다. 억지로 신의 관용을 구하고 싶지 않았다.

마리냐는 진실을 말할 수 없었다는 점은 인정했다. 하지만 그녀는 남들에게 **무엇인가** 말함으로써 남들이 자신의 말에 귀 기울이도록 만드는 에너지가 엄청났다. 여자로서는 그다지 많은 것들을 말할 수 없었다. 하지만 디바로서는 많은 말들을 할 수 있었다. 디바로서, 디바에게 허락된 것으로 인해, 그녀는 울분을 터뜨릴 수도 있었고 불가능한 것을 요구할 수도 있었으며 거짓말을 할 수도 있었다.

무명의 존재에서 스타가 되었다고 말한다면 더 어울렸을 것이다. 대단히 재능 있는 가계의 후손으로서 매력을 물려받았다고 말하는 것 또한 적절했을 것이다. 마리냐가 구성한 가족 스토리는, 행복했지만 궁핍한 어린 시절이었다. 행복과 가난, 두 가지는 예술적인 요소와 혼합되었다.

마리냐는 열 명의 자녀 중 막내였다. 어머니는 첫 번째 결혼에서 여섯 명을 낳았고, 두 번째로 결혼한 중학교 라틴 교사와는 네 명의 아이를 더 낳았다. 마리냐가 언제나 언급했던 것처럼, 두 명의 이복오빠들은 그 무렵 이미 무대에 섰다. 마리냐는 네 살 때 읽기를 배웠다. 이런 집안 분위기에서 오빠들의 뒤를 따르고 싶다는 욕망이 어떻게 없었겠는가? 처음부터 배우의 인생을 꿈꾼 것은 아니었다. 마리냐는 군인이 되고 싶었다. 여자로서는 무기를 드는 것이 결코 허용되지 않을 것을 알게 되자, 시인이 되려고 했다. 이 나라의 자유를 위해 행군할 때 남자들이 암송하는 애국적인 송가를 쓰는 시인이고 싶었다. 아버지는 독서를 좋아하는 그녀의 취미를 꺾어 놓지는 않았지만, 여자로서 책벌레가 되는 것보다는 음악을 하는 것이 낫다고 보았다. 다음 날 수업을 준비하는 저녁 시간, 아버지는 플루트를 연주하는 것으로 시끌벅적한 집안의 소란에서 일찌감치 물러났다.

마리냐가 친구들에게 순정한 분위기를 풍길 수 있었던 것도 그녀가 아버지에게서 플루트를 배웠다는 사실 때문이었다.

이런 이야기에는 생략된 것들이 있게 마련이다. 엄청나게 잔소리가 심한 어머니와 시저나 베르길리우스를 읽다 잠드는 아버지 사이의 놀라운 불협화음이 있었다. 마리냐는 여섯 살이 되었을 때, 동네 아이들의 놀림감이 되었다. 마리냐에게 라틴어를 가르쳐 준 사람은 자기 아버지가 아니라 세 들어 사는 아저씨였다.(그녀의 집은 언제나 하숙을 쳤다.) 그 아저씨는 나이가 많았는데, 독일인과 폴란드인의 혼혈이었다. 그는 마리냐가 열한 살이었을 때 그녀의 집에서 하숙을 했다. 아버지가 죽은 지 2년이 지났을 무렵이었다. 남자는 마리냐가 열네 살이 되기 전까지는 그녀의 침대에 들락거리지 않았다.(남자는 마리냐에게 엄마에게 말하지 않겠다는 약속을 받아 냈다.) 그 나이가 될 때까지 지분거림을 당하지 않았다는 것만으로도 운이 좋았다는 것이, 그녀 어머니가 한 말이었다.

"나는 형제자매가 많은 집에서 자랐어요. 형제들이 극장을 정말로 좋아했어요. 그중에서 단지 네 사람만이 그랬지만요. 스테판, 아담, 요제피나, 그리고 나, 우리 넷은 무대에 서게 되었어요. 오직 한 명에게만 진정한 재능이 있었지만요. 그건 내가 아니었어요, 그래요."

마리냐는 손을 저으면서 "내 말을 반박하려 들지 마세요." 하고 말했다.

마리냐는 스테판이 더 천부적인 재능을 가지고 있었으며, 자신이 성취한 모든 것은 엄청난 노력과 응용력 덕분이라고 주장하길 좋아했다. 자신이 엄청나게 빠른 속도로 성공하면서 상대적으로 스테판 오빠가 빛을 잃게 된 것에 끊임없이 죄책감을 느끼고 있었다.

"우린 가난했어요. 아홉 살 때 아버지가 돌아가시고 나니 더더욱 가난해졌어요. 아버지가 돌아가시고 난 뒤부터 어머니는 우리 동네 빵 가게에서 일했어요. 우리 모두 그 집에서 태어났어요. 그 집은 크라코프 대화재 때 불타 버렸어요."

마리냐가 말을 멈췄다.

"어렸을 때는 위안과 사치가 없으면 살 수 없을 것으로 생각했죠."

키가 껑충한 웨이터가 샴페인을 따라 주고 있었다.

"그러다가 나중에는 친구 없이는 살 수 없을 거라고 생각했어요."

"그럼, 지금은요?"

"지금 나는, 그 모든 것이 없어도 살 수 있다고 생각해요."

"그건 모든 걸 원한다는 말과 진배없어요."

영리한 그녀의 친구가 대답했다.

마리냐는 일곱 살 때 처음으로 극장에 갔다. 처음 본 연극은 〈돈 카를로스*Don Carlos*〉였다. 절절한 사랑에 관한 연극 같기도 하고, 가슴 아픈 비탄에 관한 연극 같기도 했다. 불행한 왕자 카를로스가 스페인의 속국이 된 네덜란드의 해방을 위해 싸우러 나가는 마지막 장면에 이르면, 연극은 그보다는 훨씬 나은 것에 관한 이야기인 것으로 드러난다. (카를로스는 결코 네덜란드로 떠나지 못할 것이다. 이 연극의 마지막 장면에서 카를로스의 아버지인 왕은 자기 아들을 체포해 처형하라는 명령을 내리는데, 받아들이기에 너무 끔찍한 명령이었다.) 마리냐는 해방에 대한 쉴러의 메시지에 완전히 압도되었다. 나이가 어렸던 마리냐는 자기가 극장에 간 이유를 완전히 잊어버렸다. 이복오빠인 스테판의 첫 크라코프 공연을 보기 위해서였는데도 말이다. 마리냐는 무대에 등장했다가 사라지는 모든 사람들을 전부 살펴보았지만, 그들 가운데서 잘생긴 오빠를 찾을 수가 없었다. 한 명은 너무 뚱뚱했고 다른 한 명은 너무 늙었으며(스테판은 열아홉 살이었다.) 또 다른 사람은 키가 너무 컸다. 너무 뚱뚱하지도, 너무 늙지도, 너무 크지도 않은 유일한 사람, 은빛 가발을 쓰고 얼굴에 붉은 화장을 한 남자는 충성스러운 포사 역을 맡고 있었다. 그런데 포사 역을 맡은 배우는 스테판과 닮지 않았다. 그런데도 그녀는 부모님에게 누가 스테판 오빠인지 차마 묻지 못했다. 구제불능으로 멍청하다면서 두 번 다시 극장에 데려가 주지 않을까 봐 두려워서였다.

공연이 끝난 뒤 어머니와 함께 무대 뒤 분장실로 갔을 때, 스테판 오빠는 환한 얼굴로 나타났다. 깡마른 얼굴과 강인한 턱과 고귀한 이마에 칠한 화장을 지우고 있었다. 그녀는 차마 오빠에게 무슨 배역을 연기했는지 물어볼 수가 없었다.(오빠는 포사 역이었을까?) 그냥 오빠의 연기가 너무 멋있다고, 너무 훌륭했다고만 말했다.

바로 그때 마리냐가 다시 극장에 올 수 있도록 허락받을 수 있는 한 가지 확실한 방식이 얼핏 떠올랐다. 돌이켜보면 대단히 영리한 어른들의 계산처럼 보였다. 바로 마리냐 자신이 배우가 되는 것이었다. 배우가 극장에 가겠다는데, 누가 막겠는가? 실제로 배우는 너무나 환영받는 존재여서 심지어 통상적인 출입구가 아니라 뒷문을 통해 들어갔다. 마리냐는 배우들도 입장권을 사야 하는 줄 알았다.

"그날 밤(그녀는 이 이야기를 친구들에게 해 주면서 자신을 조롱했다.) 나는 얼음장처럼 차가운 창문틀에 입술을 대고 맹세했죠. 그러니까 나의 형제자매 다섯 명이 함께 썼던, 그 방의 창문틀에 대고요. 내가 태어났던 곳이 아니라 새로 이사한 집에 딸린 방이었어요.(대화재 이후에 옮긴 집이었다.) 오로지 극장을 위해 살고 싶었거든요. 그 전에는 배우가 될 수도 있다는 생각을 하지 못했어요. 오랫동안 스테판과 아담마저 배우 생활이 얼마나 힘든지 너무 끔찍하게 묘사하면서 나의 기를 꺾어 놓으려고 했거든요. 힘든 일, 지루한 반복, 열악한 보수, 정직하지 못한 극장 매니저들, 배은망덕하고 무지한 관객들, 악의에 찬 평론가들. 보온도 안 되는 지저분한 싸구려 여관방, 복도의 마루는 삐걱거리고, 느끼한 음식과 싸늘하게 식은 차로 배를 채우고, 마차가 지나가기에 위험할 만큼 울퉁불퉁한 길을 따라 끝날 줄 모르는 여정을 계속해야 하는 건 말할 것도 없었죠. 하지만 (그녀가 설명하기 위해 뜸을 들였다.) 그런 것들이야말로 내가 좋아했던 것이지요."

"그런 불편을 즐긴다고요?"

"그래요. 여행을 좋아해요! 방랑자가 되는 것이요. 어디든 갈 수 있잖아요. 사람들을 즐겁게 해 주고, 그런 다음 두 번 다시 그들과 만나야 할 필요도 없고."
"하지만 지금은 많이 편해진 게 틀림없잖아요. 기차로 여행할 수도 있고."
"내 말을 듣지 않고 있잖아요. 당신은 이해하지 못해요."
마리냐가 소리쳤다.
"집이 없다는, 바로 그런 느낌이라니까요!"

"난 아직도 그 불길을 볼 수 있어요."
마리냐가 리샤드에게 말하고 있었다.
"그리고 냄새도 맡을 수 있어요. 그때부터 불이 무서워졌어요. 앞으로도 그럴 거예요. 그때가 열 살 무렵이었어요. 처음에는 광장 건너편에 있는 도미니크 수도회의 문간에서 많은 사람들과 피신하여 우리 집 창문이 녹아내리는 것을 지켜보았어요. 오빠들이 오스트리아 병사들에게 나무총을 겨냥했던 바로 그 창문이었죠. 그 사건으로 엄마가 얼마나 겁에 질렸는지 몰라요. 엄마는 우리 모두 대피해서 목숨을 건진 게 얼마나 다행인지 모른다고 말했지요. 모든 게 남김없이 불타 버렸지만 그래도 전부 목숨은 구했으니까요. 교회마저 완전히 불타 버렸어요. 화재 사건 이후 우리가 이사한 연립주택은 이전보다 더 좁았어요. 좁았는데도 어머니는 하숙생을 받았어요. 그로츠카Grodzka 거리에 있는 연립주택에 살 때는 언제나 하숙생이 있었죠. 그 하숙생이 잘레조브스키Załężowski 씨였어요. 그 사람은 대단히 친절해서 나에게 독일어를 가르쳐 주었죠. 물론 라틴어는 더 쉽게 익힐 수 있었고요. 아버지가 라틴어 반복 연습을 많이 시켜 주었거든요. 하지만 내가 언어를 배우는 데 재능이 있는지는 모르겠더군요. 잘레조브스키 씨는 외국인이었어요. 쾨니히스베르그Königsberg 출신이었는데, 그 사람 본명은 지벨메이어Siebelmeyer였어요. 잘레조브스키 씨는 애국자였어요. 그 사람은 열일곱 살 때 1830년 봉기(1772년 폴란드 제1차 분할이 이루어져 폴란드 영토의 4분의 1 이상이 러시아, 오스트리아, 프로이센에 넘어갔다. 1793년 제2차 분할과 1795년 제3차 분할의 결과 주권국으로서의 폴란드는 완전히 소멸되었으며, 대신 오스트리아 · 프로이센 · 러시아가 그 자리를 메웠다. 1815년 러시아 제국 내에 독자적인 정치체제와 군사력을 갖춘 폴란드 왕국이 수립되었으며, 폴란드인들은 1830년, 1863년에 제정 러시아의 폭정에 대항하여 반란을 일으켰으나 실패로 끝났다. 옮긴이)에 가담해서 싸웠어요. 오빠들은 그를 숭배했죠. 어머니 또한 그분을 좋아했고요. 한동안 오빠들과 나는 턱수염이 더부룩하고 무뚝뚝한 독일인 가정교사가 조만간 우리 의붓아버지가 되리라 막연히 짐작했어요. 그런데 알고 보니 그 사람은 나를 좋아했던 거예요. 우리 두 사람은 스물일곱 살의 나이 차이가 있을 정도로 내가 어렸지만 내심 그처럼 멋진 남자의 애정을 거절하고 싶지 않았어요. 그 사람은 정말 많은 것을 가르쳐 주었으니까요. 스테판 오빠는 그때까지도 내가 연극하는 것을 만류하려고 설득했지만 극장에서 내 미래의 가능성을 본 것은 바로 그 사람이었어요. 바르샤바에서 유명한 여배우 앞에서 했던 참담한 오디션 결과(그 여배우의 이름은 당신에게 말해 줄 수 없어요.), 그 여배우가 나에게는 연극적인 재능이라고는 전혀 없다고 하더군요. 전혀 없다고요! 그런데 그 사람은 나에게 무대에 서 보라고 했어요. 몇 년 전 경찰을 피해 다니면서 잘레조브스키는 유랑 극단을 운영했대요. 그래서 우리 두 사람이 한동안 보흐니아Bochnia로 가서, 그곳에서 일자리를 구하고 있는 몇몇 배우들과 함께 유랑 극단을 부활시키자고 나에게 제안했어요. 그는 내 연극 인생의 방향을 안내할 도구를 갖고 있었던 거예요.

그래서 열여섯 살 때 어머니의 눈물 어린 축복 속에서 (그렇지 않고는 어쩔 도리가 없었으니까요.) 잘레조브스키 씨와 나는 결혼을 하고 크라코프를 떠나 그 도시로 가게 되었죠. 그곳에 그 사람의 지인들이 있었거든요. 열일곱 살에 코르제니오브스키의 〈일층 창문*A Window on the First Floor*〉에서 아내 역으로 데뷔를 했어요. 당신도 기억하겠지만 남편에게 부정을 저지르는 찰나, 아픈 아기의 울음소리 때문에 구제받는 아내의 이야기였어요. 그 당시 관객들은 그다지 세련되지 못했거든요. 관객들은 건강한 정서와 도덕적인 것을 선호했어요. 그런데도 잘레조브스키 씨는 날더러 위대한 연극들, 독일 연극, 셰익스피어 연극을 하라고 했죠. 몇 개월이 지나자 나는 그레첸, 줄리엣, 데스디모나의 역할을 배우게 되었어요. 그리고……. 그런데 내가 왜 이 이야기를 줄줄 늘어놓고 있는 거죠?"

마리냐는 짜증스럽게 말했다.

"대단히 쉽게 성공한 것처럼 술술 말하고 있다니!"

"물론 쉬운 게 아니었겠지요."

여자의 친구는 다독이듯이 말했다.

"그럼 쉽지 않았죠!"

마리냐가 소리쳤다.

"온통 야심으로 똘똘 뭉쳤다 하더라도, 그 시절 나 역시 관객이나 하등 다를 바 없이 세련되지 못했으니까요. 『영혼의 위생학*The Hygiene of the Soul*』이라는 작은 책이 나에게 미쳤던 영향을 기억하고 있어요. 그 책에서 저자, 그 저자 이름이 뭐더라, 포이히터스레벤Feuchtersleben이라는 이름이었는데, 그는 우리가 정말로 강렬하게 소망하는 것이면 무엇이든 얻을 수 있다는 것을 입증하려고 했어요. 이런 유토피아의 영혼에 복종하여 나는 침대에서 벌떡 일어나(밤늦은 시간이거든요.) 마루를 발로 쾅쾅 굴리면서 소리쳤죠. '그래, 난 해야 하고 할 수 있어!' 하고 외쳤지요. 내 고함 소리에 유모가 깨고 아기가 놀라서 울기 시작했어요. 나는 다시 침대로 소리 없이 기어들어가 미래의 월계관을 꿈꿨어요."

"그때 당신은 정말 어렸군요."

"벌써 스무 살이었어요. 그래요, 그러니까 그다지 어린 나이는 아니었죠. 내 딸아이, 그 아기에게 일어났던 일은 당신도 알잖아요. 이질에 걸렸어요. 나는 순회공연을 해야 하는 판이었는데."

"그래요."

"아기에게 갈 수가 없었어요. 남편인 잘레조브스키 씨가 내가 없으면 연극을 할 수가 없다고 하더군요. 우리가 이번 계약을 이행하지 않고 파기하면 다시는 극장에 발을 디딜 수 없을 거라고요."

"아주 끔찍했겠군요."

"지금도 그래요. 그 애 때문에 날이면 날마다 애도하고 있어요. 표트르를 사랑하기는 하지만, 난 아들을 한 번도 상상한 적이 없었어요. 언제나 딸을 상상했으니까."

"그래도 월계관은, 월계관에 관해서는 당신이 옳았잖소."

"맞아요. 처음부터 나는 주역이 아닌 역할을 해 본 적이 없었어요. 그건 어쩔 수 없어요. 박수갈채에 얼마나 빨리 익숙해지는지, 정말 놀라워요."

스테판과 다른 사람들이 그녀를 만류하려고 애썼던 것과 마찬가지로, 마리냐는 그녀에게 힘을 얻고자 찾아오는 연극 지망생들을 만류하는 것을 자신의 의무로 여기게 되었다.

"당신이 참고 견뎌야 할 무시와 멸시는 상상조차 못 할 거예요."

마리냐는 크리스티냐에게 경계하도록 일러 주었다.

"그러다가 어느 날 마침내 성공했다고 하더라도 (그녀는 머리를 절레 절레 저었다.) 성공했다는 이유로 또 멸시당해요."

굳이 격려할 의미는 아니었다고 하더라도, 마리냐는 가르치는 것을 좋아했으며 자기 인생에 관한 이야기를 하는 것을 좋아했으므로, 그렇게 했다.

"잘레조브스키 씨, 하인리히 잘레조브스키는 항상 이런 말을 했어요. '당신 역할을 낮이나 밤이나 연마한다고 도움이 되지는 않아. 건강이나 해칠 따름이지. 당신은 생각이 너무 많아. 내 말 들어. 배우는 생각할 필요가 없다니까', 하고 말이에요."

마리냐는 웃었다.

"물론 그건 본말이 전도된 것이라고 생각해요. 나는 생각하는 게 좋아요."

"그럼요."

마리냐의 추종자 중 한 명이 불쑥 끼어들었다.

"생각이란……."

"그렇다 한들 그 사람과 논쟁하는 게 부질없는 짓이라는 걸 알았어요. 그래서 겸손하게 대답했죠. '난 아직 어리고 당신은 나이가 많고 내 남편이니까. 그럼 내가 어떻게 하면 돼죠?' 하고 물었어요. '부지런해야지. 날이면 날마다 부지런히 해야지!' 남편이 소리쳤어요. (연극하는 사람들은 하나같이 왜 그렇게 소리를 버럭버럭 지르죠?) 마치 내가 부지런하지 않았던 것처럼 말이에요!"

마리냐는 손가락으로 자기 관자놀이를 눌렀다. 다시 두통이 시작된 모양이었다.

"부지런한 것만으로는 충분하지 않아요. 난 내 역을 정말 오랫동안 연구하고 싶었는데도 역할을 제대로 준비할 수가 없었어요. 대사를 외우고 방 안을 서성거리면서 내 손을 어떻게 움직이고 내 머리를 어떻게 돌려야 하는지를 상상해 보았어요. 내가 맡은 인물이 어떻게 느끼고 행동할 것인지 그 모든 것을 상상하면서요. 그런데 그것만으로도 충분하지 않아요. 내 눈으로 직접 보아야 했거든요. 나 자신을 배역의 등장인물로 보아야 한다는 거죠. 왜 그런지 모르겠지만, 도무지 그게 불가능할 때가 있어요. 그림이 선명하게 떠오르지 않거나 아니면 마음속에 선명하게 남아 있지 않았어요. 연극이라는 것은 미래니까요. 아무도 알 수 없는 거잖아요."

마리냐의 말에 귀 기울이고 있던 젊은 배우는 약간 두려워진 것처럼 보였다.

"그래요. 어떤 배역을 준비하는 것이 어떤 기분인지, 그것은 마치 미래를 들여다보는 기분이라고나 할까요. 혹은 어떤 식으로 드러날지 알 수 없는 여정 같다고나 할까요."

마리냐가 꿈꾸는 듯한 목소리로 말했다.

“알다시피 난 용감하지 못해요. 난 내 자신을 너무 잘 알아요. 순발력도 뛰어나지 못하고요. 그러니까 나 자신을 묘사한다면……, 뭐랄까 느리다고 해야겠지요.”

“그렇긴 하지만…….”

“그래요, 순발력도 없고. 머리가 영리한 것도 아니고요. 보통보다 약간 좋다고 해야 할까요? 정말로 그래요. 그런데(이 부분에서 그녀는 무자비한 미소를 지었다.) 순전히 집요한 근성으로, 어느 누구보다 혼신을 다해 노력하면 승리할 수는 있다는 걸 언제나 이해했던 거죠.”

“당신은 휴식이 필요한 것 같소이다.”

“아니요.”

마리냐는 부인했다.

“난 휴식을 원하지 않아요. 일을 원해요.”

“당신보다 더 열심히 일하는 사람이 어디 있소?”

“난 평화를 원해요.”

“평화라고요?”

“난 깨끗한 공기를 마시고 싶어요. 반짝이는 시냇물에서 내 옷을 빨래하고 싶어요.”

“당신이? 당신이 자기 옷을 손수 빨래한다고요? 언제요? 그럴 시간은 있었소? 어디서 그랬다는 거요?”

“아, 그건 그냥 평범한 옷이 아니거든요!”

마리냐가 소리쳤다.

"날 전혀 이해하지 못하고 있는 거죠?"

"파리에는 우울하고 고상한 영혼을 가진 우리 동포들이 많이 살고 있지만요."
어떤 이가 제안했다.
"그래도 파리는 즐거움과 기회로 가득 차 있어요. 당신은 남들처럼 그렇게 망명 생활을 할 수는 없을 걸요. 당신은 그러니까……."
"아니요, 파리는 아니에요."

"내가 만족하지 못한다는 건 사실이에요. 대부분의 경우 그래요."
마리냐가 덧붙였다.
"나 자신에게 그래요."
"그러지 말아야……."
"행복하다는 건 좋아요. 행복하기를 원하는 건 너무 천박해요. 그리고 당신이 행복하다면, 그 사실을 알고 있다는 게 천박한 것이고요. 행복하다는 사실 때문에 의기양양해지니까요. 중요한 것은 자존감이죠. 자존감은 자신의 이상에 진실한 채로 남아 있는 한 당신의 것일 테니까요. 당신이 조금이라도 성공했다 싶으면 타협하기가 쉬워져요."

"물론 내가 미친 건 아니에요."

마리냐가 말했다.

"아마 너무 까다롭게 구는 것일 수는 있겠지만요. 예를 들자면 우스꽝스럽게 재채기를 하는 사람은 자존감을 상실할 수밖에 없다고 생각해요. 뭣 때문에 그 따위 것에 신경 써야 하냐고요? 그건 집중력 문제임에 틀림없으니까요. 그냥 우아하고 솔직하게 재채기를 하면 되잖아요. 그냥 악수하는 것처럼요. 오랫동안 알고 지냈던 누군가와 나눈 대화가 기억나요. 예민한 의사인데, 그 사람과의 우정을 전 무척 소중하게 여긴답니다. 우린 푸리에의 열두 가지 근본적인 열정을 거론하던 중이었어요. 말하는 도중에 그 친구는 너무 감정에 북받쳤어요. 그가 갑자기 날카로운 소리로 '에취' 하고 재채기를 했어요. 눈을 감고 연달아 두 번씩이나. 침이 튀겨 얼룩덜룩한 얼굴을 보면서 그 사람이 무슨 소리를 할지 난 궁금했어요. 손수건을 꺼내려고 더듬거리는 걸 보면서 알았죠. 더 이상 이상적인 조화와 매력의 계산법에 관해서 말하기는 힘들어졌어요!"

"난 그렇게 생각해요."

마리냐가 호기롭게 시작했다. 그러다가 멈췄다. 이 모든 게 얼마나 부질없는 짓인가!

"계속해요."

보그던이 재촉했다. 그렇다. 마리냐가 느끼고 있었던 것은 터무니없는 감정이었다. 혹은 그렇지 않을 수도. 이런 불행을, 정말로 그것이 불행한 감정이라고 한다면, 그런 감정을 보그던에게 강요한다는 것은 얼마나 끔찍한가. 그는 마리냐가 하는 말이라면 뭐든지 액면 그대로 받아들였다. 왜 그녀는 보그던의 이마에 주름살이 잡히고 턱이 긴장으로 굳어지는 이야기들을 하고 싶어하는 것일까?

"당신이 내게 얼마나 다정하게 대해 주는지 생각하던 참이었어요."

마리냐는 자기 얼굴을 그의 목에 기대면서 말했다. 보그던의 몸이 주는 위로와 용서를 얻고 싶었다.

마리냐가 찡그렸다.

"그럼요, 난 불평하는 게 싫지만……."

"그런데요?"

리샤드가 말했다.

"난 과시하는 걸 정말 좋아해요."

자기 이마를 찰싹 때리면서, 신음 소리를 냈다.

"아 야야!"

그런 다음 창피한 듯 미소 지었다.

젊은 남자 리샤드는 놀란 듯했다. (그래, 저 여자는 병을 앓았던 거야. 친구들이 수군거렸던 것처럼.)

"내가 자랑이 심한가요?"

마리냐가 눈을 반짝이면서 물었다.

"말해 줘요, 충실한 나의 기사여."

리샤드는 대답하지 않았다.

"만약 그렇다면 (그녀가 초조하게 계속했다.) 왜 그럴까요?"

리샤드는 고개를 저었다.

"놀라지 마세요. 당신은 배우니까, 하고 대답할 작정 아니었나요?"

"그래요. 그것도 위대한 배우죠."
리샤드가 대답했다.
"고마워요."
"정말 멍청한 소리를 했군요. 용서하십시오."
"아니에요."
마리냐가 말했다.
"그건 자랑이 아닐지도 몰라요. 내가 통제할 수 있다고 할지라도 말이에요."

"난 내 감정을 억제하려고 노력해요. 진심이라니까요!"
"당신 감정을 억제하다니요?"
평론가가 소리쳤다. 대단히 우호적인 평론가였다.
"뭣 땜에 그러죠, 부인? 연극이라는 게 대중을 즐겁게 해 줄 감정을 쏟아 내는 것 아닌가요?"
"매번 비극의 여주인공과 동일시할 필요가 있었어요. 비극의 여주인공들과 함께 고통을 경험해요. 진짜 눈물을 흘려요. 때로는 막이 내려가도 감정을 주체할 수 없을 때도 있어요. 분장실에 엎드려 힘이 되돌아올 때까지 꼼짝 않고 누워 있었어요. 주인공의 고뇌를 함께 느끼지 않았던 공연치고 성공한 적이 없었거든요."
마리냐는 얼굴을 찌푸렸다.
"난 그게 단점이라고 생각해요."
"그럴 리가요!"
"생각해 보세요. 내가 만약 코믹한 배역을 맡는다면 대중들이 뭐라고 할까요? 코미디 말입니다."
마리냐가 웃었다.
"코미디는 나의 강점이 아니라고 생각할 테니까요."
"어떤 코믹한 배역을 하고 싶은가요?"
평론가는 조심스럽게 물었다.

처음부터 너무 높은 음으로 시작하면 더 올라갈 곳이 없어진다.
"그때가 기억나요."
마리냐가 리샤드에게 경험담을 털어놓고 있는 중이었다.
"한번은 감정을 자제하지 못했어요. 대가를 톡톡히 치르지는 않았다지만 결과는 재앙이었죠. 〈아드리엔 르쿠브뢰르*Adrienne Lecouvreur*〉라는 연극이었어요. 대단히 좋아하는 연극이었거든요. 여배우의 역할이 정말 핵심이었고, 르쿠브뢰르는 당대의 최고 배우였어요. 글쎄, 콜보이가 무대 호출을 알려 주기에 분장실을 떠나 무대 윙에 서서 대기하고 있었어요. 내가 나가야 할 차례였거든요. 그 역할을 하는 게 물론 처음은 아니었는데도, 무대 공포가 엄습하는 게 느껴지더군요. 종종 무대 공포에 사로잡히고는 하니까요. 심장이 쿵쾅거리고 손바닥에 진땀이 나는 정도라면 전혀 개의치 않아요. 걱정은커녕 난 무대 공포를 오히려 프로 의식의 발로라고 보니까. 무대에 나가기 전에 심장이 펴덕거리고 신열이 나지 않으면, 그날 연기는 엉망인 경우가 많았어요. 어쨌거나 그날은 보통 공연 때보다도 무대 공포가 약간 더 심했어요. 두려움으로 온몸이 마비되는(그런 일도 있었어요!) 그 정도는 아니었지만요. 제정신이 아닌 상태였어요. 무대에 나가니까 객석을 가득 채운 관객들이 환호하면서 몇 분 동안 박수갈채를 보냈어요. 무릎을 굽히고 몸을 깊숙이 숙여 절을 했죠. 왼손이 오른편 무릎에 닿을 정도로 머리를 깊숙이 숙이면서 관객들이 보내는 경의가 가라앉을 때까지 기다렸다가 고개를 들고 혼자 중얼거렸지요. '자, 봐라, 내가 할 수 있는 게 어떤 것인지 한번 봐라' 하고 말이에요. 이 역을 처음 맡은 건 레이첼이었는데 그녀의 목소리는 내 목소리보다 더 강하고 더 깊었거든요. 관객들은 레이첼이 바르샤바에서 몇 년 전에 공연했던 것을 기억하고 있었어요. 그런데도 모든 사람들은 내 아드리엔 공연이 훨씬 더 훌륭했다고 생각하고 있더군요. 그날 밤 내 인생 최고의 공연을 해야겠다고 작정했어요. 잔뜩 긴장한 상태에서 내가 맡은 장면을 시작했죠. 첫 대사부터 너무 높게 시작해 버렸어요. 도무지 어쩔 방법이 없었어요. 일단 시작해 버리면 그 다음부터는 목소리 고저를 조절한다는 게 불가능했어요. 아드리엔이 코미디 프랑세즈의 무대 뒤에서 새로운 역할을 연구하고 있는 중인데, 그녀는 도무지 마음을 다잡고 집중할 수가 없어요. 맥박은 빨라져서 마구 뛰기 시작하고 있어요. 왜냐하면, 사랑에 빠진 남자를 다시 만날 생각에 마음이 너무 들떴던 거죠. 막역한 친구인 프롬프터(무대에서 대사를 알려 주는 사람)에게 이 새로운 자기 열정을 털어놓으려는 순간이었죠. 프롬프터 또한 그녀를 사랑했지만, 차마 사랑의 맹세를 할 수 없게 되어 버렸어요. 나는 가장 재능 없는 여배우처럼 그냥 소리소리 질렀어요. 시작부터 음정을 높이는 바람에요. 아드리엔이 왕자를 만나는 장면이었는데, 사실 그녀는 왕자의 정체를 모르는 상태였어요. 왕자가 분장실로 들어오는 장면을 상상하면서 노래를 해야 했죠. 경험 많은 배우라면 말해 줄 수 있을 테지만, 난 어쩔 도리가 없었어요. 높은 음정으로 계속 가는 수박에는. 내 감정이 좀 더 격렬해지고 더 애처로워지는 것을 표현하려면 점점 더 고음을 사용해야 했어요. 나는 한숨을 토하고 몸부림쳤어요. 연기가 아니라 진정으로 슬퍼하고 한숨 쉬었던 거죠. 제5막에 이르러, 왕자의 사랑을 독차지하려고 그녀의 라이벌이 아드리엔에게 보낸 독약이 든 꽃다발에 키스를 하고 난 뒤 내가 겪은 육체적 고통은 지독했어요. 남자 주연배우의 품에서 축 늘어뜨린 팔은 실제로 비틀렸어요. 무대 커튼이 내려왔을 때 그가 의식이 없는 나를 분장실까지 업어다 줬어요."

"당신의 이야기를 사랑해요."

리샤드가 감탄했다. 그 말은 물론 "내가 당신을 사랑하기 때문에"라는 의미였다. 리샤드는 말을 계속 이어 나갔다.(그 다음 말들은 사실 말도 안 되는 소리였다.)

"난 작가가 할 수 있는 최대의 희생을 할 겁니다."

"작가가 치를 수 있는 최대의 희생, 그게 뭔데요?"

"내가 백 권의 소설을 쓴다 하더라도……."

"백 권이라고요!"

마리냐가 소리쳤다.

"방대한 계획이군요. 당신이 이제 겨우 두 편의 작품을 썼다는 걸 생각한다면 말이에요."

마리냐가 미소 지었다.

"잠깐." 하고 리샤드가 말을 중지시켰다. "지금은 경건한 순간이거든요. 맹세를 하고 있는 중이니까요."

"배우가 따로 없네!"

"나의 맹세."

리샤드가 손을 들고 맹세를 시작했다.

"내가 백 권의 소설을 쓴다 할지라도, 여주인공이 위대한 여배우인 경우는 결코 없을 겁니다."

그들은 마리냐의 분장실에 있었다. 리샤드는 낮은 걸상에 앉아서 그녀를 스케치하고 있었다. 마리냐는 앞뒤로 오락가락하면서 리샤드에게 놀라운 실루엣을 제공해 주고 있었다.

"분장에 관한 것인데." 하고 마리냐가 음미하듯 말했다. "마음속으로 어리석은 상상을 해요. 이 온갖 화장품을 덕지덕지 바르지 않는 상상을 말이지요." 마리냐는 화장품 병과 단지들을 가리키면서 "이 얼굴, 이 나이 든 얼굴에 말이에요." 그렇게 말하며 웃었다.

"화장을 떡칠한다고 실제 내 모습과 달라지거나 아예 변신시켜 줄 것도 아니고."

여기쯤에서 마리냐는 한숨을 내쉬었다.

"나 자신으로 머물러 있으면서 동시에 내가 사랑했던 그 모든 역할이고 싶어요."

마리냐는 고개를 절레절레 저었다.

"하지만 그건 불가능하잖아요."

"왜 불가능하죠?"

리샤드가 물었다.

"당신이 그러지 못할 이유가 뭐죠?"

"작가처럼 말하는군요."

마리냐가 미소 지었다. 리샤드는 그녀의 손을 으스러지게 잡았다.

"연기라는 게 성실성의 영역이 아니라는 걸 이해할 수 있는 작가는 없어요. 연기란 심지어 감정에 관한 것도, 환영에 관한 것도 아닌 걸요. 연기란 닮은꼴을 보여 주는 것이죠. 그건 감정에 관한 것이 아니어야 해요."

"그럴 리가 있나요. 당신 스스로 육체적인 고통을 느낄 정도로, 연기를 실제처럼 느낀다고 말했잖아요. 당신이 연기하는 등장인물의 감정을 전부 그대로 느낀다고 했잖아요."

"아, 내 자신에 관해서 뭐라고 했든 그것과는 상관없어요."

"하지만 당신은……."

"리샤드. 난 얼마나 더 나은 배우가 될 수 있는가에 관해 말하고 있는 중이에요. 내가 썩 괜찮은 배우인지 모르겠어요. 남들보다 조금 나은 배우일 따름이지요. 대다수 배우들은 왜 그렇게 엉망인 거죠? 과도하게 꾸미는 것이 강렬한 감정을 보여 주는 것이라고 착각해요. 그들은 연기하는 법을 몰라요. 그들은 감추는 법도 몰라요. 이 점을 젊은 배우들에게 말해 주려고 애써요. 잘레조브스키 씨가 내게 주의하라고 여러 번 충고했던 걸 기억해요. '격렬한 감정이 곧 천재성을 발휘한 것으로 착각하지 말라'고 거듭 당부했어요. 나 스스로 대단한 인물이 되려면…… 그에 앞서 많은 것들을 잘라 내야 한다고도 했어요. 그 사람이 옳았어요. 여태껏 내게 말한 그 누구보다도 옳았다고 봐요. 잘레조브스키 씨는 대단히……."

이 대목에서 마리냐는 단어를 조심스럽게 선택하고 있었다.

"대단히 구식이었어요."

"한번 상상해 봐요."

마리냐는 젊은 여배우 크리스티냐에게 말했다.

"자신보다 엄청 나이가 많은 사람과 살고 있는 어린 여자를 한번 상상해 봐요. 그것도 외국인과 살고 있는 어린 여자를요. 그는 결혼을 약속했지만 법적인 하자가 있고, 어딘가에 그 사람 아내가 있다고 하면, 당신은 당연히 묻겠죠. '그 사람이 당신 남편이라고 하지 않았던가요?' 하면서 의아해하겠죠. 게다가 이제는 아이까지 딸린 상태이고, 종종 그 사람은 가혹하게 대하기까지 하죠. 그래도 당신은 그 사람을 사랑하고, 그가 당신에게 가하는 고통이 뭐든 그를 변호해 주려고 하는 거예요. 한동안 당신은 우중충한 광산촌에서 가구 하나 변변히 없이 살고 있죠. 그 광산촌은 당신이 태어나 사랑으로 충만한 어린 시절을 보내며 자랐던 아름다운 도시와는 너무도 멀리 떨어진 곳이에요. 그런 방을 한번 상상해 봐요. 지저분한 창문. 스토브. 커다란 벽장. 덩그런 침대. 구석에 놓인 요람. 한 여자 아이가 축복처럼 잠들어 있고. 평범한 나무 식탁과 의자 두 개. 당신은 저녁상을 차리고 있어요. 남편은 당신이 차려 준 검소한 식사를 게걸스럽게 먹어치운 뒤 소맷부리로 입술을 훔치면서 당신 곁을 떠나겠다고 말해요. 남편이 식탁에서 일어나요. 당신은 문간까지 따라가죠. 떠나지 말라고 애원하면서. 남편은 문을 쾅 닫아 버려요. 남편은 결국 돌아올 거예요. 그래요. 그 짐승 같은 위인은 당신을 그렇게 쉽게 버릴 수가 없을 테니까요. 하지만 어찌 된 영문인지, 당신은 남편을 영원히 떠나 보내게 돼요. 이제 당신이라면 어떡하겠어요? 당신은 절망과 비통에 사로잡혀 있어요. 나에게 그런 장면을 한 번 보여 줘요. 아니, 저기까지 가 보세요. 문 가까이로."

문 옆에 서서 크리스티나는 한 순간 망설였다. 그러다가 흐느끼기 시작했다. 말을 더듬거리면서 흐느낌으로 어깨가 들썩였다. 방 한가운데서. 그러다가 무너지듯 의자에 주저앉으면서 자기 앞에 놓여 있는 식탁에 몸을 던졌다. 고개를 오른편으로 기울여 자기 팔에 묻었다. 그러다가 무릎을 꺾고 두 팔을 45도 각도로 치켜들었다가 두 손을 맞잡고 깍지를 꼈다.

"아니! 아니! 아니에요!"

크리스티나는 얼굴이 벌겋게 달아오른 채 자리에서 일어났다.

"하지만 부인. 당신이 그렇게 연기하는 걸 봤는데요. 부인이 연기할 때 기억하시죠?"

"아니에요!"

"내가 어떻게 연기해야 할지 말해 주세요."

"문 가까이로 천천히 다시 걸어가세요……. 너무 천천히는 말고……. 접시들을 주섬주섬 모으세요……. 그러다가 의자에 앉아요, 약간 털썩 주저앉아요. 그러면서 식탁을 응시하세요."

"그게 전부예요?"

"그래요."

"기도도 하지 말고요?"

"내가 말했죠, 그게 전부라고."

오, 주님, 주님이시여! 마리냐는 고통 받지 않을 때면 진정으로 종교적일 수 없는 것처럼(그럼, 지금의 그녀는 고통 받고 있지 않다는 말이었던가?), "오, 전능하신 주님이시여! 자비를 베푸소서!" 하고 혼자 중얼거렸다. 이 불만족 상태를 저에게서 거둬 주십시오. 아니면 제 욕망을 충족시킬 수 있는 수단을 주옵소서. 잠시 고뇌가 멈췄지만, 보그던이 보기에는 온통 장애물투성이였다. 어리석은 결정이므로, 보그던은 왜 모든 것을 뒤에 남겨 두고 떠나야 하는지 나에게 묻는다. 난 우리가 되돌아올 것이라고 약속한다. 난 오늘밤 보그던에게 말해야 한다. 그를 침대에 앉히고 그의 손과 나의 손을 맞잡은 채 그의 눈을 들여다볼 것이다. 아니, 감정의 그늘을 드리워서 그의 마음이 약해지도록 매수하고 싶지는 않다. 보그던을 설득하면서 연극적인 책략을 활용하고 싶지는 않다. 오, 하나님. 그렇게 되니까 너무 자신이 없어지는군요. 그래도 보그던은 이 계획을 받아들여야 한다. 난 이 모든 것들을 준비해 왔고, 온힘을 다해 해낼 수 있었다. 조국에 줄 수 있는 것을 주었으며, 애국의 중요성도 잊지 않았다. 바르샤바에서 폴란드 사람들이 공식 연단에서 말할 수 있는 곳이라고는 오로지 무대밖에 없었다! 나는 겸허했으며 신중하게 처신했다. 내가 감사해야만 할 곳에서는 감사를 표시했다. 그 모든 배신에도 하인리히에게까지 감사를 표시했다. 그가 내 인생에 가져다 준 잔인한 보답에도 불구하고 전 남편에게마저 감사했다. 그를 기쁘게 해 주는 것이라면 침대에서든 뭐든 기꺼이 했다. 다른 누구보다도 하인리히에게 그랬다. 전남편이 배은망덕했다고 나를 꾸짖을 수는 없었다. 나의 소중한 친구들, 극장의 러시아인 행정가의 아내가 보호해 준 것에 내가 얼마나 감사를 표했는지 잘 알고 있었다. 바르샤바에서 이 모든 일들이 가능했던 것은 오로지 데미초바 부인이 있었기 때문이었다. 바르샤바 대중들에게 나의 오필리아를 보여 주고자 결정했을 때, 검열 부장은 〈햄릿〉을 무대에 올리지 못하게 했다. 〈햄릿〉에 왕을 시해하는 장면이 등장했기 때문이었다. 러시아 행정관 부인은 검열 부장을 집으로 초대하여 (왕을 죽이는 것이 아니라) 단지 가족 관계에서 벌어지는 살인이며 전혀 불순한 것이 아니므로 공연을 허락해 주어야 한다고 설득했다. 그 일은 그녀가 베풀어 준 무수한 것들 중에서 한 가지 사례에 불과했다. 그러나 데미초바 부인이 죽고 난 이후로 나를 보호해 준 사람은 아무도 없었다. 만약 그녀가 살아 있었더라면 그런 식의 연극을 감히…… 무대에 올리지는 못했을 터였다. 그러니까 부유한 지주 집안 출신의 남편을 둔 나이 든 여배우와 그처럼 푸대접을 당했던 화요일의 리셉션을 그런 식으로 표현한 희극을 감히 무대에 올릴 수 없었을 것이다. 인기 있는 여배우가 결혼을 통해 신분 상승을 하지 않을 수 없을 때, 그것이 조롱의 대상이 된다는 것쯤은 이제 나도 이해한다. 뻔뻔하기도 하지! 부박하기 짝이 없는 살롱 잡담을 고양된 애국심이 발현된 대화라고? 러시아 당국의 경계심을 불러일으킬 만큼 그들의 잡담이 고양되고 애국적인 대화라고 할 수 있을까? 러시아 당국은 화요일마다 우리 집 대문 앞에 경찰 두 명을 배치해 두었다. 경찰들은 우리 집을 드나드는 모든 손님의 이름을 낱낱이 기록하고 관찰하면서 외국에서 온 손님일 경우 무슨 일로 왔는지, 어디에 살고 용건이 무엇인지 등을 일일이 일지에 기록했다. 우리의 압제자들이 나에게 보여 준 짓들은 나를 전혀 겁먹게 하지 않았다. 나를 놀라게 한 사람들은 다름 아닌, 여기 있는 평론가들이다! 질투에 찬 배우들과 평범하기 짝이 없는 대본들이었다! 미워하는 법을 알았더라면, 증오로 감정을 해소할 수 있었을 것이다. 나는 강철 이마와 돌 같은 심장을 가져야 했다. 하지만 어떤 진정한 예술가가 그 정도 무기를 소유하고 있을까? 느낄 수 있는 자만이 감정을 산출할 수 있고, 사랑할 수 있는 자만이 사랑의 영감을 고취시킬 수 있는 법이니까. 내가 냉정하고 오만했더라면 덜 상처 입었을까? 아니, 아니다. 나는 그냥 연기를 해야 했다. 그렇다. 대중적인 삶은 여자에게 적합하지 않다. 여자에게 적합한 곳은 오로지 가정이다. 그녀는 체념한다.(근접할 수 없고 위반할 수 없는 벽이다! 여자가 감히 남들보다 위로 올라가려고 하면, 팔을 뻗어 열렬하게 월계관을 손에 넣으려 한다면, 여자가 자신의 열정과 좌절을 담은 영혼을 군중들에게 감히 드러내 보여 주려고 한다면) 그런 여성은 가장 은밀한 곳에 감춰 둔 모든 것을 샅샅이 뒤질 권리를 모든 사람들에게 주어야 한다. 호기심 많은 자들에게 여배우가 솔직하게 한 말들을 엿듣는 것보다, 여배우의 집안에서 있었던 오해와 평탄치 못한 관계에 관한 소문들보다 더 즐거운 것은 없었다. 오, 주님, 주님이시여, 나의 죄, 남의 죄 할 것 없이 영원히 대속하는 것이 내 인생이란 말인가요? 그것이 오직 나만을 건드리는 것이라면 아무런 상관이 없었다. 하지만 나에게 너무나도 소중한 사람들에게 잔인하고 악의에 찬 발톱이 상처를 주고 할퀴었다. 연극 무대에서는 '필로리'라고 부르는, 칼을 씌워 창피 주는 형틀을 증오하기 시작했다. 보그던. 이타적이고 관대한 남편은 나를 보호할 수 없다. 그 연극에서 여배우는 포즈나뉴Poznan에서 태어나고 성장한 애처가 남편을 두고 있다. 그 여배우가 바로 나이고, 보그던은 자신이 얼마나 모욕당하고 있는지에 전혀 무심한 사람의 표본으로 인용된다. 하지만 보그던 같은 사람에게, 이런 일은 침묵하거나 아니면 2년 전에 일어났던 것처럼 행동하거나, 양자택일이었다. 나도 모르는 사이 보그던은 여기 바르샤바에서 한 평론가와 결투를 했다. 보그던으로서는 다행스럽게도 평론가는 겁쟁이였다. 내 심장이 부서지고 있다. 이제 보그던의 형은 정말로 나를 미워할 것이다. 지난주, 그 연극이 막을 올린 후부터 모든 사람들이 그것에 관해 수군거리는 소리가 내 귀에 들린다. 물론 누구도 나와 함께 있을 때는 그 이야기를 꺼내지 않는다. 토요일마다 우리는 『가제타 폴스카*Gazeta Polska*』 지의 평론가와 함께 식사를 했지만 보그던은 한마디도 하지 않았다. 평론가 역시 아무 말도 하지 않았다. 다음에 그 평론가를 보았을 때, 나는 그를 구석으로 데려가서 그도 나에게 화가 났는지를 물어보고 싶어서(많은 사람들이 나에게 화를 낼 것으로 생각하고 있다. 내가 너무 많은 번안극을 했기 때문이다.) 입이 근질거렸다. 하지만 대화는 조국의 진정한 해방과 우리의 고통에 관한 것이어서 질리고 말았다. 이처럼 엄청난 주제를 두고 이야기하는 마당에 사적인 고통에 사로잡혀 있는 내가 너무 부끄러웠기 때문이었다. 대놓고 묻는 대신, 나는 편지 두 통을 썼다. 침착하게 분노하면서도 품위를 잃지 않게. 한 통은 신문사로, 다른 한 통은 자기 입으로 나를 흠모한다고 떠벌리고 다니는 극장 매니저에게 썼다. 하지만 보내지는 않았다. 고생하여 어렵게 성공한 것이 아니라 어느 날 갑자기 당신이 성공했다면, 대중들은 쉽게 등을 돌린다는 사실을 알아야 했다. 그 연극만 염두에 두고 하는 말은 아니다. 대중은 변덕스럽다. 대중들은 신선하고 젊은 얼굴을 원한다. 그렇다. 대중들에게 내 연기가 불만스러웠음이 분명했다. 나는 바르샤바에서 더 나은 공연을 할 수가 없다. 우리 두 사람은 여기에서 탈출해야 한다. 나에 대한 적대감 때문에 보그던이 대가를 지불해서는 안 된다. 물론 우리 두 사람을 옹호해 주는 사람도 많았다. 친구들은 그 연극이 나를 추방시켰다고 비난할 것이다. 오래 전부터 내가 외국으로 나가려 했다는 사실을 알고 있는 친구들마저 그렇게 비난할 것이다. 하지만 그들은 너무 쉽게 기분이 상해서 마침내 그런 식으로 행동했다면서 나 또한 비난할 것이다. 보그던, 우리가 떠나기로 한 것에 동의한 것을 후회하고 있는 보그던은 자기 눈앞에서 한시도 나를 놓아 주지 않는다. 그가 내 혼란스러운 영혼을 인도하려고 한다는 것은 안다. 남편으로서 그것이 자기 의무라고 여기는 것이 분명했다. 나는 남편에게 마땅히 감사해야 한다. 사실 고맙다. 아, 주님, 주님이시여, 그처럼 열렬하게 이런 변화를 원하옵니다. 모든 것을 제대로 조직하기란 이렇게 힘이 듭니다. 그랬던 내가 이제 완전히 파멸하다니! 나는 더 이상 떠나고 싶지 않다. 대중들은 내가 창피해서 도망치는 줄 알 것이다. 난 언제나 무엇인가를 고대했다. 어린 시절에는 너무 가난해서 선물 하나가 없었음에도 크리스마스를 고대했다. 그러고는 빨리 컸으면, 하고 고대했다. 얼마나 빨리 자라고 싶었던가! 고만고만한 방들이 많았던 그 집의 어둡고 작은 나의 방에서 행복하다고 가장했던 것처럼 지금도 그렇게 할 수는 없을 것이다. 하지만 적어도 그 방에서는 내가 왜소하다고 느끼지는 않았다. 언젠가 강해져서 자유롭게 그곳을 탈출하여 저 멀리 갈 것을 꿈꾸었기 때문이었다. 나는 행복했다. 내 안에 어둠을 밝혀 줄 빛이 있다는 사실을 알았다. 나는 미래에 대해 그처럼 자신 있었다. 아, 주님, 주님이시여, 당신의 허약한 아이를 저버리지 마시옵소서. 저는 너무 혼란스럽고, 연극하기에는 너무 지쳤나이다!

하나님 또한 배우다.

무수한 시즌 동안 다양한 구식 복장으로 출현하여 수많은 비극과 몇 편의 희극에 활력을 불어넣었다. 다양한 모습으로 나타나기는 했지만, 최근에는(때는 바야흐로 19세기 후반이었다.) 대체로 신은 남자 역할이었다. 언제나 위엄 있고, 위풍당당한 역할을 맡았다. 신은 상당한 혹평을 들었지만 그렇다고 완전히 막을 내릴 정도로 엄청난 혹평을 받지는 않았다. 신과 친숙한 이름들이 거품을 문 사람들의 입에 오르내렸다. 그러나 신이 참여하면 어떤 드라마든지 간에, 아직까지는 의문의 여지없이 그 중요성이 부각되었다.

바람은 일고. 별무리들이 고동치고. 지구는 돌고. 사람들은 번식하고.(조만간 땅 아래 눕게 될 사람들보다는 땅 위로 걸어 다닐 사람들이 더 많아지게 될 것이다.) 역사는 쌓이고. 검은 사람들은 신음하고. 창백한 사람들(신이 총애하는 자들!)은 정복을 꿈꾸거나 탈출을 꿈꾸고. 삼각주와 후미진 곳들. 신은 사람들이 서쪽으로 몰려가도록 한다. 그곳에는 채워지기를 기다리는 빈 공간이 훨씬 많다. 유럽은 지금 아침 열한 시다. 제왕다운 의상도, 허름한 농부 복장도 아니다. 신은 종종 다른 존재인 척하기를 좋아한다. 오늘날 그는 사무실 매니저로서의 신이며, 저고리, 조끼, 바지 쓰리피스 일습을 갖춰 입고, 빳빳하게 풀 먹여 다린 흰 셔츠, 커프스, 나비넥타이를 하고 있다. 신 역시 현대화를 원한다. 신은 담배를 질겅질겅 씹는다. 이런 세트의 지배적인 색조는 황색과 갈색이다. 노란색 나무 회전의자와 큼직한 책상. 책상 위에 놓인 매끄러운 놋쇠 비품들. 책상 서랍에는 종이가 빼곡하게 들어차 있다. 타구 근처에는 낡고 약간 움푹한 거위 목 모양의 놋쇠 램프가 놓여 있다. 데스크 위 모서리 부분에는 장부들이 쌓여 있었다. 신은 상의하는 사람들의 보고서, 경제 동향, 토지 측량을 자문해 주었다. 이제 신은 장부 중 하나에 기입을 했다.

역사는 혼란스럽고. 장애물은 흔들리고. 가족은 와해되고. 새로운 소식은 전해 오고. 여행사로서의 신은 신세계를 손짓해 부르려고 세계 각지에 메신저를 파견했다. 신세계에서 가난한 자들은 부자가 될 수 있으며, 모든 사람들은 법 앞에서 평등하다고 주장했다. 신세계의 거리는 황금으로 포장이 되어 있고(문맹인 농부들용 메시지), 땅은 무상(앞서 언급한 농부들용) 분배되거나 헐값(문자를 읽을 수 있는 사람들용)에 팔렸다. 마을은 텅텅 비기 시작한다. 가장 용감한 자 아니면 가장 좌절한 자들이 가장 먼저 떠난다. 땅 없는 무리들이 바다를 향해 치솟고 있다.(브레머하펜, 함부르크, 앤트워프, 사우샘프턴, 리버풀 항구) 악취를 풍기는 여객선 밑바닥에 짐짝처럼 부려졌다. 더 이상 중간 항로(아프리카 서해안에서 서인도를 연결하는 항로)에 대한 공포는 없다. 신은 자기 자신에게 감사한다. 물론 이 항로를 이용하고 싶어하는 자들에게 국한된 것이지만. 그리고(이 또한 감사한다.) 대서양을 건너는 것이 전보다 안전해지고 있다. 비록 신앙심이 깊은 프란체스코 수도회 수녀 다섯 명이 지난해 '도이치랜드' 호가 북아메리카를 향해 브레머하펜 항구를 떠난 직후, 방심할 수 없는 켄트 앞바다에서 침몰하기는 했지만 말이다. 그리고 더 빨라졌다. 새로운 증기선은 불과 여드레밖에 걸리지 않는다. 사람들이 대서양을 횡단하는 데 지금보다도 점점 더 시간이 단축되기만을, 신은 고대하고 있다. 그리고 마침내는 더 신속해져서 하늘을 날아서 갈 수 있게 된다. 신은 백인들만큼이나 속도를 좋아한다. 모든 것은 이제 속도다. 모든 것은 점점 더 빨라진다. 이것은 아마 좋은 현상일 것이다. 사람들이 점점 더 불어나고 있으므로.

신은 성질이 급하다고 공언한다. 그 말은 신이 정말로 참을성이 없다는 의미가 아니다. 신은…… 연기하고 있다. (위대한 배우의 한 유형이다. 배우는 아무것도 느끼지 않거나, 혹은 아무것도 느끼지 않으려고 한다. 거리를 유지하면서 더 초연하게 수동적으로 머문다. 신은 마리냐와는 대조적이다. 마리냐는 모든 것을 느끼기 때문에 초조하다.) 원동력(Prime Mover, 아리스토텔레스의 철학에서는 모든 운동이 가능하도록 해 준 원동력 신을 지칭한다. 옮긴이)으로서 신이 새로운 운명으로 몰아간 사람들은 참을성이 없다. 그들은 물려받은 인습이 없는 것으로 간주된 세계를 향해 떠나려고 안달한다. 그곳은 과거를 보존하는 대신 스스로를 끊임없이 새롭게 만들어 나간다. 과거의 유산을 떨쳐 냄으로써 더 가벼워진 몸피로 새롭게 출발하는 곳이다. 그곳으로 빨리 가면 갈수록, 그들이 짊어진 과거의 짐은 가벼워지게 될 것이다.

신은 이 모든 것을 부추기고 있다. 신은 새것에 대한 갈망, 공空에 대한 갈망, 과거로부터 자유롭고 싶은 갈망을 선동하고 있다. 말하자면 인생을 오로지 미래를 위한 것으로 전환시키려는 이런 꿈을 부추기는 것이다. 신이라고 할지라도 별 도리가 없을 텐데 말이다. 배우로서, 스타 중에서도 스타인 스타로서 신은 자기 자신의 사망 증명서에 조인하고 있다. 더 이상 신은 가장 열렬하고 교육받은 관객을 대상으로 하는 어떤 드라마에서든지 주요한 역할을 보장받지 못하게 될 것이다. 기껏 해 보았자, 신에게는 사소한 역할이 할당될 것이다. 그림 같은 풍경 속에서 살아가는 산간벽지를 제외한다면 말이다. 오지의 사람들은 신이 없는 연극을 본 적조차 없었다. 관객을 움직이는 이 모든 것들이 신으로서의 이력에 종언을 고하게 할 것이다.

신은 이 사실을 알고 있을까? 아마 알고 있을 것이다. 하지만 자신이 하는 일을 막을 수가 없을 따름이다. 신은 노련한 배우다.

신은 침을 캭, 뱉는다.

1876년 5월 마리냐 잘레조브스키가 아직 서른다섯 살이고 영광의 절정이었을 무렵, 느닷없이 바르샤바 임페리얼 극장에서의 나머지 공연 계약을 취소했다. 크라코프의 폴스키 극장, 포즈나뉴의 비엘키 극장, 르보브의 카운트 스타벡 극장의 게스트 계약을 전부 취소했다. 마리냐는 고향인 크라코프, 그러니까 1875년 12월 사스키 호텔 객실 전용 식당에서 파티가 열렸던 크라코프에서 남쪽으로 112킬로미터 떨어져 있는 자코페인이라는 산악 마을로 달려갔다.마리냐는 늦여름 한 달을 대체로 그곳에서 보냈다. 남편인 보그던 뎀보브스키, 일곱 살아들 표트르, 홀로 된 언니 요제피나, 화가인 야쿱 골드버그, 연인 역을 맡았던 배우 타데우즈 불란다, 그리고 학교 선생인 율리앙 솔스키, 그의 아내인 완다와 함께였다. 이 소식이 마리냐의 대중들을 불쾌하게 만들었다. 한 바르샤바 신문은 그녀가 조기 은퇴를 계획하고 있다고 기사화함으로써 복수를 감행했다. 그러자 임페리얼 극장은 즉각 부인했다.(그녀는 종신계약을 맺었기 때문이었다.) 두 명의 고약한 평론가는 이 순간이야말로 폴란드의 가장 유명한 여배우가 자기 전성기가 이미 지났다는 점을 인정한 순간이라고 암시했다. 마리냐의 숭배자들, 특히 대학생 가운데서 열렬한 추종자들은 그녀가 심각하게 아픈 것은 아닌지 걱정했다. 한 해 전, 장티푸스를 치료하느라 2주 동안 몸져누워 있어야 했는데, 연극을 다시 시작하기까지 몇 개월이나 걸렸다. 열이 너무 심해서 머리카락이 전부 다 빠졌다는 소문이 돌았다. 머리카락이 몽땅 빠졌다고들 했다. 그러다가 빠진 머리카락이 전부 다시 자랐다.

자세한 내막을 모르는 친구들은 이번에는 또 무슨 일인가 하고 의아해했다. 폐가 약한 것이 마리냐 가계의 유전이었다. 아버지는 결핵으로 마흔에 돌아가셨으며, 나중에는 언니 두 명의 목숨을 앗아 갔다. 그리고 작년에는 가장 사랑하는 오빠이자 한때는 잘 알려진 배우였지만 지금은 마리냐의 오빠라는 사실로 명성을 유지하고 있는 스테판이 앓아눕게 되었다. 크라코프에 있는 스테판의 주치의는 마리냐의 친구인 헨리크 티진스키인데, 스테판을 깨끗한 산악 공기를 마실 수 있는 곳으로 보내고 싶어했다. 하지만 농부의 달구지로 좁고 울퉁불퉁한 길을 따라 이틀이나 걸리는 험한 여행을 견디기에는 몸 상태가 너무 허약했다. 그렇다면 마리냐 자신도 그럴 가능성이 있었던가? 그렇다면 이제 그녀가 앓아누울 차례가 아니었을까?

"아니요, 그렇지 않아요."

마리냐가 얼굴을 찡그렸다.

"내 폐는 건강해요. 난 미련한 곰처럼 건강하니까요."

그것은 사실이었다……. 오래 전부터 자기 불만을 이상적인 건강으로 다시 빚어내는 경향이 있었던 마리냐는 여태까지 점차 더 건강해지는 일에 전념했다. 인구가 밀집되어 있는 바르샤바는 건강하지 못한 도시였다. 배우의 생활 역시 건강한 것과는 거리가 멀었다. 배우의 삶은 오히려 소진시키는 생활이었다. 인간으로서 품위를 떨어뜨리는, 불안으로 가득 찬 생활이었다. 여행을 할 만한 자유 시간이 나면 어느 때든지 비엔나, 파리와 같은 위대한 수도의 극장과 박물관에서 스스로 교육하거나 아니면 바덴바덴, 칼스배드같이 세계 도처에 있는 휴양도시로 갈 수도 있었지만 그렇게 하는 대신, 마리냐는 절친한 친구들과 함께 특혜 받은 자들이 누릴 것 같은, 깨끗하고 소박한 농촌 생활을 선택하고 있었다. 많은 후보지 가운데서도 자코페인을 선택한 것은 폴란드 남부 경계지에 있는 타트라Tatras 산의 장엄한 봉우리가 펼쳐지면서 만든 절경 때문이었다. 그곳은 유일한 고지대이자, 잘 보존된 풍습, 가무잡잡한 피부의 사람들이 쓰는 맛깔스러운 사투리들이 있었다. 그곳 사람들은 아메리카 인디언처럼 도시인들에게는 이국적으로 보였다. 그들은 한여름 축제에서 낭창낭창한 고원지대 남자들이 사슬로 목걸이를 한 갈색 곰과 춤추는 모습을 지켜보았다. 마을의 음유시인과도 친구가 되었다. 정말 그랬다. 자코페인에는 아직도 음유시인이 있었다. 선율에 실린 치명적인 결투와 과거의 불행한 연인들의 이야기는 와전된 것이 많았다. 지난 5년 동안 마리냐와 보그던은 여름 한철을 이곳에서 보냈다. 그 마을과, 당당하고 거친 마을 사람들에게 빠져들던 어느 날, 그곳을 영원히 안식처로 삼고 친구들과 함께 예술과 건강한 삶에 이바지하자고 다짐했다. 고립되고 의젓한 야만의 땅, 깨끗한 석판암으로 둘러싸인 자코페인에서, 그들은 그들 나름의 이상적인 공동체 비전을 갖게 되었다.

자코페인의 또 다른 매력은 접근하기가 대단히 힘들다는 점이었다. 긴긴 겨울 내내 길이 두절되었다. 심지어 5월이 되어도 여행은 만만하지 않았다. 운송 수단이라고는 수레가 전부였다. 그런 수레마저 시골 근처 어디서나 익숙하게 볼 수 있는 수수한 농부들의 수레가 아니라, 집시들의 수레처럼 개암나무를 휘어서 틀을 만들고 그 위에다 범포를 얹은 긴 나무로 만든 것이었다. 집시들의 수레라기보다 차라리 미국 서부의 석판화와 동판화에서 볼 수 있는 그런 수레였다. 크라코프의 장터에서는 그런 수레 몇 대가 대기하고 있었다. 자코페인에서부터 도시까지 일주일 간격으로 운행하는 수레가 있었으므로 고지대 사람들이 항상 있었다. 싣고 온 양고기와 양가죽 재킷, 섬세하고 복잡하게 절개한 훈제 양고기, 치즈를 전부 부리고 난 뒤 빈 수레로 마을로 되돌아가고는 했다.

자코페인으로 출발하는 것만으로도 하나의 모험이었다. 새벽빛이 수레 안쪽의 어두컴컴하고 매캐한 실내를 비출 무렵 떠나면서 마부는 호탕하게도 자기 양가죽 재킷을 벗어 베개로 삼으라고 마리냐 부인에게 내놓았다. 고지대인은 챙이 넓은 모자를 머리에 바짝 죄여 쓰고서는 두 마리 페르슈롱Percheron 짐말에게 길을 재촉했다. 마음이 들뜬 그들은 손에 잡히는 물건들을 부드러운 가방에다 대충 챙겨 넣고 웃고 떠들었다. 도시를 벗어나 크라코프 남부 평원으로 내려갔다. 뼛속까지 평화가 깃들기를! 기괴한 모습을 한 길섶의 십자가, 신전, 혹은 기도하는 모습의 조상들, 교차로에 있는 성모마리아 숭배자의 모습과 마주치게 되면, 마부가 한쪽 무릎을 꿇고 기도를 올렸는데, 그러면 마차에서 내려 기지개를 켤 수 있는 핑계거리가 생겼다. 한숨 돌린 뒤 마차는 베스키드 언덕을 오르기 시작했다. 언덕이 가까워지자 말들의 속도는 걷는 것이나 다름없이 되었다. 크라코프에서 서둘러 장만했던 소풍 음식들이 동이 날 무렵인 늦은 오후에야 산꼭대기에 있는 작은 동네에 도달했다. 마부가 협상을 잘해 줘서 농가 주인들은 먹을 것과 잠자리를 마련해 주었다. 어두워지기 전에 여자들은 오막살이에서, 남자들은 헛간에서 깊은 잠에 빠져들었다. 남은 여정의 후반부를 위해 삐거덕거리는 마차에 몸을 구겨 넣었을 때는 아직 날이 채 밝기도 전인 새벽 3시 무렵이었다. 길고 오금이 저리게 펼쳐져 있는 내리막길에서는 천천히 앞으로 나갔다. 가는 길에 오직 하나밖에 없는 마을인 노비 타르크에 이르렀을 때는 정오가 되기 훨씬 전이었다. 그곳에서 그들은 씻고 마음껏 먹고 마실 수 있었다. 유태인 주막지기가 내놓은 질 나쁜 와인도 마실 수 있었다. 실컷 먹었는데도 얼마 못 가 공복감을 느끼면서 마차에 다시 올랐다. 마차는 풀밭과 허브들이 풍성한 목초지를 따라서 계속 가다가 거품을 일으키면서 물이 흘러내리는 시냇가에 이르렀다. 그 너머 머리 위로 푸르디푸른 하늘이 석회와 화강암으로 된 타트라 산맥 위로 펼쳐져 있었다. 타트라 산은 두 겹으로 된 기에봉Giewont 산봉우리를 정점으로 하고 있었다. 협곡이 좁아지면서 마차가 마지막으로 울퉁불퉁한 오르막길을 올라가기 시작했을 무렵 그들은 노비 타르크에서 산 훈제 햄과 말린 치즈를 우적우적 씹었다. 잠시 동안 마차 뒤를 따라서 걷기로 했는데, 마리냐는 걷는 일행 가운데 끼어 있었다. 소나무와 검은 전나무가 줄지어 서 있는 풍경, 곰과 늑대, 사슴을 한번 훑어보는 것만으로도, 모든 사람을 똑같은 존재로 만들어 주는 인사를 서로 교환하는 것만으로도 걷기로 한 것에 대한 보답이 되었다. 말하자면 길고 흰 외투를 입고 눈에 띄는 남자 모자인 검은색 펠트 모자에 독수리 깃털을 꽂은 목동들("예수의 이름으로 축복 있을진저!", "모든 세대들에게, 아멘.")이 대도시에서 온 상류사회 사람들을 반갑게 맞아 주느라고 모자를 살짝 들어 인사를 했다. 그곳에서부터도 9백 미터나 되는 고지 위쪽까지는 세 시간이나 더 올라가야 했다. 마을은 그 꼭대기에 둥지를 틀고 있었다. 집이 그리운 나머지 고달픔조차 잊어버린 말들 때문에 속도가 붙었다. 다행히 해가 떨어질 무렵, 새롭게 전원생활을 시작하려는 마을에 달가닥거리며 당도할 수 있게 되었다.

길게는 한 달, 짧게는 몇 주 동안 그들은 방 네 개짜리의 천장 낮은 오막살이에서 지냈다. 네 개의 방 중에서 두 개는 침실로 사용할 수 있었다. 여자들과 표트르가 한 방에서 자고, 남자들이 나머지 한 방을 잠자리로 이용했다. 자코페인에 거주하는 모든 사람들과 마찬가지로, 이 오막살이는 가문비 통나무(이 지역은 가문비 산림 지역이었다.) 끝을 열장이음(꼬리와 꼬리가 서로 걸려 맞물리도록 하는 건축 기법. 옮긴이)으로 한 정교한 건축물이었다. 반면 무거운 의자들, 테이블, 얇고 좁은 널판으로 만든 침대는 더 값비싼 핑크빛 낙엽송으로 만든 목공품이었다. 그곳에 당도한 지 몇 분 지나지 않아, 그들은 둔중한 나무틀로 짠 창문을 활짝 열어젖히고 매캐한 냄새가 나는 방 안을 환기시키면서 가져온 최소한의 물건을 찬장에 넣거나 벽걸이에 걸었다. 최소한의 물건을 가져가는 것 또한 모험의 일부였다. 거치적거리지 않는 자유를 누리려는 마음의 준비였다. 원칙적으로 도시인들에게 시골 생활은 달콤한 백지 상태다. 일과 일상적인 습관과 의무에서 면제됨으로써 시간은 시골 생활에 스펀지처럼 흡수되었다. 그들은 휴일을 맞이한 것이 아니었던가? 물론이다. 이런 휴가가 자신들에게 더 많은 시간을 만들어 주었던 것은 아니었을까? 그건 아니었다. 시골에서도 도시인들의 몰입적이고 규칙적인 일상이 하루 전부를 채웠기 때문이었다. 먹기, 운동하기, 이야기하기, 독서하기, 게임하기. 물론 청소도 포함되어 있었다. 또 다른 모험은 하인 없이 지내는 것이었다. 남자들은 청소를 하고 장작을 패고, 목욕하고 세탁할 물을 길어 날랐다. 세탁하기, 빨랫감 두드리기, 빨랫감을 널고 말리는 것은 여자들의 몫이었다. 마리냐는 종종 "우리의 팔란스테르"라고 말하고는 했다. 팔란스테르는 위대한 푸리에가 상상했던 이상적 공동체에 있는 건물 이름이었다. 오막살이의 주인인 바흐레다 부인에게는 음식 준비만 맡겼다. 부인은 나이 든 과부였는데, 여동생 가족과 함께 살려고 공짜로 머물 수 있는 이 집으로 이사를 왔다. 이곳의 하루는 바흐레다 부인이 차려 준 풍성한 음식에서 시작된다. 아침 식사로 산양 젖과 검은 빵을 먹으면서 그들은 해야 할 일을 분담하고 소풍 계획을 짰다. 늦은 아침에 그들 모두는 계곡으로 무리지어 산책을 하거나 검은 빵, 암양 젖으로 만든 치즈와 생마늘과 크렌베리를 싸 가지고 소풍을 나갔다. 사우어크라우트 수프와 양고기, 삶은 감자로 저녁을 먹고 난 뒤 에는 큰소리로 셰익스피어를 낭송했다. 이보다 더 건강한 삶이 어디 있을까?

마리냐와 보그던은 양심적인 사람들이어서 그냥 여름 한철 스쳐가는 사람으로만 있을 수가 없었다. 그래서 그들은 해마다 머물면서 돈을 뿌리는 것을 넘어서 마을을 위해 선행을 베풀자고 암묵적인 약속을 했고, 겨우 연명하면서 살아가는 시골 사람을 위해 뭔가 하고자 했다. 마리냐와 친구들은 자코페인이 자신들의 건강에 유익한 곳인 것만 알았지, 2천 명에 달하는 마을 사람들의 건강에 문제가 많다는 점은 거의 의식하지 못했다. 다행히 마리냐를 따라 자코페인으로 왔던 친구 가운데 충실한 헨리크가 있었다. 얼마 지나지 않아 헨리크는 마리냐보다 더 많은 시간을 자코페인에서 보내게 되었다. 헨리크는 크라코프에서 개업하고 있는 병원을 3개월 동안 완전히 동료에게 맡겨 두고 마을 사람들을 무료로 치료해 주었다. 처음에는 마을 사람들의 의심을 받았다. 입 안 가득한 충치로 인한 언어 장애, 목구멍의 갑상선종, 구루병, 영아 사망을 당연한 것으로 받아들이거나, 서른다섯 살이 넘으면 아픈 게 당연하다고 믿고 있었다. 위생 원칙에 관한 사소한 설명이 그들 귀에는 도회지 사람의 쓸데없는 참견으로 들렸다. 헨리크가 그곳에 머물렀던 이듬해 여름인 1873년, 콜레라가 마을을 덮쳤을 때 그의 봉사(크라코프에서 그가 가져온 음식) 덕분에 얼마나 많은 생명이 구출되었는지 직접 보기 전까지는 그랬다. 마리냐와 그 친구들 가운데서 헨리크만이 유일하게 마을 사람이 하는 말을, 정말로 거의 모두 알아들을 수 있었다. 표준 폴란드어로는 같은 의미를 나타내는 것이 전혀 없는 단어들이 많이 포함되어 있어서 빠르게 말하면 그들은 마을 사람들의 말을 거의 알아듣지 못했다. 헨리크에게 이곳 말을 가르쳐 주었던 가정교사는 마을 사제였는데, 한때 그의 환자였던지라 헨리크에게 감사하는 마음을 갖고 있었다.

상당수 마을 사람들은 시대의 흐름에 따라 변하지 않겠다는 일종의 묵계(그들이 터놓고 동의하여 계약을 맺은 것은 아니었지만)를 지키고 있었다. 이 마을을 찾아온 사해동포주의 방문객들은 마을을 그대로 보존하는 데 도움을 줄 수 있을 것으로 생각했다. 보그던은 토착적인 민속촌을 시작하려는 이상을 품었다. 리샤드는 동화와 마을 음유시인의 노래를 채록하여 베껴 써 두고 사투리를 배우고 있었다. 헨리크는 암벽에서 따서 모은 인상적인 다양한 이끼 같은 것과 아련히 떠오르는 알프스 산맥의 요새가 보여 주는 영광을 함양하기 위한 과학 박물관을 계획하고 있었다. 마리냐는 마을 처녀들에게 레이스 뜨기 교실을 열었다. 레이스 뜨기는 쇠락하고 있는 마을 경제에 도움이 될 뿐만 아니라 멸종 위험에 처한 지역 공예와 손기술을 보존하는 데 도움이 되었다. 지난해 마리냐는 자코페인에서 레이스 뜨기 챔피언인 애꾸눈 할멈에게 뜨기 기술을 배웠다. 올해 마을 아낙들에게는 웃음을 자아내는, 손으로 새기는 목각 기술을 배우려 했다.

지금까지도 접근하기 힘들다는 지형 조건이 마을을 변화에서 지켜 주었다. 덕분에 마을의 오래된 풍습, 고유한 행동, 풍부한 구전 암송 전통이 보존될 수 있었다. 얼굴과 인체 유형이 다른 사람도 그다지 없었으며 성姓을 가지고 있는 가족도 얼마 되지 않았다. 마을에 난 길이라고는 질퍽한 도로 하나가 고작이었다. 목조로 지은 교회 건물 하나와 묘지 하나가 전부였다. 진정한 공동체였다! 마리냐와 그 일행들이 유일한 외부인은 아니었다. 아직 샬레(고지대 오막살이를 모방하여 나무로 지은 수수한 모양. 옮긴이)도 없었고, 결핵 요양소도 없었으며(자코페인이 휴양지로 공식적인 위상을 누리기까지는 십 년 이상이 더 소요되었다.), 크라코프와 연결하는 철도(연중 이 마을을 방문하도록 보장해 주는)는 아직 13년이 더 지나야 건설될 판이었다. 그런데도 여름 한철에는 상류층들에게 꽤 인기가 있는 곳이 되었다. 폴란드에서 가장 유명한 여배우와 그녀의 남편이 그곳에서 휴가를 보냈기 때문이었다. 처음에 이곳으로 왔을 때 자코페인에서 머물 수 있는 방법은 하나뿐이었다. 고지대 오막살이에서 자고 먹는 것밖에 달리 방법이 없었다. 두 해 여름이 지나고 리샤드가 처음으로 그들 일행의 초대를 받았을 무렵에는 형편없기는 했지만 그래도 대중 숙박 시설이 생겼으며 근처에 있는 농가 두 채가 비싸고 단조로운 식사와 마시기조차 힘든 포도주를 제공하기 시작했다. 호텔에 머물면서 레스토랑을 이용하는 한 줌도 안 되는 관광객들이 있었다.

이런 관광객들의 숙소와 마리냐가 따르고 있는 건강한 섭생법은 얼마나 달랐는지 모른다. 날마다 날씨야 어떻든지 간에 동틀 무렵 오막살이 뒤에 있는 시내에서 냉수욕을 하고 아침 식사 이전에 고독한 산책을 했다. 마리냐는 촉촉이 젖은 목초지를 거닐면서 썩은 나무줄기에 서식하는 낯선 버섯들을 따 겁도 없이 그 자리에서 먹어 보았다. 셰익스피어의 시구를 염소에게 읊어 주면서 말이다. 마리냐는 강박적으로 레퍼토리들을 비워 냈다. 열광적으로 받아들였다가는 내버렸다. 마리냐의 강박증에는 식이 습관도 있었다. 며칠씩 연달아 오로지 양젖과 사우어크라우트 수프만을 먹었다. 숨쉬기 운동도 마찬가지였다. 리베르마이스터Libermeister 교수의 책에서 읽은 방법대로 숨쉬기 운동을 했다. 하루에 한 시간씩 미동도 없이 풀밭에 앉아서 행복한 기억에 집중하려고 노력했다. 어떤 행복한 순간이든 상관없었다! "긍정적인 사고"의 시대가 시작되고 있었다. 자기 조절의 전문가들은 긍정적인 사고를 설교하고 있었다. 스스로를 다부진 세일즈맨으로 만들라고 조언했다. 의사들은 특히 신경쇠약이나 신경이 약한 여성들에게 아무것도 생각하지 말라는 식의 처방 대신 이제는 긍정적인 사고를 하라고 처방하고 있었다. 생각하기는 (도시 생활과 마찬가지로) 건강에 나빴으며, 특히 여자의 건강에 나쁜 것으로 간주되었다.

하지만 헨리크는 그런 부류의 의사가 아니었다. 그는 다른 의사들과는 달랐다. 자코페인의 좋은 공기가 치유의 힘을 가지고 있다는 것을 믿으라고 권했다. 헨리크는 좋은 공기에 대한 신념을 가지고 있었다. 헨리크는 정신적인 암전 상태로 만들고 단지 휴식하라고 권하지 않았다. 아무 생각 없이 여자들의 기예인 뜨개질이나 하라고 권하지는 않았다. 헨리크도 마리냐와 이야기하는 것을 좋아하지만, 마리냐보다 헨리크와 이야기하는 것을 더 좋아한 사람은 없었다. 드러내 놓고 사랑에 빠지지 않았더라면 좋았으련만. 리샤드와 타데우즈 같은 젊은 친구들이 사랑에 빠지는 것은 전혀 별개의 문제였다. 무분별하고 완벽하게 진지하지만 쉽게 물리는 그런 사랑은 여배우가 젊은 친구들에게 흔히 불러일으킬 수 있는 감정이라는 것을 마리냐는 너무 잘 알고 있었다. 하지만 헨리크처럼 지적이고 우울하고 나이 든 남자, 고백하지 못하는 사랑으로 시들어 가는 남자를 보고 있는 것은 고통스러운 일이었다. 마리냐는 그가 재채기를 했으면 했다.

"재채기를 해 봐요, 헨리크."

"뭐라고요?"

"난 당신이 재채기하는 걸 듣고 싶어요. 당신이 정말 우스꽝스럽게 느껴지거든요."

"내가 원래 우스꽝스러운 사람이잖소."

마리냐가 재채기를 했다.

"자, 내가 얼마나 멋지게 재채기를 하는지, 봤나요?"

늦은 9월이었다. 두 사람은 헨리크가 여름 동안 세를 낸 오막살이에 앉아 있었다. 방 안에는 햇살이 가득했다. 낙엽송으로 만든 테이블

하나, 의자 두 개, 벤치가 놓여 있고 헐벗은 벽에는 그 지역 목동과 산적 떼들이 그려 놓은 목동과 무뢰한의 조잡한 색채 유리그림이 한 줄로 걸려 있었다. 그것 말고는 아무것도 없었다. 그곳은 응접실이라 하기에도 뭐하고, 진료실이라고 하기에는 더더욱 어불성설이었다. 찬장 크기의 장에 외과용 메스, 핀셋, 카테터, 날이 가는 톱, 겸자, 현미경, 청진기, 바이엘, 끄트머리를 접어 놓은 의학 서적들(크라코프의 병원 사무실에 진열되어 있는 의학 서적들 중에서 간추리고 간추려 가져온 것들이었다.)이 그의 직업을 확실히 보여 줄 따름이었다.

"당신은 지금 감기에 걸렸다고 말할 참이오? 풀밭에서 맨발로 걷기를 고집하고 새벽녘 시내에서 냉수욕을 했으니, 감기에 걸렸다고 해도 전혀 놀랄 일도 아니지만."

"감기에 걸리지 않았거든요."

말은 그렇게 하면서도 마리냐는 기침을 하기 시작했다.

"어련하시겠소."

헨리크는 마리냐가 앉아 있는 의자로 다가오면서 손을 내밀었다.

"아, 자코페인의 좋은 공기를 권하려고 하는 거죠?"

마리냐는 자신의 섬세한 손목을 체념하듯 내밀었다. 헨리크는 마리냐를 내려다보면서 눈을 감았다. 몇 분이 흘렀다. 잡히지 않은 다른 한 손으로 쟁반에 담긴 산딸기를 집어 들어 천천히 세 개를 먹었다. 또다시 몇 분이 흘렀다.

"헨리크!"

헨리크가 눈을 뜨더니 악동처럼 씩 웃었다.

"난 당신의 맥박을 짚는 게 좋아요."

"나도 눈치 챘어요."

"그래야 안심시킬 수 있잖겠소."

헨리크는 마리냐의 손을 무릎 위 제자리로 돌려놓으면서 말했다.

"건강도 하시구려."

"그만해요, 헨리크. 산딸기나 들어요."

"두통은 어떻소?"

"두통은 언제나 있어요."

"자코페인 같은 곳에서도 두통이 여전하단 거요?"

"내가 할 수 있는 것이라고는 쉬는 것뿐이에요. 열심히 일할 때는 두통이 이렇게 끔찍할 지경은 아니었어요."

헨리크는 자기 테이블로 되돌아갔다.

"그런데도 당신의 본능은 바르샤바에서 헛소동이 벌어질 때면 언제나 이곳에서 안식처를 찾으라고 말해 주지 않소."

"안식처라니요!" 마리냐가 소리쳤다. "몇 년 전 우리가 이곳에 처음 왔을 때만 하더라도 동네조차 거의 없었던 곳이었잖아요."

"당신이 도착했을 땐 그랬지요, 마리냐. 해마다 이곳을 찾는 유명인으로서는 당신이 처음이라는 사실을 기억해 봐요. 난 그냥 뒤따라왔을 따름이고."

"당신은 아니에요." 마리냐가 부인했다. "내 말은 남들과 다르다는 거예요."

헨리크는 고개를 갸우뚱하면서 손가락으로 수염이 난 턱을 쓰다듬었다. 헨리크는 저 멀리 보이는 카스프로비 산 정상과 감탄할 만한 기에봉 산을 창문 너머로 응시했다.

"당신과 보그던, 그리고 당신 일행 몇몇이 이곳의 절경을 일단 발견하고 난 이후, 무엇을 기대했던 거요? 당신은 마을에 온 가장 유명한 인물이잖소."

"글쎄, 적어도 그들은 내 친구들이잖아요. 그런데 이제 내가 모르는 사람들이, 짜르니악Czarniak 같은 호텔을 열었다고요. 자코페인에 호텔이라니요!"

"당신이 가는 곳에는 사람들이 따르기 마련이잖소."

헨리크가 미소 지으며 말했다.

"그럼 외국인들은요. 그들도 나의 추종자들이라서 이곳에 왔단 소리는 말아요. 영국인들에게는 축복을."

마리나는 잠시 말을 멈췄다가 연극적인 몸짓을 했다.

"관광객이 꼭 와야 한다면 영국인은 그렇다 칠게요. 하지만 독일인은 한 사람도 없었으면 좋겠어요."

"기다려 봐요." 헨리크가 말했다. "그들도 조만간 올 테니까."

올해 체류는 다른 해와는 달랐다. 우선 그들은 다른 때보다 훨씬 일찌감치 이곳에 도착했다. 보그던은 이 계획에 참여하려는 사람들은 전부 모이자고 제안했다. 그들의 계획. 그 계획에 보그던의 동의를 다시 얻어 내는 것은 그다지 어렵지 않았다. 마리나는 몇 사람만, 망설이는 사람들만 초대하고자 했던 것이다. 리샤드와 몇몇 사람들처럼 그녀가 이미 알고 있는 지인들과 믿을 수 있는 사람들은 오라고 할 필요가 없었다.

크라코프로 여행을 하고 표트르를 찾아서 데리고 온 뒤(2년 전 마리나는 아이를 바르샤바에서 떨어진 크라코프로 보냈다. 바르샤바에서는 러시아어로 가르치고 있었다. 그래서 마리나의 어머니가 살고 있는 크라코프로 아이를 보냈다. 크라코프는 오스트리아 통치가 훨씬 관대한 곳이어서 학교에서 폴란드어로 가르칠 수 있었기 때문이었다.) 마리나와 보그던은 스테판의 연립주택에서 일주일 동안 오후를 보냈다. 종종 스테판의 주치의인 헨리크가 방문하여 안심시켜 주는 말을 해 주기도 했다. 스테판은 이제 많은 시간을 침대에서 보내고 있었다. 그들이 도착한 날 아침 보그던은 손수 식품 시장에 나가 고지대인들을 직접 만나서 모든 것을 주선했다. 고지대 사람들은 양고기와 치즈를 가득 싣고 와서 그곳에서 전부 팔고 난 뒤 주변에서 얼쩡거리고 있었다. 낯익은 얼굴들이 서비스와 마차와 수레를 제공하겠다면서 보그던의 주변으로 모여들었다. 보그던은 그중에서 키가 큰 친구를 점찍었다. 검고 곱슬머리인 그 사내는 다른 사람들에 비해서 지적인 언어를 구사했다. 교육받은 폴란드어와 고지대 사투리가 코믹하게 뒤섞여 있는 말투였다. 보그던은 젊은 사내에게 작년 9월에 세를 냈던 과부의 오막살이를 가리키면서 자신과 아내와 의붓아들, 다른 일행 다섯 명이 묵을 수 있도록 준비해 달라는 말을 전해 달라고 했다. 예드렉이라는 이름의 이 사내는 일주일 후 고지대 마을로 그들을 데려갈 준비를 해 놓겠다고 했다. 사내는 백작과 백작 부인, 그 일행을 자기 마차로 모실 수 있게 된다면 무한한 영광일 것이라고 선언했다.

마리냐 일행이 알고 있는 자코페인은 수목 한계선 위로 솟아 있는 산에서 눈이 사라지고, 초지에는 꽃들이 사라진 여름 한철 동안일 뿐이었다. 높은 산에는 지금도 여전히 눈이 쌓여 있었다. 타트라 산의 겨울은 길고 혹독했다. 하지만 검푸른 색조를 띤 자주색 크로커스가 융단처럼 펼쳐진 푸른 풀밭을 따라 마차가 지나가자, 예드렉이 모는 마차의 승객들은 그곳을 봄이라고 부르고 싶은 유혹을 떨칠 수 없었다. 마리냐는 잔뜩 흥분하여 마을에 당도하자 신경이 곤두섰다. 여행 끝에 따라오는 익숙한 불편함이 야기하는 초조, 결단으로 인한 흥분이라고 할 만한 그런 감정들이었다. 그런 감정은 두통일 수가 없었다. 물론 이런 어지럼증과 방향 잃은 에너지들이 마리냐가 생각하기에 두통이 일어나기 서너 시간 전의 증상과 유사하기는 했지만, 그래도 두통일 리 없었다. 해 지는 모습에 감탄하면서 보그던 옆에 서 있으면, 마리냐는 자기가 바라보고 있는 것이 뭔가 잘못되었다는 점을 인정하지 않을 수 없었다. 일몰의 빛이 어질어질하고 지그재그로 깜빡거리며 물보라처럼 퍼져 나갔다. 태양은 부글부글 끓어올랐다. 마리냐는 더 이상 자기 오른편 관자놀이가 펄떡거리고 목덜미를 무겁게 내리누르는 중압감을 부인할 수 없었다. 단 한 번도 두통 때문에 공연을 취소한 적이 없었던 마리냐는 24시간 동안 앓아누웠다. 어두침침한 방에 누워 수건으로 머리를 단단히 동여맸지만 몸은 납처럼 무겁고 멍했다. 표트르가 발끝으로 오가면서 엄마가 언제 자리에서 일어날 수 있는지 물었다. 마리냐는 잠시 동안 아이와 함께 있으려고 노력했다. 눈을 꼭 감은 채 아이의 머리를 쓰다듬으면서 손에다 키스를 해 줄 때는 괜찮았다. 하지만 눈을 뜨는 순간, 표트르는 점점 작아져서 나중에는 저 멀리 사라지는 것처럼 느껴졌다. 보그던 역시 마찬가지였다. 침대 옆에 웅크리고 앉아 필요한 게 있으면 말해 보라고 할 때면, 마치 격자로 된 창살 사이로 얼굴을 내밀고 있는 것처럼 보였다. 천장에서 간신히 새어 들어오는 빛을 통해 들여다보는 구멍으로 얼굴을 내밀고 있는 것 같았다. 천장은 그녀 바로 위에 있어서 내리덮칠 것처럼 어른거리고, 정전기가 일어나는 것처럼 번쩍거렸다. 마리냐는 오로지 혼자 있고 싶다는 마음뿐이었다. 토하고 잠들고 싶었다.

그곳에 머무는 동안 경험했던 두통과 비교해 본다면 나중의 두통은 양호한 편이었다고 할 만큼, 이번 두통은 기억하는 한 최악이었다.

두통에서 일단 회복되자 마리냐는 엄청난 불안과 초조에 시달리게 되었다. 벽에 일렁거리는 그림자(그녀는 오일 램프 하나를 계속 켜 두었다.)를 지켜보면서 오랜 시간 잠들지 못하는 불면의 밤이 계속되었다. 표트르가 아데노이드 증상처럼 쉬는 숨소리, 요제피나의 코고는 소리, 완다의 기침 소리, 목양견이 짖는 소리들이 그녀의 귀를 자극했다. 일단 밤이 되면 표트르는 엄마 침대로 기어 들어와서는, 바깥에 있는 화장실까지 따라가 달라고 말했다. 뒷마당에는 바흐레다 부인처럼 생긴 끔찍한 마녀가 살고 있어서 너무 무섭다고 했다. 침실로 되돌아오면 아이는 엄마와 함께 자겠다고 우겼다. 마녀가 꿈속에서 자기를 죽이려고 하기 때문이라는 것이다. 마리냐는 그처럼 유치한 두려움을 느끼기에는 다 컸다고 아이를 타일렀지만 막무가내였다. 그러다가 요란스럽게 입으로 숨 쉬는 소리가 들리고 아이가 잠에 곯아 떨어지면 그녀는 아이를 안아다 이불에 눕히고는 다시 바깥으로 나가 캄캄한 어둠 속에서 반짝이는 별들을 올려다보았다. 그러다 동이 트기 몇 시간 전에야 잠자리에 들었다. 기이한 꿈을 꾸었다. 마리냐의 어머니가 새가 되었고 보그던은 칼을 들고 자해하고 있었다. 끔찍한 것들이 나무에 매달려 흔들거렸다.

마리냐는 자주 피곤했다. 어떤 날에는 “위험하리만큼 상태가 좋다”고 느끼기도 했다. 마리냐의 표현대로라면 예외적인 에너지가 솟구치거나 기분이 고조되었는데, 이것은 다음 날 꼼짝할 수 없는 두통에 시달릴 수도 있다는 신호였다. 기괴한 생각, 웃고 노래하고 휘파람을 불고 춤추고 싶은, 통제 불가능한 충동들 때문에 마리냐는 톡톡히 대가를 치르고는 했다. 노력을 게을리 한 대가로 두통이 찾아온다고 확신했으므로, 마리냐는 어느 때보다 격렬하게 산책을 했다. 그것은 마치 친구들 곁을 떠나기 위해 친구들을 자기 주변에 불러 모으는 행동과 흡사했다.

스스로를 기진맥진하게 만들려고 산책을 하기도 했다. 그럴 경우 함께 걸을 일행은 필요조차 없었다. 보그던이 아내에게 옷을 입혀 주고 정성껏 신발을 신겨 주었다. 그러고는 마리냐가 서남쪽 방향으로, 한 점으로 사라질 때까지 지켜보았다. 마을에서부터 고지대인 목초지를 거쳐 기에봉 산으로 향하는 길은 대략 7킬로미터였다. 그곳에서부터 마리냐는 숲을 가로지르고 꼬불꼬불한 길을 따라 숨이 턱에 닿는 더 높은 고지대 평원에 다다랐다. 고원에는 풀과 키 작은 관목들, 알프스 산의 꽃들이 펼쳐져 있었다. 독이 든 꽃을 선물 받고 아드리엔 르쿠브뢰르가 살해된 것에, 현기증 나는 경의를 표하면서 마리냐는 에델바이스를 한 다발 꺾었다. 향기 없는 꽃에다 키스를 하고서는 얼굴을 들어 하늘을 우러러보았다. 마리냐는 기에봉 산의 정상에 올라갔으면 했다. 지난여름 마리냐는 마을 사람 중에서 가이드를 세워 보그던과 친구들과 함께 정상까지 올라갔다. 하지만 지금 마리냐는 마음속으로 파고드는 어두운 공상 때문에 감히 혼자 정상에 올라갈 수가 없었다. 녹아내리는 눈으로 덮인 땅뙈기를 통과하여 산기슭과 산등성이까지 가는 것마저 모험처럼 느껴져서 마리냐는 보그던을 떠올렸다. 오로지 보그던만이 마리냐와 함께 오를 수 있었다.

보그던은 성큼성큼 앞장서서 마리냐보다 빠르게 걸었다. 마리냐는 뒤처져 걷는 것에 전혀 개의치 않았다. 덕분에 함께 가면서도 혼자라는 감정을 느낄 수 있었다. 그러다 때때로 마리냐는 남편을 자기 곁에 불러 세워 그가 놓치고 보지 못한 것을 보여 주려고 했다. 나무에 앉아 있는 까마귀. 오막살이의 실루엣. 언덕바지에 있는 십자가. 샤무아 영양 떼들이나 바위산에 무리지어 있는 야생 염소들. 운 나쁜 모르모트를 덮치기 위해 아래로 내리꽂히는 독수리들을 보라고 보그던을 불러 세웠다.

"잠깐만요." 하고 마리냐는 소리 지르고는 했다. "저것 봤어요?", 혹은 "당신에게 보여 줄 게 있어요." 하기 위해서 말이다.

"뭘 말이오?"

"저기 위쪽에 있잖아요."

보그던은 마리냐가 가리키는 방향을 쳐다보았다.

"여기서 봐요. 여기로 다시 와요."

보그던은 가던 길을 반쯤 되돌아와서 다시 쳐다보았다.

"아뇨. 바로 여기라니까요."

마리냐는 그의 팔을 잡아끌어서는 자신이 원하는 위치에 세워 두려고 했다. 그래서 그의 바로 곁에 바짝 다가설…… 수 있었다. 그러면 그의 곁에 서서 마리냐는 자기가 보았던 것을 그가 바라보는 것을 지켜볼 수 있었다. 그가 정말로 자신이 보았던 것을 보고 있는지 살펴보면서.

이 무슨 횡포인가. 마리냐는 혼자 생각에 잠겼다. 그런데도 보그던은 전혀 기분이 상한 것처럼 보이지 않았다. 보그던은 다정하고 인내심 많은 남편다웠다. 그것이 진정한 자유이자, 결혼의 진정한 만족이었다. 그렇지 않을까? 당신이 본 것을 합법적으로 누군가에게 보도록 강요할 수 있는 것, 그것이 결혼이지 않을까? 당신이 본 바로 그것을 보도록 요구하는 것 말이다.

마리냐는 크라코프에 있는 시장으로 떠나는 사람들 중에서 신뢰할 만한 고지대 사람에게, 도착하는 즉시 편지를 부쳐 달라고 부탁했다.

리샤드, 당신은 무엇을 하면서, 무슨 생각을 하면서, 무슨 계획을 세우면서 지내고 있어요? 자신을 과대평가하는 당신 습관 때문에 여기 있는 우리 모두가 당신을 그리워한다는 말은 털어놓지 않을래요. 우리가 당신을 그리워한다고 하더라도 너무 잘난 척하지 말아요. 우리가 평상시 하던 일을 전혀 할 수가 없었기 때문일 수도 있으니까. 첫째 날과 둘째 날에는 눈이 내렸어요. 분명 그래요. 5월에 눈이 내린다니까요! 그리고 이제는 사흘 동안 찬비가 내리고 있어요. 그래서 보그던과 나, 그리고 친구들은 꼼짝없이 집안에 갇혀 있을 수밖에 없었어요. 이제야 나는 바깥으로 놀러 나가도 좋다는 허락을 받지 못한 형제 많은 집 아이의 심정이 어땠을지 이해가 가요. 비좁은 공간에 갇혀서 우리는 온갖 주제를 가지고 대화하는 데도 지쳤어요. 보그던이 들려주었던 '브룩팜' 이라는 뉴잉글랜드 식민지에 관한 이야기가 아주 흥미진진했는데도 곧 따분해졌어요. 이런 이야기를 들으면 당신은 고소해하겠지요! 연극 기술을 연습하고자 했던 사람들을 위해 '몸짓 알아맞히기 게임' 을 고안했어요.(내가 참여한다면 공평한 게임이 될 수 없었을 테지만요.) 보그던이 야콥을 이겼고, 율리앙은 체스에서 이겼어요. 우리는 작곡도 했어요. 즐거운 노래와 슬픈 노래 모두를 지었어요.(타데우즈는 게슬 연주법을 배우고 있어요. 목동의 야영지에서 들을 수 있는 피리 같은 악기예요.) 우리는 서로 미키에비치Michiewicz의 시를 낭송하고 『뜻대로 하세요』와 『십이야』를 전부 다 마무리했어요. 그래요. 그런데도 아직 비는 내리고 있어요.

오늘 우리가 무엇을 했는지 추측해 봐요. 파리를 죽이고 놀 정도로 오락거리가 줄어들었어요. 정말이에요! 오늘 아침 표트르의 장난감 가운데서 작은 활 두 개를 찾아냈어요. 율리앙이 성냥개비 끝을 뾰족하게 다듬어서 화살을 만들었어요. 차례로 돌아가면서 나무 벽에 장식품처럼 앉아서 졸고 있는 파리를 겨냥했어요. 우리는 희생물이 우리 발아래 떨어질 때마다 환호하며 박수를 치면서 앉아 있었죠. 율리앙, 혹은 메리 스튜어트가 그런 짓을 하고 노는 것을 보면서 뭐라고 할 말 없나요?

어쨌거나 내가 너무 심심해서 당신이 우리와 함께 합류하기를 고대한다고는 생각하지 마세요. 적어도 2주는 더 머물 것이 틀림없으니까요. 그동안 날씨는 분명 좋아질 것이고 많은 것들도 논의할 수 있을 거예요. 지금으로서는 율리앙이 몹시 헌신적이고 열성적이므로 당신도 이곳에 왔으면, 하는 생각이 들었어요. 그래야만 새로운 계획의 세부적인 것까지 확정할 수 있을 테니까요. 당신이 주도적인 역할을 해야 하니까요. 완다도 좀 위로해 줘요. 완다는 눈앞에 닥친 이별에 우울해하고 있거든요. 당신이 완다 남편에게 눈을 떼지 말아 줘요. 그래야 율리앙이 유혹에 넘어가는 불필요한 위험을 자초하지 않을 테니까요. 하기야 당신 또한 그 점에선 마찬가지니 당신과 율리앙 두 사람 모두 서로에게 그렇게 해야 된다는 것을 난 잘 알고 있어요! 당신이 초대받았다고 가정해 봐요.(그런 가정이 가능하다면 말이에요.) 당신이 이처럼 미묘한 문제에 언질을 주었다고 말이에요. 내가 기꺼이 인정하고 싶지는 않지만 친애하는 마리냐가 나에게 원하는 것은 무엇일까, 하고 물어본다면, 당신은 알게 될 거예요. 난 당신이 가슴이 따뜻한 사람이란 걸 알아요. 하지만 그뿐만이 아니라는 것 또한 알거든요. 나의 지나친 솔직함을 용서해 주실 거죠? 이 지역 아가씨들에게 신사처럼 행동하겠다고 약속해요. 그래요, 리샤드. 난 당신의 나쁜 습관을 잘 알고 있어요. 그러나 자코페인에서는 그러지 말아요. 이렇게 부탁할게요! 제발 그렇게 해 줘요. 여기로 되돌아올지도 모르고, 이곳 사람들에게 온 마음을 쏟았거든요. 우리는 서로를 잘 이해하고 있잖아요, 친구? 그래요. 그럼, 오셔요. 소중한 리샤드.

마리냐의 편지를 받고서 금욕을 각오하고서라도 그녀가 원하는 모든 것을 들어 줄 요량으로 리샤드는 그 다음 날 즉시 바르샤바를 떠났다. 크라코프에 도착하여 리샤드는 헨리크에게 산간 마을로 가는 여행을 주선해 달라고 부탁했다. 시장까지 동행하여 믿을 만한 마부를 구해 주려다가 헨리크 또한 충동적으로 함께 가기로 결정해 버렸다. 고작 열흘을 비운 사이에 스테판의 상태가 심각하게 악화될 리는 없었다. 리샤드가 마리냐에게 직접 초대받는 마당인데, 헨리크가 어떻게 먼 곳에 머물러만 있을 수 있겠는가.

리샤드는 마을 음유시인의 오막살이에 방을 잡았다. 노인이 들려준 이야기들을 편찬하겠다고 작년 여름부터 시작한 과제를 계속하려는 뜻도 있었지만, 다른 한편으로는 마리냐의 감시의 눈길을 피하고 싶은 것도 있었다. 그가 최선을 다해 노력을 하더라도, 어쩌다 보면 마을 처녀의 매력에 넘어갈 수도 있었기 때문이었다.

"아, 여긴 공동체 생활이지요." 남자들 침실에 잠자리를 마련해 놓았다는 말을 듣고서 헨리크가 보그던에게 말했다. "그렇지만 내가 짜르니악에 머문다고 너무 불쾌하게 생각하지는 마십시오."

"호텔에 말입니까?"

보그던이 되물었다.

"매트리스에 뿌릴 소독약을 의사용 왕진 가방에 넣어 다닐 사람인 당신이 말인가요?"

의학적인 긴급 사태로 인해 호출을 받을 때를 제외하고는(태어날 아기가 다리 먼저 나온다든가, 다리가 으스러졌거나 맹장이 터진 경우처럼), 헨리크는 거의 언제나 마리냐와 시간을 보내거나 표트르와 놀아 주면서 오두막에 머물러 있었다. 소년이 그에게 기쁨을 주는 것처럼 보였다. 헨리크는 소년에게 진화에 관한 새로운 학설을 가르치기로 마음먹었다.

"내가 너였더라면" 헨리크가 표트르에게 말했다. "학교 신부님들에게 그런 말을 하기 전에, 그러니까 뛰어난 네 어머니가 위대한 영국인 다윈 씨의 이름을 언급했다는 사실을 말하기 전에, 적어도 두 번은 생각했을 것 같은데."

"이젠 그럴 필요 없어요."

소년이 대답했다.

"엄마가 더 이상 그 학교로는 되돌아가지 않아도 될 거라고 했거든요."

"왜 그 학교로 되돌아가지 않아도 되는지, 이유는 알고 있니?"

"알아요."

표트르가 말했다.

"왜지?"

"우린 배를 탈 거니까요."

"배에서는 뭘 할 건데?"

"고래를 볼 거예요!"

"고래는 어떤 생명체이지?"

"포유류에요!"

"좋아."

"헨리크!" 방금 산책에서 돌아온 리샤드가 불렀다. "아이 머릿속에 쓰잘 데 없는 사실은 그만 집어넣어요. 아이에게 이야기나 들려줘요. 상상력을 자극하게요. 아이가 용감해지도록 말입니다."

"아, 저 이야기 좋아해요."

표트르가 소리쳤다.

"마녀에 관해 얘기해 주세요. 마녀가 죽임을 당한 얘기를 해 줘요. 기름에 튀겨지고. 스토브에 넣어지고. 그리고 마녀는……."

"그 이야기를 해 줘야겠군요."

리샤드가 말했다.

"나 역시 할 이야기가 있어."

헨리크가 말했다.

"이야기가 나를 용감하게 만들어 주지는 않았거든."

마리냐는 말이 많았던 사람이었는데, 점점 말수가 없어졌다. 이곳에 모인 사람들이 얼마나 그녀를 즐겁게 해 주려고 했던가!

마리냐는 타데우즈와 리샤드가 얼마나 흠모의 눈길로 자기를 바라보고 있는지를 알고 있었다. 마리냐는 사랑에 빠졌으면 했다. 도저히 어쩔 수 없는 사랑에 빠져들게 되면 자기 자신보다 나은 자아가 드러나기 때문이었다. 그런 사랑은 결혼이 끝장내 버린 현실에서 하나의 구원이 될 수 있다. 사랑은 남자를 강하고 자신감 넘치게 만든다. 반면 사랑은 여자를 약하게 만든다.

우정. 하지만 우정은…… 별개의 것이었다. 우정은 사람을 강하게 만든다. 헨리크가 없었다면 마리냐는 어땠을까? 그들은 야생 딸기나무 가까이에 있는 숲의 전나무 그루터기에 앉아 있었다. 표트르는 진짜 크기만 한 활과 화살을 가지고 근처에서 놀고 있었다.

"난 숲을 좋아한 적이 전혀 없었소."

헨리크가 말했다.

"그런데 이제 좋아지기 시작했어요. 내가 생각할 수 있는 것이라고는 이 나무 하나하나가 우리들과 마찬가지 피조물이라는 것이오. 이렇게 우중충한 숲에 갇혀서, 여기에 뿌리를 내리고 있다니. 자기 이파리들을 흔들면서, 제발 살려 주세요! 살려 주세요! 하고 나무가 비명을 지르면 난……."

"제발 애처로운 소린 그만둬요. 헨리크."

"왜요? 난 스스로 즐기고 있는데."

"그럼, 계속 애처로워하시던지요."

"좋아요. 내가 어디까지 했더라? 아, 그렇지, 나무들. 버넘 숲(셰익스피어의 『맥베스』에 나오는 숲. 마녀들은 버넘 숲이 던시네인 언덕으로 움직이지 않는 한 맥베스가 패배하지 않을 것이라고 예언한다. 옮긴이)이 던시네인으로 움직이지는 않으니까. 그러다가 나무들은 베어져서 쓰러지게 되지요. 그게 나무들이 생각한 탈출은 아닐 테지만. 이걸 한 모금 마셔요."

마리냐는 헨리크가 내민 휴대용 보드카 술병을 받았다.

"상상해 봐요."

잠깐 뜸을 들인 후 마리냐가 말했다.

"당신 머릿속에 그런 생각이 있다면 어떨까요? 그러니까 운명의 뜻에 따라 당신 별자리에 복종해야 한다는 생각이 든다면요? 남들이 뭐라고 생각하든지 간에요."

"마리냐, 당신은 마치 온 우주에서 홀로인 것처럼 말하는군요. 하지만 내가 놀라는 것은 다른 사람들을 몰고 다니는 당신의 힘이오."

"사람들 없이 어떻게 연극을 할 수 있겠어요?"

"실제로 그렇소. 난 자코페인을 생각하고 있는 중이라오. 당신이 처음 발견했던 그 당시 모습대로 자코페인이 머물러 있지 않은 것에 당신은 화를 내고 있잖소. 그렇지만 어떻게 자코페인이 과거 모습 그대로 남아 있을 수 있겠소. 그럴 수 없다는 것을 이해해야 해요. 이 사람들이 북아메리카의 유랑하는 인디언 부족도 아니고, 이곳은 유럽에 둘러싸인 목동들의 정착지란 말이오. 이들의 비참한 생계는 점점 더 쭈그러들고 있어요. 농사를 짓기에 땅은 너무 척박하고. 당신도 잘 알잖소, 안 그래요? 몇 년 지나지 않아 철광산은 문을 닫을 테고. 그렇다면 이들이 뭘로 어떻게 살아가겠소? 만약 소박한 공예품이나 목각품, 산들과 풍경과 경치와 좋은 공기를 팔지 않는다면 말이오?"

"내가 그들의 생계 문제에는 전혀 관심 없다고…… 생각하는 건가요?"

"내가 종종 지적했다시피." 헨리크는 열을 올리며 말을 계속했다. "당신의 뜻을 거역하지 못하는 보그던을 부추기고 있어요. 그를 조종해 움직이게 만들면서 말이오. 어쨌거나 이건 필연적으로 일어날 수밖에 없어요. 자코페인이란 곳에 관한 소문이 사람들에게 점점 더 퍼지지 않겠소? 사람들이 당신 주변에 있기를 원하잖소. 당신의 공동체 말이오."

"당신은 내가 뭘 너무 모른다고 생각하는 거죠?"

헨리크는 고개를 저었다.

"당신은 내가 너무 잘난 척한다고 생각하겠지요."

"오, 저런." 헨리크가 웃었다. "잘난 척하는 게 무슨 잘못이겠소. 마리냐. 나는 내가 실패했다고 고백하는 중이오. 이상주의자이자 폴란드 전문의로서 말이오. 내 생각에 당신은 푸리에의 팔란스테르와 스파르타식 연회를 혼동하고 있는 것 같구려."

"당신이 팔란스테르를 좋아하지 않는다는 건 알아요."

"이건 당신이 유토피아 철학자를 좋아하고 싫어하는 문제가 아니잖소. 난 어쩔 수가 없어요. 인간 본성에 관해 좀 안다면 말이오. 의사가 인간 본성을 외면하기란 어렵지요."

"당신이 생각하기에 여배우가 인간 본성에 관해 아무것도 몰라도 배우가 될 수 있을 거라고 생각하는 건가요?"

"나에게 화내지 말아요."

헨리크가 한숨을 쉬었다.

"아마 난 질투가 나나 보오. 왜냐하면…… 난 당신 일행이 될 수 없다는 게 시샘이 난 것이겠지요. 난 여기 머물러야 하니까."

"하지만 당신이 원하면, 할 수 있잖아요. 우리는……."

"난 너무 나이가 들었소."

"무슨 그런 소릴! 당신 나이가 얼만데요? 오십? 쉰다섯 살도 채 되지 않았잖아요!"

"마리냐……."

"당신 생각에 난 나이 들었단 생각을 하지 않을 것 같아요? 나이가 들었다고 내가 하고 싶은 걸 막지는 못해요…….”

“난 못 해요.”

헨리크가 손을 저었다.

“마리냐, 난 안 돼요.”

날씨가 따뜻해지고 있었다. 헨리크와 리샤드를 제외한 모든 일행은 숲에서 오후를 보냈다. 날이 저물면서 일행은 오막살이 바깥에 모여들었다. 기분 좋게 지친 일행들은 평상시보다 말이 많아졌다. 전나무 숲길에서 그들이 발견해서 따 왔던 섬세하게 주름진, 두 종류의 갈색 버섯을 넣은 수프, 작년 9월 숲으로 소풍을 나갔다가 거둬들였던 풍미가 진한 오렌지 피클인 리즈rydz가 나올 저녁 식사를 고대하고 있었다. 보그던은 표트르가 나무로 만든 기차를 가지고 놀 수 있도록 풀밭 위에 트랙을 놓아 주었다. 마리냐는 타데우즈가 그녀를 위해 켜 놓은 등유 램프가 놓여 있는 작은 테이블에 앉아 편지를 쓰고 있었다. 초승달과 한 쌍의 행성이 창백한 하늘에 나타났다. 완다는 율리앙을 위해 구입한, 수놓은 리넨 셔츠에 단추를 바꿔 달고 있었다. 요제피나와 율리앙은 카드 게임을 하면서 속삭이듯 다투고 있었다. 야큽은 카드놀이를 하는 사람들을 스케치하고 있었다. 올빼미가 날카롭게 울자 길 잃은 양들이 매에 하고 울었다. 실내에서는 바흐레다 부인이 조잡한 프라이팬에 버터를 녹이느라 지글거리는 요란한 소리가 새어 나왔다!

헨리크는 이리저리 배회하다가 아라크 술을 한 잔 따르고는 카드놀이를 하고 있는 테이블 옆에 놓인 여분의 의자에 앉아 책에 집중하려고 애썼다. 리샤드는 집주인과 함께 숲에서 보내기로 했는데(다른 남자 일행과 함께 사냥을 하는 것이야말로 마리나에게 이끌리는 유혹을 뿌리치면서도 가장 즐길 수 있는 방법이었다.), 일행 중 가장 나중에 당도했다. 리샤드는 의자를 마리나 근처로 끌어당긴 뒤 노트를 꺼내 두 번째 여우를 쏘고 난 다음 노인이 들려주었던 사냥 이야기를 적고 있었다.

보그던이 장단을 맞추고 있었다.

"열심히 한 것도 없는데 정말 피곤하군."

보그던이 말했다. 헨리크가 읽던 책을 탁 하고 덮었다.

"몸이 어디 좋지 않소?"

"그런 것 같지는 않습니다만."

"오늘 이상한 버섯 같은 걸 맛본 것은 아니겠지요?"

"그랬는데요."

타데우즈가 말했다.

"그럼 몸은 어떻소, 젊은 친구?"

"더 이상 좋을 수가 없는걸요!"

"숲에서 고혹적인 버섯에 이끌려 맛을 본 것은 아니었기 때문일 것이오."

"그건 모두 다 알아요."

보그던이 중얼거렸다.

"누구든 경솔하게 행동한 사람이 있을지 모르지만, 우리에게는 한 주 동안 의사가 있잖아요."

"내가 당신이라면 버섯만큼이나 의사도 믿지 않을걸요."

헨리크는 빈 술잔을 만지작거리면서 말했다.

"버섯과 의사에 관한 경고성 이야기를 한번 들어보실 의향이 있으신지요?"

헨리크는 웃음을 터뜨렸다.

"좀 끔찍한 이야기이기는 한데."

리샤드가 노트에서 눈을 떼고 올려다보았다.

"당신네들은 쇼베르트Schobert에 관한 얘길 들어본 적이 없을 테지요? 아무도 그의 곡을 연주하는 사람이 더 이상 없으니까. 대부분 하프시코드를 위한 곡을 만들었지요."

헨리크가 말을 멈췄다.

"그 사람은 파리에 살았어요. 유럽 전역에서 유명했다오."

"슈베르트를 의미하는 건가요?"

완다가 물었다.

"그녀 질문에는 대답하지 마세요."

율리앙이 한마디 했다.

"쇼베르트라고 알고 있습니다."

헨리크가 말했다. 헨리크는 자리에서 일어나 파이프에 천천히 불을 당겼다. 마치 바깥으로 산책이라도 나갈 것처럼 재킷 단추를 채웠다.

"그래서 마침내" 리샤드가 말했다. "그 얘기를 해 줄 작정이군요."

"그러니까, 상당히 불쾌한 이야기이긴 합니다만" 그러면서 헨리크가 다시 자리에 앉았다. "왜 이 이야기를 하려는지 나도 의아합니다."

"감질나게 하지 말고, 그냥 하세요, 헨리크."

마리냐가 말했다. 헨리크가 자기 파이프를 구두창에 대고 털었다.

"약간 목이 마른 것 같기도 합니다만."

그러자 요제피나가 아라크 술잔을 가져다주었다. 헨리크는 술을 꿀꺽꿀꺽 마셨다. "자, 이제 용기를 내 봐요." 마리냐가 부추겼다. 헨리크는 자기 이야기를 고대하고 있는 청중들을 둘러보면서 미소 지었다.

"음, 그러니까 이 남자는 유명한 예술가였는데, 버섯에 관해 극도의 편견을 가지고 있었다오. 어느 날 시골로 외출을 나갔지요. 생제르망 앙레Saint-Germain-en-Laye의 숲이었다고 생각합니다. 어디였거나 간에 하여튼 그의 아내, 나이가 든 두 명의 아이들, 친구 네 명이 함께였는데, 그 가운데는 의사도 있었어요. 그들은 마차 두 대에 나눠 타고 숲의 가장자리에 도착했고 내려서 걷기 시작했어요. 쇼베르트는 버섯을 따 모으기 시작했어요. 그날 하루만 따서 모으면 한 바구니가 될 것으로 생각했어요. 오후 늦게 일행은 말리로 갔는데, 그곳에 쇼베르트가 잘 알던 여관이 있었거든요. 그들이 채집해 온 버섯을 주면서 저녁으로 준비를 해 달라고 요구했지요. 여관 요리사는 버섯을 흘깃 보고는 그 버섯이 최고로 독성이 강한 버섯이라고 손님들에게 딱 잘라 말하면서, 요리는커녕 손도 대지 않겠다고 거부했어요. 쇼베르트는 요리사에게 자기가 시키는 대로 요리를 해 달라고 했지요. 정말로 그렇게 지독한 버섯이라면 친구에게 물어보겠다고 했지요. 친구인 의사는 그럴 리가 있겠느냐고 확신했어요. 요리사의 고집에 짜증이 난 일행은 요리사나 매한가지로 고집을 부렸어요. 그들은 그 여관을 나와서 불로뉴 숲에 있는 또 다른 여관으로 갔는데 그곳의 수석 웨이터 또한 버섯 요리를 거부했지요. 더더욱 오기를 부리게 된 의사는 버섯이 괜찮다고 여전히 우겼어요. 그들은 그 여관 또한 떠났어요."

"재앙을 향해 가는군요."

리샤드가 중얼거렸다.

"밤이 되었고 모든 사람들은 배가 정말 고팠지요. 그들은 파리의 쇼베르트 씨 집으로 되돌아왔어요. 쇼베르트는 하녀에게 버섯을 주면서 저녁 식사로 요리해 달라고 했어요."

"저런."

완다가 신음소리를 냈다.

"그리고 모든 버섯에 관해서 전부 알고 있다고 주장했던 의사를 포함하여 일곱 명 전부, 그리고 요리를 하면서 조금씩 맛을 보았을 게 틀림없었던 하녀와 하녀를 보채서 버섯을 얻어먹은 개까지 포함하여 전부 중독 되었다오. 전부 중독이 되었으므로, 그들 모두는 다음 날 정오가 될 때까지 도움을 청할 수가 없었지요. 수요일이 되었고, 쇼베르트의 제자가 레슨을 받으러 왔을 때 그들은 모두 마루에 쓰러져 신음하고 있었지요. 아무것도 손쓸 도리가 없었던 겁니다. 다섯 살짜리 아이가 제일 먼저 죽었어요. 쇼베르트는 금요일까지 목숨이 붙어 있었지요. 그의 아내는 그 다음 주 월요일까지 살아 있었어요. 두 사람은 열흘 이상을 더 살았지요. 쇼베르트 씨 일가 중에서 오로지 세 살짜리 아이만 살아남았는데, 아이는 그들이 외출했을 때 함께 나가지 않은데다, 그들 모두가 되돌아왔을 때 잠들어 있었기에 살아남을 수 있었던 겁니다."

표트르가 큰소리로 깔깔거렸다.

"안으로 들어가서 손을 씻으렴, 표트르."

보그던이 시켰다. 아이는 자기 기차를 밀고 있는 중이었다. "충돌!" 표트르가 소리쳤다. "기차가 뒤집어졌어요."

"표트르!"

"정말 섬뜩한 이야기군요."

야쿱이 치를 떨었다. 야쿱은 나무못으로 고정을 시킨 오두막의 문간에 서 있었다.

"첫 번째 여관에서 마주친 요리사의 말이나, 아니면 두 번째 여관 수석 웨이터의 말을 들었어야 했는데."

"하인들이잖아요?"

리샤드가 소리쳤다.

"그들은 자기네들이 하인들보다는 우월하다고 느끼지 않았을까요? 정말 완벽한 왕정복고 시대의 이야기로군요."

"의사를 그처럼 맹신한다는 걸 상상해 봐요."

헨리크가 말했다.

"의사가 버섯 전문가라는 것에 그처럼 확신을 갖고 있다니, 상상이나 할 수 있겠어요?"

리샤드가 말했다

"그나저나 버섯을 정말 좋아했나 보군요."

보그던이 감탄했다.

"그 일은 쇼베르트의 잘못이잖아요. 가족의 우두머리로서 소풍에 책임이 있었으니까요."

"하지만 의사는 과학자잖아요."

완다가 거들었다.

"과학자에 관한 아내의 환상을 내가 보호해야겠는데요."

율리앙이 비꼬았다.

"진실을 말하자면 두 사람 다 비난받아 마땅해요."

"아니요, 책임은 쇼베르트에게 있는 것 같은데요."

요제피나가 말했다.

"아무도 그의 말에 반박하지 않았잖아요. 가장으로서 그가 가진 성격을 한번 생각해 봐요. 위대한 음악가이자 모든 사람들로부터 존경받는…….”

“당신은 어떻게 생각하세요?”

타데우즈는 마리냐가 이 대화에 전혀 끼어들지 않는다는 것에 제일 먼저 신경이 쓰여 물었다. 마리냐는 고개를 저었다. “우리가 따 온 버섯이 독버섯이라고 누가 말해 주었는데도, 당신은 사람들이 그걸 먹길 원한다면…….”

“물론 타데우즈, 당신은 날 따르지 않을 테지요.”

“아마도 난 따를 것 같은데요.”

“브라보!”

헨리크가 소리쳤다. 모든 사람들이 기대에 찬 눈길로 마리냐를 쳐다보았다.

“난 그렇게 고집스럽지 않아요.”

마리냐가 외쳤다.

“난 결코 버섯을 먹겠다고 우기지 않았을 거예요. 독버섯이라고 누가 말해 준 버섯을 먹겠다고 미련하게 우기지 않았을 거란 말이죠.”

마리냐가 잠시 뜸을 들였다.

“날 도대체 뭐라고 생각하는 거죠?(그들이 그녀를 뭐라고 생각했을까? 그들의 여왕이었다.) 아, 나의 사랑하는 친구들…….”

마리냐는 최초의 여름 관광객이 찾아오게 될 6월 초순을 넘어서까지 그곳에 머무르고 싶은 생각은 전혀 없었다. 그들은 마지막 남은 시간 동안 마을에서 양가죽 담요와 고지대 사람들이 무기로 이용하는,

기운찬 솜씨로 만든 접이용 도끼 여섯 자루를 사들였다. 마리냐는 보그던과 표트르가 리샤드와 타데우즈와 함께 바르샤바로 떠나기 전에 크라코프로 돌아와서 스테판을 방문했다. 스테판은 이전에 비해 놀랄 만큼 창백해지고 훨씬 더 야위었다. 바르샤바에서 타데우즈는 마침내 자신이 임페리얼 극장과 계약을 맺게 되었다는 사실을 알게 되었다. 타데우즈가 마리냐를 실망시킬까 봐 몹시 두려워한다는 것을 알고서, 그녀는 타데우즈에게 계약을 받아들이고, 자기네 일행과 합류하겠다는 생각은 말끔히 잊어버리라면서 그에게 따스한 조언을 해주었다. 마리냐는 타데우즈가 계약서에 서명할 때 함께 동행하는 영광을 베풀어 주었다. 임페리얼 극장이 아우성을 치고 있어서 마리냐는 자신의 계획을 총괄하는 자상한 감독과 조용히 이야기하느라 한동안 머물렀다. 감독은 마리냐가 1년 동안 휴가를 내는 것이라고 못 박으면서 그 이상의 계획에 관해서는 들으려고 하지 않았다. 보그던은 위대한 모험에 필요한 자금을 마련하느라 동분서주하고 있었다. 이 때문에 보그던을 미행할 임무를 맡은 형사들이 따라붙으면서 가는 곳마다 새 형사들의 리스트가 첨가되었다. 형사들은 보그던이 팔려고 내놓은 아파트, 가구들을 살펴보러 왔다.

하지만 2주가 못 돼 그들은 스테판 때문에 크라코프로 서둘러 되돌아가야만 했다. 스테판은 아내와 오랫동안 별거 중이었으며, 더 이상 혼자 지낼 수 있는 상태가 아니라서 어머니의 아파트로 들어갔다. 그들이 도착하던 날 저녁에 스테판은 크게 한숨을 내쉬면서 눈을 감더니 혼수상태로 빠져들었다. 마리냐는 오빠 침대 곁에 꿇어앉아 그의 이마에 키스를 하면서 숨죽여 울었다. 베개 위에 놓인 앙상하고 차가운 얼굴은 기이하게 어려 보였다. 그녀가 처음으로 무대에 선 그 얼굴을 보았을 때처럼, 돈 카를로스와 그의 사악한 아버지 모두에게 사랑받았다는 사실을 알지 못했던 그 얼굴처럼, 마리냐가 어린 시절 숭배했던 눈부시게 아름다운 청년의 얼굴을 하고 있었다. 스테판이 죽어야 할 시간이라는 것이 도저히 믿기지 않았다!

마리냐는 리샤드에게 편지를 보냈다. 어머니는 완전히 슬픔에 잠겼어요. 그래도 아담 오빠도 있고 요제피나 언니, 안드레야, 야렉, 헨리크도 있어요. 헨리크는 사정이 허락하는 한 우리 곁을 떠나지 않고 있어요. 그렇지만 소중하고 고집 센 오빠를 우리 곁에 붙잡아 둘 수 있는 방법은 아무것도 없어요. 나는 오빠를 품에 안고 있었어요. 오빠의 몸은 메마르고 깃털처럼 가벼웠어요. 그 몸으로 각혈을 하다가 영원히 잠들었어요.

스테판의 죽음과 함께 마리냐 또한 가족과 작별을 고했다.

보그던 또한 작별 인사를 하러 그의 가족을 만나야 했다. 보그던 가문은 부유한 지주였으며 프러시아 통치 아래 있는 서부 폴란드에서 방대한 영지를 관리하고 있었다. 1870년 마리냐는 뎀보브스키 가문의 주요 영지에 갔던 적이 한 번 있었지만 그곳에 머물지는 않았다. 이그나시는 보그던의 형이었는데, 보그던 가문의 가장으로서 마리냐를 만나는 것조차 거부했다. 그러면서 동생에게는 혼자 온다면 언제나 두 팔 벌려 환영한다고 말했다. 마리냐와 보그던은 근처 여관에 방을 잡았다.

떠나기 이틀 전 보그던은 흰 원주형 기둥들이 쭉 늘어선 장원의 저택으로 마리냐를 데려가서 할머니에게 인사를 시켰다. 할머니는 손자에게 전갈을 보내, 자기는 이 결혼에 전혀 반대하지 않는다고 했다. 아내의 손을 꽉 붙잡고 보그던은 이 방에서 저 방을 지나 눈부시게 광택을 낸 나무로 바닥을 깐 마루를 지났다. (마리냐는 눈부신 광채들이 기억났다.) 마치 그들이 화가 난 어른들의 눈길을 피하려는 짓궂은 아이들인 것처럼, 잘못을 저지른 아이들이어서 악당 같고 폭력적인 어른을 피해 이 방 저 방으로 달아나는 아이들 같다는 느낌이 들었다. 보그던은 형과 마주치는 것이 두려워서 크기만 하고 가구가 거의 배치되어 있지 않은 이 방 저 방을 황급히 통과했다. 보그던은 너무 서두른 나머지 숨이 턱에 닿아 헐떡거렸다. 마치 어린 시절 이 집안에서 취약했던 그의 위치로 되돌아갔던 것처럼 보였다. 마리냐는 아이처럼 느끼고 싶지 않았다. 자신이 여배우라는 사실 때문에 스스로를 약한 아이로 느끼고 싶지는 않았던 것이다.

그들은 이층 응접실로 올라가 할머니를 뵈었다. 보그던은 한쪽 무릎을 꿇고 할머니의 손에 키스를 했다. 그런 다음 두 무릎을 다 꿇어서 할머니가 그를 포옹할 수 있도록 했다. 보그던의 뒤에서 마리냐는 무대에서 하는 것처럼 무릎을 굽히지는 않았지만 정중한 인사를 올렸다. 마리냐 또한 노인의 손에 키스를 했다. 그러자 보그던은 두 사람만을 남겨 둔 채 그 자리를 피했다.

마리냐는 보그던의 할머니 같은 사람은 한 번도 만나 본 적이 없었다. 보그던의 할머니는 폴란드의 2차 분할(프로이센, 러시아, 오스트리아가 폴란드 영토를 분할한 것. 옮긴이)이 있기 한 해 전이었던 1791년에 태어났다. 폴란드의 마지막 왕인 스타니스와프 아우구스트 포니아토프스키Stanisław August Poniatowski가 아직 왕위에 있을 때였다. 보그던의 할머니는 먼 과거 한때 영혼이 자유로웠던 시대의 생존자였다. 그녀는 그나마 보그던을 제외하고는 자기 손자들이 전부 멍청이들인데 그중에서도 장손 이그나시가 가장 멍청이라고 여겼다. 노부인은 마리냐에게 이런 이야기들을 해 주면서 탁한 분비물이 섞인 눈물을 흘렸다. 그러면서 눈을 쉴 새 없이 깜빡거렸다.

장손은 잔뜩 잘난 척이나 한단다, 얘야, 그것밖에 없으니까. 겁에 질려 잘난 척하는 게야. 걔 마음이 누그러져서 널 찾아볼 것으로 기대하지 말아라. 어린 동생의 행복은 안중에도 없는 놈이니까. 녀석은 가문의 위신 이외에는 관심이 없어. 뻔뻔하고 생존력 강한 우리 폴란드 귀족들이 성취하려는 게 그것이라고? 정말 구역질나는 짓거리들이지! 경건한 척하면서 성모마리아를 숭배하는 바보 혈족이라는 사실을 당최 믿을 수가 없어. 이해하겠지, 얘야. 신식이니까. 뭘 기대하겠어? 장손은 자신을 교회의 아들이라고 부른단다. 내가 이해하는 한 예수는 형제애를 중시했지. 이제 아가, 넌 우습지도 않은 우리 종교의 진정한 얼굴을 본 게야. 너처럼 매력적이고 성공한 여자가 자기 동생을 행복하게 해 준다는데 진정한 기독교인이라면 마땅히 기뻐해야 하지 않겠니? 그런데 그럴 리 없지. 네가 내 손자를 행복하게 해 주었으면 한다. 내가 말하는 행복의 의미가 뭔지, 넌 알겠니?

마리냐는 노부인이 그처럼 종교에 냉소적인 것에 깜짝 놀랐다. 장황한 설교 끝에 불쑥 얼토당토않은 질문을 함으로써 교회를 그토록 신랄하게 비난하는 자를 본 적이 없었다. 보그던은 자기 할머니가 길고 다툼이 잦았던 결혼 생활 동안 많은 연인을 거느렸던 것으로 유명했다고 말했다. 그중에 권력자인 뎀보브스키 장군이 있었다. 대답하지 않을 도리가 없다는 것을 생각하자, 마리냐는 얼굴이 약간 상기되기 시작했다. 물론 무대에서는 마음먹기에 따라 우는 것만큼이나 쉽게 얼굴을 붉힐 수 있었다. 노부인은 틈을 주지 않았다.

"자, 그러니까?"

노부인이 물었다. 마리냐는 양보했다.

"물론 노력할 거예요."

"아, 노력을 한다고."

"행복에서 노력이 차지하는 부분은 극히 미미하단다, 얘야. 매력은 있다가도 없는 법이니까. 여배우로서 넌 이런 문제들을 너무 잘 알고 있었을 거라고 생각했는데. 어쨌거나 여배우가 홍미로운 명성을 누리지 않는다고는 말 못 할 테지? 그냥 약간의 명성이라고? 자, 이제 네가 나에게 환멸을 느끼게 하는구나."

노부인은 치아가 없는 잇몸을 그대로 드러냈다.

"전 부인에게 환멸을 드리고 싶지는 않습니다."

마리냐가 따스하게 말했다.

"좋아, 좋아! 내 손자 보그던에게 걱정스러운 점이 있기 때문이거든. 걔는 너무 진지한 게 탈이야. 지나치게 진지하다는 점 말이야. 물론 무식한 사제들이 돼먹지 않은 라틴어로 씨부렁거리는 것에 넙죽 절을 해야 한다고 생각할 정도로 무지하지는 않지만. 이그나시와 달리 보그던은 마음이란 걸 가지고 있어. 자유로운 영혼을 가지고 있으니까. 널 택한 게 바로 그 점을 잘 보여 주잖니. 그런데도 난 걔가 걱정스럽단다. 걔는 자기 형이나 자기 계급의 다른 젊은이들과는 달리 여자와 놀아 본 경험이 전혀 없거든. 말하자면 숫총각이라는 게지. 아가씨, 그건 한심하기 그지없는 결함이야. 스물여덟 살이 될 때까지 여자를 모르다니! 네 책임이 무거울 게야. 걔에게서 못마땅한 점이 딱 하나 있다면 바로 그 점이야. 물론 그런 미스터리를 설명할 필요가 있겠지, 너도 알아야겠지만. 극장에는 그런 남자들이 있으니까. 네가 바로잡아 주어야겠지만 걔는…….”

“그 사람은 정말로 저를 사랑해요.”

마리냐가 가슴을 후벼 파는 불안을 느끼며 말을 가로막았다.

“저도 그를 사랑하고요.”

“내가 너무 솔직해서 기분이 상한 모양이군.”

“그럴 수도 있겠죠. 그렇지만 할머니께서 절 신뢰해 주신다니 영광이에요. 내가 보그던을 사랑한다는 것을 믿지 않았다면 이런 말씀은 하시지는 않았을 게 분명하니까요. 그에게 좋은 아내가 되기 위해 모든 것을 다하리라는 것을 믿고 계시잖아요.”

“귀엽게 말하는구나, 얘야. 그럴듯한 응수인데. 글쎄다, 이 문제에 관해 너에게 압력을 가하지는 않을 게야. 그냥 걔가 널 더 이상 행복하게 해 주지 못하더라도 걔 곁에서 떠나지 않겠다고 약속하려무나. 걔는 그럴 테고, 넌 머물지 못하는 영혼의 소유자니까. 여자를 완전히 소유하는 법을 모르는 녀석이니까. 아니면 네가 다른 남자랑 사랑에 빠질 수도 있고.”

“약속할게요.”

마리냐가 엄숙하게 말하고는 무릎을 굽히며 절을 했다. 노부인은 웃음을 터뜨렸다.

“일어나거라, 일어나! 여기가 무대는 아니잖니? 물론, 네 약속이 무슨 가치가 있겠니.”

노부인은 뼈만 앙상한 손을 뻗어 마리냐의 팔을 잡았다.

“그럼에도 그 약속을 지켜야 하느니라.”

“할머니?”

보그던이 문가에 서 있었다.

"그래, 내 손자구나, 들어오렴. 네 신부랑 담판을 지었다. 네 신부가 마음에 들었다는 것을 알고 네가 떠날 수 있겠구나. 너에게는 넘치는 여자다. 일 년에 한 번씩 나를 보러 와도 좋아. 다만 네 형이 여행을 떠나 집을 비웠을 때 오려무나. 네가 와도 좋을 때를 내가 편지로 알려 주마."

마리냐는 보그던의 가족들이 그녀를 가치 있는 아내로 받아들여 주지 않는 것에 대해 화가 났다. 무엇 때문에? 과부라서? 하인리히가 그녀와 결혼할 수 없는 신분이었다는 사실을 그들은 알 도리가 없었다. 하인리히가 사실은 죽지 않았고 프러시아로 되돌아가기로 결정했으며, 건강이 악화되었다는 사실을 그들이 알 수도 없었다. 하인리히는 그녀 인생에 두 번 다시 개입하지 않겠다고 약속했고, 마리냐는 그의 약속을 진실로 믿었다. 아이가 딸렸기 때문에? 마리냐의 전남편 잘레조브스키 씨가 표트르의 아버지라는 사실을 의심할 정도로 그들이 비열할 수 있을까? 분명 그는 아이의 아버지였다! 이그나시가 평생 동안 지속되는 동생의 극장에 대한 열정을 부인하려는 것이 그 이유라고 마리냐는 확신했다. 미망인 뎀보브스키 백작부인이 가족의 다른 사람들과는 달리 배우를 멸시하지 않는다 하더라도, 그 가문의 장남이 마리냐를 인정하지 않는 한 결코 다른 사람들에 의해서도 받아들여지지 않을 것임을 잘 알았다. 마리냐는 노부인이 이그나시에게 상당한 영향력을 끼칠 수 있을 것으로 생각했다. 하지만 노부인은 그럴 영향력이 없거나, 아니면 아예 그런 영향력을 발휘하는 것 자체를 경멸할 수도 있었다. 어쨌거나 마리냐는 노부인을 두 번 다시 볼 기회가 없었다. 일 년에 한 번씩 보그던이 할머니를 방문할 때 마리냐는 극장 시즌이거나 아니면 순회공연 중이었다.

그들은 결코 마리냐를 인정하지 않았다. 마침내 마리냐는 보그던의 노처녀 누나인 이자벨라의 사랑을 얻었지만, 이그나시의 반대는 세월이 지날수록 더욱 완강해졌다. 보그던은 형과 모든 관계를 끊고 지냈다. 자존심 때문에 심지어 가족의 다양한 자산에서 나오는 자기 몫의 수입마저 정중히 거절했다. 그 수입은 이그나시가 관리하는 영지에서 나오는 것이었다. 하지만 지금의 보그던은 이 돈의 적절한 배당을 요구하는 것 말고는 달리 방법이 없었다. 보그던은 이그나시에게, 자신이 황급하게 방문하는 까닭을 설명하는 편지를 썼다. 보그던은 투자를 위해서라고 설명했다. 탁월한 투자라고. 보그던은 할머니에게도 편지를 썼다. 계획에 없는 방문을 허락해 달라는 편지였다. 마리냐는 보그던의 할머니에게 작별을 고하고 싶다고 했다.

여관에 방을 잡자마자 보그던과 마리냐는 마차를 빌려 저택으로 달려갔다. 집사장이 백작은 한 시간 동안 영지 사무실에서 접견할 수 있으며 미망인 백작부인은 서재에 계신다고 알려 주었다.

할머니는 숄을 두른 채 깊숙한 의자에 앉아서 책을 읽고 있었다. "네가 늦게 온 건지, 일찍 온 것인지 모르겠구나." 하고 손자에게 물었다. 노부인은 흰색 레이스 헤어드레스를 쓰고 있었다. 주름살투성이 우툴두툴한 얼굴에 발그레한 볼연지가 칠해져 있었다. 보그던이 더듬거렸다. "제 생각에는……."

"그래, 너무 늦은 것 같지는 않구나."

노부인의 곁에 있는 낮은 테이블에는 긴 유리잔이 놓여 있었다. 유리잔 안에는 진하고 흰 액체가 들어 있었는데, 마리냐는 자기 몫으로 나온 잔을 마셔 보기 전에는 그것이 도대체 무엇인지 알 수가 없었다. 크림을 넣은 뜨거운 맥주에 가늘게 썬 치즈를 띄워 놓은 것이었다.

"건강을 위하여, 아가들아!"

노부인이 중얼거린 다음 잔을 들어올려 움푹하게 팬 입술로 가져갔다. 그러다가 마리냐를 보면서 얼굴을 찡그렸다.

"넌 상중이구나."

"얼마 전에 오빠가……."

아무 관련 없는 말들을 툭툭 던지던 미망인 백작부인의 스타일을 떠올리면서 마리냐는 덧붙였다.

"제가 좋아했던 오빠였어요."

"그래, 몇 살이었니? 아직 꽤 젊었을 것 같은데."

"그렇게 젊지는 않아요. 마흔여덟이었어요."

"젊군!"

"스테판 오빠가 몹시 앓았고, 회복이 힘들 것이라는 사실은 알고 있었지만 미처 제대로 마음의 준비를……."

"어떤 것도 제대로 준비할 수 있는 것은 없단다. 그래, 어떤 사람의 죽음이 또 다른 사람에게는 언제나 해방이거든. 흔히 말하는 것과는 반대로, 인생은 길어, 어디 한번 생각해 보렴. 나 자신을 일컫는 말은 아니지만, 아주 오래 살지 않은 사람들에게조차 인생은 대단히 길단다. 그런 법이지, 아가들아."

노부인은 오로지 보그던만을 쳐다보고 있었다.

"너에게 반드시 말해 줘야 할 것이 있다. 난 너의 어리석음을 좋아한단다. 그래 좋아. 그런데 그 이유를 물어봐도 되겠니?"

"이유는 많아요."

보그던이 대답했다

"그래요, 많아요."

마리나가 거들었다.

"이유가 많다고? 글쎄다, 그중에서 진짜 이유를 발견하게 되겠지."

갑자기 노부인의 머리가 앞으로 푹 꺾였다. 마치 졸음에 빠져든 것처럼 보였다. 혹시…….

"보그던?"

마리나가 속삭였다.

"그래!"

노부인이 눈을 떴다.

"대부분의 사람들은 긴 인생을 낭비하거든. 창창하게 남은 나날들이 있는데도 열정이나 꿈은 너무 빨리 고갈되어 버리니까. 자, 이제 새롭게 시작을 해 보거라. 뭔가를 하되, 진귀한 뭔가를 해 보렴. 그렇지 않으면 사람들이 대체로 그러는 것처럼, 새로운 생활이라고 해 보았자 결국 오래된 생활의 반복으로 변하고 말 테니까."

"그럴 리 없을 겁니다."

보그던이 말했다.

"넌 더 이상 지적으로 성장한 것 같지가 않구나."

노부인이 말했다.

"요즘은 무슨 책을 읽고 있니?"

"실용서들입니다."

보그던이 대답했다.

"축산에 관한 책들, 포도 재배학이나 목공일, 토양 관리 같은 것들이지요."

"저런, 안됐구나."

"저랑 시도 읽어요." 옆에서 마리냐가 거들었다. "우린 셰익스피어를 함께 읽는답니다."

"재를 감싸려 들지 말아라. 저 녀석은 멍청이야. 넌 그다지 영리하지는 않았다. 적어도 6년 전에 널 만났을 때는 그랬어. 그런데 지금은 재보다 훨씬 더 지적이구나."

보그던이 허리를 숙여 할머니의 뺨에다 가볍게 키스를 했다. 관절염으로 손마디가 혹처럼 된 작은 손이 보그던의 정수리를 쓰다듬었다.

"재는 내가 유일하게 사랑하는 손자란다."

노부인이 마리냐에게 말했다.

"알아요. 이 집안에서 저이가 떠나는 걸 상심하는 유일한 분이기도 하죠."

"헛소리 하고는!"

"사랑하는 할머니!"

보그던이 소리쳤다.

"웬 수선이냐. 내가 너희를 감싸 주마. 내 사랑하는 멍청이들아. 이제 너희들이 떠날 시간이구나. 아마도 우린 다시는 못 볼 테지."

"전 돌아올 겁니다!"

"그건 내가 저세상으로 간 뒤겠지."

노부인은 쥐고 있던 오른손을 펴서 손바닥을 들여다보더니 천천히 손을 들어올렸다.

"아가들아, 무신론자가 손을 들어 너희를 축복하노라."

마리냐가 고개를 숙였다.

"축복 있으라! 축복 있으라!"

노부인은 유쾌하게 축복해 주었다.

"충고 한마디 할까 하는데, 좋아? 절망으로 인해 어떤 일을 결정하는 것은 절대 금물이다. 내 말을 명심하거라. 자신이 결정한 일에 너무 많은 이유를 갖다 붙이지 말거라!"

모든 사람들이 우리가 왜 떠나려고 하는지 궁금해하는군, 하고 마리냐는 혼자 중얼거렸다. 궁금해하려면 궁금해하라지. 온갖 말을 지어 내려면 내라지 뭐. 언제는 나에 관해 거짓말하지 않았던가? 나 역시 거짓말을 할 수 있어. 나는 어느 누구에게도 이유를 설명하지 않을 테다.

그러나 남들은 이유가 필요하다. 그들은 스스로에게 말한다.

"왜냐하면 그녀는 내 아내이고, 나는 그녀를 마땅히 돌봐야 하니까. 내가 얼마나 현실적인 사람이며, 대지의 풍요로운 아들인지를 나의 형에게 보여 줄 수 있기 때문에. 단지 극장을 사랑하고 당국에 의해 재빨리 폐쇄된 애국 신문의 편집장이라는 허황된 인간만은 아니기 때문에. 경찰들이 언제나 미행하는 것을 더 이상 견디기 힘들기 때문에."

"왜냐하면 나는 호기심이 많기에. 그게 나의 직업이니까. 신문기자는 마땅히 그래야 하니까. 왜냐하면 나는 여행을 원하니까. 왜냐하면 나는 그녀를 사랑하므로. 왜냐하면 난 젊으니까. 왜냐하면 나는 이 나라를 사랑하니까. 왜냐하면 나는 이 나라에서 탈출할 필요가 있으니까. 왜냐하면 나는 사냥을 좋아하니까. 왜냐하면 니나가 임신했다는 사실을 알려 주었고, 나랑 결혼을 기대하고 있으니까. 왜냐하면 결혼에 관한 많은 책들, 페니모어 쿠퍼, 메인 레이드, 그리고 그 밖의 작가들의 작품을 읽었으니까. 왜냐하면 나는 많은 책을 쓸 작정이므로. 왜냐하면……."

"왜냐하면 그녀가 나의 어머니이므로, 무슨 일이 있더라도 백주년 박람회에 나를 데려가 주겠다고 약속했으니까."

"왜냐하면 나는 평범한 여자로 그냥 그녀의 하녀니까. 왜냐하면 고아원에 있는 그 모든 후보자 가운데서 가장 예쁘고 요리 솜씨와 바느질 솜씨가 좋은 나를 선택했으니까."

"왜냐하면 그곳에서 미래가 태어날 것이므로."

"왜냐하면 남편이 가기를 원하니까."

"왜냐하면 심지어 그곳에서도 그냥 폴란드인이 될 수 없으니까. 그렇다고 난 단지 유태인일 수도 없으니까."

"왜냐하면 자유로운 나라에서 살고 싶으니까."

"왜냐하면 그곳에서의 생활이 아이들에게는 더 나을 테니까."

"왜냐하면 그것이 모험이니까."

"왜냐하면 푸리에가 말한 것처럼, 사람들은 조화롭게 살아야 하므로. 내가 들었던 말들 중에서 나를 가장 고무시키는 것이었으므로. 인간 행복의 핵심에 관해 쓴 그의 논문들을 읽을 때마다 내 눈이 번쩍하니까……."

"푸리에에 관해서는 잊어버리자." 마리나는 중얼거렸다. "셰익스피어, 셰익스피어를 생각하자."

"셰익스피어에는 모든 것이 다 들어 있어."

"정말 그래. 마치 아메리카에서처럼. 아메리카는 모든 것을 의미하니까."

구식 배우들의 영탄조 목소리로, 가장 높은 발코니의 끝자리까지 들릴 수 있는 그런 배우의 목소리로 말했다.

"서둘러, 서둘러. 인파가 솟구쳐 너를 스쳐 지나간다. 역사적 시간은 표효하면서 자신을 지리적 공간으로 바꾼다. 마음이 볼 수 있는 한 끝없이 펼쳐진 땅. 뚜껑 덮인 짐수레의 마부들이 말들을 몰아서 앞으로 나간다. 이제 양대 해안을 연결시키고 있는 기차를 따라잡으려는 것처럼 마차들이 앞으로, 앞으로 달린다. 포효하는 폭풍우가 전개된다!"

그렇게 하여 그들은 아메리카로 갔다.

3

In America

리샤드와 율리앙은 장차 이민들이 정착할 만한 대륙의 연안을 물색하려고 선발대로 떠났다. 6월 하순 무렵, 그들은 리버풀로 향했다. 리버풀은 오각형의 흰 별이 그려진 붉은 삼각기를 휘날리던, 그 유명한 여객선이 출항하는 기항지였다. 그중 한 편은 매주 목요일, 뉴욕으로 출발했다. 북대서양을 횡단하는 여객선 화이트 스타의 선박 가운데 여섯 척의 증기선이 가장 풍족하고 가장 빠르고 가장 안전하다고 광고했다. 두 사람이 예약했던 여객선 'S. S. 저머닉' 은 최신형이었으며, '애틀랜틱' 을 교체하기 위해서 만들어진 선박이었다. 애틀랜틱은 1837년, 잠시 맑은 날씨를 보였다가 해양을 완전히 휩쓴 치명적인 돌풍에 쫓겨 노바스코샤의 화강암 해변에 정면충돌하여 승객 546명과 함께 물속으로 가라앉았다. 금세기 대서양 횡단 사상 최악의 재난이었다. 그보다 6개월 전 브레머하펜Bremerhaven 항에서 출항

했던 노스 저먼 로이드North German Lloyd 선박 회사의 '도이칠란트' 호의 침몰보다 열두 배나 많은 인원이 희생되었다.

"글쎄" 하고 리샤드가 말했다. "살아남을 수만 있다면, 난 차라리 난파선에 있는 편이 나을 것 같은데요."

"아니, 난 육로를 택할 거야."

폴란드에서 미국으로 떠나는 통상적인 출항지인 브레머하펜이 아니라 리버풀에서 출발하자는 것이 율리앙의 생각이었다. 율리앙은 영국에서 일 년을 보냈으며 기이하게도 격 변화와 젠더 변화(남성 명사와 여성 명사 등)가 없어서 힘들고 난해한 이 언어로 어느 정도 점잖은 대화가 가능한 수준이었다. 리샤드는 지난 몇 달간 영어를 마스터하려고 열심히 공부했지만, 외국 여행을 한 적은 거의 없었다. 비엔나, 베를린, 폴란드의 종주국 수도인 러시아의 세인트페테르부르크에 가본 정도였다. 모든 것을 경험하고 싶었지만 영국은 한 번도 가 보지 못했다.

미지의 세계로 여행하는 데 파트너가 있다는 것은 좋은 일이었다. 임무를 수행하는 데 전적으로 홀로 책임을 지고 싶지는 않았을 테니까. 그러나 율리앙이 누구에게나 붙임성 있게 구는 것은 질색이었다. 율리앙은 리샤드보다 나이가 열 살은 많고 여행 경험도 더 풍부했으므로, 여행 준비를 담당하고 자기 경험을 활용했다. 율리앙은 리샤드에게 풍성한 영국식 아침 식사를 소개하고, 영국 노동자 계급의 비참한 생활상에 관한 일장연설을 했으며, 운송과 산업에서 증기 동력의 광범한 사용이 어떤 변화를 가져왔는지 설명했고, 일등석 티켓을 구입하기 위해 워털루 로드 환전 중개 사무소에서 돈을 바꿀 계획을 짰다. 리샤드는 더 알뜰하게 여행을 해야 한다고 한마디 했다. '저머닉'

은 뉴욕으로 출발하는 화이트 스타 특급 노선과는 달리, 이등석이 없었다. 언제나 그렇다시피 욜리앙은 고집을 부렸다. "미국에서 검소하게 지내면 돼." 욜리앙이 손을 저으면서 말했다. 마치 리샤드가 폴란드의 시골뜨기인 것처럼, 아니면 자기 학생이라도 되는 양 대했다. 맙소사, 혹은 순종적인 완다를 다루듯이 했다. 리샤드는 욜리앙이 자기 아내를 대할 때도 선생 말투로 학생 다루듯 하는 것을 들었다. 리샤드는 미국 연안에 당도하면 그런 태도는 마땅히 바뀌어야 하고, 바뀌게 될 것이라고 자신했다. 네 개의 키 높은 돛대, 짜리몽땅하고 꼭대기가 한쪽으로 경사진 연어 살빛 핑크색 굴뚝 두 개, 고함을 지르는 선원들, 겁에 질린 채 묵묵히 선원들의 지시에 따라 침낭 보퉁이와 버들고리짝과 마분지 상자를 안고 지고 가파른 철제 계단을 따라 선실 바닥으로 내려가는 이주민들을 실은 영광스러운 여객선이 미국 연안에 닿으면 모든 것이 바뀌리라. 이것은 세상 물정에 밝은 사람이 될 때, 언제나 어떻게 처신해야 하는지 알 때 가능한 것이다. 우리가 자신을 어떤 사람이라고 생각하든지 간에 바로 그것이 우리 자신이라고 리샤드는 혼자 중얼거렸다. 감히 자신을 무엇이라고 생각하든지 간에 바로 그게 자기 자신이다. 아직은 아닐지라도 자신이 대단한 사람이라고 자유롭게 생각할 수 있는 자유, 현재의 자기 모습보다 나은 사람이라고 생각할 수 있는 자유. 그것이 그가 여행하고 있는 그 나라가 약속하는 진정한 자유가 아닐까?

점원의 아들이자 농부의 손자로서 리샤드는 임기응변의 재치와 품행이 남들에게 얼마나 많은 인상을 심어 줄 수 있는지 예리하게 의식하고 있었으므로, 자기 자신에 대한 기준과 기대에 해이해지지 않으려고 했다. 신세계에서는 훌륭한 품행이 그다지 중요한 것이 아니라고들 이구동성으로 (모든 여행자들이 이 점에 관해 동의하고 있었으므로) 말했기 때문이었다. 리샤드는 율리앙이 그들의 트렁크와 대형 여행용 가방을 선박의 통로까지 옮겨다 준 짐꾼과 그것을 다시 선실이 있는 선체 중앙까지 옮겨다 준 다부진 체격의 짐꾼 호주머니 속에다 동전 몇 푼을 슬쩍 넣어 주는 것을 보았다. 경험이 없는 여행객들에게 팁은 언제나 당혹스러운 문제였다. 잘난 척하는 율리앙이 승선하고 난 뒤 8일 동안 식사 때마다 어떤 자리에 앉아야 하는지를 즉시 알 수 있을 만큼 선상 매너에 능통해 있기나 한 것일까? 연장자인 율리앙이 어김없이 정확히 살롱을 향해서 갈 때면, 리샤드는 그의 뒤를 쫓아다녔다. 살롱은 전체 선박 넓이까지 펼쳐진 거대한 돔으로 된 방이었는데, 벽에는 버드아이메이플 같은 수려한 목재로 마름을 하고, 자단으로 상감무늬를 새긴 오크재 벽기둥, 두 개의 대리석 벽난로가 세워져 있고, 연단의 저쪽 끝에는 그랜드피아노가 놓여 있었다. 네 개의 긴 테이블 주변으로는 마루에 고정시켜 놓고 덮개를 씌운 안락의자가 줄지어 배치되어 있었다. 입구에는 한 무리의 승객들이 모여서 턱수염이 인상적인 검은색 유니폼을 입은 남자의 안내를 따르고 있었다. 검은색 유니폼의 소매에 덧댄 흰색 테두리에는 두 줄의 황금색 띠가 둘러져 있었다. "선장인가요?" 리샤드가 무심코 물었다. "주임 사무장이야." 율리앙이 대답했다.

율리앙이 장소를 적절하게 정한 다음 (그들은 두 번째 테이블에 앉기로 되어 있었다.) 짐을 풀려고 곧장 선실로 되돌아가자마자, 리샤드는 3번 테이블을 배치 받았다. 그러다가 리샤드는 율리앙과 합석했는데, 율리앙은 폴란드를 벗어나면 여자들을 자동으로 소개받거나 소개받은 여성의 손에 키스를 하는 것이 아니라는 점을 그에게 다시 한 번 상기시켜 주었다. ("특히 우리가 향하고 있는 곳에서는 그게 다소 구식이라는 인상을 주지나 않을까 해.") 벌써 구세계에 대한 향수를 풍기는 암시를 주었던 말을 취소하고, 신세계와 자신이 얼마나 잘 조화할 수 있는지를 보여 주려는 것처럼, 율리앙은 즉시 리샤드에게 접이식으로 디자인된 세면대로 영리하게 관심을 돌리도록 유도했다. 승무원을 부르는 전기 호출 벨과 가스등 같은 편리한 문화시설을 가리켰다. 그런 시설은 화이트 스타 선박에만 있는 것들이라고 말해 주었다. "현대식으로 개량했다는 건 종종 사치와 더불어 시작하는 법이니까." 율리앙이 설명했다. "오래지 않아 그런 발명품들이 많은 사람들의 수중에서 이용될 수 있길 바라야지."

"그럼요." 리샤드는 동의하면서도, 자신이 방금 했던 말을 율리앙이 어떻게 받아들일 것인지 궁금했다.

"트렁크부터 열어야겠군."

"그래요."

"왜 그래?"

"당신은 선생님이고, 학문을 하신 분이다 보니 새로운 발명품을 인정하지만, 난 작가잖아요."

"그래서?"

"전 게임을 좋아해요."

"자네가?"

리샤드는 말없이 짐 푸는 것을 도왔다.

"**어떤** 게임을 하는 척해야 하는데?"

"내가 마음속으로 생각하고 있는 건" 이 말을 하면서 리샤드는 자기 얼굴이 붉어지는 것을 느꼈다. "만약 괜찮다면, 그냥 게임인데, 우리가 서로 함께 여행하는 일행이 아닌 척하는 게임을 하면 어떨까요?"

"뭘 위해서?"

"그게 그러니까, 바르샤바에서부터 알았던 것으로 할 수도 있고. 아뇨, 이 배에 승선하고 난 뒤에 알게 된 사람으로 하는 게 더 낫겠어요."

리샤드는 율리앙의 양복을 조심스럽게 트렁크에서 꺼냈다.

"나는 당신에게 키어룰 씨로 행세하고, 당신은 나에게 솔스키 교수로 행세하는 겁니다. 그래서 선상에서 마주칠 때마다 가볍게 목례를 나누는 거죠."

"같은 선실을 사용하면서?"

"그걸 누가 알겠어요? 잠자는 몇 시간을 빼면, 난 언제나 갑판 위에 있을 작정이거든요. 아니면 이 배를 탐사하거나요."

"서로 옆자리에 앉아서 식사를 하면서 그런다는 거야?"

"더 이상 같은 식탁에 앉지 않으면 되지요. 난 영어를 연습할 필요가 있어요. 당신과 함께 있으면 난 게을러질 것이고 폴란드어로 당신과 얘기할 테니까요."

"진지하게 하셔, 리샤드."

"전 진지하다고요. 미국에 대한 내 인상에 관한 기사에 필요한 자료를 수집할 겁니다."

"우린 아직 미국에 있는 게 아니잖아!"

"이 배에는 미국인으로 가득 차 있어요! 그들과 말을 해야만 해요."

"날 바보로 아는군." 율리앙이 힐난조로 말했다. "난 자네가 그러자는 진짜 이유를 알아."

"뭔데요?"

"임자 없는 여자를 손에 넣을 수 있는 무대를 독차지하려는 거지. 아니면 이 나이 든 유부남이 젊은 바람둥이에게 설교할까 봐서? 얼마든지 그렇게 하시구려!"

리샤드는 씩 웃었다. (마치 열심히 유혹하려는 열정에 다른 남자가 훼방이라도 놓을 수 있을 것처럼.) 진짜 이유는 홀로 있음으로써 의무적으로 상대에게 맞장구를 치면서 대화할 필요 없이 생각에 잠기고 싶어서였다. 그러나 리샤드는 율리앙 스스로 자기 설명에 만족하도록 내버려 두었다. 이미 짐작했겠지만, 리샤드는 이제 여행하면서 율리앙의 오만한 태도를 어떻게 하면 가볍게 만들 것인지를 고민할 필요가 없어졌다. 율리앙은 첫째 날 저녁 식사 시간에 중년의 영국 여자가 꺼낸 지루하기 짝이 없는 주제를 기꺼이 받아 주고 있었다. 율리앙은 다음 날 아침 식사를 엄청 먹고서는 점심 식사 때는 모습을 나타내지 않았다. 리샤드는 무슨 일인가 보러 갔다가 잠옷을 입은 채, 토사물로 가득 찬 세면대에 고개를 박고 있는 율리앙을 보았다. 리샤드는 율리앙을 부축하여 침대로 데려갔다. 그때 이후, 항해 기간 내내 바다가 대부분 잔잔했음에도 율리앙은 계속 뱃멀미를 하느라고 선실 바깥에 거의 모습을 드러내지 않았다.

리샤드는 뱃멀미를 한 적이 없었다. 딱 한 번 악천후가 있었는데, 그때조차 멀미를 하지 않았다. 그것은 마치 앞날의 무한한 힘의 전조인 것처럼 느껴졌다. 이 여정이 내가 되고 싶었던 바로 그런 작가 기질을 이끌어 내는군, 하고 혼자 중얼거렸다. 더 나은, 더 많은 글을 쓰는 데 야심이 가장 확실한 자극제라면, 야심은 권장되어야만 한다. 말하자면 자기 생에 관한 로맨스를 언제나 유지함으로써 야심을 부추기는 것이 필요하다는 말이다. 마리냐가 작년에 미국 여행 생각을 끄집어내기 전까지 리샤드는 낭만적인 생활에 대한 것은 꿈에서조차 상상하지 못했다. 하지만 리샤드는 그런 낭만이 그곳에 있으리라고 마음먹기로 했다. 그런 사랑은 프레리 초원 어딘가에 있거나, 사막에 있을 수도 있었다. 혹은 인디언의 습격에서 그녀를 구출함으로써, 혹은 샘을 찾아가서 자기 손에 물을 담아 와 그녀에게 줌으로써, 혹은 그들이 길을 잃고 헤매느라 목마르고 굶주리고 지쳤을 때 캠프 불에 맨손으로 잡은 방울뱀을 구워서 먹을 때 발견될 수도 있었다. 리샤드는 마침내 부르주아 보그던에게서 마리냐를 빼앗아 올 수 있을지도 몰랐다. 이제 선상에서 구혼자로서의 부푼 전망에 관한 그의 꿈은 고양된 작가 에너지 덕분에 확신으로 이어졌다. 새로 임명된 『가제타 폴스카』의 주미 특파원으로서 바르샤바에 보낸 기사들은 중요한 책이 될 수 있었다. 리샤드가 대학생의 치기로 출판했던 감상적인 소설 두 권은 마음속에서 잊어버려도 좋다는 생각이 들자, 그는 한껏 고무되었다. 그래, 이게 바로 내 첫 번째 소설인 거야!

리샤드가 자기를 작가라고 그토록 절실히 느꼈던 적도, 혼자 있는 것을 그처럼 즐거워한 적도 없었다. 율리앙은 뱃멀미로 고생하는 판에 룸메이트가 선실의 자기 곁에 머물러 있으면서 염려해 주는 것을 원하지 않았다. 리샤드는 보통 정확히 다섯 시 정각에 잠에서 깨어났지만 잠시 잠자리에 더 머물러 있었다. 배가 흔들리는 것이 야릇하게 흥분되었다. (첫째 날 아침에 리샤드는 이편저편으로 천천히 돌아눕는 살찐 갈색 해마를 상상하면서 자위를 했다. 정말 이상하군, 하고 그는 혼잣말을 했다. 내일은 니나를 생각해야겠어.) 그러다가 일어나 세수를 하고 면도를 했다. 율리앙은 약간 신음소리를 내면서 보이지도 않는 눈을 잠시 떴다가 벽을 향해 돌아누웠다. 통로에는 아무도 없었다. 부자들은 얼마나 게으른가! 아침 식사 시간까지 한 시간 남짓, 주홍색 가죽으로 덮개를 한 안락의자와 카우치가 있는 사치스러운 끽연실을 혼자 차지하고서 리샤드는 지도와 아틀라스 영어 사전과 영문법을 열심히 공부했다. 그런 뒤에는 맛없는 귀리죽과 기괴한 맛의 훈제 청어가 놓인 식탁에 앉아서 단 한마디의 폴란드어도 섞이지 않은 영어로 이야기를 나눌 수 있었다. 리샤드는 테이블의 가장자리에 앉았는데 우연히 근처 승객들은 하나같이 본토 영국인들이었다. 평범한 얼굴에 멋진 옷을 입은 미국인 남자와 여자, 교황의 축복을 받으려고 로마에 갔던 캐나다인 주교와 주교의 젊은 비서 등이었다. 아침 식사를 마치고 나면 날씨야 궂든 말든 배 위쪽 갑판에 올라가 한 바퀴 둘러보러 바깥으로 나갔다. 자코페인에서 가져온 곰 머리뼈를 조각해 만든 손잡이가 달린 지팡이를 짚고 산책하는 것은 흔들리는 갑판에서는 짐짓 겉치레일 수도 있었다. 그러다가 비스듬히 기운 의자에 좌정하고 앉아서 공책을 꺼내 들었다. 정오가 될 때까지 자신이 본 것을 전부 적어 놓는 데 몰두했다. 선원들이 갑판을 걸레질하고 놋쇠 비품에 광택을 내는 동안, 승객들은 졸거나 잡담을 나누거나 굴렁쇠 던지기를 했다. 구름과 갈매기들이 여객선을 뒤따라왔으며, 배는 장엄하고 단조로운 바다에 정확한 색깔과 찰흔을 남겨 두면서 지나갔다.

점심시간 전에 리샤드는 율리앙을 위해 선실로 가져온 미음과 묽은 수프를 좀 먹어 보라고 권했다. 점심 식사가 끝나면 선상에서 만난 사람들에 관한 보도를 위해 좀 더 긴 시간 동안 관찰을 하고 율리앙의 미국 강의를 경청했다. 율리앙은 구역질 때문에 여행 중에 읽어 보려고 가져왔던 『미국의 민주주의』를 꺼낼 엄두조차 내지 못했음에도, 토크빌이 자신의 명저에서 분명 이런 말을 했을 것이라는 막연한 짐작으로 가득 차 있었다. 그러자 리샤드는 월터 스콧 경, 매콜리, 마리아 에지워스, 윌리엄 새커리, 에디슨, 찰스 램, 그 밖의 작가들의 단행본이 들어 있는 긴 유리 서가 뒤 어두침침한 방으로 들어섰다. 서가의 오크재 징두리 벽판의 장식용 무늬 위에는 유명한 저자들 이름이 새겨져 있었으며, 스테인드글라스 창문에는 바다와 관련된 주제가 새겨져 있었다. 그곳 서재에서 리샤드는 편지를 썼다. 어머니와 숙모들, 친구들, 그리고 되돌아오겠다고 약속을 하면서도 다양한 방식으로 저버리고 떠난 모든 여자들, 그리고 물론 마리냐와 보그던에게 편지를 썼다.(두 사람이 아니라 마리냐에게만 편지를 쓸 수 있었더라면, 하고 얼마나 바랐던가!) 대략 두 시간쯤 지나 리샤드는 다시 끽연실로 가서 위스키를 주문했다.(새 술이었다!) 입에 파이프를 물고, 온통 남자들뿐인 그곳의 시끌벅적한 분위기 속에서 마리냐만을 꿈꾸는 순결한 하루를 즐겼다. 그러다 리샤드는 다시 갑판 의자를 차지하고 앉아서 율리앙의 책인 토크빌의 『미국의 민주주의』를 읽거나 공책에다 묘사 기술을 연마했다. 아니면 유혹의 기술을 연마하려고 갑판을 어슬렁거리며 배회했다. 마치 토크빌의 진술, 즉 미국은 유럽보다 윤리적으로 엄격하며 미국 여자들이 영국 여자들보다 좀 더 정숙하다는 진술을 시험해 보려는 것처럼, 리샤드는 예쁘고 자신감에 찬 필라델피아 출신의 젊은 미국 여자를 장난삼아 유혹해 보았다. 그녀에게 자기 이름을 불러 달라고 설득하는 중이었다.

"당신 이름을 부를 정도로 내가 당신을 잘 안다는 생각은 들지 않는걸요."

아가씨는 의아하다는 듯 말했다.

"서로 안 지 겨우 사흘째잖아요. 그중 하루는 심지어 갑판에 나온 적도 없었고요. 왜냐하면 난, 난…… 몸 상태가 좋지 않았거든요."

"당신 나라 말로 리처드와 흡사해요."

리샤드는 마음속으로는 이미 그녀를 애무하면서 끈질기게 말했다.

"물론 철자는 다르지만요."

"내가 거의 알지도 못하는 신사 분을 이름으로 부르고 있다는 걸, 저의 엄마가 어쩌다 듣기라도 하면 어쩌려고요?"

"발음은 마찬가집니다."

리샤드가 말했다.

"리셔드. 그게 그렇게 힘든 일인가요?"

육지에서라면 그녀를 침대로 끌어들이기까지 얼마의 시간이 걸렸을까?

"하지만 그건 우리 발음이 아닌데요!"

"뉴욕에 있게 되면 그렇게 될 겁니다."

리샤드가 웃으면서 대답했다.

"정말 자신 있어요?"

그녀가 건방지게 대꾸했다.

"내가 보기에 그럴 것 같지 않은데요, 미스터……. 아, 난 그 발음을 할 수가 없어요! 당신 나라에는 정말 재미있는 이름들이 많나 봐요."

"그럼, 그걸 미국식으로는 어떻게 발음하는지 알려 주시렵니까?"

"당신 성 말인가요?"

"아뇨, 발음 불가능한, 리셔드요!"

결국 불가능했다. 만약 '리셔드'가 그녀와 자고 싶어했더라도, 불가능한 일이었다.

작가란 결코, 결코 권태로울 수 없는 법이다. 이 얼마나 축복받은 기질인가! 살롱 입구와 갑판 주랑에 붙여 놓은 공고를 통해, 여객선은 여러 가지 여흥거리, 즉 날마다 강연, 종교 서비스, 게임, 뮤지컬 등을 제공한다는 사실을 리샤드는 알게 되었다. 하지만 동료 승객들과 이야기를 나누는 것보다 더한 즐거움은 없었다. 대다수 작가들이 그러하듯이, 리샤드는 자신을 잘 드러내지 않아 음험하고도 알랑거리며 비위를 잘 맞추고 열심히 받아들이는 청자였다. 자기 자신에 관해 이야기하는 것은 그다지 의미가 없었다.

리샤드는 시간이 얼마 지나지 않아 사람들을 이해할 수 있으리라는 확신을 갖게 되었다. 하지만 사람들이 그를 이해할 만한 기회는 없었다. 리버풀에 머무는 며칠 동안 율리앙과 그는 식당과 술집에서 낯선 사람들과 영어를 연습하면서 (선상에서의 첫째 날, 식사 시간의 대화로 확신했던 것처럼) 외국인들이 폴란드에 대해, 폴란드의 역사와 고통에 관해서는 전혀 모른다는 점을 확실히 알게 되었다. 거의 한 세기 가까운 세월 동안 폴란드가 겪었던 시련을 문명 세계에 사는 사람들 모두가 알고 있을 것이라고 짐작했다. 그런데 지금 리샤드는 자신이 달나라에서 온 사람처럼 느껴졌다.

식사 때마다 미국인들은 이 세상에서 가장 위대한 나라가 미국이라는 확신을 갖고 있다는 것을 알게 되었다. 모든 사람들이 미국에 관해 알고 있으며, 모든 사람들이 그곳에 가기를 원한다는 것이 증거였다. 리샤드 또한 특이한 운명을 선택받은 것으로 스스로 간주하는 나라 출신이었다. 하지만 미국인들의 자아도취와는 다르게 순교의 선택은 사람들의 내면을 깊이 만들었다. 반면 미국인들의 자아도취는 그 나라가 특별한 행운을 얻었다는 확신에서 비롯되었다.

"미국에서는 이게 딱 핵심입니다. 당신이 내 말에 동의한다면, 모든 사람은 자유롭다는 겁니다."

리샤드와 함께 식탁에 앉은 사람 중 하나가 말했다. 무뚝뚝하고 주근깨 많은 사내였는데, 처음에는 리샤드를 완전히 무시했다. 사흘째 되던 날 저녁, 그는 느닷없이 리샤드에게 명함을 내밀었다. "오거스터스 햇필드. 오하이오 출신 사업가"라는 명함 내용을 읊조렸다.

"클리블랜드." 명함을 호주머니에 넣으면서 리샤드는 "클리블랜드라면 조선업으로 유명한 곳이죠." 하고 말했다.

"맞아요. 클리블랜드라는 지명을 들어보지 못했을까 봐 그냥 오하이오라고 했던 겁니다. 모든 사람들이 오하이오는 들어 봤을 테니까요."

"우리나라는 자유롭지 못합니다."

리샤드가 말했다.

"정말로요? 그게 어느 나라인데요?"

"폴란드입니다."

"아, 대단히 낙후된 나라지요. 그렇게 들었습니다. 하긴 내가 다녀보았던 모든 나라들이 그렇더군요. 영국 빼고는요."

"폴란드의 비극은 후진성에 있는 게 아닙니다, 햇필드 씨. 우린 정복당한 나라지요, 아일랜드처럼요."

"그래요. 아일랜드 또한 가난한 나라가 맞습니다. 이 배가 코크에 들렀을 때 하나같이 지저분하고 불쌍한 치들이 타는 걸 보셨죠? 화이트 스타가 선실 바닥에 그들을 태울 수 있는 한 많이 태워 가야 한다는 건 알고 있어요. 우리에게서 그다지 수지를 볼 수 없을 테니까요. 훌륭한 식사와 시중드는 손발들이 그렇게 많으니 뭐 그다지 남을 게 없을 테지요. 그건 그렇고 그치들을 생각하면, 맙소사. 숙녀 분이 계신 자리에서 이런 말을 꺼내는 걸 용서하신다면, 인간으로서의 체면 같은 것도 없이 남녀가 서로 몸을 밀착하고 뒤섞여 잡니다. 그런 사람들 있잖아요, 그치들이 좋아하는 게 바로 그거죠. 술 마시고 도둑질하고……."

"햇필드 씨, 내가 아일랜드를 언급한 것은 그들 또한 나라가 없다는 점 때문이었습니다."

"그래요. 영국인들은 그들을 통치하느라 애를 먹고 있어요. 그처럼 수고할 만한 가치가 있었던가, 그냥 포기하고 본국으로 돌아가는 게 나았을 텐데, 하고 언젠가 후회할 날이 틀림없이 올 겁니다."

"모든 사람은 자유를 원합니다."

리샤드는 이 세속적인 남자가 천박함에 화를 내고 있다는 점을 상기하여 침착하게 말했다.

"오랫동안 외국의 지배에 시달린 나라만큼 자유를 간절히 원하는 나라는 없을 겁니다."

"음, 그들은 미국으로 와야 합니다. 정말이에요. 일할 마음만 있다면요. 우린 더 이상 게으르고 지저분한 사람들은 원하지 않습니다. 내가 말했다시피, 미국에서는 모든 사람들이 자유로워요."

"우리 폴란드인들은 80년 동안 자유를 꿈꾸어 왔습니다. 우리에게 오스트리아인, 독일인, 그리고 특히 러시아인들……."

"돈을 벌 자유가 있지요."

그 남자는 단호하게 대화를 마무리했다. 그들은 자기들의 특권을 너무나 즐겼다. 이 미국인들은 이 배의 일부인 자기 자신들과 사치스러운 비품들에 대해 침이 마를 정도로 떠들어 댔다. 자기 발아래 있는 사람들에 관해서는 완전히 망각해 버렸다. '저머닉' 호의 승객 중에서 8분의 7인 대략 천5백 명 정도가 위 갑판과 화물칸 사이, 숨 쉬기조차 힘들고 발 디딜 틈도 없는 공간에 머물렀다. 대서양을 횡단하기 전에 몇 백 명의 아일랜드 이민들을 더 태웠기 때문이었다.

리샤드가 인간 사회가 안락한 자, 대단히 안락한 자, 그리고 안락하지 못한 자로 나뉜다는 걸 모를 리 없었다. 하지만 폴란드에서는 가혹한 계급 관계는 국가적 정체성, 국가적 슬픔이라는 명분으로 뭉친 감상적인 연대감 때문에 희석되었다. 위계질서를 바탕으로 움직이는 세계가 누리는 단단한 특권을 희석시켜 줄 만한 것이라고는 아무것도 없었다. 우리는 여기에 있었다. 위쪽의 널찍널찍한 공간에 자리 잡고 빛 가운데서 포식하면서 지냈다. 그들은 바닥에서 지냈다. 배급품을 먹고 악취가 진동하는 어둠 속에서 서로 부대꼈다.

일등석 승객들은 어제 아침 살롱에서 윌리트A. A. Willit 목사의 「햇살, 행복의 비밀?」이라는 강연을 들으면서 무슨 생각을 하고 있었을까? 햇살(행복)을 제외하고는 멋진 것이라고는 없었다. 그 사실에 그는 왜 그렇게 놀라야 했던가? 세상 물정에 밝은 사람은 어떤 것에도 놀라는 법이 없거늘.

그리고 작가(이 얼마나 편한 가정인가!)는 결코 침입자가 아니다. 혹은 작가들은 그렇게 믿는다. 리샤드는 여행의 둘째 날, 점심을 먹은 뒤 3

등 객실의 미로 속으로 잠시 내려갔다.(리샤드가 자기 의도를 알렸을 때 율리앙은 "화부들이 일하는 곳에도 가 보아야 해." 하고 말했다. "맨체스터에 있는 공장에 관해 내가 말해 주었던 것을 기억하라고.") 배 도면을 확보하는 것을 게을리한 탓에 리샤드는 기우뚱거리는 마루를 가로질러 비틀비틀 나아가면서도 자신이 어디를 향하고 있는지 알 수가 없었다. 음식 냄새와 악취가 풍겨 나오는 곳을 흐릿한 불빛을 더듬어 용케 헤쳐 나갔다. 리샤드의 귀에 무엇보다 확실히 들리는 소음들은 울부짖는 아이들 소리, 양은 그릇 부딪히는 소리, 기침 소리, 고함 소리, 언어의 바벨탑에서 쏟아져 나오는 알아들을 수 없는 소리들, 콘서트나 악기에서 흘러나오는 경쾌한 소리들이었다. 배가 흔들릴 때마다 선실 바닥은 더욱 요란스러웠다. 누군가 토하는 소리를 들으면서 리샤드도 토할 것만 같았다.

예전의 3등실 티켓은 남녀 가리지 않고 수십 명의 승객들이 함께 사용하는 축축하고 더러운 침대 크기의 선반을 구입하는 것이었다. 그러다 사람들 체면이 말이 아니게 되는 상황이 벌어지게 되자, 그 이후부터 '저머닉'과 같은 신형 여객선은 남자와 여자를 구분하고 가족 단위로 여행하는 사람들과 홀로 여행하는 사람을 구분하기에 이르렀다. 리샤드는 백 명은 족히 되어 보이는 남자들이 잠자는 곳과 가까이 붙어 있는 숙소로 들어갔다. "아, 저 위쪽 인간 좀 보게." 지독히 어두운 곳에서 흘러나오는 소리가 리샤드의 귀에 들렸다. 그러자 요란한 웃음소리가 터져 나왔다. "동물원 원숭이 구경하러 왔나 보군." 그의 바로 앞에 있는 벙크 네 번째 줄에서, 크고 몹시 창백한 얼굴을 아래로 내밀고 말했다. "당신, 여기에 친구 있어?" 그 얼굴이 말했다. "그 친구 그냥 내버려둬." 머릿수건을 쓴 뚱뚱한 여자가 문간에서 고함을 질렀다. 남자가 슬금슬금 자리를 피하자, 여자는 수고비를 달라고 손을 내밀었다.

다음 날 오후, 리샤드는 다른 입구를 다시 한 번 찾아보기로 했다. 리샤드는 계단 꼭대기에서 망설였다. 불안하게 만드는 경고 벽보가 붙어 있었기 때문이었다. "살롱 승객들은 3등 선실 승객들에게 돈이나 먹을거리를 던져 줌으로써 소란이나 불편을 야기하지 않도록 주의해 주시기를 요망합니다." 리샤드는 때마침 갑판에서 구명보트의 철주를 손보고 있던 수리공의 빤한 시선과 마주쳤다.

"뭘 던져 넣으려던 건 아닌데요."

리샤드가 익살스럽게 말했다.

"3등실로 내려가고 싶은가요, 손님?"

남자가 칠하던 붓을 내려놓으면서 물었다.

"실은 그래요."

리샤드가 대답했다.

"제가 모셔다 드릴까요?"

"왜요? 혼자 내려가면 안 되나요?"

"그게 글쎄, 그건 손님께 달린 문제지요. 저랑 같이 가시면 손님이 가려는 곳을 보여 드릴 수가 있습죠."

리샤드는 남자가 자기를 호위해 주려는 것이 의아했다. 계단을 내려가면서 "손님은 이번 여행에서 아래로 내려가는 일등석 신사 분 중 한 명입니다." 하는 그의 목소리가 들렸을 때는 점점 더 그랬다. 일등석 승객 중에서 아래로 내려가는 사람들이 희귀하지는 않은 모양이군, 하고 짐작할 따름이었다. 선원은 커다란 철문을 밀어서 열었다. 그 전날, 그러니까 첫째 날 리샤드는 그다지 많은 것을 보지는 못했다. "절 따라오십시오." 선원이 말했다. 그들은 가족 단위로 거처하는 구역을 지나쳐 갔는데, 이삼십 명을 수용하는 더 작은 방들이 있었고 방마다 여러 명의 가족들이 진을 치고 있었다. 각기 정도가 다른 제 나름의 곤궁, 쾌활, 체념을 담고 있었다. 그중 한 곳에서는 풍각쟁이가, 춤추고 있는 세 쌍을 위해 바이올린을 켜고 있었다. 나이 든 남자가 곡조에 맞춰 박수를 치고 있었다. 또 다른 곳은 토굴처럼 어두웠는데, 숄을 두른 여자들이 마루에 둘러앉은 아이들에게 먹을 것을 주고 있었고 다른 한편에서는 남자들이 자면서 코 고는 소리가 들렸다. 또 다른 곳에서는 네 명의 남자가 되는 대로 둘러앉아 등유 램프 아래 포커 게임을 하면서 입씨름을 하고 있었다. 늙은 여자는 울고 있는 아이를 달래느라 몸을 흔들면서 자장가를 불러 주고 있었다. 좁은 통로를 따라 좀 더 내려가자 더 넓은 통로가 나왔는데 끝부분은 두 개의 갈색 담요로 커튼을 쳐 놓았다.

"믹!(아일랜드인을 비하해서 부르는 말. 옮긴이)" 리샤드의 가이드가 소리쳐 불렀다. 임시변통으로 쳐 놓은 커튼 뒤 칸막이에서 황갈색의, 아니, 여우색 머리카락을 한 못된 도깨비 같은 남자 얼굴이 불쑥 튀어나왔다. 리샤드의 손은 이미 호주머니 속으로 미끄러져 들어가 공책 등을 비틀고 있었다.

"손님이 원하는 친구가 여기 있습죠. 자, 그의 손에 맡기고 전 갈까 합니다."

"정말 친절하시군요."

리샤드가 말했다.

"서비스하는 건 언제라도 영광이죠, 손님."

수리공은 그렇게 말하면서 손을 내밀었다. 리샤드가 1실링을 놓아

주었는데도 손을 여전히 내밀고 있었다. 1실링을 더 집어 주자 "감사합니다. 그리고 믹, 잊지 말게나……." 하고 말했다.

"꺼져, 개새끼!" 화가 난 도깨비가 으르렁거렸다. "아일랜드인은 믹이 아니라니까!"

"망할 영국놈." 그가 선원의 등에다 대고 투덜거렸다. 그는 손에 술병을 쥐고 있었다. "한 모금 하실라우?" 남자가 리샤드에게 권했다.

"난 폴란드 신문기잡니다." 리샤드가 말문을 열었다. "우리가 탄 배에 관해서 기사를 작성하고 있거든요. 그래서 3등실 승객과 이야기를 좀 하고 싶은데요."

"신문 기사를 쓴다고 했소, 당신이?" 그 도깨비가 또 한 번 씩 웃었다. "얼마나 많이 만나고 싶은데요?"

"음, 당신 친구 중 대여섯 명쯤 인터뷰를 하고 싶은데요."

"대여섯 명씩이나요!"

아일랜드인은 '믹'이 아니라고 했던 남자가 감탄사를 발했다.

"그들과 인터뷰를 할 작정이라고요. 전부 동시에 인터뷰를 하겠다, 그런 거우?"

그는 발을 구르면서 껄껄거렸다. 정말 음험한 도깨비군, 하고 리샤드는 속으로 중얼거렸다.

"자, 이리로 와 여기 앉아요." 그가 커튼 옆에 있던 물통을 뒤집어 놓으면서 앉기를 권하자, 리샤드는 놀라지 않을 수 없었다. 나를 덮쳐 강도짓을 하려는 걸까? 그럴 리가. 남자는 토마호크 도끼를 들고 그를 내려다보는 늠름한 아파치는 아니었다. 고작 아일랜드 비밀결사 대원 같은 왜소한 체구에다 여우 털 색깔과 흡사한 머리카락을 하고 손에 든 위스키 병을 머리 위로 치켜들어 흔들고 있을 뿐이지 않은가?

그럴 리는 없었다…….

"당신은 지금 내 질녀까지 생각하고 있는 거요? 내가 가진 건 여섯 명이 전부거든. 사랑스러운 질녀를 지금 미국으로 데려가는 중인데."

오, 세상에 리샤드는 자신의 말할 수 없는 순진함에 안도감보다는 못내 짜증이 났다.

"마셔요, 자. 술값은 달라고 하지 않을 테니. 당신은 원기 왕성한 젊은 친구로군. 단번에 알 수 있어. 그래, 준비됐어요?"

리샤드가 일어섰다.

"자, 여기 있습니다."

"다른 때 들르지요."

리샤드가 황망하게 대답했다. 그러자 남자는 리샤드가 전부 다 알아들을 수도 없는 취지의 말들을 징징거리며 쏟아내기 시작했다. 일등실 승객 중 상당수 신사들이 자기가 데리고 있는 여자애들의 서비스를 이미 받았다, 외국 신사 분들은 전혀 걱정할 필요가 없다, 자기 애들은 대단히 깨끗하고 건강하다, 그 점에 대해서는 분명히 보증할 수 있다고 했다. 그는 늘어뜨려 놓았던 커튼을 들어 올렸다. 안쪽에는 자수가 놓인 베개와 가벼운 모포가 놓인 카우치가 펼쳐져 있었는데 누군가의 혼숫감에서 가져왔을 듯 싶었다. 눈이 충혈된 여자 아이들이 뒤엉켜 있었고, 그들 중 열여덟 살 이상 되어 보이는 여자 애는 없었다. 한 명은 울고 있었다. "대단히 깨끗하고 건강해요." 그가 되풀이했다. 그들은 야위고 비참해 보였으며 크라코프와 바르샤바 사창가에서 보았던 포동포동하고 쾌활한 창녀들과는 전혀 달랐다.

"우리 귀여운 애들을 어떻게 생각해요?"

한 명은 예뻤다.

"안녕."

리샤드가 말을 건넸다.

"걔 이름은 노라거든요. 그렇잖니, 애야?"

여자 애는 희미하게 고개를 끄덕였다. 리샤드는 주저하면서도 한 걸음 앞으로 향했다. 다른 구석에는 낮은 침구가 있었다. 매독에라도 걸린다면, 마리냐를 영원히 체념해야 하는 것을 아닐까? 그러면서도 그는 이미 안으로 들어섰다.

"내 이름은 리샤드야."

"그럼 한 명이면 된다는 거유, 응?"

"재미있는 이름이네요. 당신도 미국 가는 건가요?"

"벌떡 일어나, 내 귀여운 것들!"

그 남자가 고함지르는 소리가 들렸다. 남자는 나머지 여자 애들을 몰고 나가면서 커튼을 내렸다.

리샤드는 여자 애 옆에 있는 침구로 몸을 낮췄다. 그 순간 배가 세차게 기울었다. "어머." 여자 애가 소리쳤다. "때로는 정말 무서워요." 여자 애는 갓난애처럼 손톱을 잘근잘근 씹으면서 말했다. "전에는 한 번도 배를 타 본 적이 없거든요. 물에 빠져 죽는다는 건 너무 끔찍해요." 부풀어 오른 대양의 파도가 가라앉자 점점 연민의 물결이 리샤드를 휩쓸었다. 지금 보니 여자 애는 채 열다섯 살도 되어 보이지 않았다.

"노라, 몇 살이야?"

"열다섯 살이요, 선생님." 여자 애는 그의 바지 단추를 더듬고 있었다. "거의 열다섯 살이에요."

"아, 이러면 안 돼." 그는 손톱을 물어뜯긴 손을 치우고 그 손을 잡았다. "위층에서 손님들이 많이 왔니?"

"오늘은 선생님이 첫 손님이에요."

여자 애가 웅얼거렸다.

"제대로 잘하고 있어, 젊은 친구?"

커튼 바깥에서 외치는 목소리가 들렸다.

"뭐라는 거야?"

리샤드가 물었다.

"선생님께 잘해 드리라는데요."

여자 애가 대답했다. 여자 애는 느슨해진 그의 손에서 자기 손을 빼낸 다음 그의 가슴에 와락 안겼다. 리샤드는 여자 애를 꼭 안고 손바닥으로 여자 애의 야위고 작은 등을 쓰다듬으면서 헝클어진 머리카락을 어루만졌다.

"저 남자가 때리진 않아? 때리지?"

여자 애의 귀에 대고 물어보았다.

"손님이 불평을 할 때만 그래요."

여자 애가 대답했다. 리샤드는 몸을 뒤집어 등을 바닥에 대도록 하고서는 갈라져 터진 입술이 그의 뺨을 스치고 지나가도록 내버려두었다. 여자 애는 자기 면 슈미즈를 걷어올리고서는 뼈가 앙상한 허리를 그의 몸에 밀착시키고 부볐다. 리샤드는 자기 의지와는 상관없이 발기되고 있었다. "이러지 않는 게 낫겠어." 리샤드가 말렸다. 자기 손을 밀어 넣어 여자 애의 상체를 자기 위로 약간 들어 올렸다. "돈은 줄 테니까, 이렇게 말하면……."

"아, 제발, 선생님. 제발요." 여자 애가 고통스럽게 새된 소리를 냈다. "그 돈을 저에게 주면 안 돼요!"

"그러면 내가……."

"선생님이 절 좋아하지 않았다는 걸 그가 알게 될 거고, 그러면 그는……."

"저치가 그걸 어떻게 알아?"

"알 거예요. 알 거예요!" 여자 애의 눈물방울이 리샤드의 목에 떨어져 내리면서 여자 애가 열심히 허리를 돌리는 것이 느껴졌다. "저이는 모든 걸 다 알아요! 내 얼굴을 보면 알게 될 거예요. 난 어쩔 줄 몰라 하면서 걱정할 테고, 그러면 저이가 날 쳐다보면서 내 가랑이 사이를 들여다보려고 할 테니까요."

한숨을 내쉬면서 리샤드는 가냘픈 몸을 자신의 상체 옆으로 내려놓고 바지 단추를 풀고 반쯤 일어선 자기 물건을 꺼낸 다음 여자 애에게 자기 몸 위로 등을 대고 눕도록 했다. "움직이지 마." 리샤드는 자기 물건을 여자 애의 무릎 바로 위 앙상한 허벅지 사이에 부드럽게 끼워 넣었다. "뭐 하는 거예요?" 여자 애가 구슬픈 소리를 냈다. "거기가 아닌데요. 그러면 내가 아플까 봐 그러는 거죠." 리샤드는 눈이 따끔거리면서 눈물이 괴는 것을 느꼈다. "우린 게임을 하고 있는 거야." 리샤드가 쉰 목소리로 속삭였다. "우리가 이 거대하고 끔찍한 여객선에 타고 있는 것이 아니라고 가정해 봐. 우리는 작은 보트에 타고 있는데 보트가 이리저리 흔들리고 있어. 그렇다고 심하게 흔들리는 것은 아니고. 보트에는 작은 노가 있어. 그 노를 네 두 다리로 꽉 죄고 있어야 해. 그렇지 않으면 노가 물에 빠질 테고 그러면 노를 저어서 집으로 돌아갈 수가 결코 없을 테니까. 눈을 꼭 감고 잠든 것처럼 하고 있어……."

여자 애는 고분고분 눈을 감았다. 리샤드도 눈을 감았다. 여전히 연민과 치욕으로 가슴이 쓰라렸다. 그러면서도 그의 능률적인 몸은 나머지를 전부 알아서 했다. 이것은 그가 지어 낸 이야기 중에서 가장 슬픈 이야기였다. 그가 했던 놀이 중에서 가장 슬픈 놀이였다.

"율리앙……." 리샤드가 말을 꺼냈다. 그는 자기 선실에서 나이 든 남자가 묽은 죽을 홀짝이고 있는 모습을 지켜보고 있었다. "바르샤바에 있는 사창가에 많이 가 봤어요? 내 말은 완다랑 결혼하기 전에 그랬냐는 거죠."

"갔다고 할지라도 자네만큼 많이 가지는 않았을 거야. 내기할 수 있어." 율리앙이 웃음을 지으면서 대답했다. "요즘? 거의 간 적 없어. 결혼이 날 순치시켰으니까."

"그것 참, 의기소침하게 만드는군요." 리샤드가 우울하게 말했다. 이 순간 율리앙에게 털어놓고 싶다는 진부한 욕망과 이번 경험을 혼자만 간직하고 넘어가는 것이 현명하겠다는 사념 사이에서 갈팡질팡하고 있었다. "정말 의기소침하게 만드는군요." 리샤드는 율리앙이 자신의 이야기 말문을 열 수 있도록 유도해 주기를 기다리면서 한 말을 또 다시 되풀이했다.

"결혼만큼 의기소침하게 만드는 것도 없지." 율리앙이 말했다. "일평생 사랑 없이 함께 사는 것에 비한다면, 사랑 없는 한 시간의 슬픔이 뭐 어때서?"

리샤드는 자신이 의도치 않게 그에게 속내를 털어놓고 싶은 율리앙의 욕망을 자극했다는 점을 깨달았다. 잠시 동안 아버지 없이 자랐던(아버지는 그가 태어나기 전에 돌아가셨다.) 젊은이의 약점이 작가로서의 제2의 본성과 거리를 유지하도록 해 주었다. 작가가 가장 선호할 만한 여가 시간 보내기는 남들에게 자기 속내를 이야기하도록 부추기는 것이었다. 그러다가 다시 작가로서의 기질이 이겼다.

"당신과 완다 사이에 불화가 있다는 얘길 들으니 마음이 아픈데요."

"불화라고!" 율리앙이 비웃었다. "내가 이 선실에 홀로 남아서 내장에 든 것을 전부 게워 내는 나날 동안 무엇을 꿈꿨는지 알아? 자네에게 말해 주지. 아메리카에 당도해 우리가 팔란스테르로 삼을 만한 곳을 물색할 동안, 그러니까 마리냐 일행이 나머지 사람들과 도착하기 전에 사라져 버리는 거야. 내가 어디로 사라졌는지 아무도 모르는 곳으로. 하지만 내겐 그럴 만한 용기가 없어. 자네도 알게 되겠지만 나에게 신세계는 없어."

"아내를 전혀 사랑하지 않는다는 말인가요?"

"자네 눈에는 내가 그처럼 멍청한 여자를 사랑할 남자로 보여?"

"하지만 결혼하기 전에는 눈곱만치라도 그러했음이……."

"여자들에 관해 내가 뭘 알았겠어? 완다는 어렸고 난 동반자를 원했고. 완다를 바꿀 수 있을 것으로 생각했던 거지. 아내가 날 존중할 수 있으리라 믿었던 거야. 그런데 존경 대신 날 두려워해. 난 분노를 억제할 수가 없고. 나의 실망은……."

율리앙이 신음소리를 냈다.

"내가 자네를 얼마나 부러워하는지 모를 거야. 미혼은 축복이니까. 양심의 거리낌 없이 창녀들 뒤꽁무니 쫓아다니다가도 결코 손에 넣을 수 없는 이상적인 여자에게 구애할 수도 있으니까."

"윱리앙!"

"마리냐에 관한 자네 계획을 언급할 작정은 아니었는데, 그런 말을 하다니! 근데 전부 다 알고 있어."

"보그던도요?"

"어떻게 모를 리 있겠어? 내 아내 완다만큼 멍청하지 않다면."

"그럼 모든 사람들이 날 꽤나 웃긴다고 생각하겠군요."

"글쎄 뭐랄까, 철없다고 하지."

"난 마리냐를 **차지할 겁니다**. 두고 보세요. 그 결혼에도 슬픔은 있어요. 난 그녀를 훨씬 더 행복하게 해 줄 수 있어요."

"어떻게?"

보그던 같은 남자는 성적으로 여자를 행복하게 해 주는 법을 모른다는 것을, 리샤드는 직감적으로 알 수 있다고 윱리앙에게 차마 말할 수가 없었다. "마리냐를 위한 희곡을 쓸 겁니다." 리샤드가 대답했다.

"아, 젊음이여."

윱리앙이 감탄했다. 갑자기 리샤드는 윱리앙이 정말로 아픈 것이 아니라, 일종의 우울증에 빠져들어서 몸을 감추고 있었던 것이라는 생각이 불현듯 들었다.

"옷 입고 나랑 함께 갑판으로 나가요." 리샤드가 말했다. "그럼 기분이 훨씬 나아질 테니까요, 분명히 그럴 겁니다."

"여자들에게 수작 걸려고? 전리품을 나와 나누겠다고?"

"아, 내 전리품은 꽤 많은데."

리샤드가 웃었다.

"누굴 원하세요? 손잡이 안경과 손가방에 『백인 노예제도의 역사』를 들고 있는 영국 여자가 좋아요? 손가락에 심벌즈를 끼고 있는 스페인 무용수? 갑판에서 산책을 하면서 작고 흰 개에게 '얘, 빨리 날 따라와야지' 하면서 종알거리는 프랑스 미망인? 부유한 미국 남편을 낚아서 오래된 가문의 영광을 되찾고 싶어하는, 모조품 보석으로 온통 치장한 로마 백작부인? 바르샤바 출신의 영부인? 그래요, 바르샤바 맞아요. 우리가 일등석에 타고 있는 유일한 폴란드인은 아닙니다. 그녀는 모스크바의 멍에에서 도피하려고 미국으로 간다면서 온갖 사람들에게 그 이야기를 하고, 그녀의 여동생은 벌써부터 향수에 젖어(그녀를 보면 완다 생각을 하지 않을 수가 없군요.) 가슴 사이에 간직했던 폴란드의 흙을 담아 온 비단 주머니를 보여 주었어요. 그도 아니면 바그너를 흠모하지 않는 남자에게는 절대로 매력을 느낄 수 없다면서 불행한 결혼 생활 얘기를 하는 독일 여자? 당신 몸을 생각해서 자기 아버지의 철도로 여행하기를 권하는 미국인(율리앙, 이런 미국 여자들을 믿으면 안 돼요.) 여자? 3등실에서 삼촌과 함께 여행하고 있는 병든 아일랜드 여자?……"

리샤드는 신이 나서 떠들어 대면서 지어낸 자기 이야기를 비웃기 시작했다. 즐길 작정이었다면 웃을 수는 없었을 것이다. 그런데도 리샤드는 왜 이다지도 웃음을 멈출 수가 없었을까? 너무 웃는 바람에 눈에 눈물이 고일 지경이었다. 리샤드는 비틀거리면서도 숨 가쁘게 하던 말을 마무리했다.

"이 모든 여성들이 당신을 환영할 겁니다."

"브라보!"

율리앙이 말했다.

"그러니 이제 옷을 챙겨 입고 바깥으로 나가지 않을래요?"

율리앙이 고개를 저었다.

"난 대리의 삶으로 만족하겠네. 이 모든 여자들이 다음 번 자네 책에 등장하면 그 이야기나 읽을 수 있도록 고대하지. 날 실망시키진 말게나. 이런, 미안하지만 난 토할 것 같은데."

순진한 자기 연민과 건강하지 못한 무기력에서 구출하려는 그의 제안을 받아들이지 않으려 하다니 너무 짜증스러웠다. 이 여행 동안 율리앙의 곁에서 벗어나려고 그처럼 노력해 놓고 그와 함께 나가지 못해 안달하다니 이 얼마나 기괴한가. 하지만 내면의 기상변화는 대양에서 일어나는 돌풍 못지않게 무시할 수 없는 것이다.

율리앙을 충실하게 뒤따라 다니면서 깨끗이 치운 뒤 선실을 떠나 태양과 바람 아래 다시 앉게 되자, 리샤드는 냉소적인 예민함을 되찾았다. 지적 능력이 뛰어난 대부분의 작가들이 그러하듯이, 리샤드는 실제로 자기 안의 두 사람에게 오랫동안 익숙해져 왔다. 한 명은 따스한 가슴을 지닌 초조한 남자였다. 스물다섯 살이라기에는 다소 소년 같은 남자. 반면 나머지 한 명은…… 초연하고 무모하며 교묘하게 조종하는, 그래서 훨씬 나이가 든 사람들에게서 찾아볼 수 있는 노회한 기질의 남자였다. 첫 번째 자아는 자기 지적 능력이 보여 주는 증거에 영원히 놀라움을 감추지 못했다. 그 첫 번째 자아는 끝없이 리샤드를 놀라게 하고 전율하게 했다. 단어들, 웅변들, 아이디어들, 관찰들이 그의 입에서 새들처럼 날아 **나타났다**. 두 번째 자아는 충분히 지적인 사람이라고는 이 세상에 아무도 없다고 선언할 정도였다. 관찰자이자 묘사자로서 자신의 솜씨에 도전하는 어느 것 하나도 충분히 지적이라는 생각이 들지 않았다. 맹목적으로 깊은 자아도취에 빠져 있기 때문이었다. ("세상 사람" 이 작가는 아니다.)

첫 번째 자아는 세상 이치에 밝은 인물이 되기를 갈망하는, 불안정하고 젊은 폴란드인이었다. 두 번째 자아는 언제나 내밀한 가슴으로 물러나서 자신을 세상 누구와도 견줄 수 없는 대단한 인물로 간주했다. 자기 관찰력을 더 이상 잘 발휘할 수 있는 다른 방법을 상상할 수 없어서 작가가 된 극도로 지적인 사람들, 그러니까 남들과는 다르다는 것을 민감하게 의식하는 그런 작가 중 하나로서, 리샤드는 자기 지력이 단점이 될 수 있다는 사실 또한 알았다. 자기가 만나는 사람들마다 어리석고 터무니없거나 아니면 애처롭다고 생각하면서 어떻게 훌륭한 소설가가 될 수 있겠는가? 사람들에 대한 믿음이 있어야 위대한 작가가 될 수 있다. 이 말은 사람들에 대한 자신의 기대치를 끊임없이 바꿀 수 있어야 한다는 의미다. 리샤드는 자기보다 지력이 떨어진다는 이유로 여성들을 결코 경멸할 수는 없었다. 왜냐하면 멍청함은 마리냐(그녀의 지력은…… 사랑스러운 것이었다.)를 포함하여 그가 알고 있는 주변의 모든 사람들에게서 부지기수로 찾아볼 수 있는 자질이기 때문이었다. 율리앙에게 했던 말과는 달리, 리샤드는 과거로 되돌아가 폴란드에 있는 모든 사람들이 그가 마리냐와 사랑에 빠졌다고 생각하지 **않았다면** 모욕을 느꼈을 것이다. 유명한 여배우에 대한 젊은 남자의 갈망이란 손쉬운 조롱 대상이므로, 사람들을 언제나 꿰뚫어 보고 있었던 작가로서의 리샤드는 사랑에 의해 겸손해질 때 작가 기질이 더욱 그럴듯해지고 심지어 향상될 수 있으리라는 생각에 열렬히 동의했다.

사랑이란 판단을 흐리는 관능적인 희생자다. 사랑은 끊임없이 변신한다. 연인의 존재에서만큼이나 사랑은 연인의 부재에서도 모습을 바꾼다. 마리냐에 대한 그의 다양한 감정이 그에게 마술을 부렸다. 어느 날 그것은 관능이었다. 순정한 관능이었다. 리샤드는 오로지 그녀의 부드럽고 흰 목덜미, 젖가슴의 곡선, 혀의 핑크빛 무거움만을 불러낼 수 있었다. 그 다음날 그것은 매혹이었다. 마리냐는 지금껏 마주쳤던 어느 누구보다 가장 흥미진진한 인물이었다. 또 다른 날 그것은 오로지(오로지!) 마리냐의 미모였다. 그녀가 정확히 그 얼굴, 그런 몸짓이 아니었다면, 그런 목소리가 아니었다면, 그처럼 키가 크지 않았더라면, 부드럽고 비단결 같은 옷을 입지 않았더라면, 내 가슴을 그토록 온통 불태울 수 없었을 거야. 때로, 아니 종종 그런 기분이 들었다. 아니, 그것은 흠모였다. 마리냐는 대단한 재능을 가지고 있으며 위대한 영혼의 소유자다. 마리냐가 진지하다면, 나는 그와는 정반대의 인물이다.

마리냐라면 3등실 승객들에게 그가 보여 준 동정심을 인정했으리라는 점을 알았다. 이틀이 지난 뒤 리샤드는 다시 한 번 3등실로 내려갔다. 마리냐가 그렇게 했으면, 하고 원했기 때문이든지, 아니면 그냥 다시 경험해 보기 위해서일 수도 있었다. 하여튼 리샤드는 냉정하게 그 순간 어느 게 어느 것이라고 기꺼이 말할 수 없다는 사실이 당혹스러웠다. 어쨌거나 리샤드는 둔감하거나 황당한 이민자(묵시록을 암송했던 노인은 세상의 종말이 오기 전에 모든 사람들이 "아메리카"로 오게 되리라는 것이 신의 예정된 뜻이라고 점을 열심히 설명해 주었다.)와 성공적으로 인터뷰를 함으로써 이 여행에서 기사로 쓸 만한 충분한 자료를 확보해야 했다. (리샤드는 그 노인에 관한 이야기는 단편으로 이용할 요량으로 보관해 두었다.) 그것은 곰팡이가 핀 음식 냄새와 변기에 똥이 막혀 풍기는 악취가 진동하기 이틀 전에 일어난 일이었다.

아직까지도 그의 코에서 악취가 채 가시지 않았을 때 '저머닉' 호 선장은 리샤드를 따로 불러 쓸데없이 다른 구역을 드나든 것에 훈계를 했다. 특실 손님과 3등실 승객들 사이에 "대화"를 금지할 수는 물론 없지만, "건강상의 이유로" 회사에서 그런 대화를 강력히 저지하라는 지시를 받았다고 선장은 말했다. 선장은 덩치가 컸는데, 산만 한 덩치를 가진 남자가 조심스럽고 쫀쫀한 언어를 사용하는 것이 왠지 어울리지 않는다고 리샤드는 속으로 생각했다. 선장이 아래에서 이뤄지고 있는 비참한 성적 거래를 언급하고 있는 것이라고 짐작했다. 그런데 문제는 좀 더 직접적인 불편으로 밝혀졌다. 뉴욕건강기구의 직원들은 성적으로 전염되는 성병 징후를 보이는 3등실 승객들을 검진하는데, 항해 기간 동안 그곳을 찾은 특등실 손님들이 있었는지를 알게 되면, 그런 승객들은 격리 대상이 되었다.

"걱정해 주셔서 고맙습니다."

리샤드가 말했다. 그들은 흡연실에 있었는데, 모든 남자들은 식사가 일단 끝나고 나면 그곳에 잠시 머물고 싶어했다. (아내와 딸들은 여성 휴게실에서 그들 나름으로 의무에서 풀려나 수다를 즐겼다.) 리샤드는 점잖은 대화에 끼지 못하는 것이 미안하다는 변명을 하고서는 약간 떨어진 자리에서 파이프를 피워 물고 그들이 나누는 대화를 들으면서 지켜보았다. 술에 취한 남자들은 주로 주식과 배당에 관해서 이야기를 나누거나(리샤드는 그들이 하고 있는 이야기를 거의 알아들을 수 없었다.) 혹은 성적인 무용담(그들 중 누가 노라와 함께 잤을까 궁금했다.)을 자랑했다. 한편 리샤드는 기본적인 자제력과 사람 좋은 무관심을 키우고 있는 중이었다. 이 배를 탄 뒤부터 얼마나 현격한 차이를 경험하게 되었는가, 하는 생각이 들었다. 그는 리버풀에서 승선했던 천둥벌거숭이에서 이제 물리적인 거리만 멀어진 것이 아니라 많은 세월이 흐른 것처럼 느껴졌다. 지적 능력을 발휘하는 여행은 이처럼 빠를 수 있었다. 지적인 여행은 이 세상 무엇보다 빨랐다.

여행이 막바지를 향해 치닫고 있었다. 날씨가 거칠어졌다. (하루는 진짜 돌풍이 습격했다.) 마치 이런 도전을 원하기라도 한 것처럼, 율리앙은 뱃멀미에서 회복하여 일상적인 선상 생활을 재개할 수 있게 되었다. "기분이 무척 새롭군." 율리앙이 리샤드에게 말했다. "치유된 환자처럼 말일세."

그들은 갑판의 난간에 함께 서서 이제 잔잔해진 바다를 바라보았다. 율리앙은 리샤드에게 영국 영어와 미국 영어의 차이점에 유의해 보라고 말하고 있었다.(매표소=booking office, ticket office / 수화물=luggage, baggage / 정거장=station, depot……) 그러고 있는 참에 필라델피아 출신 처녀가 갑판에 나타났다.

"아, 여기 계셨군요! 사방으로 당신을 찾던 중이었어요!"

"아하."

율리앙이 말했다. 그녀가 그들 가까이 다가왔다.

"안녕하세요, 아가씨." 율리앙이 인사를 건넸다. "날씨가 정말 좋군요. 안 그래요? 그런데 정말 유감이군요. 이처럼 즐거운 여정이 곧 끝나게 될 테니까요."

"저 여자, 좋아요?" 리샤드가 폴란드어로 물었다. "당신 겁니다."

"무슨 말을 하시는 거죠?" 아가씨가 물었다. "어머니가, 남들이 알아듣지 못하는 언어로 얘기하는 건 예의에 어긋난다고 했어요."

"저는 솔스키 교수에게 당신 눈에 내가 너무 매력적이라서 당신이 가능한 한 더 많은 폴란드 신사 분을 만나 보고 싶어한다고 말하는 중입니다."

"크룰 씨, 어쩜 그런 말을 할 수가! 그건 거짓말이에요!"

"미안합니다." 율리앙이 사과했다. "미안합니다, 아가씨." 그 말을 하고서 율리앙은 달아나 버렸다.

"당신 정말 짓궂어요." 그녀가 억울해했다. "당신 친구 분이 자리를 피했잖아요. 내가 당신 친구 분을 만나도록 하고 싶었다면, 그런 방식으로 해서는 안 되죠. 그분이 나보다 더 민망했을 테니까요." 그녀는 말을 잠시 멈추고 리샤드에게 손가락을 설레설레 저었다. "당신은 정말, 정말 장난이 지나쳤어요. 당신 친구를 당혹스럽게 만들고 싶었나요?"

"그래요. 당신과 단 둘이 있고 싶어서요."

"뭐 그렇다 해도 우리 둘만 있을 시간은 몇 분밖에 없어요. 빨리 선실로 돌아가서 오늘 저녁 송별 파티에 무슨 옷을 입을 것인지 엄마와 함께 정해야 하니까요. 이걸 당신께 보여 드릴게요."

그녀는 자그마한 붉은색 벨벳 커버에 가장자리를 도금한 앨범을 내밀었다.

"선물인가요?" 리샤드가 물었다. "나에게 주는 선물인 거죠, 사랑스러운 아가씨?"

"아, 아니에요. 이건 선물이 아니라 제 거예요." 그녀가 놀라서 외쳤다. "내가 가진 것 중에서 가장 소중한 거예요. 단 한 가지 빼 놓고요." 그녀는 말을 멈추고서는 얼굴을 붉혔다. 가장 소중한 소장품 목록은 다소 길었다.

"하여튼 당신에게 가장 소중한 것을 나에게 보여 주고 싶어하잖아요. 당신이 정말 날 좋아한다는 걸 증명한 셈이군요. 대체 그게 뭡니까?"

"내 사인북이죠!" 그녀가 의기양양하게 말했다. "이걸 보여 준다고 뭘 증명하는 건 아무것도 없어요. 내가 아는 모든 사람과 내가 만났던 모든 사람들에게 이걸 보여 주니까요. 약간 좋아한 사람들에게도 보여 주거든요."

"아, 그래요." 리샤드는 당혹스럽게 대답했다.

"이 안을 한번 들여다보세요. 사람들이 나에게 해 준 말들이 적혀 있어요. 젊은 숙녀라면 이런 앨범 하나씩은 가지고 있어요."

리샤드는 개똥지빠귀 알과 같은 푸른색, 연어색, 회색, 핑크색, 담황색, 터키색으로 된 페이지들을 넘겨 보았다.

"훌륭해지길, 사랑스러운 애야, 똑똑해지기를, 이런 건 누가 쓴 겁니까?"

"아버지가요."

"그 말에 동의해요?"

"크롤 씨, 그런 멍청한 질문이 어딨어요!"

"그럼, 이건 어때요?"

"어느 것 말인가요?"

우스꽝스러운 폴란드 억양으로 그는 이 구절을 낭송하면서 즐겼다.

"인생의 폭풍우 속에서 / 우산이 필요할 때면 / 그것이 받쳐 주리라 / 당신의 멋진 친구로부터."

마리냐가 지금 그의 모습을 보았더라면!

"누가 쓴 것인가요?"

"가장 친한 친구 에비게일이 쓴 거예요. 우리는 오길비 학원에 함께 다녔어요. 에비게일은 저보다 한 살 위인데 지금은 결혼했어요."

"그 말은 그녀가 부럽다는 말인가요?"

"아마도요. 아닐 수도 있고요. 그건 너무 은밀한 질문이잖아요!"

"나로서는 생각만큼 은밀한 것도 아닌걸요."

"크롤 씨, 그만해요. 내 사인북에다 몇 줄 적어 주세요. 당신은 작가라고 하시지 않았어요? 기억할 만한 구절을 적어 놓으면 당신을 절대 잊지 않을 테니까요."

"당신이 날 기억할 만한 구절을 적어야 한다고요? 내가 당신을 따라 필라델피아로 간다면 언제나 날 기억하게 되지 않을까요?"

"당신이 필라델피아로 온다고요?"

"백주년 기념 박람회를 보려고요, 물론. 그걸 반드시 보아야 한다고 하지 않았어요?"

"하지만 난……."

"안내를 좀 해 주시면 좋겠는데요."

리샤드는 그녀를 자기에게로 끌어당겼다. 그러지 못할 것도 없었다. 내일이면 뉴욕에 내리게 될 것이었다.

"나는 당신을 내 가슴에 품을 겁니다. 그러니 이별이라고 말하지 말아요. 그렇잖으면 난……."

그러자 그녀가 황급히 달아났다. 안녕, 필라델피아 아가씨여.

물길이 좁아졌다. 섬들과 예인선이 나타나다가 바로 그 섬, 맨해튼이 나타났다. 소금기를 실은 바닷바람, 갈매기들. '저머닉' 호가 강줄기를 따라 상류로 올라가자 머리 위로 가마우지와 펠리컨들이 선회했다. 마침내 여객선이 23번가에 있는 화이트 스타 선착장에 둔탁하게 닿는 소리가 들렸다. 오른편으로는 자연에 반反하는 가차 없는 현대 도시, 모든 것을 사고파는 관계로 전부 바꾸어 내는 데 몰두하고 있는 도시가 나타났다. 성공적인 도시, 모든 사람들이 이주해 오고 싶어하는 도시.

3등실 승객들은 '저머닉' 호에서 내려 바지선으로 옮겨 탄 뒤 캐슬 클리턴까지 더 올라가야 했다. 캐슬 클리턴은 맨해튼의 가장 발치에 있던 옛날 항구였는데, 그곳에서 그들은 심사와 검사를 거쳐야 할 것이다. 한편 일등석 승객들을 인터뷰하려고 세관 직원들이 승선하여 손님들의 수화물을 점검한 다음, 미국으로 오신 것을 환영한다는 인사를 하고 있었다. 리샤드와 율리앙은 북적거리는 거리에 내려 그들을 호텔까지 데려다 줄 전세 마차를 빌렸다.

호텔 크기는 심지어 율리앙마저 놀라게 했다. 리버풀에서 미리 전보를 보내 센트럴 호텔에 더블 룸을 예약해 놓았다. "은행처럼 보이는군요." 리샤드가 감탄했다.

기재를 한 다음(율리앙이 지적했던 것처럼, 자유로운 나라에서는 어떤 신분증 서류도 보여 줄 필요가 없다.) 리샤드는 평소처럼 직원에게 어디서 우표를 구해 한 꾸러미 가득한 편지를 부칠 수 있는지 물어본다는 게 여간 고민스럽지 않았다.("그냥 직원에게 편지를 줘." 율리앙이 그의 귀에 대고 나직이 말했다. "직원이 알아서 해 줄 거야. 우표를 붙여 주고는 우리 계산서에 첨가할 테니까.")

"열기 말인가요?" 직원이 물었다. "아, 생각만큼 그렇게 덥진 않습니다. 7월에는요. 아닙니다, 손님. 이 정도는 아무것도 아닌걸요. 다음 달에 한 번 더 오셔야 할 것 같군요!"

그들의 트렁크와 짐 꾸러미를 맡으려고 불쑥 나타난 두 명의 흑인 포터들을 뒤따랐다. 두 사람은 거대한 로비를 가로질러 광택이 나는 놋쇠와 기름칠한 나무와 씹는담배 냄새가 나는 아로마 지대를 지나가면서 하루에 네 번 손님들이 식사를 할 수 있는, 동굴처럼 움푹한 식당을 들여다보았다.(리샤드는 열기 때문에 손님들이 양복 재킷을 벗은 채 식사하는 것이 인정되고 있다는 것에 주목하면서, 율리앙이 배 위에서 미국 호텔에서는 식사 비용을 따로 지불하지 않아도 된다, 호텔방 비용에 포함되어 있기 때문이라던 설명을 떠올렸다.) 그들은 멋지고 커다란 방에 도착했지만 피부의 땀구멍이 말해 주다시피 천장에 달린 선풍기는 전혀 소용이 없었다. 그래서 즉시 산책을 나가기로 마음을 먹었다. 거리에 발걸음을 내딛는 순간, 바로 두 시간 전에 상륙한 주제에 바쁘게 관찰하고, 평가하고 결론을 내렸던 리샤드는 직감적인 통찰력을 맛보았다. 아마도 호텔을 나오는 순간 보게 되었던 간판 때문이었는지도 몰랐다. 브로드웨이. 그들은 지금 브로드웨이에 서 있다! 리샤드의 부산스러웠던 마음이 가라앉으면서 '아, 내가 여기 있구나, 정말로 여기 왔구나.' 하는 생각이 전부였다.

여객선의 선상은 잔인한 미시적인 세계였다. 리샤드는 어디에도 없었다. 한편 동시에 온갖 것을 의식하는 의식의 제왕으로서 그는 자신이 도처에 있다는 기분이 들었다. 이 끝에서 저 끝까지 어디나 똑같은 동일한 표면을 가로질러 움직이노라면 세계를 걸음걸이로 잴 수 있다. 그것은 작은 세계다. 그 세계는 호주머니에 들어갈 수도 있었다. 그것이 선박 여행의 아름다움이었다.

하지만 이제 그는 특정한 곳에 와 있었다. 그는 성 페테르스부르그나 비엔나로 향했을 때처럼(비록 신비한 도시의 이미지로 그의 머릿속은 이미 가득 차 있었지만) 얼떨떨한 것은 아니었다. 자신이 있는 이곳의 순전한 현재성에 처음에는 놀라지 않았다. 상상한 그대로인 것처럼 보였기 때문이었다. 이런 마법을 만들어 낸 것이 다름 아닌 뉴욕이었다. 아메리카야말로 기대와 두려움과 꿈으로 넘쳐나서 현실이 버틸 수 없었던 까닭에 지나치게 신화화되었는지도 몰랐다. 모든 유럽 사람들은 이 나라를 그런 식으로 상상했으며 미국에 매료되었으므로, 목가적이든, 야만적이든 간에 하여튼 언제나 일종의 해결책을 가지고 있는 것으로 보았다. 그러는 와중에도 마음속 깊은 곳에서는 설마 그런 이상적인 곳이 실제로 존재할 것이라고는 믿지 않았다. 그런데 그런 아메리카가 정말로 존재하다니!

어떤 것이 실제로 존재한다는 사실에 너무 압도되었다는 말은, 그것이 대단히 비현실적인 것으로 비친다는 의미다. 리얼하다는 것은 놀랍지 않다는 것이며, 그로 인해 겸연쩍음을 느끼지 않는 것이다. 리얼하다는 것은 의식이라는 작은 진창을 둘러싸고 있는, 그야말로 마른 땅이다. 리얼하게 하라, 리얼하게 하라!

그날 저녁 두 사람은 섬의 거의 끝자락까지 갔다가 걸어서 되돌아왔다. 밤이 되었는데도 거리는 여전히 덥고 쇼핑객들과 사무직 노동자들이 이제 오락을 즐기는 군중들에게 자리를 양보하고 있었다. 그런 인파 중에는 수많은 보행자들도 포함되어 있었다. 유니언 스퀘어에서 얼쩡거리면서, 잘 차려입고 극장으로 들어가는 사람들을 지켜보았다. 브릭커 스트리트 술집에서는 와이셔츠 바람의 남자들의 무릎 위에 반쯤 벌거벗은 채 앉았다가 자기 의자로 비틀거리며 돌아가는 여자들의 모습이 들여다보였다. ("정말 기이하게도 이런 술집을 미국인들은 살롱이라고 부른다." 고 율리앙이 말해 주었다.) 숨 막힐 듯이 게딱지처럼 붙어 있는 셋방살이꾼들이 화재를 피하려고 침구나 잠자리 널빤지들을 보도블록에 끌어내 놓고 잠을 청하는 거리를 지나갔다……. 리샤드는 말없이 잠자코 있었다. 율리앙이 뉴욕의 슬럼가는 리버풀의 슬럼가와 그 의미가 다르다고 설명했다. 여기 사람들에게는 희망이 있다는 이유에서였다.("여객선들이 매주 뉴욕을 출발하여 리버풀로 이주하려는 가난한 사람들을 그곳에 부려 놓지는 않거든." 하고 한마디 했다.) 리샤드는 율리앙의 진부한 설명을 거의 듣지도 않았으며, 염두에 두지도 않았다. 그는 자신의 텅 빈 머릿속에서 울려 나오는 목소리에 귀를 기울이고 있었다. 나는 여기에 있다. 내가 어디로 갈 작정이었던가? 나는 여기 있다.

미국은 여기 존재한다……. 그렇다면, 너는?

물론 할 일은 있는 법이다. 누구든지 나름대로 처신하는 법도 있다. 남자의 경우 어디로 가든지, 섹스를 할 곳은 찾을 수 있다. 남자든 여자든 낯설고 이국적인 오락거리와 그런 예술에 좀 더 많은 신경을 쓰는 사람이라면, 지역 시설을 살펴보는 데 시간을 쓸 수도 있다. 막상 그런 시설이 너무 부족하다고 통탄할지라도 말이다. 신문기자이거나 신문기자를 가지고 노는 픽션 작가라면, 그 지역의 비참함에 대해 가득 채우고 싶을 것이다. 호텔 레스토랑에서 손님들의 모든 요구에 "네, 손님, 네, 손님" 하고 철저히 굽실거리는 흑인 웨이터를 보노라면, 뉴욕에서 만난 사람들 중 가장 친절한 사람들은 쇠사슬에 묶여서 이곳으로 끌려온 아프리카 사람들이었던 것 같았다. 반면 가장 위협적인 사람들은 가장 최근에 이곳으로 오려고 선택한 유럽인들이었다. 사람들이 괜히 그런 곳에 가려고 덤비지 말라고 주의를 주었던 곳이면 리샤드는 어김없이 어디든지 가 보았다. 센트럴파크 서쪽에서 약간 떨어진 거리에서부터 시작하는 초라한 판잣집들이 즐비한 거리, 베이야드와 설리번, 그리고 웨스트 휴스턴과 같이 어둡고 무서운 뒷골목, 심지어 악명 높은 '래그 피커스 로 앤 보틀 앨리'에도 가 보았다. 그곳에는 가장 가난하고 가장 비참한, 따라서 가장 위험한 사람들이 살고 있었다. 지갑을 소매치기 당할지도 모른다는 위험쯤은, 그가 당할 수도 있다고 들었던 위험 중에서 가장 하찮은 것에 불과했다. 그는 식인종의 섬에 상륙했다고 생각했을지도 몰랐다.

리샤드는 마음을 백지 상태로 비울 수 있는, 영원한 작가 기질을 갖고 있었다. 율리앙은 과학과 발명과 진보라는 관심사 덕에 위안을 얻었다. 여행을 하면서 율리앙이 보았던 것은, 이미 다 알고 있었던 것을 묘사하거나 그것에 덧붙이는 정도였다. 두 사람이 도착한 지 이틀 뒤에 열린 백주년 박람회(미국독립선언 백주년을 기념하기 위해 1876년 필라델피아, 펜실베이니아 등에서 열린 세계 최초의 박람회. 옮긴이)에는 율리앙 혼자 구경을 갔다. 최신의 온갖 경이로운 발명품이 전부 전시되었다. 전화, 타자기, 등사판 등. 율리앙은 필라델피아에서 하루를 보낸 후 자기가 보았던 것에 완전히 넋이 빠진 채 돌아왔다. 리샤드의 신문사는 국가적인 희년과 세계 박람회에 관한 직접적인 기사를 원했음에도 그는 정중히 거절했다. 그는 율리앙이 근대적이고 합리적인 것에 대해 한 번 더 설명하는 것을 견딜 수 없었다. 리샤드가 매료된 것은 다름 아닌, 가공되지 않고 불경스러운 뉴욕이었다. 사실상 그는 30년 전 디킨스가 통렬히 비난했던 그 도시, 조약돌이 깔린 포석 위에 돼지가 눈에 띄었던 그런 도시에서 좀 더 푸근함을 느끼지 않았을까 싶었다. 리샤드가 이동하기 전에 『가제타 폴스카』에 송고한 세 편의 기사(「대서양 횡단 증기선에서의 생활」, 「뉴욕: 첫인상」, 그리고 「미국인들의 매너」)에서 두 번째와 세 번째 기사는 활력으로 넘치는 뉴욕이라는 도시에 관한 생생한 묘사와 진중한 감탄으로 가득 찬 것들이었다.

여행객으로서 리샤드가 율리앙보다 좀 더 누릴 수 있었던 게 있다면 그것은 성적 향락을 즐기는 그의 취향 탓이었다. 바다에서 우연히 난생 처음으로 매춘의 비참함을 얼핏 보게 되면서, 리샤드는 뭍에서는 유쾌한 곳으로 찾아감으로써 그 심란한 경험을 떨쳐 내려고 작심했다. 워싱턴 스퀘어의 술집 라운지에서 만난 사람과 함께 기억에 남을 만한 성거래를 한 것으로 그날 저녁은 끝이 났다. 관능적인 메리애나와 시간을 보낸 후 아래층으로 되돌아와서 샴페인을 한잔 하려고 멈췄다가 마음을 점차 술잔으로 채워 감으로써 쾌락과 행복에 빠져들었다.

"말할 때 강세를 줄 수가 없어요."

그 남자가 붙임성 있게 말했다.

"저는 폴란드에서 온 기자입니다."

리샤드가 자신을 소개하는 것으로 말문을 열었다.

"나도 역시 기잡니다!"

운동선수 같은 체격에 얼굴에 주름살이 많은 쾌활해 보이는 나이 든 남자의 직업이 기자일 것이라고 어찌 짐작했겠는가.

"미국에 관해 쓰려고 왔습니까?"

리샤드가 고개를 끄덕였다.

"그럼 내 책을 읽어 보셔야겠군요. 그 책들을 소개하지 않을 수 없네요."

"미국에 관해 되도록 많은 책을 읽고 싶습니다."

"좋아요! 그것 참, 반가운 소리군요! 주제가 약간 좁은 것처럼 보일 수도 있어요. 내 말은, 내가 토크빌……은 아니지만."

"누구라고요?"

리샤드가 되물었다.

"토크빌 있잖소. 프랑스인인데 여기 왔었지요. 대략 50년 전쯤에요."

"그래요?"

리샤드가 대답했다.

"하지만 내 책에서 보게 될 거요. 대다수 외국인들은 알지 못하는 것들에 관해 배우게 될 겁니다. 작년에 나온 책이 『미국의 공산주의적 사회』였고, 3년 전에 나온 것이 『캘리포니아: 건강, 쾌락, 주거를 위한 곳』이었고, 그리고……."

"그런데 이것은, 이것은 정말 기이하군요, 저 성함이……."

리샤드는 그가 사용하는 희한하게 수동적인 어휘에서 단어를 끌어와서 유쾌하게 이야기했다.

"찰스 노르도프Charles Nordhoff요."

그는 자기 손을 내밀었고 리샤드는 그 손을 따스하게 잡았다.

"리처드 키어룰입니다."

리샤드는 속으로 '맙소사, 벌써 내 이름을 바꿔 버리다니.' 하는 생각을 하고 있었다. 미국에서 나는 정말로 리처드로 지낼 모양이다. "기괴하네." 그는 그 말을 되풀이했다. "캘리포니아는 제가 가려는 곳이고, 그곳에서 한동안 머물 작정이거든요. 높은 이상에 따라 사는 공동체에 대단히 관심을 갖고 있습니다. 상호 협동하는 그런 공동체 말입니다." 그가 말을 멈췄다. "말하자면, 당신이 공산주의적이라고 말한 그런 공동체죠."

"그래요. 텍사스, 펜실베이니아, 캘리포니아, 그리고 도처에 그런 공동체가 많이 있었습니다. 결국에는 성공하지 못했던 것은 물론이지만요. 그래도 이 나라가 지향하는 게 그런 것이죠. 우리는 모든 것을 시도하니까. 미국은 이상주의자들의 나라지요. 그런 인상을 받지 않았나요?"

"사실대로 말하자면" 리샤드가 말했다. "여태까지 그런 점은 그다지 보지 못했습니다."

"못 보았다고요? 그럼, 진짜 미국을 보지 못했군요. 뉴욕을 벗어나 보세요. 어느 누구도 돈 말고는 아무것도 신경 쓰지 않아요. 서부로 가세요. 캘리포니아로 가요. 그곳은 천국입니다. 모든 사람들이 그곳에 가기를 원하거든요."

호텔로 되돌아와서 그 남자와 나눴던 대화(어떤 곳이었는지에 관해서는 생략하고)를 들려주면서, 정말 미국인답지 않느냐고 율리앙에게 말했다. 아메리카는 그 나름의 아메리카를 가지고 있으며 모든 사람들이 꿈꾸는 더 나은 행선지였던 것은 아니었을까?

리샤드는 율리앙과 함께 출발 날짜를 확정하고 나자 비로소 충격과 경악을 완전히 떨쳐 버릴 수 있었다. 그는 더 이상 놀라지 않았다. 모든 것이 정말로 진짜였기 때문이었다. 민감한 정신은 언제나 경이로움을 극복하려는 준비가 되어 있다. 고유함 때문에 그를 놀라게 했던 것들이 사실은 고유한 것이 아니라고 마음먹었다. 이것은 모든 홍수 때마다, 지상에 모든 재앙이 일어났을 때 탈출한 사람들을 태운 노아의 방주이자, 이미 알려진 세계에서는 세 번째로 큰 도시였으므로 이런 형태의 것 중에서 유일한, 그야말로 고유한 것은 아닐 것이다. 약속이 있는 곳에는 언제나 추악함도 있을 것이며, 활력이 있는 곳에는 자화자찬뿐만 아니라 불만 또한 있기 마련이므로. 일요일, 이곳에서 보내게 된 셋째 날, 리샤드는 유명한 목사의 설교를 들으려고 브루클린에 있는 교회로 갔다. 그 목사는 『추한 현대 사회*The Abominations of Modern Society*』라는 책으로 최근 베스트셀러의 저자가 되었는데, 뉴욕의 비인간성과 신 없는 사회를 설교했다. 그와 같은 통렬한 비판이 리샤드에게는 극단적인 기후에 관해 자랑하는 것이나 매한가지처럼 느껴졌다. 우리는 가장 위대한 나라를 가지고 있다. 그리고 우리는 또한 가장 죄 많은 메트로폴리스를 가지고 있다. 분명 그런 것은 아니었다. 꽉 막혀 꼼짝할 수 없는 교통 체증, 분쇄된 파지들의 소용돌이, 건설 현장, 가게 간판과 광고판이 층층이 매달려 있는 추한 건물들, 형형색색과 온갖 모습의 얼굴들, 끊임없이 도착하고, 건설하고 떠나는 것들. 조만간 세계는 이런 도시로 가득 차게 될 것이다.

그들은 이곳에 도착한 지 일주일 뒤 횡단 열차에 몸을 실었다. 대서양 횡단 여행에 관한 기사를 완성한 뒤 리샤드는 몇 시간을 캐슬 클린턴에서 보내면서 그날 아침, 거대한 홀에서 3등석 승객들이 줄지어 자신들의 운명을 기다리는 모습을 관찰했다. 홀 한가운데에는 딱딱한 문체로 이민자들에게 정보를 제공하는 환영 포스터가 붙어 있었지만, 거기에서 밀려날 수밖에 없을 것 같은 이민자들은 그런 정보보다 훨씬 더 솔깃한 메시지를 들여다보았다.

오호라! 캘리포니아행이여!

노동자들의 낙원.

쾌적한 기후. 비옥한 토양.

가혹한 겨울 없음. 낭비할 시간 없음.

진딧물도 없음. 곤충 폐해도 없음.

거대한 풍요의 뿔이 형형색색의 과일, 물고기, 야채, 쟁기, 집, 사람들을 토해 내고 있는 그림이 그려진 포스터에는 그렇게 적혀 있었다. 그는 인파로 혼잡한 기차역에서 기차 플랫폼을 찾다가 또다시 마주친 그 포스터를 율리앙에게 가리켰다. 그들은 일곱 밤과 낮을 기차에서 보내야 했다. 가는 중간에 기차역이 많았지만 시카고를 제외한 역에서는 한두 시간 이상 머무는 곳은 없었다. 리샤드가 기대에 잔뜩 부풀었다면, 율리앙은 그보다 빨리 도착할 수 있는 길이 열렸다는 사실을 알고서도 리샤드만큼 흥분하지는 않았다. 6월에 처음 개통하게 될 특급 열차는 정거장이 몇 개 되지 않을 뿐더러 시속 80킬로미터에서 96킬로미터라는, 상상할 수 없는 속력이었다. 샌프란시스코까지 당도하는 데 사흘 낮과 밤이 걸렸다. 그 기차를 타기로 율리앙은 작정했다. 하지만 리샤드가 그 계획에 동의하지 않았다.

"볼 게 너무 많아요. 전 볼거리들을 **봐야 한다니까요**."

리샤드는 기차표를 바꾸지 않겠다고 버텼다.

"낭비할 시간 없음."

율리앙은 포스터를 보고 고개를 주억거리면서 중얼거렸다.

"노동자들의 낙원."

리샤드가 감탄사를 발했다.

"힘내요, 동지!"

"그럼, 적어도…… 좋아. 진딧물도 없음. 곤충의 폐해도 없음."

율리앙이 소리쳤다.

"오호라! 캘리포니아행이여."

그들은 행복하게 함께 복창을 했다.

4

In America

호보켄, 뉴저지, 미합중국.

1876년 8월 9일.

사랑하는 친구에게

그래, 편지군. 당신은 그렇게 생각하고 있겠지요. (아메리카) 대륙이 그녀를 잡아먹었군. 몇날 며칠 동안 머릿속에서 편지를 쓰고 있었지만 너무 많은 생각이 들끓어서 전부 다 기억할 수조차 없었어요. 무엇보다 먼저 마음속에 떠오르는 건 뭐냐고요? 바르샤바에서의 마지막 순간이랍니다. 당신은 얼굴을 잔뜩 찌푸린 채 기차역에 서 있었지요. 나는 군중을 보지 않아요. 학생들이 애국적인 가사의 세레나데를 부르는 소리도 들리지 않아요. 다만 친구의 슬픈 얼굴을 보고 있어요. 사랑하는 친구여! 우리는 서로를 놓치지 않을 거예요. 그건 내가 약속해요. 당신은 나에게 언제나 소중한 친구이고, 앞으로도 그럴 테니까요. 그래서 당신이 그립냐고요? 솔직하게 말해야겠군요. 당신이 아니라면 내가 누구에게 솔직해질 수 있겠어요? 아뇨, 아직은 아니랍니다. 기차가 출발하기 전에 당신이 구부정한 어깨로 뒤돌아서서 떠나는 모습을 보면서 안도감을 느꼈어요. 당신의 슬픔이라는 한 가지 부담은 덜었으니까요. 인생에서 새출발이란 있을 수 없다, 무엇이 되든지 간에 결국 우리 모두는 인생의 수인囚人이라는 당신의 확신, 당신의 우울을 나에게까지 전가하려고 했어요. 하지만 나는 그 점에 동의할 수 없어요, 헨리크. 난 변할 수 있어요. 그 사실을 알아요. 이미 더 이상 예전의 나와 "같은 인물"이 아니거든요. 배우의 착각이라고 당신은 말할 테죠. 무대 위에서 등장인물을 바꿀 때 남의 옷으로 갈아입는 데 익숙하다 보니 나타난 착각이라고 말이에요. 글쎄요, 그렇다면 무대 **없이도** 변할 수 있다는 걸 당신에게 보여 주게 될 거예요!

당신은 나가서 술에 흠뻑 젖었나요? 어련하겠어요. 분명 그랬겠죠. 당신은 혼잣말을 했나요? 마리냐가 영원히 나를 저버렸군, 하면서요. 어련하겠어요. 분명 그랬겠죠. 하지만 영원히 저버린 건 아니에요. 우리가 언제 만나게 될지는 아무도 모르지만요. 내가 떠남으로써 당신이 받게 된 고통 때문에, 그 어느 때보다도 난 당신이 필요해요. 당신의 기억 속에서 나의 매력은 과장될 것이고, 내 존재가 당신 삶에 얼마나 큰 불행을 가져다주었는지, 얼마나 슬픈 애정을 갖게 해 주었는지 잊어버리게 되겠지요. 마음속으로 저를 따라오세요. 아, 그녀가 기차에 탔군, 배에 오르는군. 이제 미국에 도착했군. 내가 상상할 수조차 없는 풍경 속에서 새로운 삶을 시작하는군. 그녀가 나를 잊어버렸군. 그러면 잠시 당신은 화가 나겠지요. 아마도 지금 당신은 화를 내고 있는지도 모르죠. 당신은 나이보다 더 자신이 늙었다고 생각하겠죠. 그럼 생각하세요. 그녀 또한 늙어 갈 것이다. 조만간 그녀는 전혀 아름다워 보이지 않게 될 거예요. 이 생각이 당신에게 기쁨을 주게 될 테니까요.

그게 위안이 된다면, 기차가 정거장에서 멀어진 뒤의 나를 상상해 보세요. 객실 문을 닫고 장갑과 모자를 벗고, 주전자에서 물을 따라 축축하게 적신 헝겊에 얼굴을 파묻고 있는 나를 말예요. 화장이 엉망이 되고, 눈 아래 퉁퉁 부은 흔적이 드러나고 콧물이 입으로 흘러내리고, 그러다가 털썩 자리에 주저앉아 온몸을 떨면서 웃어야 할지, 울어야 할지 몰라 하고 있는 내 모습을 상상해 보세요. 그 모든 작별들! 그것 때문에 내가 얼마나 무너져 내렸는지 당신은 이해할 수 있을까요? 내가 작별 인사를 고하려고 그날 오후 임페리얼 극장에 들렀을 때 눈에 눈물이 그렁그렁하던 젊은 여배우들, 황혼 무렵 내가 극장을 떠났을 때 극장 문간에 서서 원망하는 눈길로 바라보던 열성 팬들, 마지막 며칠 동안 우리 아파트 너머로 보이던 보도블록. 우리 출발이 신문에 보도되는 것을 막을 수는 없었으므로, 마차를 따라서 동행했던 대학생들의 행렬, 기차역까지 소리치며 노래하던 모습……. 그리고 붉은색과 흰색 리본을 단 화환에는 "마리나 잘레조브스키에게, 폴란드의 청년들로부터"라고 적혀 있었지요. 내가 기차에 오르는 순간 나에게 선물로 주더군요. "저들은 나에게 죄의식이 들게 만들고 싶은 모양이군요." 내가 보그던에게 말하자, "그게 아니라" 하고 대답해 줬어요. 당신도 알잖아요, 그가 얼마나 부드러운 사람인지. "당신에 대한 그들의 사랑을 표시한 것"이라고 말해 주더군요. 하지만 그게 그거 아닌가? 하는 생각이 들었어요.

내가 그곳을 떠난다고 해서 왜 죄의식을 느껴야 하는지 그 이유를 알 수가 없어요!

우리가 브레멘에 도착했을 무렵, 이제 겨우 우리의 여행이 시작되었는데 나는 일 년은 폭삭 늙어 버린 기분이 들었어요. '도나우' 호가 출항하려면 이틀은 더 기다려야 했어요. 이틀 동안 아무 할 일이 없었고, 난 오로지 휴식을 취하고 싶었어요. 그렇다고 내가 앓아누웠다고 상상하지는 말아요. 두통은 없었어요. 전혀. 다만 허약해진 기분이 들었어요. 나에게서 뭔가가 빠져나가고 있었으니까요. 아니면 마지막 투쟁을 위해 나 자신을 추스르고 있었거나. "당신은 스스로에게 형벌을 선고했어요."하고 자코페인에서 당신이 제게 말했죠. "이제 당신은 그 형벌을 실행하려는 의무감에 사로잡혀 있고." 헨리크, 그건 아니에요. 쫓기는 심정. 맞아요. 당신 말을 인정하게 되겠죠. 하지만 결코 의무감은 아니었어요. 하지만 결국에는 비틀거리게 되지 않을까, 하는 의문이 들어요. 아직까지도 누군가가 날 말려 주었으면 싶어요. 언제나, 누군가가 나를 말려 주었더라면 하고 생각해 왔는지도 몰라요. 너무 많은 걸 시도했으니까. 당신을 포함한 많은 사람들이 내가 누구인지를 상기시켜 줘요. 그들에게 이 마리나 부인이 몹시 중요하고 아주필요하다는 것을. 아니면 극장에게, 아니면 폴란드에게 그처럼 소중한 존재라는 사실을 상기시켜 주지요. 그녀가 원하는 것은 그런 존재가 되는 것과는 하등 상관이 없는, 그런 순간에도 말이에요.

브레멘에서, 나는 마지막 작별의 순간을 견뎌야만 했어요. 내가 떠나지 못하게 하려는 마지막 시도와 부딪혀야 했지요. 그는 코델리아 호텔에서 기다리고 있더군요. 그 사람에 관한 이야기는 오직 당신에게만 털어놓습니다. 꽃다발을 들고서요! 로비에서 얼쩡거리고 있는 추종자들은 아무도 없었어요. 대체로 평상시에는 학생모를 쓴 어린 대학생들이 말을 더듬거리면서 나에게 꽃다발을 내밀고는 했으니까요. 그런 어린 대학생 대신 괴상한 중절모를 쓴 퉁명스럽고 부루퉁한 늙은 남자가 기다리고 있더군요. 얼핏 눈에 들어온 것이 바로 그런 모습이었어요. 하지만 그가 누군지 전혀 알지 못했던 보그던은 그의 손에서 꽃다발을 가로챘어요. "브레멘에 오신 걸 환영합니다." 하고 말한 것이 전부였어요. 그때야 비로소 나는 그가 누구인지 알아보았어요. 그게 어떻게 가능하죠, 헨리크, 어떻게 그런 일이요? 그는 그다지 많이 변하지 않았더군요.

내가 뒤돌아보았을 때 그 사람은 사라지고 없더군. 내 뒤에는 표트르가 완다와 함께 따라오고 있었어요. 나는 온몸이 떨렸어요. 틀림없이 핏기가 싹 가셨을 거예요. 데스크에 있는 보그던 곁으로 갔을 때 목이 막혀 목소리마저 제대로 나오지 않았다는 걸 알아요. 그곳에서 우리는 율리앙이 완다 앞으로 보낸 편지, 율리앙과 리샤드가 우리 앞으로 보낸 편지를 발견했어요. 뉴욕에서 마지막으로 보낸 편지였어요. 보그던에게는 누나가 보낸 편지가 한 통 있었어요. 그이의 누나는 그날 오후에 도착하기로 되어 있었어요.(그녀는 굳이 작별 인사를 하려고 했거든요.) 내 앞으로는 브레멘 셰익스피어 협회로부터 편지 한 통이 왔는데, 장래가 촉망되는 젊은 배우들이 『율리우스 시저』 독회를 하는데 참석해 줄 수 있느냐는 내용이었어요. 그리고 중절모를 쓴 그 남자가 남긴 메모가 있었어요. 그는 독일 신문에서 내가 아메리카로 떠난다는 기사를 읽었다, 그래서 표트르를 보려고 베를린에서부터 이 먼 곳까지 달려왔다고 적어 놓았더군요. 자기 아들과 작별 인사를 하겠다는 것을 말릴 권리는 없다고 생각했어요.

나를 기다리고 있는 이런 만남이 얼마나 끔찍한지 당신은 상상할 수 있을 테죠. 하지만(나의 이런 점 또한 당신은 알고 있잖아요.) 겁쟁이가 되기는 더욱 싫었어요. 그가 하라는 대로 나는 수위에게 메모를 남겼어요. 다음날 오후 바이저 거리에 있는 산책로에서 만나기로 약속을 잡았어요. 그래서 나는 자기 누나를 달래느라고 온힘을 다하고 있는 보그던에게 잠시 산책을 나가겠다고 했어요. 표트르에게는 할머니의 옛날 친구를 만날 것이라고 말해 두었고요.(옛날 상처를 들춘 것을 용서해요, 헨리크.) 아니나 다를까, 그는 늦게 나타났어요. 그러다가 한마디 말도 없이 낡은 외투자락을 펼쳐 아이를 품에 안았어요. 놀란 표트르는 당연히 악을 쓰기 시작했고요. 나는 하녀에게 아이를 호텔로 데려가라고 시켰어요. 하인리히는 전혀 말리지 않았어요. 작별 인사도, 아버지로서 따스한 시선을 주는 법도 없었어요. 그는 예나 다름없이 여전히 무정했어요, 헨리크. 경직되고 애처로운 늙은이 말이에요. 그러다가 우리는 걸음을 옮겼지만 나란히 걸어가면서 대화를 하는 것이 불가능했어요. "뭐라고?" 그는 계속 그 말을 되풀이했어요. "뭐라고?", "당신 가는귀가 먹었어요?" 하고 내가 말했지만, 그는 또 다시 "뭐라고?" 하더군요. 우리는 알트만스호에 있는 카페에 들어가서 강변을 향한 자리에 앉았어요. 단도직입적으로 하인리히에게 말했어요. 나를 꾸짖는 것을 용납하지 않겠다고요. "당신을 꾸짖는다고?" 하인리히가 소리쳤어요. "내가 왜 당신에게 그래야 하는데?" 나에게 소리 지르는 것 또한 용납하지 않겠다고 했어요. "난 당신 목소리를 잘 알아들을 수가 없어." 그가 징징거렸어요. "내가 잘 알아듣지 못한다는 걸 알 수 있잖아." 그런 다음 그는 베를린에서의 최근 몇 년 동안을 들려주었어요. 그와 함께 살고 있는 여자가 위암이라고 했어요. "얼마 가지 않아 나는 완전히 혼자가 되겠지. 늙은 잘레조브스키가 조만간 홀로 되겠지." 그는 나 또한 자기를 저버렸다고 비난하는 것이었을까요? 돈이 필요하냐고 물었지요. 이 말에 그는 과장되게 화를 내는 척했어요. 그 말은 결국에는 내가 내민 돈을 가져갔다는 뜻입니다. 그래요, 그 또한 나의 결심을 꺾고자 했어요. 첫째, 그는 바다를 항해하는 것의 위험을 환기시켰어요. 내가 그런 위험을 전혀 모르고 있는 것처럼 말이에요. 심지어는 작년에 우리가 탈 '도나우'와 자매호인 '모젤'이 공격받은 것까지 상기시켰어요. "그 기사 읽었어?" '모젤' 호가 브레멘하펜 항을 떠나기 직전에 잘못하여 미리 터져 버린 폭탄 때문에 89명의 승객이 죽고 승객과 승무원 50명이 다치는 불상사가 있었다고 일깨워 주더라고요. 그러다가 그는 내가 절대 미국을 좋아하지 못할 것이라고 엄숙하게 예언했어요. 문화를 존중하는 전통이 없다고요. "우리가 알다시피 극장은 미국인들에게 아무 의미가 없어. 그들이 원하는 건 천박한 대중오락이 전부니까." 이런저런 이야기들을 마구 늘어놓았어요. 나는 유럽에 남기고 떠나는 것들을 아메리카에서 찾으려는 게 전혀 아니라는 걸 확신시켰어요. 그와는 **정반대라고요**. 마지막으로 그는 자기 아들을 볼 수 있는 기회를 빼앗을 권리가 없다고 주장했어요. 마치 자기 아들에 관해 눈곱만 한 관심이라도 있었던 것처럼 말예요! 빈약하기 그지없는 장광설을 늘어놓았지만 예전과 같은 힘은 없더군요. 기침을 하면서 숱이 성긴 연갈색 머리카락을 손가락으로 계속 빗어 넘겼어요. 정말로 날 막을 수 있다고 믿는 건 아니라는 생각이 들었어요. 그냥 자신을 과시하고 싶었을 따름이었겠지요. 그는 내가 동정하기를 원했어요. 정말 안쓰럽더군요. 하지만 그가 불쌍하단 생각은 들지 않았어요. 마침내 나는 그로부터 자유로워졌답니다.

그런데도 아직…… 내가 정말 그를 사랑했다는 것을 알았어요. 어쩌면 하인리히만큼 내가 사랑할 사람은 없을 거예요. 그 남자를 나의 분신처럼 사랑했어요. 정말 위대한 일을 할 수 있는, 그런 뛰어난 사람이 되기를 원했으니까요.

이 안쓰러운 허깨비는 내가 배에 오를 때 느낄 고양된 기분을 결코 막을 수 없었답니다.

여정에 위험한 순간이 있기는 했어요. 하지만 하인리히가 언급한 그런 류의 위험은 아니었어요. 바다는 고요했고 숙소는 안락했어요. 비록 배가 작은 것처럼 보이기는 했지만요. 내 생각에 배가 아무래도 좀 작은 것 같았어요. 거의 십 년 전에 만들어진 선박이었어요. 그런데 독일식 노예근성을 실감해야 했어요. 지시를 내리기 좋아하는 독일인들의 취향을 눈감아 주어야 한다는 의미지요. 선장이 어찌나 아부를 하고 요란스럽게 굴던지요. 그는 내가 유명한 여배우이고, 보그던이 백작이라는 사실을 알고 있었거든요. 사양길에 접어든 노르드도이치 로이드Norddeutsche Lloyd 함대의 명성이 마치 우리 손에라도 달려 있는 것처럼 굴었다니까요. 처음에 나는 정기 여객선에서의 생활이 너무 단조로워 답답했어요. 군대식이고 방자했으니까요. 나의 요새에서 관용은 허용 못 해, 하는 식이었거든요. 하지만 수로를 따라 가는 긴 여행은 나름의 매력이 있더군요. 마침내 그런 단조로움을 극복할 수 있게 되었지만 장시간 여행이 나를 대단히 비사교적으로 만들어서 심지어 우리 그룹 사람들에게까지 그렇게 대하게 되었고 특히 식사 시간에 비제와 바그너를 연주하는 현악 3중주에 맞춰 의무적으로 하는 가벼운 대화는 참기 힘들어졌어요. 차라리 바다와 사귀는 편이 나았어요. 바다는 우주의 엄청난 공허를 생각나게 해 주었으니까요.

여러 번 나는 상갑판 위로 올라가서 난간에 기대어 솟구치는 물살을 내려다보았어요. 선체 가까운 곳의 물빛이 탁한 초록색이었다면, 더 먼 곳의 물빛은 반짝거리는 백랍 색깔이었어요. 가끔씩 다른 배들도 눈에 띄었어요. 하지만 그 배들은 멀리, 저 멀리 있었어요. 오랫동안 그 배들을 보고 있노라면 배들이 움직이지 않고 정지해 있는 것 같은 착각이 들었어요. 배들이 마치 지평선에 붙박여 있는 것처럼요. 반면 우리의 작고 삐거덕거리는 '도나우' 호는 대양의 물살을 가르며 증기와 철강으로 속력을 내고 있었어요. 우리 모험은 내 머릿속 리듬과 더불어 시작했어요. 그것은 이 모든 운동을 가동시켰던 것이 다름 아닌 나였으며, 그 운동을 멈출 도리가 없다는 아찔한 인식이었어요. 이건 오직 당신에게만 털어놓는 고백이에요, 헨리크. 나는 바다에 몸을 던질지도 모른다는 생각에 홀려 있었어요. 내가 그럴 수 있었다는 걸 알아요. 하지만 나는 다른 사람의 어리석음 때문에 제정신을 차렸답니다.

배에 오른 지 나흘째 되는 날 저녁 여덟 시 무렵이었어요. 우리는 한 30분 전에 일찌감치 저녁을 먹고 풀려났어요. 나는 완다와 표트르가 함께 쓰고 있는 객실로 아이를 데려다 놓은 뒤에 잠자리에 들 채비를 해 주고 아이가 이불을 뒤집어쓰는 걸 보고 우리 전용 객실로 되돌아왔죠. 보그던은 불을 붙이지 않은 시가를 물고 앉아서 나를 기다리고 있었어요. 현창으로 떠오른 새 달을 그와 함께 내다보고 있었던 것으로 기억해요. 우리는 선장이 달과 우울증에 관해 식탁머리에서 했던 멍청한 소리를 떠올리면서 함께 웃고 있었죠. 나는 이미 망토를 벗고, 반지와 목걸이, 귀걸이 등을 끌러 놓은 뒤 실내복을 꺼내 놓았어요. 바로 그 순간, 빠르게 달리던 말이 갑자기 단검에 찔려 오금이 잘린 것처럼 절뚝거렸어요. 그러다가 일순간 모든 것이 고요해졌어요.

우리 발아래가 불길한 정적에 쌓였어요. 복도에서 사람들이 외치는 소리가 들렸어요. 보그던이 웬 소란인지 알아보겠다면서 갑판으로 나갔고 나도 즉시 뒤따라 나갔어요. 배가 멈췄어요. 승무원들이 허둥거리며 달려가더군요. 몇 사람은 돛을 느슨하게 풀고, 나머지 승무원들은 옆구리에 매달려 있는 구명보트로 내려갔어요. 보그던은 나에게 무슨 일인지 말해 주었어요. 이등 선원이 물속에서 누군가를 발견했어요. 객실 심부름하는 사환이 우현 난간 쪽에서 끈으로 묶는 커다란 앵클부츠를 발견했대요. 서둘러 갑판으로 올라온 일등석 승객 한 사람이 그 앵클부츠의 주인을 안다고 했어요. 저녁 식사 때 앵클부츠를 신지 않았던 한 신사가 있었는데, 아마도 그 미국인일 거라더군요. 누가 사라졌는지 분명해졌어요. 사람들이 우리 주변으로 몰려들었어요. 이 비극적인 사건에서 한 줄기 빛이라도 찾으려는 것처럼, 그와 우리가 마지막으로 나눴던 대화가 뭔지 궁금해했어요. 그는 우리 옆 테이블에 앉았지만 별로 말을 나누지는 않았어요. 첫날 밤 서로 인사를 나눈 이후로 한 번도 이야기를 한 적이 없었거든요. 그는 혼자 여행했어요. 창백한 푸른 눈에 키가 큰 청년이었지요. 비스듬한 강철 테 안경을 쓰고 엄숙한 얼굴을 한 젊은이였어요. 첫날 밤, 혼자 앉아 있는 그의 모습을 보았어요. 연미복이 작아 보였던 것만 기억이 나요. 그 가엾은 친구의 구두가 얼마나 낡고 어울리지 않았는지 눈치 채지 못했어요. 우리 모두 말없이 난간에 서서 작은 구명보트가 배 주변을 맴돌면서 동심원을 넓혀 가는 모습을 지켜보았어요. 하늘에는 달빛이 있었지만 바다는 칠흑 같았어요. 브리지 위에서 선장은 메가폰으로 구명보트에 있는 선원들에게 소리치면서 지시를 했어요. 선원들은 횃불을 출렁이면서 바다를 향해 소리쳤어요. 우리 모두 합심하여 소리치기 시작했어요. 하늘이 점점 어두워지고, 바다 물빛이 하늘의 빛을 삼키려 하더군요. 이미 어디가 바다이고 어디가 하늘인지 구분하기 힘들었어요. 그 미국인은 두 번 다시 수면 위로 떠오르지 않았어요. 반 시간가량 지나자 선장은 구명보트의 선원들에게 돌아오라고 지시를 했어요. 엔진의 시동이 다시 걸렸고, 배는 항해를 계속했지요.

그것이 사고일 가능성도 물론 있었어요. 그는 지루한 식사를 하고 난 뒤 갑판 위 난간에서의 평화를 갈망했을 수도 있었고요. 그 미국인은 어리다 못해 이제 막 소년기를 지난 친구였어요. 그는 무심하게 신발을 벗고 발가락을 펴고 양말 아래 닿는 끈적끈적한 갑판의 나무 널빤지의 감촉을 느끼고 싶었을지도요.(표트르도 그럴 수 있었어요. **나** 역시 아무도 보는 사람이 없었더라면 그렇게 했을 수도 있었고요!) 그러다 무엇인가 은빛 물체가 보이자 고래인가 싶어서 흥분하여 몸을 기울이고 있었는데 때마침 배가 덜컹거리며 요동치는 바람에…….

하지만 그럴 가능성이 있을까요? 정말 그랬을까요? 그런데도 여전히 그 짓을 **계획한** 것으로 믿고 싶지는 않아요. 아마도 그는 밤하늘 아래 기분 전환을 하려고 바깥으로 나갔던 건지 몰라요. 너무 고요하고 언제나 그랬던 것처럼 견딜 만한 불길한 예감과 후회의 감정 말고는 아무것도 없는 텅 빈 상태였을 수도 있겠죠. 그 역시 나처럼 바다의 유혹에 최면이 걸린 건지도 몰라요. 갑자기 너무 쉽게 뛰어내릴 수 있을 것처럼 보였던 거지요. 하지만 무슨 연유로 갑판에 굳건히 딛고 있는 발의 안정감과 가드레일에 밀착시키고 있었던 가슴의 안정감을 포기하도록 만들었을까요? 무엇이 뺨과 이마를 습기 찬 바람의 애무에 맡기고서 얼음장 같은 물을 향해 온몸을 던져 심장이 멎도록 했을까요? 동굴처럼 깊숙이 입을 벌린 물벼락이 그의 얼굴에 내다꽂히고, 목구멍으로 물이 들어오고, 엉덩이와 다리를 휘감아 배로부터 멀리 끌고 가 버리는 그곳으로, 어떻게 뛰어들었을까요? 어떤 상상력의 결핍이 그에게 갑판 위에서 떨어져 내리도록 했을까요? 얼마나 심각한 좌절이었기에? 하지만 우리는 어김없이 무엇인가를 향해 나가는 존재잖아요. 이 배가 뉴욕 부두에 당도했을 때 누가, 무엇이 그를 기다리고 있었을까요? 그가 뛰어들고 싶지 않았던 가족 사업 때문에? 넘치는 관심으로 그를 또다시 굴종하게 만들 어머니 때문에? 자기 스스로에게 형량을 선고할 필요가 없다는 것을 그에게 설명해 줄 기회가 있었더라면, 하고 얼마나 원했던지요. 자기 목숨을 끝장내려고 생각하는 이유가 그런 것은 아닐까요?

꽤나 많은 승객들이 여전히 갑판에 남아서 물속에서 뭔가 보이지 않을까, 하는 희망에 기대고 있었지요. 선실로 되돌아가는 것은 그의 죽음을 수긍하고 받아들이는 것만 같아서요. 다음날 아침 식사 시간에 사람들은 거의 말이 없었어요. 그가 남루한 옷을 입었다는 점에는 모두 고개를 끄덕였어요. 그가 이상하게 행동했다는 것도 여러 사람 눈에 목격되었지요. 그가 아마 제정신이 아니었을지도 모른다는 결론에 이르렀어요. 보그던은 상당히 충격을 받은 것처럼 보였어요. 침울하게 이야기를 듣고 있던 표트르가 내 귀에 대고 속삭이면서 물었어요. "왜 신발을 벗어 뒀나요?" 내가 대답을 못 하고 있을 때(어린아이에게는 자살을 선명하게 상상할 수 있는 것을 가능한 막고 싶은 법이니까요.) 아이는 이렇게 선언했어요. 미국인들은 수영을 할 때 신발을 벗고 하는 모양이라고요. 만약 그가 바다에서 헤엄을 치고 싶었다면 아마도 탁월한 수영 실력을 가지고 있었을지도 모른다고 했어요. 그가 아직도 헤엄을 치고 있을 수도 있겠죠, 그렇지 않아요? 그러면 또 다른 배가 지나가다가 그를 구해 줄 수도 있고요. 나는 아이에게 그것이 가능한 일이라고 말해 줬어요. 그날 오후 선장은 특실에서 기념 예배를 거행했어요. 선장은 나에게 뭔가 낭송할 만한 것을 부탁했고 우리가 독일 여객선에 타고 있었으므로 독일 시여야겠다는 생각을 했지요.

괴로움에 신음하는 탄성 소리가 사라지면
극락의 기쁨의 향연
그 누구라도 근심을 술로 잊고, 아……
영원히 거주하고 영원히 떠돌고,
웃음소리 넘치는 평야를 휘파람 불며 흐르는 시냇물.

당신도 실러의 시 「엘리시움Elysium」을 기억하시죠? **"여기 애통한 슬픔에 이름 없노니**Hier mangelt der Name dem trauernden Leide" 나는 더 이상 눈물을 참을 수 없었어요. 집안의 허드렛일을 도와 달라는 나의 부탁으로 우리와 함께 가는 시골 아가씨가 성모마리아에게 드리는 찬송가를 불렀어요. 아니엘라는 굉장히 아름답게 노래를 불렀어요. 내가 결코 알지 못했던 그 젊은 친구를 기억하노라니 얼마나 슬픈지 모르겠어요. 이제 그만 멈춰야겠어요.

8월 10일.

계속할 수 있게 되는군요. 내가 너무 놀라게 만들었나요, 사랑하는 친구? 내 걱정은 말아요. 난 꽤나 단단하니까요. 내가 얼마나 엉뚱한 환상을 해 왔는지 당신은 알잖아요. 상상하는 것, 남들이 느끼는 것을 생생하게 상상하는 게 나의 본성이잖아요.

'도나우' 호 여행에 관해서 그 밖에 무엇을 당신에게 들려줄 수 있을까요? 마음껏 바다 공기를 깊이 들이마시면서 여행이 끝나기를 기다렸어요. 우리 일행의 몇몇 사람과는 달리, 여행에 관한 낭만이 없었으니까요. 부질없고 우울한 생각을 떨쳐 버리려고 씨름하면서, 영문법 입문서를 독파했어요. 책에 몰두하는 것은 훌륭한 위안이 되거든요. 보그던은 농사에 관한 책들을 가져왔어요. 사실 보그던은 우리 여행이 끝나면 기다리고 있을 과제들을 준비하는 데 흠뻑 빠져서 여행을 지나치게 즐기고 있었어요. 어느 날 저녁에 그는 이 여행이 끝나 목적지에 도착하지 않고 영원히 항해를 했으면 좋겠다고 내게 말했어요. 표트르 역시 이 여행에 너무 매료되어서 삽화가 그려진 페니모어 쿠퍼의 책을 열어 보지도 못했어요. 쿠퍼의 책은 별들의 깃발 아래 대양을 횡단하여 진전해 왔던 증기선이라는 낯선 현실에 굴복하여 문명이 말살되기 이전에 물러난 고귀한 인디언 이야기였어요. 표트르는 배의 엔진이 어떻게 작동하는지, 별무리들의 이름은 무엇인지 마주치는 모든 사람들에게 물었어요. 기관장은 아이를 너무 귀여워해서 기관실로 데리고 내려갔어요. 보그던은 정말 존경할 만한 아버지여서, 선장의 개인 서재에서 빌려 온 천문학 도해를 뚫어지듯 들여다보면서 몇 시간씩 표트르와 함께 보내요. 당신이 작별 선물로 주었던 책, 『인간과 동물의 감정 표현』을 갖고 있는데, 내 영어 실력으로 그 책을 읽을 만하다는 것이 즐거웠어요. 물론 당신도 알겠지만, 동물들이 공포, 증오, 기쁨, 수치, 자부심과 그 나머지 감정을 표현하는 것이 우리와 얼마나 비슷한가에 관한 다윈 씨의 설명에 흥미를 느끼지 않을 수 없었어요. 왜 그가 이 주제에 이끌리게 되었는지 그 이유를 난 알아요. 만약 우리가 그처럼 동물과 유사하다면, 우리가 동물의 후손이라는 그의 개념에 대한 좀 더 확실한 증거가 될 수도 있으니까요. 글쎄요, 우리가 후손일 수도 있겠지요! 육지에서 이 책을 읽었더라면, 그런 생각이 역겹다고 생각했을 수도 있지만, 바다에서 그 책을 읽으니까, 인간이라는 존재가 너무 보잘것없고 아무것도 아닌 것처럼 여겨져서 다윈 씨의 불경스러운 개념을 받아들이게 되더군요. 헨리크, 난 그 책에 매료되지 않을 수 없었어요!

그래요, 나는 동물이 인간과 유사하다는 것을 인정해요. 극도로 비슷하다는 점을 말예요. 동물들은 그들이 느끼는 것을 예측 가능한 방식으로 표현하는 구식 배우들 같아요. 다윈 씨의 책은 사실 과잉 연기 교본이에요. 이 책을 참조하는 배우들에게 화가 있을진저! 그들은 자신들의 나쁜 습관을 확인하게 될 테니까요. 훌륭한 배우는 명백한 신호, 지나치게 큰 몸짓(이런 몸짓이 아무리 자연스럽게 보인다 할지라도)을 조심스럽게 표현할 겁니다. 관객에게 가장 감동을 주는 것은 억제이며, 고통 가운데 나타나는 품위거든요. 서둘러 덧붙이자면, 이런 억제는 어떤 감정도 표현하길 꺼려하는 영국인들의 태도와는 전혀 별개의 것이에요. 감정의 언어가 보편적이라는 것을 입증하고 싶어하는 다윈마저 자기 동포들보다 프랑스인들, 혹은 이탈리아인들이 훨씬 빈번히, 그리고 더욱 정열적으로 어깨를 으쓱하면서 감정 표현을 한다는 점, 그리고 남자들은 대체로 거의 울지 않지만 폴란드 남자들은 구대륙의 어떤 나라의 남자들보다 눈물을 많이, 쉽게, 거침없이 흘린다는 점을 인정해야만 하기 때문이죠.

나는 인간과 동물 사이에 한 가지 되돌릴 수 없는 차이가 있다고 생각해요. 감정이 표현되는 자연스러운 방식이 있다는 다윈 씨의 생각은 각각의 감정이 제각기 뚜렷이 구분될 수 있다고 가정하는 거잖아요. 우리의 사촌인 원숭이, 그리고 나와 사촌인 개의 경우에는 사실일 수 있어요. 하지만 우리 인간은(위급한 순간을 예외로 한다면) 적어도 두 가지 감정을 동시에 느끼는 경향이 있지 않나요? 사랑하는 친구여, 당신은 내가 떠나는 것에 모순적이고 상반된 감정을 동시에 느끼지 않았나요? 당신은 입술을 잘근잘근 깨물면서 눈썹을 치켜뜨는가 하면, 눈 주변 근육은 슬픔으로 수축되지 않던가요? 아, 그렇지 않을 수도 있군요. 당신 얼굴에서 관찰할 수 있는 것이라고는 아무것도 없으니까요. 당신은 탁월한 배우라고 말하고 있는 거겠죠, 헨리크? 당신 몸에서 느릿느릿한 걸음걸이를 빼고는 어떤 감정도 찾아볼 수가 없으니까요. 단, 술을 마셨을 때를 제외한다면요. 쓴소리 하는 날 용서하시길. 하여튼 예나 다름없이 여전히 많이 마시면서 지내나요? 아니면 술이 더 늘었어요?

아, 그러면 당신은 마리냐에 관해 무슨 생각을 해야 하나, 그녀가 나를 버린 것은 감정이 아니다, 하고 말하겠지요. 맞아요, 그것은 열정이에요! 맞아요, 맞아. 정확히 그거예요, 사랑하는 친구여. 다윈 씨는 열정이 아니라 오직 반응을 기술하고 있어요. 모든 영국 사람들에게 감정이란 우리가 의식하지 못하고 있다가 깜짝 놀랐을 때와 같은 상태를 가리키는 것처럼 여겨져요. 처음에는 깨닫지 못하지만 공포감을 주는 어떤 사람이 내가 전혀 만날 것으로 예상치 못한 혼잡한 곳에 잠복해 있거나, 예를 들자면 외국의 낯선 도시의 호텔 로비에서 마주치는 경우라든지, 혹은 나에게 격렬한 분노를 느끼고 있는 사람(이 사건에 관해 당신에게 결코 언급한 적이 없었어요.)이 내가 혼자 있으므로 그야말로 안전하다고 느끼는 곳, 예를 들어 분장실 같은 곳에서 마주치게 되는 경우일 수 있어요. 물론 나는 화들짝 놀라고 겁에 질려요. 놀라서 입술이 벌어지고, 동공은 확장되고, 눈썹이 일어서고, 심장은 격렬하게 뛰고, 얼굴은 창백해지고, 피부에 난 털들이 일어서고 근육은 떨리고 입은 바짝바짝 마르고 목소리는 갈라져 쉰 소리가 나거나 아예 알아들을 수 없는 소리가 나요. 그러다가 자극이 사라지면 평정 상태로 되돌아오는 거지요. 하지만 극복되었던 것으로 느꼈지만 그 이후로도 오래 가는 고통스러운 감정에 관해서는 뭐라고 말해야 할까요? 불쑥불쑥 나타나 영혼에 온통 범람하는, 오래 지속되는 고통 말입니다. 방출되지 못한 사랑의 갈망은요? 질투에 관해서는요? 후회에 관해서는 뭐라고 할 수 있죠? 아, 그래요. 맞아요, 후회의 감정 말예요! 불안, 모든 것에 대한 불안과 아무것도 아닌 것에 대한 그 모든 불안은요? 다윈 씨의 레퍼토리는 정말 영국적인 것 같아요!

영국인의 심성을 거론하다 보니, 내가 배에서 읽으려고 가져온 영국에서 출판된 다른 책을 당신에게 언급해야겠어요. 『빌레트*Villette*』(『제인 에어』를 쓴 샬롯 브론테의 소설이다. 옮긴이)라는 소설인데 최근 작품은 아니에요. 이 소설은 고귀한 원칙을 지키면서도 그다지 많은 것을 기대하지 않은 젊은 여성에 관한 초상화랍니다. 그런 등장인물에게 내가 얼마나 공감하고 있는지 당신은 잘 알잖아요. 난 영웅적인 여성이 좋아요. 현대 생활에서 여성 영웅을 묘사하게 될 극작가를 고대하고 있어요. 아름답지도 않고 가문 좋은 집안에서 태어난 것도 아니지만, 자립적이고자 노력하는 여성 말이에요. 심지어 무대에 올리기 위해 소설을 각색하는 방법을 고려하고 있는 중이에요. 그것은 해 볼 만한 역할일 테고(여배우와 여왕 역할에서 구출되는 것이죠!) 그런 역할을 좋아할 수 있을 테니까요. 그 책을 준 사람은 그런 이유 때문은 아니었을 테지만요. 그 책은 어린 시절을 영국에서 보낸 임페리얼 극장의 동료가 작별 선물로 준 것이었거든요. 동료는 내가 소설 속 여주인공이 런던에서 레이첼의 공연을 관람하는 장면을 흥미있어 하리라고 생각했나 봐요. 나는 끈기 있게 그 소설을 읽어 나가서(브론테 양이 구사하는 어휘가 다윈 씨의 어휘보다 훨씬 더 많았으므로) 드디어 여주인공인 루시 스노우가 등장하는 장면까지 갔어요. 루시 스노우는 평범하고 자의식이 강하고 감춰 둔 열정으로 가득 찬 아가씨예요. 스노우가 극장으로 들어가는 그 장에 마침내 도달하게 되었는데, 내가 그처럼 동일시했던 여주인공이 레이첼의 공연을 전혀 좋아하지 않는다는 것을 발견하고서 얼마나 당혹스러웠을지 상상해 보세요. 그녀는 레이첼의 공연에 완전히 빠져들어 매료되었음에도(누군들 그렇지 않겠어요?) 무대에서 열정을 발산하는 여자를 보면서 두려움을 느껴요. 실제로 스노우는 레이첼을 부정해요! 무대의 여왕이 발산하는, 과도하고 여성답지 않고 반역적인 표현들을 비판해요. 악마적이라고!

그처럼 위대한 여배우가 그런 공포와 적의를 불러일으킬 수 있다니, 정말 기이하지 않아요? 프랑스에서와 마찬가지로, 폴란드에서는 성적인 애정을 자유롭게 표현하는 것은 비난하지만 과도하지 않게 드러내는 여성들은 봐주는 편이잖아요. 아마도 극장은 다른 곳과는 전혀 다른 의미를 지니고 있는 모양이에요. 그것은 신성한 셰익스피어의 나라에서도 마찬가지인가 봐요. 루시 스노우가 스스럼없이 자신을 즐기면 왜 안 될까요? 왜 흠뻑 도취되고 싶어하면 안 될까요? 왜 스노우는 레이첼의 열정에 위협을 느낄까요? 그런데도 샬롯 브론테 양이 썼던 소설은 정말 열정적이에요. 아마도 저자 스스로 자기 내부에서 싸움을 하고 있었나 봅니다. 브론테 양은 자기 열정 때문에 인생을 망칠까 봐 두려웠던 것이지요. 그녀는 변화시키거나 변화되기를 원치 않았어요.

하지만 당신도 보다시피 난 나 자신의 과업을 상상하고 있는 중이에요. 내가 모습을 드러내는 곳 어디서나 안팎으로 저항에 마주치는 것을 내 과업이라 생각하거든요. 여성이 자신에게 부과된 삶과는 다른 삶을 원하게 되면 그 여성의 삶은 아주 힘들어진답니다. 당신네 남성들에게는 훨씬 쉬운 일이지만요. 남자들에게는 무모하고 대담하게, 모험적으로 새로운 길을 개척하라고 권장하잖아요. 여성들에게는 신중하게 처신하고 다정하고 조신하게 행동하라는 내면의 목소리가 너무 많아요. 두려워해야 할 것도 그만큼 많고요. 그 점은 저도 잘 알아요. 사랑하는 친구여, 내가 현실감을 완전히 상실한 것은 아닐까, 하고 생각지는 말아 주세요. 매번 나는 용감하게 행동하고 있답니다. 용감하기 위해서 필요한 것이 바로 그런 것들이니까요, 당신도 동의하지 않으세요? 용감한 겉모습. 그런 모습의 연출. 내가 용감하지 않다는 것, 용감한 것과는 거리가 멀다는 것을 알기 때문에, 용감한 척 행동하려고 항상 박차를 가하는 것이지요.

우리나라에서는 악마가 됨으로써, 그래요, 악마가 됨으로써 무대에서 자기 느낌을 맘껏 드러내고 반역자를 찬양하는 여배우를 비난하려는 사람은 없었을 거예요. 이것은 나와 익숙하지 않은 도덕주의예요. 폴란드에서 우리는 반역을, 그러니까 봉기의 정신을 소중하게 여기잖아요, 그렇지 않아요? 나는 내 안에 있는 반항 정신을 소중하게 여겨요. 왜냐하면 타인의 기대에 노예처럼 따르고 굴종하려는 유혹에 내가 얼마나 쉽게 이끌리는지를 너무 잘 알기 때문이지요. 나의 대부분을 이루고 있는, 복종을 갈망하고 길들여진 영혼과 얼마나 싸워야 하는지요. 그것은 틀림없이 내가 여자이기에, 순종하도록 키워졌기 때문일 거예요. 내가 무대에 끌린 까닭 중에는 그런 것도 있어요. 무대에서의 나의 역할이 자신감과 저항 정신을 가르쳐 주었으니까요. 연기는 내 안에 있는 노예근성을 극복하기 위한 프로그램이었어요.

내가 당당하게 연기할 수 있도록 해 주었던 곳, 그런 무대를 포기한다는 것이 나에게 어떤 의미일지 상상해 보세요. 그것을 희생이라고 생각지는 말아 주세요. 거의 20년 동안 나는 무대와 결혼했어요. 아마도 어느 날 문득 캘리포니아에서(지금 이미 미국에 있으면서, 캘리포니아에 관해 글을 쓰니까 가슴이 떨려요.) 우리의 작은 오막살이 뒤에 있는 시냇가에서 우리의 거류지와 몇몇 인디언 처녀들의 놀이를 위해, 내가 좋아하는 연극 중 한 장면을 연기할지도 모릅니다. 그래요. 이제야 털어놓지만, 무대의상을 몇 벌 가져왔거든요. 줄리엣, 로잘린드, 포셔, 아드리엔. 청명한 하늘 아래 들판에서 열심히 일을 하고 난 뒤, 혹은 말을 타고 어깨에 총을 걸쳤던 언덕에서 그런 옷을 입고 연극을 한다는 것은 우스꽝스러울 수도 있을 테죠. 그런 장면이 내게는 얼마나 부자연스럽게 여겨지는지요! 그런데도 아직까지 극장으로 되돌아가고 싶은 유혹을 느낀다면, 앵글로색슨인들이 위대한 여배우를 얼마나 수상쩍은 눈길로 보는지 그 점을 기억해야 하지 않을까 해요. 무대에 서기 위해 내가 미국으로 온 게 아니라는 사실에 정말 감사해요.

8월 12일.

여전히 미국에 관해서는 아무것도 말해 주는 것이 없잖아, 하고 당신은 생각하고 있겠지요. 글쎄요, 뉴욕에 관해서는 당신께 들려드릴 수 있어요. 모든 사람들이 우리에게 주장했다시피, 뉴욕은 이제 이민들로 넘쳐나서 그야말로 유럽을 확장시켜 놓은 것처럼 보여요. 전혀 미국답지가 않아요! 먼저 보냈던 서두의 긴 편지로 이미 말했다시피, 우리는 맨해튼 섬에 머무르고 있는 게 아니랍니다. 보그던은 우리 모두가 괜찮은 호텔 숙소에 머무는 것은 돈 낭비라고 생각했으므로 선장에게 조언을 구했고, 선장은 편안하고 비싸지 않은 여관을 추천해주었어요. 노르드도이치 로이드 여객선은 허드슨강 맞은편 부두로 드나드는데, 그 부두 가까이 있는 곳이었어요. 여기 부둣가 동네의 이름은 인디언 말로 '담배 파이프'라는 매력적인 뜻이래요. 맨해튼이 전부 보이는 곳이라서 우리는 사실 서른여덟 번째 주에 있는 것이나 마찬가지예요.

하루하루 지날수록 우리는 점점 더 용감무쌍해져서 아침부터 페리를 타고 나가 하루 종일 그 도시를 살펴보면서 지내요. 나날이 더 용감무쌍해졌다는 말뜻은 강을 건너는 사람들이 점점 줄어들었기 때문이죠. 맨해튼은 우리처럼 유순한 사람들이 다니기에는 위험한 곳임이 드러났거든요. 우리는 빨리 이동해서 우리를 기다리고 있는 목가적인 풍경을 만나기만 바라고 있어요. 완다는 율리앙이 없으면 길을 완전히 잃어버려요. 알렉산더는 지치지는 않았다고 하나 영어 실력이 딸려서 문제예요. 다누타와 시프리언은 어린 두 딸아이를 보살펴주어야 하고요. 야쿱만이 유일하게 스케치북을 들고 어디든지 자유롭게 다닐 수 있어서 마치 여기가 고향인 것처럼 편하게 지냈어요. 야쿱은 이렇게 빨리 이곳을 떠나는 걸 못내 아쉬워할 거라는 생각이 들어요. 나는 캘리포니아 또한 예술가들에게 정말 좋은 소재를 제공할 수 있을 것이라고 약속했거든요. 나 역시 약간 섭섭해요. 배우는 일반적으로 열렬한 관객이기도 하거든요. 세계의 모든 언어가 난무하는 이 거친 무대에 올려진 공연을 보는 것보다 더 매력적인 장관은 없었을 테니까요. 세계의 모든 인종, 모든 국가와 민족들이 재현되고 있어요. 적어도 가난한 계급 사이에서는 그래요. 일단 주요 도로를 벗어나는 모험을 해 보면 대부분의 사람들이 정말 가난해 보여요. 이 도시가 너무 추하다는 사실에 놀란 것은 아니었어요. 다만 이렇게 많은 유랑민과 극빈자들이 있을 것이라고는 짐작하지 못했어요. 몇 년 전에 비해 가난한 사람들이 더욱 늘어났다고 들었어요. 땡전 한 푼 없이 이곳에 도착하는 이민들이 점점 증가했기 때문만이 아니라(보그던은 이 점에 관해 자기 형에게 끔찍한 주의를 받았죠.) 3년 전에 있었던 대공황(여기서는 그것을 '공포'라고 불러요.)에서 경제가 아직 회복되지 않았기 때문이기도 해요. 특히 천한 일자리에서 고용은 드물고 임금은 계속 하락하고 있어요. 그럼에도 이런 사실들이 더 나은 미래를 꿈꾸며 이곳으로 사람들이 몰려드는 것을 막지는 못해요!

간밤에 보그던과 나는 우리들만의 저녁을 위해 델모니코 식당에서 식사를 했어요. 뉴욕에서는 최고라고 알려진 식당이에요. 여기 졸부들은 풍성하게 먹고 비엔나와 파리의 졸부들처럼 움직임이 느려요. 바깥에서는 온갖 소란과 소음이 가득해요. 짐마차, 사륜마차, 옴니버스, 말이 끄는 차, 전차, 팔꿈치로 떠밀고 지나다니는 행인들이 길모퉁이마다 가로지르며 모험을 찾고 있어요. 모든 건물은 광고 간판으로 뒤덮여 있어요. 걸어 다니는 광고맨을 고용하기도 해요. 몸통 앞뒤로 광고판을 걸치고 있고, 심지어는 머리에도 광고를 붙이고 있어요. 어떤 사람들은 전단지를 행인의 손에 쥐어 주거나 전차에다 한줌씩 던져 넣기도 해요. 구두닦이들은 손님들에게 작은 구두 통 위에 발을 올려놓으라고 사정을 해요. 노점상들은 자기 수레 앞에서 소리치면서 호객을 하고, 주로 독일인들인 거리의 악사들은 호른과 튜바를 행인들에게 불어 줍니다. 독일인들이 그렇게 많다는 게 놀라워요. 심지어 아일랜드인들과 이탈리아인보다 더 숫자가 많아요. 이들 나라 출신들은 제각기 자기 구역이 있어요. 헨리크, 여긴 가난과 비참이 확연히 눈에 띄어요. 그리고 범죄도요. 가난한 사람들이 모여 사는 곳으로 들어가지 말라는 주의를 계속 듣고 있어요. 공격을 당하거나 거친 무리들에게 강도를 당할 위험이 크다는 거지요. 야쿱은 우리들 중 가장 용감해서 이 도시의 가장 북적거리는 곳을 대담하게 살피고 다녀요. 이미 스케치북 다섯 권을 채웠어요. 어제 그는 유태인 동네, 그야 물론 가난한 유태인 동네에서 오후를 보냈어요. 여기 유태인들은 크라코프에서 볼 수 있는 유태인들과 비슷해요. 검은 턱수염과 스컬캡(정수리에 걸치는 유태인들의 전통 모자. 옮긴이)을 쓰고 이 끔찍한 더위 속에서도 검고 긴 외투를 입고 다녀요.

그게 유일한 불만이에요. 이런 더위는 난생 처음이에요. 더위 때문에 우리 모두 힘들어하고 있어요. 표트르는 땀띠가 났어요. 다누타의 막내딸은 언제나 울어요. 덥다는 말의 뜻은 옷을 너무 많이 **껴입었다**는 느낌이 든다는 거죠. 내가 옷을 너무 많이 입었나, 하는 생각 있잖아요. 여기 여자들보다 적게 입었는데도 말예요. 후프(스커트 폭을 넓히려고 그 안에 덧대는 고래뼈 등으로 만든 버팀대. 옮긴이)를 하고 있는 여자들에 비하면 적게 입는 편이잖아요. 다누타, 완다, 바바라처럼요. 그들이 우리의 날씬한 스커트를 부러운 시선으로(내가 상상하기에는) 쳐다본다는 것을 느낄 수 있어요. 페리에서 내린 뒤에는 엄청 많이 걸어 다니기는 했어요. 어제는 브로드웨이를 돌아다녔어요. 여기서 브로드웨이는 꽤 주요한 거리인데, 두꺼운 검은 스커트 아래 거대한 후프를 넣은 덩치 큰 여자들이 인도를 쓸면서 지나가는 모습이 보였어요. 그녀는 중병을 앓고 있는 사람처럼 보였어요. 그런데 아니래요. 함께 산책하던 사람이 말하기를, 8월에는 종종 그런 일이 일어난다더군요. 마부가 말에 묶어 두었던 물통을 풀어서 그녀의 얼굴에 느닷없이 뿌려 주었어요. 그러자 정신이 돌아온 여자는 당황한 기색도 없이 자기 갈 길을 갔어요. 이런 땡볕에 돌아다니는 것이 무분별하다는 것은 알고 있지만, 우리에게는 쉴 만한 호텔이 없어요. 표트르가 고집을 피우면, 우리는 아이스크림 가게에서 한 시간쯤 더위를 피하고는 했어요. 여기 아이스크림은 이탈리아인들이 만든 것인데 맛이 좋아요. 표트르는 또한 인디언들이 거리에서 파는 것들도 좋아해요. 옥수수 알갱이를 튀겨서 만든 것이에요. 얇은 콩 껍질에 덮여 있는 작은 갈색 땅콩도 좋아하고요. 그런데 그게 영 소화가 잘 안 되더군요. 이곳 사람들은 식사 때 포도주보다는 물을 더 많이 마셔요. 여름뿐만 아니라 겨울에도 냉수는 마셔요. 유리잔에는 작은 사각형 모양의 얼음을 넣어요. 이게 대단히 건강하지 못한 습관이라고 당신은 생각할 테죠. 오늘은 부질없이 시원한 곳을 찾다가 뉴욕의 북쪽을 완전히 차지하고 있는 거대한 공원에 들렀어요. 센트럴파크라는 곳인데, 뭐가 센트럴하다는 것인지 중심적인 것은 아무 것도 없었어요. 진실을 말하자면 그다지 공원 같지도 않았어요. 크라코프에 새로 생긴 공원을 상상하지는 말아요. 당당하고 나뭇잎이 우거진 플랜티 공원은 더더욱 아니에요. 대부분의 나무들은 아직 너무 어려서 그늘을 드리울 수조차 없어요.

폴란드 지역사회는 작은데다 시카고 서부에 더 많은 동포들이 정착하고 있어요. 보그던은 그곳의 지도자들을 몇 사람 방문했는데, 나의 환영식을 열고 싶다고 했대요. 그들을 실망시킬까 봐 거절하고 싶어요. 더 이상 내가 아닌 사람을 환영하고 싶어하니까요. 하지만 그 여배우는 극장에 대한 호기심을 완전히 없앨 수 없었고, 최고로 더운 달을 제외한 8월은 극장 시즌이 시작되는 달이지요. 하인리히가 무뚝뚝하게 경고했던 것처럼, 실제로 여기 극장은 비엔나와 파리에서의 하우스chez nous와 같은 의미는 전혀 아닌 것처럼 보이더군요. 대중들은 오락거리를 기대하지, 각성을 원하지는 않으니까요. 대부분은 웅장하고 기괴한 오락거리를 좋아하더군요. 우리는 오펜바흐의 〈대공작부인〉을, 여기 있는 최고의 무대에서 볼 수 있으리라고 생각했죠. 멕시코의 신생 오페라단이 공연한다는 사실, 프리마돈나인 니냐 카르만 이 모론Ninña Carmen y Moroón 양이 여덟 살이라는 말을 듣기 전까지는 그랬죠. 대공작부인의 "그를 알아보았다고 전해 줄래요?"라는 황홀한 사랑 노래를, 찢어지는 어린 소녀의 목소리로 듣다니 상상이나 할 수 있겠어요! 그건 표트르 같은 아이를 위한 것이지요. 내 생각에는 표트르마저 극장에서 하는 다른 프로그램을 더 좋아했을 거예요. 조지 프랑스와 그의 개, 돈 시저와 브루노 알프스 워블러 한젤 곡마단, 예니 터누어, 공중곡예의 여왕, 클라인 씨 등. 클라인은 자기 할머니와 함께 높은 줄 위에서 두 사람이 추는 파드되를 추거든요. 미국에서 셰익스피어보다 더 많이 공연될 수 있는 극작가는 없을 것이라고 생각했지만 어떤 극단에서도 셰익스피어를 공연하고 있지 않더군요. 모험할 만한 가치가 없어 보이는 소극과 멜로드라마를 빼고는 오로지 가벼운 코미디밖에 없어요. 물론 영국 코미디인데, 〈우리 미국인 사촌〉이라는 코미디는 지난 11년 동안 이 나라에서 식을 줄 모르는 인기를 누려 왔어요. 아내와 함께 이 공연을 보다가 링컨 대통령이 암살당했어요. 당신도 기억하겠지만 정신 나간 배우에게 암살당했지요. 그나마 연극이라고 할 만한 것은 전부 영국 작품이거나 프랑스 작품이에요. 바그너가 뉴욕 대중들에게 흠모의 대상이지만, 위대한 독일 극작가들에게는 전혀 관심이 없어요. 실러를 보고 싶다면, 독일어 극장으로 가야 해요. 그런 극장에 가면 뮌헨이나 베를린에서 순회공연을 온 이류 극단이 하는 실러의 공연을 볼 수 있어요. 영어로 크래신스키Krasinski나 수오바츠키, 프레드로Fredro를 무대에 올린다는 건 상상조차 할 수 없어요. 폴란드어로 공연을 올릴 수 있을 만큼, 뉴욕에는 폴란드인들이 많지 않아요. 폴란드의 유명한 극작가들은 여기서는 전혀 알려지지 않았거든요.

유럽에까지 명성이 널리 알려진 저명한 미국 배우들을 정말 보고 싶었지만, 현재 공연 중인 작품에는 그런 배우가 전혀 없어요. 그런 배우 중 한 사람인 에드윈 부스(그의 남동생이 링컨 대통령을 암살했어요.)가 소유한 엄청난 극장에 가 보았어요. 극장은 바이런 경의 비극인 『사르다나팔루스』(앗시리아의 마지막 왕. 적군이 침공하자 애첩과 애마를 모두 죽인 뒤 자신은 독배를 마시고 궁을 불태웠다. 바이런의 이 희곡을 그림으로 그린 것이 들라크르와의 '사르다나팔루스의 죽음'이다. 옮긴이)를 공연하고 있었어요. 상상력의 여지를 전혀 남겨 두지 않았던 연기라 말한다면 너무 인색한가요. 당신의 다윈 씨였다면 인정했을 거예요! 연극이라기보다는 광대하고 정교한 스펙터클로 바뀌어 버렸다는 점에서 그렇단 말이지요. 시끄러운 음악, 높이 치솟은 데코, 백 명의 연기자들이 거대한 무대 위에서 수고하고 있었으니까요. 여기 대중들이 가장 인정하는 것이 그런 거대함이죠. 주요한 역할을 맡은 수십 명의 배우 이외에도 2막의 "이탈리아 발레"(나는 지금 프로그램을 들여다보고 있어요.)

는 네 명의 일급 무용수, 여덟 명의 주요한 발레 무용수, 여섯 명의 발레리나, 아흔아홉 명의 엑스트라, 스물네 명의 흑인 소년들, 열두 명의 여성 합창단원, 여덟 명의 남성 합창단원, 마흔여덟 명의 엑스트라 여성들로 구성되어 있어요! 이 모든 사람들이 무대 위에서 난리를 피운다고 상상해 보세요. 한편 무대 기계 장치들은 최고의 놀라운 효과를 발휘하고 있어요. 연극의 전체 장들은 마루에서 솟아오르거나 아니면 시야에서 사라졌어요. 마지막 막은 거대한 화염으로 끝났어요. 우리는 관객들과 함께 맹렬한 환호를 보냈어요.

여기서는 최대의 것이 최고로 뽑혀요. 최고最古의 것이 최고라고 생각하는 편견이나 하등 다를 바가 없지요. 부스의 극장은 좌석이 2천 석이며 몇 백 석의 입석이 있는데, 그런데도 최대로 큰 극장과는 거리가 멀어요. 좀 더 큰 극장은 여전히 스테인웨이 홀Steinway Hall인데, 우리가 들은 정보에 의하면 안톤 루빈스타인이 미국 데뷔 무대를 가진 곳이라고 하더군요. 보그던에게 감동을 주려고 나는 그 이야기를 언급하기를 삼갔어요. 바르샤바에 있는 우리 화요 모임에 그냥 불쑥불쑥 자주 드나들었던 위대한 피아니스트 말이에요. 모든 것에서 최대이고 최고라는 자랑에도 미국인들은 예술로 말할라치면 애국적인 자부심이 전무하다는 게 놀라웠어요. 대중들이 오로지 천박한 오락거리를 갈망하기 때문이라고 말하는 것은 틀린 소리예요. 그럼에도 질적인 공연은 해외에서 온 것들이라고 보면 돼요. 여기서는 외국 배우들이 상당한 호평을 누려요. 만약 프랑스나 이탈리아인들이 자국어로 공연을 한다면, 아무도 이해할 수 없어요. 레이첼은 〈아드리엔 르쿠브뢰르〉로 이 도시의 최대 극장인 메트로폴리탄에서 20년 전에 절찬을 받았다더군요. 십 년 전에는 리스코리가 대단한 성공을 거두고 전국을 순회하면서 상당한 수익을 얻었대요. 내가 시샘으로 속이 쓰리다고 털어놓는 장면을 이제 생각해 봐요. 아뇨, 내가 이곳에서 내 직업을 다시 시작하려고 꿈꾸는 것은 아닐까 하는 결론을 내리지는 마세요. 어떤 언어로 그게 가능할까요? 아무도 우리 모국어로 공연하는 것을 원하지 않을 겁니다. 내가 연기할 때 훈련받은 언어가 독일어인데, 이 또한 이민 온 일부 대중에게나 적합한 언어지요.

우리가 월랙 극장에서 보았던 〈달러의 힘〉이라는 연극에 관해 불평을 하지는 않을 거예요. 이 연극의 끝은 극장에서 무엇이 공연되고 있는가에 대한 샘플을 보여 주었거든요. 길모어의 가든에서 우리는 파펜하임 부인으로 분한 에밀리 파펜하임의 소프라노를 콘서트에서 들었어요. 보그던과 나에게는 파펜하임보다는 차라리 관객들이 더 흥미롭더군요. 비브라토가 나올 때마다 관객들이 어찌나 환호와 갈채를 보내던지요. 프랑스 미술관인 미셸 노에들러Michel Knoedler에서는 갤러리에 가득 찬 따분한 그림을 보았어요. 그리고 뉴욕 역사 협회에서(여기는 언급할 만한 박물관이 전혀 없어요.) 사르다나팔루스 궁전에서 가져왔던 얇은 대리석 부조를 보게 되었어요. 바이런의 희곡이 상연되었던 그날 저녁에, 환상적이면서 비현실적인 무대를 보고 난 뒤에 실제 부조와 조우하다니, 놀라움 자체였어요. 우리는 어디나 표트르와 함께 다녔어요. 아이의 눈으로 이 도시를 보게 되면 내가 너무 까다롭게 구는 것을 막을 수 있더군요. 아이들은 모든 것이 마냥 신기하기만 하니까요. 내 보호 아래 있는 다른 아이에게도 똑같은 말을 할 수는 없겠지만요. 우리 하녀 아니엘라 이야기예요. 그 아이에게는 모든 게 이해할 수 없는 것투성이었을 테니까요. 아니엘라는 자기가 아메리카로 갈 것이라는 말은 들었지만, 바르샤바가 그녀에게는 아메리카나 마찬가지었을 거예요.(아니엘라는 태어난 동네를 벗어난 적이 없었거든요.) 그 이후 기차를 타고 있는 자신의 모습을 보았고(아니엘라는 기차를 본 적이 없었어요.) 그 이후에는 외국 도시의 호텔, 선상 호텔을 보았죠. 아니엘라는 증기선을 선상 호텔이라고 불렀어요. 그리고 이제 아니엘라는 여기에 있어요. 함께 걷다 보면 나는 끊임없이 흘러나오는 후렴구를 들어야 해요. "오, 부인! 오, 부인!" 하는 감탄사 말이에요. 한편에서는 아들이, 다른 한편에서는 땅딸막한 말상 소녀가 놀라움과 불안으로 내 두 손을 깍지 끼는 장면을 한번 상상해 보셔요. 당신은 우리가 작별할 때 기차역에서 그 아이를 얼핏 보았을 거예요. 내가 미에 대한 온갖 안목을 가지고 있다는 것을 당신은 알고 있으므로 내가 왜 그 아이를 택했는지 의아하게 여겼을 수도 있을 거예요. 내가 시마노프 고아원의 모든 사람들을 놀라게 만들었으니까요. 나랑 면접을 하려고 뽑아 놓은, 고아원에서 자란 여섯 명의 여자 아이들 중에서 그 여자 애를 택했어요. 수녀들 중 한 분이 나를 한구석으로 데려가서 실수했다고, 바느질과 요리 솜씨가 가장 떨어지는 여자 애라고 귀띔을 해 주었어요. 그런데도 왜 여자 애를 데려왔을까요? 글쎄요, 목소리 때문이었다고 하면 당신은 웃겠죠. 노래하는 법을 아느냐고 내가 물었을 때, 여자 애는 놀라서 입을 반쯤 벌리고 나를 뚫어지게 보다가 입을 다물지도 않고(두 눈을 질끈 감은 채) 라틴어 찬송가 두 곡과 〈신이여, 폴란드를 구하소서〉를 연달아 부르더군요. 그 노래가 정말 코믹했다는 것은 나도 알아요. 그런데도 그 노래에 감동하여 눈물이 나더군요. 상냥한 아이라는 것을 알 수 있었어요. 그 애는 겨우 열여섯 살이고 다누타와 완다가 요리와 바느질은 가르칠 수 있을 테니까요. 사실은 나 스스로 공부가 필요해요! 어떤 여자든 집안을 꾸리는 것은 배울 수 있지만 이 아이에게 노래하는 법을 누가 가르쳐 주려고 생각했겠어요?

아니엘라에게 그 밖의 모든 것들을 가르쳐야 한다는 점은 알 수 있어요. 우선 무엇보다 세상을 두려워하지 말아야 해요. 둘째, 나를 두려워하지 말아야 해요. 우리가 바르샤바를 떠나기 전에 새로운 생활에 적응하는 데 필요한 것들을 가지고 있는지 물어보려고 애썼지만 알아낸 것이 거의 없었어요. 나의 질문이 마치 실패해서는 안 될 시험인 것처럼 아니엘라가 소리쳤어요. "아, 전부요. 부인, 전부 다 있어요!" 우리가 여정에 올랐을 때, 그녀가 소유한 것이라고는 오직 드레스 한 벌, 스카프, 찢어진 스목이 전부였어요. 호보켄에서 여관 주인은 캘리포니아로 출발하기 전에 여기서 옷감이나 옷들을 사라고 조언을 해 주었어요. 내가 앞서 언급했던 바로 그 (공황의) "공포" 때문에 대형 백화점들이 가격을 엄청 낮췄다고 하더군요. 당신의 데스디모나가 이 가게 저 가게에 들러 점원들과 진지한 대화를 통해 코트, 스커트, 원피스, 그리고 실용적인 속옷들을 고르는 걸 상상해 봐요. A. T. 스튜어트 백화점, 그러니까 한 블록 전체를 차지하고 있는 불굴의 궁전은 전 세계에서 가장 큰 백화점이라고들 해요. 하지만 난 더 작은 백화점인 메이시가 차라리 나았어요. 메이시는 얼마 전 아동용 매장을 열었는데, 그곳의 감각이 뛰어난 상품 전시가 표트르를 엄청 실망시켰어요. 아이는 내가 아파치 깃털 머리장식과 허리에 두르는 로인클로스를 사 줄 것이라고 고대하고 있었거든요. 그래서 그날 내내 토라져 있었어요.

8월 15일.

표트르는 자기를 실망시킨 나를 용서해 주었답니다. 왜냐하면 어제 우리는 백주년 박람회장에 놀러갔거든요.

여행 자체는 장관이었어요. 기차 차창 바깥으로 보이는 풍경뿐만 아니라 기차 안의 풍경도 장관이었어요. 미국 기차의 객차들은 소위 말하는 일등석도 칸막이로 구획되어 있지 않았어요. 대략 두 시간 반 동안 우리는 땀을 흘리면서 정해진 숫자의 이방인들과 서로 친밀해지지 않을 수 없었어요. 우리와 마찬가지로 그들 또한 땀을 흘리면서도 쓸모없는 구세계의 품위를 조금이나마 지키려고 노력했어요. 대다수 승객들은 가족적이었으며, 먹을 것과 마실 것이 든 바구니를 가져왔으며, 상대방이 받거나 말거나 간에 서로 한 번씩 권하면서 화기애애한 분위기를 만들었지요. 미국에서 다정한 분위기를 풍긴다는 건, 서로 질문을 한다는 뜻이에요. 우리가 백주년 전람회에 간다고 하니 어느 나라에서 왔는가, 우리가 보고 싶은 것이 무엇인가를 묻더군요. "모든 것을 전부 다 보기에는 너무 크니까요." 하는 말을 우리는 여러 번 들었어요. 우리 일행은 일곱 명뿐이었죠. 바바라와 알렉산더는 필라델피아가 남쪽에 위치하고 있어서 여기보다 더 더울 것이라는 사실을 듣더니 호보켄에 남기로 작정했어요. 아무리 설득을 해도 고대하던 이 소풍에 함께 참여시킬 수가 없었어요. 다누타와 시프리언은 딸아이들을 아니엘라에게 맡길 수가 있어서 동행했어요. 다누타는 우리가 캘리포니아에 도착하게 되면 그렇게 힘들지 않을 것이라는 말에 위안을 얻었어요. 힘들다는 것! 캘리포니아는 이상적이고 온화한 기후로 유명하다는 점을 일깨워 주면서도, 그곳에서 우리 생활이 또 다른 면에서 얼마나 힘들지 저들이 이해하지 못하는 것은 아닐까 걱정이 되었어요. 적어도 처음 몇 개월 동안은 힘들지도 모를 테니까요.

기차역과 도시 외곽에 자리 잡은 박람회장 사이에서 우리가 보았던 필라델피아는 맨해튼보다 오래되고 멋지고 더 깨끗하더군요. 나는 맨해튼의 왁자지껄한 풍경이 그리웠어요! 탐욕스러운 감식가로 보이기에 충분한 사람들이 박람회에서 우리를 기다리고 있었어요. 박람회장이 처음 열린 5월 이후로 몇 백만 명의 사람이 다녀갔으니까요.

흥미진진한 모든 것들을 하루 만에 다 볼 수가 없었어요. 헨리크, 상상해 봐요. 전람회 본관은 세계 최대의 건조물이었는데, 나무, 철, 유리로 된 거대한 구조물이었어요. '도나우' 호보다 길이는 다섯 배, 넓이는 열 배였어요. 당신은 우리나라 신문이나, 독일 신문에서 이 박람회에 관한 기사를 틀림없이 읽었을 테죠. 사실 리샤드가 설명해 주는 기사를 읽었어야 했는데. 리샤드는 백주년 박람회 건에 관해 『가제타 폴스카』에 적어도 한 회 정도는 기사를 쓰겠다고 약속한 것으로 알고 있어요. 그런데 브레멘 호텔에서 우리를 기다리고 있는 편지를 보니, 우리의 태무심한 젊은 기자 양반께서는 필라델피아에 결코 가지 않았답니다. 리샤드가 보낸 편지에 따르면 떠나고 싶어서 안달이 났다는군요. 필라델피아 대신 그는 대륙 횡단 여행에서 본 기사를 작성했대요. 그러니까 5년 전 대화재의 참사 이후 잿더미에서 부활한 시카고에 관한 기사를 포함해서요. 일단 서부 영토에 도착해서야 인디언들의 생생한 생활을 볼 수 있었던 모양이에요. 개척자들을 보호해 주는 무적의 정부군에게 쫓겨 가는 인디언들의 슬픈 행렬 말이에요. 이 말에 난 실소하지 않을 수 없었어요. 시카고에서 리샤드는 단지 몇 시간 머물렀을 테지만, 하여튼 시카고는 이미 완전히 재건되었다고 하는군요. 헨리크, 미국에서는 5년이 엄청 긴 세월이랍니다! 올 여름 초반에 있었던 인디언과의 가장 최근 전투에서 기병대가 굴욕적인 참패를 했고 지휘관이었던 커스터 장군이 사망하는 결과를 초래했어요. 리샤드는 그처럼 엄청난 상상력(배우보다도 신문기자에게 더욱 필요한 것인지도 모르지요.)의 소유자였으므로 백주년 박람회에 관한 기사를 고국으로 송고했다고 당신이 말해 준다 해도 절대로 놀라지 않을 거예요!

여기서 우리가 보았던 경이로운 것들에 관해 당신도 이미 알고 있을 게 분명하므로, 오로지 즐겁고 기이한 규모를 자랑하는 것만 언급해 볼게요.(이미 내가 미국인이 되어 가고 있는 것이 당신 눈에도 보이죠!) 사탕수수 단을 이어 붙여 만든 6미터에 달하는 성당과 성당 둘레, 사탕으로 역사적 인물을 만들어 놓은 것을 상상해 보세요! 백 킬로그램이나 되는 딱딱한 초콜릿 항아리, 실물 크기의 절반에 달하는 조지 워싱턴 무덤을요. 워싱턴은 규칙적인 간격으로(표트르는 이것 때문에 특히 반했어요.) 죽은 자들 가운데서 벌떡 일어나 보초를 서고 있는 장난감 병정들에게 거수경례를 받아요. 내가 좋아한 것은 디오라마였는데, 파리와 예루살렘의 기괴하면서도 상세한 디오라마가 있었어요. 그것과 일본관이 좋더군요. 안타깝게도 일본관은 가구가 하나도 없었어요.

더 작은 건축물 가운데서도 바이블 전시관, 뉴잉글랜드 통나무집, 터키 커피 빌딩, 매장 관(buriel casket, 헨리크, 내가 꾸며 내고 있는 것이 아니랍니다!)은 챙겨 볼 시간이 없었지만, 사진 갤러리와 여성관은 지나치는 길에 재빨리 훑어보았어요. 290킬로그램이 나가는 여성이 날마다 의자를 부수는 장면은 놓쳤지만, 알칸사스 출신 여성이 버터로 만든 거대한 조각상, '잠자는 이올란테' 를 보고 입을 다물지 못했어요.

버터라고? 이 더위에 버터로? 그래요. 신선한 버터로 만든 조각상이에요. 그 여자는 날마다 되풀이하여 조각을 해요! 정부 빌딩에 전시된 인디언관을 둘러보려면 적어도 두 시간은 필요해요. 자기, 무기, 연장 이외에도 인디언 오두막, 유명한 인디언 용사들의 밀랍 조각상, 실물 크기의 왕홀 등이 있었어요. 표트르는 오랫동안 인디언들의 평화를 상징하는 긴 담뱃대와 도끼를 보고 싶어했거든요. 가엾은 표트르, 아이는 이런 것들이 진짜인지 나에게 캐물었어요. 배우들을 위한 소품이나 의상이 가짜가 아니라 진짜인지를 알고 싶어했다는 것이지요. 표트르는 얼굴 모형을 보고 깜짝 놀랐어요. 작고 잔인한 검은 눈, 거칠고 헝클어진 머리채, 크고 짐승 같은 입은 끔찍한 악마의 형상으로 분명히 인디언에 대한 증오심을 고취시키려고 고안된 것처럼 보였거든요. 여기서는 우리가 어린 시절 모험담에서 배웠던 인디언 부족에 대한 존경심은 발견할 수가 없었어요.

당신은 경이로운 새 발명품들에 관해서 들었겠지요. 검은 종이 위에 잉크를 묻혀 활자를 찍을 수 있는 등사기는 글 쓰는 기계로, 같은 페이지를 무수히 복사할 수 있어요. 인간의 목소리를 전선에 담아서 보내는 작은 상자도 있어요. 멀리서도 들을 수 있는, 전화와 비슷한 이 기계에 관해 이미 들어 봤겠지요? 이 기계의 발명가는 인간 청력의 한계를 극복할 수 있으리라 기대하고 있어요. 어떤 문장은 놀랄 정도로 선명하게 들리기도 했지만 대부분의 경우, 모음은 충실하게 재생되었지만 자음은 거의 알아들을 수가 없더라고요. 하지만 틀림없이 완벽해질 테죠. 이런 장치를 수단으로 인류에게 혜택이 돌아가게 될 테고, 그러면 누구든지 집에 앉아서 이탈리아 오페라를 들을 수 있고, 셰익스피어 연극을 볼 수 있고, 의회 토론을 들을 수 있겠지요. 우리 집안으로 흘러 들어오는 가스와 수돗물처럼 좋아하는 목사의 설교를 집에서 들을 수 있을 테고요. 대중 교육의 가능성은 무한대가 되겠지요. 극장 티켓을 살 수 없는 사람들이 전화로 공연을 들을 수 있다고 생각해 보세요. 그런데도 난 인간의 게으름 자체를 상징하는 이 발명품이 어떤 결과를 가져올지 걱정이 돼요. 사실 다른 관객 사이에 자리를 잡고 앉아 위대한 배우의 공연을 함께 관람하는 연극 예술의 사원으로 들어가는 경험을 대신해 줄 만한 것은 없잖아요. 집집마다 전화가 있는데 누가 극장엘 가겠어요?

박람회장의 많은 기념물 중에서도 당신은 특히 백주년 분수를 좋아했을 거예요. 이 분수는 '미국 가톨릭 금주 조합' 이 세웠어요.(폴란드에서 그런 협회가 창립될 수 있을지 한번 생각해 보세요!) 거대한 수반 한가운데 엄청난 크기의 모세 조각상이 거친 화강암 받침대 위에 솟아 있고 수반 둘레는 저명한 미국 가톨릭 신자들을 새겨 놓은 대리석 조각상이 빙 둘러 서 있어요. 그들의 이름이나 행적은 우리에게 알려진 바가 없지만, 조각상의 기단에는 마실 수 있는 분수가 있어요. 이 순수한 샘에서 갈증을 축인다면 술을 마시고 싶다는 갈망이 완전히 사라지지 않을까요? 사랑하는 친구, 어떻게 당신 생각이 나지 않을 수 있겠어요? 안내원은 불행하게도 박람회가 열리기 전까지도 분수는 완성되지 못했다는 이야길 들려주었어요. 뭔가 부족한 점이 있다는 생각은 전혀 떠오르지 않았거든요. 절주를 하려면 심지어 더 많은 분수가 필요하다는 걸까요?

내가 보기에는 분명히 미완성 기념물이라고 파악하지 못했던, 괴이한 업적들을 좋아하는 미국인들의 취향을 그냥 받아들이기로 했어요. 프랑스 정부는 백주년 박람회에 거대한 팔뚝을 보냈는데, 그 불굴의 손에는 횃불이 들려 있어요. 조각물의 안쪽은 텅 비어 있어서 안에 설치된 계단을 통해 횃불 아래까지 나 있는 발코니로 올라갈 수 있도록 되어 있어요. 구리와 철로 만들어진 이 조각품은 필라델피아 중심지에 있는 좌대에 설치해 놓았는데 그것을 볼 채비를 하고 있었어요. 그런데 그 영웅적인 팔에다 자유의 여신상 전체를 부착할 것이라는 말을 듣고서는 정말 실망할 뻔했어요. 현대적인 거대한 조각상은 파리에서 만들어져 뉴욕에 도착하는 이민자들을 환영하기 위해, 언젠가 뉴욕 항에 세워질 것이라더군요. 이 나라에서는 무엇이 완성된 것이며, 무엇이 진행 중인 것인지 되묻고 싶더라고요.

8월 17일.

늦은 오후, 이 도시에서 신나는 하루를 보낸 뒤, 호보켄의 여관 뒤편에 서 있는 느릅나무 그늘 아래서 이 편지를 계속 쓰고 있어요. 우리는 페리에서 내려 곧장 중앙우체국에 들렀어요. 우리가 바란 대로 율리앙과 리샤드가 보낸 편지가 여러 통 도착해 있더군요. 그 주(캘리포니아 주)의 남부 지역에서 2주를 더 머무른 뒤 그들은 자그마한 땅을 찾았대요. 집과 헛간 근처에 자그마한 포도 군락지가 딸린 곳을요. 리샤드는 우리의 새로운 집 근처에서 한 달을 더 머물겠다는 뜻을 보내왔어요. 리샤드는 혼자서 이야기를 쓰면서도 인디언과 멕시코인들과 동행하여 바깥 생활을 즐기고 싶다는군요. 우리가 도착하기 직전에 북부로 갈 예정이래요. 율리앙은 샌프란시스코에서 우리를 기다리는 편이 좋겠다고 해요. 그곳에는 폴란드 이민 지역사회가 활발하대요. 보그던과 나는 아침나절 내내 여행 일정을 세우느라 시간을 보내요.

내일 보그던은 표트르를 필라델피아로 다시 데리고 갈 거예요. 아이가 박람회를 한 번 더 보여 달라고 하도 졸라서요. 그 이후에 콜론 호를 타고 파나마를 향해 떠날 거예요. 기차로 지협을 건넌 뒤에 또 다른 배를 타게 될 거예요. 그 배가 우리를 샌프란시스코까지 데려다 주겠지요. 그곳에서는 오래 머물지 않을 거예요. (에드윈 부스가 그곳에서 공연을 하고 있지 않는 한) 우리 그룹이 전부 재회하게 되면 즉시 기차를 타고 남쪽으로 갈 겁니다.

이런 배들은 현대적인 강철 증기선이 아니라 외륜선이어서, 이번 여행은 한 달 이상이 걸릴 겁니다. 대륙간 횡단 철도를 타면 일주일이면 도착할 텐데 왜 그러냐고 당신은 물으시겠지요. 그러니까 나는 사랑하는 남편과 아들의 소망에 따르고 있답니다. 표트르가 나무로 만든 배 위에서 생활할 수 있는 기회를 빼앗지 말아 달라고 간청하는데다, 보그던은 바다 여행 자체에 흠뻑 빠져 있어요. 내가 당신께 이야기했다시피 나 또한(이 대륙의 윤곽을 즐기고 싶다는 생각 자체를 좋아하는 것이지만요.) 그래요. 내가 바다와 사랑에 빠진 것을 보면서 당신이 걱정할까 봐 걱정이지만 마음 푹 놓으세요. 사랑하는 친구, 당신의 루살크(Rusalk, 어린 시절 내가 정말 좋아했던 이야기였다고 내가 당신께 얘기하지 않았던가요?)는 뭍에서 오래 살기를 고대하고 있답니다.

애스핀웰, 파나마, 9월 9일.

서두르고 있어요. 우리 여행은 출발부터 완전히 실수였어요. 콜론은 크기가 몹시 작아요. 고약한 냄새가 나는 지하 선실에서 잠을 자는 것보다는 갑판에 텐트를 치고 자는 것이 더 편안할 정도예요. 배는

'이럴 수가!' 할 정도로 엉망으로 관리되고 있어요. 바다에서 이틀이 지난 뒤, 주요 스팀 파이프가 폭발했어요. 호보켄 부두로 기다시피 해서 되돌아가는 데 시간이 두 배나 더 걸렸어요! 우리의 당혹감을 상상할 수 있겠어요? 다누타와 시프러스는 원성이 자자했어요. 두 사람은 되도록 빨리 도착하기를 열망했으니까요. 다른 사람들도 기차를 타고 싶었는데, 아무도 내 의사에 반대할 용기가 없었던 거죠. 약간 죄책감이 느껴지더군요. 아마 그래야 하겠죠. 그런데 그렇게 생각하지는 않아요. 당신도 알잖아요. 결심을 바꾼다는 것, 그러니까 하기로 결정한 것을 포기하는 걸 죽어라 싫어하는 내 성질 말예요. 우리는 한사코 다시 배로 여행하기로 했어요.

날마다 영어 단어 스무 개씩을 외우고 있어요. 바다 여행을 견디는 방법이죠. 바다 여행에서 견디는 법이라, 멋진 단어 아닌가요?

호보켄에서 잠시 기다린 후 우리는 또 다시 외륜선으로 출발했어요. 좀 더 크고 더 나은 '크레센트 시티Crescent City' 라는 이름의 배를 탔어요. 이번 여행은 사고 없이 잘 지나갔어요. 해질 무렵 승객들은 갑판에 모여 제창으로 민요인 〈달링, 나는 늙어 가고 있어요Darling, I Am Growing Old〉와 〈달콤한 안녕In the Sweet Bye and Bye〉 등을 불렀어요. 그들과 함께 노래를 부르다 보면 신경이 진정되고 마음이 편안해져요. 배가 쿠바와 아이티 사이를 통과하여 동쪽으로 항해할 마지막 며칠까지, 우리는 미국의 주들에서 벗어난 적이 없었어요.

오늘 아침 우리는 지협의 카리브 해 연안에 있는 항구에 내렸어요. 이 지협은 수 킬로미터까지 뻗어 있는 모래로 덮인 섬이었는데 둑을 따라 난 철로로 본토와 연결되어 있었어요. 나는 읍내를 기대했는데 도로라고는 오직 하나뿐이더군요. 아니, 차라리 가게가 일렬로 줄지어 있다고 해야 할 곳이었어요. 흉악한 얼굴의 가게 주인들은 하나같이 평평한 밀짚모자를 쓰고 흰 파자마 상의를 입고 있어요. 말할 수 없이 추한 곳이었어요. 앞서 가졌던, 열기 때문에 불평하던 마음이 싹 가셨어요. 우리가 여태껏 견뎌 왔던 어떤 더위보다 더 지독했어요. 더 이상 말하고 싶지도 않아요! 그냥 견디는 수밖에요. 잠깐 소나기가 쏟아져, 우리는 수상한 선술집에서 비를 피할 도리밖에 없었어요. 그곳에서 우리는 술 취한 늙은 흑인 여자에게 지금 이곳이 우기라는 사실을 알게 되었죠. 우기는 4월에 시작하여 자그마치 9개월 동안 계속된대요! 지금은 비가 멈췄어요. 노천카페로 통하고 있는 바깥으로 나와서 젖은 의자에 자리를 잡았어요. 공기가 습해요. 풍뎅이(풍뎅이들이 지천이에요.)들도 젖어 있어요. 너무 습해서 내 블라우스를 짤 수 있을 정도이고, 발치에는 땀이 흘러 흥건해요. 피부색이 검은 통통한 여자들이 아름다운 자주색과 붉은색 의상을 걸치고 우리 앞을 수줍게 오락가락 하고 있어요. 독수리들은 아무 제재도 받지 않고 빙빙 선회하다가 내리덮치기도 해요. 독수리들은 사람들이 길거리에 내던진 죽은 쥐와 쓰레기들을 처리해 주기 때문에 독수리 사냥이 금지되어 있어요. 다른 승객들은 지금 어디에 있는지 모르겠어요. 보그던과 시프리언은 늪지대를 관통하여 24시간 동안 기차를 타야 하므로 물과 열대과일을 구하러, 지협의 맞은편 정글로 갔거든요.

녹슨 테이블에 앉아서 테두리에 럼을 발라 놓은 차를 홀짝이고 있는 나를 상상해 보셔요. 안달하면서도 즐겁게 요금표를 살펴보는 나를요. 맞은편에 앉아 있는 완다가 다소 큰소리로 한숨을 내쉬었어요. 바바라와 알렉산더는 불평을 하기에도 너무 지쳐서 테이블에 엎드려 있어요. 다누타는 딸아이들과 좀 떨어진 자리에 앉았어요. 아이들이 설사를 해요. 야쿱과 표트르는 다른 테이블에서 둘 다 그림을 그려요. 야쿱은 이곳이 화가의 낙원이라고 좋아해요! 그는 파나마에서 좀 더 얼쩡거리고 싶어해요! 표트르가 그린 것은 지도예요. 자기가 어른이 되면 지협을 가로지르는 운하를 팔 거라고 방금 공언했어요. 내 눈에는 아이가 이미 다 자란 것처럼 보여요. 헨리크, 이 여행으로 아이가 얼마나 변했는지 보았다면 당신은 깜짝 놀랐을 거예요. 이제는 표트르가 아니엘라의 손을 잡아 주고 안심시키면서 위로해 준다니까요. 그 가엾은 애가 겁에 질려 있으니까요. 우리 친구들은 좀 더 잘 견뎌 주고 있지만 이 모든 낯선 풍경에 무척 충격을 받고 있다는 걸 잘 알아요. 바바라가 큰 목소리로 캘리포니아에 아프리카인들이 많은지 어떤지 물어보았어요! 지금 우리가 나누고 있는 말들을 그대로 전해 드릴게요.

표트르: (벌떡 일어나면서) "아뇨, 인디언들이요!"
바바라: "그들 피부색은 검지 않아!"
표트르: "아뇨, 붉어요."
바바라: "붉은색 피부라고?"
알렉산더: "바보처럼 굴지 마, 바바라."
완다: "모기한테 하도 물려 빈틈이 없어요!"
야쿱: "황인종들을 잊으면 안 돼요."
바바라: "황인종이라니요!"
야쿱: "아, 중국인요. 남자들이 머리를 땋아서 머리 단이 등에까지 치렁치렁한 사람들이요."
아니엘라: (울부짖으며) "오, 부인, 우리가 중국으로 가는 거예요?

우리가 중국으로 간다고는 하지 않았잖아요!"

우리는 그 아이를 진정시킬 온갖 방법을 강구해야 할 거예요.

나중에.

파라솔과 샌들 한 켤레를 가져왔어요. 물집. 보그던과 시프리언이 저 멀리 보이는군요. 팔에 뭔가를 잔뜩 껴안고 이리 다가오고 있어요. 다시 비가 내리네요. 다누타의 아이들이 울고 있어요. 끔찍하게 커다란 바퀴벌레가 테이블을 가로질러 가고 있어요. 완다가 비명을 질러요. 카페 주인이 완다를 보고 웃으면서 말해요. 카쿠라차! 바퀴벌레랍니다! 그가 테이블을 돌진하여 행주를 요란스럽게 흔들면서 소리쳤어요. 내가 배운 첫 번째 스페인 단어군요. 헨리크, 방금 날아갔어요. 바퀴벌레가 날아다녀요, 헨리크.

떠나야 할 기차가 오는군요.

콘스티튜션 선상에서, 9월 11일.

헨리크, 진정으로 미국적인 것에 관한 편지를 썼어요.

이제 이야깃거리를 더 이상 생각할 수조차 없어요. 멕시코 해안은, 아니, 당신은 내가 안내책자처럼 묘사하는 걸 듣고 싶어하지는 않을 테니까요.

그래도 나, 당신의 마리냐가 편지를 보내는 거잖아요? 변하고 싶다는 나의 욕망을 당신에게 자랑하고 싶었어요. 여행 그 자체가 나에게 가져다 준 변화에 채 준비가 되어 있지 않았답니다. 헛되이 헤매고 있어요. 여행이 주는 가혹함과 산만함이 유일한 주제군요. 심각한 히스테리 환자들에게 왜 여행을 권하는지 이해가 돼요. 나 자신에 관해 생각할 여유가 거의 없어요. 오로지 현실적인 문제만을 생각해요. 내면적인 삶은 완전히 증발하게 되는군요. 폴란드, 무대는 저 멀리 멀리 사라져 버린 것만 같아요.

다음번에는 아마도 캘리포니아에서 편지를 보내게 되겠죠. 헨리크, 상상이 되나요?

당신의 M.

In America

캘리포니아. 산타 애너, 강. **하임**Heim, 홈. 애너하임. 독일 사람들. 식민지를 개척하고 농사를 짓고, 잘 살아 보려고 20년 전에 서부로 왔던 샌프란시스코의 가난한 독일 이민들. 둔감하고 근검절약하는 독일인 이웃들. 일가친척도 아닌 우리 일행이 그들이 사는 동네 바깥에 위치한 작은 집에서 다 함께 살겠다고 하자, 우리 일행의 숫자가 너무 많다는 사실에 그들은 놀라움을 감추지 못했다. 그들은 우리가 총을 몇 자루나 가지고 있는지 물었다. 우리가 특정 종교의 분파인지도 물어보았다. 그들은 우리 일행 중 남자들이 새로 관개하기 위한 도랑을 파는 데 일손이 되어 줄 수 있는지 물었다. 표트르를 학교에 보낼 것인지, 아니면 집안에서 농장 일을 시킬 것인지 물었다. 물론 아이는 학교에 가게 될 것이다! 그 집은 어도비 벽돌로 짓는 대신 흔한 플라타너스 널판으로 지었는데, 너무나도 좁고 작았다. 율리앙과 리샤드는 무슨 생각으로 이 집을 구했을까! 부엌을 제외한 모든 곳에 카펫이 깔려 있었다. 그것이 미국식인 것 같았다. 그랬다, 우리는 함께 새로운 생활을 하려고 이곳에 있다. 그랬다. 그런데 빈 공간이라고는 없다. 널찍한 공간이 없다면 미국은 아무것도 아니다. 우리가 이처럼 비좁게 살아야 한다는 것은 어불성설이었다.

그 집은 동쪽으로는 산타 애너 방목지로, 더 멀리 북쪽과 동쪽으로는 산 베르나르디노 산맥 덕분에 멋진 풍광을 자랑했다. 집의 뒤쪽과 옆으로는 낙엽송, 다닥냉이, 무화과, 싱싱한 오크나무가 있었다. 저 멀리 키 큰 풀밭이 펼쳐져 있었고, 옥수수와 건초더미들이 태양 아래 말라 가고 있었다. 시선이 닿는 곳 어디나 끝없이 펼쳐져 있는 포도밭……. 그 집에서 보는 모든 풍경들이 너무나 장관이다. 원경과 달리 근처 풍경은 훨씬 우중충하다. 울타리를 친 앞뜰에는 삼나무, 이파리가 축 처진 풀잎들, 여기저기 흩어져 있는 장미들이 볼품없는 무덤을 연상시킨다고 마리냐가 말했다.

"무덤이라고요, 엄마? 정말 무덤 같아요?"

"아, 표트르."

마리냐가 웃으면서 얼버무렸다.

"내 말을 곧이곧대로 들으면 안 돼."

하지만 그들 모두 이 말을 듣고 있었다. 마리냐가 그들에게 실마리를 제공해 주고, 상기시켜 주고, 압도해 주고, 흔들리지 않는 의지를 보여 주기를 기다리고 있었다. 마리냐의 자기 몰입이 합성해 내는 확실성, 종종 빠져드는 나약함에서 초래된 그녀의 성마름, 그들의 나약함에 감추지 않고 드러내는 그녀의 격분, 그들이 아무리 최선을 다해도 결코 만족하지 못하는 성격, 무엇보다도 그녀의 침묵, 존경할 만한 위협적인 그녀의 침묵, 흔한 수다에서 거리를 유지하는 초연함, 사소한 관찰이나 통상적인 사회적인 예의를 무시하고, 불필요한 질문에 전혀 반응하지 않는 태도, 무슨 말이 오가든 듣지 않을 수도 있는 무심함, 그로 인해 사람들이 그녀의 기분을 풀어 주려고 노력하도록 만드는 힘, 자신의 비전을 이곳에서 실행하는 것 이외에는 달리 어떤 것도 원하지 않도록 만드는 힘을 마리냐에게서 기다리고 있었다.

하지만 그처럼 비좁은 집에서 어떻게 유토피아적인 공동체를 꾸려 나갈 수 있단 말인가. 너무 인색한 무대이지 않는가? 첫째, 무엇인가를 하면서도 서로 참고 견디려면(하인리히의 유랑 극단을 따라서 폴란드의 작은 동네들을 순회하던 초기 시절 터득했던) 기술이 필요했다. 앙상한 극장, 무너져 내리는 숙박 시설. 그때를 기억하면 지금의 불편쯤이야 금방 진정될 수도 있었다. 그렇다. 마리냐는 도착 다음 날 아침부터 모든 사람들을 안심시켰다. 두 번째의 어도비 벽돌집이 어딘가에 있을 것이라고. 마리냐와 보그던은 마을 주변의 멕시코 노동자들에게 벽돌집을 짓도록 도움을 청하러 다녔다. 그 사이…… 다누타와 시프러스와 그 자녀들은 큰 방을 사용해야 했다. 마리냐와 보그던은 두 번째 큰 방을 썼다. 완다와 율리앙은 가장 작은 세 번째 방을 사용했다. 표트르는 응접실 소파에서 잠을 잤으며 아니엘라는 부엌 구석자리에 있는 야전침대를 이용했다. 바바라와 알렉산더는 축사에서 그다지 멀리 떨어지지 않은 헛간을 씩씩하게 배당받았다. 목재, 사다리, 못 통, 페인트 통, 선반 기계, 망치, 헛간에 넣어 둔 톱이 있는 헛간이었다. 마리냐는 처음 며칠만이라도 혼자 헛간에서 자고 싶었다. 그녀가 갈망했던 공간은 동물들, 농기구들, 건초더미들과는 분리되어 있으면서도 오히려 그 속에서 편안할 수 있는 그런 헛간이었다. 깔개, 마구, 매트, 말안장, 코요테 해골이 있는……. 아니다. 그녀는 보그던에게 그럴 수는 없었다. 두 명의 독신 남자인 리샤드와 야쿱이 헛간에서 자기로 했다.
풀던 짐을 남겨 둔 채 아이 세 명을 아니엘라에게 맡긴 신참자들은 땅을 빌려 준 가족들과 대면하게 되었으며, 그날 하루가 끝날 무렵 자신들이 소유하게 된 것의 실체를 그야말로 오감으로 느끼게 되었다. 헛간 안마당에서 풍겨 나오는 나무 냄새, 헛간 냄새들을 향해, 콧구멍을 크게 벌리고 힘껏 공기를 들이마셨다. 물기 젖은 땅을 밟았고 미션 포도나무에 풍성하게 매달린 포도송이를 만져 보았다. 도랑 가에 무릎을 꿇고 앉아서 흘러가는 물에 손가락을 담그기도 했다. 포도밭 바로 너머로는 더 호전적이고 가혹한 분위기를 풍기는 자연이 펼쳐져 있었다. 거대하고 경건한 평원에는 선인장과 관목들이 점점이 흩어져, 깊은 침묵에 빠져 있었다. 그들은 깊고 푸른 하늘을 응시했다. 태양은 점점 더 산꼭대기 가까이 다가가면서, 새로운 곳의 인상에 질리도록 빠져들게 해 주었다. 의자에 깊숙이 몸을 묻거나, 천장을 올려다보거나, 나뭇잎이 무성한 들판으로 산책하는 것 이외의 미래에 관한 생각이 없었으므로, 그들은 제각기 사막으로 발길을 옮겼다.
이곳의 풍경은 경건할 정도로 낯설어서 심지어 파나마 지협의 늪이 많은 정글보다도 더욱 기이하게 다가왔다. 그 광경은 차마 경치라고 부르기도 힘들었다. 그런데도 그런 풍경 속으로, 그런 풍경 위로 걸어 들어갔다. 모든 것은 창백한 표면밖에 없었다. 하늘은 그처럼 드높고, 지면은 그처럼 평평해서 수직으로 곧게 서 있는 것들을 찾아볼 수 없었다. 피부에는 산타 애너의 뜨거운 바람이 스쳤으며, 귀에는 자기 자신의 발자국 소리마저, 기이하게 주변을 휘젓는 소리로 들렸다. 잠시 멈췄다. 사막 색깔과 흡사한 무엇이 자갈돌 위를 황급히 쉭쉭 거리며 스쳐 지나갔다. 반들거리는 엄니를 가진 생물체였다.(아, 뱀이었다!) 저 아래쪽으로 속도를 내면서 사라지고 있었다. 여기 있는 어떤 것도, 그들 가까이에 있지 않았다. 너저분하게 머리를 땋아 내린 보초 같은 유카나무들, 고개를 숙인 뾰족한 꽃다발 같은 용설란, 가시가 많은 땅딸막한 서양 배들. 이 모든 것들이 널리 펼쳐져 있는 풍경은 너무 낯설어서, 무엇으로든 어떻게든 할 수 있는 방법이 전혀 없는 것처럼 보였다. 각자 홀로 제각기 흩어져서 보는 것 외에는. 위험을 감지(저것이 전갈이었던가?)하는 능력이 완전히 죽지는 않았으므로 그들은 잠시 발걸음을 빨리 했다. 마치 조만간 당도할 목적지가 있을지도 모른다고 생각했던 것처럼 말이다. 깨끗한 대기 속에서 산들은 기만적일 만큼 가까이 있는 것처럼 보였다. 잠시 뒤돌아서서 산들이 얼마나 멀리 떨어져 있나 살펴보면 자신들이 살아갈 푸른 세계는 그처럼 작게 느껴졌다. 그들은 계속 걸었다. 눈부신 감각에 빠져들어 걷고 또 걸었다. 아무리 걸어가도 산들과의 거리는 좁혀지지 않았다. 그들의 공포심은 오래전에 이미 가라앉았다. 순결한 경치, 더할 나위 없는 황량함이 처음에는 위협으로 느껴지다가 다음에는 흥분으로, 그 다음에는 무감각으로, 그러다가 전혀 다른 감정이 떠올랐다. 사막이 보여 주는 유혹적인 허무주의가 시작되었다. 소리도 없고, 냄새도 없는 단조로운 단색 풍경은 너무 철저하게 텅 비어 있어서, 모든 사람들에게 한결같은 효과를 미쳤다. 초연함이 주는 인상에 도취하도록 만든 것이다. 그런 초연함은 점차 고독에 더 적극적으로 호응하도록 굴복시켰다. 모든 사람들이 하나같이 마리나가 느끼는 것과 같은 갈망을 느꼈다. 혼자 있고 싶다, 진정으로 혼자 있고 싶다는 갈망 말이다.(만약 내가, 만약 그녀가, 만약 그가…… 그렇게 느낀다면?) 그래서 그들은 서로 보이지 않고 주변에서 사라진다든가 아무런 까닭도 없이, 아무런 죄책감

없이, 가장 가까이에 있는 그들이 여기 바깥 어디에선가 사라져 버리는 것을 상상하도록 내버려두었다. 그런 욕망을 꿈꾼다는 게 말이 되는가! 건조하고 메마른 감정에 빠르게 빠져들기도 하지만, 그것은 깊은 공포심과 마찬가지로 재빠르게 시들해져서 거기에서 벗어나 정화되고 순화되도록 해 준다. 주변을 휘둘러보다가 때가 되면 습한 땅과 축축한 자신들의 일상을 향해 되돌아가게 된다.

그들 중 오직 한 사람만이 이 멋지고 전복적인 환상에서 스스로 동떨어져 헤매다가 문제를 일으켰다. 리샤드와 율리앙이 모든 사람들에게 선인장에 가까이 다가가지 말라고 경고했건만, 손을 대 보면 어떤 기분일지 너무 궁금해서 호기심을 억제할 수 없었다. 솜털이 보송보송해 비버의 꼬리털같이 보이는 것을 골라 자기 손을 가져다 댔다. "가시가 있는 것처럼 보이지 않았어요." 완다가 울부짖었다. "그렇게 끔찍할 줄 내가 어떻게 알았겠어요?" 완다가 훌쩍거렸다. "두 손을 모두 가져다댔어, 완다? 두 손을 다 사용했단 말이지?" 율리앙이 화를 벌컥 냈다. 율리앙은 완다를 현관으로 데려가서 핀셋과 초를 가지고 나왔다. "세상에 당신 말고 누가 선인장에 양손을 다 가져다댈 생각을 할까……." 율리앙은 움찔거리다 한숨을 쉬다 하면서 완다 뒤에서 어깨를 잡아 주었고, 야쿱과 다누타가 한 시간가량 완다의 손바닥과 손가락에 박힌 수백 개의 가시를 뽑아냈다. 완다의 신음 소리 너머로 근처 어디선가 또다시 틀림없는 비명 소리가 날카롭게 들렸다. 모든 사람들은 하나같이 또 다른 선인장 재난인 모양이라고 생각했다. "부인! 부인!" 마리냐가 허겁지겁 구조를 하러 달려 나갔다. 아니엘라가 거대한 자주색 가지나무 세 그루가 집 뒤뜰에 뚱뚱한 폭탄처럼 축 늘어져 있는 것을 발견했다. 세 그루 모두 돌이 많은 땅에 단단히 뿌리

내리고 있었다. 리샤드가 노끈처럼 튼튼한 줄기를 사냥칼로 잘라서 가지를 땄다.

새롭게 시작된 생활의 첫째 날 저녁 준비를 신나게 하고 있을 동안(마을에서 샀던 식량에 보태려고 마당에서는 가지를 불에 구웠다.) 빛나면서도 가혹한 하늘이 시커먼 어둠으로 깊어져 가자, 그들은 칠흑 같은 어둠 속에서 과거 자코페인에서 보았던 것보다 더욱 빛나는 별들을 보았다. 검은 융단에 싸인 별들, 이라고 야쿱이 표현했다. 다누타와 시프러스는 안으로 들어갔다. 시프러스는 보그던이 폴란드에서 가져온 망원경을 가지러, 다누타는 딸아이들을 재우러 안으로 들어갔다. 표트르는 무시당하고 있다는 느낌과 동시에 아무도 잠자리에 들어야 한다고 말하지 않는 것이 즐겁기도 한 모양이었다. 아이는 혼자 앉아서 코요테의 울음소리에 화답하고 있었다. 얼마 못 가 사람들은 배가 잔뜩 부른 모기들 등쌀에 전부 실내로 쫓겨 들어갔다. 옷을 뚫고 공격하는 모기들의 고문 때문에 그들은 첫날 밤 잠을 설쳤다. 설혹 모기의 공격이 없었더라도(그 이후로도 수주일 넘게) 자신들의 용맹함에 흥분하여 잠을 이룰 수 없었다. 생생한 꿈 때문에 잠이 들었다 깼다를 되풀이했다. 율리앙은 피 흘리는 완다의 손 때문에, 리샤드는 자기 칼 때문에, 아니엘라는 한 번도 보지도 못했고 알지도 못했던 어머니 때문에 잠들지 못했다. 아니엘라에게 어머니는 고아원 예배당에 있는 성모마리아로 상상되었다. 아니엘라는 종종 엄마 꿈을 꾸었다. 표트르는 무덤에서 기어 나와 그들의 집을 에워싸는 죽은 사람들 때문에 잠들지 못했다. 보그던은 마리냐가 자기를 떠나 리샤드에게 갈까 봐 잠들지 못했다. 마리냐는 에드윈 부스 때문에 잠들지 못했다. 마리냐는 몇 주일 전에 마침내 에드윈 부스를 보게 되었다. 샌프란시스코 항만 부두에 '컨스티튜션' 호가 정박한 지 불과 몇 시간 만에 마리냐는 위대한 배우 에드윈 부스가 캘리포니아 극장에서 공연을 하고 있다는 사실을 알게 되었고, 바로 다음 날 마리냐는 그가 연기하는 샤일록을 보았으며 이틀 후에는 마르쿠스 안토니우스 장군을 보았다. 마리냐는 실망하지 않았다. 그녀는 넘치는 존경심 때문에 울었다. 마리냐의 꿈속에서 부스가 그녀에게 몸을 굽혔다. 자기 손바닥으로 그녀의 뺨을 둥글게 괴면서 뭔가 슬픈 이야기를 하고 있었다. 도무지 돌이킬 수 없는, 누군가가 죽었다는 이야기처럼 들렸다. 마리냐는 그의 어깨를 만지고 싶다. 부스의 어깨는 슬프다. 그러다가 두 사람은 말 등에 올라타고 있다. 어깨를 나란히 하여 말 등에 앉는데 마리냐의 말이 뭔가 이상하다. 마리냐의 말은 너무 작다. 작아도 너무 작아서 마리냐의 발이 땅에 질질 끌린다. 부스는 샤일록을 연기할 때 입었던 동양식 망토를 휘감고 있다. 부스는 안토니우스의 역할을 하면서도 챙이 달린 노란색 무뢰한의 모자를 쓰고 뾰족한 빨강 구두를 신고 있다. 그들은 거대한 선인장 근처에서 내렸다. 그러자 부스가 자기 모자를 땅바닥으로 내던지고는 공포스럽게 맨손으로 선인장을 잡고 젊은이처럼 민첩하게 뛰어오른다. 하지 마세요! 마리냐가 소리친다. 부스는 계속해서 선인장을 타고 위로 오른다. 끔찍한 가시에 찔리면서 자신을 희생시키려는 것일까? 제발 내려오세요! 마리냐가 비명을 지른다. 그녀는 공포 때문에 울고 있다. 부스는 웃고 있다. 저 사람이 정말 부스였던가? 그는 스테판과 비슷해 보였다. 아니다. 오빠일 리가 없다. 오빠는 폴란드에 있다. 아니, 그는 이미 죽었다. 그는 선인장의 가장 꼭대기 줄기를 잡고 책망과 비난의 연설을 시작한다. 고매한 대기에게, 그리고 그녀에게 선언하듯이 낭송한다.

오, 이제 당신은 울고 있네요. 난 당신이 느끼는

연민의 흔적을 느낄 수 있어요. 당신의 자비로운 눈물방울들.

하지만 새로운 것이 있었다. 아니 낯선 것이라고 해야 하나. 아니, 익숙한 것이 그의 입에서 폭포수처럼 단어로 흘러내렸다. 마리냐는 샌프란시스코에서 부스를 완벽하게 이해했으며, 그가 사용하고 있는 언어가 극장에서의 언어가 아닌 지금도 그를 이해했다. 부스라면 라틴어로 이야기하는 게 가능했을까? 안토니우스는 로마인이었다. 셰익스피어는 영국인이었지만. 영어로 저런 소리가 가능하단 말인가? 그렇다면 마리냐의 영어 공부와 연습은 전부 헛것이었다. 잠에서 깨어나면서 마리냐가 짜증스럽게 깨달은 것이 바로 그 점이었다. 스스로를 비웃으면서, 에드윈 부스가 폴란드어로 공연하는 것을 상상했다.

율리앙과 리샤드가 이 장소를 선택했던 이유 중 하나가 근처 지역사회(신참들에게는 독일어로 말하는 사람들이 있었으므로, 언어 장벽이 없을 것이라는 점)의 사람들은 이민 1세대였으며, 자기들만큼이나 포도와 소, 관개용수와 쟁기질에 관해서 아는 바가 전혀 없었던 사람들이라는 점 때문이었다.

불과 20년 전 지금처럼 비옥한 들판과 번창한 마을은 1,200에이커에 달하는 황무지, 모래땅, 방대한 방목지의 한구석에 불과했으며 멕시코인 소유주는 이곳에서 염소를 칠 수 없다는 확신 때문에 기꺼이 이 땅을 팔아치웠다. 유럽 이민들에게 사막은 단지 낯선 곳일 뿐만 아니라 일종의 오판 때문에, 남부 캘리포니아의 기후가 이탈리아 기후와 다소 흡사하다고 생각했고 물길을 끌어들이면 포도를 재배하기에 적당할 것으로 판단하고 이곳에 정착했다.

보그던의 돈으로 임대했던 그 땅은 10월 초에 그들이 도착하기 직전까지 주인이 경작하고 있었는데 (지금은 언덕 아래 방목지로 옮겨 갔지만) 포도밭 둘레까지 면해 있었다. 포도는 이미 다 따서 팔린 상태였다. 임대를 시작해서 자신들이 관리하기에 편리한 시점처럼 보여서 그나마 다행스럽게 여겨졌다.

그들은 자기들의 무경험이 극복 불가능한 장애라는 점을 인정하려 들지 않았다. 필요한 것은 무경험을 극복할 수 있는 근면과 정력과 겸손이었다. 마리냐는 매일 아침 6시 30분이면 일어나서 열심히 비질을 했다. 아, 헨리크, 당신의 데스디모나, 당신의 마그리트 고티에, 당신의 앤 부인, 당신의 이볼리 공주의 이런 모습을 지금 보았더라면!

두 가지 경향, 즉 모든 사람들에게 과제를 분담시키는 것과 모든 일을 자발적으로 해야 한다는 두 가지 원칙 사이에서 마리냐는 하나의 사례를 그냥 보여 주기로 했다. 마리냐는 비질을 즐겼다. 철저히 쓸어내기와 털기는 마리냐의 생각과 일치했다. 현관에 놓여 있는 만자니터 나뭇가지로 만든 안락의자에 앉아서 콩 껍질을 벗겨 내는 것도 좋아했다. 아무 생각 없이 할 수 있는 그 일은 배우로서 훌륭하게 활용할 수 있는 텅 빈 마음의 침묵과 비슷한 깊은 평온을 가져다주었다. 마리냐는 무대에 서는 것을 그리워하지 않았으며 또한 아무도 그리워하지 않았다. 보그던은 야쿱과 알렉산더와 시프러스와 함께 포도밭에 있었다. 리샤드는 글을 쓰려고 좀 더 멀리 떨어졌다. 바바라와 완다는 그날 먹을 빵과 고기를 사려고 마을로 갔다. 다누타는 딸들과 있었다. 표트르는 자기가 발견한 죽은 도마뱀을 보여 주려고 달려왔다.

아니엘라와 아이는 도마뱀을 묻어 주고 무덤 앞에 작은 십자가를 세워 주었다. 마리냐는 아이들이 웃는 소리를 들었다. 아니엘라는 멋진 놀이 친구였다. 아니엘라 자체가 어린아이였다. 카밀라가 살아 있더라면 지금 아니엘라 또래인 열여섯 살이 되었을 것이다. 종알거리면서 뒤뚱뒤뚱 걸어 다니다가 자기 무릎 위에 앉아 있던, 카밀라의 따뜻한 온기를 상상할 수 있을 뿐이었다. 이렇게 콩 껍질을 벗겨 하염없이 주발에 담으면서, 열여섯 살 먹은 딸아이를 그리워했다. 그 기억이 떠오르면 아직도 가슴이 아팠다. 마리냐는 누구도 그리워하지 않았다. 어머니든, 언니든, 심지어 선량한 H든 못된 H든 아무도 그리워하지 않았다.(그녀는 헨리크와 하인리히에게 새로운 별명을 붙였다.) 심지어 스테판 오빠도 그리워하지 않았다. 오로지 죽은 딸만이 그리웠다.

애도를 끝내는 것! 현재를 사는 것! 햇살 속에서! 마리냐는 빛 속에 흠뻑 젖어 있었다. 그녀는 실제로 사막의 눈부신 빛이 그녀의 피부를 감싸고 눈물을 말려 멈추게 만들었다는 느낌이 들었다. 오랜 세월 동안 그녀를 괴롭혔던 엄청난 불안이 물러가는 느낌이 손에 잡힐 듯 다가왔다. 활력이 솟구치면서, 공연을 위해 불안을 배양해야 할 필요로부터 자유로워졌다. 마리냐가 포기했던 노력들, 무대에 서는 것(혹은 기분 전환을 하는 동안의 자기 인생) 혹은 무대 경험에서 회복하거나 혹은 무대에 설 때를 준비하는 것은 너무나 필연적으로 이미 끝난 일 같았다. 마리냐는 자신이 하고 있는 일이 얼마나 필연적인가, 하는 절실한 요구에서 자신을 분리시키면서도 반신반의했다. 이제 이것이 새로운 삶이었다. 새로운 풍경과 새로운 지평들, 그것이 이미 마무리되었다는 느낌이 들었다. 결국 얼마나 쉬운 일이었던가. 헨리크 당신, 내 말 듣고 있나요? 인생을 바꾸는 것은 장갑을 벗는 것만큼이나 쉬운 일이에요.

아무도 비명을 지르는 사람은 없었다. 모든 사람들이 보탬이 되는 유용한 일을 하려고 열심이었다. 완다는 율리앙에게 집을 다시 페인트칠해야겠다는 생각을 말했다. 몇 에이커에 달하는 포도밭에서 포도를 거뒀다. 일단 거두어들인 포도는 발효시켜야 했다. 연이은 가혹한 농사의 노고 끝에 오는 휴지기는 비교적 짧았다. 알렉산더는 포도밭에 세워 두려고 러시아 병사 복장의 허수아비를 만들었다. 며칠이 지나 보그던과 야콥은 남은 포도들을 다 거둬들이기 시작했다. 그들은 방금 도착했고 방금 자리를 잡은데다 날씨가 환상적이어서, 노력과 자기 수양이 결합하여 좋은 효과를 나타내는 것처럼 보였다. 율리앙은 포도주 만드는 법에 관심이 있는 사람이라면 누구에게든 포도주의 화학 반응을 설명해 주려고 했다. 다누타는 바바라가 영어 구문을 연습하는 것을 도와주고 있었다. 알렉산더는 바위 표본을 수집하고 있었다. 야콥은 이젤을 세웠다. 리샤드는 아침에 할당한 글쓰기를 한 다음 밤색 암말 타는 법을 가르쳐 주겠다고 나섰다. 그들은 해먹에 누웠다. 시프리언은 이 나무 저 나무로 옮겨 다니면서 소설과 여행 서적을 읽고 있었다. 저녁놀이 질 무렵 그들은 얼굴을 들어 장밋빛 하늘을 올려다보았다. 하늘과 구름이 산으로 테두리를 한 채 방대한 어둠이 서로 어우러져 청동색 수확의 달이 산 위로 둥글게 모습을 드러내고 다시 구름을 비춰 줄 때까지 지켜보았다. 어떤 날 달은 엄지손가락에 잉크를 묻힌 것 같은 모양으로 더 크고 더 붉은 모습을 드러냈다. 율리앙은 월식이 있을 것이라고 알려 주었다. 그들은 월식을 기다리고 있었다. 고요한 것에 버금갈 만한 것은 없었다. 처음에는 천천히 달리다가 높은 멕시코 말안장이 주는 자유를 일단 신뢰하게 되자 말을 몰아서 사막까지 들어가게 되었다. 때로는 산 아래까지 달렸으며 종종 서쪽으로 19킬로미터나 떨어져 있는 대양을 향해 말을 달리기도 했다.

캘리포니아로의 긴 여정이 끝나는 마지막 날 밤에 시프리언은 농과 대학에서 하루를 지내려고 워싱턴으로 갔다. 시프리언은 농과 대학에서 캘리포니아 주 남부 지역에서의 포도 재배학에 관한 온갖 팸플릿을 상자 가득 구해 왔다. 애너하임에 정착한 사람들의 사례를 따르는 것이 지각 있는 일임이 분명해졌다. 먼저 온 사람들이 포도밭 군락을 세웠기 때문이었다. 보그던은 47에이커를 생각하고 있었는데, 이 정도면 초기 정착민 50가구가 개발했던 면적보다 두 배나 넓었다. 여기에 덧붙여 오렌지를 재배할 면적으로 10에이커, 올리브 나무를 재배할 공간으로 또다시 5에이커를 포함시켰다. 환금작물이 하나뿐이라면, 병충해나 냉해가 닥치면 완전히 망할 수도 있었다. 여러 작물을 경작하게 되면 언제나 번성할 수 있는 법이었다.

남자들이 집 주변과 해먹에서 자기 프로젝트의 순서를 토론하고 있는 동안에도 결코 미룰 수 없었던 중요한 일거리들(동물에게 사료를 주고 그들 스스로를 먹이는 일)은 여자들 몫으로 떨어졌다. 그들이 즐기는 훌륭한 아침 식사로 배를 채우지 않는 한, 어느 누구도 바깥으로 나가 암소의 여물통에 건초와 귀리를 넣어 주고 암탉들에게 모이를 던져 주거나, 보리와 옥수수와 클로버를 말들에게 가져다줄 수 없었다. 포도 재배를 하는 이웃 사람들에게 포도를 사려고 이웃 마을을 찾아가는 것은 말할 것도 없었다. 누구는 차를, 누군가는 커피를, 다른 누군가는 우유를 원했다. 혹은 핫 초콜릿이나 포도주를, 혹은 수프를 원했다. 모든 사람들이 달걀을 원했지만 똑같은 방식이 아니라 제각기 다른 서너 가지 방식으로 요리하길 원했다. 암탉들이 몇 마리 있었지만 아무 데서나 알을 낳는 것이 습관이 되어서 돌아다니던 개들이 먼저 달걀을 발견하는 경우가 허다했다. 맛있는 것을 보면 군침이 도는 것은 사람이나 동물이나 다를 바 없었다. 다만 차이가 있다면 그들은 개인적인 취향, 내력이 있고 변덕스럽다는 것뿐이었다.

공동의 식사를 준비하는 데 여자들의 하루 시간이 거의 다 소비되었다. 그들 중 누구도 요리를 해 본 경험이 많지 않았다. 아니엘라는 그중에서도 가장 심했다. 마리냐가 이미 주의를 들었던 것처럼, 아니엘라는 가사일이라고는 할 줄 아는 게 없었다. 사람들은 마리냐의 등 뒤에서 불평을 했다. 그러면서도 마리냐가 뭘 요구하면 그것이 무엇이든 서로 하겠다고 벌떡 일어났다. 완다는 손에 붕대를 감고 있으므로 처음 한 주 동안은 아무 쓸모가 없었다. 부엌에서 할 만한 일이 없다는 소리를 듣고 그녀는 눈물을 찔끔거렸다. 다누타는 세 명의 아이들을 각각 먹여야 했다. 바바라는 커피, 차, 설탕, 베이컨, 밀가루, 다른 식품(그들이 필요한 것이 얼마나 많은지를 어김없이 과소평가했다.)을 채우는 일을 담당했을 뿐 아니라 일용할 식품 대부분을 구입하는 일을 맡았다. 적어도 그들이 키운 야채로 식단을 차릴 수 있을 때까지, 혹은 자기들이 빚은 포도주를 마시고, 자기들이 키운 닭을 요리할 수 있을 때까지는 바바라가 장을 봐야 했다. 사람들은 닭이나 칠면조를 잡으려고 도끼를 들고 뒤쫓아 다녔지만 빈손으로 부엌에 들어오기 일쑤였다. 그들의 사냥꾼인 리샤드는 이른 새벽 산기슭까지 나가서 토끼나 메추라기를 사냥해 돌아왔다. 마리냐가 부엌에 있을 때면 그녀 주변을 맴돌다가 아무도 보는 사람이 없다 싶으면 슬쩍 종이를 그녀의 앞치마 호주머니에 밀어 넣었다. 시상이거나 단편의 단상들이었다……. 혹은 "내 꿈을 당신에게 말씀드려도 될까요?" 하는 구절들이 적혀 있었다. 폴란드에 살 때는 리샤드의 알랑거리는 관심을 당연하게 받아들였으며 풍경의 일부로 무심하게 받아들였지만 핫케이크와 오믈렛 만드는 법을 배우느라 힘든 처지에 있는 이곳에서 리샤드의 관심은 마리냐의 주의를 산만하게 만들었다. 그녀는 리샤드가 되돌아와서 문간에 기대어 자기를 지켜보고 있는 걸 눈을 들어 쳐다보았다. 그러면서 거의 연극적인 몸짓으로, 이마의 땀을 팔뚝으로 훔치면서 리샤드를 놀리듯 말했다. "부엌으로 들어와서 날 도와줘요." 혹은 "헛간으로 가서 그냥 글이나 쓰세요."

아니엘라에게 요리를 맡기려면 상당한 시간이 걸릴 듯했다. 아니엘라는 마리냐의 마음에 들려고 필사적이었지만 성모마리아와 폴란드에 바치는 구슬픈 민요를 부르는 것 말고 할 수 있는 일이라고는 거의 없었다. 부엌은 이미 북적거렸고 아니엘라는 오히려 일에 방해나 될 뿐이었다. 마리냐는 표트르와 다른 여자애들과 함께 놀기나 하라면서 아니엘라의 등을 부드럽게 떠밀어 내보냈다. 그러면 바바라가 아무도 불러 달라고 청하지도 않는 노래를 끝없이 계속 부르기 시작했다. 바바라가 배운 영어 노래 단 한 가지가, '스와니강' 이었다. 그녀는 그 노래를 부르고 또 불렀다. 마리냐의 성질을 돋우었던 것은 바바라의 말도 안 되는 엉터리 억양 때문이 아니었다. 사실 그 탓이 있었다 할지라도, 그건 그다지 큰 문제가 아니었다. 노래 자체가 마리냐의 신경에 거슬렸다. 이곳은 미국에서 가장 끄트머리이자 최서단이었다. 바바라는 동쪽 끝인지 남쪽 끝에 있는 것인지 알지도 못하는 어떤 강에 관해, 선율도 맞지 않는 노래를 애달프게 부르고 또 불렀다. (마리냐는 지금 자신이 어디에 있는지 제대로 알지 못했다.) 마리냐든 바바라든 본 적도 없었던 강이었고 앞으로도 결코 볼 일 없을 그런 강이었다. 마리냐가 장엄한 태평양에 관해 노래하는 것을 들어 본 적이 없었다는 점, 그 강을 대신할 만한 노래가 없었던 것은 사실이었다. 그러니 작은 산타 애너강에 관한 노래가 없을 리 만무했다. 그런데도 이 노래가 부적절하다는 생각을, 자기들이 살고 있는 곳의 지리적인 신을 존중하지 않는다는 생각을 떨쳐 버릴 수가 없었다.

그들은 도대체 어디에 있었던가?

그들은 멀리 있었다. 그렇다. 분명 멀리 떨어져 있었다……. 그런데 어디로부터 멀리 떨어져 있다는 말인가? 그 말은 단언하기 너무 힘들고 유쾌하지 않은 것이었으리라. 유럽에서 멀다는 것인가? 아니면 폴란드에서? 그들이 머물 수도 있었던 미국의 다른 어떤 곳에서 멀리 떨어져 있다는 것은 사실이다. 미국에 있는 어떤 곳에서 멀리 떨어져 있는 자신들을 한번 생각해 보는 것이 차라리 나을 것이다. 어떤 주에 있는 진짜 도시를 한번 생각해 보자. 3만 명의 주민, 번성 일로에 있는 극장, 그리고 1830년과 1865년의 봉기가 실패한 이후 도망쳐 온 주로 가족 단위의 폴란드 이민들이 있는 곳에서 멀리 떨어진. 그랬다. 그들은 샌프란시스코로부터 멀리 있었다. 자코페인에 사는 주민들 숫자의 절반밖에 되지 않는 이 작은 애너하임이라는 마을은 정말 아무것도 아니었다. 그럼에도 이곳을 원시적이라고 부를 수는 결코 없었다. 어떤 면에서는 마을이라고 부르는 것도 당치 않았다. 살기 위해 모여든 곳일 뿐이다. 이곳은 사람들이 선택해서 모여든 곳이며, 아무것도 없는 곳에서 힘들게 살아가기 위해 열심히 개발하고 현대화하려는 곳이기 때문이다.

그 모든 것들이야말로 진정 미국적으로 보였다. 새로 도착한 자들은 새로운 나라를 이해했다. 때로 그들이 진정 미국에 있다고 생각하지 않는 것처럼 느꼈다 할지라도 이해할 수 있었다. 그들은 자기들끼리는 폴란드어로 말하고, 이웃과는 독일어로 말했다. 영어를 배우는데 애를 먹고 있는 알렉산더 같은 사람들에게는 정말 편리한 일이었다. 이렇게 멀리 와서도 여전히 너무나 익숙한 정복자들의 언어로 대화를 해야 한다는 것이 기막히는 상황이기는 했지만 어쩔 도리가 없었다. 하지만 (보그던이 지적했던 바대로) 그것 또한 미국적인 것이었다. 이 괴상한 나라, 모든 나라 중에서 가장 괴짜인 이 나라는 온갖 국적의 유럽 이민들을 받아들였다. 스페인어를 배우는 중이었던 리샤드가 말참견을 했다. 영어 또한 캘리포니아 원주민의 언어가 아니었다는 점에서 이방의 언어였다.

그들은 조용한 농촌공동체를 상상했다. 이곳은 좁은 개념의 '타운'이었다. 거리는 자존감을 드러내려는 것처럼 반듯반듯한 바둑판으로 구획되었고 경제 에너지로 넘쳐났다. 포도 수확기의 끝 무렵이었다. 마을은 포도를 수확하여 짓뭉개느라 북적거렸다. 그들 중 상당수는 멕시코인들이었는데 대부분은 마을 허드렛일을 도맡아 하면서 근방에 있는 자기들 오두막에서 살았다. 그리고 나머지 대부분은 카후일라 인디언들이었다. 그들은 수확기를 제외하고는 산 베르나르디노의 거친 산중에서 내려오는 일이 거의 드물었다. 수확 철이 되면 마을을 둘러싸고 있는 버드나무 울타리 바로 너머에 텐트를 치고 그곳에서 자거나 아니면 밤하늘 아래 동물 가죽을 덮고 잤다. 멕시코인들과 인디언들은 술 마시기 시합에서 서로 경쟁했다. 그런 시합을 통해 멕시코인들은 곯아떨어지거나, 일부는 돌아다니다가 그때까지도 집으로 돌아가지 않고 바깥에 있는 독일 처녀들에게 찬사를 토해 냈다. 함께 나온 숙녀들의 아버지와 오빠들은 이맛살을 찌푸렸다. 나머지 사람들은 레몬 스트리트 한복판에서 모닥불을 피우고 볼레로를 추었다. 그러면 인디언들은 이편에서, 독일인들은 다른 편에 서서 그들을 지켜보았다. 그러다가 독일인들이 잠자리에 들면, 거리는 포도밭에서 일하는 일꾼들의 떠들썩한 잔치판이 되었다.

마리냐와 보그던은 시청을 찾아가서 시장인 루돌프 루드케에게 자신들을 소개했다. 시장은 그런 곳에 정착한 폴라드인 공동체는 정말 예외적이라고, 애너하임은 존경할 만한 지역사회이며 신을 두려워하고 열심히 일하는 가족들이 모여 사는 곳이라고 강조했다. 애너하임은 이곳에서 48킬로미터 떨어진 무법천지인데다 데킬라에 취해서 비틀거리는 거류민들이 곰 놀리기, 칼싸움(최근까지 하루 한 건의 살인이 일어났지만 아무도 처벌을 받지 않았다.)을 즐기는 곳과는 다르다고 했다. 그런 마을의 어떤 집에서는 숙녀 앞에서 입 밖에 꺼내기 민망한 위안거리를 즐겼다. 그 말을 듣자 마리냐는 리샤드가 율리앙과 함께 로스앤젤레스에서 애너하임까지 오는 초행길에 부수적인 여행을 대단히 즐겼다고 말했던 것이 새삼 떠올랐다. 루드케 시장은 관개 운하 투어를 안내해 주었다. 운하는(독일인들의 물길이 스페인 이름으로 불리는 것을 막기 위해 만들었다.) 잔자스 마을과 함께 얽혀 있었다. 물길이 수로를 뚫고 나와 거리로 넘친다는 점에 주목하여, 보그던은 운하와 도로의 지속적인 관리와 보수가 필요하며, 시민들 입장에서는 관리와 보수가 규칙적인 습관이 될 수 있도록 동기 부여가 있어야만 한다고 말했다. "바로 그겁니다." 시장이 맞장구를 쳤다. 시장은 교회, 투른페라인(체조 연습장), 수자원 회사, 한때 학교로 사용되었던 방, 이 지역사회가 지금 사용하고 있는 적절한 학교 교실 두 개가 있으니 표트르가 공부하는 데는 문제가 없다고 했다. 시장은 두 사람을 집으로 데려가서 루드케 부인을 만나게 해 주었다. 루드케 부인은 딸들을 인사시키고 커피와 네덜란드 진을 내놓으면서 애너하임 문화 협회에 가입하도록 권유했다. 그 협회는 매월 첫째 주 수요일 저녁, 링컨 애비뉴에 있는 플랜터스 호텔에 모인다고 했다. 마리냐는 자신이 배우였다는 사실을 언급하지 않았다.

며칠 후 로스앤젤레스에서 슈타펜벡 서커스가 당도함으로써 축하 행사는 절정에 달았다. 그날 오후 우리에 갇힌 동물과 갇혀 있지 않은 동물들의 행렬이 오렌지 스트리트에 밀어닥쳤다. 무너질 것 같은 탑을 등에 얹은 코끼리, 곰 두 마리, 지저분한 산사자, 원숭이, 앵무새들이었다. 표트르는 산사자가 진짜 사자가 아니라 퓨마라는 리샤드의 이야기를 듣고 무척 실망했다. "캘리포니아엔 진짜 사자가 있을 거라고 생각했는데."라면서 아이는 입을 삐죽거렸다. 프리드리히 슈타펜벡의 유리 동물원에 갇혀 있는 슬픈 짐승들은, 동물들이 자유롭게 살던 곳에서 온 사람들에게는 깊은 인상을 줄 수 없었다. 그런 사람들은 짐승을 자신과 유사한 영혼을 가진 것으로 여겼기 때문이었다. 인디언들, 그 밖의 모든 사람들은 서커스 천막 아래서 행해지는 공연에 광분했다. 불을 삼키는 사람, 칼을 가지고 요술 부리는 저글러, 몸을 구부려 어디나 들어갈 수 있는 통 아저씨, 마법사, 샘 아저씨 옷을 입은 광대, 공중그네에서 허공을 가로지르는 자그마한 여자, 튼튼한 남자까지……. 남자는 크고 퉁명스러운 얼굴을 한 청년으로, 칠흑 같은 머리카락과 통나무처럼 굵은 다리를 가지고 있었다. 사람들은 그 청년에게 특히 관심이 많았다. 그가 이 지역에서 태어나고 자랐기 때문이었다. 인디언들은 청년을 동족으로 여기지 않았다. 청년은 카후일라 원주민 여자에게서 태어났지만, 청년의 어머니는 산을 내려가 산기슭에서 방목장을 했던 가족과 한동안 목장에서 말을 길들였던 멕시코인 카우보이의 빨래를 해 주면서 연명했다. (그녀는 아이가 어렸을 때 죽었다.) 마을 사람들은 청년을 잘 기억하고 있었다. 항상 혼자이고 반항적이었던 소년으로 기억했다. 그렇다고 청년이 딱히 어떤 비행을 저질렀다고 꼬집어 비난할 수 있었던 사람은 아무도 없었다. 그의 진짜 이름은 우와카였는데 어머니의 죽음과 함께 그의 이름도 죽었다. 마을과 산기슭에서 그는 비그넥(두꺼운 목)으로 알려져 있었다. 2년 전 청년은 소리 소문도 없이 그냥 사라져 버렸다. 그 이후 청년의 소식을 아는 사람은 아무도 없었다. 그런데 지금 머리통 하나는 훌쩍 더 자란 청년이 마을로 되돌아온 것이었다. 두꺼운 목에 사슴 가죽 끈을 맨 채. 서커스단에서 불리는 새 이름을 얻었는데, 그의 새 이름은 잠보였다. 잠보는 미국식 헤라클레스였다. 그는 링 안에서 여섯 명을 자기 어깨에 앉힐 수 있었다. 한쪽 어깨에 각각 세 명씩 올렸다. 잠보는 누구든 상관없이 도전자 두 명을 받아들였다. 관중 가운데서 열서너 명이 도전을 했지만 완패했다. 잠보는 서커스 피날레의 중심인물이었다. 모든 동물들이 슈타펜벡의 회초리 소리에 흥분하여 날뛰고, 요정 같은 천사 마틸다는 공중 곡예사로 등장하여, 의기양양한 잠보가 운반하는 9미터 장대 꼭대기에서 균형을 잡았다. 한편 스팀 칼리오페(증기로 울리는 건반 악기)가 링을 두른 채 들어오고 샘 아저씨가 키보드를 누르자, 삑삑 거리며 가락도 맞지 않는 경적이 "양키 두들"과 비슷한 소리를 냈다. 미국인들은 영어로, 독일인들은 독일어로, 멕시코인들은 스페인어로 "잘한다, 잘해!" 하고 소리치며 환호했다. 카후일라 인디언은 기쁨에 겨워 우우우우, 하고 소리 질렀다.

"이야기해 줘요, 엄마."

"옛날 옛날 한옛날에……."

"아니, 그런 이야기 말고. 진짜 이야기해 줘요."

"뭐가 진짜 이야긴데?"

"곰과 만난 사람. 그리고 죽임을 당한 사람들. 그래서 모든 사람들이 우는 그런 얘기."

"아니, 얘가! 왜 모든 사람들이 울어야 하니?"

"그들 모두가 죽기 때문이에요."

"표트르!"

"그건 사실이잖아요! 내가 물었을 때 엄마가 사실이라고 했잖아. 스테판 삼촌이 죽었을 때 엄마가 우는 걸 봤어요. 시프리언이 노새가 병들었다고 말하는 것도 들었고. 모든 것들이 죽기로 되어 있다면, 엄마도 언젠가 죽을 것이고……."

"얘, 표트르! 아직 오래 남았잖니. 내가 약속하마! 아직은 죽음에 관한 건 생각할 필요가 없어."

"그런데 생각이 나는걸요. 일단 뭔가를 생각하게 되면 멈출 수가 없어요. 머릿속이 그 생각으로 가득 차서 계속 나에게 말을 걸어와요."

"표트르, 엄마 말 잘 들어 봐. 여기서는 두려워할 게 아무것도 없어. 난 더 이상 어디로 가지 않을 테니까. 모든 건 다 마무리됐어."

"그런데도 난 **두려워요**."

"뭐가 두려운데?"

"모두가 죽는다는 게요. 그래서 인디언 도끼가 필요해요."

"오, 얘야. 그게 왜 필요하니?"

"내가 그들을 죽일 수 있게요. 그들 모두 총을 가지고 있어요."

맞는 말이기는 했다. 여기 남자들은 전부 총을 가지고 있었다. 총이 유행이었다.

서커스 공연 다음 날 아침, 마을 사람들은 충격적인 뉴스를 듣고 잠에서 깨어났다. 로스앤젤레스에서 온 소식과 뉴스를 종합해 본 결과 사건은 이랬다. 슈타펜벡이 살해당했고 마틸다는 납치되었다. 살인자와 납치범은 강한 남자 잠보였다. 서커스 쇼가 끝나고 관중들이 뿔뿔이 흩어지자 공연자들은 잠자리 짐마차로 향하고 그들의 어릿광대 옷을 평상복으로 갈아입고 텐트에서 긴 밤을 지내려고 짐을 챙기고 있었다. 바로 그때 슈타펜벡이 "사람 살려!" 하고 외치는 비명 소리가 들렸다. 사람들은 텐트로 달려갔다. 서커스단의 주인은 원숭이 우리 옆에 등을 기댄 채 몸부림치고 있었다. 잠보는 슈타펜벡 위에 걸터앉아서 소리치고 있었다. "절대로! 절대로! 절대로 안 돼!" 마틸다는 어둠 속에서 흐느끼고 있었다. 서커스 악단 트리오가 청년에게 달려들어 그들의 피리로 마구 때렸다. 잠보는 한쪽 어깨로 그들을 밀쳐 냈으며 그들은 텀블링으로 구른 덕분에 다치지 않고 죽어 가는 사람 옆에 놓였던 톱밥 속에 떨어졌다. 그러자 잠보는 공중 곡예사를 품에 안고 밤의 어둠 속으로 사라졌다.

통 아저씨가 슈타펜벡을 일으켜 세우려고 했다. 그의 머리카락은 피범벅이 되었다. 슈타펜벡은 시장 집으로 옮겨졌으며 자기를 죽이려던 자에게 저주를 퍼붓고 범죄의 동기를 설명할 정도까지는 숨이 붙어 있었다. 슈타펜벡은 잠보가 입장료를 넣어 두었던 상자를 강탈하려는 순간 붙잡았다. 루드케는 보안관과 협의하여 새벽녘에 수색대를 소집하고 도망자를 추적했다.

잠보는 걸어서 어디까지 갈 수 있었을까? 잠보는 서커스를 그만두고 산타 애너 산으로 들어가 살 작정이라고 저글러와 불을 삼키는 곡예사에게 입버릇처럼 말했다. 잠보가 진짜 도둑이었을까? 아니다. 슈타펜벡은 잠보를 미워했다. 잠보의 유일한 죄목은 슈타펜벡의 질녀(마술가는 그녀가 수양딸이라고 말했다.)인 마틸다를 너무나 사랑했던 것뿐이었다. 슈타펜벡은 아무런 이유 없이 잠보에게 채찍을 휘둘렀다. 불쌍한 잠보는 고문자에게 저항하려고 하지 않았다. 움찔 하거나 비명을 지르지도 않았다. 그들은 우리들처럼 고통을 느끼지 않았다고 광대인 샘 아저씨가 말했다.

마을 사람들이 죽은 남자의 증언을 의심할 이유가 없었다. 잠보가 마틸다와 함께 달아난 것이 혼혈들의 전형적인 행태를 그대로 입증한 셈이었다. 도둑, 살인, 백인 여성의 납치……. 이것은 인디언들의 전형적인 범죄였다. 보안관은 잠보와 여자를 찾을 수 있다고 자신했다. 슈타펜벡은 서커스단에서 총을 가진 유일한 사람이었다.

마리냐, 보그던, 표트르, 그 밖의 사람들은 그들이 말을 몰고 달려가는 모습을 지켜보았다. 무자비한 얼굴의 남자들이 샤프스 라이플과 윈체스터스를 들고 말을 몰아 사막으로 뒤쫓아갔다.

리샤드에게는 좋은 이야깃거리였다! 리샤드는 이 사건을 그날 오후에 당장 글로 쓰기 시작했다. 이야기는 러브스토리가 될 것이었다. 리샤드는 잠보의 나이를 열여섯 살로, 마틸다의 나이는 열 살이나 내려 열세 살로 꾸미고 그들에게 '오소'와 '제니'라는 이름을 붙여 주었다. 리샤드가 만들어 낸, 강한 남자에게서 사랑받는 여자는 천사 같은 어린아이에서 이제 막 여자 티가 나는 단계로 접어들었다. 서커스 주인과는 아무런 친척 관계가 없었다. 서커스 주인에게는 '브랜트' 라는 이름을 부여했다. 저녁 시간에 리샤드는 결론만 빼고 다른 사람들에게 전부 들려주었다.

"아직 마무리된 것이 아니잖아요."

남들이 결말이 궁금하다고 알려 달라고 간청하며 그렇게 항의했다.

"실제 이야기도 끝나지 않기는 마찬가지잖소." 보그던이 말했다. "수색대가 그들을 찾아냈는지, 아닌지 듣지 못했으니까."

리샤드는 헛간에서 원고를 가져와서 큰소리로 낭독했다.

애너하임은 기기묘묘한 곳이었다. 씩씩거리며 난폭하게 구는 야생마 위에 타고 있는 카우보이. 자기네 이륜마차를 역참으로 끌고 가서 변경에 정착한 농부들. 지역의 금발 미인들. 검은 머리를 치렁치렁하게 땋은, 로스 니에토스Los Nietos에서 온 아가씨들. 사라사 옥양목과 무명천을 사려고 포목점에서 북적거리는 농부의 아낙네들. 패션 잡지를 뒤적이면서 유행을 살펴보는 여자들. 뒷소문, 희롱, 자랑, 옥신각신 홍정하는 모습들. 서커스의 당도를 고대하는 들뜬 분위기들. 오렌지 스트리트를 따라 나타난 브랜트의 동물원 행렬. 헐크 같은 강한 남자의 출현과 자그마한 곡예사. 오소의 드러낼 수 없는 사랑 때문에 생겨난 거친 분노. 어린아이 같은 순진함을 지녔으나, 싹트는 사랑 때문에 혼란스러운 제니. 질투에 사로잡힌 브랜트의 분노 폭발. 끔찍한 구타에도 요지부동인 오소. 어떤 학대에도 견디지만 가장 두려운 것은 사랑하는 제니와의 결별. 천막에서의 서커스 공연. 오소의 힘이 보여 주는 엄청난 묘기. 제니의 우아함과 대담함. 군중의 찬탄. 공연이 끝난 후 어두운 텐트 구석 벤치에서 머뭇거리는 젊은 두 사람. 서커스 동료에게 가해진 가혹한 구타에 동정심을 보이는 제니의 숙녀다운 표현. 오소의 꿈, 즉 서커스를 떠나 산타 애나 산의 자유롭고 아름다운 생활로 제니를 데려가는 꿈. 오소의 거대한 몸통에 자신의 작은 머리통을 기대고 있는 제니. 두툼한 손으로 벤치 가장자리를 잡고 있는 오소. 한숨. 더 많은 한숨. 처음으로 서로에게 느끼는 진정한 감정의 맹세. 오소, 수줍게 제니의 머리카락을 만지작거림. 어둠 속에서 두 사람을 지켜보다가 질투심에 불탄 브랜트가 달려드는 모습. 아무 저항도 하지 않으면서 휘두르는 채찍을 고스란히 맞고 있는 오소. 돌아서서 생전 처음으로 제니에게 채찍을 휘두르는 브랜트. 그를 땅에다 메어치는 오소. 머리를 원숭이 우리에 냅다 부딪힌 브랜트. 자기 품에 제니를 안는 오소. 밤에 함께 달아나서 사막을 가로지르고 산기슭으로 들어가고 그들을 뒤쫓는 추격대. 몇 시간의 정결한 잠. 제니의 공포. 오소의 부드러운 보호. 푸른 산을 향해 계속되는 도주. 추위. 야생동물, 굶주림. 탈진…….

리샤드는 써 내려간 종이에서 눈을 들었다.

"여기까지가 내가 구성한 것입니다."

"대단히 흥미진진한데." 보그던이 말했다. "생생하군. 정말 감동적이야."

리샤드는 마리냐의 생각은 어떤지 차마 물을 수가 없었다. 보그던과 남들 앞에서, 그리고 그녀가 있는 앞에서 러브스토리를 쓰고 그것을 큰소리로 읽는다는 것만으로도 충분히 대담하다고 여겨졌다. 리샤드는 다른 사람들 의견은 듣고 싶지도 않았다. 그는 율리앙의 조롱하는 듯한 시선을 피하고 있었다.

"한 가지 사소한 것이지만" 욜리앙이 지적했다. "여기 산들, 당신도 알다시피 여기 산들을 푸르다고 말한 건 잘못이라고 생각하는데."

"물론 그럴 수 있어요, 과학자 양반……." 리샤드가 툴툴거렸다. "'푸르다'는 단어를 쓰는 것만으로 산을 푸르게 만들어요. 그게 바로 작가가 하는 일이죠. 그러면 당신과 나의 노예인 독자들은 어쩔 수 없이 산을 푸른색으로 봐야 한다는 거죠."

"하지만 산은 푸른 게 아니잖아요……."

"화가로서" 리샤드는 의기양양하게 말을 계속 이어 나갔다. "화가가 산이 푸르다고 생각한다면, 당신 눈앞에 그것을 그림으로 보여 줘야 해요. 그림물감에서 푸른색을 만들어 내야 해요. 우리가 뭐라고 말했는지는 전혀 문제가 되지 않아요. 우리는 그것을 푸른색으로……."

"혹은 바이올렛이나 라벤더, 혹은 자주색으로 부르게 되겠죠."

야콥이 유쾌하게 말했다.

"당신은 그걸 어떻게 마무리할 작정인데요?"

시프리언이 물었다.

"가슴이 터질 듯 비통하게 그릴 것 같아요." 리샤드가 말했다. "아니면 렌토로 느리게. 그들의 곤경과 고통을 좀 더 보여 주다가, 마침내 그들은 산사자 우리에서 안식을 취하게 돼요. 서로의 팔에 안겨 굶어 죽어 가고 있는 게 발각돼요. 혹은 알레그로, 알레그로 페로체로 수색대가 계곡의 벼랑 끝 협곡을 따라 뒤쫓아요. 당신은 이제 그 장면을 봐야 해요, 마리냐." 하고 리샤드가 조용히 덧붙였다. "키 작은 떡갈나무 덤불은 아직 푸른빛이 성성해요. 그들이 추격대에게 발각된 것은 제니가 입은 핑크색 상의 가장자리 장식으로 달아 놓은 세퀸이 햇살에 반사되었기 때문이에요. 추격대가 점점 거리를 좁혀 오자 천사는 오소의 손을 잡고, 두 사람은 함께 계곡으로 몸을 날려요. 죽음을 향해."

"저런."

바바라가 한숨을 쉬었다.

"난 해피엔딩이 아닌 게 싫어요."

완다가 말했다.

"아, 무식한 독자 같으니."

율리앙이 내뱉었다. 리샤드는 다른 사람들이나 마찬가지로 율리앙이 자기 아내에게 내보이는 뿌리 깊은 경멸이 당혹스러워서 황급히 말을 이었다. "사실, 두 명의 자살에 관해서는 나 역시 좀 회의적이기는 해요." 기사도 정신에 약간의 영감을 양념으로 하여, "그래요. 그들은 붙잡히지 않았을 수도 있겠죠."하고 말했다.

"맞아요, 맞아."

완다가 맞장구를 쳤다.

"이 여자 말을 듣는 거야?"

율리앙이 기가 막혀 했다.

"두 사람이 추격대를 피해 산속에 남아 있을 수도 있겠죠. 시퍼렇게 푸른 산속에서요, 율리앙. 미녀와 야수는 깊은 계곡에 자리 잡아서 아무도 감히 그곳으로 접근할 수 없어요. 가장 용감한 덫 놓는 사냥꾼도 차마 들어가지 못하는 곳으로요."

"그럼 뭘 먹고, 추위는 어떻게 막고, 야생동물로부터 자신들을 어떻게 보호하지?"

알렉산더가 물었다.

"그는 인디언이잖아." 시프리언이 대답했다. "그런 데서 생존하는 법쯤은 알 테니까."

"혼혈이잖아요."

야쿱이 중얼거렸다.

"제니는 아니잖아요."

다누타가 반박했다.

"비극적인 결말을 피하려고 하지 말아요." 보그던이 말했다. "그 이야기가 좀 더 신빙성을 갖게 하려면요."

"독자들, 독자 여러분!" 리샤드가 소리쳤다. "난 그냥 좋은 이야기를 원해요. 무엇이 좀 더 신빙성을 줄까요? 무엇이 당신들을 덜 슬프게 할까요? 이 몽상가의 어깨에 너무 많은 부담과 책임을 지우지 마세요! 내가 내린 결말은 여러분 스스로들 생각해 보세요. 실제로 불쌍한 두 사람에게 무슨 일이 일어날 수 있었는지요!"

리샤드는 스스로 그렇게 느낀 것에 놀라고 있었다. 미신을 존중하는 리샤드는 멕시코 무당에게 자문을 구했다. 그들의 운명에 관한 점괘가 어떤지 물어보았다. 그녀의 예측(그들은 붙잡혀 죽임을 당할 것이라 했다.)이 그에게 결정을 내려 주었다. 결말은 거의 저절로 쓰여졌다.

오소가 제니를 팔에 안고 가파른 언덕을 올라가고 있는 것이 눈에 띄었다. 총들이 불을 뿜으면서 천둥소리를 냈다. 그 소리가 계곡에 부딪혀 되돌아왔다. 총알이 제니의 머리를 관통했다. 오소는 쓰러진 것처럼 보였다. 추격대가 그를 발견했을 때 그는 슬픔으로 울부짖으면서 죽은 제니를 안고 어르고 있었다. 올가미가 오소를 향해 날아갔고 그의 목을 감았다. 그리고 그들은…….

이건 아니다! 아냐! 추격대를 따돌려라. 불쌍한 그들을 구해 보자. 철저한 고독 속에서 살아가고 있는 늙은 산사람을 등장시켜 보자. 접근이 힘든 험준한 산속에서 살았던 노인은 사람 구경을 한 지 오래였다. 노인은 서커스 주인이 잔혹하게 대했던 것과는 달리 그들을 모닥불 가에 앉히고 정답게 대해 주었다. 그들은 겁에 질렸지만 노인이 그들 마음을 따스하게 해 주었다. 굶주린 그들에게 먹을 것을 주었다. 모닥불 속에서 재를 긁어모으고 그 위에다 그릴을 얹어 사슴 고기를 구웠다. 그들이 허겁지겁 먹는 모습을 지켜보면서(노인 역시 한때는 어버이였을 것이다.) 노인의 눈에 눈물이 고였다. "그때 이후로 세 사람은 함께 살게 되었다."는 것이 이 이야기의 결말이었다. 이곳은 미국이다, 하고 리샤드는 생각했다. 감상적인 해피엔딩이 독선적이고 유쾌한 도살만큼이나 인정될 수 있다. 이틀 후 추격대는 도망자들을 뒤쫓아 왔고 마틸다는 척추에 총을 맞았다.(그녀는 평생 동안 반신불수가 되었다.) 그러자 잠보가 벌떡 일어섰다. 리샤드는 자신이 선택한 대단원이 전혀 후회스럽지 않았다. 만약 실제 사건을 전혀 바꾸지 않는다면, 실화를 바탕으로 이야기로 꾸며 낸다는 것에 무슨 의미가 있겠는가?

모든 사람들 안에 있는 대안적인 삶에 대한 갈망을 휘저어 놓을 수 없다면 이야기를 말하는 것이 무슨 소용이 있겠는가?

여기에 덧붙여 리샤드는 불가능한 사랑이…… 불가능한 것으로 결국 드러나는 이야기를 하고 싶지 않았다. 글쓰기는 마법과 같은 것이다. 리샤드는 불가능한 사랑도 가능하다는 것을 보여 주고 싶었다. 마리냐에 대한 자기 사랑은 끝이 없는 미완의 스토리가 되었다. 끝없이 개작하고, 수식하고, 예리해지면서 더 유연하게 묘사하는 방식을 발견하는 이야기였다. 여기, 그녀 곁에서 나란히 살고 있으면서도 그는 풋사랑이 아닌 형태로 다가가려고 욕심 부리다가 완전히 거절당할까 봐 감히 속내를 드러낼 수가 없었다. 마리냐가 리샤드의 관심, 즉 부담스러운 관심에 의지하고 있는 것은 아닐까라는 생각이 들었다. 따라서 리샤드가 열렬하고, 영원한 구애를 그냥 체념하는 걸 유감으로 여기고 있는 것은 아니었을까? 하지만 인위적으로 고안된 무대장치가 없다면 그런 역할을 하기란 점점 더 힘들어진다. 여기는 분장실이 없었다.(마리냐가 거울에 비친 자신을 바라보고 있다면, 리샤드는 스스로를 바라보고 있는 마리냐를 사랑했다.) 복도에는 흐릿한 가스등도 없고, 어두컴컴한 마차도 없었다. 로스앤젤레스에서 매음굴은 거울이었다. 샌프란시스코에도 거울은 있었다. 극장에만 거울이 있는 것은 아니었다. 하지만 애너하임 같은 마을에서 겉모습을 감추고 그 이면에 있는 걸 숨기는 연기를 하면서 산다는 것이 무슨 소용이 있겠는가. 이곳에서의 새로운 생활에는 거울이 없었다. 오로지 풍경만 있을 뿐.

남편의 존재만 견뎌 내야 했더라면 그래도 맥이 덜 빠질 수도 있었을 것이다. 그런데 문제는 네 쌍의 부부가 함께 있다는 점이었다. 그들 모두, 심지어는 불행한 율리앙과 완다 커플마저 어쩔 수 없는 짝들이었다. 이로 인해 리샤드는 과거보다 더욱 마리냐에게 이런저런 생각이 많았다. (독신이 좋다는 게 뭐냐고 하면서 그는 야쿱을 설득하여 주말 동안 로스앤젤레스의 사창가에 들렀다.) 그들은 말타기 교습을 할 때를 제외하고는 거의 어울리는 적이 없었다. 율리앙과 함께 8월에 이곳으로 와서 캠핑을 하면서 정착촌 너머를 탐사했을 때, 리샤드는 자신이 했던 고독한 모험에 대해 이야기했다. 결혼이라는 방목장을 벗어날 수는 없었을까? 새로운 성적 에너지를 흘려보낼 수 있는 방법은 없었을까? "나랑 함께 말을 탑시다." 리샤드가 권했다. "조금만 지나고 난 뒤에요. 조금만.” 마리냐는 얼버무렸다. 리샤드는 마리냐를 보호하는 걸 꿈꾸었다. 하지만 그녀를 보호해 줄 방법은 어디에도 없었다. 보그던이 사라지지 않는 한. 소설 속에서 불가능한 것은 없었다. 보그던은 낙마하여 목을 부러뜨릴 수도 있었다. 그러면 그녀는…….

마리냐는 말 등에서 내리면서 체면 차리지 않고 그의 칼라 깃을 잡아당겼다. 리샤드는 자신을 보호자로 자청하고 그림자 없는 사막이자, 인적 없는 산이라고 이 여정에 이름 붙인다. 그런데 마리냐는 이미 그곳에 있었다.

“오, 마리냐.” 리샤드가 신음 소리를 냈다. “우리에게 희망은 있을까요?”

“우리라니요?”

리샤드가 고개를 떨구었다.

“나에게도요.”

“당신에게는 희망이 있어요.”

“그러면 당신은요, 마리냐? 사후에 유명해지는 걸 받아들이다니요! 당신이 그처럼 많이 변했다고요? 그게 가능해요, 마리냐?”

“가능한 정도가 아니라 그 이상이에요.”

“그럼 이것이 지금 당신이 빠져든 유일한 열정이라는 겁니까?” 리샤드는 두 팔을 벌려 그들 주변을 에워싸고 있는 땅을 가리킨다. “좌절감을 느끼지 않아요? 경치는 아름다워요. 우리의 이상향이죠. 하지만 이건 변하지 않아요. 주변 사람들이 견딜 수 없게 느껴진 적 없어요? 율리앙, 불쌍한 완다, 다누타, 알렉산더, 시프리언, 바바라, 심지어 야쿱까지도요……. 물론, 나 자신을 빼서는 안 되겠지만요. 우리 모두를 어떻게 참고 견뎌요?”

"우리라니요?"

"동물들, 인간들의 거친 모습, 진흙이 덕지덕지 붙어 무거워진 부츠, 허름한 옷, 집안일을 손수 하느라 벌겋게 거칠어진 그녀의 피부. 아니엘라의 종기를 불에 달군 면도날로 직접 째고 고름을 짜내는 일.(난 당신이 그 일을 하는 것을 지켜보고 있었어요. 그런 걸 어디서 배웠어요?) 그건 당신이 아닙니다. 고름과 분비물과 무미건조함. 당신은 부드러운 벨벳을 위한 존재입니다. 새로 정착한 캘리포니아 사람들을 휘젓고 있는 모든 인종 간의 증오심 밑에는 타협하는 탐욕이 깔려 있어요. 그런 탐욕은 냉혹하고, 여기는 공허해요. 그것이 우리 모두를 무자비하게 만들 겁니다, 마리냐. 잠깐. 또다시 '우리'라고 말하지 말라고요? 그것이 당신을 황량하고 공허하게 만들 겁니다. 아무리 당신이라고 할지라도 말입니다."

"내게서 잔인한 면을 보았다면 미안하군요, 리샤드. 하지만 공허한 것에 관해서는 개의치 않아요."

"당신 자신에게 전혀 미안하지 않다는 건가요?"

"폴란드에 있을 때는 나 자신에게 연민을 느꼈어요. 지금은 왜 그랬는지 이해할 수 없어요. 아니, 전혀 후회하거나 미안하지 않아요. 틀림없이 당신은 내가 이 모든 것들과, 남들의 이목을 집중시키지 않더라도 잘 지내는 것을 보게 될 거예요. 당신이 날 정말로 잔인하게 본다면, 그게 날 웃게 만드는군요."

결핍된 것들은 호화로운 생활, 유물, 흐릿한 가스 등불, 복도, 자기 나름의 역사. 리샤드에게 어떻게 설명할 수 있겠는가. 여기서는 모든 이야기들이, 관심과 의무라는 오래된 계보 없이도 독자적으로 나타났다. 새로운 생활에서는 의미의 부피가 갑자기 줄어들면서 산소가 희박해지는 기분이 들었다. 사실 현기증이 났다. 하지만 그런 기분은 너무 익숙했다. 규칙적이고 힘든 일상과 맹렬한 리더십으로 그룹을 복종시키는 것이 마리나의 자연스러운 성향이었다. 극장에서 일하는 사람들 사이에는 공동체적인 충동이 강하다. 새로 뿌리내린 생활도 유랑 극단 배우들의 생활과 그다지 다를 바 없었다. 농장 생활에서 가장 간단한 일조차 여전히 제대로 하지 못한다면 재빨리 대처해야 할 것이며, 끝까지 농부로서 자기 역할을 배워야 한다는 것은 말할 필요가 없다. 한동안 배우로서 자기가 맡은 역할을 통달할 때까지는 "즉흥 연기"로 버텨야 할 것이다.

저녁 무렵이면 당기는 근육과 쑤시는 등, 긁힌 정강이, 햇볕에 탄 피부가 따끔거리는 고통을 씩씩하게 무시하고서, 그들은 거실에 둘러앉아 워싱턴에서 가져온 팸플릿과 폴란드에서 가져온 농사 관련 책들을 탐독하면서 비료에 관해 토론하고 울타리 치는 법, 오렌지나무 심는 법, 닭장 수리법을 상의하면서, 인디언이나 중국 노동자들을 몇 사람 고용하여 도움을 청하는 것에 대해 의논했다. 보그던은 방 안을 오락가락하면서 새 주거지에 관한 계획을 짜고 있었다. 그는 뚝뚝 끊어지는 짤막한 구절로 말을 하고 있었다. 거의 텅 빈 유리 찻잔을 불끈 쥐고서 스푼을 딸랑거렸다. 마리나는 보그던의 손톱 밑에 시커멓게 때가 끼어 있는 것을 거의 알아채지 못하고 있었다. 굵어진 손마디와 손목 관절 사이에 핏줄이 꿈틀거리며 두드러졌다. 이런 보그던의 모습을 이전에는 알지 못했다. 이 모든 것들이 마리나를 위한 것이라는 사실을, 그녀로서도 온전히 받아들이기 힘들었다. 마리나를 위해 집단적으로 빠져든 모든 것들을.

모든 사람들은 이런 토론에 함께 참여하기로 되어 있었다. 사실상 여자들(마리냐를 제외한)은 거의 말을 하지 않았다. 마치 그들은 아무 할 말이 없는 것처럼, 혹은 그랬다가는 비판이라도 당할까 봐 겁을 먹은 것처럼, 혹은 결정은 남자들의 몫인 것처럼 말이 없었다. 농장 생활은 여성들을 새로운 형태의 유순함으로 길들였고, 모든 사람들은 무능이라는 새로운 메뉴에 억눌려 있었다. 이웃이 그들을 어떻게 볼 것인지, 비현실적인 약골 샌님들의 모습이 이웃의 눈에 어떻게 비칠지 알고 있었으므로, 그들은 도움을 청할 때도 주춤거렸다. 이웃의 콜러 씨는 젊은 멕시코인 농장 일꾼들을 보내, 포도밭을 어떻게 관리하고 포도밭 주기가 어떻게 시작되는지를 가르쳐 주도록 했다. 일꾼이 크게 자란 포도나무 가지 치는 법, 비료 주는 법, 포도 아래에 흙을 돋우는 법에 관한 시범을 보여 줄 때 남자들은 심각하게 지켜보았다. 그것이 콜러 씨 나름의 친절이었다. 콜러 씨는 우유와 크림과 버터를 그들에게 팔고 있었으며, 판초에게 젖 짜는 법 또한 가르쳐 주라고 일렀다. 하지만 여자들 중 어느 누구도 제대로 된 기술을 배울 만큼 충분히 손힘이 튼튼하지 못했다. 그들은 젖을 짜는 것이 아니라 암소들에게서 고통을 쥐어짜고 있었다. 며칠이 지나자 그들은 근처에 있는 또 다른 농가에서 우유를 다시 사들이고 있었다.

마리냐는 남들을 참고 견디는 성격도 아니었지만 그렇다고 자신에게만 관대한 성격도 아니었다. 가혹한 햇살 아래서 마지못해 바바라와 다누타에게 젖 짜는 하녀 노릇을 시킨다는 것이 얼마나 치졸한 짓거리로 보였던가.

공동의 관심사에 몰입하느라 비롯된 피로와 단조로움은 오히려 육체적인 행복감을 살찌우게 해 주는 것처럼 보였다. 좀 더 부족한 것들은 단어들, 무대화, 관능적인 에너지의 결핍. 치유력의 부재. 육체적인 현존. 갓 눈 똥에서 피어오르는 뜨거운 김과 그들 자신의 땀. 부엌에서 숨 가쁘게 일하기, 젖 짜는 걸상에 앉아 있거나, 외바퀴 손수레 뒤에서 밀고 갈 때, 고된 하루 일과가 끝난 뒤 내쉬는 집단적인 피곤이 주는 조화, 침묵 속에서 저녁 식탁에 앉는 것. 모든 반향이 오로지 이것 하나, 즉 숨 쉬는 소리, 그들의 숨소리와 마리냐의 숨소리로 수렴되었다. 그들이 애써 수고하면서 설계해 나가는 인생에 관해 그처럼 낙관적으로 느껴 본 적이 없었다. 말하기는 쉽다. 그것이 언젠가는 끝장날 일이라고 말하기는 쉽다. 모든 결혼과 모든 공동체는 실패한 유토피아다. 유토피아는 공간의 일종이 아니라 시간의 일종이다. 어디에도 아닌 이곳에 있고 싶다고 느끼는 그 짧은 순간, 모든 유토피아들은 너무나 짧은 찰나다. 함께 숨 쉬는 것에 대한 오래된, 대단히 오래된 본능이 우리에게 있는가? 궁극적인 유토피아. 성적인 결합에 대한 욕망의 근저에 언제나 함께 더 깊고 빠르게 숨 쉬고 싶다는 욕망이 있다…….

9월에 이르러 마리냐와 보그던은 샌프란시스코에 거의 20년 가까이 살고 있었던 동포 브루노 할렉에게 편지를 받았다. 무슨 직업을 갖고 있는지 알 수 없는, 대단히 노회하면서도 뻔뻔한 노인이었는데, 분명 상당한 자산가였다. 지난 7월 리샤드와 율리앙이 처음 샌프란시스코에 왔을 때 할렉은 그들에게 잘 대해 주었다. 그리고 작년 9월에 도착했던 사람들 가운데 많은 그룹을 소개시켜 주었다.

할렉은 사막에 있는 라인랜드 마을에서 포도를 재배하고 있는 자기 친구를 방문하러 가는 길에 들러도 되겠는지 물었다. 그는 자신의 거대한 다리통을 한동안 뻗을 수가 없었다고 말했다. 거구인 자신을 받아들일 만한 유일한 운송 수단이 아직까지 비좁고 변변찮은 외륜선밖에 없었다면(3일 동안 마른 육포와 설익은 콩만 주는 식사하며!) 그처럼 긴 여행을 할 엄두도 내지 못했을 것이라고 했다. 로스앤젤레스 항구에 거의 다 와서 마지막 48킬로미터를 남겨 두고서 비로소 칙칙거리며 기차가 달릴 수 있었다. 사정은 대충 그 지경이었다고 할렉이 말했다. 독일인들이 1859년 남부로 갔을 때(그들 중 몇 사람을 그 당시 만났는데, 하나같이 열심히 일하는 성실한 멍청이들이었다. 지금 그들을 보면 즐거울 것이다.), 그들의 배는 로스앤젤레스를 곧장 통과하여 지금의 애너하임이 될 지역에서부터 약 5킬로미터 정도 떨어진 해안에 정박했다. 식민지 개척민들은 해안까지 노 젓는 보트를 타고 갔다. 그곳에는 로스앤젤레스에서 포도주 회사를 운영했던 두 명의 영리한 독일인들이 고용한 한 무리의 인디언들이, 허리까지 잠기는 물속에서 그들을 기다리고 있었다. 불쌍하게도 독일인 남자들, 여자들, 아이들은 각각 인디언의 어깨를 딛고 뭍으로 올라갔다. 샌프란시스코 사람들이 그 회사의 주식을 소유했다. 전설 같은 시절은 지나갔다.(장골들이 온 힘을 다해 그를 운반해 주는 모습이 보고 싶기는 하다.) 이제는 로스앤젤레스까지 가는 기차가 있으므로 이번 여행을 열렬히 갈망하고 있다. 그들에게 부담을 주려는 것은 아니지만, 할렉은 텐트나 통나무집에서 잠을 잘 수 있는 사람이 아니다. 할렉은 "호텔에서 머물면 된다. 하지만 마리냐 부인께서 허락하신다면 기꺼이 오겠다." 유쾌하게 덧붙이기를 "다만 와인을 맛볼 수 있다면 그럴 수 있다."고 전했다.

그가 샌프란시스코에서 그들에게 무엇인가 가져다줄 수 있을까?

그들의 손님이 플랜터스 농장에 머물 것이라는 점은 말할 필요가 없었다. 마리냐와 보그던은 응접실에 있던 소파를 옮기고 침대로 교체했다. 할렉이 방문하는 동안 표트르는 부엌에서 아니엘라와 함께 자기로 했다. 할렉에게 좋은 인상을 주려고(더 정확하게는 그에게 환멸을 주지 않도록) 애쓰는 그녀의 모습이 싫었음에도, 가능한 자신들이 살고 있는 새 집이 멋지게 보이도록 꾸미는 것이 모든 사람의 자존심을 세우는 것이라는 확신 때문에, 마리냐는 그의 방문으로 다른 식구들이 오랫동안 미뤄 왔던 일을 하도록 자극할 기회로 받아들였다. 닭장은 수리가 필요했다.(거구의 손님은 아침으로 달걀 네 개는 의심할 나위 없이 필요할 것이다.) 집도 수리가 필요했고, 가구는 윤기가 나도록 광택을 낼 필요가 있었고, 책도 풀어서 정리해야 했다. 농장 일은 밀쳐 두고 모든 사람들은 방문객에게 적합하도록 집을 개조하는 데 온 힘을 기울였다. 식품 저장실은 적절히 채워 넣었고, 스페인산 좋은 브랜디와 데킬라는 멕시코 정착촌에서 구할 수 있었다. (할렉은 애너하임의 독일산 맥주는 분명히 쳐다보지도 않을 것이다.) 일주일 뒤, 다누타와 바바라가 예쁜 카후일라 바구니에 서양 협죽도를 장식하는 동안, 마리냐는 보그던과 함께 사륜마차를 몰고 기차역에 마중을 나갔다. 기차에서 방문객이 내렸을 때 보니 할렉은 기억하고 있었던 것보다 더욱 덩치가 부풀어 보였다. 게다가 폴란드에서 보내 온 신문, 책이 들어 있는 보따리를 갈색 끈으로 묶은 것, 여자들에게 선물로 줄 향수 상자, 손수건, 마리냐에게 줄 레이스 달린 망토, 표트르에게 줄 납으로 만든 병정, 여자 아이들을 위한 인형과 롤리팝 사탕 때문에 부피는 엄청나게 컸다.

"전 대식가랍니다."

할렉이 집으로 들어서면서 말했다. 알렉산더가 웃었다.

"우리도 언제나 배가 고프답니다. 너무 열심히 일하기 때문이죠."

그러자 할렉이 소리쳤다.

"전 배가 고프기 때문에 배가 고파요."

할렉은 엄청난 자기 배를 두드리면서 외쳤다. 그러면서 신음 소리 같기도 하고, 짖는 소리 같기도 한 소리를 냈다.

"난 저 소리 기억해요."

표트르가 신이 나서 외쳤다. 바다사자가 샌프란시스코 외곽의 절벽과 면해 있는 카지노의 테라스에서 보이는 암벽 위에 올라와서 우는 모습은 이 도시를 방문하는 사람들에게 즐거움을 주었다.

"난 코요테 울음소리도 낼 수 있어요, 아저씨. 들어 봐요."

손님에게 주변을 보여 줄 기회였다. 소중한 것부터 먼저. 그들은 애너하임의 관개 시스템을 보여 주려고 할렉을 데리고 나갔다. "이런" 그가 호탕하게 웃었다. "라인랜드 마을에 네덜란드 운하라. 우리가 지금 홀란드에 있군요."

그들은 암소 두 마리, 안장을 한 성질 급한 말 세 마리, 병든 노새를 보여 주었다. 그는 이웃과 어떻게 지내는지 물었다.

"그렇게 자주 접촉하는 편은 아닙니다."

시프리언이 말했다.

"그러지 말았어야 했는데." 할렉이 통탄했다. "오로지 돈만 밝히는 농부들과 가게 주인들과 당신네들이 무슨 공통점이 있겠소? 또 다른 독일인 신문기자, 노르도프가 퍼뜨린 전설과는 정반대라오. 애너하임에는 '공산주의적인' 것이라고는 전혀 없어요. 그 기자가 몇 년 전 여기에 와서 애너하임에 관한 헛소리를 엄청 해 댔지만요."

물론 할렉이 옳았다. 폴란드 정착민에게 실망했겠지만, 그들 머릿속은 푸리에와 브룩 팜에 관한 이상으로 가득 차 있었다. 샌프란시스코의 독일인들은 로스앤젤레스에 포도주 공장을 소유했던 두 명의 동포들을 위해 일했던 토지 측량 기사가 모집했던 사람들이었는데, 그들은 자기 사업을 확대시킬 방법을 모색하고 있었다. 오십 명의 투자자들이 작은 땅을 구입하여 정착하기에 적합한 곳으로 만들었다. 중국인 노동자들과 멕시코인 노동자들이 관개 도랑 파는 일을 맡아 했다. 멕시코인 노동자들은 포도나무를 심었고, 인디언 노동자들은 50가구의 가족이 살 수 있도록 어도비 벽돌집을 지었다. 2년 후 그들이 도착했을 때는 집과 포도밭이 그들을 기다리고 있었다. 처음에 그 집단은 모든 것을 갖추고 있었다. 하지만 몇 년 지나 그곳에서 이윤이 나기 시작했을 때, 협동 체계는 완전히 무너졌다. 최초의 정착민들은 각자 자기 투자의 몫을 챙겼고 자기 땅을 소유하게 되었다. 애너하임은 처음부터 결코 공동체적인 삶을 실험한 곳이 아니었다.

"그러니 마리나 부인, 부인과 존경하는 템보브스키 백작과 그 일행이 억제할 수 없는 폴란드인들의 이상주의의 전설을 현실로 만들었다고 해야겠지요. 그 점에서는 여러분께 경의를 표합니다만, 통탄스러운 건 무대를 잊지 말라는 겁니다. 무대의 여왕이 떠났다는 것에 아직도 조의를 표합니다. 이번 모험이 일이 년 지나고 난 뒤에도 당신은 다시 고려하지 않기……."

"당신마저 그러시다니요! 미국 땅에서, 그것도 고국 동포에게 또다시 그런 비난을 받을 것이라고는 생각지 않았어요. 아뇨. 이건 모험이 아니랍니다, 손님. 이건 내가 원한 새 생활이지요. 무대를 그리워하지는 않아요."

"당신에게 익숙했던 안락한 생활을 그리워하지 않는단 말인가요, 마리나 부인?"

마리냐는 대답으로 영어를 낭송했다.

> 아, 이제 나는 아든 동산에 있군요. 이전보다 더 바보가 되었나 봐요. 집에 있었다면 이보다는 훨씬 나았을 텐데, 그래도 나그네로서는 만족해야지.

"실례지만, 무슨 뜻이오?"

"셰익스피어랍니다, 할렉 씨, 『뜻대로 하세요』에 나오는 구절이죠."

"저도 좋아합니다. 그 때문에……."

"내가 당신을 놀리고 있네요, 할렉 씨! 되풀이하건대, 난 무대를 그리워하지 않아요."

"대단히 용감하군요."

할렉이 감탄했다. 그는 자기 친구들이 날씬하고 건강한 것을 보고 정말로 기뻐하고 또 기뻐했다. 모든 것이 운동의 결과였음은 의심할 여지가 없었다. 할렉의 몸통은 운동과는 거리가 멀었다. 슬프게도 그는 비만 때문에 혼자 힘으로 운동을 못 했다고 인정했다. 그도 한때는 젊고 날씬했던 시절이 있었다. 그 말을 하면서 완다를 뚫어지게 보면서(많은 경우 완다를 쳐다보았으므로, 그녀는 할렉이 자신을 희롱하고 있다는 사실에 놀란 것처럼 보였다.), 그런 시절마저도 빈둥거리며 노는 것보다 더 좋아한 일은 없었다고 털어놓았다. 먹고 떠들고 체스 게임을 하는 것(다음 수를 궁리하면서 그는 노래를 흥얼거렸다.)이 할렉이 가장 좋아하는 여가 선용이었다. "당신의 촌스러운 아테네인들이 날 유혹하는구먼." 하고 말했다. "당신의 어린 스파르타인은 아닙니다." 그들은 자신들이 어리숙하게 굴었던 이야기를 해 줌으로써 할렉을 기쁘게 해 주었다. 실제로 그랬다. 할렉은 그들이 경험 많은 시골 사람들 같은 기분이 들도록 해 주었다. "이런 경치를 좋아해요." 할렉은 해먹에 누워서 말했다. 해먹은 그가 도착한 다음 날 특히 튼튼하게 손질해 두었다. "동물들도 좋아한다오. 내 곁에 가까이 있지 않는 한 말이오." 그는 리샤드가 산 채로 잡아서 애완용으로 키우고 있는 귀여운 새끼 오소리 때문에 깜짝 놀랐다가, 마당을 가로질러 휙 하고 사라지는 전갈을 보고서는 완전히 겁에 질렸다. "유태인들이 물을 무서워하는 것만큼이나 난 동물을 두려워한다는 사실을 고백해야겠소." 그 말을 한 다음 야쿱을 돌아보면서, "당신 기분이 상했던 것은 아니길 바라오." 하고 말했다.

칠면조가 없는 첫 추수감사절을 맞이하여(표트르는 울고, 칠면조가 하도 비명을 지르는 바람에 살려 두었다.) 마리냐는 폴란드에서 가져왔던 능직 리넨을 펼쳐 놓고서는 부엌의 허드렛일에서 벗어났다. 마리냐를 제외한 여자들은 요리를 함께 했으며, 할렉은 디저트 만드는 일을 자진해서 돕겠다고 해서 그들을 놀라게 했다. "나처럼 늙은 독신남이 자기 자신을 위해서는 차마 할 수 없었지만 그래도 남들을 위해서 요리를 한다면 어떻게 생각하시겠소?" 그 디저트는 영어로 '쉿 파리 파이'라고 불린다고 할렉이 말해 주었다. "쉿 파리, 쉿 파리, 쉿 파리." 표트르가 주문처럼 외기 시작했다. 흑설탕이나 단 것 부스러기를 보고 달려드는 파리를 쫓을 수 있을 것으로 기대해 붙여진 이름이었다.

"쉿 파리, 쉿 파리……."

"그만 해, 표트르!"

마리냐가 따끔하게 말했다.

"안에다 설탕으로 채워요." 할렉이 노래하듯이 읊조렸다. "단 것으로 가득 채워요. 파리는 어차피 쫓을 수가 없을 테니."

"정말 맛있군요." 완다가 말했다. "절 위해 요리법을 알려 주시면 좋겠어요."

"알려 주십시오." 율리앙이 빈정거렸다. "적어도 일주일은 그 생각만 할 테니까요."

디저트가 끝나고 식탁보 위에 부스러기와 끈적끈적한 접시, 텅 빈 커피 잔만 남았을 때, 가장 미국적인 추수감사절 식사를 시작할 때의 격식이 있다는 사실을 완전히 잊어버렸다는 생각이 그제야 보그던에게 떠올랐다. "우리 모두 함께 감사를 드려야겠군요." 보그던이 제안했다. "그 다음에는 누가 감사할까요?"

"표트르가 해 보렴." 마리나가 말했다. "넌 뭘 감사하고 싶은지 말해 보렴."

"키가 더 자랐으면 좋겠어요." 표트르가 즐겁게 말했다. "좀 더 크면 안 돼요, 엄마?"

"그래, 얘야. 그래. 이리로 온. 엄마 무릎에 앉으렴."

"난 미국에게 감사를." 하고 리샤드가 말했다. "양도할 수 없는 권리로 행복을 추구한다고 선언할 정도로 미친 나라를 위하여."

"딸애들이 건강한 것에 감사를 드립니다."

다누타가 감사했다.

"저도 그 점에 아멘입니다."

시프리언이 거들었다.

"바바라와 난 마리나와 보그던에게 감사합니다. 그들의 비전과 관대함에 감사합니다."

알렉산더가 감사했다.

"친구들에게 감사합니다." 마리냐가 표트르를 꼭 껴안고 아이 머리에 자기 얼굴을 파묻고 말했다. "사랑하는 친구들에게 감사해요."

"엄마, 내 자리에 앉을래요."

"모든 시민들이 평등하다고 보는 미국의 꿈에 감사합니다. 그 꿈이 실현되려면 얼마나 요원할지 모른다고 하더라도 말입니다."

야쿱이 감사했다.

"할렉 씨의 디저트에 감사합니다."

완다가 말했다.

"아내가 목소리를 낮추었으면. 난 이혼이 합법적인 미국에 감사합니다."

"제발, 율리앙. 사정할게요!"

야쿱이 소리쳤다.

"아니엘라!"

마리냐가 소리쳤다.

"난 솔스키 부인의 우아한 축사에 감사를 보냅니다."

할렉이 씩 웃었다. 부엌에서 아니엘라가 튀어나왔다.

"아니엘라," 마리냐가 성난 어조로 말했다. "우린 지금 축복에 감사하고 있단다."

"축복을요, 부인? 축복이라고요? 내가 뭘 잘못했나요?"

율리앙이 손에다 얼굴을 파묻었다가 찌푸린 채 위로 쳐다보았다.

"사과할게요, 마리냐. 그렇게 말할 뜻은 아니었는데, 미안합니다."

"단지 마리냐에게만 사과해서는 안 돼요."

보그던이 한마디 했다.

"남편들! 남편들하고는!"

할렉이 으르렁거렸다.

"축복이 끝났나요, 부인? 그럼 전 부엌으로 돌아가도 될까요?"

할렉은 불쌍한 완다뿐만 아니라 아니엘라에게도 뻔뻔스럽게 구애했다.(그것이 율리앙을 화나게 했다.) 그는 다음 날 뿌린 대로 거뒀다. 할렉은 꼿꼿하게 선 페니스를 꺼내서 부엌에 있는 아니엘라에게 덤벼들었다. 그러자 기겁을 한 아니엘라가 튀어나갔고 그는 거구를 이끌고 아니엘라 뒤를 따라다녔다. 바지 앞을 연 채, 헛간 너머 들판까지 그렇게 좇아가다가 관개 도랑에 미끄러졌다. 아니엘라는 하류로 흘러가는 작은 시내에 멈춰서 놀란 눈으로 물에서 용두질을 하고 있는 페니스를 내려다보았다. 넓은 도랑은 깊이가 고작 30센티미터에서 40센티미터 정도밖에 되지 않았지만 거의 반듯하게 드러눕다시피 한 할렉으로서는 온 힘을 다해 소리치면서 물에서 허우적거리면서도 몸을 똑바로 일으켜 세울 수는 없었다. "얘야, 손 좀 다오!" 할렉은 바다사자보다 더 흠뻑 젖었다. "네 사랑스런 손을 좀 내밀어 다오!" 모든 것이 전부 아니엘라의 잘못이었으므로 벌을 받을 것이 분명하다면, 그녀가 뚱뚱한 남자에게 매력적으로 보였기 때문인지, 아니면 그가 보여 준 관심에도 도망을 쳤고 그로 인해 할렉이 물에 빠진 것 때문인지, 아니엘라로서는 확실히 알 수가 없었다. 아니엘라로서는 오로지 죄책감을 느꼈을 따름이었다. 그 말은 그녀가 뭔가 잘못을 저질렀음이 분명하다는 의미였다. 아니엘라는 뒤돌아서서 부엌으로 달려갔다.

보그던은 길을 잃고 헤매던 개를 데려와서 집 지키는 개로 키웠다. 독일인 이웃들에게 민망하게도 메테르니히라는 이름을 붙여 주었는데, 이 개가 짖어 대자 리샤드와 야쿱이 할렉을 구하러 갔다.

"내가 주책 맞은 늙은이라오." 물에서 건져 냈을 때 할렉은 게거품을 물었다. "마리냐 부인. 이제 날 어떻게 생각하시오? 날 용서하시겠소?"

마리냐는 용서했다. 마리냐로서는 외설스런 어릿광대를 용서하는 것이 쉬웠다. 할렉은 익살맞을 정도로 비만이었다. 그는 며칠 뒤에 샌프란시스코로 되돌아갔다. 할렉을 기차역에서 배웅하고 한 시간이 지나고 난 뒤에 살펴보았을 때 그를 용서하기란 좀 더 힘들어졌다. 그들의 유쾌한 친구는 도벽이 있었다. 보그던은 폴란드에서 가져왔던 브래스 너클(격투할 때 손가락 마디에 끼우는 골무 같은 쇠 조각. 옮긴이)을 잃어버렸다. 율리앙은 콤파스를, 완다는 요리책을, 다누타와 시프리언은 아이들이 세례 받을 때 사용했던 컵을, 야쿱은 하이네의 시집을, 바바라와 알렉산더는 블랙 커런드 보드카 병을, 리샤드는 곰 발톱에 걸려 있던 가죽 벨트와 산 베르나르디노로 여행 갔다가 카후일라 인디언 덫 사냥꾼에게 사 온 방울뱀 딸랑이를 잃어버렸다. 할렉은 심지어 표트르가 좋아하는 그림 맞추기 장난감, 기차 충돌 장난감 세트까지 훔쳐갔다. 오직 아니엘라만 잃어버린 것이 없었다. 설탕 단지의 설탕을 훔쳐 먹은 것을 포함시키지 않는다면 말이다. 마리냐는 맞춤 목걸이와 산화은 펜던트 귀걸이 한 쌍을 잃어버렸다. 패션을 아는 폴란드 여성은 1863년 봉기 실패 이후, 애도의 보석이라고 불리는 보석을 착용했다. 그 보석은 보그던의 할머니가 선물한 것이었는데 그녀가 가진 보물 중에서 가장 아끼는 것이었다.

목걸이와 귀걸이를 훔쳐 간 것에 보그던이 몹시 분노했으므로, 마리냐의 상심과 슬픔은 오히려 뒷전이 되었다.

"보석 때문에 상심하지 말아요. 여보. 늙은 할렉이 나보다 그 보석을 더 소중하게 여길지도 몰라요. 미국에서 그처럼 오랫동안 살고 있었으니까요."

"관대하기도 하구려." 보그던이 차갑게 말했다. "자연스러운 반응이 아니잖소."

"대단히 관대한 건 그 영감이죠. 자기 본성 이상으로 관대했으니까요."

"영감이 가져온 시답지 않은 물건들과 이걸 비교하자는 거요?"

"오, 보그던. 신경 쓰지 맙시다. 무슨 물건이든 어떤 것이든, 언제나 헤어질 마음의 준비를 해야 하잖아요."

물건을 소유하는 것은 위로의 행위였다. 은으로 등을 입힌 브러시, 능직 테이블보와 냅킨, 엄청난 책이 들어가는 네 개의 커다란 다리를 가진 트렁크(이 많은 책을 어디에 놓아 둘 것인가?), 모니우슈코Moniuszko의 음악과 쇼팽의 노래는 응접실에 피아노가 있는데도 연주하는 사람도 없었다.(피아노는 조율이 되지 않아 엉망이었다.) 마리냐가 가져왔던 무대의상들은 결코 입을 일이 없으리라. 가져온 것들이 순전히 실용적인 가치가 아닌 경우, 과거 생활에 대한 신념을 욕망한다는 의미이며 그것을 포기하는 대가로 위안을 얻을 필요가 있었다. 그런데 마리냐는 왜 위안이 필요했던가?

마리냐는 폴란드인들의 우울한 통한을 그리워하지 않았다. 심지어 우중충한 날씨조차 그립지 않았다. 비록 전설이 된 남부 캘리포니아의 기후가 아예 날씨라고 할 만한 것이 없는 것처럼 느껴짐으로써, 놀라게 해 주었음에도 말이다. 이곳에는 오직 두 가지 계절만 있는 것처럼 보였다. 뜨겁고 건조한 여름과 뒤따라오는, 여기서는 '겨울'이라고 불리는 길고 온화한 봄날 두 계절이 전부였다. 그들은 뭔지 모르지만 그 이상의 것을 계속 기대하고 있었다. 자연의 격렬함과 장애물 같은 것을 기대했다. 지금쯤 폴란드에는, 그곳의 들판과 산들과 교회와 극장들은 진정한 겨울 하늘, 즉 축축하고 잿빛인 하늘 아래 누워 있을 것이었다. 자코페인으로 가는 길은 또 다시 통행이 불가능해졌을 것이다. 서니랜드의 푸르디푸른 나날들과 별밤은 이곳에서 다른 곳으로, 이 생활에서 저 생활로 이전하는 것이 쉽고도 쉬울 수 있다는 예고였다.

건강이 좀 더 미래의 약속이라면, 소유는 과거와의 끈을 단단히 묶어 두는 것이다. 날마다 마리냐는 더욱 강해지고 적당히 적응되는 느낌이 들었다. 그것이 남부 캘리포니아에 열광하는 책들이 모든 사람들, 여행자나 여기 정착해 빈 땅을 일구려는 사람들에게 보증해 주는 것이다. 무엇보다 황금이 있었다. 그리고 건강이 있었다. 캘리포니아는 건강하게 일하도록 해 주었다. 하지만 열광적인 필요가 사라졌을 때, 필요가 위로와 철저한 무관심에 자리를 양보했을 때, 오로지 살아 있다는 것에 감사할 때, 비로소 우리는 가장 튼튼해지고 가장 알맞은 존재가 될 것이다. 방금 잠에서 깨어난 사람처럼, 처음으로 묶인 매듭에서 풀려난 그런 순간에, 빛이 밝아 오고, 순박한 감정의 풀밭에서 풀을 뜯을 때 우리의 몸은 잠에 여전히 젖어 있으면서도 마음은 꿈에서 풀려 나와(꿈속의 이야기는 우리가 생활하고 있는 삶과는 다르게 일탈적이고 너무 경악하게 만들거나 코믹하다.) 자유롭게 떠돌 수 있다.

그것은 당신이 어디에 있으며, 무엇을 위해 정착하려 하는지 모르기 때문이 아니다. 마리냐는 생각했다, 보그던의 헝클어진 머리카락이 옆자리 베개 위에 놓여 있다고. 사랑하는 남자가 이를 갈면서 자는 소리도 있었다. 입을 벌리고 코 피리를 불면서 자는 하인리히이거나, 혹은 눈을 부비면서 침대 곁 탁자 위에 놓인 안경을 더듬거리면서 찾고 있는 리샤드일 수도 있었다. 혹은 무수히 많은 남자들 중 하나일 수도 있었다. 하지만 이것은 그런 문제가 아니다. 이 순간, 오로지 이 순간만이 문제였던 것은 아니었을 것이다. 주변을 둘러볼 때, 한 이불을 덮은 사람과 침실 가구들을 향한 당신의 감정은 받아들일 만한 것이면서 동시에 그럴 수 없는 것이기도 하기 때문이다. 네 개의 구리 공으로 용마루 장식을 한 철제 침대 틀, 문짝이 내려앉은 평범한 옷장, 벽에 걸린 모토인 '여럿이 모여 하나E Pluribus Unum' 라는, 꿰어 놓은 구슬 같은 구절, '홈 스위트 홈' 이 수놓인 모직 천, 사람 머리카락으로 만들고 다듬어 놓은 꽃다발. 이 모든 것들은 몸을 감추고 책을 쓰거나, 혹은 은밀한 사랑을 나누려고 들어가는 호텔방의 장식처럼 적절한 자리에 아무런 개성 없이 놓여 있는 것처럼 보였다. 그것은 변신을 위해서는 더할 나위 없이 완벽한 세팅이었다.

개성을 부여하고, 사물을 개선하고, 소유의 영역을 확장하려는 충동은 얼마나 억제하기 힘든가. 처음부터 자신을 위해, 그리고 남들을 위해 좀 더 여러 공간을 창조하려고 했음은 분명했다. 다누타와 시프리언과 아이들을 위한 작은 어도비 벽돌 주거지 하나를 짓게 되자, 완다와 율리앙의 공간이 필요해졌다. 남들 귀에 들리지 않는 곳에서 자기들의 불행을 폭발시킬 처소가 필요했다. 알렉산더와 바바라의 거처에는 새로 마루를 깔고 벽을 세워야 했다. 그들은 이제 진정한 팔란스테르를 이루게 될 것이었다. 임대한 공간에 그처럼 돈을 쏟아 붓는 것은 어리석은 짓이었다. 그 땅을 사기 위해서는 6개월 이상 임대해야 한다는 단서 조항이 붙어 있었다. 이제 집주인은 그들에게 기꺼이 그 땅을 팔 것이다.

마리나는, 교회에서 신랑 옆에 서 있는 신부처럼, 이 남자를 정말 사랑하고 결혼하고 싶어하지만, 손가락에 반지가 끼워지기도 전에, 그녀 입에서 "네" 하는 답이 나오기도 전에, 그 결혼이 영원히 지속되지는 않을 것이며, 실패로 입증될 것임을 이미 깨닫고 예측할 수 있음에도 그런 예감을 쫓아버리고 결혼식을 강행하는 신부와 비슷하다는 생각이 들었다. 그처럼 열렬히 가슴에 품었던 것을, 그처럼 온 마음으로 추진했던 일을 방해하는 것은 경솔한 짓이다. 어쨌거나 추진해야 할 일이었다. 모든 것이 이 일로 수렴되었기 때문이다. 여기가 아니라면 어디에서, 어떻게 견딜 수 있었겠는가? 회의는 자신감과 공존할 수 있다. 성격을 구축해 나가는 희망과 노력이 있었는데 어떻게 성공하지 않을 수 있겠는가? 희망과 노력은 욕망과 마찬가지로, 그 나름의 가치를 가지고 있었다. 그들의 공동체는 비록 실패할지라도 성공한 것으로 볼 수 있으리라.

리샤드는 행운의 초록 바다 물빛 색깔의 대리석 잉크스탠드를 가지고 와서 축하 의식에 사용했다. 보그던은 루드케 씨와 면 서기, 표트르의 학교 선생님(샌프란시스코 출신의 평범한 여인이었지만 리샤드의 환상을 분명히 사로잡았다.)이 입회한 가운데 구입 증서에 사인을 하고 4천 달러가 들어 있는 봉투를 농장 소유주에게 넘겨주고 난 뒤, 집으로 돌아와서 축하를 했다. 마리나는 보그던을 지극히 부드러운 시선으로 응시했다.

"완다, 우리 모두 자리에 앉을 때까지 기다릴 필요는 없어." 율리앙이 귓속말을 했다.

"쇠고기와 양파 스튜!" 하고 알렉산더가 외쳤다. 아니엘라가 식탁에서 돌리고 있는 주발에서 양껏 덜어 먹으면서 말했다.

"이건 쇠고기와 양파 스튜가 아니라 귀사도인데요." 표트르가 정정했다. "방과 후 호아킨의 집에서 먹어 본 적 있어요."

"영어로 오늘을 축하해 봅시다."

마리냐가 축하를 했다.

> 누가 야심을 막으리오.
> 태양 아래 사는 것을
> 그가 먹을 음식을 구하고
> 그가 얻는 것에 즐거워하는 것을 말이오.

마리냐가 노래 불렀다. 마치 그것이 신호라도 되는 듯 리샤드가 합창을 했다.

> 이리로 오라, 이리로 오라, 이리로 오라.
> 여기서 그는 어떤 적도
> 만나지 않을 터이지만
> 겨울과 험악한 날씨는 있다네.

"브라보."

마리냐가 감탄했다. 보그던은 얼굴을 찌푸렸다. 바깥에서는 태양이 격렬하게 빛을 발하고 있었다.

프룬, 파파, 포타토, 프리즘.

"한 번만 더요."

야쿱이 말했다.

"프룬, 파파, 포타토, 프리즘. 그 단어를 모두 다 말할 필요는 없어요. 프리즘이 가장 중요해요. 그 단어를 발음하면 유쾌한 표정이 만들어지거든요. 그냥 흐름상 프룬, 파파, 포타토부터 먼저 시작하면 도움이 됩니다. 준비됐나요?"

사진사는 그 집 뒤에 있는 떡갈나무 곁에 카메라 상자를 설치했다.

"준비됐어요." 마리나가 6미터 정도 떨어진 곳에서 대답을 했다. 그녀의 손은 표트르의 어깨에 올려져 있었다. 보그던, 율리앙, 완다는 그녀의 오른편에 섰다. 마리나 왼편으로는 다누타, 시프리언, 그리고 각자 애완용 토끼를 안고 있는 그들 부부의 두 딸이 섰다.

플랫 크라운 스페인 모자를 뒤로 젖혀 쓰고(턱에다 끈으로 묶어서 모자를 고정시켰다.) 사진사는 검은 천 뒤에서 몸을 웅크렸다가 다시 모습을 드러내고는 했다.

"뒷줄에 계신 분들이 위로 올라설 수 있도록 어디서 상자를 구할 수 없을까요?"

"아니엘라, 너랑 다른 사람들이 키가 커 보일 수 있도록 할 만한 게 없겠니?"

마리냐가 고개를 돌리지 않은 채 폴란드어로 물었다.

"내가 어떻게 해 보죠." 리샤드가 대답했다. "헛간에 필요한 물건이 있을지도 모르겠어요."

여자 아이들은 토끼를 내려놓고 깡충대며 그들을 뒤따라갔다. 표트르가 앞장서서 헛간으로 달려갔으며, 리샤드와 아니엘라는 외바퀴 수레 가득 우유 통을 싣고 왔다. 바바라와 알렉산더, 리샤드, 야쿱, 아니엘라는 뒷줄에 다시 자리를 잡았다.

"내가 했던 말 기억하세요?"

"표트르, 프룬, 파파, 포타토, 프리즘." 표트르가 소리쳤다. "표트르, 프룬, 파파……."

"좋아요, 좋아, 꼬마 신사. 네가 엄마 아빠랑 다른 친구 분들에게 그 말을 할 수 있게 해 주렴……." 엘리자 위싱턴은 신중하게 그 집단을 바라보았다. "눈을 크게 뜨세요. 네, 좋아요. 이제 즐거운 표정 한번 지어 봐요. 먼 훗날 이 기록 사진을 보면서 정말 기뻐할 걸요."

그들은 정말 기뻐하게 될 것이다. 따가운 3월 오후의 맹렬한 햇살은 지나간 시절의 흑백 은총이 될 것이다. 그래, 그 시절 우리는 그랬어. 젊고 순수한 모습으로. 정말 그림 같았지. 마리냐는 검은 캘리코

드레스 위에 긴 오버스커트를 겹쳐 입는 개척민 복장 때문에 거의 눈에 띄지 않았다. 머리는 중간 가르마를 타고 뒤통수에 느슨하게 묶고 있었다. 보그던은 단정하지만 헐렁한 코듀로이 재킷을 걸치고 모직 바지를 새 웰링턴 장화 안에 집어넣었다. 표트르는 바둑판 무늬 셔츠와 짧은 데님 바지를 입었고 금발 머리카락을 귀에 맞춰 가지런히 잘라 한쪽으로 단정하게 빗겨 넘겼다. 아이는 미국 꼬마처럼 보였다. 어머, 이것 좀 봐요! 맥고모자를 쓴 리샤드라니! "그 바지는 붉은 색깔이었어." 리샤드는 자기 아내에게 말하면서(사실은 두 번째 아내에게), 손가락으로 사진을 가리키며 빛바랜 자신의 모습을 지그시 응시할 것이다. "플란넬 셔츠를 후크와 단추로 단단히 조여 매고 있군, 이 셔츠를 내가 얼마나 좋아했는데. 내가 입고 있던 옷값이 전부 합해서 얼마였는지 알아맞혀 봐요. 고작 1달러였다고!" 아니엘라는 마리냐가 일주일 전에 그녀에게 사 주었던 턱받이가 있는 앞치마를 입고 있는 자기 모습을 얼마나 재미있어 할까.

"우리 모두 유쾌한 표정을 지었는걸요." 보그던이 소리쳤다. "당신이 사진사잖소."

"유쾌한 표정을 지을수록 보기 좋아요. 약간 꿈꾸는 표정으로. 내 말뜻 알겠죠? 평상시 농부 가족들에게는 이런 주문을 하지 않아요. 근데 여러분들은 이 지역에서 내가 본 사람들과는 다른 것 같아서요." 카메라 뒤에 자리 잡았던 위치에서 빠져나와 사진사는 다누타에게로 다가갔다. "실례 좀 할게요." 사진사는 다누타의 보닛 모양을 바로잡아 주었다. 그런 다음 다시 카메라 뒤 자기 자리로 되돌아갔다. "인원이 아주 많으니까 조금만 더 자연스럽게 해 주세요. 내 말은 너무 풀어지지는 말고, 조금만 긴장을 풀어 달라는 거예요. 마치 즐거운 시간을 보내고 있는 것처럼요. 언제나 하는 말이지만, 종종 너무 근엄하게 보일 수 있거든요. 어느 나라에서 오셨나요?"

"폴란드요."

보그던이 대답했다.

"아, 저런. 여러분 모두 폴란드에서 오신 건가요?"

"전부 다요."

야쿱이 말했다.

"어머, 이거 멋진 일 아닌가요? 세계 각국에서 제각기 다른 민족들이 미국으로 오니까요. 그런데도 난 폴란드로 갈 생각은 결코 하지 않을 거예요. 폴란드는 러시아 가까이 있죠, 안 그래요?"

"정말 가까이 있어요."

시프리언이 맞장구쳤다.

"러시아도 미국처럼 큰 나라죠, 그렇죠? 당신 나라도 정말 흥미로운 나라일 게 분명해요. 작은 나라들을 전부 가서 보고 찍을 수 있으면 얼마나 좋을까. 언젠가 유럽에 갈 작정이랍니다. 아직 시간을 벌려고 하는 중이거든요. 짐마차를 타고 방방곡곡을 돌아다녀요. 지금 여기서 보다시피요. 멈추고 싶은 곳이면 언제든지 멈춰서 원하는 건 모두 사진으로 찍죠. 사람들이 날 비웃는다고 생각하세요? 캘리포니아에서 온 그 새는 누구냐, 하고 말들 하겠지요. 그런 건 상관하지 않아요. 그냥 무시해 버려요."

위싱턴이 웃으면서 마리냐를 쳐다보았다. "아, 당신이 미소 짓는 걸 보았어요."

애너하임의 주간지인 『가제트』에 실린 광고를 보고 자기 공동체의 단체 사진을 찍자고 의견을 낸 것은 마리냐였다.

엘리자 위싱턴 부인—사진작가.
품질 좋은 유리판 사진과 은판 사진입니다!
위싱턴 부인, 이 분야에서 완벽한 기술을 가진 그녀는
결코 실망시키는 법이 없습니다.
애너하임에 있는 플랜터스 호텔에 일주일 동안 머물 것입니다.
방 번호는 9호실입니다.
찾아 주십시오. 가격은 적절합니다.
틀림없이 똑같이 찍어 드립니다.
"실체가 사라지기 전에 그림자를 확보하라."

마리냐는 세 명의 아이들을 포함하여 14명의 사진을 찍으러 와 줄 수 있는지 위싱턴 부인에게 알아보라고 리샤드를 마을로 보냈다. 리샤드는 기회다 싶어 학교 선생님과 은밀한 시간을 즐긴 후 호텔로 어슬렁어슬렁 갔다. 입구 근처에 세워둔 짐마차에는 삼각대 위에 세워둔 카메라를 묘사한 광고가 그려져 있었는데, 다부지고 나이 든 여자가 카우보이모자를 쓰고 검은 알파카 외투를 입고 앉아 있었다.

"위싱턴 부인, 이렇게 밝은 곳에서 뵙다니요." 리샤드는 자신의 새 맥고모자를 가볍게 들어 인사를 했다. "당신이 바깥 햇살 아래 있을 것이라고는 생각 못 했는걸요."

리샤드는 자기 임무를 설명했다. 위싱턴은 찾아올 고객을 실내에서 기다리는 게 너무 지루하기 때문이라고 했다. "저는 빛에 의해, 빛을 위해 살아가는 사람이거든요." 위싱턴은 다음 날 아침 자기 이동 스튜디오를 농장으로 몰고 가겠노라고 승낙했다.

폴란드 정착민들은 독립적인 미국 여성 사진사를 보고 반했다. 위싱턴이 망가지기 쉬운 유리 감광판을 넣어 둔 상자, 꾸러미, 화학약품이 든 병들, 다리를 두 배로 늘릴 수 있는, 접어놓은 삼각대들을 차례차례 푸는 동안 그들은 그냥 넋을 놓고 지켜보았다. 위싱턴은 필라델피아 박스 카메라를 "내 새끼"라고 불렀다. 그녀는 휴대용 암실을 설치하고 그 안에서 소금, 감광유제를 진열해 놓고 감광판에다 감광성을 주고 현상하기 위한 물 탱크를 비치했다. 접어놓은 삼각대를 풀어서 펼치고, 그 위에다 카메라를 올려놓았다. 가로가 12.7㎝이고, 세로가 20.3㎝인 유리 감광판을 헹궈 낼 물탱크에 채울 물을 떠다 달라고 부탁한 것 이외에 위싱턴은 돕겠다는 남자들의 청을 전부 물리쳤다. 율리앙이 미국으로 와서 농부가 되기 이전에 과거 폴란드에서는 화학 선생이었다는 이야기를 듣고는 얼굴빛이 환해지면서 반가워했다. "아, 그래요?" 위싱턴 부인은 "사진술은 화학이죠. 사진술이 화학이 아니라면 뭐겠어요?" 하고 답했다. 위싱턴은 율리앙에게 비좁은 휴대용 암실을 들여다볼 수 있도록 해 주는 한편, 자신은 유리판에다 감광소금을 뿌리고 그 위에 젖은 콜로디온을 입혔다. 알부민을 입히는 것보다 콜로디온이 훨씬 나은가요, 하는 율리앙의 식견 있는 질문에 위싱턴은 뿌듯한 보람을 느꼈다. 이와 더불어 율리앙은 콜로디온의 주요 성분인 니트로셀룰로오스가 폭발성이 있어서 위험하지 않느냐("그래요. 우리는 그걸 면화약이라고 부른답니다." 하고 쾌활하게 대답해 주었다.)는, 새겨들을 만한 관심과 염려 또한 보여 주었다. 야쿱이 그가 농부이면서 화가라고 밝혔을 때 위싱턴은 야쿱 또한 끼워 주었다. "사진은 물론 그림이기도 하죠." 그녀가 반기며 말했다. "사진은 빛으로 그리는 그림이니까요." 그녀의 모리슨 렌즈 한 쌍은 어떤 화가가 그릴 수 있었던 것보다도 유사성으로 말하자면 훨씬 우월한 성능을 보여 줄 것이라고 했다.

위싱턴이 집이라고 부르는 곳인 북부 지역(이오네 시티라고 불리는, 시에라 산악 지대에 있는 작은 산간 마을)에 사진 스튜디오가 있었지만, 매년 몇 개월 동안 집을 떠나 짐마차를 몰고서 단층, 골짜기, 별난 암석 모양, 거대한 선인장 등과 같이 사진을 찍을 만한 곳을 물색하며 찾아다녔다. 위싱턴은 여러 곳을 편력하는 생활을 하면서 사진을 찍어 주고 돈을 벌었다. "결혼식과 장례식이 최고예요." 그녀가 자기 경험을 말했다. 애너하임은 두 가지 측면에서 다 실망스러웠으므로 이 사진을 찍고 나면 떠나겠다고 했다.

위싱턴은 남부와 북부를 무수히 오르내리면서 여행을 했다고 이야기해 주었다.

"혼자서요?"

바바라가 감탄했다.

"무섭지 않아요, 위싱턴 부인?" 다누타가 물었다. "많이 무서울 것 같은데."

"전혀요."

"조수를 데리고 다니면 훨씬 안전할 텐데요."

리샤드가 거들었다.

"콜트 권총을 가지고 있어요. 사용법도 알아요."

그녀는 엉덩이에 차고 있는 권총을 쓰다듬으면서 대답했다.

사진을 찍고 난 연후에 그들은 점심 식사에 그녀를 초대했다. 자기 짐마차로 돌아가서 이동할 때보다 더 행복한 때는 없다고 말했다. "나에게는 역마살이 있나 봐요." 위싱턴이 말했다. "내가 억누르고 있던 그 모든 인내심이 염류와 콜로디온을 섞는 순간 고갈돼요. 감광판을 준비하고 이미지를 고정시키기 위해 마음을 집중할 동안 말이에요. 렌즈를 들여다볼 때마다 새로운 것을 날마다 발견할 수 있다는 건 축복이죠." 위싱턴은 실내에서 차 한잔 하자는 초대에는 응했다.(위스키는 없겠죠, 그죠? 물론 없을 테죠. 당신네들은 러시아 사람들처럼 보드카를 마실 테니까요. 그러자 "러시아 사람들이 우리처럼 보드카를 마신다고 하면 차라리 좋을 텐데요." 하고 시프리언이 고쳐 주었다.) 유리잔과 위스키 병이 응접실 소파에 나오자, 이야기가 길어질 것처럼 보였다. "첫 번째 감광판을 노출시키려고 하는 순간, 우아하게 포지션을 변경하는 숙녀 분은 정말 인상적이었어요." 마리냐가 미소를 머금었다. "원하면 누구라도 사로잡을 수 있는 미소를 짓더군요. 웃고 있는 자신의 초상을 원하는 사람은 거의 없지만요. 거장들이 그렸던 그림에서는 광대와 바보들만 웃었으니까요. 사진은 우리의 본질을 보여 줘야 하고 그러려고 노력하지요. 기억되고 싶은 방식으로 찍는 거니까요. 그러니까 평온한 표정을 뜻한다고 할까요."

"개도 미소 지어요, 위싱턴 부인. 다윈은 거기에서 자기 이론을 세우고 있어요."

"사실이고말고요. 그런데 개가 의미하는 건 뭐죠? 그 개가 행복하다는 건가요? 아니면 주인을 즐겁게 해 주려고 그런다는 건가요? 그건 가식일 수 있어요."

"사람들이 미소 지을 때, 그들이 의미하는 건 뭘까요?" 리샤드가 물었다. "그럼, 아마 우리 모두 가식적일 수 있겠죠."

"내 생각에는……."
완다가 말문을 열었다.
"완다, 그냥 듣고만 있어." 율리앙이 윽박질렀다. "제발 부탁할게."
"얼굴 근육을 굳게 만들고 미소를 억제하는 것, 카메라는 그런 사진을 거의 찍을 수 없기 때문에! (위싱턴 부인은 손가락을 딱 하고 퉁겼다.) 가식처럼 보이거나 그보다 못한 표정이 나올 수밖에 없거든요. 음화를 현상할 때 사진사는 피사체가 미소 짓고 있다기보다는 금방이라도 울음을 터뜨릴 것 같은 표정을 보게 될 수도 있어요."
"아니면 그 두 가지 모두거나."
마리냐가 거들었다.
"사진사 앞에서 포즈를 취한 적이 많죠, 아닌가요?"
마리냐가 고개를 끄덕였다.
"그럴 줄 알았어요. 렌즈 뚜껑을 벗기기 직전 당신은 눈썹을 약간 치뜨면서 둥글게 말아 올렸어요. 그게 뺨을 길고 타원형으로 만들거든요. 뭘 해야 하는지 아는 사람을 만나는 건 즐거운 일이랍니다. 옛날에 무대에 섰던가요?"
"그랬죠, 위싱턴 부인."
"코믹한 역할은 하지 않았던 게 확실해요. 자바 부인, 자웨 부인……. 미안합니다. 폴란드 이름은 발음하기가 너무 힘들어서요. 부인은 엄숙하고 진지한 사람이었을 게 확실해요. 하지만 미소를 지을 때면 선물, 그것도 특별한 선물 같다고 보는 사람들은 느꼈을 겁니다. 그게 느껴지더라고요. 당신이 날 보고 미소를 지을 때 선물 같다는 느낌을 받았으니까요."
"대단한 관찰력이신데요, 위싱턴 부인. 극장에 많이 가는 편인가요?"

"아니요, 이오네 시티에는 극장이 없어요! 광산촌이었을 때마저도. 그곳은 아직 이오네 시티가 아니었죠, 전혀 아니었어요. 광부들은 그곳을 빈대 쫓기 동네라고 불렀죠. 잘 살아 본 적이 전혀 없었던 곳이었으니까요. 난 꼭 25년 전에 뉴욕에서 왔어요. 뉴욕에 있었을 때는 보고 싶은 모든 연극을 보았고 좋아하는 배우들에 관한 것들을 스크랩북으로 한가득 채웠어요. 남편이 황금 나팔이 울리는 곳으로 가기로 결정했을 때 그이를 따라 캘리포니아로 왔는데 그곳의 모든 게 그리웠어요. 사고로 남편이 절벽에서 떨어져 죽자 난 홀로 남게 되었죠. 가엾은 양반이었죠. 그 이후 빛의 예술을 마스터하기로 작정했어요. 양손 가득 금괴를 자랑하거나 자기를 내세우고 싶어하는 남자들의 사진을 주로 찍어 주는 거였죠. 사람들마다 사진사로 간판을 내거는 것이 여자로서는 대단히 특이하다고 생각했어요. 순회 사진사는 더 말할 것도 없었고요. 무거운 상자들을 전부 끌고 다녀야 했으니까요. 난 내가 강한다는 걸 알아요. 내가 정말로 원했던 건 토지 측량 기사였죠. 여성에게 그런 직업은 허락되지 않았어요. 어쨌거나, 연극을 보러 가지 못하는 걸 유감으로 생각한 적은 없어요. 사람들이 그냥 자기 자신이 될 때 난 정말 감사하답니다. 그들은 그렇게 사는 것 이외에는 방법을 모르기 때문이지요. 최근 여행 중에 만나서 사진을 찍었던 사람들에 관해 한번 얘기해 볼게요. 그들의 흔치 않은 운명이 그 여자를 풍경의 일부처럼 자연스럽게 만들었거든요."

말을 마치고 워싱턴은 방을 휘둘러보았다.

"여러분 모두 캘리포니아에 온 지 얼마나 되었나요?"

"거의 6개월이 되어 갑니다."
보그던이 대답했다.
"그 정도 기간이었다면 누군가가 놀라운 여성인 유랄리아 페레즈 드 귈렌Eulalia Perez de Guillen에 관한 이야기를 들려주지 않던가요? 이곳에서 그녀를 모르는 사람은 없어요. 모른다고요? 지금은 패서디나라고 부르는 땅을 한때 소유했던 사람이었지요. 뭐 그렇다고 그 때문에 유명해졌다는 말은 아닙니다만. 다가올 12월이 지나면 그녀는 141번째 생일을 맞게 돼요. 그래요. 그녀는 저기 산 가브리엘 밸리로 되돌아와서 증손자와 함께 살고 있어요. 자기 자녀들과 손자들은 오래전에 죽었거든요. 1735년의 빛을 보았던 사람이 기대할 수 있는 건 뭘까요? 그곳에서 태어났고 125년 전 그녀가 어린 소녀였을 때 그랬던 것처럼 미션 교회를 도우려고 되돌아왔거든요. 일전에 난 미션 교회 정원에서 그녀의 유리판 사진을 찍었어요. 그런 노파를 상상할 수 있겠어요? 작고, 허리는 굽고, 머리카락도 없고, 이도 없고, 주름살이 자글자글한 거의 대머리인 늙은 노파를요. 그녀 나이 정도라면 오래된 정원에 있는 작은 관목과 같을 것으로 생각했을 수도 있겠지요. 그런데 어쩜, 어린 송아지처럼 안절부절 못 하던데요. 그녀는 카메라를 향해 포즈를 취할 때 사람들이 흔히 그런 것처럼 경건하게 구는 법조차 몰랐어요. 그런데도 나는 그녀의 사람 좋아 보이는 미소를 찍지 않을 수 없더군요."
"저런, 끔찍하군요."
보그던이 기가 막혀 했다.
"죽는 법 또한 모르는 것 같은데요."
리샤드가 말했다.

"우리 모두에게 영감을 주죠."

위싱턴 부인이 말했다. 그녀는 술잔을 비웠다.

"자, 그럼 이제 떠나야겠어요. 전 며칠 지나지 않아 팜 스프링스에 갈 겁니다. 그곳에서 사막으로 들어가 표석 사진을 찍으려고요. 그 이후에는 로스앤젤레스에 있게 되겠죠. 동료 중 한 사람이 작업실을 가지고 있어서 사진을 인화하여 대지 작업을 할 겁니다. 3주일 지나 애너하임을 다시 거쳐 가야겠지요. 사진이 마음에 들지 않으면 돈을 지불하지 않아도 됩니다. 하지만 분명히 사진이 맘에 들 겁니다. 여러분 모두 그처럼 개성 있는 얼굴들을 하고 있으니까요."

"우와, 전에 그런 사람 본 적 있었어요?" 리샤드가 감탄하며 물었다. "오로지 미국에서나 찾을 수 있는 여성 유형이잖아요. 여자와 남자가 전혀 다르지 않다고 보는 미국에서나 가능한 여성 말입니다. 다른 사람들에게 명령을 내리는 위치에 있는 여자요. 그녀는 남자죠! 빨강 머리카락에다 남자 모자하며 권총집에 콜트 권총을 차고서 아침나절부터 위스키를 달라고 하질 않나. 씩씩하게 자기 생각을 개진하는 것하며. 정말 멋져요, 멋져!"

"그녀가 맘에 들어요." 마리냐가 말했다. "용감하잖아요."

"1735년에 태어났던 할머니에 관한 이야기가 좋았어요."

바바라였다.

"출생증명서를 보고 싶더군." 율리앙이 의심쩍어했다. "곧이곧대로 믿을 수가 없어. 그렇게 오래 살 수 있는 사람이 어디 있겠어요?"

"엄마 생각은요?"

마리냐가 표트르에게 손을 내밀어 아이를 자기 무릎으로 당겼다.

"그녀는 훌륭한 사진사일 테죠."

리샤드가 인정했다.

"그녀는 분명 좋은 소재이기도 해요." 야쿱이 말했다. "그녀의 초상화를 그리고 싶었어요. 화가의 모델이 될 만큼 부동자세로 계속 있을 사람이 전혀 아닌 것 같지만."

"전혀, 아니지. 세상에." 시프리언이 나이 지긋한 그 여자의, 코맹맹이 소리로 길게 늘이는 말투를 흉내 냈다. "난 포즈 취하는 걸 좋아하지 않아요. 난 성질이 급한 사람이거든요."

마리냐가 웃었다.

"딸아이들이 아직 어렸을 때 아이들 모습을 간직할 수 있으면 좋을 것 같아요."

다누타가 말했다.

사진을 찍으면서 모든 사람들은 미래로 옮아 갔다. 좀 더 젊었던 시절은 오직 기억 속에서만 남아 있게 될 그런 시절로 말이다. 사진은 증거물이었다. 마리냐는 현상해 달라고 주문한 사진 중에서 한 장은 어머니, 다른 한 장은 헨리크, 또 다른 한 장은 그들이 정말 여기 미국에 있으면서 용감하게 새로운 생활을 추구하고 있다는 증거로 보그던의 누나에게 보낼 생각이었다. 그들 자신에게도 먼 훗날, 어렵고 힘든 초기 시절을 보여 주는 유물이 될 수 있을 것이다. 새로운 정착지에서 6개월을 보낸 뒤, 그들은 만5천 달러를 쓰고도 아무것도 손에 쥐지 못했다. 사진은 자신들의 모험이, 시도는 했지만 성공하지는 못했다는 것을 보여 주는 증거물이 될 수도 있을 것이다.

"사진에 나타난 내 모습을 보면 충격 받지 않을까 두려워요." 두 사람만 남게 되자 마리냐가 보그던에게 말했다. "내 모습이 어떨지 생각한 적이 없었거든요. 그런데 지금 모습이 최선의 모습이 아니라는 걸 알면 마음에 걸릴 테니까."

보그던은 그녀가 예전과 다름없다(진실이 아니었다.)고, 마리냐는 언제나처럼 자신에게는 아름답다(이것 또한 진실은 아니었다.)고 위로했다. 하지만 마리냐는 위안을 느끼지 못했다. 포즈, 포즈. 오직 포즈만 남은 것 같은 기이한 여운이 남았다. "여배우로서 사진을 찍히는 것이 자연스러웠요. 내 역할에 맞는 의상을 걸치고, 카메라 앞에서 어떤 포즈를 취해야 하는지 알고 있었어요. 어떤 모습으로 보이고 싶은지도 알았고요. 오늘은 공허한 포즈를 취하고 있었어요. 무엇인가를 제공해야 한다는 가식을요. 사진 찍히는 연기를 하고 있었다고요!"

사진을 찍으면서 진지하게 느끼기는 불가능하다. 이름을 바꾸고 난 뒤 자신이 동일인이라는 느낌을 갖는 게 불가능한 것처럼.

마리냐의 꼬마 아들이 맨 처음 자기 이름을 스스로 바꿨다. 2월 어느 날, 아이는 자기 이름은 피터라고, 학교에서 그렇게 부르기로 했다고 통보했다. 아이의 새된 목소리가 주는 단호함에 깜짝 놀란 마리냐는 그것은 불가능하다고, 표트르는 세례명이고 게다가 애국적인 폴란드 아이가 어떻게 독일 이름을 원할 수가 있느냐고 대답했다.

"그건 독일 이름이 아니야, 엄마. 미국 이름이라고요!"

"걔네들이야 뭐라고 부르든, 부르고 싶은 대로 부르라고 해. 하지만 네 이름은 표트르야."

"엄마, 엄마가 틀렸어요. 피터는 미국식 이름이라니까!"

"표트르, 이 문제는 여기서 끝내."

"엄마가 표트르라고 부르면 난 대답하지 않을 거예요." 아이는 울부짖으면서 부엌으로 달려가 아니엘라의 품에 안겼다.

아이의 말은 진심이었다. 아이가 날마다 학교를 오가는 길 하수관에는 소인 가족이 살고 있었다. 그 가족은 표트르에게 이름을 바꾸라고 지시했다.(걸리버의 소인국에서 나오는 사람들처럼 표트르가 상상 속에서 만든 가족. 옮긴이) 그들은 아주 작아서 소년의 손보다 크지 않았다. 그 가족은 아이들이 주렁주렁했는데, 표트르는 학교를 가다가 항상 멈춰서서 그들과 이야기를 했다. 그들은 아이에게 이야기를 해 주면서 어떻게 해야 하는지 들려주었다. 어느 날 미구엘이 말을 타고 지나갔다. 미구엘은 학급에서 대장이었으며 자기 조랑말을 타고 학교에 다녔다. 미구엘은 표트르가 하수관 옆에 쪼그리고 앉아 그 안을 들여다보면서 이야기하고 있는 모습을 보았다. 폴란드 학우는 그곳에 있는 소인 가족들에 관해 미구엘에게 이야기해 주면서 사실은 자기 이름이 피터라고 말했다. 그로 인해 둘 사이에 유대감이 형성되었다. 미구엘과 아이는 이제 진정한 친구가 되었다. 아이는 엄마가 더 이상 예전처럼 예쁘지 않게 된 이후로는, 엄마를 화나게 만드는 것이 훨씬 더 두렵기는 했지만, 그럼에도 이 문제를 참고 견디면서 해결하려고 들었다.

아이는 투쟁 시작부터 바로 이겼다. 마리냐는 더 이상 아이 이름을 부르지 않았다. 마리냐는 "얘야" 혹은 "꼬마야" 하는 식으로 부르기 시작했고 아이는 그런 사랑 표시에 공손하게 대답했다. 그런 식으로 억제하는 게 마리냐로서는 화가 나는 일이었지만 어쩔 수 없었다. 그녀의 등 뒤에서, 특히 아니엘라는 새로운 이름을 쓰겠다는 표트르의 투쟁에 이미 굴복했다는 의심이 들기도 했다. 이런 투쟁은 두 달간 지속되었다. 그러던 어느 날 아침, 아이가 학교로 가려고 하는 중에, 마리냐가 불러 세웠다.

"잠시 이리로 오렴."

"안 돼요. 지각인데!"

"시키는 대로 말 들어."

"뭔데요, 엄마?" 마리냐는 아이와 마주보고 앉아서 기름기가 잔뜩 묻은 아침 접시를 쌓아올리기 시작했다. "엄마, 지각하면 혼나요!"

마리냐는 자기 손을 무릎에 포갰다. 그러고는 목청을 가다듬었다. "좋아, 내가 졌다."

아무 설명이 필요 없었다. 잠시 침묵이 흐른 후, 아이는 책가방에서 석판을 꺼내 식탁 위에 올려놓았다.

"이제 학교 가고 싶지 않니?"

마리냐가 부드럽게 물었다. 아이는 분필을 꺼내 석판 위에 올려놓았다.

"너의 양아빠와 다른 사람들에게도 말해 주마. 우리가 결정한 것을 말이다."

아이는 식탁 위로 석판을 밀어서 엄마에게 보냈다. 마리냐는 대문자로 아이의 새 이름을 석판 위에 또박또박 적어서 돌려주었다. 아이는 경건하게 고개를 끄덕이고는 석판을 책가방 속에 넣고 학교로 갔다.

표트르가 피터가 된 지 얼마 지나지 않아 아이는 자기 방을 갖게 되었다. 인디언 일꾼들이 지어 준 두 채의 새 주거지 덕분에 시프리언과 다누타와 그들의 자녀가 이제 분리된 숙소를 갖게 되었다. 그리고 바바라와 알렉산더에게도 새 공간이 생겼다. 각각의 부부들은 자기들만의 화덕을 가지게 되었고, 율리앙은 남은 어도비 벽돌을 가지고 옥외 오븐을 지었다. 하지만 사람들은 여전히 마리냐와 보그던의 집 식당에서나 아니면 뜰에 있는 긴 테이블에서 함께 식사를 했다. 가장 온건한 형태의 공산주의자들인 이들은 결혼 제도를 폐지하라는 푸리에의 요청을 재빨리 무시해 버렸다. 결혼 생활에 만족스러워하는 알렉산더를 보면서 평생 독신으로 사는 것이 불합리한 꿈이라고 치부했다. 그러면서도 가족애의 보존이 가족들끼리만 모여 앉아 우울하게 식사하는 것이 아니라는 점에는 동의했다. 낮 동안 각자의 관심과 노동으로 인해 분산되었던 것들을 통일시킬 필요성을 느꼈다. 교육받은 폴란드인들이 오랫동안 지속해 왔던 것처럼 밤이 이슥할 때까지 그들은 토론하고 이야기하는 데 익숙해져 있었다. 비록 그 때문에 다음 날 노동할 에너지가 부족할지라도 말이다.

그들이 정신적 노동과 육체적 노동의 이상적인 결합에 도달하는 것과는 여전히 거리가 멀었지만, 적어도 본가에 도서관은 만들었다.(새로 짠 서가에 마지막 남은 책 꾸러미를 풀어서 정리했다.) 마리냐는 샌프란시스코에서 뚜껑과 철제 다리를 가진 제대로 된 피아노를 주문(7백 달러에 구입하다니, 횡재였다.)했다. 음악보다 더 강력하게 향수를 자극하는 것은 없었다. 저녁을 먹은 후 함께 둘러앉아 음악을 하게 되자 비로소 자신들이 얼마나 폴란드를 그리워했던지 깨닫게 되었다. 그들은 음악을 그리워했다. 그들은 폴란드 작곡가들의 음악을 그리워했다. 쿠르핀스키의 가곡, 오진스키의 왈츠, 무엇보다도 쇼팽의 적나라한 표현 예술을 그리워했다. 미국이라는 허허로운 공간의 가장자리에 있는 변경의 거류지에서는 그런 음악마저 특별하게 들렸다. 미국적인 숭엄함으로 되울렸다. 외국의 통치로부터 독립을 원하는 폴란드인의 투쟁에 관한 음악적인 상징으로 전 세계에 잘 알려진 쇼팽의 폴로네즈와 마주르카는 부지불식간에 애국심이라는 비애감을 드러내는 것처럼 보였다. 기분이 무한정 오르락내리락하게 만드는 쇼팽의 야상곡은 망명과 향수의 슬픔 때문에 무겁게 가라앉는 것처럼 보였다.

비애감에 기꺼이 젖어들려고 했더라면 그들은 한숨을 쉬고 또 쉴 수도 있었을 것이다. 뒤에 남기고 온 것들에 감정을 투사하기란 그처럼 손쉬운 법이었다.

헨리크, 당신은 사진을 받아 보고 한숨을 쉬었던가요? 당신 진찰실에 놓여 있는 데스크 위쪽 벽에 걸린 멋진 호두나무 액자가 보여요. 우리 얼굴과 괴상한 복장을 확대경으로 꼼꼼히 살펴보았겠죠. 어련했을까. 잠깐 동안 그 사진에 들어 있는 당신 모습을 상상해 보기도 했나요? 우리와 함께 오지 않은 것을 후회한 적 없었어요? 사랑하는 우리의 친구, 당신은 언제나 우리와 함께 있을 수 있어요. 그러니, 지금이라도 와요! (그리고 편지 뒷부분에는 "캘리포니아에서는 전혀 두통이 없어요. 전혀." 하고 적혀 있었다.) 하지만 사람들은 제각기 달라요. 우리 중 일부는 새로운 이름도 가지게 되었다는 걸 얘기했던가요? 표트르는 내가 피터라고 부를 때만 대답을 해요. 이곳 사람들은 보그던을 보브단이라고 부르고, 리샤드는 자신을 리처드라고 부르기로 아예 작정했어요. 야쿱은 제이크라면서 놀려요. 우리 모두 잘 지내고 있지만, 그중에서도 내 꼬맹이 아들이 가장 잘 지내요. 이제 표트르, 아니 피터로서의 표트르, 간단히 피터는 완전히 딴 애가 되었어요. 키도 자라고, 탄탄해지고 겁도 많이 줄었어요. 이제 아이는 말안장도 없이 인디언들이나 멕시코인들처럼 말을 탈 수 있답니다. 친구도 사귀고. 마을 처녀에게 피아노도 배우고 있어요. 헨리크, 아이가 얼마나 컸는지 어쩌면 몰라볼 거예요! 우리 모두 이름을 바꿔야 할지도 몰라요.

헨리크에게인들 어떻게 불평을 털어놓을 수 있었겠는가. 그들 모두가 바람직한 방향으로만 변한 것은 아니라는 말을 그에게 했던가? 시프리언과 알렉산더는 자질구레한 허드렛일과 보살피는 일을 다소 지루해하는 것처럼 보였다. 율리앙은 언제나처럼 추진력은 있었지만 불쌍한 완다를 구박하는 것도 여전했다. 여자 친구들이 그립다는 말을 그에게 했던가? 완다는 (친구가 아니라) 동정의 대상일 뿐이었다. 다누타와 바바라는 도무지 좋아할 수가 없었다. 율리앙보다 훨씬 낫고, 다정다감한 남편 때문에 행복하고 만족해하는 그들을 마리냐로서는 좋아할 수 없다는 걸 깨달았다. 그들 또한 그렇고 그랬다. 그런 점을 어떻게 점잖고 부드럽게 말할 수 있었겠는가. 결혼 제도 자체를 혐오한다는 사실을 그에게 말했던가? 마리냐 자신의 특별한 결혼도 예외는 아니라고 말했던가? 오로지 끈질기고 영리한 리샤드와 야쿱만이 독신 상태를 유지하면서 마리냐의 신경을 긁지 않았다. 사랑하는 보그던은 물론 긴장하고 언제나처럼 과잉보호하려고 들었다. 정신적인 자극이 결여되어 있으므로 자신이 점점 멍청해질까 봐 조바심내고 있다고 그에게 말했던가? 결혼 생활보다도 더욱 본질적인 공동체 생활에 자제심을 발휘하기가 점점 어려워지고 있다는 사실을 그에게 말했던가? 아니, 그 어느 것도 말할 수 없었다.

마리냐가 헨리크를 얼마나 그리워하고 있는지는 분명히 말했다.

위기에 처한 집단에 대한 충성심은 마리냐의 직업 생활에서 비롯된 미덕이었다. 새로운 연극에서 주인공 역할을 맡아서 수락하고 연습하게 되면 자신의 모든 노력에다 남들의 노력을 전부 다 보태도 제대로 되지 않을 때가 있다. 연극은 생각했던 것보다 훨씬 더 기대에 못 미치지만, 그렇다고 딱히 실패라고 할 수 없는 경우도 있다. 무엇보다도 그 연극의 장점을 잘 이해하는 사람에게는 그럴 수 있다. 주인공은 감사할 줄 모르는 아이를 사랑하듯, 그 연극을 사랑한다. 아마도 결국 그 연극은 통하게 될 것이다. 모든 사람들이 작품을 구출하려고 안간힘을 쓴다. 텍스트에서 자를 것은 자르고 바꿀 것은 바꾼다. 더 생생한 무대장치를 고안하고, 무대배경 화가는 마지막 막을 위해 새로운 아이디어를 내놓는다. 그러므로 희망을 버리는 것은 잘못일 수도 있다. 동료 배우들과 함께 결속을 굳혀 단결하고 연극을 옹호한다. 단지 옹호 정도가 아니라 극단 바깥에 있는 모든 사람들에게 그 연극을 칭찬한다. 매사가 다 잘될 것이라고 스스로에게 최면을 건다. 그 말에 진심이 실려 있지 않은 것도 아니다. 자기가 행하고 있는 것에 믿음을 갖는다. 무엇보다 작품에 반드시 믿음을 가져야 한다.

남들이 편지에서 불평을 하는지 어쩌는지 마리냐는 알 수가 없었다. 그 공동체가 화목하게 지내고 미래만 염두에 두면서 지내려는 모든 것들이 자기 노력 여하에 달려 있다는 것만 알고 있었다. 마리냐는 책임감을 받아들였다. 그런 힘을 가지고 있었으므로 포기할 수 없었다. 그녀의 힘은 아직 변형시킬 수 있는, 그녀가 연기했던 영웅적이고 표현적인 역할의 잔상에 의해 빛나는 존재라는 데 있었다. 버터를 만들고, 빵을 굽고, 아니엘라를 가르쳐서 저녁을 준비하게 했던 그 여자는 한때 자기 사촌인 엘리자베스 여왕이 내렸던 참수 명령을 용감하고 위엄 있게 받아들이는 역할을 했으며, 제정신이 아니었던 오셀로의 손이 자기 목을 조르도록 했으며, 마르쿠스 안토니우스의 죽음이라는 비보를 접하면서 가슴에 이집트산 코브라를 얹어 놓은 채 침실에서 고독하게 절명했으며, 그렇게 하여 사랑스러운 동백나무를 사후에 남겼다. 이 모든 것을 전부 다 해 보았다. 위풍당당하고 통렬하게, 도무지 거역할 수 없는 매력으로. 마리냐에게는 폴란드에서 보여 주었던 그런 모습이 더 이상 남아 있지 않을 수도 있었다. 하지만 거친 노동에도 그녀의 걸음걸이, 귀 기울이려고 고개를 돌리는 모습에서 침묵하거나, 혹은 그중에서도 가장 매혹적인, 말하는 모습에서는 그다지 변한 것이 없었다. 낭랑한 첼로 목소리로 이웃의 소 떼가 겨울보리 수확물을 먹어 치웠을 때 이웃 사람들에게 소들이 그러지 않도록 해 달라고 간곡하게 타이르는 목소리에서 사람들은 샤일록에게 자비를 베풀어야 한다고 선언했던 그 목소리의 운율을 들을 수 있었다. 도망친 로미오에게 새벽이 오리라는 것을 부인했던 목소리, 죄책감에 시달리는 맥베스 부인이 꿈속에서 절규하는 목소리, 의붓아들을 사랑한 페드라의 관능적인 갈망의 목소리가 들렸다. 그런 귀품의 후광이 완전히 사라지기까지는 오랜 시간이 걸렸을 것이다.

왕좌에 있던 여왕 마리냐를 보았던 사람들에게는 아무리 폐위가 되었다 하더라도 여전히 여왕이었다. 하지만 마리냐는 이곳 캘리포니아에서는 과거 자신이 어떤 존재였는지 말하지 않기로 맹세했다. 지금 현재 이민자로서 그녀는 아무런 설명이 필요 없었다. 그들의 도착(그들의 옷, 그들의 국적, 그들의 무능)이 그 지역을 술렁거리게 했지만 캘리포니아에서는 오랜 기간에 해당하는 6개월이 지나자, 미국의 다른 지역에 비해 변화를 수용하는 속도가 더욱 빠른 이 지역에서 그들의 존재는 거의 당연시되었다. 마리냐의 두드러진 개성이 동네 사람들에게 미쳤던 가장 강렬한 인상은 남편과 친구들과 함께 세인트 보니페이스 성당의 일요일 미사에 새 모자를 쓰고 나타났을 때 보여 준, 이전과 다름없는 과도한 위엄이었다.

그들은 더 이상 신참이 아니라 이제는 오래된 현지인에 가까웠다. 이제는 심지어 중국인도 있었다. 그들은 주로 빨래를 담당하거나 들판에서 일하는 일꾼이었다. 미국인들과 이웃사촌들인 영국의 자영농민들도 들어왔다. 2월에는 스스로 소시에타스 에드니카Societas Edenica라고 부르는 집단, 즉 27명의 어른과 19명의 아이들이 애너하임 북쪽 백 에이커에 달하는 목장을 사서 이주해 왔다. 마을 사람들 사이에 떠도는 소문에 의하면, 그들은 괴상한 잠자기 습관과 이상한 집단 유연 체조, 반감이 들 정도로 질박한 식사를 한다는 것이었다. 이 모든 강제적인 규율은 거룩함과 건강한 삶을 위해 고안된 것으로 보였다. 그들이 세운 건물은 둥글고 환기가 잘 되도록 고안된 것 같았다. 원형은 완벽한 형태인 만큼, 건강 상태도 완벽했다. 그것이야말로 몸과 영혼이 도달할 수 있는 유일하게 완벽한 상태였다. 육식 금지와 더불어 술, 담배도 금했다. 불길에 닿은 음식도 금했다. 말하자면 에덴동산에서 먹지 않았을 법한 음식은 무엇이든 먹지 않았다. 그들의 지도자인 로렌즈 박사라는 사람은 인간이 타락한 것은 인류가 조상의 건강한 생활 습관에서 멀어졌기 때문이라고 설교했다. 아담과 이브, 그게 뭘 뜻하는지는 잘 알지 않느냐고 마을 사람들은 말했다. 그들은 거류지의 자산을 침범하려는 핑계를 찾아낼 때마다 에덴동산에서처럼 순수한 아담과 이브와 결코 마주칠 수 없었다는 것에 좌절했다.

마리냐와 보그던이 선호하는 이상적인 생활은 그런 강제 규칙을 정하는 것이 아니었다. 하지만 에드니카에서 강요하는 건강에 대한 전투적인 관심이, 아무런 강령이 없는 집단에서 생활하는 사람들 중 적어도 두 명에게는 매력적으로 비쳤다. 다누타와 시프리언은 에드니스트들이 등장하기 이전에도 육식을 좋아하지 않았지만, 최근 들어 자신들의 음식에는 소금을 넣지 말고 따로 조리해 달라고 요구했다. 간 사과, 잘게 썬 아몬드, 가루를 낸 건포도 한 사발을 매일 아침 그들의 식사로 준비해야 했다면, 나머지 사람들은 기름진 스튜와 불에 굽고 익힌 음식으로 소화 기관을 끈덕지게 채웠다.

음식이 동료 의식의 매개물이라면, 다누타와 시프리언은 엄격한 금욕 생활 때문에 공동체와의 맹목적인 동맹을 깬 것처럼 보였다.

"조만간 당신들은 인디언처럼 도토리 가루를 먹고 살 것 같은데."

알렉산더가 비아냥거렸다.

"빈정거림이 고맙기도 하셔라."

비위가 상한 시프리언이 심술 맞게 대꾸했다.

"제발, 친구들." 야쿱이 말렸다. "그런 말도 있잖아. 살고 싶은 대로 살게 내버려두라는."

하지만 다누타와 시프리언은 자신들을 조롱하게 내버려두지 않으려 할 뿐만 아니라 남들의 식사에 비난과 압력을 계속 가했다. 다누타는 에드니카의 부엌에서 나온 정보임이 틀림없는 디저트 만드는 법을 아니엘라에게 가르쳤다. 딸기 주스로 향을 내고 물과 밀가루로 만든 일종의 커스터드였다.

"맛있지, 안 그래?"

다누타가 물었다.

"쉿 파리 파이만큼도 맛있지 않은 것 같은데."

완다가 말했다.

"아니 정말?" 율리앙이 기가 막혀 반문했다. "쉿 파리 파이보다도 맛이 없다고? 완다, 정말이야?"

"먹기조차 힘들지만" 알렉산더가 말했다. "보다시피, 이봐 친구,

시프리언. 난 먹고 있잖아."

그들은 에너지, 자원, 희망, 공동체 의식과 자기실현이라는 편한 아이디어들을 모았다. 그들은 농장이 조만간 이윤을 낸다는 것이 그렇게 억지소리만은 아니라고 확신했고, 그 점은 보그던 역시 마찬가지였다. 처음 몇 개월은 진정으로 힘든 시기였지만 포기하지 않았으며, 그처럼 쩔쩔맸던 암소 젖 짜기, 포도나무 관리하기 같은 과제들도 점차 일상적인 일과가 되었다. 휴지기 포도나무들이 소생할 기미를 보이기 시작했으며, 흙은 뿌리까지 통풍이 잘 되었다. 지난 가을 하순쯤 도착했을 무렵에는 그들이 재배한 포도밭 수확물을 사려는 구매자가 한 사람밖에 없었다. 그들은 포도를 2백 달러에 팔았다. 하지만 올해는 그보다 훨씬 나을 것으로 판단할 만한 이유가 있었다. 자신들이 얼마나 무능한지, 그로 인한 자괴감이 사라지면서 그들은 농사 주기가 느리다는 것을 씁쓸하게 인정하게 되었다.

같은 집단이라고 하더라도 예술가들은 얼마나 다른가. 야콥은 지난 달 인디언 소재에 관한 그림의 한 주기를 마무리했다. 리샤드의 글쓰기 작업은 거류지에 여분의 수입을 가져다주었다. 리샤드는 미국에 관한 신문 기사로 공동체 수입의 3분의 2에 해당하는 돈을 벌었으며, 이제는 폴란드에서 책으로 출판되었다. 리샤드는 곧 책 한 권 분량의 스토리를 완성하게 될 것이며, 시에라 산맥에 있는 광산촌을 배경으로 하는 소설을 거의 마무리했고, 네로 통치 시절 기독교인들을 박해했던 고대 로마시대를 배경으로 한 장편소설을 머릿속에서 구상하기 시작했다. 글을 쓰지 않을 때는 사냥을 나갔다. 육식을 하는 다수는 여전히 그가 사냥해 온 고기에 의존하고 있었는데, 최근 들어 리샤드는 자기 소유의 승마용 말을 손에 넣었다. 멕시코산인 이 말은 고작 8달러였지만 그것도 많이 지불한 편이었다. 로스앤젤레스에서는 5달러면 구입할 수 있었기 때문이었다. 미국산 말은 일을 하거나 수레를 모는 견인용으로는 좋았지만 가격이 80달러에서 자그마치 300달러에 이르렀다.

리샤드가 구입한 말은 세 살짜리 얼룩덜룩한 반점이 있는 회색 말이었는데 키가 크고 강한데다 대부분의 야생마들이 그렇듯 성질이 고약했다. 이웃의 충고를 가볍게 여기고서 리샤드는 긴 갈기와 말발굽 뒤에 덥수룩하게 자란 털을 골라 주지 않았다. 리샤드가 원했던 것은 자신에게 알맞게 길들일 수 있는 야생마였다. 처음에 그는 말을 길들인답시고 밧줄로 말을 질식시킬 지경까지 이르렀지만, 한 달 동안 끈질긴 인내심을 발휘하여 씨름한 끝에 말은 쓰다듬어 줄 때도 견디는 법을 배우게 되었다. 나중에는 먹을 때, 그리고 빗질을 하고 깨끗하게 다듬어 줄 때도 견디는 법을 배움으로써 주인이 원하는 대로 민첩하게 반응하는 영적인 동물 동료가 되었다. 리샤드는 마리냐를 부추겨서 마구간으로 데려간 다음 말의 이름을 부르면서, 자기 친구에게 안장을 놓고 더부룩한 주둥이에 재갈을 물렸다.

"오늘 아침에는 몇 페이지나 썼어요?"

"스물세 페이지요. 『작은 오두막집』의 마지막 스물세 페이지를 썼어요. 그래서 그 소설을 마무리했죠."

"브라보."

"끝냈어요, 끝냈어. 정말 좋아요, 마리냐, 정말로 괜찮은 소설이에요. 내가 그처럼 열심히 일하도록 박차를 가하는 게 당신 생각엔 뭘 것 같습니까?"

"아, 내가 아는 걸 추측해 보라는 건가요? 음, 야심?"

"난 언제나 야심에 차 있었어요. 푸리에 씨에 따르면 야심은 네 가지 열정 중에서 하나일 따름이죠. 아직 그의 이름을 들먹이다니……. 아니요, 마리냐. 야심은 아닙니다."

"우정?" 마리냐가 미소를 짓고 있었다. "나에 대한 당신의 우정?"

"마리냐, 정말요!"

"가족적인 감정?"

그녀는 말의 뻣뻣한 갈기를 쓰다듬으면서 말했다.

"당신은 열정을 언급하지 않았어요. 혹은" 그러면서 리샤드가 덧붙였다. "잊어버렸거나."

"잊지 않았어요."

"내가 당신이 잊지 않도록 만들기 때문이죠!"

"내가 열중하는 것이 가라앉도록 기다리고 있기 때문이에요. 여기서는 그러기가 더 쉬울 게 분명하니까."

"당신이 여배우라서 사랑에 빠진다고 생각하는 건가요?"

"아뇨. 나 자신을 그처럼 하찮게 보진 않으니까요."

"나를 하찮게 생각할 수도 있겠죠. 난 믿어요, 마리냐. 내가 진정으로 당신을 사랑한단 걸 몰라요?"

그녀는 말의 머리에 기대서 한숨을 쉬었다.

"무슨 생각하고 있어요?"

리샤드가 부드럽게 물었다.

"지금? 당신을 실망시킬 것 같은데. 내 아들을 생각하고 있으니까."

마리냐, 마리냐로 시작되는 편지를 리샤드는 그녀의 호주머니에

찔러 넣었다. 어제 마구간에서 나눴던 대화. 당신은 날 뭘로 생각하는 거죠? 실연한 리샤드, 글을 못 써 안달난 친구라고 생각하나요? 난 희망을 가지고 당신을 끈덕지게 조를 겁니다. 생각보다 글쓰기에 훨씬 더 깊이 사로잡혀 있으니까요. 야쿱마저 이젠 앞에서의 시간을 줄여서 헛간 바닥에 떨어진 똥 더미를 치울 겁니다. 반면에 나는 글을 쓰기 위해 사람들과 동떨어져 총을 가지고 말을 달립니다.(이건 나에게 일이라고 볼 수 없으니까요.) 당신은 공동의 목표를 추구해야 한다고 말해 왔지만, 난 스스로를 고립시킬 겁니다.

난 뛰어난 농부가 될 수 없어요. 당신은 진정 농부가 될 작정인가요, 마리나? 유물론자가 되어 영원히 밭을 갈고 이윤을 남기는 지루한 일상에 묶여 살 건가요? 우리 중 누가 진정으로 농부가 되길 원했던가요? 보그던이 씨를 뿌리고 포도나무를 전지하고 있을 때면 감정이 풍부한 그의 얼굴에 언뜻 언뜻 스치는 냉소적인 미소가, 힘든 작업을 하느라고 재빨리 찡그린 얼굴로 바뀌는 것을 보는 게 안타깝다는 걸 고백해야겠군요. 보그던의 곁에서 캘리포니아의 태양 아래서 만족하지 못하고 있다는 흔적이 당신 얼굴을 설핏 스치고 지나가는 걸 보는 것 또한 그래요. 우리의 영혼이 러시아 작가가 설교한 것처럼 육체노동으로 정화될 수 있을까요? 우리는 자유와 여가와 자기 수련을 선택했다고 생각했어요. 그런데 자유와 여가보다는 오히려 날이면 날마다 되풀이되는 농사일에 골몰하고 있어요. 앞으로도 이 일은 계속 반복되겠지요, 마리나. 여기 생활이 훨씬 수월해지고 농장에서 이윤이 생겨 이 지역 일꾼들이 이런 일들을 대부분 해치우도록 고용한다고 해도 마찬가지일 겁니다. 그게 우리가 꿈꾸었던 생활인가요? 그것이 우리가 원하는 휴식인가요, 마리나? 당신은 진정 휴식을 원합니까?

이 나라에 우리 같은 사람들은 정착해서는 안 됩니다. 하나같이 산문적인 애너하임 같은 동네에서는 말할 것도 없거니와 뉴욕, 샌프란시스코도 물론 아닙니다. 고만고만한 크기의 유럽 도시가 앞으로 형성될 미국의 어떤 도시보다도 훨씬 아름답고 훨씬 세련된 곳입니다. 이 나라가 우리에게 제공해 줄 수 있는 최선의 것은 항상 움직여야 한다는 것이죠. 사냥꾼이 그러하듯, 사냥이 단순히 오락거리와는 거리가 먼 이곳에서는 항상 이동해야 합니다. 이곳에서 사냥은 실용적이고 영적일 뿐만 아니라 자유의 고유한 경험이자 필수품이기 때문입니다. 문명이라고 부르는 곳의 경계를 넘어, 말하자면 땅이 사유재산으로 나눠지고 구성되는 그런 경계를 넘어선 곳에 있는 영토는 사냥 기술을 가진 사람들만 주로 모여듭니다. 그런 영토는 바로 우리 강 너머에서부터 시작됩니다. 그곳의 모든 것들은 당신이 상상할 수 없는 규모입니다. 사슴은 폴란드 사슴 크기의 두 배이고, 미국산 회색곰은 유럽의 어떤 곰들보다 더 크고 강하고 사납습니다. 그리고 마리나, 하늘입니다. 하늘도 우리 동네에서보다 더욱 칠흑 같고 더 많은 별들로 가득 차 있습니다. 여기서 사람들은 지금까지의 인생보다 두 배나 큰 비전과 꿈을 가집니다. 아, 그걸 당신에게 감추지 않을 겁니다. 쓰디쓴 흰독말풀로 조제한 약을 마셨어요. 인디언들이 신성한 의식을 할 때 사용하는 약물입니다. 사실 광란의 상태로 취하는 데는 어떤 약물도 필요하지 않아요. 사납게 생긴 사냥 동무들과 더불어 보낸 하루가 끝날 무렵, 우리는 사냥감을 도려내서 김이 무럭무럭 올라오는 선분홍색 고기의 향연을 베풉니다. 모닥불 주변에 둘러앉을 때면, 난 이들과 야성적인 일체감을 느낍니다. 포만감에 취해 텐트로 기어듭니다. 한 사람만 누울 만한(두 사람을 위한 공간이 될 수도 있습니다.) 공간으로, 낮은 나뭇가지 아래 매어 놓은 일종의 텐트지요. 슬프게도 그곳에 홀로 누워 (저런) 아편에 취한 것처럼 곧장 잠에 곯아떨어집니다.

당신이 해안까지 말을 달려 거대한 대서양의 황홀한 경치와 계곡 너머 불타는 석양을 지켜보는 축복을 누렸으면 좋겠어요. 드높고 위험한 산보다 더 예리한 고양감을 느낄 수 있는 곳은 없습니다. 그건 약속할 수 있어요. 당신이 나와 함께 간다면 우리는 낭만적인 오페라의 등장인물 같을 겁니다. 나는 사랑 없는 결혼 생활로 돌아가는 한 여성을 산사태에서 구하지만 나머지 일행은 눈 속에서 전부 죽게 됩니다. 난 그런 역할의 알프스 산적을 바리톤으로 노래하고, 당신은 메조소프라노로 노래하면서 내 애인 역할을 하는 겁니다. 당신만 좋으시다면, 우리는 점점 더 나아가 산등성이 저편으로 내려가서 9미터 내지 10미터 크기로 자라는 선인장들이 가득 찬, 광활하고 창백한 땅으로 들어서는 겁니다. 그곳은 달빛 나라입니다, 마리냐. 마편초馬鞭草과 풀인 샌드 버베나가 사막을 핑크색으로 덮고 있는 나라. 그곳에 밤이 찾아오면 우리는 별을 등지고 맹렬하게 말을 달리게 될 겁니다.

내 사냥 동료들을 당신께 소개할 계획은 없어요. 당신이 원하지 않는다면요. 그들을 만나 본다면 결코 실망하지 않을 겁니다. 상투적인 술판은 없습니다. 그들은 오로지 위험으로 예리해진 생활로 인해 놀랄 만큼 고독하게 사는 부족들입니다. 그들은 자코페인의 양치기들을 떠올리게 하지는 않을 겁니다. 자코페인의 목동들은 높은 타트라 산에서 몇 개월씩 홀로 지내지만 조상의 땅, 가족, 종교 안에서 안정된 누에고치처럼 동면하면서 남아 있으니까요. 미국인의 특성은 모든 것을 미련 없이 뒤에 남겨 둔 채 떠난다는 데 있습니다. 그의 영혼에 남은 공허는 스스로에게조차 경이로운 것입니다.

내가 염두에 두고 있는 사람은 '잭 굿이어' 라는 이름의 방랑자입니다. 이런 미국식 이름이 좋지 않나요? 나는 그와 함께 산속에서 좀 더 오랫동안 머무는 긴 여행을 여러 번 했어요. 성격상 정신노동과는 거리가 멀었지만, 그의 로빈슨 크루소 같은 생활 방식은 내성적인 성찰의 습관을 강화시켰어요. 한번은 잭이 작은 통나무집 안의 널빤지 간이 침상에서 쉬고 있었던 것으로 기억해요. 늦은 저녁 시간이었어요. 우리 두 사람 다 아무 말 없이 긴긴 시간을 함께 보냈죠. 그는 불길 속에 마른 월계수나무 등걸을 던져 넣고만 있었어요. 그러다가 그가 거두절미하고 이런 말을 툭 내던지더군요. 자기에게 두 명의 잭이 있는 것 같다고요. 한 명은 장작을 패고, 회색곰을 사냥하고, 벌꿀을 치고, 오두막 지붕을 새로 잇고, 버려진 흰색 벌꿀 집을 오막살이 안으로 가져와서 의자로 사용하고 옥수수 죽을 끓이고, 옥수수가루와 벌꿀을 반죽하는 잭이고, 또 다른 잭(그는 여러 번 "맙소사" "맙소사"를 되풀이했어요.)은 아무것도 하지 않고 오로지 전자의 잭을 지켜보는 자라고 하더군요. 그는 이 점을 전혀 아무렇지 않게 말했어요.

두 명의 잭. 두 명의 리샤드. 두 명의 보그던이 있다는 건 분명해요. 물론 두 명의 마리냐가 있겠죠. 난 확신할 수 있어요. 연극에서 연기를 하고 있다고 느끼지 않는 당신을 나에게 말해 봐요. 빵을 만들려고 반죽을 개고, 뒤뜰에 있는 둥근 나무통에 빨랫감을 담가 빨래하고, 채소밭에서 잡초를 뽑고 있는 마리냐와, 그리고 오로지 당신만이 보여줄 수 있는, 훤칠하게 큰 키로 당당하게 서서 놀라움과 경이로 자신을 바라보고 있는 또 다른 마리냐가 있는 건 아닌가요? 내게 말해 봐요. 난 당신을 믿을 수가 없어요.

마리냐, 나와 함께 말을 달려요…….

3월 22일. 슈미트 씨, 치과를 방문하다. 실력이 나쁘진 않다. 왼쪽 위 어금니를 뽑았다. 깨어났을 때 민망했다. 마취를 했을 때 내가 뭐라고 중얼거렸던 것은 아니었을까? ……에 관한 애정이 깃든 꿈을 꾸고 있었다. 틀림없이 폴란드어로 중얼거렸을 터이므로 아마도 무슨 소린지 이해하지 못했을 테지. 그 친구 이름을 계속해서 부르고 있었다면 어떡하나?

3월 23일. 청동색 피부. 광대뼈. 불순한 생각들.

3월 24일. M은 내가 나의 천성적인 무기력과 얼마나 씨름하고 있는지를 모른다. 노력하는 이를 좋아하는 그녀의 취향은 나에게 긍정적인 영향을 미쳤다. 나는 그녀를 위해 강해지기로 했다.

3월 25일. 우리는 집 근처에서 순회 사진사의 습식 유리판에 우리의 영원성을 포착해서 동결시켜 두었다. 순회 사진사는 나이 지긋한 여자였으며 상당히 익살스러웠다. M은 그녀를 좋아했다. 우리 공동체에 기분 전환이 되었다는 생각이 든다. 하지만 M에게는 이 일이 일종의 전조처럼 보였다. 혹은 후회? 우리 거류지의 궁극적인 실패를 수긍하는 방향으로 나가기 위한 첫 단계인 것처럼. 지금 현재 우리의 이미지를 사진이라는 소유물로 붙잡아 두려는 것처럼.

3월 26일. 나 자신이 남들 눈에 띄거나 남들과 다르게 보일까 봐 언제나 끔찍하게 두려워해 왔다. 언제나 불안에 에워싸여, 터무니없는 짓이라면 뭐든 할 수가 없었다. 난 그냥 고집스럽고 방심한 채였다. 오로지 극장에서만 나에게 일어나고 있는 모든 것에 자유롭게 관심을 기울일 수 있다고 느꼈다. 연극을 관람할 때면, 배우의 무리들이 연극을 하는 모습을 지켜보는 동안, 나는 나 자신의 인식이 밀교적인 상태로 빠져드는 것을 느꼈다. 나는 결코 결혼하지 않으리라 생각했다. 난 사랑을 원했지, 유혹을 원한 적은 없었다. 그러다가 M과는 모든 것이 가능해졌다. 그녀는 나를 황홀경으로 이끌었다. 그녀는 나를 필요로 했다. 석탄처럼 굼뜬 나의 감정이 활활 불타올랐다. 숭배에서도 사랑이 시작될 수 있을까? 나 스스로 자문해 본다. 내 가슴은 그럴 수 있다고 대답해 주었다.

3월 27일. M을 돌봐 주는 게 지나친 습관이 되어 버린다. 그녀가 원하는 것은 뭐든 하고자 하는. 오랫동안 나는 그녀가 변덕 때문에 미국행을 선택한 것으로 생각했다. 변덕보다 더 두려운 것은 그녀가 자포자기의 심정으로, 혹은 아무 생각 없이 오자고 한 것은 아닐까 하는 점이었다. 그래서 그녀의 행동에 의미를 부여하는 게 나의 몫이라고 생각했다. 혹은 그 밖의 어떤 경우든지 간에. 내가 했던 말을 그대로 헨리크에게 옮기고 있는 그녀를 보았다. 푸리에의 고상한 원칙이 우리의 모험을 어떻게 변화시킬 수 있을 것인지 운운하면서. 그야말로 한 문장 한 문장, 내가 한 말을 그대로 베껴서 옮겼다. 내가 듣고 있다는 사실에 전혀 구애받지 않는다는 느낌이 들었다. 희곡의 저자가 아니라고 해서, 여배우가 한 말이 자신의 말이 아니라고는 말하지 못할 것이다. 다만 엉망으로 만들어 놓을 수는 있겠지만.

3월 28일. M은 P를 여전히 어린아이 취급을 한다. 여배우는 제멋대로인 어머니라서 아이를 질식시키면서도 동시에 무심하다. 이제 아이는 피아노 레슨을 요구한다. 엔지니어링에 관심을 가지라고 조언해 주는 것이 더 현명할 것이다. 녀석은 이미 신경이 고도로 예민하다. 장차 피아노 거장이 되지 않을 것이라면, 거장이 될 것으로 생각할 만한 타당한 이유도 전혀 없거니와, 음악에 대한 열정은 아이의 병약하고 여성적인 성향을 더욱 강화시킬 뿐이다. 아마도 M은, 일단 피아노 선생님이 이 동네 성직자인 라이저 씨의 딸로 예쁘장하게 생긴데다 이미 속 편한 리샤드의 가벼운 관능의 대상이 되어 있다는 사실을 안다면 그다지 환호하지는 않을 것이다.

3월 29일. M과 리샤드는 여러 면에서 서로 비슷하다. 내가 질투하고 있는지 모르겠지만 배우로서 그녀는 타인의 가면을 쓰고 자기 자신을 뽐낼 수 있다는 것을 알고 있다. 나는 작가에게 훨씬 더 까다롭게 구는 걸 느낀다. 작가는 자기 자신이 세상에 대해 생각하는 바를 말하는 것이 당연한 의무라고 믿는다. 하지만 나는 리샤드의 자신감과 경박한 쾌락 추구, 거의 미국인들처럼 자신의 행복을 추구하는 걸 존중하지 않을 수 없다.

3월 30일. 일기를 쓰는 것의 단점은 내 성질을 건드리는 것들에 자꾸 주목하게 된다는 점이다. 오늘 밤은 사랑 없는 결혼의 추함에 관해 설교하는 것으로 가득했다. 완다는 머리를 전부 뒤로 빗어 넘겨 완전 뽀글 파마를 했다. 최신 유행으로. 외관상 이 동네 여성들 사이에서 유행하는 모습이었다. 율리앙은 무자비하게 굴었다.

3월 31일. 나는 짜증을 내지 않으려고 한다. M은 내가 그녀를 비판하리라고는 상상조차 하지 못할 것이다. 그녀는 내가 흠모하면서 그녀를 비춰 주는 거울인 줄로만 안다. 아마도 그것이 그녀의 생각이자 여배우의 생각이며, 좋은 결혼에 관한 생각일 것이다. 내 감정이 뒤죽박죽이기는 하지만, 그녀에게 올바르게 행동하는 것이 어떤 것인지 알고 있다. 그녀의 나쁜 행동을 그대로 기록하는 것. 그녀의 취약성을 보고 그녀의 혼란을 기록하는 것. 그녀가 누구의 소유물도 되지 않으려 한다는 것, 그것이 진심이라는 사실만큼은 잘 알고 있다.

4월 1일. 들판에서 하루를 보내자 낙관적인 기분이 들었다. 지난

날, 우리가 했던 대부분의 접붙이기가 성공했으며, 포도나무에 꽃이 피었고, 포도가 열렸다. 나뭇잎들이 포도를 보호해 주고 있다. 모래가 많은 흙은 결실이 좋다. 예전보다는 훨씬 전문가처럼 일하고 있다. 라몬 17세. 여기서 나의 감각들은 훨씬 예민해진다. 내 육신과 가슴에서 메아리치는 내 감정을 억제하고 통제할 수가 없다. 하지만 내 행동은 억제할 수 있다. 나는 M을 배신하지 않을 것이다.

4월 2일. 곱슬머리. 오른편 상박에 흉터. 흰 치아. 약간 벌어진 셔츠 안으로 들어가 있는, 굳은살이 박인 손. 허리의 유연한 곡선. 그곳에 서 있다.

4월 3일. 오늘 오후 나는 리샤드와 함께 말을 타고 산타 애너 산기슭에 정착해 있는 인디언 마을로 갔다. 야윈 아이들 무리가 인디언들의 오두막집에서 달려 나왔다. 잿빛 어도비 벽돌 오두막의 지붕은 커다란 골풀로 얽어 놓았다. 애처로울 정도로 가난한 인상을 풍겼다. 나이 든 노인이 여자들에게 옥수수와 도토리가루로 만든 새카만 흑빵, 옥수수 죽을 우리에게 대접하도록 시켰다. 디저트는 튜나였는데, 잎이 뾰쪽한 서양배의 붉은 열매였다. 음료수는 만자니터 즙이었다. 돌아오는 길에 리샤드와 나는 인디언들이 고통에 무감각한 것은 열등하다는 증거인가라는 점을 두고 논쟁했다. 많이 느끼면 느낄수록 문명화된 종족이라고 나는 주장했다. 반면 그는, 내 생각이야말로 가장 시대에 뒤처진 편견이라고 반박했다. 나는 그가 자기 자신을 설득하고 있었다는 확신이 든다. 뎀보브스키의 어떤 부분은 분명 그렇게 생각할 수도 있었다. 그 모든 점에도 나는 리샤드를 좋아한다. 그는 지적이다. 그는 건강한 천성의 소유자다. M이 요구하는 것 같은 일편단심을 보일 수가 없고, 그래서 P의 피아노 선생인 라이저 양과 대수롭잖은 관계인데도 M이 신경을 쓰면서 마음에 두고 있다는 것, 그것이 나로서는 천만다행이다.

4월 4일. 섬광처럼 스쳐 지나가는 희망, 섬광 같은 욕망. 다시 시작되다. "다시 시작하는 것"의 특권을 우리가 어느 정도까지 포기해야만 하는가. 어디서든 새 출발을 할 수 없다면, 우리는 언제나 미국으로 갈 수 있다. 사회적 신분상 어울리지 않는 연인들은 그들의 결합을 반대하는 가족들로부터 도망칠 수 있고, 관중의 호응을 얻을 수 없는 예술가들은 자기 작품이 대접받을 만한 가치가 있다는 것을 알 수 있다. 혁명의 노력이 절망으로 무너져 내린 혁명가들은 다들 미국으로 온다! 미국은 유럽의 상처를 수리하는 잣대이거나 자기가 원하는 것을 그냥 망각하도록 만들어 준다. 다른 욕망으로 대체하기 위해 원하는 것을 망각하고 포기하도록 해 주거나.

4월 5일 스타체크 요제크. 나에게 깃털을 주었던 양치기 소년이다. 바흐레다 부인의 손자다. 나는 캘리포니아에서 새로운 유혹의 연극이 공연되리라고는 고대하지 않았다. 사실상 이런 은밀한 갈망으로 애태우는 것은 우리의 불행한 조국에 남겨 두고 떠나 왔다고 생각했다. 뒤에 남겨 두기는커녕 약점이 먼저 날아와 나를 기다리고 있었던 것처럼 보인다. 대서양 연안에 내려서 지협을 건너고, 뉴욕을 탐사하고 다니다가 이곳으로 기차를 타고 오는 동안, 위험한 욕망을 체현한 유령들이 나를 벌써 기다리고 있었다. 그런 유령과 함께, 폴란드에서는 결코 말하지 않았던 조용하고 단호한 목소리가 되묻는다. 왜 안 되냐고? 우리는 타국에 있다. 내가 진정 누구인지 아는 사람은 아무도 없다. 이것이 미국이다. 이곳에서 영원이란 없다. 고정된 것, 변경 불가능한 결과라는 것은 있을 수 없다. 모든 것은 움직이고 변하고 찢겨져 나가고 뒤섞인다.

4월 6일. 오늘 아침 휘트먼의 「창포」 시에서 곧장 걸어 나온 것 같은 동무들의 목가적인 장면을 보고 그 자리에 얼어붙었다. 조아킨은 열아홉 살. 헐렁한 무명 셔츠에 담황갈색 사슴 가죽으로 만든 바지를 입었다. 나무 그루터기에 앉아서 일종의 작은 하프처럼 보이는 악기를 연주한다. 그 악기를 이곳 사람들은 치오테chiote라고 부른다. 근육질의 허리, 큼직한 손. 그의 곁 바닥에 다리를 꼰 채 무심하게 자기 머리를 조아킨의 허벅지에 대고 있는 또 다른 소년은 열다섯 살 이상으로는 보이지 않았다. 소년은 노래를 부르고 있었다. 소년의 이름은 도로테오다. 커다란 눈꺼풀 위에 걸려 있는 반듯하고 두드러진 이마. 도톰하고 부지런히 움직이는 입술. 그 노래의 가사를 번역해 달라고 부탁하자 소년은 얼굴을 붉혔다.

> 목련꽃 그늘 아래서 난 너를 꿈꾸네.
>
> 꿈에서 깨어나자 너는 간 곳 없었네,
>
> 난 울다가 다시 잠들었네.

가사를 듣고 나 역시 얼굴을 붉혔다. 무릎에서 사타구니까지 그의 다리를 쓰다듬고 싶었다.

4월 7일. M이 미국으로 가자고 말을 꺼낸 후 18개월이 지났다. 봄비가 그친다. 11월까지는 건조할 것이라고 한다. 손가락 사이로 술술 빠져 나가는 돈을 생각할 때면(대부분은 내 돈이지만 알렉산더가 아주머니에게 유산으로 물려받은 돈도 있다.) 강한 회의가 든다. 나는 이 집단에서 돈에 관해 생각하는 유일한 사람이면서도 그 문제에서는 전혀 준비가 되지 않은 사람이기도 하다. 자란 환경이나 성격상 돈을 생각하는 것과는 거리가 멀었다. 나머지 사람들도 걱정이야 되겠지만 입 밖으로 그 문제를 언급하면 내 능력을 비난이라도 하는 것처럼 들릴까 봐 감히 드러내지 않는다. 그럼에도 낙관할 만한 이유는 있다. 포도주 산업에 경기 침체의 여파가 어느 정도나 미칠지 완전히 이해하지 못했지만, 하여튼 작년에는 바닥을 쳤다. 포도는 톤당 8달러에 팔렸으며 때로는 아예 돼지들에게 먹였다. 하지만 지금은 가격이 오르고 있다. 조만간 1873년 수준인 톤당 25달러 정도로 회복될 것이다. 올 가을이나 내년 가을쯤이면 수천 달러를 벌 수도 있다.

4월 8일. 프란시스코 꿈을 꾸다. 그의 손은 말안장의 강철로 된 앞부분에 올려져 있다. 아름다운 것에 이끌리는 것은 자연스러운 현상이다. M은 그처럼 아름다웠다.

4월 9일. 오늘 아침 마을에서 말발굽을 갈아 주고 가축 사료를 구입하면서 다시 한 번 놀랐다. 공리주의적인 건물이 얼마나 조야하고 평범한지 또다시 놀랐다. 일부든 전부든 허물어 내야 한다는 생각을 쉽게 할 수 있을 것이다. 멍청한 콜러와 관개에 대해 대화를 나눴다.

4월 10일. 과거가 없으면 겸손해질 수 있다. 나의 할아버지가 누구인지 아는 사람은 아무도 없고, 누구도 개의치 않는다. 장군 누구라고? 풀라스키 장군 이름쯤은 들어 보았을 것이다. 그가 미국으로 왔기 때문이다. 쇼팽의 이름은 들어 보았을 것이다. 그가 프랑스에 살았기 때문이다. 폴란드에서 나는, 나의 품위가 가문의 이름이나 지위로 인한 것이 아니라는 점에 자축했다. 나는 가족과 너무 달랐다. 나에게 이상이 있었다면 그들에게는 약점이 있었다. 그럼에도 내가 폴란드인이라는 것에는 자부심을 느꼈다. 폴란드적인 것 그 자체에 대한 자부심은 여기서는 무관할 뿐만 아니라 오히려 약점이다. 그런 민족적 자부심은 우리를 구식 인간으로 만든다.

우리가 처음 이곳에 도착했을 때, 진짜 미국인 이웃이 아니라 오로지 외국인들밖에 없다는 사실에 실망했다. 하지만 마을 사람들을 점점 알게 되면서, 그들이 독일어로 말을 하고 있더라도 이미 미국인이라는 것을 알게 된다. 이곳에서는 게으르고 구식인 유럽인이라는 생각이 들어설 자리는 어디에도 없다. 내가 생각했던 것 이상으로, 유럽 출신이 미국인이 되는 것은 손쉬워 보인다. 멕시코 출신이 미국인이 되는 것은 결코 쉬운 일이 아닐 것이다. 가난한 멕시코인이야말로 새로운 미국인 중에서 가장 낮은 신분이 되기 십상일 것이다. 한편 소수의 부유한 멕시코인들은 거슬러 올라가 우리 고국의 상류계급들을 생각나게 만든다. 용맹하고 오만하고 사치스럽고 다정하고 격식 좋아하고 게으른 그들은 가차 없는 실용성과 일에 대한 열정으로 가득 찬 미국인들에 의해 밀려날 수밖에 없는 운명이다. 오래된 캘리포니아의 파멸은 예정되어 있다.

4월 11일 빌리가 그의 이름이다. 로데오에서 홍당무 색깔의 머리카락을 한 소년이 말해 준다. 그럼 당신 이름은? 하얀 치아, 이마에 난 흉터. 보브단, 내가 말한다. 만나서 반가워요, 보브. 말이 힝힝거리며 날뛴다. 멕시코 카우보이의 재앙은 나무 등자가 파고들어 야생마 옆구리에서 피가 흘러내린다는 점이다. 소 떼들이 울부짖는다. 단단히 묶인 채 낙인이 찍힌다. 아니, 내 이름은 보브가 아니라 보브, 그리고 단, 그러니까 보브단이야. 소년은 날 보비라고 부른다.

4월 12일. 이보다 더 건강할 수가 없다는 느낌이 든다. 내 스스로에게 만족한다. 너무나 심플하다. 오늘 아침 역시 기온은 30.5도. 건초

다락에서 건초를 쇠스랑 가득 떠서 말에게 준다. 오후에는 파스퇴르의 『포도에 관한 연구』를 읽다.

4월 13일. 드레퓌스와 솔직한 대화를 하기로 결정했다. 그는 애너하임에서 내가 대화할 수 있는 유일한 유태인이다. 놀랄 일도 아니다. 마을에서 가장 영리한 자다. 우리 사업이 성공하려면 포도주 회사를 차려야 한다. 우리는 확장을 하느냐, 망하느냐의 기로에 서 있다.

4월 14일. 금지된 욕망. 외국이라는 것으로 인해 금기가 풀리다. 욕망의 저주. M을 진정으로 사랑하면서도 이 소년들에게 왜 그처럼 강렬하게 끌리는지 정말 수수께끼다. 그녀를 사랑하는 것이야말로 내가 가장 끈덕지게 해 온 것 중 하나다.

4월 15일. 한 가지 해답은 다양한 포도 종류를 심는 것일 수 있다. 여기서 선교 사업을 했던 스페인 신부들이 가져온 포도. 그러면 여러 가지 와인을 만들 수 있다. 술, 브랜디, 앤젤리카, 스파클링 앤젤리카, 포트와 세리, 다른 달콤한 와인들. 균질적인 것은 아니지만 그래도 마음에 든다. 크리올라 포도는 내리쬐는 햇살 아래서 단맛이 물오른다. 드라이 와인, 라인산 백포도주, 보르도산 적포도주 등은 산도가 너무 낮아서 무미건조하고 맛이 없다. 그런데도 모두 그런 와인 종류를 마신다. 캘리포니아에서만이 아니다. 여기 와인 회사들은 동부 연안에서 점점 더 많이 팔고 있으며, 유럽까지 수출한다. 와인이 미국의 상징이 된다는 것도 가능한 일처럼 보인다. 마치 미국인이 된다는 것이 행복의 상징인 것처럼, 와인이 탁월한 미국적인 것의 기준이 될 수도 있다. 미국인이 된다는 것이 행복의 척도인 것처럼.

4월 16일. 우리는 바보가 되려고 여기에 온 것일까? 그럴 가능성도 배제할 수 없다. 나는 바보인가? 딴 남자가 아내에게 구애를 하고 있는 동안 딴 곳을 바라보는 공처가 남편으로? 아내가 그를 선택하여 나를 떠나지는 않을 것이다. 리샤드는 그녀에게 적합한 인물이 아니다. 나는 바보가 아니다.

4월 17일. 나는 35년 전에 태어났다. 그것이 미국식으로 내 생일인 셈이다. 성인의 이름을 따라 성인의 탄생일을 자기 생일로 기념하는 우리의 풍속은 여기서는 생각할 수조차 없다. 이 나라가 가톨릭 국가가 아니기 때문만은 아니다. 고대의 역사와 전통을 소중하게 간직하는 종교적인 책력은 없다. 미국에서 중요한 것은 개인적인 달력이며 개인적인 여정이다. 내 생일, 내 인생, 내 행복.

4월 18일. 인디언 소년 둘이 목마 넘기를 한다. 그중 한 명은 말갈기처럼 검은 머리카락과 고른 치아를 가지고 있다. 섭씨 36도. 그래도 아직 여름은 아니다. 돼지 치는 법에 관한 책을 구해야겠다. 양봉에 관한 것과 꿀 술 만드는 법에 관한 책도. 마을 사람들과 이야기를 하다가 그런 것들이 가장 품이 적게 들면서도 최고의 수익을 낼 수 있다는 정보를 얻게 되었다. 돼지와 꿀벌. 꿀 술이 여기서는 대단한 인기를 누린다. 그런데 이곳 사람들은 제대로 된 꿀 술을 만들지 못한다. 율리앙과 내가 조금 만들어 보았다. 맛이 대단히 좋았다. 이런 방법이 적절한 비법을 망치지 않을 수 있어야 한다.

4월 19일. M을 변화시킬 수 있을 것이라는 환상을 즐기기에는 내가 그녀 인생에 너무 늦게 뛰어들었다. 그녀를 바꾸고 싶은 열망은 없었다. 있는 그대로의 그녀를 사랑했다. 나는 이상적인 두 번째 남편이었다. 대단한 여배우의 남편 역할. 그것이 연기하는 법을 알고 있는 나의 역할이다. 그녀가 나를 당연한 존재로 받아들였으면 했다. 그리고 지금은 나 역시 그녀를 당연하게 받아들인다. 하지만 나는 그녀의 가슴 가장 깊숙한 곳을 뚫고 들어갔던 적이 없었다. M이 내 곁을 결코 떠나지 않을 것이라는 자신감은 어디에서 연유된 것인지, 기이하다.

4월 20일. 주앙 마리아, 도로테오, 요세.

4월 21일. 리샤드는 M과 나를 산 베르나르디노로 가는 이틀 동안의 여행에 함께 가자고 제안했다. 나는 알렉산더와 마구간에서 해야 할 일이 있어서 떠날 수 없지만, 그녀는 가야 한다고 M에게 말했다. 틀림없이 리샤드는 내가 거절할 것까지 계산에 넣었을지도 모른다.

4월 22일. M은 리샤드와 함께 동트기 전에 출발했다. 살바도르가 시중을 들기 위해 함께 떠났다. 리샤드는 14-쇼 헨리 라이플, 리볼버, 사냥칼로 무장을 했다. 살바도르는 산적 두 명 정도는 너끈히 감당할 무기를 가지고 갔다. M 또한 권총을 가지고 갔다. 저녁 무렵 모두가 가라앉았으며, 아무도 뭔가를 하려 하지 않았다. 모두 그녀가 자기네들 곁을 떠날까 봐 걱정하는 것처럼 보였다. 가장 겁에 질린 인물이 아니엘라였다. 부인이 어떻게 한데 잠을 잘 수 있을까요, 하는 말을 수도 없이 되풀이했다. P는 엄마가 없으니까 밤늦도록 자지 않고 피아노 연습을 할 수 있는지 물었다. 집이 텅 빈 것 같았다. 나는 한밤중에 주변을 오랜 시간 산책했다. 우리 주거지에서 멀찍이 떨어져 있는, 가없는 밤하늘 아래 펼쳐져 있는 방대한 자연의 정직함을 보노라니, 인간 관계의 엄청난 거짓됨을 갑자기 통찰하게 되었다. M에 대한 나의 사랑이 엄청난 거짓으로 보였다. 그녀 역시 마찬가지였다. 나에 대한 그녀의 감정, 아들에 대한 감정, 그리고 거류지의 다른 동료들에 대한 그녀의 감정이 그렇게 보였다. 반쯤 원시적이고 반쯤 목가적인 우리의 생활은 거짓이다. 폴란드에 대한 우리의 그리움 역시 거짓이다. 결혼은 거짓이다. 사회가 이뤄지고 있는 모든 것들이 전부 거짓투성이다. 이런 통찰에 이르렀다고 해서 내가 할 수 있는 일이 뭔지 안다는 말은 아니다. 사회와 단절하고 혁명가가 되어야 하는가? 그러기에 나는 너무 회의적이다. M을 떠나 수치스러운 나의 욕망을 좇아야 하는가? 그녀 없는 인생을 상상할 수 없다. 집으로 돌아와서 이 글을 쓰려고 자리에 앉으면서 나는 다시 한 번 생각한다. 집이 텅 비어 있다고.

4월 23일. 오늘 저녁 두 사람이 돌아왔다. M은 활기가 넘쳤고 그녀가 보았던 온갖 이야기로 충만해 있었다. 그녀는 심한 상처를 입었다. 범인은 들판의 짐승이 아니라 절절 끓는 뜨거운 찻잔이었다. 그녀의 오른손바닥 전체가 곪아서 물집이 잡혀 있었다. 리샤드와 사랑에 빠진 그녀 자신을 발견하고 왔다는 생각이 들지는 않았다. 하지만 그들 사이에서 무엇이 드러났는지 어떻게 알겠는가? 여배우를 아내로 두고 있는 마당이다.

산이 있는 동쪽 방향으로 여행하는 것, 그들의 말은 제철을 만난, 애너하임의 모래로 된 넓은 강바닥을 건넜다. 그토록 졸라 대면서 간청한 이후였지만, 리샤드는 마리냐가 막상 소풍에 따라나서겠다고 승낙하자 놀랐다. 소풍에 따라나서는 선물을 그에게 주었으니 그녀가 뭔가 그 이상의 것을 양보했다고 지레짐작하지 않음으로써, 그녀를 놀라게 해 주고 싶었다. 인내는 사냥꾼의 핵심 덕목이었다. 그는 자기 구애를 강요하지 않았다. 그들이 보고 있었던 것을 지적하려 들지도 않을 것이다. 침묵이 가진 장점이 있으므로, 리샤드는 침묵이 스스로 드러내도록 내버려두었다. 무엇을 설명하려고 나서는 것은 마치 앙고

라염소 떼, 선인장 꼭대기에 올라앉은 수꿩들, 언덕의 영양, 그 위에서 이리저리 헤매고 다니는 장밋빛 호도애 떼를 그녀 혼자 힘으로는 볼 수 없다고 생각하는 것처럼 보일 수 있었다. 즉각적으로 말을 흩뿌리는 것이 창피하다는 느낌이 들었다. 말은 쉬웠다. 그의 입에서 술술 흘러나와서 모든 것을 빛으로 채웠다. 하지만 말할 필요는 없었다.

정오 무렵 그들은 산 베르나르디노의 높은 산기슭에서 멈췄다. 살바도르는 협곡 가장자리에 있는 크고 검은 떡갈나무를 가리키면서 리샤드에게 스페인어로 뭐라고 소리쳤다.

리샤드가 고개를 저었다.

"그만 해 두지."

살바도르는 성호를 긋고 말에서 내려 말을 나무에 묶은 다음 불을 피우기 위해 잔가지들을 모았다.

"뭐라는 거죠?"

마리나가 물었다.

"작년 여름 소도둑이 여기서 붙잡혔대요."

"바로 여기서?"

"그래요."

"그럼 소도둑은 어떻게 됐어요?"

"린치를 당했다는군요. 저 나무에 묶여서요."

"그랬군요, 그래요."

마리나는 신음소리를 내면서 모닥불을 향해 움직였다. 리샤드는 마리나를 뒤따르면서, 말안장에 매단 주머니에서 담요를 가져와서 앉을 자리에 폈다.

"피곤한지 물어 보지 않을 겁니다."

"고마워요."

"따라나서지 말았더라면, 하는 기분이 들어요?"

"리샤드, 리샤드, 여기 있는 게 기분 좋은지 나쁜지 안달하면서 초조하게 알려고 들지 말아요. 당신과 함께 여기 있잖아."

"당신이 날 사랑한다는 걸, 이제는 알아요. 당신이 내 이름을 두 번씩 불렀으니까."

"그래요, 당신이 그러는 것처럼." 그녀가 웃으면서 흉내 냈다. "마리냐, 마리냐!"

그는 자기 가슴이 행복으로 터질 것만 같다는 생각이 들었다.

"행복해요, 마리냐?"

리샤드가 부드럽게 물었다.

"아, 행복이라." 마리냐가 대답했다. "난 행복할 수 있는 능력이 대단하니까."

리샤드에게 행복과 만족에 관해 그녀 자신이 새롭게 정리한 생각들을 설명할 순간은 아니었다. 행복의 순간은 개인적인 실존에 갇혀, 자기 이름이라는 그릇에 갇혀 있을 때가 아니다. 자신을 잊어버리고, 자기 그릇을 잊어버려야 한다. 자신에게서 벗어나 세계를 향해 뻗어가는 자신에게 집착해야 한다. 예를 들어, 눈이 주는 기쁨이 있다. 마리냐는 맨 처음 미술관에 발을 들여놓았을 때 맛보았던 미칠 듯한 기쁨을 기억했다. 하인리히와 함께였다. 하인리히가 마리냐를 비엔나에 있는 미술관으로 데려갔다. 그녀는 열아홉 살이었고 세상으로 나아갈 필요가 있었다. 그녀는 소녀였다. 여자가 되고, 나이가 든다는 것이 주는 힘은 자아의 출구에서 벗어나는 광휘에 찬 순간을 나눌 필요가 점점 줄어든다는 것이었다. 리샤드가 보기에 마리냐는 손과 입과 피부가 주는 기쁨을 망각한 것처럼 보였지만, 그녀는 그런 것들을 망각하지 않았다.

살바도르가 마른 비스킷과 쇠고기 육포 접시와 꿀을 넣은 일본차 컵을 주었다.

리샤드는 얼굴을 잔뜩 찡그리고 담요 위에 컵을 내려놓으면서 화끈거리는 손을 마구 털었다. 마리냐가 아직도 컵을 들고 있는 모습을 보았다.

"그게 얼마나 뜨거운지 몰라요?"

마리냐가 고개를 끄덕이면서 미소 지었다.

"내가 당신을 사랑하지 않는다는 확신은 없어요."

리샤드는 심장에 비수가 꽂히는 기분이었다. 그는 컵에 손을 가져다댔다. 컵은 아직까지 견딜 수 없을 정도로 뜨거워서 재빨리 컵에서 손을 뗐다.

"마리냐, 찻잔을 내려놔요!"

"아마 사랑하겠죠." 그러면서도 그녀는 말을 계속했다. "그럴 수 있어요. 사랑하면 안 되는 사람을 사랑할 때 물론 죄책감을 느껴요."

"마리냐, 어디 당신 손 좀 봐요."

"아홉 살 때, 아버지가 돌아가신 직후였어요." 그녀는 컵을 내려놓으면서 온몸을 와들와들 떨었다. "일 년 동안 수녀원 학교에 들어가 있었어요."

"당신, 손 좀 봐요."

마리냐가 손을 내밀어 손바닥을 위로 폈다. 손바닥은 검붉은 색으로 변해 있었다. "살바도르!" 리샤드가 소리를 질렀다.

"주인님?"

"저런 멍청한 놈! 멍청한 놈!" 리샤드가 벌떡 일어나서 꿀단지를 가져왔다. "이걸 좀 발라도 되겠죠?" 마리냐의 눈에 눈물이 고이는 것을 보았다 "이런, 세상에, 마리냐!" 그녀의 손바닥으로 몸을 굽혀 벌꿀을 데인 상처에 발랐다. "좀 덜 욱신거려요?" 리샤드가 눈을 들어 올려다보았을 때 마리냐의 눈에서 눈물은 사라졌고 눈이 반짝거리며 빛나고 있었다.

"학교에는 선생님이 계셨는데, 필리시타 수녀님이었어요. 선생님을 어머니보다 더 사랑하고, 이 세상 누구보다도 사랑한다는 걸 깨달았어요. 그래서 수녀님 얼굴을 절대 보지 않으려고 노력했어요. 선생님은 내가 수줍음이 많거나 경건해서 눈을 아래로 내리깔고 다닌다고 생각했어요. 그러는 동안 나는 수녀님의 아름다운 얼굴에 내 입술을 가져다 대고 싶은 욕망에 불타고 있었어요."

"키스해도 돼요, 마리냐?"

"안 돼요."

"당신을 포옹할 수도 없나요, 절대로?"

"절대로 안 돼요! 그것이 의미하는 게 뭔지 누가 알겠어요? 오직 내가 아는 것은 감추고, 선택하고 하는…… 장차 일어날 수도 있을 그런 일을 견딜 수 없다는 사실이에요. 내 인생이 단순하길 바라요."

"결혼이 단순하단 건 알잖아요."

"아, 결혼은 단순하지 않아요. 보그던이 단순한 사람도 아니고요. 내가 생각하기에 보그던은 충분히 복잡한 사람이에요."

두 사람은 한참 동안 침묵했다.

"마리냐?"

마리냐가 일어섰다.

"가는 게 좋겠어요"

그들은 다시 말에 올랐다. 왼손으로 말고삐를 잡고 손수건으로 감싼 오른손이 그녀의 가슴께에 놓인 것을 지켜보면서 리샤드는 그녀의 말고삐를 잡고 두 마리 말을 다 몰아서 돌이 많은 계곡을 통과해 가시덤불로 된 가파른 산등성이로 올라갔다. 리샤드의 등 뒤에서 마리냐가 보그던의 인생을 힘들게 만드는 특별한 고통에 관해 뭔가 말하고 있었다. 보그던은 자신이 정말 누구인지 알지 못한다, 하지만 왜 그런지 꼬집어 설명할 수가 없었다, 고 말하고 있었다. 그러다가 두 사람은 말다툼을 하는 것처럼 들렸다. 리샤드로서는 그런 일이 일어날 것으로 상상조차 못했던 최악의 사태였다. 특히 그녀가 하루를 그와 함께 보내겠다고 약속을 한 이후에 말이다.

"할아버지가 나폴레옹 아래서 참모 장교를 했고, 아내가 국민 여배우였다면 자신이 누군지 곰곰 생각해 보았을 것 같은데요."

리샤드가 뒤돌아보면서 무의미한 말을 했다.

"당신은 평상시만큼 그렇게 지적이지 않군요."

마리냐가 차갑게 말했다. 그녀는 지형이 평평한 지점에 도달할 즈음에 그를 용서한 것처럼 보였다. 마리냐는 왼손으로 말고삐를 잡고 한동안 말을 달렸다. 그들의 얼굴은 눈부신 태양에 맡겼다. 티 없이 맑은 하늘 여기저기에 흰 구름이 떠 있었다. 리샤드는 자신의 기쁨과 마리냐가 고통을 견디는 법에 관해 준 놀라운 교훈을 생각하고 있었다.

밤이 되자 그들은 산기슭 저쪽에 캠프를 쳤다. 살바도르가 초조한 몸짓으로 염장한 돼지고기와 빵을 주석 접시에 담아서 내놓았다. 다시 한 번 그는 사죄를 하면서 중얼중얼 변명했다. "마님, 죄송하구먼요. 한 번 더 죄송하구먼요." 그의 손은 굳은살이 딱딱하게 박혀 그

컵이 얼마나 뜨거운지 몰랐다고 했다. "지금은 그렇게 뜨겁지 않습니다. 마님, 뜨겁지 않아요!" 리샤드가 번역을 했다.

"고기는 뜨겁지 않았으면 좋겠는데."

마리냐가 웃으면서 말했다. 마리냐는 살바도르가 살펴 준 잠자리를 보면서 어린아이처럼 즐거워했다. 만자니터나무와 털갈매나무의 부러진 잔가지를 깔고 그 위에 검은색 이끼와 광택이 나는 고사리를 여러 겹 펴서 만든 잠자리였다. 살바도르가 총을 들고 모닥불 곁에서 잠자는 마리냐를 지켜보려고 떠나자(그는 리샤드를 다시 한 번 안심시켰다. 방울뱀은 마리냐의 잠자리 주변에 둘러친 말총 올가미를 스르륵 넘어오지 않을 것이라고 했다.) 리샤드는 자신도 캠프에서 물러나와 달빛에 빛나는 나뭇가지 사이를 걸어 다니면서 파이프 담배를 피웠다. 그의 보호 아래 마리냐가 방대한 자연 속, 가없는 밤하늘 아래 잠들 수 있다는 사실을 생각하자, 그의 오래된 환상, 즉 방대한 우주를 가로질러 날아가는 가느다란 두 대의 화살이라는 오랜 환상이 충족되었다. 미묘한 승리의 감정에 사로잡혔다. 리샤드는 사랑했다. 사랑받았다. 지금 분명히 그것을 확신했다. 바람이 일어났다. 침묵하는 숲이 술렁이며 속삭였다. 그런 황홀한 몰입의 순간에 두렵고도 불길하게 부스럭거리는 소리가 드러났다. 익은 도토리가 매달려 있던 잔가지의 나뭇잎을 건드리며 땅으로 굴러 떨어지는 소리일 수도 있다고 그는 마음을 다져먹었다. 무서운 회색곰이 나무 뒤에서 튀어나와 채 비명도 지르기 전에 그의 목을 찢어 놓으려고 살그머니 다가오는 소리일 수도 있었다. 리샤드는 총을 모닥불 곁에 놓아 둔 채 그 자리를 떴다. 공포가 강타하자 그의 모든 감각이 새로운 지각을 전달했다. 그는 심지어 저 멀리서 스컹크가 피워 올리는 지독한 냄새와 숲의 향기까지 감지할 수 있었다. 그 소리, 부엉이가 부엉 부엉 우는 소리 사이에 희미하게 바스락거리는 소리가 들렸다. 그러다가 모든 것이…… 축복처럼 침묵 속으로 가라앉았다. 숨이 막힐 것 같은 안도감과 감사함이 온몸으로 퍼져 나갔다. 마치 자연 그 자체로부터 안심시켜 주는 메시지를 전달받은 것처럼 말이다. 모든 것이 잘 되었고, 모든 것이 잘될 것이었다. 자신이 굽힘 없는 의지를 가졌다는 환상을 즐기기 때문은 아니었다. 그런 환상에 도취하기에는 지나치게 현실적이었다. 하지만 그 무엇도 안녕과 자기 긍정이라는 거대한 힘을 그에게서 빼앗을 수 없었다. 그는 혼자 중얼거렸다. 지금 내 인생이 끝장난다고 하더라도, 여전히 난 내가 얼마나 멋진 여행을 했던가, 하고 생각하리라고.

4월 24일. 우리 공동체는 결혼 생활과 비슷해요. M이 오늘 나에게 말했다. 나는 갑자기 경계심이 들었다. **우리** 결혼을 의미하는 게 아니에요, 하고 그녀가 웃으면서 정정했다. 결혼은 타협과 실망과 선의를 지킴으로써 성숙된다. 율리앙과 완다를 구태여 염두에 둔 것은 아니다! 결혼이라는 낡고 오래된 말. 영원히 지속될 것이라는 생각만으로도 서로에게 끔찍한 결혼임에도 끝장내는 것은 불가능하다. 그것이 M에게 섬광처럼 스쳤다. 내가 가장 사랑하는 사람, 가만 있지 못하고, 신랄하며, 자기 비판적이면서도 전제적인 인물이다.

4월 25일. 여기 포도나무는 실제로 관목 같다는 점에서 너무나 미국적이다. 이 지역 사람들은 그런 포도나무가 가장 효율적이라고 생각한다. 그다지 일손이 많이 가지 않기 때문이란다. 하지만 내 생각에 여기 포도나무는 상부상조하는 것과는 거리가 멀고, 서로 엉겨 붙지 않으며 상호 침투하지 않으려고 애쓰는 것처럼 보인다. 포도 가지마다 제각각이다. 이웃보다 능가하려고 기를 쓰고 또 쓴다.

4월 26일. 포도를 가지고 건포도를 만드는 좋은 방법이 있다면, 우리 금고에 몇 천 달러는 쌓일 수 있을 텐데. 오늘 오후 율리앙과 함께 마을에 있는 포도 건조시키는 두 집을 찾아가 보았지만 영 엉망이었다. 그럼에도 이 지역 포도는 포도주를 만드는 것보다는 건포도를 만드는 것이 훨씬 더 낫다. 게다가 건포도는 훨씬 더 잘 팔린다. 가디너는 20에이커를 8천 달러에 팔았다고 말해 주었다. 야신토의 갈색 눈이 번쩍였다.

4월 27일. 우리는 좀 더 다양성을 추구할 수 있었다. 올리브, 오렌지. 물론 레몬과 석류, 사과, 배, 살구. 이 모든 과일들이 가격이 좋은 편이다. 무화과 역시 가격이 괜찮은 편이어서 폴란드에서보다 나았다. 바나나를 재배하기에는 흙이 너무 건조한 것처럼 보였다. 반면 수박은 상당히 잘 자라지만 그다지 쓸모가 없었다. 가격이 형편없었다. 사람들은 담배를 많이 심지만 주로 자기네들이 쓰기 위해서다. 양잠업은 그다지 많이 하지 않는다. 누에가 빨리 자라고 누에고치가 좋음에도 말이다. 미국인들에게 양잠업은 "너무 일손이 많이" 요구되기 때문이라는 말을 들었다.

4월 28일. 폴란드에서 나는 당위적인 존재였다고 생각했다. 미국에서 사람들은 자기 운명과 씨름할 수 있다.

4월 29일. 침대가 마루를 가로질러 움직일 만큼 흔들리는 바람에 잠에서 깼다. 마을 사람들의 표현에 따르면 "경미한" 지진이 일어났다. 캘리포니아에서 지진은 흔한 것처럼 보인다. 하지만 이번 지진은 우리가 여기서 처음 경험한 것이었다. M과 P, 모두 지진을 즐겼다고 말했다. M은 꿈속에서 경고를 받았다고 주장했다. 깨어나는 그 순간, 성모마리아 교회 종탑에서 울려 퍼지는 트럼펫 소리를 들었단다! 이제 P는 20년 전 애너하임에 식민주의자들이 당도하기 전에 있었던 그런 지진처럼 강도 높은 지진을 기다린다.

4월 30일. 우리 암말이 방울뱀에게 물렸지만 조만간 회복될 것으로 보인다. 나로서는 원망스러웠다. M은 내가 이것을 원하지 않는다고 생각한다. 이제 그녀보다 내가 이것을 더욱 원한다. 아마도 우리 자신의 성실성에 대한 회의 때문이었으리라. 나는 인과론적으로 말한다. 지혜가 없는 성실성이 무슨 소용이 있냐고 하자, 그녀는 사랑스럽고 농익은 어조로 대답한다. 나는 위안을 받지만 완전히 위로받은 것은 아니다. 그녀는 자유와 순수를 긍정한다고 생각하지만, 집안일이나 가사노동을 그렇게 생각하지는 않는다. 그녀가 진정으로 가정을 원한다고 생각지 않는다.

5월 1일. 내 욕망을 추구하는 데 자유롭지 않다는 느낌이 드는 건 단지 내가 타인의 욕망을 자극하고 있기 때문만은 아니다. 심지어 감각의 문제에서도 나는 아마추어이고, 어설픈 애호가다.

5월 2일. 지난주, 테메스칼 근처에서 한 인디언 일꾼이 목장 주인의 아내가 볼일을 보는 동안 옥외 변소로 들어왔다. 그녀는 냅다 비명을 지름으로써 "최악"의 사태가 벌어지기 전에 구출되었음에도 그 인디언이 자기를 겁탈하려 했다고 주장했다. 인디언은 나무에 묶였고, 성난 남편은 그 자리에서 인디언을 거세시키고 헛간에 처넣었다. 그는 밤새 피를 흘리다 그날 새벽에 죽었다. 우리는 그 이야기를 오늘 들었다. 생각하기조차 끔찍한 일 같다. 우리가 이런 끔찍한 이야기를 들을 필요는 없었다.

5월 3일. 여기 인디언들에게 자행되는 범죄에 관해서 야쿱이 나에게 일장 설교를 했다. 캘리포니아의 골드러시 이후 여기 인디언들은 사실상 노예가 된 것 같다. 대략 5년에 걸쳐 일어난 일이라고 했다. 야쿱은 우리 중 유일하게 윤리 의식을 가진 자처럼 행동한다.

5월 4일. 그것은 실패일 수 있다. 하지만 나는 M을 실망시켜서는 안 된다. 우리에게 필요한 것은 대부분 생산하지 못하고, 우리가 생산한 것의 대부분은 팔지 못했다.

5월 5일. 37도. 캘리포니아인들은 가혹하게 성공을 추구하는데, 그 모습이 신경에 거슬린다. 나는 실패에도 품격을 인정하는, 대단히 폴란드적인 방식을 배우며 자랐다. (오로지 성공만을 추구하는 것은 천박하다.) 메뚜기 떼의 역습이 우리 들판을 휩쓸었다.

5월 6일. 완다가 몸이 좋지 않아서 저녁 식탁에서 일찌감치 물러났다. 그녀가 열이 있다고 율리앙이 말했다 우리 모두 걱정한다. 아니나 다를까, 다누타가 식습관을 바꾸자고 제안한다. 자기 작은딸이 열이 났을 때 과일과 발아시킨 곡류만 먹이자 이틀이 못 가 열이 내렸다는 사실을 우리에게 상기시켰다.

5월 7일. 시프리언이 로렌즈 의사를 만나게 해 주었다. 날씬하고 창백한 백인으로, 꿰뚫어보는 눈 위에 숱 많은 눈썹이 걸려 있었다. 위엄 있는 턱수염과 울림이 힘찬 목소리. 종교 지도자의 전형적인 모델이다. 공동체 구성원 각자에게는 하나님의 정원에서 일하는 일꾼으로서의 직함이 있었다. 하지만 날마다 해야 하는 지루한 일상적인 일거리들은 농사일에 포함되어 있지 않는다는 점을 알았다. 목장은 전적으로 멕시코 농부들이 관리하고 있었다. 그들이 자기 거류지에서 아침 기도에 연이어 몇 시간씩, 그처럼 열심히 운동하는 까닭이 충분히 짐작되고도 남았다. 남자들이 거처하는 집과 아이들이 거주하는, 더 작은 집들을 둘러보았다. 여자들이 잠자는 건물은 완벽한 원형이다. 아내와 남편은 토요일 저녁에는 함께 보내는 것이 허용된다. 에덴에서의 식사 원칙을 나에게 설명해 주었다. 우리는 밀과 보리를 빻고 곱게 갈아서 과즙으로 적셔 놓은 끔찍한 식사에 초대 받았다.

5월 8일. M이 나에게 말했다. 리샤드가 율리앙에게 왜 아이를 가지지 않느냐고 물어보았다고 전했다. 율리앙 말에 따르면 완다가 아이를 가질 수 없는 것 같다고 했다. M은 인디언 처녀들에게 수공예 학교를 열 생각을 하고 있다.

5월 9일. 애너하임에 정착한 사람들은 샌프란시스코에서보다 나은 생활을 누리려고 이곳으로 왔다. 하지만 우리가 여기 정착한 것은 단순한 우연이었다. 우리는 폴란드에서보다 훨씬 더 힘든 생활을 한다. 우리 공동체가 실패한다면, 유토피아적인 계획의 비현실성 때문만이 아니라 우리에게 만족을 주었던 많은 것들을 체념했기 때문이다. 우리는 삶을 창조하려고 한 것이지, 생계를 꾸리고 싶었던 것은 아니었다. 돈을 버는 것이 가장 주요한 동기였던 적은 없었으며, 그럴 수도 없었다. 우리가 포기한다면, 이웃들은 우리가 열심히 일하지 않았기 때문이라고 쑥덕거릴 텐데 그것이 가슴 아프다. 마치 우리가 곡식을 심어 놓고 난 뒤 현관에 앉아서, 혹은 해먹에 누워서 곡식이 저절로 자라길 기다렸던 것처럼 말이다. 그것은 사실이 아니다. 사실 어느 편이냐 하면 우리는 그들보다 더욱 열심히 일하지만 갈피를 잡지 못한 것뿐이다. 그들에게는 너무나 자연스러운 상식을 우리는 갖고 있지 못하다.

5월 10일. 나 혼자 애너하임 랜딩까지 말을 타고 갔다. 왕복하려면 거의 41킬로미터나 되었으므로, 나는 강해졌다는 느낌이 들었다. 해변 여기저기에 황철강이 흩어져 있다. 사람들은 그것을 바보들의 황금이라고 부른다. 나는 P를 위해 주머니 가득 황철강을 채웠다.

5월 11일. 우리보다 앞섰던 남들도 실패했다. 브룩 팜. 칼릭스트 울스키가 텍사스의 라 리뉴니언에서 세웠던 푸리에주의 집단 촌락. 우리는 그 사실을 알았다. 우리가 이민을 계획하면서 나는 울스키가 자기 모험이 실패한 것을 우울하게 묘사한 것을 이미 읽었다. 울스키는 친구들과 폴란드로 되돌아와서 자기 경험을 책으로 출판했다. 하지만 지금도 나는 여기 미국에서 푸리에주의자들의 노선을 따라서 협동공동체를 유지하려는 어떤 집단의 노력이 실패했다고 하여 남들을 좌절시킬 권리는 없다고 생각한다. 모든 사람들이 하나같이 신중하다면 세상에는 아무 일도 일어나지 않을 것이다. 그것은 마치 완다와 율리앙 때문에 결혼에 대한 모든 신념을 상실하는 것이나 마찬가지다. 사람들에게는 권리가 있다. 자신의 결혼 생활은 남들과 다를 것이라고 말할 권리.

5월 12일. 아무리 봐도 우리의 모험은 대단히 폴란드적으로 보일 것이다. 우리나라의 비극적인 역사에 동정심을 갖고 있는 사람들 사이에서는 우리나라가 유명하다는 점은 알고 있다. 우리에게는 정치적인 지혜가 없었다. 우리 봉기를 살펴본다면, 도무지 성공할 확률이 없었던 것이다. 우리는 그처럼 잘 속았다. 나폴레옹은 전혀 힘들이지 않고 우리나라 군대가 그를 위해 피흘리도록 만들었다. 그로서는 우리 코앞에서 흰 독수리(폴란드를 상징하는 문장. 옮긴이)를 한 번 흔들어 보여 주는 것으로 충분했다. 폴란드는 나의 할아버지의 지휘 아래 1812년, 러시아로 진격했다. 우리가 쉽게 열광하는 것은 유치하고, 무능하기 때문이다. 특히 모든 나라들이 뛰어든 산업화와 군사주의 시대에 살아남기 위한 거대한 생존 투쟁에 필요한 여러 자질들, 탁월한 경영, 노회함, 훈육, 중용과 자제력이 결여되어 있었다. 우리는 기사도적인 용맹과 개인적인 용기를 언제나 중요한 것으로 생각했지만 그것은 고결한 정신 속에 배어 있는, 틀림없는 자만심에서 비롯된 것이다. 가장 가슴 쓰린 비난은 우리나라가 어설픈 아마추어라는 것이다.

5월 13일. 폴란드는 기념비로 가득하다. 우리는 과거를 기념한다. 과거가 우리의 운명이었으니까. 우리는 자연스럽게 염세주의자가 된다. 과거에 일어났던 일들이 미래에 다시 일어날 것으로 믿기 때문이다. 과거를 부인하는 자를 낙천주의자로 정의할 수 있는 것도 바로 그런 연유에서다. 그런데 여기서 과거는 정말로 중요하지 않다. 미국에서 현재는 과거를 재확인하는 것이 아니라, 과거를 경질하고 말소하는 것이다. 과거에 매달리면서 집착하는 것을 약점으로 보는 것이야말로 미국인들의 가장 두드러진 특징이다. 그로 인해 미국인들은 표피적이고, 천박해 보이기도 하지만, 다른 한편으로는 엄청난 힘과 자신감을 갖게 된다.

5월 14일. 오늘 오후 약 다섯 시 경이었다. 완다가 헛간에서 목매달아 자살을 시도했다. 그녀는 대들보에 밧줄을 제대로 묶지 못해서, 사다리를 걷어차고 난 뒤 불과 몇 분밖에 지탱하지 못했음이 틀림없었다. 떨어져 내리면서 밧줄 매듭이 목을 더욱 단단하게 죄였다. 때마침 야쿱이 쿵 하고 부딪히는 소리를 듣고 고미다락으로 올라가서 사다리를 치우고 완다의 목에서 밧줄을 푼 뒤 도움을 청하지 않았더라면, 그래서 몇 분만 더 지났더라면 그녀는 질식사했을 것이다. 의식을 잃은 그녀를 집으로 데려왔고 말을 달려 마을로 가서 히긴스 의사를 불러 왔다. 그는 멍이 든 부위에 찜질포를 붙이고, 부러진 팔을 고정시키고, 진정제인 수포 클로랄을 투여했다. 그때가 새벽 두 시였다. 의사는 방금 떠났다. 완다는 며칠 동안 분명 누워 있어야 할 것이다. M이 아직 그녀와 함께 있다. 알렉산더와 바바라는 그날 밤 율리앙을 데려왔다. 그는 집 바깥에서 울면서 악을 쓰다가 자기도 자살하겠다고 소리쳤다. 그것이 모든 사람들이 만족할 만한 유일한 해결책이라면서 망신스러운 꼴을 연출했다. 지금은 그가 얼굴을 파묻고 있다고 바바라가 전했다. M은 율리앙이 완다 곁에 가까이 오지 못하게 했다.

5월 15일. 완다는 여전히 고통이 심하다. 음식을 먹을 수도, 물을 삼킬 수도 없다. 히긴스 박사가 오늘 들렀다. 그는 완다가 잘하고 있다고 했다. 며칠 동안 침대에 누워 있도록 지시했다. 당혹스럽게도 아무도 무엇을 어떻게 해야 할지 알 수가 없었다. 율리앙이 참회하고 있다. 하지만 그게 얼마나 갈 것인가? "내가 지적이지 않다는 것은 나도 알아요." 완다가 쉰 목소리로 겨우 나에게 속삭였다. 너무 애처롭고, 추하고 비천하다는 느낌이다. 완다는 M에게 사정하여 율리앙이 그녀를 보러 올 수 있게 허락해 달라고 부탁했다.

5월 16일. 우리 또한 율리앙만큼이나 양심의 가책을 받을 만한 이유가 많다. 공동체로 산다는 것은 타인에 대한 책임감을 가진다는 의미다. 단지 자기 자신과 자기 가족에게만 책임을 지는 것은 아니기 때문이다. 모든 사람들이 율리앙이 완다를 대하는 태도를 부정했다. 그랬다면 공동체로서 우리는 그의 태도에 제재를 가했어야 했다.

5월 17일. 완다가 율리앙에게 되돌아갔다. 그녀가 집을 떠난 뒤 M은 거의 울 뻔했다. 지금은 화를 내고 있다. 결혼 생활의 속내를 남들은 도무지 알 수 없는 법이라는 점을 나는 그녀에게 일깨운다.

5월 18일. 율리앙과 완다가 더 이상 식사하러 오지 않게 된 이후로, M은 아니엘라에게 음식을 가져다주라고 했다. 그날 저녁 그들 부부를 찾아갔을 때, 완다는 자신이 신경과민이었다고 말했으며, 너무 힘든 노동으로 인한 발작일 수 있다고 했다. 율리앙 또한 그녀가 너무 열심히 일을 했다고 수긍했다.

5월 19일. 다음 달 초 율리앙과 완다는 폴란드로 되돌아갈 것이다. 너무 끔찍한 일이 일어났으므로 아무도 그들에게 머물러 있으라고 만류하지 못했다. 그들이 고국에서 생활한다고 해서 더 나아질 것처럼 보이지도 않았지만, 누가 알겠는가. 울리앙은 완다를 비난할 새로운 이유를 찾아낼 것이다. 그들이 친구들을 버리고, 위대한 모험을 포기하고, 미국을 포기한 것이 전부 완다의 나약함 탓이라고 비난하면서 그녀를 수치스럽게 만들지도 모른다. M은 매우 슬퍼한다. 야쿱이 그들이 살던 집으로 들어갈 것이다. 리샤드는 헛간에 남아 있는 걸 더 좋아한다. 변한 것은 아무것도 없지만, 동시에 모든 것이 변했다. 난 그런 변화를 느낀다. 우리는 실패할 것이다.

5월 20일. 오늘 저녁은 아무것도 쓰고 싶지 않다.

5월 21일. 오늘도 마찬가지다.

5월 22일. 미국에서는 모든 것이 가능한 것처럼 되어 있다. 여기서는 모든 것이 가능하기도 하다. 모든 것을 세속화시키는 미국인들의 재능과 창의성에 자극받아서 모든 것이 가능한 것처럼 보인다. 미국은 어떻게 거래하느냐에 달려 있다. 오류도 실패도 우리 몫이다.

5월 23일. 오늘 저녁은 신랄했다. 바바라는 에드니카에 앓던 아이가 있는데 사과, 쌀을 갈아서 먹고, 보리차를 마시는 식생활 때문에 결국 굶어서 죽게 되었다고, 그런데도 의사에게 아이의 병을 보여 주지도 않았다는 말을 이웃에게 들었다고 전했다. 다누타와 시프리언은 그것이 에드니카를 비방하는 캠페인이라고 우겼다.

5월 24일. 알렉산더와 함께 헛간 근처에 있는 죽은 나무를 베어 냈다. 동가리톱으로 한쪽 끝에서 일하다가 나는 리듬을 잃었고 톱날이 휘어져 버렸다. 미국에서는 실패를 고귀한 것으로 생각하기 어렵다.

5월 25일. 저무는 태양을 기다리지 말라. (이런 경구를 어디선가 읽은 기억이 난다.) 신중한 사람들은 버림받기 전에 먼저 버린다. 현명한 사람은 궁극적으로 승리하는 법을 안다.

5월 26일. 우리가 경험이 없었다는 것, 단순히 그것만이 이유일 리 없다. 20년 전 이곳으로 와서 포도밭을 가꿨던 독일인들 역시 경험이 없기는 마찬가지였다. 그들 집단에는 조각가, 양조 업자, 총기 제조 업자, 목수, 호텔 운영자, 대장장이, 포목점 소유자, 모자 제조 업자, 두 명의 음악가, 두 명의 시계 제조공이 포함되어 있었다. 우리의 모험이 성공하기 위해 반드시 필요한 것들을 배우고 학습하는 능력이 모자란 것도 아니다. 하지만 그들에게 일차적인 목표는 농부로 성공하는 것이었다. 반면 우리는 고요한 농촌 생활을 하기 위해 기꺼이 농부가 되고자 한 것이었다.

5월 27일. 다누타와 시프리언과의 말다툼. 에드니카의 여자 아이를 시 당국이 데려갔다. 아이의 생명을 위험에 빠뜨렸다는 것이 로렌즈의 죄목이었다. 그는 다음 주 월요일, 마을 법정에 출두해야 한다. 다누타와 시프리언은 그가 무죄 방면될 것이라고 확신했다. M은 오늘 저녁 특히 사랑스럽다. 지금은 자고 있다.

5월 28일. 오늘 아침 산으로 말을 달렸다가 해질녘에 돌아왔다. 약 90킬로미터를 달렸다. 그런데도 전혀 피로하지 않았다.

5월 29일. 무엇을 할 것인지 결정하려고 회의를 하다. 다누타와 시프리언은 계속하기를 원한다. 야쿱은 무슨 일이 있더라도 미국에 계속 남아 있고 싶다고 했으며, 그럴 작정이라고 한다. 바바라는 어머니에게서 온 편지를 보고 대단히 의기소침해 있다. 아버지가 편찮으셔서 오래 사시지 못할 것 같다고 한다. 하지만 그녀와 알렉산더는 고국으로 되돌아갈 여행을 고려하고 있지 않다. 제때 바르샤바에 도착할 것 같지 않기 때문이다. 알렉산더는 앞으로의 전망에 관해 당혹감을 표현했지만 그렇다고 해서 그것이 우리 모험 자체를 후회한다는 말은 아니라고 나에게 확실히 말했다. 나는 그의 말을 믿고 싶다. 9월과 포도 수확기까지는 계속해 보기로 합의한다. 포도를 좋은 가격에 팔 수 있을지 살펴보기로 한다. M은 포도 농장에서 이윤이 나올 때까지 모금을 하기 위해 한동안 무대로 되돌아가면 어떨까 얘기한다.

5월 30일. 정오, 36도. 지금 우리의 생활을 청산하고 싶어서 내가 M을 핑계 삼아 그녀가 무대로 복귀하도록 등 떠밀고 있다고 생각하지 말아야 한다. 우리는 여기서의 삶을 모험이자 간주곡이라고 부를 것이다. 그러다가 나는 다시 생각한다. 무대로 복귀하고 싶어하는 사람은 그녀라고.

5월 31일. 로렌즈에 대한 기소가 철회되었다는 점은 주목할 만한 가치가 있다고 생각한다. 분명히 그의 공동체가 새 학교를 짓는 데 필요한 상당한 기금을 내놓겠다고 간청한 모양이었다. 소우 도로테오는 시내 가게에 진열된 밀짚모자를 좋아한다. 그는 나에게 15센트를 보여 주면서(그 모자는 이 지역 말로 두 냥인데, 캘리포니아 사투리로 25센트라는 의미다.) 모자를 사 달라고 나에게 말했다. 수치스러운 느낌.

6월 1일. 우리는 오늘 아침 율리앙과 완다를 기차역에서 배웅했다.

내일 그들은 샌프란시스코에서 대륙 횡단 철도에 몸을 싣는다. 열흘 후면 그들이 탄 여객선은 뉴욕항에서 브레멘하펜을 향해 출발한다.

6월 2일. 나는 부질없는 질문에 시달린다. 우리가 인생을 살면서 다른 방향이 아니라 한 방향을 보면서 살도록 해 주는 것은 무엇일까? 다른 곳이 아니라 우리가 캘리포니아로 여행한 것은 어떤 필연일까? 부엌에서 도로테오를 보았다. 그는 아니엘라에게 자기 말을 이해시키려고 하고 있었다. 밭에서 일할 일손이 더 필요한지 묻고 있었다. 그 모자를 쓰고서.

6월 3일. 우리의 미래에 관한 부질없는 대화를 나눈 중요한 하루. 바바라는 또다시 어머니가 보낸 편지를 받았다. 그녀의 아버지가 돌아가셨다는 편지였다.

6월 4일. 저녁을 먹고 난 뒤 바바라와 알렉산더가 나를 구석으로 불렀다. 이번 여름에 폴란드로 되돌아가기로 결심했다고 전했다.

6월 5일. 다누타와 시프리언은 캘리포니아에 남기로 했다고 알렸다. 그들은 에드니카로 옮겨 갈 것이다. M이 그들에게 간언했지만 아무런 소용이 없었다. 광신도에게 논쟁은 아무런 소용이 없는 법. 이런 오류는 오래 전부터 형성되어 왔다. 로렌즈의 본말이 전도된 공동체가 우리 공동체보다는 훨씬 더 살아남기에 나을 것이다. 아마도 우리는 충분히 급진주의적 공동체도, 그렇다고 충분히 괴상한 공동체도 못된다. 아, 도로테오.

6월 6일. 돌이켜보건대, 우리가 실패할 운명이었다고 말하기는 쉽다. 우리가 얼마나 순진했는지 알았어야만 했다. 자기네들이 선구자가 될 수 있다고 생각했던 유럽의 지식인들이 얼마나 순진했는지 말이다. 우리가 더 나은 삶에 대한 가능성을 믿었던 맨 처음 집단도, 그렇다고 맨 마지막 집단도 분명 아닐 것이다. 들려온 소문에 따라, 외국 땅에서 새롭게 출발해 보려고 했던, 이상주의를 실현할 능력이 없는 사람들은 우리에게 조롱을 퍼부을 것이다. 인간의 더 나은 본성에 걸고 내기를 한 것이 수치스러울 이유는 없다. 아무도 두 번 다시 우리와 같은 시도를 하려고 하지 않는다면, 그야말로 가난한 세상이 될 것이다.

6월 7일. 오늘 야쿱이 뉴욕으로 떠났다. 작별을 하면서 그는 이곳에서 자신이 그렸던 것 중에서 최고의 작품이라고 여기는 것 세 점을 M과 나에게 선물로 주었다. 젊은 여자와 턱수염을 한 남자, 두 사람의 슬픈 머리통을 그린 소품 초상화였다. 제시카와 샤일록, 그리고 앉아서 독서하고 있는 M의 전신 초상화. 나머지 한 작품은 로스니에토스에서의 한 장면이었다. 한 멕시코 여인이 무릎 높이에서 소란을 피우는 아이들에 둘러싸여 유칼립투스나무 두 그루 사이에 매달아 놓은 일종의 빨랫줄에 쇠고기 육포를 널고 있는 모습이었다. M은 야쿱이 떠나는 것 때문에 낙담하고 있다.

6월 9일. M은 아니엘라와 함께 집안 곳곳을 대청소하는 일에 착수하고 있다. 그녀는 대단히 평온하다고 말한다. 나는 아우구스트와 비테 피셔에게 말을 해야 했다.

6월 12일. M과 리샤드와 오늘 오후 애너하임 선착장으로 가서 갓 잡은 넙치를 술집에서 먹고 난 뒤 바닷가로 나가서 지는 석양을 바라보았다. 아름다운 일몰 때문에 정화된 기분이 들어서, 우리가 처음 이곳에 도착했을 때와 같은 거의 비슷한 행복한 감정에 사로잡혔다. 출발 전날 저녁, 우리는 신참들처럼 굴었다. 혹은 미래의 관광객처럼. 대서양은 그처럼 무심하고 방대하며 종착지여서 여기서 더 이상 나갈 곳이 없으므로 발걸음을 되돌려 오로지 뒤돌아서는 수밖에 없을 것처럼 보였다. 하지만 물론 착각이다.

6월 13일. M이 원했던 것은 새로운 생활이 아니라, 새로운 자아였다. 우리의 공동체는 새로운 자아를 찾기 위한 도구였다. 이제 그녀는 무대로 되돌아가려는 욕망에 복종하고 있다. 그녀는 미국 관중들 앞에서 자신이 무엇을 할 수 있는지 보여 주기 전까지는 결코 폴란드로 돌아가지 않을 것이라고 말한다. 그녀와 미국에서의 스타덤 사이에 가로놓여 있는 온갖 장애물을 나에게 읊조리면서, 도전하겠다고 한다.

6월 15일. M은 샌프란시스코로 갈 준비를 하고 있다. 그곳에 정착하는 대로 P와 아니엘라가 그녀와 합류할 예정이다.

6월 16일. 피셔 가족은 우리가 소유지를 얼마나 잘 가꾸어 놓았는지를 알고 있었다. 그런데도 새로 지은 집 두 채까지 포함하여 내가 12월에 지불했던 돈보다도 더 적은 2천 달러에 되사겠다고 말한다. 다른 조건을 제시할 사람을 찾을 때까지 머물 작정이다.

6월 17일. 이곳의 경제가 얼마나 변덕스러운지 이해하고 있었던 사람들이 우리 중에 있었을까? 혹은 농장을 경영하는 데 얼마나 많은 노동이 든다는 것을 이해한 사람은 있었던가? 어쩌면 우리는 남태평양으로 갔어야 했을 것이다.

7

In America

가출하여 집을 떠나는 기분 같았다. 거짓말을 할 때처럼. 마리냐는 많은 거짓말을 하고 싶었다. 그녀는 다시 시작하는 중이었다. 그것이 운명이었다. 결코 방황하는 법이 없었던 자신의 풍요로운 감각을 즐기고 있었다.

마리냐는 6월 하순, 그 도시에 도착했다. 그녀의 피부는 샌프란시스코의 쾌적한 해양성 기후를 잊고 있었다. 멋진 만과 바다 경치와 제멋대로 태평스럽게 뻗어 나간 가파른 도로의 꼭대기에서 내려다보이는 안개에 마음을 쏟으면서도, 노브 힐 아래 널찍한 기둥이 서 있는 건물 입구의 세부적인 모든 것들을 자세히 기억했다. 그 건물 안에서 마리냐는 자기 욕망을 훈련했다.

보그던은 마리냐를 위해 즈나니에키 선장 부부와 함께 거처하도록 주선해 주었다. 지체 높은 여성이 가족과 일시적으로 떨어져 있을 경우, 자기 혼자 살기를 바랄 수는 없었다. 즈나니에키 가족이 친절했고 마리냐를 잘 돌봐 줄 거라 생각해서 그들 부부를 선택했다. 미국 여자와 결혼한 즈나니에키 선장과 마리냐가 언제나 폴란드어로만 말할 수는 없었다. 게다가 즈나니에키는 토지 측량 기사에다 토지 사무소 조사 연구자라는 직함을 가지고 있어서 인맥(보헤미안 클럽의 회원에서부터 주지사까지 마당발이어서)이 상당해 보였다. 캘리포니아 극장 무대 담당 매니저인 막강한 앵거스 바턴Angus Barton과의 오디션을 확보하려면 로비가 필요할 수도 있었다. 도착한 다음 날 아침, 마리냐는 부시 스트리트로 걸어가 살며시 극장으로 들어섰다. 경기가 있기 전날, 환호와 공포에 이끌려 텅 빈 경기장의 맨 뒷줄에 서서 아직 피가 묻지 않은 깨끗이 골라놓은 경기장 바닥의 모래를 제일 위쪽에서 내려다보는 검투사들처럼, 마리냐는 붉은색 벨벳 커튼과 평화롭고 어두운 무대의 넓이를 훑어보려고 관람석으로 들어섰다. 무대는 캄캄하지 않았고, 리허설이 진행되고 있었다. 검은 옷을 입은 키가 크고 구부정한 남자가 열 번째 줄에 앉았다가 벌떡 일어나 복도를 달려 내려갔다. 저 사람이 바턴인가, 하는 궁금증이 들었다. "오늘 저녁이면 '괜찮아질 것' 이라고 내게 말하지 마." 남자는 한 배우에게 야단을 쳤다. "내가 싫어하는 게 있다면 바로 그 따위 소리야. "나중에 '괜찮을 것' 같으면 지금 '괜찮을 수' 있어야지." 그래, 그 사람이 바턴임이 틀림없었다.

헨리크에게 털어놓았다시피, 마리냐는 혼자 있을 기회가 거의 없다는 것이 문제였다. 그녀가 도착한다는 소문이 퍼지자(세계 어디든지 폴란드인들이 있는 곳이라면 어떻게 눈에 띄지 않을 수 있겠는가?) 샌프란시스코에 있는 폴란드 지역사회 사람들은 한결같이 그녀를 만나 보고 싶어했다. 자기 땅에서 뿌리 뽑힌 동포들의 넘쳐나는 흠모의 정에 휘감겨 있으면서도 실패의 두려움과 꺼지지 않은 야심의 불길을 지피는 것은 힘든 노릇이었다. 그러다가 저녁이면 오로지 폴란드어로만 말하게 되었다. 30년 전 오스트리아가 점령했던 폴란드 영토에서 자유주의 봉기를 도모했던 상류층과 지식인들은, 메테르니히(와 끔찍하게도 폴란드 농부들에 의해서 저질러졌던)의 선동으로 인한 학살과 방화를 피해 온 난민이기는 했지만, 즈나니에키 선장은 때마침 자기 조국에서 일어난 재앙에 관해서 뿐만 아니라 자신이 선택한 나라의 정치에도 대단히 관심이 많았다. 즈나니에키는 자신을 사회주의자라고 불렀다. 사회주의는 여기 미국에서 장차 살아남을 수 있는 가능성이 거의 없다고 마리냐에게 말해 주었다. 미국 땅에서 부자에 대한 가난한 자들의 숭배는 유럽에서 군주와 승려들이 누렸던 것에 못지않을 정도로 맹목적이기 때문이라고 했다. 그는 미국의 양당 사이의 차이를 명료하게 설명해 주려고 대단히 노력했지만, 어쨌거나 마리냐는 공화당은 강하고 중앙집권적인 정부를 원하는 것이며, 민주당은 주들 사이의 느슨한 연방제를 원한다는 것 이상으로 이해하지 못했다. 그녀는 정당정치의 문제가 남북전쟁 이전의, 그러니까 노예제 문제가 해결되기 이전 시대에는 구분이 훨씬 쉬웠을 것이라고 생각했다. 말하자면 제대로 된 사고를 하는 사람이라면 공화주의자가 되지 않을 수 없었을 것이지만, 지금은 무슨 문제를 가지고 싸움을 하는지가 불분명했다. 어느 날, 즈나니에키는 그녀를 "위대한 불가지론자"의 강연에 초대했다. 강연자인 로버트 잉거솔Robert Ingersoll은 무신론적인 설교를 통해 샌프란시스코에서 대규모 군중을 끌어들이는 흡인력을 발휘했다. 마리냐는 청중의 감응에 깊은 인상을 받았다.

마리냐는 연기자에게 용기를 북돋워 주기 위해 찬미의 탑을 쌓아

올리는 짓을 저지시켰다. 그것이 그녀의 예술에 무슨 결과를 가져올 것인지, 이제는 결정해야 했다. 자신은 무모한 것을 숭배한다고 헨리크에게 편지를 썼다. 하지만 진실을 말했는지는 의문이었다.

마리냐는 즈나니에키의 집을 떠나 아첨하는 동포들에게서 몸을 감추고 조금 떨어진 곳에 가구가 딸린 방을 얻었다. 전당포에 보석을 전부 잡혔지만 그중 어느 것도 값어치가 많이 나가는 것은 없었다. 그래도 검소하게 살면 두 달은 충분히 살 정도였다. 과거 그녀를 여배우로 만들어 주었던 본능, 테크닉, 불만족, 대담한 취향을 재구성하려면 고독이 필요했다. 걷는 기술, 힘들이지 않고 곧은 자세와 몸가짐을 유지하는 방법, 확실한 발걸음은 다시 연마할 필요가 없었다. 오로지 자기 자신을 생각하는 기술, 진정한 창조력의 핵심인 몰입의 기술은 혼자서 회복할 수 있었다.

이제 오로지 그녀 자신과 그 도시, 야심, 자신과 영어만이 존재했다. 마리냐는 영어라는 이 잔인한 주인을 자신의 의지에 복종시키고 굴복시켜야 할 것이다.

"윌" 콜린그릿지 양이 발음을 해 보였다. "**위위일**, 아니에요."

마리냐는 셰익스피어의 책을 가슴에 품고서 경사진 나무 바닥으로 된 응접실을 가로질러 바깥으로 불룩 튀어나온 창 너머의 거리를 내려다보다가 콜린그릿지 양을 발견했다. 꿈꾸듯 거리를 응시하면서 〈안토니우스와 클레오파트라〉의 대사를 낭송하고 있었던 마리냐는 옥수수 색깔의 머리카락을 한, 작고 통통한 여성이 커다란 밀짚모자를 머리에 얹은 채 자신을 응시하고 있다는 것을 의식하게 되었다. 마리냐는 자기도 모르게 미소 지었다. 여자는 손으로 자기 입을 탁 치더니 천천히 내렸다. 미소를 지으면서 잠시 머뭇거리다가 여자는 수레바퀴가 굴러가듯(그녀의 망토가 펄렁거렸다.) 곧장 걸어가 버렸다.

그들은 며칠 후에 다시 만났다. 마리냐는 여덟 시간 동안의 공부와 낭독을 연습한 이후에 중국인 구역에서 그날 오후 느릿느릿 산책을 하다가(아파트는 듀퐁 거리에서 몇 블록 떨어지지 않았다.) 연등이 매달려 있는 골목길로 접어들었다. 길거리로 넘쳐나는 음악 소리와 도금한 찻집의 발코니 너머로 들리는 금속성에 이끌려서 그곳으로 들어갔다. 작은 깃발로 장식한 가게의 열려진 문 틈새를 통해, 조각한 상아, 붉은 옻칠 쟁반, 마노 향수병, 자개 무늬로 장식한 티크재 테이블, 백단향 상자, 기름 먹인 종이로 만든 우산, 산꼭대기를 그린 그림이 보였다. 푸른 무명천 바지를 입은 쿨리들이 잰걸음으로 지나쳐 가는 가운데 마리냐는 한가롭게 걸었다. 라벤더 수직 외투에다, 바짓단을 부풀린 비단 바지를 입고 체리 색깔의 붉은 비단 댕기를 댄, 길게 땋은 변발을 늘어뜨린 신사 몇 명이 천천히 그녀 곁을 지나쳐 갔다. 마리냐는 그들 모습에 감탄하면서 한 옆으로 비켜섰다. 깔끔하고 맵시 있는 머리와 비취 팔찌를 손에까지 늘어뜨린 여자 두 명이 각자 시중드는 하녀의 팔에 기대서 있었다. 그녀의 눈길이 무심코 아래를 바라보는 순간, 그들의 사치스러운 장옷의 가두리 아래로 10센티미터 길이의 황금으로 수놓은 비단 전족 신발이 보였다. 부유한 중국 가족들은 딸아이들이 아직 어릴 때 발 뼈를 부러뜨려서 발가락이 발꿈치에 닿도록 해 놓고 아이가 다 자랄 때까지 그렇게 묶어 둔다는 것을 책에서 읽은 기억이 떠올랐다. 갑자기 속이 울렁거리고 입안에 신물이 고였다. 충격이 그녀의 속을 완전히 뒤집어 놓았다.

"어디 아파요? 의사를 불러 올까요?" 졸도할 것 같은 상태를 겨우 참고 있는데 누군가가 그녀 곁에서 말을 건넸다 그 전날 창문으로 내다보다가 눈길이 마주쳤던 바로 그 젊은 아가씨였다.

"아, 당신이군요." 마리냐가 힘없이 말했다. 또다시 토하려는 것을 억지로 참으면서 인사를 건네자, 구원자의 눈빛이 반짝 생기가 도는 것이 보였다. 여자는 가게로 뛰어들어가더니 흰 깃털로 만든 부채를 가지고 나와서 열심히 마리냐의 얼굴에 부채질을 했다.

"난 아픈 게 아니에요." 마리냐가 말했다. "방금 전 중국 여자 두 명을 보았는데, 그 두 사람은……."

"아, 전족한 여자들이요? 처음 봤을 때 나 역시 한 차례 토했어요."

"친절하군요. 정말 친절해요." 마리냐가 감사했다. "이제 정말 괜찮아졌어요."

어린 여자가 자기 집으로 돌아갈 즈음, 두 사람은 상대에 관해 알아야 할 것들은 전부 알게 되었고, 서로 친구가 될 운명이라고 느꼈다. 정확히 바로 그 시각에 내가 왜 창문 바깥을 내다봤을까요, 하고 그녀는 헨리크에게 썼다. 그리고 그녀에게 왜 미소를 지었을까요? 우리 만남에는 조금 낭만적인 데가 있지 않아요? 나는 아직 그녀의 비단결 같은 콘트랄토나 감탄할 만한 발음을 듣지는 못했어요! 그러니까 일이 아직 그 정도예요, 사랑하는 친구. 미국에서 일 년을 보낸 후 내가 경험했던 최초의 돌발적인 사건이란 게, 웃기는 모자를 쓰고 볼품없는 서지 망토를 걸친 우쭐대는 말괄량이 아가씨와 관련한 것이에요. 그녀는 자기 집에 애완동물을 키우고 있는데 다 자란 작은 돼지라고 하더군요. 내가 감미로운 목소리에 얼마나 쉽게 매료되는지 당신도 잘 아시잖아요.

마리냐의 새로운 친구는 영어 어휘와 문법을 통달하고 있었는데, 이것은 전문적이고 사심 없는 판단이라고 감히 말할 수 있었다. 콜린그릿지 양(밀드레드 콜린그릿지Mildred Collingridge, 그녀는 수줍게 자신을 밀드레드 콜린그릿지라고 말했다.)은 발성 교사였다. 그녀는 노브 힐에 생겨난 신흥 주택가의 부잣집 부인들에게 발음 교습을 했다.

마리냐는 오디션을 준비하려면 정확히 두 달이 있다고, 그 이상 걸리면 안 된다고 그녀에게 말해 주었다. 마리냐는 미스터 바턴이라는 인물에게 자기가 무엇을 할 수 있었는지 보여 줄 작정이었다.

"미스터." 콜린그릿지 양이 발음을 교정했다. "**미이이스터**가 아니라고요."

마리냐가 감사의 표시로 제공하는 얼마 안 되는 수업료를 받고서(마리냐는 1페니 이상을 줄 수가 없었다.) 이 일에 뛰어든 콜린그릿지는 매일 아침 8시면 마리냐의 거처로 와서 마리냐가 영어로 다시 익히고 있는 배역의 발성 교정을 맡아 주었다. 응접실 가까이에 놓인 식탁용 테이블에 나란히 앉아서 그들은 한 줄, 한 줄 때로는 한 단어, 한 단어를 연습했다. 모음은 고르게 펴고 자음은 다듬어서 두 사람 모두가 문단 전체에 만족할 때까지 되풀이했다. 마라냐는 자기 대본에 휴지, 강세, 숨 쉴 곳, 발음에 도움 표시를 했다. 그러고 나면 그녀는 걸음걸이로 재면서 낭독 연습을 하고는 했다. 콜린그릿지 양은 테이블에 앉아 상대 역할을(마리냐가 시키는 대로 가장 평이한 어조로) 읽었다. 고된 하루를 함께 보내면서 가정교사가 먼저 끝내자고 한 적은 한 번도 없었다. 마리냐는 자기 파트너도 자기만큼이나 지칠 줄 모른다는 것을 알게 되었다. 농촌에서의 내핍 생활은 평화롭기는 했다. 하지만 도시 생활의 맥박과 고동과 향기 또한 몹시 그리웠다.

"시티." 콜린그릿지 양이 발음했다. "**시이티**가 아니에요."

즈나니에키 선장이 이른 저녁, 자기 아내에게 가르쳐 줘서 만든 맛

있는 폴란드 음식을 접시에 담아 가지고 마리냐가 어떻게 지내고 있는지 살펴보려고 종종 들렀다. 마리냐가 콜린그릿지 양과의 공부에 관해 이야기하자, "마리냐 부인, 당신에게는 영어 공부가 필요하지 않아요. 단어의 발음은 적힌 대로 하면 되는 겁니다. 그러니까 폴란드식으로 하는 게 좋다는 거지요. 그건 단지 좋다, 정도가 아닙니다. 불가능한 발음, 거친 소리를 내려고 애쓰다 보면 당신 목소리는 딱딱해지고 입 모양은 결국 망치게 될 거예요. 무엇보다도 그들이 발음하는 것처럼 'th' 발음을 하려고 애쓰지 말아요. 당신은 그 발음을 절대 할 수 없을 테니까요. 평범하게 't' 발음을 하든, 아니면 'd' 발음을 하는 것이 잘 돌아가지도 않는 혀로 애써 'th' 발음을 하는 것보다는 우리 귀에 훨씬 편하고 좋아요. 게다가 자신 있게 말하건대 미국인들은 외국 억양에 매료됩니다. 당신 발음이 엉망일수록 당신을 더 좋아할 겁니다.

즈나니에키는 마리냐가 정확한 영어 발음을 배울 수 없을 것이라고 단언했다. 만약 그의 말이 옳다면? 그녀는 가짜가 될 것이고, 멋있어서 박수갈채를 받는 것이 아니라 우스꽝스러워서 박수갈채를 받게 될지도 몰랐다. 그렇다면 예술가로서 그녀가 어떻게 이상적인 것을 재현할 수 있다는 말인가? 마리냐는 그의 충고를 따르지 않기로 했다.

그녀는 악마 같은 'th' 발음을 반복하고 또 했다. 그 소리를 만들어 내려면 한 구절의 흐름을 끊지 않으면서 혀를 제자리에 가져다 놓아야 하는데 그것은 불가능했다. 'th' 발음을 제대로 하려면 미국식 의치가 필요하겠다고 콜린그릿지 양에게 농담을 했다. 셔터 앤 스톡턴의 구석에 커다란 광고 간판이 생각났다. 블레이크 박사의 영구 치아.

"티스." 콜린그릿지 양이 교정했다. "티이이스가 아니라고요."

각각의 단어가 그녀의 입안에 작고 괴상한 모양의 꾸러미를 만드는 것처럼 느껴졌다. theatre, thespaian, therefore, throughout, thorough, Thursday, think, thought, thorny, threadbare, thicket, throb, throng, throw, thrash, thrive…… that, that, that. this, this, this. There, there, there.

콜린그릿지 양을 제외하고 마리냐가 샌프란시스코에서 머문 처음 몇 주 동안 즐겁게 만날 수 있었던 유일한 사람이 리샤드였다. 하지만 마리냐는 리샤드 역시 마침내 등 떠밀어 보내 버렸다.

리샤드는 그녀가 북부로 출발하기 전에 이미 애너하임을 떠났다. 리샤드는 먼저 와서 그녀를 기다리고 있었다. 7월 4일을 맞이하여 그들은 격렬한 연설과 음악을 들었다. 시가행진과 폭죽놀이가 벌어졌고, 소방대원들이 말이 끄는 소방차를 몰고 여러 곳에 일어난 많은 불을 끄려고 그들 곁으로 달려 지나갔다. 어떤 날은 해변을 따라 하오의 드라이브를 즐기려고 경마차를 빌리기도 했다. 마리냐는 리샤드에게 이끌렸다. 두 사람은 손을 잡았다. 잡은 손이 축축해졌다. 마리냐는 행복했고 그런 행복감은 사랑에 빠졌을 때 맛보는 느낌이 분명했다. 마리냐는 더 이상 한 집단의 우두머리가 아니었다. 당분간은 아내도, 심지어 어머니도 아니었다. 남들을 책임질 필요가 없었다. 오로지 자신을 위해 자유롭게 행동할 수 있었다. 남편과 아이를 당분간 포기했을 때 연인으로서의 의무를 염두에 두고 있었을까?

마리냐는 자기가 준비하고 있는 역할에만 오로지 골몰했다.

리샤드는 극장에 가자고 제안했다. "아뇨, 아직은 안 돼요." 마리냐가 거부했다.

"여기서 보고 생각한 것 때문에 영향을 받고 싶지는 않아요. 아, 이것이 미국 배우들이 하는 방식이다, 혹은 이것이 미국 관객들이 박수를 보내는 대목이다, 하는 것들에 휩쓸리고 싶지 않아요. 내가 가지고 있는 가장 깊은 재능을 발견하고, 내 안에 있는 모든 걸 찾아내고 싶어요."

리샤드는 마리냐가 껍질을 벗고 오만한 예술가의 자세로 되돌아간 것에 매료되었다. "난 그런 생각은 전혀 하지 못했어요." 리샤드가 겸손하게 찬탄하면서 말했다. "다른 작가들의 책에서 찾을 수 있는 영감 없이 내 스스로 할 수 있단 생각은 해 본 적이 없거든요."

"아, 리샤드. 내가 한 말을 자신에게 적용하지는 말아요." 마리냐가 부드럽고도 당당하게 말했다. "난 집중해야만 해요. 그것만이 내가 알고 있는 유일한 존재 방법이니까요."

"당신은 천잽니다."

리샤드가 감격했다.

"아니면, 그게 내 단점이든지요." 마리냐가 미소 지었다. "극장에 가고 싶단 건 인정해야겠죠."

다음 날 저녁 리샤드는 잭슨 스트리트에 있는 중국 극장의 관람석으로 그녀를 데리고 갔다. 극장은 뚱한 색깔의 이층 건물이었는데 끝이 휘어진 지붕 끝자락은 타일로 되어 있었다. 무대 뒤쪽에 앉아 있던 셔츠 바람의 오케스트라가 처음에 공과 심벌즈를 쨍 하고 울리고 나자, 무대 왼편의 천이 펄럭이면서 한 명, 두 명, 세 명, 마침내 거의 스무 명에 달하는 번쩍번쩍 치렁치렁한 의상을 걸친 배우들이 서로에게 가성으로 소리치기 시작했다. 마리냐는 어린아이처럼 리샤드의 옷자락을 잡아당겼다. 뭔지 모르지만 비밀이 밝혀지고 이야기가 삐걱거렸다. 갑자기 대여섯 명의 배우들이 천으로 가려 놓았지만 열려 있는 오른편으로 뛰어들어갔다.

“정말 대단하죠, 그렇지 않아요? 출구도 입구도 정해져 있지 않아요. 배우들은 왼쪽에서 총총걸음으로 나와 동일한 속도로 오른편으로 사라져요. 등장인물의 내면적인 성향을 알 수 있는 것도 없어요. 얼굴을 흰색으로 칠한 **사람**은 용기를 상징하고, 붉은색으로 칠한 **사람**은 잔인성을 상징하니까요. 스펙터클의 메커니즘을 감추는 것도 없어요. 어떤 소품이 필요하면 그것을 무대로 가지고 와서 배우에게 전달하면 그만이니까요. 의상을 고쳐 입을 필요가 있으면, 그 배우가 남들보다 조금 떨어진 곳에 서 있고 의상 담당자가 와서 복장을 고쳐 줘요. 아니 이런……, 내가 왜 이런 소리를 하고 있는 거죠?”

리샤드는 스스로를 꾸짖었다. 그녀도 다 보고 있는 것을 마치 자기 혼자만 본 것처럼, 혹은 더 많이 본 것처럼 중얼거릴 필요가 어디 있겠는가?

공중제비 곡예사와 마분지로 만든 사자와 용을 보면서 마리냐는 신이 나서 손뼉을 쳤다. “여기서 밤새도록 버틸 수도 있겠는데요!” 마리냐가 감탄하여 소리치면서 과장했다. “이게 영원히 계속되었으면 좋겠어.”

아, 그래 아직까지는 괜찮다, 하고 리샤드는 혼자 중얼거렸다.

다음 날 아침 콜린그릿지 양은 위통에 시달렸던 돼지를 수의사에게 보이려고 데리고 왔다. 오후 늦게, 함께 공부할 시간에 맞춰 올 수 없을지 모른다고 마리냐에게 전했다. 리샤드는 때마침 일어난 일로 마리냐가 자유로워지자 이때다 싶어, 소풍을 가자고 했다. 그리고 골든게이트 파크 선착장이 있는 (샌프란시스코) 만으로 페리를 타러 가자면서 마리냐를 데리러 왔다. 마리냐는 어젯밤 연극의 화려한 기예에

관해 아직도 생각 중이라고 리샤드에게 말했다

"당신에게 보여 주고 싶은 또 다른 중국 극장이 여기 있어요." 리샤드가 제안했다. "그건 극장이라기보다는 공터에 의자 몇 개 놓아 두고, 나머지 사람들은 뻥 둘러서서 보는 것이죠. 숙녀 분들을 위한 특별 관람석 같은 것도 없어요. 내가 갔던 그날 밤에는 사람들이 빼곡하게 들어차서 열기로 숨이 막히고 답답해서 견디기 힘들었어요. 관객 중에는 중국인들 외에도 상당히 많은 시골뜨기들도 있었고, 내 눈으로 목격한 일인데 소매치기들도 있었어요. 그 경험이 흥미로웠던 것 (많지는 않았어요. 고작 2달러와 손수건밖에 잃지 않았으니까.)은, 그건 오페라도 아니고 그렇다고 서커스도 아니라는 거였어요. 간밤에 보았던 것보다 무대는 훨씬 더 좁아서, 그냥 야외극이나 볼 각오를 했죠. 태양이 떠오르면 용이 뒤따라와서 태양을 삼키려 하고, 태양은 용에게 저항하는 그런 식의 연극 있잖아요. 그러다가 용이 달아나고, 태양이 승리의 춤을 추는 것을 보고 관객들은 열광적으로 박수를 쳐요. 그런데 천만다행이에요. 이건 그런 야외극과는 거리가 멀더군요. 놀랍게도 모든 것이 상당히 현실성이 있어 보였거든요."

"당신이 말하는 현실이 의미하는 바가 뭔지 알고 싶은데."

"무엇보다 내가 보았던 것은 드라마의 플롯입니다. 물론 무슨 말을 했는지는 이해하지 못했지만요. 스토리는 분명한 것처럼 보였어요. 절망적인 사랑에 빠진 작가에 관한 이야기였어요. 완전히 절망적인 것은 아니었겠지만요. 자기보다 부유한 집안의 여인과 사랑에 빠진 작가 말입니다."

"틀림없이 결혼했겠지?"

"다행히 아니었어요. 아뇨. 여인은 완전히 자유로운 몸이었어요.

부의 정도가 다르다는 것을 빼면요. 언제든 작가의 사랑에 응할 수 있어요."

"라샤드." 마리냐가 웃었다 "당신이 꾸며낸 이야기지?"

"아뇨. 그럴 리가. 맹세컨대, 아니에요."

"그래서 그런 여인이 무일푼인 가난한 작가의 사랑에 넘어간다고?"

"아, 내가 봤던 그 드라마가 실생활과 흡사하게 현실적이라는 게 바로 그 겁니다. 배우는 무대 위를 오락가락하면서 서로 말다툼을 하고, 심지어 어떤 이는 위아래로 펄펄 뛰면서 논쟁을 하지만 끝내 결혼식도, 장례식도 없어요. 외관상 논리적인 중국인들의 정신으로 볼 때 주인공의 인생이 하루 저녁에 재현되어야 하는데 몇 개월에 걸쳐서(혹은 몇 년에 걸쳐) 이야기가 전개되는 건 그럴듯하지 않다고 보는 거죠. 그런데 그건 아니잖아요. 연극 또한 몇 개월 혹은 몇 년에 걸친 이야기를 할 수 있어야 합니다. 스토리를 따라가길 원하는 자가 있다면 누구든지 일단 내버려두는 거죠."

"그러면 당신(내가 그 작가에게 묻고 있는 것은)은 그 연극이 어떻게 끝날 거라고 생각하는데요?"

"중국에서는 우리의 개념으로는 도저히 이해하기 힘든 사건들이 발생하므로, 여인은 무일푼인 작가의 사랑을 받아들일 겁니다."

"정말?"

"하지만" 리샤드가 말을 이었다. "드라마에서는 서스펜스의 법칙에 따라 구애가 대단히 장기간에 걸쳐 일어나기를 요구하죠."

"확실해? 당신은 꽤나 염세적인가 봐."

"그 에피소드를 본 지 한 달이 되었어요. 사랑에 빠진 작가가 아직까지는 아리따운 여인의 마음을 얻는 데 성공하지 못했을 것으로 생각해요."

"리샤드……."

"하지만 작가의 구애를 돕겠다고 약속했던 주변의 영향력 있는 몇몇 친척들의 마음을 얻는 데는 이미 성공했을지도 모르죠."

리샤드가 의미심장하게 미소 지었다.

"내가 얼마나 끈기 있는지 당신도 알잖아요."

"리샤드, 내가 오디션을 준비하는 동안 당신은 어디 딴 곳에 가 있었으면 해."

"날 쫓아내려는 속셈이군요."

리샤드가 신음 소리를 냈다.

"그래요."

"얼만 동안이나요? 중국인들의 연극과 같은 정도인가요? 몇 주, 몇 달?"

"내가 당신을 부를 때까지요. 성공하면 당신이 돌아오는 걸 기꺼이 환영할게."

"그럼, 어떻게 되는 건가요?"

"아, 당신은 결말을 알고 싶은 거군요." 마리냐가 소리쳤다. "당신은 연극의 등장인물임과 동시에 작가가 될 수는 없어. 그건 안 돼. 서스펜스 속에서 기다려야만 해요. 내가 그런 것처럼."

"무슨 서스펜스요? 당신이 어떻게 실패할 수 있겠어요?"

"물론 실패할 수도 있어."

마리냐가 엄숙하게 말했다.

"바턴이 당신을 거절한다면, 그는 멍청이고 살 자격도 없는 인간이죠. 내가 되돌아와서 그를 죽여 버릴 겁니다."

마리냐는 젊은 여성을 웃겨 주려고, 콜린그릿지 양에게 이 말을 그대로 되풀이했다.

"**멍층이**가 아니라 멍청이라고 발음해야죠. '죽으으 버릴 거야' 가 아니라 '죽여 버릴 거야' 예요."

"콜린그릿지 양이 예언했어요. 여성에게 사랑받는 것이 내 운명이라는군." 마리냐가 리샤드에게 말했다. 리샤드가 이맛살을 찡그리는 걸 무시하면서 그녀는 말을 이었다. "그 점에 관해 당신은 행복하겠군. 당신에게 말해야겠는데, 어떤 미국인도 나에게 눈길을 주지 않았으니까. 누구도 나에게 찬사를 보내지 않았거든. 하지만 여기 속담대로 여자의 의지는 아무도 못 말린다면 난, 그 속담에 만족해."

며칠 뒤 리샤드는 그곳을 떠났다. 마리냐를 떠나, 나이 든 폴란드 이민이자 러시아에 대항하여 1830년 봉기를 일으켰던 퇴역 군인들과 함께 머물 작정이었다. 폴란드 이민들은 세바스토폴에 살았는데, 샌프란시스코에서 약 640킬로미터 떨어진 지역이었다. 마리냐에게 보낸 첫 편지에는 이렇게 적혀 있었다. "여기는 글쓰기에는 더할 나위 없이 좋은 곳이에요. 그 이외에 달리 할 일이 없기 때문이지요. 두 명의 나이 든 군인들은 내가 집안 허드렛일을 하도록 내버려두지 않아요." 리샤드는 다음 편지에서 자신이 많은 글을 쓰고 있다고 썼다. "그중에는 당신을 위한 희곡도 있어요. 내가 한때 당신을 위해 쓰겠다고 한 약속은 상기시켜 주지 않아도 됩니다. 아, 까마득한 과거의 일처럼 느껴집니다. 시도할 엄두조차 못 냈으니까요. 다음 날 아침 테이블에 앉아 내가 쓴 것을 다시 읽어 보면 썩 훌륭하다는 생각이 들어요. 당신 역시 그렇게 생각하게 될까요? 마리냐, 나의 마리냐. 아름다운 내 심장의 꽃. 당신의 위풍당당한 망토로 내 보잘것없는 희곡의 빈곤을 감당해 줬으면 좋겠어요."

마리나는 답장을 썼다. 그녀는 자기의 출범을 알리는 작품으로 바턴에게 어떤 희곡을 제안하는 것이 좋을지 조언을 해 달라고 부탁했다. 마리나는 셰익스피어(줄리엣이나 오필리아)를 훨씬 더 하고 싶지만, 원래 언어가 영어가 아닌 희곡을 가지고 시작하는 것이 현명할 것으로 판단했다. 그녀의 발음이 귀에 덜 거슬릴 것으로 생각했기 때문이다. 아마도 『춘희』가 좋을 것 같다. 아니, 『아드리안 르쿠브뢰르』가 훨씬 더 낫겠다. 여배우 역할이니까. 최악의 경우에도 그녀는…… 여배우로 보일 수는 있었다. 그 연극은 미국 무대에서 인기가 있었다. 유럽 스타들이 방문함으로써 선호하는 작품이 되었고, 레이첼은 이 한 작품을 가지고 20년 전 뉴욕에서 유일하게 미국 순회공연을 했다.

리샤드는 『춘희』를 추천했다. 희곡으로서의 작품성이 훨씬 더 뛰어나기 때문이다. "내 의견을 묻는다면 『아드리안 르쿠브뢰르』는 다소 감상적이고 넋두리가 많다고 말해 줘야겠군요. 당신이 그 부분을 아무리 즐겼다 하더라도 마리나, 그 점은 알아 둬야 해요. 마지막 부분에 이르러 당신이 연기했을 때를 제외하고는 눈물은커녕……." 왜냐하면 그것은, 기타 등등.

마리나는 보그던의 의견도 물어보았다. 보그던은 『아드리안 르쿠브뢰르』라고 대답했다. 애너하임에서 보낸 그의 편지는 언제나 그랬듯이 간결했다. 편지에는 피터에 관해 안심할 만한 내용도 있었고, 농장을 팔려는 노력에 관해서는 낙담시키는 내용도 포함되어 있었다. 하지만 보그던 자신의 마음 상태에 관해서는 일체 언급이 없었다. 마리나는 아이를 맡기고 떠나온 그녀의 마음을 전혀 불편하게 만들지 않는 그가 고마웠다. 마리나는 피터와 아니엘라를 조만간 데려올 예정이었다. 오디션이 끝나는 즉시 데려올 작정이었다. 마리나는 혼신을 다해 오디션을 준비했다. 오로지 한마음으로 집중할 필요가 있었다. 완전히 혼자 경험할 필요가 있었다. 마리나는 두 번 다시 혼자일 기회가 없을지도 모른다는 생각이 들었다.

"지금 당신은 천재를 거론하는군요." 앵거스 바턴이 말했다. 마리나는 천재를 언급한 적이 없었다. "천재는 모든 언어로 말할 수 있다지만, 난 그게 사실이라고 말하려는 것이 아닙니다. 당신이 고국에서 대단한 스타였다는 걸 못 믿겠다고 말하고 있는 게 아닙니다. 샌프란시스코에 있는 당신의 고국 동포들이 나에게 편지를 보내거나 극장으로 찾아와서는 당신을 한번 만나 보라고 저에게 간청하더군요. 당신에 관한 기사를 주면서요. 물론 그 기사를 읽을 순 없어요. 그들 모두가 날조한 이야기를 한다고 볼 수는 없었지만요. 어떻게 그런 일이 가능하겠어요. 하지만 여기는 미국입니다. 당신은 영어로 연기하고 싶다고 말하고 있어요. 외국 여배우가 여기 와서 모국어가 아닌 언어로 연기한다는 건 가당찮은 일이지 않소. 스토리를 알고 있는 한, 관객들은 자신들이 이해한다고 생각할 수도 있겠죠. 하지만 저는 사고가 구식이라서, 연극으로 말할 것 같으면 어쨌거나 관객이 언어를 이해해야 한다는 생각을 가진 사람입니다. 미국 대중들이 외국 배우를 쌍수로 환영하지 않았다고 말하는 건 아닙니다. 그러나 그런 배우들은 주로 미국인들이 좋아하는 소리와 언어, 말하자면 프랑스어와 이탈리아어를 사용하는 나라 출신이었지요. 당신 나라가 미국인들이 선호하는 나라인지 자못 의심스럽습니다. 외국 배우들이 여기서 순회공연할 땐 정말 철저히 준비해 왔어요. 모든 사람들은 그들의 공연을 열렬히 환영하면서 보고 싶어했습니다. 당신에게 오디션 기회를 주지 않겠다는 말이 아닙니다. 당신 친구들이 나에게 조르지 않는다면, 기꺼이 그렇게 하지요. 당신에게 솔직하게 대할 것이며, 정직하게 비판할 것이라는 점에 당신은 동의해야 합니다. 저는 점잖게 얘기하는 사람이 아닙니다."

"알겠어요."

마리냐가 대답했다.

"수요일 아침 당신에게 한 시간을 줄 테니까, 완전히 시간 낭비했다는 생각이 들지 않도록 해 주면 좋겠고, 지금은 미안하지만 더 이상 당신에게 할애할 시간이 없군요. 지금부터 몇 분 이내에 또 다른 약속이 잡혀 있습니다. 그렇다고 희망을 포기하라는 말은 아닙니다. 당신은 멋진 여성이고 품위가 있으며 단단히 각오를 한 것 같군요. 난 그게 좋아요. 불꽃이 튀는 여자. 난 자신을 당당하게 표현할 수 있는 여자를 좋아합니다. 하지만 이 나라에서는 굽히는 법도 알아야 합니다. 모든 사람들처럼요. 이런 말을 처음 들었을 것이라고 말하고 있는 건 아닙니다만, 극장은 좋은 사업이 되고 있어요. 이곳 사람들은 유럽에서처럼 고상한 사상을 찾으려고 극장에 가는 게 아니거든요. 당신이 그런 사실을 전혀 모르고 있다고 지적하려는 건 아닙니다. 내 눈앞에 있는 사람은 숙녀이고, 아마도 당신처럼 세련된 여성이라면 당신 고국에서는 강한 인상을 줄 수 있었을 겁니다. 그런 인상을 여기 대중에게도 줄 수는 있어요. 하지만 여기 대중은 언제나 숙녀인 모습만을 보고 싶어하지는 않아요. 샌프란시스코의 부유층마저도 그래요. 여기에는 억만장자들이 많아요. 고인이 된 랄스톤 씨는 이 극장과 팰리스 호텔 또한 지었지요. 그는 세련되고 유럽적인 것을 좋아했거든요. 노브 힐 저택에 사는 속물들이라고 말하고 있는 것이 아닙니다. 노브 힐의 졸부들은 캘리포니아의 특등석 티켓을 모조리 구입하는 사람들이죠. 부자들은 문화적 취향도 있다고 과시하고 싶어하니까요. 이 도시에 극장이 그처럼 많은 이유가 바로 그 때문입니다. 여기 상류층 가운데는 유태인들이 상당합니다. 그들은 가장 교양 있는 부류들이죠. 그러나 그들만을 위한 연극을 할 순 없어요. 부스가 여기서 공연을 하거나 유럽에서 순회공연을 온 빅 스타들이 오게 되면 관객들은 한결같이 그들이 캘리포니아에서 공연하기를 희망하므로, 자기네들이 무엇을 관람하고 있는지 이해하는 사람들이 샌프란시스코에 조금도 없다고 말하려는 것이 아닙니다. 뉴욕의 부스 극장 이후로 그것이 이나라 전체에서 최고라는 것을 모든 사람들은 알고 있고 그러다 보니 대중들을 만족시키기가 더욱더 까다로워졌습니다. 특히 여기 신문기자들은 외국에서 대단한 명성을 누렸을 경우, 명성의 풍선을 터뜨릴 기회만을 호시탐탐 노리고 있거든요. 그렇다고 일반인들이 극장에 가지 않는다고 말하고 있는 게 아닙니다. 그들을 만족시키지 못한다면, 사실 그건 실패라고 봐야죠. 그들이 즐거워서 서로의 옆구리를 쿡쿡 찌르고, 웃다가 눈물이 날 정도가 되어야 합니다. 당신이 희극을 할 수 있을지 의문이군요. 당신 얼굴을 보아 하니 전혀 아닌 것 같군요. 이렇게 결정해 봅시다. 그렇다면 당신이 그들을 울게 만들어 봐요."

"좋아요."

마리냐가 대답했다.

바턴이 날카롭게 마리냐를 쳐다보았다.

"당신을 기죽이거나 무력감이 들게 하려고 이 모든 잔소릴 늘어놓은 게 아닙니다."

"알아요."

"아, 그럼 좋습니다. 당신은 자부심이 있고 자신감도 있어요. 아마도 당신은 지적인 사람이겠죠. 그러나 배우에게는 지적인 게 전혀 장점이 아닙니다."

바턴이 콧방귀를 뀄다.

"이전에도 그런 말을 들은 적이 있어요, 바턴 씨."

"그랬을 것 같군요."

"당신은 좀 더 잘난 척을 할 수도 있겠죠. 배우가 아니라, 여자에게 지적인 것은 장점이 아니라고 말했더라면요."

"물론, 그렇게 말할 수도 있었지요. 앞으로 당신에게 그런 말을 하지 않도록 명심하지요." 바턴은 호기심과 짜증이 실린 눈길로 마리냐를 응시했다. "당신, 그러니까 부인, 이름을 제대로 발음을 할 수가 없군요. 지금 당장 할 만한 것이 준비되어 있나요?"

당연히 준비된 것은 없었다. 그런데도 그녀는 "네." 하고 대답했다.

"우리 친구로서 헤어집시다, 괜찮죠? 서로 악감정 품지 말고요. 이번 주 어느 때라도 당신을 극장에 초대하고 싶은데요."

"당신 시간을 허비시키진 않을 거예요, 바턴 씨."

바턴은 자기 책상을 두드리면서 소리쳐 불렀다. "찰스! 찰스!" 한 젊은 친구가 문틈 사이로 빠끔히 고개를 내밀었다. "에임스의 사무실로 달려가서 대기하고 있으라고 해. 앞으로 30분 동안은 시간이 자유롭지 못할 테니까. 윌리엄스를 보내서 무대 조명을 가져오라고 하고. 테이블과 의자도 가져오도록 해."

"의자는 충분한데요."

마리냐가 말했다.

"책상은 그만 둬!"

바턴이 소리쳤다. 바턴은 자기 사무실에서 나와 미로 같은 복도로 마리냐를 안내하면서 물어보았다.

"날 위해 무슨 배역을 보여 줄 수 있습니까?"

"난 줄리엣을 염두에 두고 있어요. 아니면 마르그리트 고티에나 아니면 아드리엔 르쿠브뢰르던지요. 이런 배역들 전부 고국에서 여러 번 내가 연기했던 것들이니까요. 지금은 영어로 공부했고요." 마리냐가 머뭇거리듯이 잠시 말을 멈췄다. "반대하지 않는다면 당신에게 아드리엔을 보여 드릴까 해요. 바르샤바의 임페리얼 극장에 데뷔하면서 했던 배역이었어요. 그 작품은 언제나 나에게 행운을 가져다주었거든요."

바턴은 휘파람 소리를 내면서 고개를 절레절레 저었다.

"좋습니다. 4막의 클라이맥스를 하도록 하죠. 화려한 군중들 앞에서 자기 라이벌에게 〈페드라〉에서 나온 모욕적인 테마를 아드리엔이 낭송하는 장면이 있어요. 거기서 곧장 5막으로 넘어가게 되죠. 5막 전부를 할 필요는 없습니다." 바턴이 재빨리 말했다. "내게 필요한 건 〈페드라〉가 아니니까요."

"어떤 경우든." 마리냐가 전혀 흔들림 없이 말을 계속했다. "이 일을 잘해 줄 젊은 친구가 필요해요. 지금 로비에서 기다리고 있는데, 그 친구는 〈아드리엔 르쿠브뢰르〉의 대본을 가지고 있어요. 무대에서 그 대사를 읽어 주는 역할을 해 줬으면 합니다."

"샌프란시스코에서는 리스토리Ristori가 자기 극단과 함께 불과 2년 전에 한 적이 있었죠. 그러나 리스토리는 부시 극단에 있었죠. 물론 대사는 이탈리아어였고. 어쨌거나 영어로 대사를 한 번 한 적이 있었어요. 그녀의 대사를 한마디도 알아들을 수가 없더군요. 대부분의 연극 평이 호의를 보여 주고 난 뒤에 관객들이 들었고, 마침내 대단한 성공을 거뒀어요."

"그래요." 마리냐가 말했다. "당신이 그 희곡을 잘 알고 있었던 건 틀림없었군요."

그들은 무대 윙에 도착했다. 그녀 앞에는 어두침침한 무대가 펼쳐져 있고, 무대 한가운데에는 평범한 나무 의자가 하나 놓여 있었다. 아, 무대군! 다시 무대로 걸어 나가려 하다니! 마리냐는 잠시 멈췄다. 망설임의 순간이었다. 흥분과 기쁨으로 숨이 막힐 것 같았다. 바턴은 그걸 무대 공포로 해석했을지도 모른다. 아니, 그것은 무대 공포라고 하기에도 미흡한, 일상적인 공포처럼 보였을 것이다. 아마추어의 공포. 자신이 전문가인 척 행세하지만 그녀의 기만이 발각되려는 찰나에 느끼는 공포쯤으로 보였을지도 모른다.

"자, 그럼. 해 보시지요."

바턴이 말했다.

"그래요."

마리냐는, 내가 여기에 왔군, 하는 생각을 했다.

"무대는 당신 겁니다."

바턴은 말을 마치고서는 오른편으로 몇 발자국 물러나다가 멈춰 서서 자기 호주머니에서 편지 봉투를 꺼내 종이 자르는 칼로 찢어서 열었다.

"의심은 옆으로 밀쳐 두세요." 마리냐가 말했다. 그에게 보내 온 간청의 편지를 뜻했다. **"만약 여러분들에게 눈물이 있다면, 지금 그걸 흘릴 준비를 하십시오."**

"아, 마르크스 안토니우스가 평민들에게 했던 말이군요." 바턴이 뒤돌아서 마리냐를 쳐다보았다. "그 구절을 에드윈 부스가 어떻게 전달했는지 들었군요."

"그럼요."

"정말로? 어디서 들었나요? 우리의 위대한 비극 배우를 어디서 보았는지 물어봐도 될까요? 유럽 순회공연을 했다는 사실은 알지 못했는데."

마리냐는 자기 발밑을 가볍게 구르면서 말했다.

"바로 이 자리에서요, 바턴 씨. 작년 9월에. 마르크스 안토니우스와 그가 연기한 샤일록을 봤죠."

"여기서요? 그럼 당신은 캘리포니아 극장에 있었군요. 물론 당신이 한동안 미국에 있었다는 건 내게 말했지만요." 바턴은 객석의 열 번째 줄 한가운데 자리를 잡았다. "자, 그럼 이번 주에는 당신이 나의 특별 손님이 되어야겠군요."

마리냐는 쭈뼛거리는 콜린그릿지 양을 손짓으로 불러서 해군 모자를 벗고 무대 위로 올라와 의자에 자리를 잡으라고 했다. 그 자리에 앉아서 그녀는 (아무 감정을 넣지 않고) 아드리엔 르쿠브뢰르의 연인인 모리스의 대사와 마지막 막의 끝부분에 이르러 코미디 프랑세즈에서 대사를 읽어 주는 자인 미쇼네의 대사 몇 줄을 읽어 주게 되리라. 미쇼네는 아드리엔의 절친한 친구이자 그녀의 사랑을 구하는 절망적인 숭배자 중 한 명이기도 했다.

"명심해요. 연기하지 않는다는 걸요. 그냥 대사를 **일거** 주세요."

"**일거** 주세요, 가 아니라 읽어 주세요."

콜린그릿지 양이 입 모양으로 말해 주었다.

마리냐가 미소를 지었다. "걱정 말아요." 그녀가 속삭였다. "난 '괜찮을 거예요.'" 마리냐는 여전히 미소를 짓고 있었지만 그것은 자신을 향한 미소였다.

마리냐는 텅 빈 극장을 둘러보았다. 이처럼 황량한 환경 속에서 어떻게 최선을 다할 수 있을까? 좌석에는 흠모하는 친구들도 없었고, 극중 장면을 그린 무대배경도 없었고, 소품도 없었다.(촛대, 구두 주걱, 독이 든 꽃다발을 대신할 수 있는 부채라도 요구해야 했을까?) 그녀를 자극해 줄 관객도 없었다. 있는 것이라고는 오로지 의자와 거기에 앉아 있는 콜린그릿지 양과 자신을 평가하려고 앉아 있는 매정한 남자뿐이었다. 콜린그릿지 양은 초라하고 작아 보였다. 의자에 앉은 사람이 그녀가 아니라 리샤드라고 상상해야겠다. 그녀의 목소리가 힘들이지 않고(힘들이지 않다니, 어떻게 그럴 수가!) 두 번째 발코니의 뒷줄까지 압도할 수 있을까? 아드리엔의 대사를 영어로 과연 전달할 수 있겠는가!

"5막의 중간 부분인 죽음 장면부터 할게요, 바턴 씨. 절망하지 마세요, 시작할 테니까."

마리냐가 말했다. 그녀의 목소리는 배우의 목소리가 아니었다.

"난 부용de Bouillon 공주가 보낸 독이 든 꽃이 담긴 상자를 열고서는, 모리스가 보낸 줄 알고 꽃에다 키스를 하게 됩니다. 내가 대답을 하려는데, 때마침 모리스가 나의 아파트에 모습을 드러내면서 나에게 이런 말을 하죠. 평상시 목소리보다는 약간 감정을 실어서,

아드리엔! 당신 손이 떨리고 있어요. 당신 어디 아파요? 자, 이 대사부터 시작하죠, 콜린그릿지 양……."

마리냐가 의자를 응시했다.

아드리엔! 당신 손이 떨리고 있어요. 당신 어디 아파요, 하고 아무런 감정을 싣지 않고 콜린그릿지 양이 단조롭게 대사를 읊었다.

긴 장갑이 바닥에 떨어졌다.

아니, 아니, 더 이상은 안 돼. 마리냐의 입에서 단어들이 휘어져 나왔다. 배우의 목소리였다. 마리냐는 자기 손을 가슴에 얹었다. **여기가 고통스러운 게 아냐.** 그녀는 자기 손을 머리로 가져갔다. **바로 여기가 고통스러워.**

대사가 이어졌다.

이상해. 정말 기이해. 마리냐가 계속했다. **수천 가지 다르고, 환상적인 것들이, 아무 관련도 없는 것들이 제멋대로 무질서하게, 내 마음 속을 스쳐 지나가고 있어.** 그것은 마리냐의 머릿속에서 지금 일어나고 있는 것과는 정반대였다. 그녀의 머릿속은 더할 나위 없이 투명하고 명료했다.

착란 상태에서 뿜어져 나오듯 마리냐의 목구멍에서 단어들이 뿜어져 나왔다.

당신 뭐라고 했어요? 아, 내가 벌써 잊어버렸군. …… 내 환상이 멋대로 헤매고 있는 것 같아. 도대체 내 분별력은 어디로 사라진 거야? 정신을 잃어서는 안 돼, 안 돼. …… 무엇보다 모리스를 위해서라도……. 그리고…… 그리고 오늘 저녁을 위해서라도, 그건 안 돼. 착란 상태, 머릿속에 독약이 퍼지면서 나타나는 환각 상태. **극장 문이 방금 열렸어. …… 객석은 이미 만원이야.** 아직 그녀에게는 육체적 고통이 나타나지는 않았다. 몸부림치거나 괴로워하지 않는다. **그래, 조금 있으면 무대 커튼이 올라갈 거야. ……**

관객들이 얼마나 조바심치면서 호기심에 가득 차 기다리고 있는지 난 알아. 오랫동안 이 연극을 기다려 왔어. …… 그래. 그토록 오랜 시간 동안…… 내가 모리스를 보았던 첫 날 이후로…… 이 연극을 다시 무대에 올리는 데 반대도 많았지. 너무 낡은 것이다, 하고 말하는 사람도 있었지. 한물 간 것이라고도 했어. 그런데 내가 말했어, 그렇지 않다고. 내 나름의 이유가 있었으니까. 아, 그들은 그 이유를 짐작할 수조차 없을 거야. 모리스는 아직까지 "당신을 사랑해." 하고 나에게 고백하지 않았어. 나 역시 그랬고…… 차마 그 말을 입에 올릴 수가 없었거든. 이제 이 연극의 대사 중 어떤 부분에서…… 모든 사람 앞에서 그 대사를 말할 거야. 아무도 내가 그이에게 사랑 고백을 하고 있다는 걸 눈치 채지 못할 테니까. 정말 멋진 생각이야, 안 그래?

내 사랑, 내 모든 사랑, 정신 차려요. 콜린그릿지 양이 모리스의 대사를 놀랄 만큼 단조롭게 말했다. 콜린그짓지는 의자에 앉아서 몸을 앞뒤로 흔들면서 얼굴을 들었다. 마리냐를 향한 열정이 고스란히 드러나 있었다. 마리냐는 콜린그릿지 양이 자기 감정을 그녀에게 주입시키고 있는 것을 느꼈다. 쉿, 쉿, 아드리엔이 된 마리냐가 콜린그릿지 양에게 읊조렸다. 난 무대로 나가야만 해요.

마리냐는 콜린그릿지 양이 고마웠다. 자신이 사랑받지 못한다고 느끼면 무대에서 최선을 다할 수가 없는 법이다. 사랑받지 못하는 배우는 시든다. 이 텅 빈 극장에서 오로지 바턴을 위해 이 장면을 연기하고 있다고 상상해 보라. 이제 마리냐는 바턴에게 온 신경을 곤두세웠다. 얼마나 멋진 관객인가! 얼마나 크고, 얼마나 멋진가! 나의 동작 하나하나가 모든 사람의 시선에 의해 얼마나 진지하게 관찰되고 있는가. 그들은 다정해, 이런 식으로 나를 사랑해 주다니 얼마나 다정한가. 처음에 바턴은 전혀 관심을 기울이지 않았다. 그는 편지를 읽었다. 그러다가 몸을 좌석에 기대면서 손으로 머리 깍지를 끼고 지켜보았다. 바턴은 마치 앞무대 꼭대기의 아치를 올려다보고 있는 것처럼 보였다. 마리냐는 바턴을 무시하듯이 머릿속에서 몰아내 버렸다. 그러다가 마리냐는 바턴을 다시 쳐다보았다. 그는 몸을 내밀고 자기 손을 앞좌석 등받이 위에 올려놓고 있었다. 마리냐가 마침내 바턴의 관심을 이끌어낸 것이었다.

아드리엔! 그녀는 날 보지도 못하고, 내 말을 듣지도 못하는구나. 활기차고 포동포동하고, 완벽한 발음을 하는 콜린그릿지의 목소리가 모리스 역할을 하고 있었다.

그래, 마리냐는 드디어 바턴을 사로잡았다. 이제 바턴은 마리냐가 무엇을 할 수 있는지 포착하게 될 것이다.

그녀를 도와줄 사람이 아무도 없단 말인가? 그녀에게는 친구도 없는가? 콜린그릿지 양이 모리스의 대사를 계속했다. 여전히 집요하게 자기 감정을 자제했다. 그녀는 그런 식으로 계속해야 했다. 때마침 미쇼네가 들어왔다. **무슨 일 있어요? 아드리엔이 위험한가요?** 비통함이 두 배로 증폭되자 콜린그릿지 양의 침착한 태도가 흔들렸다. 콜린그릿지는 자기 자리에서 일어나 잠긴 목소리로 모리스 역할을 했다. **아드리엔이 죽어 가고 있어요!** 그러고는 콜린그릿지 양은 무대 옆으로 뛰어들어갔다.

의자를 마리냐에게 넘겨줌으로써 제대로 돕고 있다는 사실을 깨닫기도 전에 마리냐는 지금 저 어처구니없는 아가씨가 무슨 짓을 하고 있는 거지, 하는 생각이 먼저 들었다.

내 곁에 누구 없나요? 마리냐가 애처롭게 속삭였다. **이 엄청난 고통! 아, 모리스, 그리고 미쇼네 당신도 있군요. 정말 다정하군요. 내 머리 속은 이제 명징해요. 그런데 내 가슴이 이글거리는 불길처럼 나를 태우고 있어요.**

독이 퍼졌어요. 콜린그릿지 양이 어두운 구석자리에서 미쇼네 역을 하면서 울부짖었다. 마리냐는 열 번째 줄에 앉아 있는 바턴의 얼굴을 흘깃 바라보았다. 감정에 북받쳐 있었다. 마리냐가 바턴을 울게 만들었던가? **아, 고통이 점점 더 심해지는구나. 나를 그처럼 사랑하는 당신, 날 좀 살려 주세요!** 그러다가 너무나 부드럽게, 비난하듯 불가사의한 어조로 말했다. **난 죽고 싶지 않아요.**

그 대사를 했을 때 관객에게서 흐느낌을 이끌어 내지 못한 적이 없었다. 이 대사는 모든 사람들의 가슴에 감동을 주었으며 무정하거나 편견을 가진 사람마저도 감동했다. 머릿속에서 그 대사가 되울리는 것을 들으면서 마리냐는 그보다 더 잘할 수 없을 정도로 대사를 전달했다. **난 죽고 싶지 않아요!** 마리냐는 앉은자리에서 천천히 비틀비틀 몇 발자국을 떼어 놓았다.

한 시간 전이었더라면 나는 축복 같은 죽음을 달라고 기도했을 거예요. 마리냐가 낮은 목소리로 말했다. **그런데 지금,** 전혀 목소리를 높이지 않은 채 마리냐는 읊조렸다. **난 살고 싶어요.** 조금 더 단호한 목소리로 말한다. **오, 하늘에 계신 전능한 분이시여! 제 소원을 들어주소서!** 그다지 높지 않은 목소리다. 바턴은 텅 빈 자기 가슴으로 음절 하나하나까지 전부 들을 수 있다. **절 좀 살려 주세요……. 단 며칠만이라도……, 그와 더불어 나의 모리스와 함께 불과 며칠만이라도……. 난 아직 어리고 이제 아름다운 인생이 시작되려는 찰나잖아요.**

아, 견딜 수가 없어. 콜린그릿지 양이 모리스처럼 신음했다.

아, 인생이여! 마리냐가 울부짖는다. 이제 끝부분의 소리를 점점 줄이는 것이 효과를 극대화할 것이다. **인생이여!**

레이첼의 뒤를 이어 연기한 리스토리의 아드리엔은 이 말을 한 뒤

일어서려고 했다. 부질없이 일어나려고 하다가 의자에 주저앉는 것으로 했다. 마리냐 또한 언제나 그 순간을 이런 방식으로 했다. 관객도 그것을 기대했다. 그 순간 영감이, 더 나은 아이디어가 떠올랐다. 그녀는 몸을 비틀어 얼굴을 무대 안쪽으로 돌렸다. 마치 아드리엔이 자기 연인과 오래된 친구에게 그녀의 고통스러워하는 모습을 보여 주지 않음으로써 그들을 고통에서 구해 주고 싶어하는 것처럼 말이다. 마리냐는 등을 바턴에게 돌리고서는 불과 30초가 마치 영겁인 것처럼 그렇게 꼼짝 않고 있었다. 그러다가 천천히 몸을 돌려 또 다른 아드리엔, 또 다른 얼굴, 이미 죽은 자의 얼굴을 바턴에게로 향했다. **싫어, 그건 안 돼, 내가 살 수 없다니. 모든 노력, 모든 기도가 헛된 것이 되다니! 날 떠나지 말아요, 모리스. 지금은 당신을 볼 수 있어요. 그러나 오래 볼 수는 없을 거예요. 내 손을 잡아 줘요. 잡은 손을 오랫동안 느끼지는 못할 거예요…….**

아드리엔! 아드리엔! 콜리그릿지 양이 울부짖었다.

미쇼네나 모리스로부터 더 이상 말이 흘러나오지 않았다. 마리냐는 아드리엔의 마지막 연설을 시작했다. 마지막 장면까지는 불과 몇 줄의 대사가 남아 있었다. 무대 옆에 서 있는 밀랍처럼 창백한 콜린그릿지 양의 얼굴에 드러난 작은 주름까지 낱낱이 볼 수 있었지만, 바턴 씨의 표정이 무엇을 뜻하는지는 알 수가 없었다. **오, 극장의 승리여! 내 가슴은 당신의 열렬한 감정으로도 더 이상 뛰지 않을 거예요! 내가 그처럼 사랑했는데도, 내가 죽고 나면 당신에게 아무것도 남아 있지 않을 테지요.** 고결한 탄식의 어조는 잠시 동안 아드리엔이 자기 자신을 잊어버린 것처럼 보였다. **아무것도 남아 있지 않을 거예요. 추억 말고는 아무것도 남지 않겠죠.** 하지만 지금 그녀는 기억한다! 마리냐는 멍한 시선으로 주변을 둘러보았다. **자, 자, 당신은 날 기억할 테죠, 그렇지요?**(마리냐는 콜린그릿지 양이 눈물을 흘리면서도 **자, 자,** 하고 달래는 투에 고개를 끄덕이고 있는 모습을 보았다.) 그녀는 꿈결처럼 끝냈다. **안녕 모리스, 안녕 미쇼네, 내 유일한 두 명의 친구들이여!**

침묵의 순간이었다. 그녀는 콜린그릿지 양이 훌쩍이는 소리를 들었다. 그러자 바턴이 리드미컬하게, 대단히 천천히 박수를 쳤다. 박수 소리가 되울렸다. 마리냐에게는 그 소리 하나하나가 자기 뺨을 갈기는 것처럼 들렸다. 그때 바턴 씨가 손수건을 꺼내 큰소리로 코를 팽, 하고 풀고서는 어둠 속에서 소리쳤다.

"에임스에게 말해, 약속을 취소한다고. 부인, 저…… 아니, 기다려요. 내가 무대로 올라갈 테니까."

"콜린그릿지 양." 마리냐가 조용히 말했다. "오늘 오후 네 시 내 방에서 만날래요? 바턴 씨의 평가를 그냥 나 혼자서 듣고 싶어서요." 그 아가씨를 그런 식으로 보내는 것이 마음에 걸렸지만 자기 운명과 혼자 대면하고 싶었다. 바턴 씨가 씨근덕거리며 앞으로 달려나와 그녀의 손을 덥석 잡았다.

"당신을 점심 식사에 초대해도 될까요?"

"아마도요. 그런데 먼저 나의 운명이 어떤지 말씀해 주실래요?"

"운명이라니요?"

"제게 일주일을 주실 건가요?"

"일주일이라고요!" 바턴이 소리쳤다. "몇 주라도 드리지요. 당신이 원하는 만큼이오."

"내가 성질이 좀 괴팍합니다, 부인." 바턴이 파운틴 술집에서 음식

을 양껏 집어넣으면서 말했다. "날 용서해 주시겠소?'

"전혀 용서할 게 없는데요."

"아니요, 아뇨. 진심에서 우러나서 하는 말인데, 절 용서하십시오. 난 당신이 풋내기라고 여겼어요. 심지어 그보다 못한 경우라고 생각했던 거죠. 할 일 없는 유한 계층의 부인이 무대에 꿈을 가지고 있었나 보다, 하고 생각했으니까요. 위대한 예술가를 만날 줄은 꿈조차 꾸지 않았어요." 바턴이 한숨을 쉬었다. "당신은 내가 여태껏 보았던 예술가 중에서 가장 위대한 예술가일 겁니다."

"친절하군요, 바턴 씨."

"그 말은 내가 멍청이라는 의미겠지요. 글쎄요, 내가 그 점은 당신에게 보상을 하겠습니다."

"그는 나에게 보상을 하겠다고 말했어요." 마리냐는 헨리크에게 모든 일이 잘 풀리고 있으며, 보그던과 리샤드가 온다는 편지를 보냈다.

마리냐와 바턴은 이 도시 최고급 술집인 셔터 앤 커니 거리의 모퉁이에 있는 술집에 앉아 있었다. 바턴의 말을 빌자면 은행가들에게 인기가 있는 곳이었다.

"아시다시피" 바턴은 실내를 이리저리 오가는 사람들에게 고개를 끄덕이며 덧붙였다. 남자들은 한쪽 벽면에서부터 마루에 놓인 바구니로 떨어져 내리는 가느다란 종이 리본을 보려고 다가갔다. 그러자 설명이 뒤따랐다. 이것은 엄선된 정보였으며, 매순간 해저 케이블을 통해 오는 최신 정보였다. 그런 정보는 여기 샌프란시스코에서 상거래를 이행하려면 필요한 것이었다. 양 대륙 사이에 놓인 "대양과 대양을 가로질러 전송된 전 세계 뉴스는 담배 종이 띠보다 넓지 않은 이 가느다란 선에 담겨 도착해요."

"얼마나 편리한지."

마리냐가 감탄했다.

"심지어 랄스톤도 파운틴 술집을 애용했어요. 그를 만날 수 없다니 안타깝습니다. 그 사람은 이 도시 최고의 부자였거든요. 제 프랑스어 발음이 형편없지만, 마담, 자기 은행이 파산했던 소식을 들었던 운명의 그날 오후 만灣으로 수영을 하러 나가서 우연히 익사하지 않았더라면 좋았을 텐데. 자기 파트너와 문제가 있었던 모양이더군요." 바턴이 웃었다. "저기 저 친구 있잖아요. 자기 조끼에 매달린 순금 시계줄을 만지작거리고 있는 저 친구랍니다."

"그럼, 우리 일로 되돌아갈까요, 바턴 씨?"

"좋습니다."

바턴이 흔쾌히 대답했다. 처음에는 두 사람의 의견이 달랐다. 바턴은 그녀가 〈아드리엔 르쿠브뢰르〉로 오픈해야 한다고 생각하지는 않았다. 〈춘희〉가 훨씬 더 나을 것으로 판단했다.

〈아드리엔 르쿠브뢰르〉를 먼저 하는 것이 낫겠어요, 마리냐가 고집했다. 첫 주의 마지막으로 가면서 〈춘희〉를 해요. 그러다가 셰익스피어 희곡을 한두 작품 할 수도 있을 것이다. 그녀는 오필리아나 줄리엣부터 시작했으면 했다. 셰익스피어의 배역 가운데 로잘린드보다 더 좋아하는 배역은 없었지만, 〈뜻대로 하세요〉를 하려면 그녀의 외국인 억양이 줄어들 때까지 좀 더 기다렸으면 했다. 셰익스피어의 희극을 하면 관객들에게 다른 인상을 줄 수도 있었다고 말했다. 관객들은 언어적으로 탁월한 품격을 기대할 것이라고 그녀는 설명했다.

"내 발음이 선명한가요?"

마리냐가 물었다.

"매우 명확합니다."

바턴이 말했다.

"그래도 당신은 동의하지 않잖아요."

바턴이 웃었다.

"당신 의견에 반대하기가 영 쉽지 않네요."

"당신이 그런 기분이라면, 바턴 씨." 마리냐가 쾌활하게 말했다. "내 계약, 보수, 그리고 당신이 제안할 수 있는 날짜 등을 의논하는 방향으로 한번 나가 보죠. 물론 다른 상대 배우들도 의논하고요. 폴란드에서 내가 연극을 했을 때처럼 모리스 역으로 왕자다운 모리스 드 삭스에게 배역을 맡길 수 있을 것으로 믿어요. 그리고 나에게 다른 정보도 좀 말씀해 주시고요. 너무 많이는 말고요. 여기 연극 비평가들에 관해서요. 내가 비평가들로부터 받았던 대접에 불평할 만한 것이라고는 거의 없었지만, 그렇다고 비평가들을 좋아할 수는 결코 없었거든요. 그들은 언제나 실패할 것이라고 예언하는 것에서부터 시작해요. 내가 바르샤바에 있는 임페리얼 극장에서 데뷔를 했을 때가 기억나요. 비평가들이 어찌나 회의적인 반응을 보였던지요. 그래요, 내가 〈아드리엔 르쿠브뢰르〉을 선택한 것이 주제넘은 짓이라고 했거든요. 고작 폴란드 여배우가 감히 불멸의 레이첼을 위해 쓴 작품에 손대려고 하다니! 이 작품은 아델라이드 리스토리를 위한 것이지 않았던가? 그런 적대적 반응에도 난 이겼어요. 그 역할 덕분에 폴란드 극장의 여왕으로 등극했거든요. 그때 이후로 난 잘못 선택한 적이 없었어요." 마리냐가 미소 지었다. "회의의 장벽을 넘어서 승리했을 때 그 승리는 갑절 더 달콤한 법이죠."

"그렇지요."

바턴이 동의했다. 그들이 극장으로 되돌아왔을 때, 바턴은 단정하게 라벨이 붙어 있는 극장 배경 장치실(오크재 응접실, 고딕 궁전, 영국식 식당, 오래된 베네치아 궁전, 숲속의 빈터, 줄리엣의 발코니, 초라한 거실, 술집, 달빛이 비치는 호수, 시골 부엌, 용, 프랑스 무도회장, 들쭉날쭉한 해안, 법정, 로마의 거리, 노예 거주지, 침실, 험한 산길)의 실내와 실외를 쭉 보여 주면서 마리냐를 데리고 다녔다. 소품실(왕좌, 교수대, 왕실 카우치, 나무, 왕홀, 아이들의 요람, 물레, 검, 결투용 검, 단검, 나팔총, 가짜 보석, 보석함, 인조 꽃, 술잔, 샴페인 잔, 고무로 만든 코브라, 마녀의 솥단지, 요릭의 해골(셰익스피어의 『햄릿』에 등장하는 어릿광대의 해골. 옮긴이))로 데려가서 무대배경을 그리는 수석 화가, 소품 담당자들과 먼지를 뒤집어쓰면서 일하고 있는 조수들을 인사시켜 주었다. 안락한 분장실과 기품 있는 배우 휴게실도 보여 주었다. 극장 안에 아직 배우들은 보이지 않았다. 바턴은 자기 극단의 모리스를 좋아하게 될 것이라고 마리냐를 안심시켰다. 그의 표현으로 보건대, 마리냐에게 모리스를 추천하고 있는 것으로 짐작했다. ("구식으로 남자다운 배우"라고 일컬었다). 함께 작업하기는 쉽겠지만 빈틈없는 배우 같지는 않았다.

소개가 끝났을 때(바턴의 사무실로 되돌아왔다.) 바턴은 지금부터 열흘 후인 9월 3일에 시작해 한 주 동안 공연하자고 제의했다. 캘리포니아 극장의 총매니저는 그 주간 동안 군중들을 즐겁게 해 줄 버라이어티 쇼를 미리 섭외하자고 고집했다. 그러면서도 바턴은 조지아 순회 극단, 마법사 허만, 명성이 자자한 골상학자인 O. S. 파울러 교수 등의 버라이어티 쇼를 보여 주는 대신 부시 극장이나 아니면 맥과이어 극단의 공연을 보여 주는 것으로 양보하고자 했다. 10월이 되면 3주(그녀가 원한다면 4주까지도)를 더 할 수 있었다.

"한 가지가 더 있어요. 문제는 당신 이름인데, 부인. 물론 당신 동포들이 보낸 편지에서 보았지만 다시 한 번 당신 이름의 철자를 써 줄 수 있나요?" 바턴은 종이를 내려다보았다. "마-리-나-자M-A-R-Y-N-A-Z-A, 이거 재미있군요, 레-조-우-스-카L-E-Z-O-W-S-K-A. 그래요. 기억나요. 이제 나에게 발음을 좀 해 주시죠."

마리냐가 발음해 주었다.

"다시 한 번 더 발음해 주시겠소? 두 번째 이름, 지금 내가 보고 있는 것과는 소리가 다른 것 같은데."

그녀가 폴란드어 발음법을 일러 주었다. 폴란드어에서 L과 빗금 친 Ł은 영어에서의 w 발음이 난다. 그리고 e와 꼬리 달린 ę는 en으로 발음한다. 그리고 z와 z 위에 방점이 있는 ż는 zh로 발음한다. 그리고 w는 영어에서의 f나 혹은 v 발음을 한다.

"그럼 내가 다시 한 번 발음해 볼게요. 딱 한 번만 더요, 잘렌……, 아니, 자웬……. 혀를 돌려야만 하는 거죠, 안 그래요? 미국 사람이라면 누구도 당신 이름을 정확히 발음하는 법을 알지 못할 겁니다. 당신은 자기 이름이 엉터리로 발음되는 것을 듣고 싶지 않을 테고요. 내가 걱정하는 건 몇 사람만 제대로 발음하려고 노력하지 않을까, 하는 점이지요." 바턴은 의자에 몸을 뒤로 기대면서 앉았다. "짧은 이름이 좋아요. 그러니까 마지막 z-o-w를 없애 버리는 건요? 그건 어떤가요?"

"어려운 외국 성을 고치는 건 좋은 일이겠죠." 마리냐가 들뜬 목소리로 가볍게 말했다. "미국에 왔을 때 많은 사람들이 흔히 하는 일이지 않아요? 죽은 첫 남편 성을 지니고 있어서 그래요. 하인리히 잘레조브스키를 따랐기 때문이죠. 아니, 이런 그가 왜 잘레조브스키였으며, 내가 왜 잘레조브스키인지 당신에게 설명할 수가 없군요. 미국인들의 사고로는 이해되지 않을 테니까요. 하인리히 잘레조브스키는 흡족했을 테지만요." 마리냐에 대한 남편 하인리히의 마지막 주인의 권리를 망쳐 놓을 수 있다는 것에 즐거워하면서, 그녀는 종이를 받아 뭔가 적은 뒤 바턴에게 돌려주었다.

"Z-A-L. 폴란드어의 L은 그냥 잊어버립시다, 괜찮죠?" 바턴은 마리냐가 고개를 끄덕이는 것을 보았다. "잘렌스카Z-A-L-E-N-S-K-A. 좋은데요. 이국적이고, 그렇다고 발음하기 힘든 것도 아니고."

"리스토리만큼이나 발음하기 쉬운데요."

"날 조롱하는군요, 잘렌스카 부인."

"절 마리냐 부인으로 불러 주세요."

"그 이름 또한 바꿔야만 할 것 같군요. 아마도."

"아, 그건 안 돼요." 마리냐가 불어로 소리쳤다. "그건 정말로 내 이름이니까요."

"아무도 그걸 발음할 순 없어요. 사람들이 마리-냐아? 마리-나아아아하? 매리-나아아아아아하, 로 발음하는 걸 듣고 싶어요? 물론 아니겠죠? 그럴 리 없을 테죠."

"당신이 제안하고 싶은 건 뭔데요, 바턴 씨?"

"글쎄요, 메리라는 것은 싫을 테고. 너무 미국적이니까. 마리, 이건 프랑스적이고, 어디 보자, 한 단어를 바꾸면 어떨까요? 자, 봐요." 바턴은 종이 위에 마리나M-A-R-I-N-A라고 적었다.

"내 이름을 러시아 철자로 적으면 그렇게 돼요! 안 돼요. 바턴 씨. 폴란드 여배우로서 러시아 이름을 사용한다는 건 있을 수 없는 일이에요."

러시아는 우리의 압제자, 하고 말이 터져 나오려는 순간 그것이 얼마나 유치한 소리인지 깨닫게 되었다.

"못 할 게 뭡니까. 미국에서 그게 대관절 무슨 의미가 있겠어요? 적어도 사람들이 발음은 할 수 있을 테니까요. 그런데 마리리리리나, 라고 발음할 테죠. 그러고서는 이탈리아인이라고 생각할 테고. 소리가 멋있군요, 어때요? 마리나 잘렌스카." 바턴은 마리냐를 희롱하듯 쳐다보았다. "마리나 부인."

마리냐는 얼굴을 찌푸리고서 몸을 돌렸다.

"그럼 정해졌군요. 오늘 오후 계약서를 작성해야겠어요. 어때요, 건배 한잔 하지 않으실래요?" 바턴은 서랍에서 위스키 병을 꺼내서 들어 보였다. "당신에게 말해 둬야겠군요. 나와 일하는 사람들은 극장에서 술을 마시다 들키면 5달러 벌금을 내야 합니다. 배우들은 10달러고요." 바턴이 두 개의 잔에 술을 반쯤 따른 다음 말했다. "에드윈 부스는 물론 예외입니다. 예외는 언제나 있는 법이니까요. 불쌍한 부스를 위해 솔직히 그렇게 말한답니다. 스트레이트로 할 건가요, 아니면 물을 타서 줄까요?"

마리나 잘렌스카, 마리나 잘렌스카, 마리나(에드윈 부스가 도대체 뭐 어쨌다고요?) 잘렌스카? "뭐라고 하셨죠? 아, 스트레이트로 달라고요." 마리나, 피터의 어머니, 피터의 성 또한 바꿔야 할 것이다.

그렇게 모든 것이 정해졌어요, 헨리크. 날짜, 역할, 후한 보수, 짧아진 이름. 아니요, 그 남자는 술꾼이 아닙니다. 내가 담배를 꺼냈을 때, 바턴은 단지 이렇게 말했어요. "아" 하고 짤막하게 말하고서는 성냥에 손을 가져갔습니다. 내가 만난 사람 가운데 여자가 담배 피우는 것에 충격을 받지 않았던 최초의 미국인이에요. 나는 바턴 씨와 잘 지내게 되리라는 예감이 들어요. 바턴 씨는 나를 좋아해요. 나를 약간 두려워하기는 하지만요. 나도 그 사람을 좋아해요. 영리하고, 진정으로 극장을 사랑하는 사람이거든요. 바턴 씨와 그의 예쁘장한 아내와 함께 식사를 했어요. 그야말로 가정식으로 요리한 식사였어요. 옥수수 크림 수프, 겨자를 친 가재, 토마토 소스를 두른 양고기 조각, 속을 채운 감자, 로스트 치킨, 바나나 아이스크림, 젤리 롤, 커피, 익히지 않은 샐러리 줄기를 잊을 수가 없어요. 식탁 위에 놓은 긴 유리잔에 샐러리를 담아 놓고 식사 내내 무한정 갉아 먹었어요. 마음껏 먹는 나의 식탐을 보았더라면 당신은 틀림없이 미소 지었을 거예요.

거울을 보는 것. 배우에게 유일하게 솔직한 친구는 거울이다. 마리나는 폴란드를 떠날 무렵에 비해 살이 빠졌다는 점은 인정했다. 지나치게 야윈 것은 아니지만, 야윈 것으로 보이는 것은 사실이라고 인정했다. 그녀가 가져왔던 모든 의상을 줄여야 했다. 얼굴은 나이 들어 보였고, 특히 눈 주변이 그랬다. 하지만 무대 위에서는 분장술이라는 전형적인 요술로 인해 가스 등불 아래서는 스물다섯 이상으로 보이지 않을 것임을 알았다. "확실히 지금 나는 마음 가벼운 처녀의 넘치는 활력이 분출되는 것은 아니지만 기쁨과 열광은 전혀 훼손되지 않은 채 간직하고 있어요. 실생활에서는 나를 피해 갔을 수도 있었던 감정을 완벽하게 모방할 수 있다고 믿어요. 나는 대단히 본능적인 배우는 아니었지만, 지금 현재의 나는 지칠 줄 모르고 강해요."라고 마리나는 헨리크에게 적었다.

오픈하기 나흘 전 리허설을 시작하면서, 마리냐는 팰리스 호텔 꼭대기 층의 화려한 특실로 옮겼다. 그것은 바턴의 아이디어이자, 바턴의 사치벽이었다. "당신이 팰리스에 머물고 있다는 소리를 듣게 될 것이며, 그 점에 사람들은 주목하게 될 것"이라고 그는 말했다. "랄스톤은 팰리스 호텔에 자기의 전부를 쏟아 부었어요. 미국에서는 두 번째로 멋진 극장입니다. 그리고 팰리스 호텔은 전 세계에서 가장 멋진 호텔이고요." 마리냐는 호텔을 좋아했다. 어떤 호텔이든 호텔에 머물게 된다는 것은 극장에 간다는 것을 의미했고, 이번 역시 그런 의미일 수가 있었다. 지난 몇 달 동안 박탈당했던, 마땅히 누려야 했던 사치스러운 대접을 받으면서 7층 높이 돔 천장의 호박 색깔의 유리와 거울로 둘러싸인 유압식 엘리베이터와 더불어 거대한 그랜드 코드를 가로질러 숨결 하나하나에 이르기까지 호기심 어린 시선을 받는 것 자체가 일종의 연출이었다. 도시 전체에 뿌려진 광고 전단지에는 위대한 폴란드 여배우인 마리나 잘렌스카의 미국 데뷔 무대라고 적혀 있었다. 바턴이 일간지 기자들을 부추겨서 인터뷰를 하도록 했던 적은 없었다. 샌프란시스코의 폴란드 이민 사회에서는 자기 조국의 국가적인 보물이 미국 사회에서 승리를 몰고 올 것이라는 소문이 돌았다. 그들은 장신구와 화환과 책을 보냈다. 그중에서도 가장 사려 깊은 선물이 마리냐가 투숙하고 있던 팰리스 호텔에서 기다리고 있었다. 작은 벨벳 띠를 두른 상자에 검은 은색 목걸이와 펜던트 귀걸이가 들어 있었다. 보그던의 할머니가 주신 귀중한 선물이었다. 보석 상자에는 "무명씨로부터"라는 카드가 동봉되어 있었는데, 비천한 "숭배자"라는 글귀에서 "비천한"이 지워져 있었다.

아드리엔의 눈부신 보석으로 치장했던 월요일 밤이 되기 전까지,

그녀는 기적같이 되찾은 애도의 보석을 행복하게 착용했다.

자기가 찾아낸 놀라운 "발견물"의 비위를 열렬히 맞추려고 바턴은 단원 전체와 더불어 〈아드리엔 르쿠브뢰르〉의 리허설을, 개막하는 날 총연습을 포함하여 네 번이나 제공했다. 정상적으로는 새 희곡일 때만 예행연습을 했다. 레퍼토리를 위해, 공연 당일 몇 시간 동안은 연설을 줄줄이 외고, 무대 비즈니스 재점검하는 것으로 준비는 충분하다고 간주되기 때문이다. 마리냐는 나흘 연달아 10시에 모습을 드러내야 하는 것이 동료 배우들에게는 약간 성가신 일이라는 점에 신경이 쓰였다. 반면 그녀에게는 이 며칠 동안 어떤 것도 판에 박힌 규칙적인 일상이라고는 없었다. 캘리포니아 극장이 그녀에게 무대 입장을 허락했던 바로 첫날 아침은, 먼 옛날 스테판의 어린 여동생으로서 최초로 극장 문을 통과했을 때의 기념비적인 사건과 흡사한 느낌이 들었다. 스테판 오빠가 〈돈 카를로스〉에서 배역을 맡아서 연기했던 크라코프 극장의 문지기는 성질이 고약하지 않았던가. 마치 이곳 문지기인 체스터 캔트라는, 심술궂은 이름의 문지기처럼 반응이 느리고 심술궂지 않았던가? 하지만 모든 여배우들은 다들 마찬가지였다고, 마리냐는 유쾌하게 생각했다. 냄새, 농담, 질투심. 맥베스의 공연에서 글로브 극장의 문지기는 잊지 못할 불평분자로서 하나의 모델이 될 수도 있었다. 그는 늦은 밤, 성가시게 들이닥친 불청객들에게 성문을 열어 주려고 총총히 걸어 나오면서, 자신을 지옥의 문지기로 상상한다.

"당신의 셰익스피어적인 문지기 때문이군요." 마리냐가 붙임성이 있는 미쇼네 역할의 제임스 글렌우드에게 감탄했다. 그 역시 리허설을 위해 일찌감치 도착했지만 퉁명스러운 문지기와 언쟁을 연습하고 난 이후였다. 마리냐는 배우 휴게실에서 나는 시끄러운 소리를 들을 수 있었다. **"온갖 직종의 사람들이 앵초꽃길을 지나 영원한 화톳불로 들어갈 수 있다고 생각했다네."** 마리냐가 벗처럼 화답하여 암송했다. "그러나 우리의 캔트 씨는 그렇지 않으리라는 희망을 가져 보라." 글렌우드의 멍한 표정을 바라보면서 마리냐가 덧붙였다.

"〈맥베스〉, 2막이죠."

글렌우드의 얼굴이 팽팽하게 긴장되었다. "그 이름을 말하지 말아야 한다는 걸 모르고 있는 모양이군요." 그가 큰소리로 기침을 했다. "희곡이든 등장인물이든 간에 우린 그걸 입에 올리지 않습니다."

"정말 재미있군요! 이건 미국식 미신인가요?"

"당신은 그걸 미신이라 부를지 모르지만요." 나이가 지나치게 많이 든 이 극단의 늙은 부용 공주 역의 케이트 이건이 말했다. 그녀는 방금 토마스와 함께 휴게실로 들어왔다. 톰 딘은 둔감한 모리스였다.

"그러니까, 당신 말뜻은 미국 배우들은 연극 공연을 할 때 작품 이름인 '맥…' 을 입에 올려서는 안 된다는 건가요?"

"아, 제발, 두 번 다시 그걸 발설하지 마세요." 딘이 황급히 말했다. "그래요, 물론입니다. 세 명의 마녀들처럼 말해야 해요. **히스 황무지 위로 / 그곳에서 만나기 위해**…… 당신도 알잖아요. 그들의 대사를 할 차례가 되면, 밴쿠오와 던컨과 다른 사람들이 한 것처럼요. 그러니까 무대 위에서 말고 다른 곳에서는 절대로! 안 됩니다."

"맙소사, 왜죠?"

"연극에 액운이 따르니까요." 딘이 설명했다. "재앙이 초래돼요. 언제나 그래요. 왜냐고요? 대략 30년 전 뉴욕에서 있었던 일이랍니다. 스코틀랜드 연극 두 편이 동시에 제작되었어요. 하나는 맥크리디 Macready가 제작한 것이었는데, 킨 이후 최고의 영국식 셰익스피어 극이었다고 간주되었어요. 그리고 다른 하나는 우리의 위대한 에드윈 포레스트가 제작한 것이었지요. 상당수 사람들이 이로 인해 분노했죠. 그들은 주로 아일랜드인들이었던 것으로 알고 있어요. 그러니까 영국인들이 다른 극장에서 같은 연극을 하는 건 미국 배우들에게는 모욕이라는 것이었지요. 그래서 맥크리디의 연극이 개막하는 날 밤에 극장 주변에 모여들어서 도로의 포석을 깨서 극장 창문을 박살내고 문짝을 뜯어내기 시작했어요. 의용군들이 방화를 하기 시작했고, 그 때문에 군중 가운데 몇 십 명이 죽는 사고가 발생했거든요."

"흠, 내가 이 극을 하게 되면 좋은 마법으로 주문을 걸어 보도록 할게요." 마리냐는 걱정스러워하는 동료들을 둘러보면서 짓궂게 말했다. "그 스코틀랜드 영부인처럼요."

리샤드는 보그던이 올 것인지 감히 물어보지 못했다. 마리냐는 보그던이 그냥 포기하고 피셔 가족에게 농장을 팔았으면 좋겠다고 언급했다. 보그던이 손해 본 것은 마리냐가 첫 한 주간 출연한 수입으로 조만간 몇 배 이상으로 만회할 수 있을 것이며, 바턴이 10월에는 4주 동안 출연시켜 주겠다고 했기 때문이었다. 당분간 리샤드의 유일한 경쟁 상대는 콜린그릿지 양뿐이었다. 그녀는 (딱 한 번!) 리허설이 끝날 때 분장실에서 기다리지 않았는데, 마리냐가 남아서 대사 연습을 좀 더 해야 한다고 원했기 때문이었다.

"그녀는 당신과 거의 사랑에 빠진 것 같더군요." 리샤드가 툴툴거렸다.

"맞아요. 그녀는 나를 사랑하고 있어요. 그녀 나름의 존경하는 방식으로."

"그럼, 그녀가 정말 측은한데요. 우리가 얼마나 많은 공통점을 가지고 있는지 누가 상상이나 할 수 있겠어요? 당신의 꼬마 발음 교사와 나 사이에 말이죠."

"리샤드, 자기 연민에 빠지지 말아요. 콜린그릿지 양은 그러지 않거든."

"콜린그릿지 양은 실망하지 않으니까요. 콜린그릿지 양은 이미 얻은 것 이상으로 자기 우상과 은밀한 관계를 기대하지 않으니까요."

"저런." 마리냐가 소리쳤다. "내가 정말로 당신을 실망시켰던가?"

리샤드는 고개를 저었다. "난 바보거든요. 그래서 당신을 괴롭히고 싶어요. 내가 방금 했던 말, 용서할 수 없을 테죠. 난 그럼 사라져 드리죠." 리샤드가 씩 웃었다. "모레까지만요."

"지금 당신을 조금 격려해 준다면 당신은 무슨 생각을 할까? 내 감정이 느슨해지도록 허용한다면, 그래서……." 마리냐가 얼굴을 붉혔다. "아마 그래도 당신은 가야겠지만. 나 혼자 여기 앉아 두통이 도지면 어떡하나 걱정할 테지만, 콜로뉴 화장수로 이마와 관자놀이를 문지르면서. 그러다가 문득 아드리엔이나 마르그리트 고티에나 줄리엣을 생각하고 있는 것이 아니라 당신을 생각하고 있단 걸 깨닫게 될 거야. 난 무대 공포와는 또 다른, 온갖 형태의 육체적 감각들을 느끼면서. 호흡이 가빠지고, 어쩔 줄 모르고 안달하는 팔다리, 차마 입에 올리기 힘든, 내 가슴을 휘젓는 여러 가지 감정을."

"마리냐."

마리냐가 손을 들어 올렸다. "그러나 나의 황제는 예스라고 말하지 않았다오. 나 스스로에게 자문했다네. 이게 사랑일까? 아니면 끈덕진 남자의 욕망에 굴복하고 싶은 여자의 갈망일까? 난 당신이 날 완전히 무력화시킬까 봐 두려워요. 리처드." 그녀가 미국식으로 그의 이름을 부르면서 약을 올렸다. 약하게 뺨을 때리듯.

"마리리리나." 속삭이듯 그녀의 이름을 부르면서 그녀의 손을 그의 가슴에 가져다댔다. 보그던이 아직까지 그녀와 합류하지 않은 것에 고마워하면서도, 개막에 맞춰 그가 도착할 수 있을지 우려하면서, 마리냐는 두 남자 중에서 누구를 선택할 것인지 그런 입장에 아직 자신을 세우려고 하지 않았다. 하지만 그런 장면을 상상해 보았을 때, 말하자면 분장실에서 분장을 하면서 여자 재봉사에게 지시를 하고 있을 때, 그녀 앞에 두 남자가 서 있다면, 둘 다 그녀를 간절히 갈망하고 둘 다 그녀를 염려하고 있다면 그녀에게 무슨 일이 일어날 것이며, 누구의 얼굴을 주시할 것인가?

그러다가 토요일 애너하임에서 전보가 왔다.

사고. 말에서 떨어짐.
뼈를 부러뜨리지는 않았지만 얼굴과 손을 포함하여 온몸에 멍이 듦.
얼굴을 내밀기 힘듦.
통탄스럽게도 지금으로서는 샌프란시스코를 생각할 수가 없음.

마리냐는 리샤드에게는 얼마나 실망했는지를 말하지 않았다. 보그던이 오지 못하게 된 것에 안도하기보다는 화가 난다고 하는 것이 솔직한 속마음이라고 혼자 생각했다. 보그던이 그녀의 개막 작품에 모습을 드러낼 수 없다면 앞으로도 그렇게 될 것이 틀림없다는 느낌이 들었다. 그 사실이 그녀에게 의미하는 것이 뭔지 의아스러워졌다.

일요일 밤, 마리냐는 꿈을 꾸었다. 무대로 막 나가려는 찰나, 바턴이 러시아어로 자기 배역을 해야 한다는 전갈을 받았다.

월요일, 마리냐는 커튼이 올라가기 3시간 전에 분장실에 앉아서 작은 의식을 실행하고 있었다. 리샤드가 가까이에 서 있었고, 흰색 예식용 장갑과 에나멜가죽 부츠를 신고 남편으로서 초조하게 얼쩡거렸다. 그녀의 신경을 안정시켜 주면서도 힘을 실어 주고 안심시켜 주려는 확고한 자세를 보여 주고 싶어했다. 그러면서 알맞은 분위기가 되었으면 하고 바랐다.(그는 보그던의 풍부하고 아이러닉한 얼굴 표정을 기억했다.) 리샤드는 마리냐를 데리러 호텔로 갔다. 마리냐는 무대의상 담당자와 한창 의논 중이었다. 거울 옆 벽에 걸린 코르크 판자 위에는 폴란드에서 보낸 많은 전보들이 핀으로 꽂혀 있었다. 코르크 판자 상단에는 헨리크, 그녀의 어머니와 요제피나 언니, 바바라, 알렉산더, 타데우즈 크리스티냐, 그리고 임페리얼 극장의 다른 배우들이 보낸 전보들이 꽂혀 있었다. 그런 다음 복도를 따라 천천히 그곳을 떠났다. 7시 30분에 리샤드는 되돌아서 듣기 좋은 말들을 해 주면서 모든 조명이 준비되었다고 말해 주었다.(가스 등이 가스 램프와 장대로 가장자리 불을 밝히고, 무대 커튼 앞쪽의 풋라이트는 "푸른색으로 낮췄다.") 문이 열리고 관객들이 극장으로 줄지어 들어왔다. 리샤드는 자기 동포들이 무리지어 입장하는 것을 보았다.

아드리엔은 1막에는 출연하지 않으므로, 바턴이 관객의 동향에 관해 보고해 줄 만한 시간은 충분히 있었다. 극장이 완전히 찬 것은 분명 아니었지만, 중요한 연극 애호가들 중 상당수가 왔으며 꽤나 영향력 있는 미국인 줄리엣인 로즈 에드워즈 또한 참석했다. 그녀는 다음 주 캘리포니아 극장에서 꾸준한 인기를 누리고 있는 멜로드라마인 〈이스트 린*East Lynne*〉에 주역으로 예정되어 있었다.

"로즈가 당신을 볼 때까지 기다려요." 바턴이 소리쳤다. "그녀는 훌륭한 여배우요. 바보가 아니거든요. 모르긴 몰라도 그녀가 당신 그림자도 못 좇아 간다고 생각할지도 모르지요. 그러면 그녀가 맡을 다음 주 배역을 당신이 하게 될 수도 있어요."

"성공한 여배우치고 누가 그런 제안을 할지 의심스러운데요." 마리냐가 미소를 머금고 말했다. "당신은 사람을 격려하는 재주가 보통이 아니군요, 바턴 씨."

마침내 두 남자 모두를 내보내고 난 뒤, 마지막 내면 준비와 거울을 체크하고 콜보이가 2막이 되어 그녀의 입장을 알려 줄 때까지 기다렸다. 그러면서 '내 두려움은 어디에 있지?' 하고 자문했다. 윙에 서 있는데도 무대 공포라는 격한 증상은 여전히 찾아들지 않았다. 손에 땀이 나고 심장은 미친 듯이 두근거리고, 속이 울렁거리는 것 같은 격심한 증상은 없었다. 미치지 않고서야 모든 것이 잘 될 것이라는 이런 확신은, 있을 수 없는 일처럼 느껴졌다. 그러다가 마침내 그녀는 평생 이보다 더 두려웠던 순간은 없었다는 사실을 깨달았다. 이번 공포는 말할 수 없이 공기가 압착되는 것 같은 외부적인 증상이었다. 마리냐는 공포에 완전히 사로잡혔다. 피부가 팽팽히 죄여드는 것 이외에는 어떤 육체적인 반응도 없는 차가운 공포였음에도, 내면은 평화롭고 풍요로웠다. 마리냐가 전달하고 있었던 이 모든 단어들은 풍요롭다는 말 이상의 의미가 있었다. 영어 단어들이지만 그 이전에는 폴란드어로 된 희곡 단어들이 있었고, 그 이전에는 원래 희곡이었던 프랑스 단어들이 놓여 있었다. 바르샤바에서 처음으로 이 연극의 이 부분을 준비하면서 공부를 했지만…… 모든 것은 내면화되어야 하고, 공포로부터 그 모든 것들을 지켜내야 했다. 그녀의 피부, 머리 껍질, 발바닥에 이르는 그 모든 것들이 공포의 쇠창살이었다. 그녀의 상체(입, 혀,

입술, 목, 어깨, 가슴)는 일단 그녀가 무대로 나가게 되면 영어로 흘려보내는 것들을 적재하고 있는, 축축한 단어들을 담고 있는 그릇이었다.

밝은 빛 속으로 걸음을 옮기기 전에 다시 한 번 자신에게 상기시키려 했다. 폴란드에서는 그녀가 등장하면 어김없이 광란의 박수갈채가 터져 나와서 잠시 연극이 중단되고 첫 대사를 몇 분 동안 하지 못할 정도였지만, 여기서는 그런 환호성 없이 시작해야 한다는 걸 마음속에 주지시켰다. 동포들에게서 점잖고 짤막한 박수가 있을지도 모른다. 위대한 배우 부스가 수많은 사람들이 암송하는 명대사("그 오페라에서는, 그랬죠."라고 바턴이 말해 주었다.)를 하고 난 뒤에도, 미국 관객들에게서 환호하는 박수갈채가 터져 나오지 않았다고 했다. 이 새로운 관객들이 열광, 무관심, 불만족, 순응의 감정을 어떤 식으로 보여줄 것인가? 마리나는 폴란드 관객의 박수갈채의 의미는 잘 파악할 수 있었다. 폴란드 관객을 통해서는 그들이 내는 기침 소리, 속삭임, 좌석에서 자세를 바꾸고 몸을 꼬는 미세한 행동마저 해석할 수 있었다. 하지만 이 관객들은 너무 조용한 것처럼 여겨졌다. 이런 침묵을 어떻게 해석해야 하는가? 두 마리 비둘기 우화를 시작했을 때(**다정하면서도 진실한 연인이었던 두 마리 비둘기가 있었습니다**…….), 모든 기침 소리가 일시에 멈췄다. 마리나가 대사를 끝냈을 때 한순간 정적이 감돌았다. 그러다 우레와 같은 박수 소리, 외침, 부르짖는 소리가 터져 나왔다. 박수 소리에 파묻혀 톰 딘은 모리스의 대사를 시작하려고 다섯 번이나 시도한 끝에야 마침내 성공했다. 그는 어안이 벙벙한 것처럼 보였다. 막이 끝나고 마리나가 황홀경 속에서 무대를 떠났을 때, 관객들은 소리를 지르고, 손뼉을 치고 발을 마구 굴렀다. 막간에 리샤드는 바턴과 콜린 그릿지 양과 함께 로비를 돌아다녔다. "멋져요! 멋져!" 여기저기서 활기차게 서로 인사하고, 미소와 악수를 교환하고 손을 흔들면서 나누는 사람들의 입에서 저절로 터져 나오는 멋지다, 훌륭하다는 탄성이 그의 귀에 들렸다. 높다란 실크 햇을 쓴 한 남자는 바턴과 인사를 나누면서 "그녀는 연간 3천 달러를 줘도 될 만한 가치가 있어!" 하고 말했다. 그 남자가 『이브닝 포스트』의 편집장이라는 사실을 리샤드는 나중에 바턴을 통해서 알게 되었다. 교양 있게 이브닝 스커트를 차려입은 그 남자의 아내는 "잘렌스카 부인의 영어가 외국 뉘앙스가 약간 있어서 그걸 그대로 유지하면 더 좋을 것 같아요. 그게 '감미로움 자체' 니까요." 하고 말하는 소리가 들렸다. 콜린그릿지 양은 리샤드가 그것 보라지, 하는 식의 미소에 미소로 화답하지 않았다.

마리냐는 3막에서는 내부 깊숙한 곳에서 나오는 것처럼 보이는 에너지의 물결에 자기 몸을 다시 실었다. 그녀는 부드러우면서도 불사신처럼 빛나는 몸의 후광을 느꼈다. 아드리엔이 어두운 정자에서 모리스의 사랑을 사이에 두고 연적과 처음으로 조우하는 장면이 있었다. 이 장에서 부용의 공주는 의심받을 만한 상황에 처했는데, 때마침 의협심을 발휘하여 구해 주겠다고 나서는 낯선 여자의 감춰진 얼굴을 들여다보려고 촛불을 들고 아드리엔에게 가까이 다가가는 압권인 장면이었다. 예민하면서도 침착하게 마리냐는 촛불이 점점 더 가까이 다가오는 것을 지켜보았다. 촛불의 불꽃이 그녀 안에 있는 에너지를 겨냥하고 있었다. 적어도 객석에서 관객들이 놀라서 내지르는 소리에, 케이트 이건 양이 "이런, 하느님 맙소사!", "미안해요." 하는 말이 다행스럽게도 파묻히기 전까지는 그랬다. 정신을 차리고 보니 마리냐의 베일 끝자락에 불이 붙어 있었다. 이건 양이 자신이 내뱉은 신성모독적인 발언에 대해서 미안하다는 것인지, 아니면 이런 실수를 해서 미안하다는 것인지 의아해하면서도 마리냐는 불타는 베일을 마루에 내던지고 민첩하고 빈틈없는 동작으로 아드리엔의 물결 무늬가 새겨진 비단 숄을 자기 얼굴에 다시 드리우고서는 사악한 공주를 안전하게 인도하려고 자기 손을 내밀었다. 어떤 사람들은 그 장면이 원래 대본에 있는 줄로 알았다. 다른 관객들은 폴란드 여배우의 창의적이고 대담한 연출에 갈채를 보냈다.

3막과 4막의 끝에 더 많은 박수를 이끌어 냈다.

오랫동안 정확히 말하려고 고심하여 노력해 왔던 대사 전달은 그녀의 몸에서 일어나는 리드미컬한 흐름의 한 부분에 불과했다. 특정한 대사의 경우 필연적인 리듬으로써, 그녀 자신의 감정이 이입되는 데(어떤 역할을 맡든 배우가 이 점을 느끼지 않을 수 있을까?), 단 한 번 거의 마지막에 이르러, 마리냐는 대사에 관해 나름대로 해석하도록 자신을 내맡겼다. 정신 착란 상태에서 아드리엔이 말하는 장면에서, **이제 이 연극의 어떤 부분의 대사에서……, 모든 사람 앞에서 그 대사를 말할 수 있어. 아무도 내가 그이에게 사랑을 고백하고 있단 걸 눈치 채지 못할 테니까.** 그 부분에서 마리냐는 혼자 생각했다. 내가 만약 성공한다면, 아드리엔의 사랑의 말들을 리샤드에게 건네고 있었던 것이라고.

정말 멋진 생각이지, 안 그래?

사람들은 누군가를 사랑해야만 한다.

마리냐가 여태껏 공연했던 아드리엔 중에서도 어느 것과 비교해도 손색이 없었다. 그녀가 바랄 수 있었던 것보다 더한 승리를 거뒀다. 열한 번의 커튼콜을 받았다. 열한 번이나! 모든 폴란드인들을 포함하여 수백 명의 관객들이 무대 뒤로 몰려와서 축하했다.(객석에 분명히 있었음에도 손버릇 고약한 할렉은 그런 환영 인파에 포함되어 있지 않았다.) 그들은 환한 얼굴로 서로 껴안고 흥분했다. 즈나니에키 선장은 그녀가 러시아식으로 이름을 바꿨다는 점에 호통을 치지 않을 수 없었지만, 그럼에도 기쁨과 자부심으로 눈물을 흘렸다. 마리냐 역시 울면서 그와 포옹했다. 그녀에게 가장 큰 즐거움을 선사했던 것은 화려한 문양의 이브닝드레스를 입은 적갈색 머리카락의 여성이 보낸 흠모였다. 거의 맨 먼저 휴게실로 달려온 그녀는 자신을 로즈 에드워드라고 소개했다. "난 당신 발치에도 따라가지 못하겠군요, 부인." 그녀가 감격에 겨워 말했다.

공연이 끝나고 두 시간이 지나서야 비로소 마리냐는 극장을 떠날 수 있게 되었다.

리샤드와 함께 호텔로 돌아와 데스크에 멈춰서 한 줄짜리 전보를 보그던에게 보냈다. 승리했어요.

30분 후 두 사람은 로비에서 작별 인사를 했다. 리샤드는 이틀 전부터 팰리스 호텔에 묵고 있었으며, 마리냐의 특실로 왔다. 그녀는 리샤드를 기다리고 있었다. 자신이 그를 기다리고 있다는 사실을 알았다. 옷을 갈아입고 잠자리에 들 채비를 하지 않고 있었다. 아직까지 아름다움의 비밀을 꼴사납게 드러낼 준비를 하지 않았다. 잠자리에 들 때면 사과 식초에 적신 네모반듯한 갈색 종이를 관자놀이에 얹어 놓고는 했는데, 그것이 눈가의 피부를 윤기 나게 해 주고 주름을 펴 주었다. 리샤드를 기다리고 있다는 사실을 그녀는 알았다. 벽에 매달린 촛대의 초를 그대로 둔 채 내려놓지 않아서 희미한 방 안 여기저기 그림자가 출렁거리도록 내버려두고 있었다. 자신이 그를 기다리고 있다는 사실을 알았다. 널찍한 침대의 마호가니 침대머리가 드높은 천장의 절반 높이에 달할 정도로 치솟아 있는 모습을 오랫동안 쳐다보고 있었다. 푹신한 거위 가슴털 베개 여섯 개 중 하나, 둘을 드레싱 룸에 있는 옷장 밑바닥에 쑤셔 넣으면서, 자신은 이렇게 많은 베개를 좋아하지 않았다는 생각을 처음으로 했다.

등 뒤로 문을 닫으면서 두 사람은 키스를 했다. 그녀는 리샤드를 이끌고 침대로 가는 도중에도 연신 키스를 퍼부었다. 단어처럼, 발걸음처럼 빠르고 난폭한 키스였다. 그녀는 입으로 그를 빨아들이고 있다고 느꼈다. 침대에 무너져 내릴 때까지 아직 옷을 입은 채 두 사람은 밀착해 있었고 달라붙은 두 사람의 몸에서 고개를 억지로 떼어 냈다. 마리냐는 자기 입이 헤매고 있다는 기분이 들었다. 그 사이에 엉겨 붙은 팔과 다리는 밀착을 풀면서 더 편한 자세를 찾았다. "당황스러워." 마리냐가 그의 얼굴에 대고 중얼거렸다. "당신은 날 소녀처럼 느끼게 해 주니까."

그녀가 옷을 벗자 리샤드가 그녀의 허리를 감았다. "아직 옷을 벗지 말아요. 당신이 어떤 모습일지 난 알아요. 오랜 시간 내 마음속에서 당신 몸과 더불어 살았으니까요. 당신의 젖가슴, 당신의 허벅지, 당신의 사랑스러운 동굴. 그 모든 것에 관해 당신에게 말해 줄 수 있어요."

"난 소녀가 아닌걸."

마리냐가 말했다. 리샤드는 자기 팔의 힘을 풀고 일어섰다. 각자 경건하게 자기 옷을 벗었다. 그녀의 부드럽고 긴 몸을 그의 품에 안았다.

"난 당신에게 가슴을 줄 수는 있지만, 리샤드, 내 인생을 줄 수는 없어. 난 아드리엔 르쿠브뢰르가 아니니까." 마리냐가 웃었다. "단지 열정적인 소녀의 흉내를 즐기는 성숙한 또 다른 여배우일 뿐이거든."

리샤드는 침대에 드러누워 그녀에게 두 팔을 벌렸다. 마리냐가 그의 몸 위로 올라갔다.

"비누향이 나."

마리냐가 속삭였다.

"이제 당신이 날 수줍게 만드는군요."

리샤드가 말했다.

"우리 두 사람이 이 침대에 도달하기까지는 참 긴 여정이었어."

"마리냐, 마리냐."

"당신이 내 이름을 한 번만 부르게 되면, 더 이상 날 사랑하지 않는다는 걸로 알게 될 거야."

"마리냐, 마리냐, 마리냐."

"어떤 것을 너무 오랜 세월 기다리게 되면, 그게, 아……."

마리냐가 숨을 헐떡였다.

"우리가 그토록 오래 기다렸다고 누가 그래요?"

리샤드가 반문했다.

"더 이상 묻지 마."

그녀가 신음을 토했다. 그녀의 온몸 구석구석으로 그를 감싸면서 좀 더 깊숙이 그를 받아들였다.

쾌락이 흘러넘치고 난 뒤 잠시 동안 두 사람은 몸을 떼고 나란히 누웠다. 리샤드는 언제나 많은 여자들의 꽁무니를 쫓아다니면서도 변함없이 그녀와 사랑에 빠져 있었다. 혹 그런 이유로 마리냐가 자신을 덜 사랑하는 건 아니냐고 물었다.

"솔직하게 말해 봐요, 마리냐."

마리냐는 불가사의하고 눈부신 미소로 그에게 대답했다.

진실을 말하자면 리샤드는 마리냐가 언젠가 자기 소유가 되리라고는 완전히 믿지 않았다. 마리냐에 대한 그의 사랑은 가장 진실할 경우에도 결혼의 절정에는 도달할 수 없으리라는 쓰라린 생각으로 그늘져 있었다. 하지만 그는 욕망 너머로 도약할 수가 없었다. 많은 작가들처럼 리샤드는 현재를 진정으로 믿지 않았다. 오로지 과거와 미래만을 믿었을 따름이었다. 그가 가질 수 없는 것을 원한다는 생각 자체가 싫었다.

욕망하는 것을 손에 쥐고 나면, 그것으로 만사형통이다.

두 번의 사랑을 나누고 난 뒤 마리냐는 머리를 그의 가슴에 기대고 다리를 그의 허벅지에 들어 올린 채 잠들었다. 그는 아직도 그녀를 욕망했지만 오늘 하루 녹초가 되었을 것이 틀림없는 그녀가 푹 쉬도록 내버려두었다. 그녀를 뒤따라 잠들려고 했지만 수그러들지 않는 욕망과 기쁨이 잠을 방해했다. 그는 마리냐의 몸을 지탱하면서 내가 아직 깨어 있군, 하는 생각을 하다가 선잠이 설핏 들었다가 다시 깨어나기를 반복했다. 새벽 무렵이 되어서야, 그는 잠에 곯아떨어졌으며 몇 시간 후에 깨어났다. 그때까지도 자기 몸을 감고 잠들어 있는 마리냐를 보았다. 부스럭거리는 소리에 그녀가 깨지 않도록 하면서 일어날 방법은 없을까, 궁리했다. 그녀는 되도록 늦게까지 잠을 푹 자 두어야 했다. 그래야만 오늘밤 또 다른 〈아드리엔 르쿠브뢰르〉 공연에서 온 힘을 전부 쏟아 부을 수 있을 테니까.

그러나 그녀가 잠에서 깨어나 그의 온몸에 키스를 퍼부었다. "아, 정말 살아 있는 느낌이야!" 마리냐가 소리쳤다. "당신이 내 몸을 소생시켰어. 두 번째 공연은 어떻게 해야 할까. 우리의 모든 폴란드 동포들은 보그던이 샌프란시스코에 오지 않은 걸 두고 쑥덕거리고 있을

게 분명해. 당신 때문에 오지 않은 게 틀림없을까? 내 상대역인 모리스가 틀림없이 눈치 챘을 거야. 그의 가슴에 얼굴을 묻고 두 마리 비둘기 우화를 읊조렸을 때 말이야. 소녀 같은 아드리엔은 지난밤처럼 그렇게 수줍어하지 않을 테니까. 바턴 씨도 이상하게 생각할걸. 폴란드에서 온 위풍당당한 숙녀에게 무슨 일이 일어난 거야, 하면서. 성공으로 인해 갑자기 돌아버렸나! 할걸." 그녀는 다시 한 번 몸을 굽혀 그의 살에 키스를 퍼부었다.

"사랑에 빠진 폴란드 숙녀라……." 리샤드가 말했다.

"그 폴란드 숙녀는 분명히 무분별하고 상스럽게, 경솔하게 사랑에 빠진 게 분명해."

화요일 저녁 〈아드리엔 르쿠브뢰르〉 공연을 두 번 더 한 다음, 마리냐는 〈춘희〉를 개막했다. 토요일 낮 흥행에서 세 번째 〈춘희〉를 하고 나자 또 다시 〈아드리엔 르쿠브뢰르〉을 공연할 주가 다가오고 있었다. 극장은 언제나 만원사례였다. 갈채와 환호 시간이 점점 더 늘어나게 되면서 신바람이 난 바턴이 호화로운 옷을 입은 숭배자 집단을 무대 뒤로 이끌고 오는 횟수가 점점 더 늘어났다. 공연에서 흘러 넘쳤던 축축한 눈물의 에너지는 휴게실에서 인사를 서로 교환할 무렵이면 완전히 말라 있었다. 그녀는 쾌활하게 인사를 나눴다.("그래요. 감사합니다, 감사합니다……. 아, 정말 친절하시군요.") 마리냐는 기꺼이 즐거워했지만 범접할 수 없는 힘이 있었다. 그 일을 하기 위해 내가 지불한 대가를 알기만 했더라도! 앞으로도 그 대가는 계속 지불되어야 한다. 이제 그녀에게는 또 다른 비밀이 있었다. 평소에는 공연이 끝나고 나면 마음이 가벼웠지만 지금은 성적인 서스펜스로 마음이 복잡해졌다. 성공을 축하해 주던 사람들이 떠나고 마침내 리샤드와 함께 그녀가 호텔로 돌아가고 나면 소품 담당자와 분장사는 오늘의 꽃들을 치우고 내일의 꽃들을 위한 공간을 마련해 두었다.

토요일 저녁 공연이 있기 전 분장실에는 꽃다발 중에서도 최고로 큰 화환이 도착했다. 붉은색, 흰색, 푸른색 꽃들을 한 층 한 층 겹겹이 쌓아올려 탑 모양을 이루었는데 화환의 꼭대기 종탑에는 금박으로 테두리를 한 네모난 양피지가 걸려 있었다.

"이건 시잖아." 마리냐가 감탄했다. "서명도 없는데."

"물론 그렇겠죠." 리샤드가 소리쳤다. "필연적이었다고요. 당신이 또 다른 작가의 마음을 사로잡았으니까. 그 시 좀 줘 봐요, 내가 완벽하게 객관적으로 읽어 드릴 테니까. 나의 경쟁 상대가 재능이 있나 없나 좀 봅시다."

"안 돼." 마리냐가 웃었다. "내가 당신에게 읽어 줄게. 셰익스피어의 소네트만큼 어울리는 건 없을 테니까. 내 발음을 교정해 줄 콜린그릿지 양이 여기 내 옆에 없는 게 천만다행이군."

"나로서도 다행인걸요."

"친애하는 당신에게, 당신은 과장하고 있어요!" 질투심에 사로잡힌 남자는 무대 위에 선 여배우에게는 쉽게 빠져들 수 있지만 현실의 여성에게는 금방 싫증을 내는 법이다.

"그래요, 난 싫증을 내고 있는 중입니다." 리샤드가 말했다 "작가들은 지루해한답니다."

"리샤드, 내 사랑 리샤드."

마리냐가 소리쳤다. 리샤드가 행복에 겨운 신음 소리를 냈다.

"자기 생각은 그만하고 그냥 들어 봐요."

"그 밖에 달리 할 일도 없잖아요?"

"쉬잇……."

"먼저 키스부터 해 줘요."

리샤드가 졸랐다. 두 사람은 키스를 했다. 키스를 하면 떨어지고 싶지 않았다.

"당신은 내 경쟁 상대의 시로 날 계속 기죽일 참인가요?"

"그럼!" 마리냐는 양피지를 다시 집어 들어 눈앞에 펼치고는 낭송했다. 폴란드 비평가가 은구슬 같다고 했던 그 목소리로 시를 읊었다.

> 아름다운 외국 여인으로서 왔다는 사실 외에는
> 여기, 명성의 목소리 미리 알려지지 않았으니
> 우리는 환영할 준비 그다지 되어 있지 않았고……
> 우린 그다지 고아감조차 나눈 바 없었으니.
> 아니라……

"오, 마리리리나 부인, 친애하는 마리리리나 부인." 리샤드가 우쭐거리면서 발음을 교정했다. "그건 **고아감**이 아니라 '공감' 이라고 발음해야죠."

"난 제대로 발음했다고요, 바보 같으니." 마리냐가 소리쳤다. 그녀는 몸을 굽혀 그에게 키스를 하고 난 다음 계속 읽었다.

> 당신의 동포들이 알고 있었던 것처럼 예술가로서가 아니라……
> 우리는 당신을 풋내기로 보았지요.

"아, 나의 경쟁 상대가 단지 연극 평론가라니!"

"조용!" 마리냐가 말문을 막았다. 오른손을 구부려 엄지와 검지로 자기 가슴을 톡톡 두 번 친 다음 숭엄하고도 비극적이면서도 조롱하듯 목청을 가다듬고서 그 유명한 벨벳 톤으로 몰입했다.

얼마나 큰 변화인가! 일대 사건이 있었던 그날 밤 이후로
당신의 멋진 예술이 눈앞에 삼삼하니
외국 언어라는 족쇄에도 불구하고……

"족쇄라고?" 리샤드가 야유했다.
"리샤드, 중간에 날 가로막으면 안 돼!"

외국 언어라는 족쇄에도 불구하고
당신의 가없는 재능에 질투심이 일어나고
당신의 성공을 인정하지 않을 수 없으니
기대가 적으면 성공의 환희 더욱 큰 법.

"이제 그치는 당신 치맛자락에 키스라도 할 작정이겠죠. 가련한 연극 평론가 같으니라고."
"그러면 안 되나?"

폴란드의 기억에 키스를……

마리냐가 멈췄다.
"왜 그래요, 마리냐? 달링!"

"이 마지막 두 행을 읽을 수 있을지 모르겠네. 모르겠어."
"그 짐승이 당신에게 뭐라고 했기에? 찢어 버려요!"
"아니, 물론 끝낼 수 있어."

폴란드의 기억은 당신 가슴에 홀로 간직하고
이제 미국을 당신 자기 것으로 하도록 하라.

마리냐는 편지를 내려놓고 고개를 돌렸다.

당신이 원하는 것이 곧 가지는 것이라면, 당신은 절망할 것이다.

"마리냐." 리샤드가 불렀다. "달링, 마리냐, 제발 울지 말아요."

연극 오픈 다음 날 오전, 일곱 명의 기자들이 초조하고 경쟁적으로 팰리스 호텔의 거대한 접견실에서 대기하고 있었다. 리샤드는 한 시간 먼저 내려와서 부인이 조만간 내려올 것이며, 자신은 『가제타 폴스카』 신문 편집장에게 전보를 보내 마리냐 부인의 미국 데뷔 무대에 관한 기사를 죄다 곧 송고할 것이라고 전했으며, 그로 인해 모든 폴란드인들이 자부심으로 가슴 두근거리게 될 것이라고 알렸다. 신문사 편집장으로부터 경쟁사인 바르샤바 신문이 이 이벤트를 다루기 위해 샌프란시스코로 특파원을 파견했다는 사실을 하루 뒤에 듣고서 리샤드는 그보다 한 발 앞서려고 장문의 기사를 1회가 아니라 2회에 걸쳐 서둘러 작성했다. 첫 번째 기사에서는 미라냐의 공연을 상세하게 기술했고, 두 번째 기사에서는 공연 첫날 밤 대중들과 비평가들로부터 얼마나 찬사를 받았는지를 기술했다. 리샤드의 표현에 따르자면, "한 남자가 보기에 모든 사람들이 우리 폴란드 디바의 더할 나위 없는 천재성과 여성다운 매력에 사로잡혔다." 독자들에게 마리냐가 누구인지 상기시켜 줄 필요는 없었다. 오로지 마리냐가 어떤 존재가 되었는지를 화려하게 설명하면 그만이었다.

마리냐가 누구였으며, 과거 무엇을 했던가 하는 주제는 그날 아침 팰리스 호텔에 대기하고 있었던, 그녀에게 완전히 반한 지역 신문기자들과의 능숙한 대화에서 드러났다. 그 이후로도 여러 날 동안 기사가 연달았다. 인터뷰를 하면 그녀의 나이부터 시작하여(갑자기 그녀의 나이가 여섯 살이나 줄어들었다.) 과거를 고쳐 쓴 기사가 나갔다. 그녀의 아버지(중등학교 라틴어 교사는 폴란드에 있는 야기엘로니언 대학 교수로 둔갑을 했다.), 배우로서 그녀의 출발(하인리히는 바르샤바에 있는 주요한 사설 극장의 감독이 되었으며 그곳에서 그녀는 열일곱 살에 데뷔를 했다.), 그녀가 미국으로 왔던 이유(백주년 박람회를 방문하기 위해)와 캘리포니아로 온 이유(건강을 회복하기 위해)는 계속 바뀌었다. 그 주가 끝날 무렵, 마리냐 스스로 그런 잘못된 이야기들을 믿을 정도가 되었다. 결국 그녀는 이민을 오게 된 온갖 이유를 갖게 되었다. "나는 아팠다."(내가 아팠던가?) "나는 언제나 미국에서 무대에 오르기를 꿈꾸었다."(내가 여기서 무대로 되돌아갈 뜻을 가졌던가?)

그러다가 불필요하게 날조된 이야기들이 나오게 되었다. 마리냐는 자기가 왜 서른한 살이라고 말했는지 그 이유를 알았다. 그녀는 이미 서른일곱 살을 넘겼다. 폴란드에서 과로가 누적됨으로써 극도의 피로가 쌓였고 당분간 외딴 시골에서 휴양을 하게 되었다고 말한 이유를 알고 있었다.("신사 여러분들, 10개월 동안 병아리와 암소들 사이에서 지내고 있는 나를 상상할 수 있겠어요?" 그녀는 웃으면서 말했다.) 그녀가 소박한 생활을 추구하는 사람이라는 인상을 누구에게도 주고 싶지 않았다. 그렇다면 왜 그녀는 그 농장이 산타 바바라 근처에 있었다고 말했던가? 그것이 애너하임 외곽에 있다고 말했다면 아무도 그녀를 좋게 생각하지 않을까 봐 그랬던가? 그렇다면 인터뷰 상대에 따라 왜 그처럼 제각기 다른 이야기를 하는가? 대체로 그녀의 아버지는 탁월한 고전학자로 현재 크라코프의 유수한 대학에서 가르치고 있었는데, 그는 자기 딸이 "딴따라"가 되겠다고 하자, 그러니까 직업 배우가 되겠다고 하자 격렬하게 반대했다고 그녀는 얌전하게 말했다.("하지만 난 결심을 했고 바르샤바로 가려고 크라코프를 떠났어요. 바르샤바에서 1863년에 데뷔를 했죠.) "아버지는 여러 번 산사나이가 되려고 했어요. 주변 환경에 잘 적응하지 못했던 외동아들이자 몽상가였으므로, 위대한 폴란드 시인의 시구나 열심히 암송하면서, 가족의 양 떼를 돌보고 높은 타트라 산에서 몇 주씩 고독하게 지내고는 했어요. 그러다가 마을을 떠나 크라코프에 있는 대학에 입학을 하려고 했지만 초라한 일자리 이외에는 구할 수가 없었고 도시 생활에 적응도 못했어요. 아마도 아버지가 살아 계셨더라면 틀림없이 자랑스러워 하셨을 것으로 믿지만, 배우가 된 자기 딸을 자랑스러워할 만큼 오래 살지는 못 했어요." 하는 식으로 꾸며냈다. 아마도 똑같은 이야기를 하고 또 하는 것에 싫증이 났을 수도 있었을 것이다.

그녀는 자신을 이해시키려고 자기 기억을 그냥 재단했을 뿐이었다고 말할 수도 있었다. 외국인으로서 작품을 하고("그래요." 그녀가 말했다. "그래요, 미국에서의 데뷔 무대를 샌프란시스코에서 하게 된 게 특히 기뻐요.”), 혹은 미소를 지으면서 꾸며내는 건 그야말로 배우의 유희 아닌가요, 하고 인정할 수도 있었다. 임페리얼 극장의 원로 배우 한 사람(“극도로 상상력이 뛰어난 사람들이 흔히 그러하듯이, 이 매력적인 남자는 섬세하게 표현했다. “레이첼에게는 남들이 보면 ‘거짓말’이라고 할 만한 재능이 있었다.”)은 레이첼이 20년 전 바르샤바에 공연을 하러 왔을 때 신문기자들이 자신을 두고 최고의 거짓말쟁이라고 하는 말을 들었다고 했다. 자기 인생에 관해 들려준 이야기 중에서 어느 것이 진실인지를 기억한다는 것은 쉬운 노릇이 아니다. 그 모든 이야기들을 끝없이 반복해서 들려주게 되다 보면 말이다. 모든 이야기는 어느 정도 내면의 진실에 부응하는 것이기 때문이다.

물론 외국인일 경우 자신을 충분히 설명하는 것은 불가능하고 무모한 짓이다. 어떤 진실은 그 지역의 통념에 부합시키기 위해 강조해야만 했다.(그녀는 미국인들이 초년에 고생했던 이야기와 부와 성공을 거머쥔 사람들에 의해 거절당했던 경험을 듣기 좋아한다는 것을 알았다.) 반면 떠나온 조국에 있었을 때만 의미를 지니는 진실에 관해서는 언급하지 않는 것이 상책이라는 점도 알았다.

마리냐가 데뷔를 했던 다음 날 아침, 마리냐의 개인 매니저 역할을 담당할 후보자 세 명이 서로 못마땅하게 쳐다보면서 팰리스 호텔 로비에서 기다리고 있었다. 마리냐는 첫 번째 후보인 해리 워녹과 의논한 뒤 사인을 했는데, 그는 바턴 씨의 추천을 받고 온 인물이었다. 리샤드는 나중에 마리냐를 만나서 이런 직업상의 “배우자”를 너무 일찌감치 얻은 것은 성급했다고 불편한 심기를 드러냈다. “배우자라니?” 물론 리샤드가 그를 좋아할 리 없었고 거추장스럽게 여긴 것은 당연한 일이었다. 그것이 문제의 핵심은 아니었다. 그때부터 워녹이 언제나 그녀와 함께(리샤드가 의미한 것은 우리와 함께) 행동할 것이며, 그 사람이 항상 그녀 근처에서 얼쩡거리더라도 참고 견뎌야 한다는 것을 깨달았을까? 아마 마리냐는 자기 결정이 얼마나 중요한 것인지 당장은 이해하지 못했을 수도 있었다. 폴란드 극장에는 개인 매니저라는 것이 없었기 때문이었다. 하지만 워녹은 설득력이 있었다. 그달 하순 서부 네바다(버지니아 시티와 레노), 북부 캘리포니아(새크라멘토, 산 요세)에서 짧은 순회 여행을 하고, 12월 뉴욕에서 데뷔를 하고, 그러고 난 다음에는 4개월 동안 전국 순회공연을 하자고 제안했다. 마리냐는 성급해졌고 승리에 도취해 있었다. 그들은 레퍼토리에 관해 합의했다. 마리냐는 주로 셰익스피어를 하려고 했다. 폴란드에서 셰익스피어 극 중 14편에서 주인공 역을 맡았던 마리냐는 레노에서 그 역할을 전부 하려고 했다. 〈아드리엔 르쿠브뢰르〉, 〈춘희〉를 계속하는 한편, 시골 지역에서는 멜로드라마("하지만 〈이스트 린〉은 안 돼요!" 하고 그녀가 지적했다. "부인, 저를 뭘로 아십니까? 예술가를 대할 때는 어떻게 대해야 하는지 압니다.")를 추가하여 채우는 것으로 했다. 약속한 돈은 어마어마했다. 워녹이 전날 밤 폴란드 친구들로부터 마리냐가 백작부인이라는 사실을 알게 되어 무척 기뻤다고 말하기 전까지는 매사에 의견 일치를 보면서 일사천리로 진행되었다. 워녹은 백작부인이라는 귀족 칭호가 그녀를 스타로 만드는 데 상당한 이용 가치가 있을 것으로 보았다!

"아, 그건 안 돼요. 워녹 씨!" 마리냐가 코에 주름을 잡으면서 싫다는 내색을 했다. "그건 전혀 괜찮은 게 아닌데요." 자기 가문에 대한 모독을 보그던의 형이 용서할 리가 없었다. "그건 남편의 작위이지 제 것이 아니거든요." 마리냐가 항의했다. 그녀는 다이아몬드 넥타이

핀을 하고 있는, 둥글고 살찐 이 남자에게 민주주의에 기대어 하소연하려고 했다. "나에겐 예술가(여배우)라는 작위면 충분하거든요."

"우린 당신에 관해 얘기하고 있는 게 아니랍니다, 마리나 부인. 우린 대중에 관해서 얘기하고 있는 중이거든요."

워녹이 나긋나긋하게 말했다.

"하지만 광고 전단에 나가는 건 나잖아요! 내가 어떻게 마리나 잘렌스카이면서, 동시에 뎀보브스키 백작부인이 될 수가 있어요?"

"간단하죠."

워녹이 말했다.

"폴란드에서는 생각조차 할 수 없어요."

마리냐가 소리쳤다. 그녀는 자신이 이미 논쟁에서 졌다는 것을 깨달았다.

"그러니까 여기가 미국이죠." 워녹이 간명하게 대답했다. "미국인들은 외국의 작위를 사랑한답니다."

"나의 전문직에 백작부인이라는 작위로 불리는 것을 허용한다는 건 너무 천박해 보여요."

"천박하다고요? 그 말이야말로 입에 담기 끔찍할 정도로 속물적인데요, 마리나 부인. 자기네들이 즐기는 것을 천박하다고 한다면 그 말을 들은 미국인들의 감정이 좋진 않겠죠."

"하지만 미국인들은 스타를 좋아하잖아요." 워녹은 나무라듯이 고개를 저었다. "그들이 당신을 좋아한다면, 당신은 엄청 많은 돈을 벌 수 있어요."

"워녹 씨, 난 외계 행성에서 온 외계인이 아니잖아요. 유럽에서도 대중들은 스타를 맹목적으로 사랑해요. 사람들은 숭배하는 걸 좋아하니까요. 우리도 그건 알아요. 그럼에도 폴란드에는 프랑스어와 독일어를 말하는 곳에서처럼, 드라마는 무엇보다도 훌륭한 예술의 하나이고 우리나라의 주요한 극장들은 국가가 운영하며 이상에 헌신하고……."

팰러스 호텔 접견실에서 워녹과 함께 앉아 있으면서 마리냐는 장차 미국에서의 경력을 관리해 줄 매니저에게 잠시 동안 바르샤바의 임페리얼 극장에서 확립해 놓았던 위신과 특권을 침착하게 설명하려고 애쓰고 있었다. 고용이 안정되어 있으며 가장 아래에서부터 지위가 꾸준히 상승할 수 있으며, 러시아 황제 군대의 강제 징집에서 면제되고, 은퇴했을 경우 모든 배우들에게 상당한 정도의 연금이 있어서 노후가 보장된다는 점을 설명했다.("배우는 시민의 종복"이라고 말했다. "뭐라고요?" 워녹이 기막혀 했다.)

로즈 에드워즈는 바턴의 사무실에서 안절부절 못하고 오락가락하면서 거의 울먹이듯 말했다. "당신도 아시다시피, 앵거스, 난 멍청한 여자가 아녜요. 단도직입적으로 말해야겠어요. 그런 천재를 보고 난 뒤에 내가 어떻게 연극을 할 수 있겠어요. 〈이스트 린〉과 같은 낡은 작품을요. 비평가들로부터 호되게 창피를 당할 거라고요. 이번 주 공연을 취소하면 날 못됐다고 생각할 건가요? 당신이 그럴 리 없겠죠, 우린 오랜 친구잖아요. 내가 병이 났다고 말해 줘요, 앵거스. 친구로서 부탁할게요. 호텔 비용과 여기 오는 데 든 여비, 그리고 다음 주 일정이 잡힌 곳까지 편하게 갈 수 있는 여비를 지불해 줄 수 있어요, 없어요?"

"이봐, 자기, 로즈!" 바턴이 어르듯이 소리쳤다. "모든 신문에 내일 뭐라고 발표할 거냐면, 당신이 오로지 자신의 자유의지로 마리나 부인을 위해 일정을 취소한다고 말하겠소. 그러면 대중들은 당신의 고결한 자세에 박수를 보내면서 다음 번 당신이 캘리포니아 극장에서 연극을 한다면 더욱 열렬히 환영하겠지. 당신이 요구한 비용뿐만 아니라 거기에 덧붙여 5백 달러를 더 주겠소."

그래서 바턴은 마리냐에게 보고할 수 있게 되었다. 자기가 바랐던 대로, 로즈 에드워즈가 자기가 맡은 그 주의 일정을 취소했다고 전해주었다.

둘째 주에 마리냐는 자기의 레퍼토리인 〈아드리엔〉과 〈마르그리트 고티에〉를 되풀이했으며, 마침내 진짜 영국 연극의 영토로 건너와서 줄리엣을 첨가하게 되었다. 톰 딘은 자신의 로미오 역할에 신이 났으며, 제임스 글렌우드는 사랑받는 프라이어 로렌스를 맡았다. 그리고 케이트 이건은 멋쩍게도 줄리엣의 유모 역할을 맡게 되었는데, 마리냐는 그 점을 용서하기로 했다. 케이트가 베일에 불을 붙인 것을 용서하면서 그 일도 함께 받아들였다. 공연 첫날 밤, 촛불이 베일에 옮아 붙었다지만 그것이 완전히 우연이었을까? 물론 그럴 리 없었다. 캘리포니아 극장에서 작년의 줄리엣이 찬밥 신세가 되어 유모의 역할을 할 수 없이 받아들이고 "캘리포니아 극장에서의 데뷔, 드라마 예술의 새로운 세기를 열다", "세계에서 가장 위대한 여배우가 미국의 샌프란시스코에서 데뷔를 하다"는 등으로 여러 신문들이 뽑은 선정적인 머리기사 제목을 보면서 어떻게 참담하지 않았겠는가.

성공에 뒤따르기 마련인 질투를 경계하면서 마리냐는 임페리얼 극장에 데뷔했던 첫 해를 기억했다. 그녀의 등극 자체가 코미디 프랑세즈를 모델로 한 오래된 시스템에 생생한 모욕을 가하는 것이었다. 과거 시스템은 배우들을 주로 제국 드라마 학교 출신 중에서 선발했으며, 외부 출신이 극단에 들어오는 적은 거의 드물었을 뿐만 아니라 설령 들어온다 하더라도 맨 밑바닥에서부터 시작해야만 했다. 극장을 개혁하고자 마음먹었던 신임 회장인 데미초프 장군으로부터 마리냐가 받았던 대접은 전대미문의 것이었다. 그는 크라코프 극장에서 바르샤바 극장으로 열두 명의 게스트 스타 연기자를 영입했다. 그와 같은 파격적인 대우는 다른 배우들의 속을 쓰리게 만들었다. 마리냐에게 데미초프 장군은 종신계약과 더불어 자기 역할을 마음대로 고를 수 있다는 계약 조건을 제시했다. 마리냐는 새 동료들이 그녀를 사랑하도록 만들기까지 얼마나 심기가 불편하고 얼마나 속이 쓰라릴지 너무나도 잘 이해했다. 마리냐는 상상 속의 경쟁자들을 생각하면 자기 눈에서 질투심으로 푸른 불꽃이 튀는 것을 언제나 느꼈다.(야비한 환상 하나. 아, 가브리엘라 에버트가 지금 마리냐의 모습을 볼 수 있었더라면 어땠을까!) 하지만 미국 배우들은 놀라울 정도로 관대해 보였다.(마리냐는 이런 미국인들을 모방하고 자기 성격을 개선하려고 노력하려고 했다.) 미국에서 배우들은 상대 배우에 관해 좋게 말해 주고, 서로 존중하는 것처럼 보였다.

마리냐는 존경받는 데 너무 익숙해서 리샤드의 사랑을 받아들이는 데도 자유스러워 보였다. 누군가가 그녀에게 그처럼 목가적인 사랑은 지속될 수 없다고 충고한다면, 그 말을 곧이들으려고 하지 않았을 것이다.

하지만 리샤드의 귀에는 그런 목소리가 들렸다. 모든 곳에서 그 소리가 튀어나왔다. 그의 마음은 책망하듯 무거워졌다. 그들이 연인이 되고 정확히 며칠 지나지 않아서 그는 마리냐에게 약속했던 그런 존재가 될 수 없다는 것을 알았다. 그녀는 싸늘한 질문을 함으로써 리샤드가 그런 상태에서 벗어나도록 했다. "이제 당신은 날 가졌으니 (그들은 늦은 아침까지 침대에 나른하게 누워 있었다.) 나와 도대체 어떡할 참인데?" 리샤드는 그때 그 말을 했어야 한다고 생각했다. 그녀가 자신을 빛, 빛, 빛으로 생각했으면 한다고 말이다.

"무슨 질문이 그래요, 내 사랑! 난 당신을 바라볼 작정이거든요. 당신을 되도록 오래 바라볼 거예요. 그럼 정말 행복할 테니까."

"그냥 바라만 보겠다고? 그럼 언제쯤이면 바라보지 않을 수 있는데?"

"지금 난 당신을 좀 더 가까이…… 바라볼 수 있잖아요."

리샤드는 마리냐를 자기 품으로 바짝 끌어당겼다. 물론 그것은 간단한 것이 아니었다. 리샤드는 자기가 질투심에 구속받지 않는 자유로운 영혼이라고 생각했다. 그가 달리 무엇을 알았겠는가. 지금에 이르기까지 그는 자신이 소유했던 여자들을 사랑하지 않았으며, 그가 사랑한 한 여자는 소유할 수 없었다. 이제 그녀를 소유했으므로, 혹은 소유했다고 생각하게 되자 마리냐를 숭배하는 모든 사람들을 질투하기 시작했다. 그런 질투의 대상에는 보그던이 보낸 편지도 있었다. 보그던은 종종 전보를 보냈는데, 마리냐는 그것을 전혀 감추려 들지 않았다. 그 말은 마리냐와 보그던 사이에 편지가 왕래한다는 의미였다. 하지만 리샤드는 이런 서신 교환을 따지고 들 권리가 전혀 없었다. 처음에 그는 마리냐가 보그던을 언급하지 않는 것에 감사했다. 마치 보그던이 어떤 마법의 힘에 의해 이 우주에서 사라져 버린 것처럼 느껴졌다. 그런데 이제는 마리냐가 보그던을 입에 올리지 않았던 건 그렇게 함으로써 보그던을 보호해 주려고 했던 것처럼 느껴졌다.

마리냐가 처음으로 줄리엣을 하고 난 뒤인 두 번째 주 초에 모든 것은 일장연설로 쏟아져 나왔다.

"그 멍청한 과테말라 영사는 밤마다 당신 무대를 찾아와요. 그치는 심지어 과테말라인도 아닙니다. 그의 이름이 뭐더라 행……."

"행크스." 마리냐가 대답했다. "레슬리 행크스야."

"행스가 너 낫겠군."

"당신은 그 남자랑 서로 추파를 던졌어요."

마리냐가 그랬을 수도 있었다. 그녀에게는 모든 남자들이 매력적으로 보이는 것 같았다. 그녀가 남자들의 관심에 더욱 생기가 넘치도록 만들었던 사람이 다름 아닌 리샤드 자신이라는 사실을 왜 이해하지 못했을까? 마리냐가 더욱 매력적이었던 것은 그와 함께였기 때문이었다. 그는 처음에는 단순히 질투하다가 점점 더 질투심이 커지자 그 점을 부인했다. 보그던은 다른 남자들이 그녀에게 추파를 던지면 그녀가 화답하는 모습을 보면서 그것을 즐겼다. 보그던은 마리냐가 진지하게 그러는 것이 아니라는 점을 알았다. 그것은 모든 여배우들에게서 찾아볼 수 있는, 사랑받고자 하는 지칠 줄 모르는 갈망이자 위선이며 통상적인 아찔한 기분을 맛보기 위한 것이라는 점을 알았다. 마리냐는 리샤드가 애송이고, 보그던은 어른이라는 생각을 했다.

다음 날 밤에는 증권 중개인 존 데일리 차례였다. 또다시 똑같은 장면이 반복되었다. 리샤드는 마리냐의 호텔방 응접실에서 질투심으로 씩씩거리면서 이층에 있는 자기 방으로 막 돌아가려는 찰나였다. 마리냐가 그를 비웃기 시작하자, 리샤드가 소리쳤다. "난 두 사람 모두 죽여 버릴 참이니까."

하지만 그런 결사적인 조치를 취할 필요조차 없게 되었다. 리샤드의 분노가 가라앉기도 전에 보도할 일이 생겼기 때문이었다. 며칠 지나 마켓 스트리트를 어슬렁어슬렁 걸어가면서 (그가 마리냐에게 확신시켰던 것처럼) 오로지 마리냐의 허벅지 사이에 있는 자기 입을 골똘히 생각하고 있었던 그 순간, 리샤드는 증권 중개인이 건물 바깥으로 튀어나오는 것을 목격했다.(리샤드는 그 건물이 증권 중개인의 회사라는 것을 알았다.) 얼굴이 벌겋게 달아오른 그가 어깨 너머로 한 남자에게 고함을 지르면서 노려보았다. 그 뒤로 또 다른 남자가 문을 열고 허겁지겁 뒤쫓아 왔다. 그는 리샤드를 향해 다가왔다. 이제 리샤드는 추적자가 누군지 알아볼 수가 있었는데, 다름 아닌 과테말라 영사였다. 영사는 권총을 꺼내 데일리의 등에다 대고 쏘았다. 증권 중개인은 몇 발자국 앞으로 내딛다가 기침을 하고 리샤드의 와이셔츠 칼라를 잡아당기더니 그의 발치에 쓰러져 죽었다.

"그가 연애편지를 계속 보냈더라면 아마도 내가 그치를 쏴 죽였을 겁니다. 하여튼 행스가 선수를 쳤지만요."

"리샤드, 이건 즐거워할 일이 아니잖아."

"뭐, 귀찮기는 해요." 리샤드가 계속했다. "지금 나로서는 샌프란시스코에서 멀리 떠날 수가 없어요. 살인 목격자로서 재판에서 증언을 해야 하니까요. 그런데 재판이 11월 이전에는 진행될 것 같지 않아요."

"행스 씨가 범죄 동기를 자백했어?"

"아뇨. 행스는 묵비권을 행사하고 있어요. 그러다 교수형을 당해도 상관하지 않겠다는 건지. 그치가 자기 아내의 애인이라는 걸 얼마 전 알게 되었고, 그 충격으로 제정신이 아니었다고 말하지 않는 한 말입니다. 자기 아내의 애인을 죽였다고 해서 샌프란시스코에서는 교수형을 당하지는 않을 게 분명해요. 현장을 목격하고 그 자리에서 그랬다면요. 경찰은 그치가 추천했던 네바다 광산 주식에 영사가 잘못 투기를 했다는 추측을 내놓더군요."

"당신은 그들이 나를 사이에 두고 말다툼을 하다가 그런 것은 아닐까 하고 의심하는 건 아니고?"

"마리나, 난 그렇게 말한 적 없어요."

"하지만 당신 머릿속에는 그런 생각이 떠올랐잖아."

이렇게 하여 두 사람은 처음으로 말다툼을 했지만, 그날 밤 침대에서 그 문제는 원만하게 해결되었다. "당신을 너무 사랑하다 보니 모든 사람을 그냥 질투하게 돼요." 리샤드가 어리석은 소리를 했다.

"알아." 마리나가 수긍했다. "그럴수록 질투를 멈춰야지." 마리나는 '폴란드에 있었을 때 보그던은 **당신**을 질투하지 않았어.' 하고 말하려다가, 보그던이 정말 그랬을까, 하는 생각이 퍼뜩 떠올랐다.

샌프란시스코에서 마리나의 공연이 성공하고부터 2주가 다 되어가고, 워녹이 주선했던 3주간의 순회공연을 떠나기 이틀 전이었다. 놀랍게도 워녹은 이번 순회공연에 그녀를 서부 네바다의 부유한 광산촌으로 데려갈 작정이었다. 바턴은 작별 파티를 열어 주었다. 건배를 제안했을 때 그녀는 긴 팔을 뻗어 자기 잔을 높이 들고 희미한 촛불을 바라보며 감상적으로 말했다. "나의 새로운 **조오오국**을 위하여!"

"**조오오국**이 아니라 조국이에요."

콜린그릿지 양이 중얼거렸다.

리샤드가 마리나 옆에 있을 것이다. 워녹은 준비 때문에 먼저 떠났으며, 콜린그릿지 양은 기꺼이 마리나의 비서 일을 맡기로 동의하면서 이제부터는 자기 이름을 불러 주었으면 했다.

"물론 그렇게 해요. 양이 그처럼 고집을 피운다면 말이죠, 콜린그릿지 양." 마리냐는 미소 지으며 어쩔 수 없다는 몸짓을 해 보였다.

"콜린그릿지." 콜린그릿지 양이 말했다. "한 단어인 것처럼 발음해야지요……."

"양을 앞으로 그냥 밀드레드라고 부르면 정말 기쁠 거야." 하고 마리냐는 좋아했다.

버지니아 시티는 480킬로미터 떨어져 있었는데, 캄스탁 은광맥의 원산지였으며, 샌프란시스코와 세인트루이스 사이에 있는 가장 큰 도시였다. "하지만 버지니아 시티는 정상적인 도시가 아닙니다." 워녹이 출발 전에 주의를 주었다. "이번 여행은 대단히 값비싼 경험이 되기도 할 겁니다." 말굽자석처럼 급하게 휘어진 철길을 휙 돌다 보면 산꼭대기가 눈으로 덮인 화강암 벽이 얼굴을 덮칠 듯 바짝 다가왔으며, 깊은 낭떠러지 위에 걸린 다리는 가느다란 교각으로 겨우 지탱하고 있었다. 전설이 되어 버린 "태산"을 가로지르는 센트럴 퍼시픽 횡단 철도였다. 워녹이 들려주었다시피, 농담처럼 시애라 산맥(Sierras, 스페인어로 산맥이라는 뜻이며, 라틴어 시에라는 톱처럼 뾰족하다는 뜻이다. 옮긴이)이라고 불리는 그곳은 일견 장관으로 보일 수도 있었다. 최고의 풍경은 그들이 레노에서 기차를 갈아타고 그곳에 거의 도착할 무렵에 마주치게 될 것이다. 버지니아 시티까지 남은 거리는 새처럼 날아간다면 27킬로미터였고, 버지니아 트러키 철도 회사(고인이 된 랄스톤 씨에게 엄청난 이윤을 안겨 주었던 사업)에서 운영하는, 레몬 색깔 풀맨 마차를 타고 가는 승객이라면 83킬로미터가 된다는 말이 있다. 그 길은 그냥 가파르다는 말로는 이루 다 표현할 수 없을 정도로 가파르고, 돌고 또 돌아서 점점 더 위로 올라가노라면 나무도 없는 산꼭대기 가까이에 있는 전설적인 동네에 이르게 될 것이다. "하지만 부인이 얼마나 강심장인지 잘 알아요, 마리나 부인." 하고 워녹은 말을 마쳤다.

"강심장 맞아요." 마리냐가 미소 지었다. 미국인들은 자신들의 경이를 얼마나 사랑하는가. "고마워요, 워녹 씨. 만반의 준비를 할게요."

막상 그곳에 도착하여 가장 유명한 대도시의 최대 규모의 극장을 보고 6층짜리 화려한 인터내셔널 호텔을 만나게 되면, 버지니아 시티에 이르기까지 극적인 여정은 완전히 잊어버리게 될 것이라고 워녹은 장담했다. 인터내셔널 호텔은 샌프란시스코의 팰리스 호텔에 버금가며, 벨벳, 도금용 금박, 상감, 금박 장식과 크리스털, 칠보, 비엔나에서 가져온 크리스털 술잔, 플로렌스에서 가져온, 화려하게 수놓은 종을 당기는 줄, 이 모든 것들은 이 도시가 분명히 광산촌 꼭대기에 자리 잡았다는 사실이 떠오른다 하더라도 그런 기억을 애써 막아 줄 것이었다. "흠, 그러니까, 갑자기 문이 닫히지 않을 때도 있고, 창문을 열려고 하면 창문이 도무지 열리지 않고, 그리고 또 셔터는……" 리샤드는 불편한 기색을 감추지 않은 채 워녹을 쳐다보았다. "그러니 만반의 준비를 하라는 말이죠." 마리냐가 꿈꾸듯이 되풀이했다. "지반이 내려앉기도 하겠죠." 콜린그릿지 양이 건조하게 말했다. "맞아요." 워녹이 맞장구를 쳤다. "때때로 그럴 수도 있어요."

마리냐는 〈춘희〉와 더불어 가파른 꼭대기 동네에서 한 주간의 공연을 개막했다.

파이퍼 오페라 하우스에서 무대를 담당하는 매니저는 마리냐에게 자기 레퍼토리 극단이 캘리포니아 극장만큼 전문적인 캐스팅을 지원해 줄 수 있을 것으로 기대하지는 말라고 했다. "하지만 그들은 훌륭한 배우랍니다, 그 점은 알아 두셔야 합니다. 그들은 열두서너 가지 역할의 대사를 완벽하게 암송하고 있거든요. 스타는 마지막 순간에 뭘 할 것인지, 그러니까 〈로미오와 줄리엣〉, 〈악토룬*Octoroon*〉, 〈리슐리외*Richelieu*〉, 〈우리 미국인 사촌〉, 혹은 〈춘희〉든 뭐든 알려 주시기만 하면 됩니다. 우리는 뭐든 할 만반의 준비가 되어 있으니까요. 내가 배우들에게 언제나 말하다시피, 가장 중요한 규칙은 스타를 무대 중심에 세우는 것이며, 스타에게 방해가 되어서는 안 된다는 것이지요. 도움이 필요하다면 우리는 언제라도 도움을 드릴 수 있답니다. 부스가 파이퍼 극장에서 〈햄릿〉을 처음 공연할 때가 기억나는군요. 내가 짐작하건대 부스는 이 황량한 동네가 자기 기준을 충족시켜 줄 수 없을 것으로 생각했지요. 그가 가장 걱정스럽게 여겼던 것은 5막이었어요. 그런데 내가 안심시켰지요. 현실적인 무덤도 제공할 수 있고 무엇을 요구하든지 간에 우리는 요구한 것보다는 더 낫게 할 수 있다고 했지요. 장담하건대 우리는 부스가 평생 경험했던 그 어떤 것보다도 실물다운 것을 제공했거든요. 무대 바닥 한 부분을 톱으로 잘라 내고, 오빌 광산의 광부 몇 사람을 고용하여 과감하게 땅을 파 놓았어요. 그날 밤 무덤 파는 자가 요릭의 해골(햄릿이 어린 시절 그와 놀아 주곤 했던 궁전의 어릿광대. 옮긴이)을 무대 위로 올려놓기 전에 여러 가지 재미있는 광석을 무대 위로 올려놓았지요. 부스가 '나, 햄릿, 덴마크의 왕자로다!' 하고 소리치면서 레어티스와 난투극을 벌이다가 오필리아의 무덤으로 뛰어들거든요. 그가 얼마나 놀랐던지, 당신이 그걸 봤어야 했는데. 족히 1.5미터는 되는 암반 위로 뛰어내렸으니까요. 그 비극 배우가 고맙다는 소리는 물론 하지 않았지만요. 다치지 않은 게 천만다행이었지요." 무대 담당 매니저는 이야기를 계속했다. "세상에, 부스는 이상하리만큼 침울했지만 대단한 천재더군요, 그래요." 그는 부스에게 버니지아 시티를 떠나면서 카슨 시티에서 서쪽으로 1.6킬로미터 떨어진 곳에 위치한 특이한 샘물에 들러 보라고 권했다는 말을 마리냐에게 해 주었다. 류머티즘이나 우울증으로 고통 받는 사람들이 많이 찾는 곳이라고 했다. 그 샘물은 "닭고기 수프"라는 별명으로도 일컬어진다고 했다. 후추와 소금을 곁들이면 샘물은 묽은 치킨 수프 맛이 날 정도로, 실제 영양가가 상당하기 때문이라고 했다.

"당신에게도 그 샘물을 권해 드리고 싶군요, 부인."

"감사합니다, 타일러 씨. 하지만 난 관절염도, 우울증도 없거든요. 적어도 아직까지는요."

거리에서 마주친 사람들은 마리냐를 보고 "춘희, 춘희" 하고 외쳤다. 그중에는 턱 아래 널찍한 반창고를 붙인, 키가 훌쩍 큰 남자가 있었는데, 리샤드는 그의 목에 베인 상처가 아물고 있는 중임이 틀림없다고 했다. 한 주 동안 선보였던 세 편의 연극에서 마리냐는 가짜 죽음을 연기했다. 아드리엔은 고통스러운 정신 착란 상태에서 죽었고, 줄리엣은 혼절했다가 로미오의 몸에 쓰러져 죽었고, 마르그리트 고티에는 부당한 죽음에 격렬하게 항의하면서 죽었다. 죽음 연기에서 가장 큰 성공은 〈춘희〉에서라고 대체로 인정되었다. 이 작품을 공연하는 동안, 이 도시의 주요한 신문인 『더 테리토리얼 엔터프라이즈*The Territorial Enterprise*』의 보도에 따르면, 천여 석 규모의 객석의 제각기 다른 관람석에서 두 명의 관객이 마르그리트가 침대에서 벌떡 일어나 마루에 떨어져 끔찍하게 죽는 장면이 준 공포에 얼어붙어 공연이 끝나고 두 시간이 지나도록 좌석에서 일어나지 못했다고 했다.

『엔터프라이즈』 신문이 마리냐 공연의 매혹을 이보다 더 잘 전달할 수 있었을까? 허풍, 날조, 실용적인 농담은 있을 법하지 않은 풍경에 대해 신문들이 흔히 사용하는 전형적인 방법이었다. 버지니아 시티 그 자체가 엄청난 허풍이었다. 대략 20년 전쯤 무지한 채굴자들은 그 당시 선 피크로 불렸던 산꼭대기 근처 지표면 바로 아래 묻혀 있던, 은 광맥이 풍부한 석영을 발견했다. 이로 인해 선 피크는 그곳을 어떻게 이용해야 할지를 잘 알았던 샌프란시스코 출신 거부巨富들에 의해, 세계 역사상 가장 수지맞는 광산 투기장으로 변하게 되었다. 불과 얼마 전까지만 해도 일부 광산업자들은 넓이 16.46미터, 깊이 9.14미터에 달하는 노다지를 그야말로 잘라냈다는 것이다. 하지만 냉정한 보고에 따르면 만약 그런 이야기들이 사실이라고 한다면, 어디서도 듣기 힘든 사실일 것이라고 했다.

그 주가 끝나 갈 무렵 마리냐가 전설적인 광산의 내부를 보고 싶어 한다는 사실이 알려지게 되었다. 그러자 제데이아 포스터가 서명한 초대장이 즉각 배달되었다. 포스터는 버지니아 최대의 노다지 광산 연합의 총감독이었다. 리샤드와 함께 광산 사무소에 도착하자, 그와 마리냐에게 모자, 반바지 한 벌, 외투가 지급되었다. 두 사람이 광에서 옷을 갈아입고 나와 사무실로 다시 돌아가 보니까 대단히 키가 크고 잘생긴 남자가 그들에게 인사를 했다. 사슴 가죽 옷을 입고 은으로 만든 혁대를 찬 그 남자가 다름 아닌 포스터 총감독이었다. 그는 잘렌스카 부인의 안내를 맡게 되어 무한한 영광이라고 했다. 꿈조차 꾸지 않았던 이런 방문객을 맞이하기에는 광산 장비가 너무 허술하다고도 했다. 사무실 직원에게 신호를 보내 오일 램프를 들고 뒤따라오도록 했으며, 자신은 마리냐와 리샤드를 안내하여 네모반듯한 두꺼운 바닥 철제로 된 옥외 운반기로 데려가더니 자신이 먼저 들어갔다. 승강기가 천천히 덜커덩거리면서 아래로 내려가자, 공기가 탁해지면서 습기에 실려 오는 역한 냄새 때문에 코를 틀어쥐어야 했고, 목구멍이 막혔다. 승강기가 아래로, 아래로 내려가자 물 흘러가는 소리를 들을 수 있었다. 승강기가 이리저리 옆으로 흔들리자, 리샤드는 축축하고 거친 벽에 닿지 않도록 보호하려고 팔을 뻗어 마리냐를 감싸 안았다. (마리냐는 이런 경험이 도대체 무슨 유익한 점이 있을지 의아해하면서도 공포에 사로잡히지 않으려고 기를 썼다. 지금 어디에 있는지 무엇을 느끼고 있는지를 완전히 무시함으로써 얼마나 오랫동안 견딜 수 있는지 확인하는, 저돌적인 모험의 하나였던가?) 마침내 승강기가 멈췄고, 승객들은 천장이 낮고 통로가 좁은 터널의 어두침침한 입구에 내렸다. 그들은 터널 안으로 깊숙이 계속 들어갔다. 견딜 수 없는 열기 때문에 광부들은 웃통을 벗고 채 삽과 곡괭이를 휘둘렀다. 지옥과 같은 작업이었다! "우리는 지하 579.12미터에 있습니다." 하고 그들의 안내인이 알려 주었다. 포스터는 마리냐의 양해를 구한 뒤 사슴 가죽 재킷을 벗고 깔끔한 비단 셔츠 바람으로 안내했다.

리샤드 역시 재킷을 벗고 싶은 마음을 굴뚝 같았지만 벗지 않기로 마음먹었다. 하지만 다음 채굴실에 이르러 솟아오르는 물을 보면서 위에서 가지고 내려온 새로운 배수 펌프 기계를 보면서 정중하게 옷을 벗지 않을 수 없었다. 버지니아 광산연합의, 세련된 옷차림의 총감독은 광산이 실제로 어떻게 작동하고 있는지를 보고 싶어할 숙녀가 있으리라고는 생각지 못했다고 하면서도 마리냐가 동행한 것에 몹시 즐거워했다.

"광산을 방문한 것은 이것에 두 번째예요." 마리냐는 달리 할 말이 없어서 그렇게 말문을 열었다. "몇 년 전 내가 태어난 도시인 폴란드의 크라코프 남부에 위치한 유명한 소금 광산을 관광할 기회가 있었거든요."

"소금 광산이라. 이곳 사람들은 소금 광산을 광산으로 여기지도 않을 겁니다, 아마."

"그래요. 포스터 대령님." 마리냐는 광산 총감독이 대령으로 호명되는 것을 들었다. "소금은 가치로 따지자면 은과는 비교가 될 수 없을 테지만 소금 광산 자체는 방문해 볼 만한 가치가 있었어요. 아시다시피, 13세기부터 계속 소금을 캐고 있었으니까요."

"그러고도 아직까지 더 캘 소금이 남아 있단 말인가요? 당신 나라에서는 모든 게 천천히 진행되는 것 같군요. 소금을 가지고 이윤을 남기는 채산성 측면에서 보자면 그다지 고무적일 리 없을 텐데."

"그렇겠군요, 대령님. 그런데 아직 저는 거대한 광산인 '왕립 폴란드 광산'이 가지고 있는 게 무엇인지 설명하지 않았죠. 폴란드 소금 광산은 여기 미국의 모든 것처럼 단지 사업의 일환이 아니랍니다. 우리의 폴란드 광부들이 부지런하지 않다고 짐작해서는 안 됩니다. 수세기에 걸쳐서 소금을 캐내다 보니 다섯 층의 수평 갱도 위에 거대한 지하 세계의 빈 공간들이 형성되었어요. 가도 가도 끝이 없는 널찍한 갱도를 이어 주는 수천 개의 홀과 방과 방대한 크기의 많은 것들이 만들어졌죠. 일부는 얽히고설킨, 목재로 된 격자무늬로 지탱이 되었고 나머지 일부는 북부 캘리포니아에서 볼 수 있는, 수령이 오랜 늙은 나무만큼 두꺼운 소금 기둥에 의해 지탱되는 곳도 있고, 그렇게 하여 생긴 여러 개의 지하 동굴들은 길고 넓어서 끝이 없는 것처럼 보이는데, 어떤 것은 한가운데 아무런 지지물도 없이 버티고 있는 곳도 있어요. 그중 가장 큰 두 개의 호수는 작은 쪽배를 타고 건너야 할 정도랍니다. 폴란드의 위대한 천문학자인

코페르니쿠스를 선두로 하여 그곳을 방문했던 유명한 관광객들이 많은데, 그들이 그곳에 이끌렸던 이유는 단지 땅속 깊숙한 곳에서 형성된 경이로운 풍경 때문만은 아니었어요. 괴테 또한 방문할 만한 곳이라고 했거든요. 이들 방문객에게 가장 흥미로웠던 것은 갱도 안에 형성된 구멍 뚫린 방들과 소금을 캐낸 모든 곳에다 광부들이 소금으로 만든 실물 크기의 조각상이었답니다. 버려진 방을 그런 조각으로 장식해 놓았던 것이지요."

"조각상이라." 포스터가 기막혀했다. "지하 광산에서 일을 하면서 조각상 만드는 데 시간을 빼돌렸군요."

"그래요. 폴란드 왕과 여왕의 조각상들이었어요. 그중에는 우리나라를 세운 순교자 크라쿠스의 딸인 완다의 형상도 있는데, 정말 놀라워요. 수평 갱도의 각 층마다 예배당에서 볼 수 있는 종교적인 조상들도 있는데, 광부들은 매일 아침마다 경배를 했어요. 파두아의 앤소니에게 바친 가장 장엄하고 오래된 조상은 장식 받침대, 아치로 장식된 원주들이지요. 구세주 성모마리아, 성인, 온갖 장식을 한 제단과 설교단의 이미지를 본딴 것입니다. 두 명의 사제들이 성인의 제단 앞에서 기도하는 모습도 있어요. 전부 검은 바위소금으로 조각한 것이에요. 여기서 한 달에 한 번 미사가 거행되지요."

"광산에 있는 교회라, 그렇군요."

틀림없이 대령은 마리냐의 말을 믿지 않고 있었다. 그는 어떤 이야기를 들었을 때, 그것이 허풍이라는 것 정도는 알았다.

호텔로 되돌아왔을 때, 마리냐는 위풍당당한 가이드가 민망해할 만한 이야기를 해 준 것을 두고 리샤드와 함께 마음껏 즐겼다.

"소금 광산에 관한 또 다른 이야기를 알고 있어요." 리샤드가 말했다. "불행하게도 그건 내가 꾸며낸 얘기가 아니라 스탕달의 이야기거든요. 잘츠부르크 근처 할라인의 소금 광산에서 광부들은 사용하지 않는 갱도에 나뭇가지를 던져 넣었다가 한두 달 뒤에 회수하는 재미있는 관행이 있어요. 소금 녹은 물이 나뭇가지를 흠뻑 적시고 난 뒤 물러가고 나면, 잔가지 하나하나에 수정처럼 반짝거리는 침전물이 두껍게 달라붙게 돼요. 이 희귀한 보석은 광산을 방문한 숙녀 관광객들에게 선물로 준답니다. 스탕달은 사랑에 빠지는 것이야말로 수정 결정체를 만드는 과정과 흡사하다고 주장하죠. 상상력으로 자기가 사랑하는 사람을 흠뻑 적시게 되면, 사랑하는 자는 온갖 완벽함을 부여받아 마치 나뭇잎이 없는 나뭇가지가 수정으로 빛나는 것과 흡사한 것처럼 되죠."

"내가 그 과정을 거쳤어?"

"다른 여성들에게 한두 주 그런 적이 있었다는 건 인정해요."

리샤드가 웃었다.

"내게는 그렇지 않았다는 거야?"

"비할 데 없이 소중한 마리나!"

"왜 내게는 그러지 않는 거지? 아마 나 역시 겨울 나뭇가지일 텐데. 무대에서 나는 눈부시게 반짝거리고 빛나지만……."

"마리나!"

"이 이야기를 왜 내게 하는지 모르겠네."

리샤드는 생각했다. 나 역시 그 이유를 알 수 없어요. 나는 어쩌면 이다지 멍청할까? 내가 지금 뭘 하고 있는 거야? 정말 어리석은 짓거리다. 아니, 이렇게 대답하는 것은 비겁한 짓이다. "제발, 진정해요, 내 사랑. 지금은 말다툼하지 말아요." 지금만? "아니, 영원히."

마지막 공연이 끝나고 파이퍼 극장 무대를 떠났을 때는 이미 한밤중이었다. 마리냐, 리샤드, 콜린그릿지 양은 2천 명이 운집해 있는 군중 속에 합류했다. 달빛은 환히 빛나고 있었고 모닥불을 피워 놓은 채 군중들은 뚫어지게 위를 쳐다보고 있었다. 극장 입구의 난간에 매어 놓은 쇠줄 위에서 짧은 프록코트와 타이즈를 입은 여자가 사뿐사뿐 허공에서 걸음을 옮겨 놓고 있었다. 그녀 또한 그들의 머리 위로 가파르게 펼쳐진 모난 거리를 지나 군중을 따라 유니언 스트리트로 내려갔다. 엘라 라뤼 양이 줄타기 그네에서 디 스트리트와 유니언 모퉁이에 있는 벽돌 건물 지붕 위로 자랑스럽게 걸어 내려오자, 군중은 박수갈채를 보냈다. "신나는 장면인데요." 리샤드가 마리냐에게 말했다. "추녀마루를 가로지르다니 놀랍군, 그렇지 않아요?" 리샤드는 콜린그릿지 양이 약이 올랐으면, 하고 그 말을 덧붙였다. 그들은 좀 더 즐길 거리를 찾아 시 스트리트로 올라가다가 한 쌍으로 되어 있는 술집의 이중 유리문을 열고 폴카 살롱에 들어갔다.

광산은 쉬는 법 없이 교대를 했으므로 술집도 상시 영업 중이었다. 광부들은 작업 교대를 하고 번 돈으로 몬테 카드 도박, 카드놀이, 포커(그들은 얌전한 게임이나 어떤 종류의 도박 기계도 불신했다.)를 하려고 막 들어오는 중이었다. 자기네들끼리 즐기라고 일행의 등을 떠밀어 보낸 다음 마리냐는 주변을 살펴보았다.

리샤드는 바에 있는 스탠드로 갔고 얼마 지나지 않아 『엔터프라이즈』 기자와 만나 한참 신이 나 있었다. 기자는 밀폐되어 있었던 산속 동굴에서 "실버맨"을 발견했다는 뉴스를 전해 주었다. 아주 아주 오래 전 한 불쌍한 인디언이 동굴에 갇혔고, 그의 시체는 수세기에 걸친 지각 활동으로 증류와 기화 작용을 거치면서 금속 물질 중 방대한 은

이 그의 몸속으로 흘러 들어가게 되었다. 시체는 더 정확한 시금 분석을 위해 카슨 시티로 보내졌으며, 구리와 철이 약간 섞인 황산은인 것으로 판명되었다. 그 사이 콜린그릿지 양은 살롱의 마스코트인 블랙 빌리에게 홀딱 빠졌다. 오래된 광산의 터널 안에서 사는 많은 염소들과는 달리, 데이비슨 언덕 기슭에서 찾기 드문 풀을 뜯어먹고 살았던 빌리는 도시에서 특혜를 누리는, 혹은 대담한 염소 떼 중 하나였다. 빌리는 시 스트리트에서 담뱃잎을 뜯어먹고 살았다.

한편 마리냐는 넉넉잡아 25분 동안은 아무 방해도 받지 않고 샴페인 잔을 기울일 수 있었다. 붉은색 체크무늬 셔츠를 입은, 수염이 더부룩한 거인이 옆 테이블에서 벌떡 일어나 한 손에 붉은 제라늄을 들고 다른 한 손에는 술병을 든 채 비틀거리면 그녀에게 다가오기 전까지는 말이다. 남자는 혀 꼬부라진 소리로 "줄리이에트, 줄리이이에트, 당신은 어디에 있었나요, 줄리이이에트!" 하고 외쳤다. 마리냐는 리샤드가 말려 주었으면, 하는 눈길로 술집 안을 둘러보았다. 그런데 이미 술꾼 바로 뒤에 있던 한 여자가 조용하라면서 그를 쫓아 보냈다. "네이트, 저리 꺼져. 그 숙녀 분 괴롭히지 말고. 공연하느라 힘든 하루를 보냈잖아. 내 살롱에서는 숭배자들에게 둘러싸이지 않고 혼자 편안하게 술을 마실 권리가 있거든."

마리냐의 구세주는 옆 테이블에서 얼쩡거렸다. 뚱뚱한 몸을 코르셋으로 꽉 죄고 머리에 리본을 단 여자는 약간 술이 취해 있었다. 마리냐가 짐작하기에 그녀는 마흔다섯 내지 쉰 살쯤으로 보였다. "당신이 우리 살롱을 찾아 주어서 얼마나 영광인지 모르겠다는 말을 하고 싶어요." 그녀가 한때는 꽤나 아름다웠던 얼굴이었음을 마리냐는 알아보았다. "이곳에 앉아 있는 분이 바로 당신이라니, 믿을 수가 없군요. 마치 여왕이 왕림한 것 같아요. 여왕이요! 여기 이 폴카 살롱에 여왕이 납신 거죠!"

"폴란드에서 춤을 출 땐." 마리냐가 유쾌하게 말했다

"농담이시죠?" 그녀가 깜짝 놀랐다. "백 퍼센트 미국인으로 알았는데!" 그녀가 잠시 말을 멈췄다. "혼자 있고 싶겠군요. 이해가 돼요. 언제나 사람들에게 에워싸여 있으니."

"제 옆에 앉아요." 마리냐가 권했다. "제 친구들은 조금 있어야 돌아올 거예요."

"그럼, 실례해도 될까요?" 그녀가 의자에 앉았다. "그래도 될까요? 너무 많이 붙잡아 두지는 않을게요. 약속할 수 있어요." 그녀는 흠모의 눈으로 마리냐를 쳐다보았다. "당신에게 이 말은 해야겠어요. 그러니까 당신은……" 그녀가 한숨을 내쉬었다. "당신의 어제저녁 공연은 너무 멋있었어요. 버지니아에도 연극 공연은 많아요. 시간이 날 때면 난 언제나 연극을 보러 가거든요. 거의 전부 다 봤어요. 여기 왔던 모든 사람들의 공연을 빠뜨리지 않고 봤어요. 부스의 〈햄릿〉은 세 번이나 봤어요. 부스는 가끔씩 이 폴카 살롱에 들르고는 했어요. 바로 이 테이블에 앉은 적도 있어요."

"부스가 앉았던 테이블에 앉게 돼 기쁘군요."

마리냐가 미소 지으며 좋아했다.

"당신이 앉은 바로 이 자리예요. 대단히 점잖아서 뽐내는 태도라고는 전혀 없었어요. 오히려 슬퍼 보이더군요. 정말 곤드레만드레 취했어요. 그런데도 그 다음 날은 전날 그처럼 술에 취했다는 걸 아무도 모를 정도로 그는 감쪽 같았어요. 하여튼 대단한 양반이었어요. 아니라고는 말 못 해요. 그렇지만 난 여배우가 더 좋아요. 당신은 최고예요. 당신은 여자들이 겪는 고통을 진정으로 가슴에 와 닿게 해 줘요. 적어도 내가 생각하기에는요. 예를 들어 당신이 연기했던 프랑스 숙녀 있잖아요. 진정으로 사랑했던 멋진 청년을 더 이상 사랑하지 않는 척하면서 쫓아낸 그 여자 말이에요. 그녀 이름을 외울 수가 없네요. 그 연극과 같은 이름인데."

"마르그리트 고티에죠."

"맞아요. 〈춘희〉를 수도 없이 봤어요. 그런데도 당신의 춘희가 최고였어요. 사는 동안 그처럼 많이 울어 보기는 처음이었어요."

"여배우에게는 정말 멋진 배역이죠."

마리냐가 대답했다.

"당신이 연기한 줄리엣은 너무 훌륭했어요. 그리고 다른 배역도요. 이번 당신 연극을 전부 보았거든요. 프랑스 여배우 역할도요. 그 여배우 이름은 뭐죠, 당신이 연기한 그 여배우 말이에요."

"아드리엔."

"맞아요. 2년 전 여기에 왔던 이탈리아 여배우보다 당신의 아드리엔이 훨씬 나았어요. 그 여배우 이름도 까먹었네. 이탈리아어로 연기를 했는데, 그건 그다지 문제가 아니었어요. 연기가 훌륭하면 감정을 느낄 수 있으니까요."

"아델라이드 리스토리에요."

"그래요, 그녀 맞아요. 그 연극을 좋아해요. 그렇지만 난 〈춘희〉가 제일 좋아요."

"아, 그거 참 흥미로운데요." 마리냐가 궁금해했다. "왜 〈춘희〉가 더 좋은지, 그 이유를 말해 줄 수 있어요?"

"왜냐하면 줄리엣은 그냥 예쁘고 어린 여자애잖아요. 마땅히 행복해야죠. 그녀 자신과는 상관없는 문제였잖아요. 가문끼리 사이가 좋지 않은 건 말이에요. 그리고 그 프랑스 여배우, 또 이름을 까먹었네……."

"아드리엔."

"맞아요. 그녀도 좋기는 해요. 그녀가 사랑한 남자가 끔찍한 공주, 그녀에게 선수를 쳐서 독약에 중독되게 만든 그 공주에게 정중하게 대한 건 그녀 잘못이 아니잖아요. 그건 단지 악운이었을 따름이었어요. 내 말뜻이 뭔지 아시겠지만요. 하지만 춘희는 정말 현실과 비슷해요. 내 말은 춘희는 지나치게 착한 것도, 순진한 것도 아니었어요. 어떻게 그럴 수가 있겠어요? 그렇게 많은 남자들을 상대한 여자가. 그녀는 일종의 체념 상태잖아요. 그녀는 사랑을 믿지 않아요. 왜 아니겠어요? 많은 남자를 보았지만 마침내 진정으로 다른 남자를 만난 거잖아요. 인생을 바꾸고 싶어하죠. 그런데 그럴 수가 없어요. 사람들이 그녀를 가만 두지 않으니까요. 그녀는 처벌을 받아야 했어요. 과거의 그녀로 되돌아가야만 해요."

이 말을 하고 난 뒤 그 여자는 울기 시작했다.

"자, 저어 부인……. 저, 부인……, 미안해요, 당신 이름을 몰라서."

마리냐가 손수건을 내밀면서 말했다.

"미니예요." 그 여자가 대답했다. "내가 결혼했던 건 어떻게 알았어요?"

"그냥 짐작했을 따름이죠."

"그래요, 당신 짐작이 옳았어요. 전 결혼했어요." 미니가 눈가를 훔쳤다. "결혼이란 게 어떤 건지 당신도 알잖아요." 미니가 의자를 불안하게 뒤로 젖혔다. "사랑하는 사람과 결혼한 건 아니니까."

"그 소릴 들으니 안타깝군요."

마리냐가 동정했다. 여자는 웨이터를 손짓해서 불렀다. 웨이터가 보드카 사제락을 그녀에게 가져다주었다.

"난 이 멋지고 오래된 샌프란시스코의 술을 좋아했어요. 어렸을 때는 위스키 스트레이트, 버본 위스키, 라이 위스키, 콘 위스키 뭐 그런 것이면 충분했잖아요. 당신은 뭘 한 잔 드시겠어요? 우리 집 바텐더는 진짜 맛있는 브랜디 스매시를 만들어요."

"고맙습니다만 친구들이 곧 이 자리로 돌아올 테고, 그럼 떠나야 하거든요."

"내가 주제넘게 굴지 않았으면 해요. 하지만 당신은 속내를 털어놓을 수 있는 분처럼 보여요. 당신은 배우고, 모든 걸 이해할 테니까요……."

"그럴 리가요."

"내가 왜 이런 말을 하는지 말해 드릴게요. 결혼과 그 모든 것에 관해서요. 훌륭한 이야깃감이거든요. 그렇다고 내 이야기를 연극 소재로 이용할 수 있다고 생각하지는 않지만요. 연극처럼 끝난 것이 아니니까."

"난 다른 배역을 찾고 있는 중은 아니랍니다." 마리냐가 부드럽게 말했다. "그렇지만 당신 얘기는 정말 듣고 싶어요. 난 이야기를 좋아하거든요."

그렇게 하여 미니가 이야기를 시작했다.

"그러니까, 25년 전이었어요, 아니, 그보다 더 오래 전이었어요……. 난 캘리포니아의 클라우드 마운틴에 살고 있었어요. 그런 곳을 들어 보셨는지 모르겠지만요. 나를 따라다닌 사내가 있었어요. 보안관이었는데, 대단한 도박꾼이기도 했지요. 그렇지만 그다지 나쁜 인간은 아니었어요. 그건 알 수 있었어요. 나를 사랑한다고 그가 말했을 때, 난 알았어요. 그의 말이 진심이라는 걸요. 여자 치마 속이나 들추려는 사내는 아니라는 걸요. 그는 졸랐어요. 나랑 결혼해 줘, 아가씨, 나랑 결혼해 줘. 그는 나를 아가씨라고 불렀어요. 그래서 내가 일깨워 줬죠. 뉴올리언스에 당신 아내가 시퍼렇게 눈뜨고 살아 있지 않냐고. 그건 문제가 아니라고 그가 우겼어요. 나야말로 자기가 원하는 아내라면서요. 당신은 내 말을 믿지 않을 테지만요. 지금 나를 보면요. 나도 한때는 그다지 못생긴 인물은 아니었답니다. 마음이 순수하기도 했고요. 그리고 무엇보다 어렸으니까요. 이런 술집을 하고 있고, 모든 광부들이 폴카에 들락거렸지만, 난 이 술집에 드나드는 술꾼들을 전부 폴카 단골이라고 불러요. 그들 대다수는 날 정중히 대접해 줘요. 내가 그들의 어린 누이동생인 것처럼요. 물론 개중에는 날 그렇게 대하지 않은 사내도 있어요. 그럴 경우 내가 할 수 있는 게 그닥 많지 않더군요. 내 말뜻인즉 그들은 대부분 좋은 단골이었다는 거죠. 이 직업에서 그런 부분이 싫어요. 날 슬프게 하니까요. 겉으로 드러내지는 않지만요. 언제나 웃음을 팔고 즐겁게 굴었어요. 그런 생활에서 벗어날 방법이 그다지 보이지 않더라고요. 그러다가 생각했죠. 보안관이 그다지 나쁜 사내는 아니었으니까, 그리고 무엇보다 날 사랑하니까. 비록 내색은 하지 않았지만 내심 그런 생각을 하고는 있었어요.

그런데 그 무렵에 나는 진정으로 빛이 나는 다른 사내를 만나게 되었죠. 그는 정말 낭만적이었어요. 그가 날더러 천사의 얼굴이라더군요. 술집을 하는 나에게 말이에요. 하지만 천사의 얼굴을 한 사람은 다름 아닌 그 사람이었지요. 그의 얼굴은 앙상한 뼈밖에 없었지만, 부드러웠어요. 뺨을 보면 정말 쓰다듬고 싶었거든요. 높은 이마에는 간혹 앞 머리카락이 내려와 눈을 가리고는 했죠. 아름다운 속눈썹을 한 크고 검은 눈이었어요. 웃을 때면 백합 같았어요. 그의 미소가 느릿느릿해서, 정말 느려서 미소로 키스를 해 주고 있다는 느낌이 들었어요. 그가 쳐다보는 것만으로도 내 무릎이 다 후들거렸고 온몸이 꿰뚫리는 것 같았어요. 문제는 그 사내가 산적이라는 거였어요. 그게 그의 인생이었으니까요. 내 생각이지만 어쩌다 보니 그 길에 발을 들여놓았고 산적으로 살 수밖에 없었던 거였죠. 살인으로 현상 수배범이 되었으니, 그 짓을 계속하는 수밖에 없다고 생각했나 봐요. 산적 노릇을 할 때면 그는 멕시코인으로 위장했어요. 이름도 라메레조라고 붙이고. 멕시코인 중에 산적이 많다는 건 모두가 아는 사실이었으니까요. 나에게 애정을 고백하려고 클라우드 산으로 몰래 숨어 들어올 때면, 그는 고상한 척하면서 이름도 딕 존슨으로 바꿨어요. 그러다가 자신이 라메레조라고 불리는 사람이며 모든 사람들이 뒤쫓고 있다더군요. 하지만 나를 만난 이후로 더 이상 라메레조가 되고 싶지 않다고 했어요. 그는 개과천선을 하겠다고 약속했어요. 진심이었단 걸 난 알아요. 그래서 나도 내 비밀을 전부 털어놓았고, 그는 내 말을 들어주었어요. 그건 정말 멋진 경험이었어요. 어느 누구에게도 내 이야기를 할 수가 없었고, 속을 뒤집어 보여 주고 싶은 사람도 없었으니까요. 난 내가 누구였는지 하마터면 잊어버릴 뻔했어요! 그 사이에도 보안관은 라메레조를 찾아 위, 아래쪽을 샅샅이 뒤졌지요. 아무도 딕이 라메레조라는 사실을 몰랐어요. 하지만 보안관인 잭은 나와 관련해서는 어떤 속임수에도 넘어가지 않았어요. 내가 새크라멘토에서 온 사내에게 관심이 있다는 걸 눈치 챘어요. 단지 관심을 보인 정도가 아니었어요! 그에게 미쳐 있었으니까! 제정신인 여자라면 어떻게 보안관보다 산적을 더 사랑하겠어요? 당신은 여자이고, 여배우이므로 모든 여자들 역할을 하겠죠, 천사, 죄인 말이에요…….

그럼 내가 누구에게 매달렸을지 짐작이 되죠? 저기 금고 옆에 앉아서 허리춤에 6발짜리 권총을 차고 있는 남자 보이죠. 우리 두 사람이 함께 이 가게를 소유하고 있어요. 그 보안관 말이죠. 저 사람 보안관을 그만뒀어요. 술집을 하는 게 돈을 훨씬 더 많이 번다는 걸 알았으니까요. 십 년이 지난 뒤 사람들이 캄스톡 광맥을 발견했고, 우린 이곳으로 왔어요. 교대 시간이 되어 목을 축인 광부들이 서둘러 떠나면서 내놓은 술값으로 짭짤한 돈벌이가 될 것이라는 것쯤이야 그다지 영리하지 않더라도 알 수 있었으니까요. 그런데 내가 왜 그를 받아들이게 되었을까, 스스로에게 자문해 보았어요. 딕을 그처럼 사랑했으므로 용기만 있었다면 그와 함께 달아날 수도 있었지요. 내 머릿속에는 온갖 꿈들이 득실거렸으니까. 우리는 캘리포니아를 떠나야만 했어요. 내가 정말 좋아하는 곳이지만, 살인죄로 도처에 현상 수배가 걸렸으니까요. 그는 잡히면 교수형 감이었어요. 그래서 우리는 네바다로 왔어요. 네바다는 그 당시 주도 아니었고, 심지어는 미국 영토도 아니었어요. 산 아래 땅속에 무엇이 깔려 있는지도 몰랐을 적에 이곳 전체는 유타에 속한, 그냥 산골에 불과했거든요. 우린 돈도 없이 떠돌게 되었고, 날이 갈수록 점점 더 굶주리게 되었죠. 그러자 딕은 다시 라메레조로 되돌아갔어요. 난 두려웠죠. 내 앞에 놓인 미래를 생각하니 겁에 질릴 수밖에요. 끊임없이 몸을 숨기고 도망치는 것이 두려웠어요. 그를 떠나서 캘리포니아로 몰래 숨어 들어왔어요. 그런데도 잭은 나를 용서해 주더라고요. 그제야 잭이 진정으로 날 사랑했다는 걸 알았죠. 물론 내가 딕을 사랑하는 것과는 다른 방식이지만요. 잭은 여전히 나를 사랑했어요. 그래서 그를 좋게 보려고 했지요. 그렇다고 내가 그와 꼭 결혼해야 한다는 의미는 아니었어요. 그럼에도 난 결혼했어요. 진짜 치안판사를 주례로 클라우드에서 결혼을 했어요. 아직 그의 아내는 뉴올리언스에 살아 있었지만요. 그는 진지했고 아내가 죽은 뒤에야 난 진짜 랜스 부인이 되었죠. 네바다는 한때의 추억으로 끝났죠. 이미 15년이나 되었군요. 지금도 어쩌다 잭 옆에서 뜬눈으로 보내는 적이 있어요. 저 위 고원지대의 염소들은 우리 집처럼 평평한 양철 지붕을 빠져나가 달아나거든요. 염소들 발굽소리가 들리는 밤이면 잠들지 못하고 뜬눈으로 보내죠. 딕 옆에서 떠나지 말아야 했는데, 하는 생각이 들지 않을 수 없었어요. 비록 그가 산적 생활로 되돌아갔다고 해도 말이에요. 나 자신에 관해 충분히 생각하지 않았던 건지도 몰라요. 아니면 생각만큼 용감하지 않았던 건지도 모르고요. 딕은 언제나 이 시를 암송하면서 말하고는 했어요.

우리가 한때 보았던 어떤 별도 사라지지 않아요.
우린 언제나 이상적일 수 있었던 존재가 될 수 있으니까.

난 딕의 시를 읊으면서 종종 혼잣말을 해요."

그녀는 마리냐의 손을 잡고, 잡은 손에 힘을 주었다.

"그런데 그건 진실일 리 없어요."

"마리냐?"

리샤드가 불렀다. 얼핏 보니 마리냐가 구출이 필요한 "상황"에서는 벗어났다는 판단을 리샤드는 했고, 마리냐는 두 사람을 서로 인사시켜 주었다.

"남편이신가요?" 마니가 물었다. "호텔에서 함께 나오는 것을 봤거든요."

"나의 산적이에요."

"아, 하!"

미니가 감탄사를 발했다.

"두 여자 분들께서 무슨 얘길 나누던 참이었나요?" 리샤드가 긴장하면서 물었다. "비밀스런 얘기라, 남자가 끼어들면 안 되는 상황인가요?"

"당신도 나와 같은 실수를 하려는 참인가요?"

"네, 그래요."

"숙녀 분들, 숙녀 분들." 리샤드는 경계심이 발동했다. "마리냐, 늦었어요. 당신은 분명 피곤할 겁니다. 그만 호텔로 바래다 줄 수 있도록 해 줘요."

"남편 같은 말투인데요."

미니가 말했다.

"실수일지도 모른다는 게 바로 그 이유랍니다."

"당신이 저보다야 훨씬 더 잘 알겠죠. 당신은 아름다워요. 당신은 스타예요. 모두가 당신을 좋아해요. 당신이 원하는 건 뭐든 할 수 있잖아요."

"내가요? 아뇨, 어떻게 그럴 수 있겠어요."

콜린그릿지 양이 염소 냄새를 맡고서는 리샤드 곁에 서 있었다.

"마리나 부인, 필요한 건 없으세요?"

"그녀도 당신이 호텔로 되돌아가기를 원하는 것 같은데요."

미니가 말했다.

며칠 동안 리샤드의 귓가에 그 물음이 맴돌았다. 그 물음. 마침내 호텔로 돌아와서 사랑을 나눈 뒤 그 물음을 꺼냈다.

"당신 옆에 머물도록 해 주지 않을 거죠, 그렇죠?"

리샤드의 귀에는 마리냐의 대답 또한 이미 들렸다. 그런데도 막상 예상했던 대답이 들리자 그는 화들짝 놀랐다.

"그래요."

"하지만 당신은 날 사랑하잖아요!"

리샤드가 소리쳤다.

"나도 사랑해. 당신이 날 행복하게 해 줬고. 그러나 내 입으로 이 말을 어떻게 차마 할 수 있겠어. 둘만의 밀애는 나에게 중요한 것이 아니고, 앞으로도 중요한 것일 수 없단 말을. 난 이제 이해해. 당신은 어떨지 모르겠지만, 그걸 직업적인 왜곡이라고 해 둘게. 난 사랑하고 사랑받고 싶어, 누군들 그렇지 않겠어. 다만 난 평정해야만 해…… 내 안에서. 당신과 함께 있으면 난 걱정스러워져. 당신이 권태로워할까 봐, 아니면 초조해 할까 봐, 글을 충분히 쓰지 못하는 건 아닐까 하면서. 당연히 걱정할 이유야 있지. 지난달 무엇을 얼마나 썼어? 나에 관한 글은 제외하고?"

"그건 문제가 아니잖아요! 글을 쓰기에는 너무 행복하니까!"

"그건 문제가 돼. 글 쓰는 게 당신 인생이잖아. 극장이 내 인생인 것처럼. 당신은 내가 리드하는 인생을 원치 않아. 지금은 그 점을 모를 테지만 조만간, 육 개월, 기껏 해야 일 년 안에 그렇다는 걸 알게 될 거야. 당신은 여배우의 배우자가 될 사람은 아니니까. 날 믿어요. 이 관계를 지속할 수 없을 거란 걸."

"내 핑계 대지 말고 당신 문제를 얘기해 봐요. 정말 끔찍해요, 당신!"

리샤드는 손으로 창틀을 마구 쳤다.

"내가 무슨 소리를 들은 거지, 리샤드? 겨울 나뭇가지에서 크리스털이 떨어져 내리는 소리를 듣고 있는 것일까?"

"아, 마리냐."

"당신이 나에게 묻고 있고, 당연히 당신은 물을 권리가 있어. 내가 진정으로 당신을 사랑하느냐고 물을 자격이 있지. 그런데 난 이렇게 말하고 싶어. 아, 사랑하는 리샤드, 내가 무슨 말을 **하고 싶어하는지** 당신은 이미 안다고. 욕망하는 것 역시 사랑이란 걸. 비록 그게 당신이 의미하는 사랑이 아닐지라도 말이야. 문제의 진실은 내가 무대에 서지 않을 때면 내가 진정으로 원하는 게 뭔지, 결코 정확히 알지 못한다는 거야. 아니, 그것은 진실이 아냐. 난 강렬한 관심, 호기심, 연민, 불안, 즐겁게 해 주려는 욕망을 느껴. 그 모든 감정을 전부 느껴. 그런데 사랑, 당신이 말하는 사랑이 뭐지? 나로부터 뭘 원하는 걸까 ……. 난 확신이 없어. 관객들 앞에서 표현한 그런 방식의 사랑을 느끼지 못한다는 걸 알아. 아마도 그중 어느 것도 거의 느끼지 못한다고 해야 할까."

"마리냐, 내 사랑 마리냐. 그 점에서 당신은 나에 대한 확신을 결코 가지지 못할 겁니다. 당신을 내 팔로 안았고, 세상 누구도 보지 못했던 당신의 모습도 난 전부 봤어요…….” 리샤드는 말을 멈췄다. 정말 그런가, 하는 의구심이 들었다. 그러다가 말을 계속 이었다. “마리냐, 난 당신을 알아요.”

“그래, 지금은.” 마리냐가 대답했다. “지금은 많은 걸 느끼니까. 그건 누구도 아닌 당신만을 위한 것이니까. 나는 그게 당신에게서 흘러나와 내가 무대에서 창조하는 인물들에게 흘러 들어가게 될 것이라는 걸 느낄 수 있어. 당신은 내게 너무 많은 걸 주었으니까, 사랑하고 사랑하는 리샤드.”

“당신이 날 얼마나 비참하게 만들고 있는지…….”

“그럴 수도 있겠지.” 마리냐는 깊은 생각에 잠겼다. “두 번 다시 사랑에 빠지지 않겠다고 생각했던 건 더 이상 연기에 미련 두지 않겠다고 생각한 탓이었어. 연기를 포기할 수도 있다는 생각 때문에. 그런데 이제 다시 사랑을 알았고, 그리고…….”

“그리고, 뭔데요?”

“다시는 사랑을 잊지 않을 거야.”

“우리 사랑을 추억하는 것만으로 살아가겠다는 건가요? 그것으로 만족해요, 마리냐?”

“아마도 그래. 배우는 실생활에는 관심이 없으니까. 우린 그냥 연기를 원할 뿐이니까.”

“내가 당신 연기에 방해가 된다는 건가요? 정신 집중이 되지 않고 산만하게 만드나요?”

“아니, 아니. 난 당신을 속이고 싶지 않아.”

“알아요. 날 위해 날 떠나 보내려고 한단 걸요.”

"그런 뜻이 아닌걸."

마리냐가 부인했다.

"실제로 당신은 자기 자신을 위해 날 등 떠밀어 보낸다고 생각해요. 다만 그 점을 받아들일 용기가 없을 뿐. 아니, 마리냐. 날 거부하는 진짜 이유는 나의 행복에 관해 당신이 염려하는 것과는 사실 아무런 상관이 없기 때문이잖아요."

"오, 리샤드, 리샤드. 이유는 헤아릴 수도 없이 많아."

"맞아요. 그런 이유를 전부 한번 짐작해 보자고요! 추문에 대한 두려움. 여배우가 남편과 자식을 버리고 외간 남자와 바람을 피다니! 안전에 대한 욕망. 여배우는 무일푼 작가보다 부유한 남편을 떠날 수 없으므로! 계급적인 특권을 잃는 것이 싫으니까! 위대한 배우는 귀족인 남편과 천출인 애인……."

"아, 내가 당신이 꼽은 거장의 목록에 오른 사람 같군."

"잠깐, 내 말 아직 끝나지 않았어요, 마리냐. 조롱하는 습관이 두려워서인가요? 여배우가 열 살이나 연하인 남자 때문에 남편을 떠났다는 조롱 때문에요! 어렵게 얻은 사회적 체면을 몰수당하는 것이 싫어서인가요? 그러면서도 당신은 결혼할 수 없는 사람과 결혼했었다고 주장하며, 살아 있는 남자의 사생아를 키우고 있단 말인가요? 내가 모를 줄 알았죠. 보그던이 모른 척하기 때문에요."

"나에게 상처 주지 말라고 말할 자격이 없다는 거야?"

"이기심, 냉혹함, 천박함을 언급하지 말라고 할 자격도 없어요."

리샤드가 말을 멈췄다. 주워 담을 수 없는 말들이었다. 입에 담지 말아야 할 말이었다. 그는 울기 시작했다. 마리냐를 잃을 것이 두려워서만은 아니었다. 그의 젊음이 끝나는 것에 대한 슬픔이었다. 흠모하면서 사랑할 수 있는 능력, 무방비 상태로 고통받을 수 있는 능력과의 작별을 서러워하는 것이기도 했다. 마리냐를 더 이상 꿈꿀 수 없다면, 무엇을 꿈꿀 수 있을까? 리샤드는 여태껏 경험했던 것 중에서도 가장 고통스러운 느낌이 되리라고 생각했다. 그녀 역시 고통스러울까? 그녀 역시 고해의 바다에서 익사하지 않으려고 기를 쓰면서 올라오려고 했을까? 이런 상황은 자신에게 일어날 수 있는 가장 슬픈 일이라고 생각했다. 리샤드는 어둠 속에 웅크리고 있었다. 그곳에는 오로지 상처밖에 없었다. 그러자 묘한 안도감의 파열. 아, 이제 그는 책을 쓸 수 있을 것이다. 그를 산만하게 만들었던 것들에 점점 덜 집착하게 됨으로써, 그래, 글을 쓰게 될 것이다! 글을 쓰는 데 "이보다 더 행복한" 순간은 결코 찾아오지 않으리라. 그 생각을 하자 그에게 수치심이 엄습했다.

1월 초순, 뉴욕의 클라렌든 호텔에 마침내 합류하면서 보그던이 해 주었던 이야기를 마리냐는 믿을 수밖에 없었다. 이야기를 꾸며내는 것은 보그던답지 않았다. 본인도 알다시피, 그는 입이 근질거릴 정도로 어떤 이야기를 하고 싶었던 기분이 든 적이 별로 없었던 사람이었다.

"나의 두려움은" 하고 시작한 말이 제대로 표현되기도 전에 한 번 뚝 꺾어졌다. "당신이 애너하임에서 권태와 좌절감으로 괴로워하지나 않을까 하는 것이었어요."

"그럴 리가." 보그던이 부인했다. "공허를 채워 줄 것들은 언제나 있으니까."

"저런 보그던." 마리냐의 미소는 관능적이면서도 빈틈이 없었다. 팔걸이가 없는 장의자에 두 사람은 나란히 앉아 있었다. 마리냐는 보그던의 뒤통수에 팔을 둘렀다.

"미안하게 생각할 것 없어요. 내 말을 믿으라니까."

"믿을 수 있도록 해 봐요." 남편의 어깨에 기대면서 말했다. "당신이 한 말을 액면 그대로 믿는다면, 내가 너무 잘 믿는다고 생각할 건가요, 아님 과도하게 좋아한다고 생각할 건가요?"

"과도하게 좋아한다고? 그보다 더 좋을 수가?" 마리냐의 손을 자기 뺨으로 가져가면서 보그던이 말했다. "나의 모험을 전혀 믿지 않는다 하더라도, 그렇다고 당신이 날 불신하는 건 아닌 게 분명하잖소."

"계속해요."

마리냐가 속삭였다.

"벤 드레퓌스 있잖소. 당신도 기억할 거야. 기억나지 않소? 드레퓌스가 몇 년 전, 소노라에는 괴상한 숭배 집단이 있다는 이야기를 해준 적이 있었어요. 회원 각자가 공중 여행이 가능한 기계를 고안하는 일을 한다고 했소. 내부의 바람 작용에 운을 맡길 수밖에 없는 뜨거운 기구 풍선 같은 것이 아니라, 자체 동력으로 지상에서 공중으로 떠올라 운항하는 비행선이라서 원하는 방향으로 날아갈 수 있는 기계라고 말이오. 이런 새와 같은 기계들 중 몇 대는 지상으로 곤두박질치기 전에 공중으로 날아오르기도 했다더군. 좀 더 많은 것을 알아보려고 했더니 그 집단은 해체되었고, 지도자는 크리스티안 폰 뢰블링이라는 독일인이었는데, 카핀테리아 근방의 몬토야 비치 남쪽으로 이주했다는 소문만 무성했어요. 아직도 폰 뢰블링은 그 일에 매진하고 있는 것처럼 보인다고 하더군. 8월에 증기선으로 샌프란시스코를 출발하여 이곳으로 내려왔던 드레퓌스의 친구 한 사람은 풍선이 아닌 것이 분명한 어떤 물체가 카핀테리아 근처 해안에서 하늘 높이 날아올라 구름 속으로 들어가는 걸 자기 눈으로 똑똑히 보았다고 맹세했답니다. 드레퓌스가 말하다시피, 자가 발전으로 비행하는 기계가 발명될 날이 멀지 않은 것으로 보이므로, 이 만용이 어디까지 나갈 수 있는지 주시할 만한 가치가 있기에 투자 가능성을 한번 생각해 보라고 했소. 상당히 괜찮은 친구라서 내가 당신에게 말도 않고 기계류와 공급 물품 구입에 쓴 빚을 갚으라고 돈을 빌려 주기도 했어요. 나를 대신하여 그 돈을 폰 뢰블링에게 투자하라고 하면서. 낙마 사고의 후유증에서 회복한 뒤 나는 해안을 따라 올라갔소. 연락이 완전히 두절되었던 그 주, 당신도 기억하오? 당신이 버지니아 시티에 머물면서 광부들을 울리고, 승강기를 타고 은 광산의 내장 깊숙이 내려갔던 그 시기 말이오. 그때 난 사기꾼 디덜러스(Daedalus, 크레타의 미로에서 빠져나오려고 날개를 만들어서 날아서 빠져나온 그리스 신화에 등장하는 솜씨 좋은 장인. 옮긴이)를 좇고 있었던 셈이오. 그러니까 하늘 높이 날게 해 줄 수 있는 디덜러스를 찾아 헤맸던 거요."

"내가 했던 건 전혀 위험한 짓이 아니었잖아요. 보그던! 제발 조심해요!"

"아, 마리냐, 내가 조심하지 않은 적 있소?"

보그던이 반문했다.

"난 마을 여관에 방을 정하고 술집에서 사람들과 이야기를 나눴는데, 폰 뢰블링으로 알려진 인물을 아는 사람이 아무도 없더군. 그래서 사구를 샅샅이 뒤지고, 하늘을 올려다보았지. 그런 식으로 며칠이 흘러간 뒤, 난 지쳐서 포기할 작정을 하고서 되돌아갈 여행에 필요한 준비물을 사려고 시골 잡화점에 들렀다오. 손님이라고는 산적의 가면처럼 커다란 안경을 쓰고 머리가 반백인 사내뿐이더군. 사내는 내가 짐작하기로 못 한 통을 사는 중이었소. 무뚝뚝한 독일 억양을 들으면서 나 자신을 소개했소. 그는 자기 이름이 델샤우라나 뭐라나, 하더군. 그 순간 내가 폰 뢰블링을 발견한 것은 아닌가 하는 생각이 들더군요. 가게에서 나와 그를 따라가면서 난 그가 진행하고 있던 작업에 흥미를 느끼고 있으며, 과학적인 관심 때문에 여기까지 왔다고 독일어로 말을 했어요. 기계를 띄워 올리는 다음 번 시도에 참관을 허락해 달라고 부탁했소. 그는 한동안 말이 없더군. 나는 그 사람이 남들이 개입하는 걸 무척 두려워하면서도 동시에 엄청 갈망하는 그런 비밀스런 사람이었으면, 하고 바랐다오. 그러자 그는 정말 형편없는 영어로 띄엄띄엄 알려 주더군. 나의 호기심이 대단히 불쾌한 결과를 초래할 수도 있다고 말이오."

마리냐가 놀라서 "보그던!" 하고 외쳤다.

"이 공상 같은 이야기나 멍청한 이야기에 일말의 진실이 있었다면, (에어로 클럽은 그 남자 표현이고 내가 그런 단어는 사용하지 않았지만,) 내가 대기 중에서 그런 물체를 관찰하는 것은 말할 것도 없고, 그런 비행 기계가 뜨는 것을 가까이에서 지켜보려면 오로지 비행 클럽의 골수 회원이어야만 한다는 사실이었소. 그는 재빨리 그 동네에서 꺼지라고 여러 번 경고했소."

"당신이 그 사람 말을 듣진 않았을 테죠."

"물론이지."

"그래서 뭘 좀 봤어요?"

"대기 중에서는 아니고, 밤늦은 시간이었는데 달빛이 밝아서 해변으로 산책을 나갔어요. 저 앞쪽에 뭔가가 보였소. 처음에는 그게 해변의 지지대인 줄로 착각했어요. 어두워서. 카누 모양이었지만 카누보다는 훨씬 컸거든. 날개가 네 개였는데 두 날개는 각각 양 옆에 붙어 있었어요. 두 명의 비행사가 앉을 수 있을 만큼 널찍한 부분은 바구니 모양이었어요. 이물과 고물에는 스크루 프로펠러가 있었고."

"내가 그걸 그림으로 그렸어요, 엄마."

"피터, 넌 그곳에 있지도 않았잖니!"

"그래도 다 알 수 있어요. 내가 엄마한테 보여 줄게요!"

피터는 특실의 다른 방으로 달려가서 커다란 스케치북을 가지고 왔다. 보그던이 피터의 스케치북을 발치에 펼쳤다.

"정말 예쁜 색깔이네."

마리냐가 감탄했다.

"엄마, 이건 과학이라니까요."

"그래요. 그들은 대단히 정확해요." 하고 보그던이 말했다 "하늘을 날 수 있는 네비게이션 부분을 분명히 알아볼 수 있었소. 프로펠러라던가, 말하자면 방향타 등이 있었으니까. 그런데 이해할 수 없는 건 이 기계가 동력을 조달하는 방법이지요. 그 점은 도무지 실마리를 찾을 수가 없더군. 증기 엔진 같은, 그러니까 충분히 가볍고도 충분히 작은 그런 어떤 엔진도 보이지 않았으니까. 내 말은 보일러나 상당한 무게의 물이나 연료를 실을 만한 것들이 보이지 않았다는 거지요. 증기 연료가 아니라면, 무슨 연료일까? 공기보다 무거운 것들을 지상에서 띄워 올릴 수 있는 장치는 뭐였을까?"

"용이 와서요." 피터가 거들었다. "그들은 애완용 용을 가지고 있어서 그 기계를 꼬리로 감고 날아오르는 거예요."

"제발, 피터."

"유치한 게 아닌데요, 엄마." 피터가 삐죽거렸다. "정말 신나는데."

"그래서 가까이 다가가 보고 싶었지." 보그던이 말을 계속했다. "그때 네 사람이 전등을 들고 가까이 다가오는 걸 보았소. 그들 중 한 명이 바로 폰 뢰블링이더군. 그들은 무장을 하고 있었고, 아차, 하는 생각에 얼른 마을로 되돌아가기로 했어."

"총이요. 그들 모두 총을 가지고 있었어요. 뉴욕에서도 누구나 총을 소지하나요?"

피터가 물었다.

"아니란다, 얘야! 우린 더 이상 거친 서부에서 사는 게 아니거든. 착하지, 피터, 이제 다른 방으로 가서 책이나 읽으렴."

마리냐가 다독거렸다.

"그건 엄마 웃으라고 농담한 건데요. 엄마가 재미없어 하니까 가서 아니엘라나 콜린그릿지 이모나 찾아볼 거야."

아이는 문을 꽝 닫고 나갔다. 마리냐가 얼굴을 찌푸렸다.

"그 다음에는요?"

"새벽 무렵 그 장소로 나가 보았지만 모든 게 감쪽같이 사라져 버렸더군."

마리냐는 보그던이 이야기를 꾸며내는 것은 아닌가, 하는 생각이 들었다. 보그던 또한 그녀를 즐겁게 해 주려고 이런 이야기를 꾸며낼 수도 있었다.

"요 근래 말에서 떨어진 위인이 과연 얼마 동안 하늘 높이 떠 있을지도 모르는 공상적인 새 발명품을 타고서 하늘을 날아 보겠다고 하면 정말 우스꽝스럽게 들리겠지만."

낙마한 게 사실일까, 의심했던 그 사고를 다시 한 번 떠올리면서 마리냐는 9월 낙마 사고 때 얼마나 심하게 다쳤는지 물어보았다.

"정확히 내가 얼마나 다쳤는지를 알고 싶은 거요? 왜? 당신이 보기에 내가 상처 입고 불구가 된 것처럼 보이기라도 하는 거요?" 보그던이 자리에서 일어섰다. "내가 말했잖소. 두 번 언급할 만큼 중대한 사건은 아니라고."

"미안해요." 마리냐가 부드럽게 사과했다. 잠시 침묵이 흘렀다.

"폰 뢰블링에게 당신이, 그가 만든 장치를 본 적이 있다고 말했어요?"

"그럴 리가. 하지만 머잖아 캘리포니아로 되돌아가면 다시 한 번 만나 볼 심산이오."

"만약…… 이런 항공 기계가 정말로 난다면, 드레퓌스와 함께 투자를 할 작정이세요?"

"설마 그럴 리야 있겠소." 보그던이 부인했다. 보그던은 마리냐 곁에 다시 앉으면서 그녀의 손을 잡았다. "지난 농촌 생활의 모험에서 내가 확실히 배운 것이 있다면, 난 사업 체질이 전혀 아니라는 것이오. 장차 상당 기간 동안 우리 가족의 수입원은 전적으로 당신뿐이오."

마리냐가 리샤드와 헤어지기로 결심하고 난 뒤에도 곧장 보그던과 재결합하지 못했던 이유 중에는 돈 문제도 있었다. 리샤드는 샌프란시스코를 떠나지 못하겠다고 버텼는데, 핑계인즉 행스 재판에 증인으로 출석하기를 기다리고 있기 때문이라고 했다. 보그던의 경우 애너하임에 벌여 놓은 사업들은 해결된 것이 없었고, 서둘러 빚잔치를 하고 모든 것을 접는 것은 어리석은 짓이었다. 자기와 피터가 아직도 남부 캘리포니아에 근거지를 두고 있는 한, 10월에 있을 캘리포니아 극장과 마리냐의 재계약을 위해서라도 성급하게 모든 걸 포기할 수는 없었다. 어리석을 뿐만 아니라 턱없이 비싼 대가를 치러야 하는 것이었다. 마리냐가 날마다 워녹에게 불평하는 것처럼, 주당 천 달러씩을 벌면서도 아껴 써야 하고 희생한다고 툴툴거리는 것은 몰염치한 짓일 수도 있었다. 즈나니에키 선장이 마리냐에게 일깨워 주었다시피 그녀의 주당 수입이 미국 노동자들의 일 년치 수입보다 많았기 때문이었다. 하지만 대다수 미국인들이 마리냐와 같은 씀씀이와 책임감을 떠맡고 있지는 않았다. 그녀는 애너하임에서 늘어 가는 빚을 변제할 수 있도록 이자만큼은 보그던에게 보내 주어야 했다. 땡전 한 푼 없는 시프리언와 다누타의 가족을 구출해야 했다. 그들은 미몽에 빠져 에드니카에서 생활을 했지만 바르샤바로 되돌아가기를 갈망했다.(그녀가 그들의 뱃삯을 지불했다.) 한때는 그녀의 명예였지만 그만큼 더 큰 분노의 원인이 되었던 임페리얼 극장이 요구했던 위약금도 전부 송금했다. 임페리얼 극장과의 계약을 파기함으로써 물어야 했던 위약금은 정확히 5천 루블이었다.(마리냐는 한때 친구였던 극장 감독에게 사정했다. 휴직으로 인한 부재 기간을 일 년만 더 연장해 달라고 했지만, 거절당했다.) 앞으로 있을 뉴욕 공연을 위한 여행 경비를 충당할 급료를 다시 받으려면, 12월 중순에 그녀의 연극이 오픈하게 될 것이므로 6주는 더 기다려야 했다.(워녹은 선불로 호텔 체재비를 지불했으므로 보그던, 피터, 아니엘라의 체제 비용을 지불해 줄 것으로 기대할 수는 없었다. 마리냐는 콜린그릿지 양의 체제 비용도 지불해야 했다.) 모든 경비 중에 가장 성가신 것이 의상비였다. 샌프란시스코에서는 그럭저럭 때울 수 있었다. 아드리엔과 줄리엣을 위한 의상들은 폴란드에서 가져왔던 것 중에서 골라 입었지만 〈춘희〉의 경우 즈나니에키 선장에게 돈을 빌리고 재봉사를 고용하여

치수를 고쳐 그런대로 맞춰 입었다. 그런데 뉴욕에서는 〈춘희〉로 오픈을 할 예정이었고, 의상을 다섯 벌이나 갖춰야 했다. 그것은 진정 사치였다. 뉴욕 공연에서는 주연 여배우가 의상에 엄청나게 신경 써야 한다는 점을 마리냐에게 설명할 필요는 없었다. 심지어 파리보다 더 심하다고 워녹이 말해 주었다.

파리에서처럼 천박하게 광고를 하지 않을 수도 있었건만. 이 분야에서 워녹이 한 짓(바르샤바의 러시아 임페리얼 극장의 잘렌스카 백작부인이라고 광고 전단에 알려 놓았다.) 때문에 마리냐는 이맛살을 찌푸렸다. 잘렌스카 백작부인이라니, 맙소사 도대체 그런 칭호가 어디 있단 말인가? 아, 게다가 그것을 (폴란드가 아니라) 러시아 임페리얼 극장이라고 해야 하는가? 보그던은 그것을 보고 웃기만 했다. "뭘 더 바랐소, 자기? 여기는 미국이잖소. 외국인들에 관해 제대로 알아볼 생각이 애당초 있기나 했을까? 워녹은 당신에게서 한 밑천 뽑으려고 하는 판이니, 그에게는 이러나저러나 매한가지로 여겨질 테고. 날 믿어요, 마리냐. 당신의 매력적인 새 이름에 상관도 없는 작위를 덧붙일 필요가 없다는 걸, 머잖아 워녹이 깨닫게 될 테니까."

보그던의 평온하고 따스한 침착함이 그녀에게 진정 효과가 있다는 걸 느꼈다. 그는 그다지 많이 바뀌지 않았다. 도착했을 때 햇볕에 탄 갈색 피부가 약간 더 짙어진 느낌이 들었다. 보그던은 분해서 손톱을 깨물 수도 있었다. 하지만 그는 여전히 다정했다. 그것도 매우 다정했으며, 리샤드의 행방에 관심이 없는 척할 만큼 다정했다. 마리냐는 자기들의 친구가 어떤 남자가 총에 맞아 죽는 것을 목격했고 살인 재판에 증언하기 위해 샌프란시스코에 억류되어 있으며, 재판이 끝난 뒤 폴란드로 되돌아갔다는 소식을 자발적으로 전했다. 함께 할 수 없다는 생각에 가슴이 무거웠지만 마리냐는 보그던의 현명한 침묵에 감사하면서 마음을 가볍게 가지려고 했다. 보그던이 도착하기 전에 그녀는 몹시 초조했다. 한 달 동안 유일하게 편하게 대했던 것은 〈춘희〉의 새로운 의상을 정성 들여 꾸미기 위한 마네킹뿐이었다. 마리냐는 4막에 나오는 장엄한 무도회 의상과 5막에서 죽어 갈 때 입는 옷(흰색 인디아 모슬린 천으로 된 잠옷)을 두고 재봉사와 말다툼을 했다.

마리냐는 개막하는 날 밤, 몹시 흥분된 상태라는 것을 느꼈다. 그런 느낌은 무대 공포라고 여기는 것이 적절하겠지만 무대 공포라고만 하기에는 공포심이 전혀 줄어들지 않았다. 1막에서는 냉소적이고 자포자기의 심정이었다가, 2막에서는 초조하고 마음이 약해져서 마침내 아르망의 사랑을 받아들이게 되었다. 마리냐는 여태껏 자신이 공연했던 어느 작품만큼이나 마르그리트 고티에의 페이소스와 기쁨을 잘 흉내 내고 있음을 알았다. 이 이야기는 그녀가 처리할 수 있는 감정, 즉 분노와 같은 감정을 드러낼 기회를 전혀 제공하지 않았다. 그것이 마리냐를 초조하게 만들고 있었다. 3막에서 마침내 그것을 터뜨릴 기회를 잡았다. 광적인 행복에 빠진 마르그리트는 이제 사랑하는 아르망과 함께 파리 근처 시골에 살고 있다. 그날 아침 아르망은 잠깐 볼일이 있어 시내로 나간다. 마르그리트는 햇살이 비치는 방에서 홀로 뜰을 내려다보고 있다. 활짝 핀 복사꽃과 같은 분홍색 캐시미어 의상이다. 앞부분에는 치렁치렁한 레이스가 가지런히 장식되어 있고, 밑단 부분에는 잔주름이, 팔꿈치 소맷부리의 레이스에는 좁은 주름이, 목 부분에는 톱니 같은 잔주름이 잡혀 있고, 왼쪽에 달린 조개껍질 모양의 레이스 호주머니에는 분홍색 장미꽃 모양이 장식되어 있다. 여러 명의 평론가들이 특히 그런 부분을 우호적으로 보았다. 마르그리트의 하녀인 나닌Nanine이 안주인과 이야기를 나누고 싶어하는 신사분이 당도했다고 막 알려 주었다. 마르그리트는 자기 변호사(아르망 몰래 그녀는 파리에 있는 그녀의 저택과 그 안에 있는 모든 것들을 전부 팔려고 내놓았다.)가 도착한 줄 알고 안으로 모셔 오라고 부탁했다. 그 신사는 물론 변호사가 아니다.

마르그리트 고티에 양인가요? 위엄 있는 늙은 남자가 무대 안쪽 오른편 문간에서 나타났다. 무대 매니저가 생생한 리얼리즘에 열광하여 세트를 장식하는 데 적합하다고 보았던, 그래서 살아 있는 카나리아를 가져다 놓은 곳을 그는 지나쳐 왔다. **그것이 저의 이름입니다만,** 하고 마리냐가 말했다. **제가 누구랑 말하고 있는 영광을 누리고 있는 건가요?** 카나리아가 짹짹거리기 시작했다. **듀발이라고 하오.** 짹. 짹. 새장에 새가 한 마리도 아니고 두 마리가 있다고 생각했을 수도 있었다. **듀발 씨라고 하셨나요?** 짹. 짹. 짹. **그렇소, 부인. 아르망의 아버지라오.** 마리냐는 심란했지만 애써 태연한 어조로 다음 대사를 하기로 되어 있었다. 카나리아가 저처럼 새된 목소리로 울어 제치고 있는 마당에 침착하게 대사를 하라고? **아르망은 여기 없어요, 어르신.** 짹, 짹, 짹, 짹. **나도 알고 있소. 나는 당신과 얘기하고 싶소. 내 말을 들어주었으면 하오.** 들으라고? 이런 와중에 무슨 소리를 들으라는 말인가? **내 아들은 당신 때문에 자신을 망치고 있소.** 짹, 짹, 찍, 찍, 짭, 푸드덕, 짭, 찍. 참을 수 있을 때까지 참으면서 서 있다가 마리냐는 세트 뒤로 걸어가서 새장을 내려 방사선 창살이 쳐진 창문 너머로 내던져 버렸다. 그런 다음 미끄러지듯 무대로 되돌아와서 숨 가쁘게 예정된 자기 대사를 계속했다.

그녀는 관객 중 일부에게 충격을 주지나 않았을까 정말 걱정스러웠다. 모든 관객이 하나같이 그것이 극의 일부라고 생각하지는 않을 것임이 분명했다! 15분이 지나 아르망에게 보내는 그녀의 지순한 이타적 사랑이 아르망의 아버지에게는 결코 받아들여지지 않을 것임을 마르그리트가 깨닫게 될 무렵, 마리냐는 객석에서 관객들이 훌쩍거리는 소리를 듣고서 안심했다. 대사를 읽어 주는 프롬프터가 대본을 무대에 던져 놓고서는 윙 한편 구석으로 가서 요란스럽게 코를 풀고 있는 모습이 보였다. 불행하게도 어느 비평가 때문에 그녀는 이 사건을 감쪽같이 넘길 수 없게 되었다. 그 다음날 『선』 지에 실린 관람 평은 "가장 위대한 여배우가 불같은 성질의 캐릭터를 가장 독창적으로 연출했다."고 지적하면서, 귀에 거슬리는 카나리아를 내던졌다는 점에 주목했다. 마리냐는 활자화되어 나타나자 겁에 질렸다. 망할 놈의 평론가들! 그들은 오로지 결함을 찾아내고 조롱하기만을 원했다! 마리냐가 더욱 분개했던 것은 견딜 수 없을 정도로 유순한 어린 비서이자, 발성법 선생이었다. 콜린그릿지 때문에 더욱 울화가 치밀었다. 콜린그릿지는 공연이 끝나자마자 씩씩거리며 분장실로 곧장 쳐들어왔다. "그 새가 지금 노래를 못 하고 있어요, 마리나 부인. 새가 뇌진탕을 일으킨 거라고요, 확실해요!" 콜린그릿지 양은 마리냐가 새들에게 저지른 짓을 혐오했다.

마리냐는 동물 학대 방지를 위한 미국 협회의 큰 눈을 가진 마음씨 좋게 생긴 사람들이 훈계성 방문을 하게 된 이면에 콜린그릿지 양이 있었던 것은 아닐까 의심했다. 협회 사람들은 다음 날 저녁 공연이 시작되기 한 시간 전에 분장실을 방문하여 카나리아가 상처 없이 노래할 수 있는지 그들에게 보여 달라고 요구했다. 서둘러 그들을 쫓아내면서 마리냐는 모든 새들과 동물에 관한 것들은 자기 비서의 소관인데, 자기 비서는 홀을 따라 내려가 왼편에 있는 세 번째 문으로 가면

찾을 수 있을 것이라고 말해 주었다. 마리냐는 카나리아가 다시 노래할 수 있기를 바랐다.

며칠 동안 마리냐는 콜린그릿지 양을 샌프란시스코로 돌려보내야 하지 않을까, 하는 고민에 빠져 있었다. 그녀가 믿고 의지할 만큼 공감해 주고 지원해 줄 사람이 아무도 없었던가?

하지만 둘째 주인 크리스마스 직전, 〈아드리엔 르쿠브뢰르〉를 공연하고 있을 무렵이었다. 워녹은 이 연극 제목을 분명하고도 짧게 줄여 〈아드리엔〉으로 해야만 한다(아드리엔 르쿠브뢰르, 주연 마리나 잘렌스카 백작부인? 너무 길지 않은가? 하는 확신을 마리냐에게 심어 주었다. "이건 뉴요커들이 삼키기에 적당치 않아요. 한 입 가득 머금을 수 있는 외국인들에게나 적합한 이름이거든요." "워녹 씨, 당신은 날 미칠 지경으로 몰아가고 있어요. 잘렌스카 백작부인이란 사람은 어디에도 없어요. 뎀보브스키 백작부인, 그래요 그건 가능해요. 남편 성이니까. 여배우의 행운을 그처럼 친절하게 진작시키려는 것은 고맙지만, 당신의 여배우는 미국인들이 말하는 평민이라고요. 평민인 마리나 잘렌스카거든요." "알았어요. 좋아요." 워녹이 선선히 대답했다.)고 했고, 〈아드리엔〉을 막 시작할 무렵 보그던이 피터와 아니엘라를 데리고 동부로 오는 중이라는 소식을 들었다. 보그던은 남들에게 용기를 불어넣어 주는 비상한 힘이 있었다. 마리냐에게는 용기를 불어넣어 주는 사람이 필요했다. 뉴욕 시즌의 셋째 주에는 〈로미오와 줄리엣〉, 〈뜻대로 하세요〉의 공연이 예정되어 있었기 때문이었다. 〈춘희〉와 〈아드리엔〉에 대한 공연 평은 오로지 찬사 일색이었던 것은 사실이다. 『해럴드』 지는 "그녀는 모든 사람의 가슴을 사로잡았다."고 썼고, 『타임스』는 "대중적인 성공, 예술적인 성취"라는 기사를 뽑았다. 『트리뷴』은 "그녀는 위대한 여배우다."라고 전했다. 『선』 지는 "레이첼

이후 최고의 여배우"라고 했으며, 『월드』는 "완벽하다"고 했다. 아무런 문제가 없었다. 그렇지만 셰익스피어는 언제라도 실패할 수 있었다.

"당신은 기대대로 공연했을 뿐만 아니라 평론가들 역시 그랬다는 걸 알아요." 보그던이 말했다. "오로지 찬사뿐이잖소."

"워녹이 온 사방에 뿌린 신문 광고 전단지 글귀하고는."

마리냐가 음울하게 말했다.

"워녹은 잊어버려요."

"저런. 그를 무시할 수가 없어요. 그가 내 인생을 좌지우지하는 판인데……. 그냥 말해 줘요. 내가 폴란드에서만큼 잘 했나요?"

"내 생각에는 더 나았소. 잘 알다시피, 난관이 있으면 당신이란 사람은 더 잘하잖소."

"내 영어는요?"

"그 점으로 말하자면 안심시키려는 게 아니라 정말, 정말, 괜찮아요. 당신에게 없어서 안 될 콜린그릿지 양에게 물어봐요, 그럼." 보그던이 웃으며 말했다.

"난 당신을 **싸랑해요.**" 하는 것이 콜린그릿지 양의 대답이었다. 마리냐의 겁에 질린 얼굴과 보그던의 미소를 보면서 콜린그릿지 양은 자비롭게 덧붙였다. "하지만 언제나 그런 건 아니에요."

보그던은 든든한 지원자였다. 보그던은 조화를 가져다주었다. 그는 마리냐의 순회공연을 즐겁게 인정해 줌으로써 그녀에게 힘을 실어주고 보탬이 되었으며, 그녀가 기운차고 무성적이고asexual 미국적인 여성성의 새로운 모델이 되도록 해 주었다. 콜린그릿지 양은 보그던을 좋아했으며 그에게 강한 인상을 받았다. 무엇보다도 피터와 애써 노력하지 않아도 좋은 친구 사이가 될 수 있다는 것에 감동을 받았다. 새롭게 재구성된 마리냐의 가족 중에서 가장 기이한 존재가 아니엘라였다. 거친 피부에 창백한 얼굴을 한 그녀는 시샘으로 얼굴이 찌푸려졌다. 다종다양한 모자를 엄청나게 가지고 있는 이 미국 여자는 또 다른 하녀일까? 아니면 부인의 친구일까? 폴란드어만 사용하면서 누에고치처럼 생활했던 애너하임을 벗어나자, 아니엘라는 스물까지를 영어로 헤아려야 했으며 노래하듯 낮은 목소리로 말하는 법을 배워야 했다. **저것을 주세요. 반만요. 좀 더요. 좋아요, 감사합니다. 너무 비싼데요. 안녕히 계세요.** 같은 말을 배웠다. 뉴욕에서 그녀는 콜린그릿지 양의 부드러운 가르침으로, 유용한 문장들을 습득하게 되었다. **부인은 바빠요. 부인은 휴식 중이랍니다. 꽃을 저기 놓아두세요. 부인에게 메시지를 전달할게요.** 그것은 시작에 불과했다. 아니엘라는 콜린그릿지 양을 받아들여야만 했다. 달리 뾰족한 수가 없었기 때문이었다.

"모든 게 당연히 그래야 하는 것처럼 제자리에 돌아온 셈이군요." 클라렌든 호텔의 스위트룸에 있는 커다란 침대에 함께 누워 잠에 빠져들면서 마리냐가 말했다. "당신이 날 참아 준다면 난 당신도 있고, 피터도 있고. 그리고 무대도 있고……."

"이 모든 게 정말, 제대로 제자리일까?"

"오, 보그던."

마리냐가 외치면서 보그던의 입술에 격렬하게 키스를 퍼부었다. 여성의 간통이 처벌받지 않고 무사히 넘어가는 적이 없는 연극 무대와는 달리, 실생활은 멜로드라마가 아니었다는 점에 마리냐는 감사했다. 인생은 장시간 욕조에 몸을 담그는 온욕이었다. 인생은 글리세린 마사지였고, 페디큐어였다. 인생은 결코 부질없는 것이 아니었으며,

자신을 능가하려고 기를 쓰는 것도 아니었다. 인생은 무대에서 사용할 새로운 세 개의 가발을 만들거나 카나리아를 창문 바깥으로 내던지는 것도 아니었으며, 생판 얼굴도 모르는 낯선 관객들을 울게 만드는 것도 아니었다. 인생은 보그던과 함께 피터에 관한 문제를 나직하게 나누는 것이었다.

"순회공연을 떠나기 전에 애를 기숙학교에 보내는 게 낫지 않을까요? 순회공연이란 게 아이에게는 못할 짓이거든요."

"난 피터가 우리와 함께 지내야 한다고 생각하오. 적어도 이번 여름만이라도. 콜린그릿지 양과 내가 공부는 가르칠 수 있을 테고. 애가 또다시 당신 곁에서 너무 빨리 떨어지는 건 좋지 않아요."

"걔가 나에게 무척 화가 나 있어요."

마리냐는 아이에게 바버폴 캔디를 가져다주었다. 아이는 그것을 내던져 버렸다. 그녀는 아이에게 선물을 사 주었다. 아이는 그것을 부숴 버렸다. 그녀는 아이에게 책을 읽어 주었다. 아이는 엄마에게 그만하라고 했다.

보그던은 대답하지 않았다.

"어제 피터는 나보다 아니엘라를 더 사랑한다고 말하더군요."

"당신이 떠나 버린 것에 화가 났던 거요. 아직 아이니까, 자기 감정을 숨길 줄 모르잖소."

"난 보상해 줄 수 있는데……. 잊어버리겠지요? 애가 잊어버릴 거라고 생각지 않아요? 계속 화를 내지는 않을 거라고 봐요."

"계속 화를 내고 있지는 않을 거요."

보그던이 말했다.

"두 번 다시 자기 곁을 떠나지 않겠다고 약속했거든요."

"탁월한 약속이군."

보그던이 말했다.

헨리크, 당신이 함께 왔어야 했는데. 나로서는 언제나, 사랑하는 친구여, 더 이상 당신은 변명거리가 없었어요. 일단 뉴욕에 있어 보니까 여기는 오래된 유럽과 **훨씬 더** 비슷해요. 당신이 여기 있었더라면 보그던이 좋아했을 거예요. 여태까지 보그던은 그럴 수 없었거든요.(하지만 지금은 나랑 함께 지내고 있어요. 그 말을 전할 수 있어서 좋아요.) 하지만 **열정**은……. 얼마 전에 뉴욕에서 데뷔를 했어요. 당연히(내 자랑 좀 할게요.) 대단한 성공이었죠. 장애물을 극복할 수 있는 강력한 의지를 최종적으로 나 자신에게 입증했어요. 극장은 언제나 만원이었어요.(축제의 밤 특석 티켓은 경매로 팔려요.) 신문들은 나에 대한 찬사 일색이었어요. 여자들은 나를 사랑해 줬어요. 그런데 아직도(이렇게 말하면 당신이 놀랄까요?) 나는 분노에 사로잡혀 있어요. 혹은 슬픔에 빠져 있다고 해야 할까요? 이 모든 성공에도 난 혼자예요. (내가 믿었던 친구들은 다들 어디에 있는 건가요?) 폴란드는 어디 있죠? 우리가 여기서 만났던 모든 폴란드인들은 작년 내 공연의 개막 날 밤, 관객으로서 전부 왔던 건 사실이에요. 하지만 나의 진짜 친구들 중에서 찾아온 사람은 야쿱뿐이었어요. 아시다시피 야쿱은 뉴욕에서 생활한 지 6개월째 접어들고 있어요. 우리의 탁월한 예술가는 무엇이 되었냐고요? 인기 있는 잡지 『프랑크 레슬리스 위클리*Frank Leslie's Weekly*』에 취직했어요. 그래서 낮 시간 동안은 동료 삽화가들과 함께 잡지 사무실의 책상머리에 앉아서 삽화를 그려요. "여가 시간"에 짬을 내서 그림을 그릴 수 있다면 하고 바라면서요. 정말 안됐어요. 야쿱이 크라코프에 있는 친구에게 소식을 들었는데, 완다가 최근 들어 또다시 자살 시도를 했다더군요. 당신은 왜 내게 그 이야기를 하지 않았어요? 끔찍하고, 끔찍하고, 끔찍해요! 약자들은 스스로 상처 입혀요. 마치 자신에게 상처 입히는 것이야말로 자신이 진정으로 원하는 것인 양 말이에요. 심지어 그렇다 하더라도…….

마리냐는 헨리크에게 종종 그랬다시피, 의지의 힘을 환기시켰다. 자기에 대한 자책감도 있었지만 동시에 자부심도 들어 있었다. 하지만 의지는 욕망의 또 다른 이름이었을 따름이었다. 마리냐는 어떤 대가를 치르더라도 이 삶을 원했다. 이 고독, 이 황홀을 원했다. 평생 알지 못했거나 앞으로도 거의 알지 못할 무수한 타인들로부터 사랑과 흡사한 인정을 받으려는 욕망. 그녀 자신의 고통스럽고도 격심한 불만족. 그러면서도 연극 평이 극찬이 아니었다면, 너무나 곤혹스러워했을 터였다. 자신에 관한 기사 중 그녀가 믿고 싶은 것이 있다면, 웅변조의 과장된 연기와는 상반된 평이었다. 마리냐의 "소박함", "섬세함", "세련되고 정교한 예술", "자연스러움 자체"는 뉴욕 사람들에게 대단히 독창적인 것처럼 보였다. 하지만 그녀는 자기가 읽었던 것을 믿지 않았다. 특히나 칭찬 일색이거나 상반된 장점을 열거할 때는 더욱 그랬다. 무대에서의 자연스러움은 전혀 자연스러운 것이 아니었다. 개선해야 할 점들이 많다는 것을 마리냐는 알았다. 목소리는 힘껏 내질렀지만 일 년 남짓한 공백 기간 때문에 무대에서 호흡을 정확히 조절하는 것이 많이 약해졌다. 때로 단어에 통렬한 맛이 없는 것처럼 느껴지기도 했다. 어떤 구절의 흐름에서는 더 다채롭게 할 필요가 있었다. 이 모든 것들이 고쳐졌을 때, 흔히 그렇다시피 일주일에 여덟 번이나 공연하면서 그게 가능했다 하더라도(마리냐는 일요일 몇 시간 먼저 극장에 가서 텅 빈 무대에서 혼자 연습을 했다.), 그럴 경우 오히려 마리냐의 목소리가 깊이는 없고 지나치게 얕아지지나 않았을까?

마리냐는 거장의 연기를 흉내 내고 있다는 느낌이 되살아나고 있어서, 자신의 연기가 과장되지 않을까 두려웠다. 연기하고 있는 것을 거침없이 표현하는 것과, 배우가 조야하게, 혹은 잘못된 자의식으로 지나치게 과장된 연기를 하는 것은 전혀 별개의 것이다. 마리냐는 보그던에게 말했다. "내가 객석에 앉아 내 자신의 연기를 단 한 번이라고 본다면, 그래서 단점을 고칠 수 있다면, 인생의 십 년이라도 포기할 수 있을 것 같아요."

무대에서의 권위는 등장인물의 본질을 투사하여 지속적으로 유연하게 꿰뚫어 보는 역량에 달려 있다. 자연 상태에서는 많은 휴식의 순간이 있으며, 비본질적인 많은 동작들이 있기 마련이다. 연극 무대에서는 등장인물이 언제나 자기 본질을 드러낸다.(그 밖의 모든 것들은 사소하거나 중요한 것이 아닐 수 있었다. 신호를 보내고 형상화를 하는 대신 질척거리며 스며 나오는 것에 불과하다.) 어떤 역할을 연기한다는 것은 어떤 개인에게 가장 강조해야 할 것과 본질로 유지되어야 할 것을 보여 주는 것이다. 본질적인 동작은 반복되어야 할 동작이다. 만약 악을 연기한다면, 연기자로서 나는 언제나 악을 구현해야 한다. 내가 연기할 추파와 오만상을 관찰해 보라. 나는 이를 갈면서 악함을 드러낸다.(내가 만약 남자라면) 속이기 쉬운 제물에게 분풀이를 함으로써 그가 감수하게 될 고통을 생각하면서, 눈에 띌 정도로 몸을 부르르 떤다. 혹은 나는 착한 연기를 한다.(여자로서 착하다.) 자, 미소 짓고, 부드러운 시선으로 응시하고 있다. 나는 구원하고자 앞으로 몸을 내밀거나 혹은 자신을 방어하기에도 너무나 무력하여 다가오는 짐승 같은 남자를 피해 뒤로 주춤주춤 안쓰럽게 물러난다.

모든 관객은 연기란 것이 그렇게 진행된다는 점에 동의했다. 관객은 누구를 사랑하고, 누구를 불쌍하게 여기고, 누구를 미워할 것인지에 관해서 실수하는 법이 없다. 하지만 어떤 인간의 본질을 보여 준다고 해서 반드시 우리가 눈치 챌 정도로 눈에 띄게 과장해야 할까? 처음부터 확연하게 드러내지 않을 용기를 가지고 있었다면, 그것이야말로 더 세련되고 더 진실한 것이 아니었을까? 혹은 더 매혹적이지 않았을까? 매일 밤 무대에 서면서, 마리냐는 자기 자신에게 약속했다. 자제하겠다고 약속했다. 빤히 읽히도록 연기하지 않겠다고 다짐했다. 관객을 혼란스럽게 만들 위험을 무릅쓰더라도 더 다양한 해석을 추구하겠다고 자신과 약속했다. 감정이 들끓더라도 그러기로 했다.

그렇다면 나의 본질은 뭘까? 하고 마리냐는 생각했다. 내 자신을 연기한다면 무엇을 보여 주어야 할까?

배우는 본질을 가질 필요가 없다. 배우가 본질을 가지고 있으면, 어쩌면 오히려 연기에 방해가 되었을 것이다. 배우에게는 오로지 가면이 필요하다.

그녀가 연기한 말로 설명할 수 없는 역할을 분석하려고 하면서 비평가들은 "미묘한"이나 "귀족적인"과 같은 단어들에 의존했다. 샌프란시스코에서 매력을 발산했던 자아의 재현은 뉴욕에서는 부족했다. 마리냐는 힘들었던 인생 초년의 이야기로 캘리포니아의 많은 기자들을 매료시켰다. 폴란드의 시골 변두리 순회 여행을 했다는 것이 승마학교에서 연극을 한 것으로 들리고, 헛간은 종종 극장으로 간주되었다. 타국에서 거창한 이력을 들먹일 때마다 늘 따라다니는 뻔뻔한 오해와 착각을 고치는 게 다 무슨 소용이 있겠는가. 모든 배우(가수, 악사, 무용수 등)는 가르침을 받는 스승과 예술적인 계보를 가지고 있으며 윤리적인 계보 또한 가지고 있다. 마리냐에게도 (미국인들로서는) 발음조차 제대로 되지 않는 스승들이 무수히 있었지만, 여기서 그런 이름을 언급하는 건 부질없는 짓이었다. 마리냐의 재능은 계보가 없는 천애고아였다. 여기 미국에서 불가능한 꿈에 대한 폴란드인들의 헌신하는 습관에서 비롯된 각별한 의무감을 어떻게 설명할 수 있겠는가. "우리 폴란드인들은 대단히 연극적인 국민들이에요." 마리냐는 꼬치꼬치 캐묻는 한 무리의 새로운 기자들에게 이와 같이 요약해 선언했다.

폴란드에서 마리냐는 민족의 염원을 상징했다. 하지만 여기서는 단지 예술이나 문화를 재현할 수 있을 따름이었다. 많은 사람들은 그런 문화적 · 예술적 재현을 경박하다거나, 속물적이라거나, 윤리적으로 혼란스러운 것이라면서 두려워했다. 보그던은 미소를 지으면서 미국인들은 오래 가는 위안을 원하는 것처럼 보인다고 지적했다. 따라서 예술은 단지 예술이 아니라, 건전한 시민 목적에 봉사하거나 더 고차원적인 윤리 의식에 봉사해야 하는 것처럼 보인다는 것이었다.

뉴욕 신문들과 가졌던 마리냐의 초기 인터뷰들은 리샤드가 영어를 즉시 폴란드어로 번역해 줌으로써 바르샤바의 연극 잡지인 『안트락트*Antrakt*』에 실리는 데 소중한 기여를 했다. "마리냐가 맡았던 모든 역할에서, 그녀는 자기가 살고 있는 시대와 충분히 교감한다. 베르디의 음악이 모든 인류의 언어인 음악으로 한숨짓고, 울고, 고뇌하고 사랑하며 비명을 지르는 것처럼 말이다. 베르디가 자기 시대 최고의 작곡가라면, 잘레조브스키는 가장 위대한 배우다."라고 잡지는 말했다.

폴란드의 저명한 비평가가 마리냐를 베르디와 비교했다고 말한다는 것이 여기서는 아무런 의미가 없지 않을까 하고 생각했다. 그녀가 보여 준 표현의 보편성이 베르디에 버금갈 만한 것(단지 자기 민족의 갈망을 담아 낸 역할이 아니라)이라고 이야기하는 것이 무슨 소용이 있을까 하는 의구심이 들었다. 미국인들은 그녀의 천재성이 섬세한 것이 아니라, 기능적인 것이라고 생각할 수도 있었기 때문이었다.

그런 말을 언급하는 대신 마리냐는 "신사 여러분, 내가 스크랩북을 가지고 있을 거라고는 상상하진 않겠죠, 그죠? 연극 평을 좀처럼 읽지 않는 나로서는, 나에 관해 쓴 기사들을 보존한다는 건 생각조차 못 할 일이거든요!"

마리냐는 평론가들의 마음을 사로잡았다. 가장 미심쩍어했던 『트리뷴』 지의 윌리엄 윈터 씨의 마음마저 사로잡았다. 윌리엄 윈터는 이 나라에서 가장 막강한 연극 비평가였다. 윈터가 잘렌스카 부인이 선택한 개막작을 유감으로 여겼던 것은 사실이었다. "이처럼 고상한 예술가(이며 잘 알겠지만 백작부인이기도 한)인 그녀가 우리의 마음을 얻으려고 허약한 폐에다 비천한 덕목을 가진 미심쩍은 여성을 그런 연극을 선택할 필요가 있었을까?" 하지만 윈터는 마리냐를 당연히 용서해 주기로 했다. 친애하는 우리의 샌프란시스코나 기세등등한 버지니아 시티에서는 그와 같은 검열의 쑥덕거림이 전혀 감지되지 않았다. 그래서 워녹은 서부가 훨씬 관대하다(혹자는 윤리적으로 느슨하다.)고 마리냐에게 설명해야만 했다. 반면 미국의 동부("우리가 전체 대륙이며 인구가 오백만 명이라는 것을 기억하시길!"), 그중에서도 중부는 특히 무대에서 묘사된 여성들의 덕목에 관해 "상당히" 요란스럽게 굴 수도 있었다. 그 말은 마리냐가 악명이 자자하면서도 대단한 성공을 거뒀던 듀마의 연극이 제기했던 윤리적인 문제가 공적인 위협이 될 수 있다는 "상당한" 설교를 들을 각오가 되어 있어야 한다는 뜻이었다.

다행스럽게도 모든 비평가들이 그들의 새로운 우상이 타락한 여성을 연기함으로써 예술의 격조를 낮춘다고 생각하지는 않았다. 영향력이 대단한 『헤럴드』 지의 자넷 기들러는 마리냐의 각별한 팬이 되었는데, 고급 창녀의 장신구에 더 관심을 가졌다. 보그던의 관찰에 따르면, 길드 양 자신의 복장으로 보아서는 도무지 상상할 수 없었던 관심사였다. 그녀의 복장은 하이칼라에 넥타이, 멜론 햇과 남자 외투였다. "그녀의 가운 아래 맨살이 드러난 팔에서 팔꿈치 아래쪽까지는 열두 개의 단추가 달린 크림색 키드 가죽 장갑에 감싸여 있었고, 팔꿈치에서부터 어깨까지는 보석으로 장식한 벨벳 리본 띠로 단단히 묶어서 장식했다." 고 하면서 길드 양은 마리냐가 묘사한 마르그리트 고티에의 놀라운 1막 도입부에 주목했다. 〈춘희〉에서 마리냐가 입었던 의상들은 최고의 패션 리더들은 물론 마리냐의 의상을 극단적으로 비난하던 자들까지 가장 많이 따라 입게 되었다는 점에 주목하면서, 보그던은 대단히 재미있는 현상이라고 분석했다.

뉴욕의 숙녀들이 마리냐의 매너, 몸짓, 머리 모양(〈춘희〉의 1막에서 했던 머리 모양)을 따라 하고 있다는 점(그녀야말로 그렇게 되리라고는 꿈에도 예상하지 못했다고 말했다.)을 지적한 사람은 다름 아닌 보그던이었다. 그 작품에서 보여 준 그녀의 머리 모양(퍼프와 밴드를 이용하여 머리 위로 잔뜩 치켜 올린 스타일이었다.)과 잘렌스카 모자는 가장 세련된 가게에 진열되기 시작했다. 잘렌스카 장갑과 잘렌스카 브로치와 "폴란드 향수", 즉 새로운 오드 콜론까지 유행했다. 이런 제품에 들어가 있는 마리냐의 타원형 초상화는 쇼팽의 특징인 장발과 예민하고 폐결핵에 걸린 얼굴을 한 젊은 청년이 피아노 앞에 앉아 있던 거실 장면과 겹쳐졌다. 〈춘희〉에서 보여 주었던 고급 여송연을 든 그녀의 초상화가 잡화점 윈도에 전시되었으며 시가가 상점에서 팔려 나갔다. 신문들은 잘렌스카 부인의 사교 모임 일정을 연일 보도했다. 마리나가 빠진 체중을 아직 회복하지 못했거나, 너무 깡말라 보였다면 〈춘희〉의 1막에서 입었던 찬탄할 만한 드레스에는 잘 어울리지 않았을 것이었다. 그 드레스는 짙푸른 비단에 검은 초록색 벨벳 치마꼬리를 드리운 크리놀린으로, 몸에 꼭 맞도록 재단된 것이었다. 하지만 마리나는 파리를 새롭게 지배하고 있는 스타인 사라 베른하르트 양의 사진에 지독히 빠져 있었다. 베른하르트 양은 새처럼 생긴 얼굴에 앙상한 실루엣을 자랑했다. 미래의 경쟁자가 될 것이라는 조바심으로 인해 마리나는 저 체중을 계속 유지하겠다고 다짐했다.

5번가 극장에서 4주, 그리고 독일 여자 재봉사가 특별히 신경 써서 지어 준 24개의 트렁크에 가득 찬 무대의상을 작업(늘이고, 줄이고)하느라 한 주를 더 보낸 뒤, 마리나는 미국을 정복하는 일에 착수했다. 마리나는 미국의 극서 지역을 제외한 전국의 모든 레퍼토리 극단에서 공연했다. 필라델피아에서 그 도시의 주요한 비평가들은 마리나가 〈춘희〉 4막에 걸쳤던 "십자가와 4만 달러에 상당하는 다이아몬드 보석(워녹이 퍼뜨린 소문에 의하면)"에 감탄했다. 물론 그것은 가짜였다. 그런 실수, 즉 워녹이 저지른 실수는 명성이 자자한 아치 스트리트 극장에서 자신의 〈춘희〉 공연 기간 동안만 참고 견디기로 마리나는 결심했다. 마리나는 필라델피아에서 실망했다. 볼티모어와 워싱턴에서는 〈뜻대로 하세요〉, 〈로미오와 줄리엣〉을 공연했는데, 그런대로 괜찮았다. 그런 다음 증기선을 타고 동부 연안으로 되돌아가서 그곳에서는 (로잘린드와 줄리엣만을) 이 나라에서 가장 세련된 관객들이자 유서 깊은 극장에서 연극을 해야 할 것이라고 워녹이 말해 주었다.("보스턴 미술관이라니 워녹, 그게 무슨 뜻이죠? 미국에서는 극장을 통상적으로 미술관이라고 불러요?" "오직 보스턴에서만 그렇게 부른답니다, 부인.") 새로 친구가 된 윌리엄 윈터는 호전적인 뉴요커였는데, 오만한 미국의 허풍스런 수도에 관해 더 회의적인 태도를 보였다. 데이비드 개릭(David Garrick, 1717~1779. 영국 배우로 자연스럽고 힘찬 연기 양식으로 런던 연극계에 새로운 바람을 일으켰다. 옮긴이) 시절 런던 극장을 가득 채웠던 관객마저도 그녀에게는 도무지 상대가 되지 않을 것이라면서, 윈터는 마리냐를 슬슬 자극하면서도 안심시켰다. 그런 관객들은 셰익스피어를 너무나도 잘 알고 있어서, 배우가 텍스트를 멋대로 고치거나 한 단어라도 잘못 발음하거나, 잘못된 곳에 강세를 두면 특등석, 3등석이거나 할 것 없이 요란한 야유와 휘파람을 날렸다. 적어도 보스턴은 그렇다고 인정했다. 보스턴은 안목 높은 셰익스피어 연극 팬들로 가득 차 있었다. 마리냐는 자신감을 가지고 도전을 고대했다. 칭찬에 고무되어(그럼에도 물론 칭찬을 항상 경계했지만) 자신의 영어 발음에 예전처럼 그렇게 신경을 쏟지 않았으므로, 막상 보스턴 미술관에서 개막 공연을 한 바로 그날의 충격은 더욱 엄청났다. 마리냐가 생각하기로는 자기 공연 중에서 가장 유창하고 자연스러운 로잘린드였지만, 『이브닝 트랜스크립트*Evening Transcript*』 지에 저명한 연극 평론가가 〈뜻대로 하세요〉에서의 낭만적인 구절에서는 특히 그녀의 억양이 매력적이었지만, 셰익스피어가 농담을 요구한 부분에 이르면 오히려 그것이 장애가 되었다는 기사를 내보냄으로써, 마리냐를 충격에 빠트렸다.

"그게 사실이지, 안 그래?" 마리냐는 발성 지도를 받는 동안 랭햄 호텔의 특실로 즉각 불러들인 콜린그릿지 양에게 울부짖으면서 물어보았다. "내가 얼마나 실수를 했던 거야?"

"필라델피아에서 부인은 '남들' 을 **'남덜'** 이라고 발음했어요. 워싱턴에서는 '사랑' 을 **'싸랑'** 이라고 했고, '힘' 을 **'심'** 이라고 발음했으며, 볼티모어에서는 '숨결' 을 **'슴결'** 로, '왕좌' 를 **'왕자'** 로, '종달새' 를 **'종다르새'** 라고 했어요.

그건 종달새가 아니라 나이팅게일이었어요.
당신의 귀에 두려운 공허를 들려주었던 새는요.

그건 최악이었어요."

"저런 밀드레드, 네가 날 어떻게 참아 줬니?"

"그건 부인을 **'싸랑'** 하기 때문이죠."

"제발 그만 해, 밀드레드. 알아들었다니까."

영어를 멋지게 조율해 셰익스피어를 제대로 전달할 수만 있다면, 하는 것이 마리냐의 유일한 좌절이었다면 오죽 좋았으랴!

토론토는 훨씬 나았다. 버팔로와 피츠버그는 이 새롭고 이국적인 미국 무대의 장식에 매료되었음을 스스로 인정했다. 클리블랜드와 콜럼버스는 인정하면서 환호하는 기색을 보였다. 마리냐가 워녹에게 새로운 역할을 암기하는 데 이틀 이상 걸리지 않는다는 말을 실수로 하는 바람에, 신시내티에 도착하고 난 뒤 워녹은 〈아드리엔〉, 〈뜻대로 하세요〉 뿐만 아니라 토요일 낮 시간에 〈이스트 린〉 또한 올린다는 전단지를 이미 뿌렸다는 소식을, 공연 사흘 전에야 겨우 알려 주었다. 분통이 치밀었던 마리냐는 〈이스트 린〉 같은 작품은 결코 할 수 없다고 이미 말했다는 점을 워녹에게 상기시켰다. 마리냐는 이스트 린이든 비스트 린(east를 (B)east라고 부르면서 불편한 심기를 드러낸 것. 옮긴이)이든 그딴 작품은 할 수 없다고 경멸하면서, "난 눈물을 짜내는 장사꾼이 아니라 예술가라고요, 워녹 씨!" 하고 호통을 쳤다. 순회공연을 하게 되었던 두 번째 달에 접어들어 마리냐는 워녹의 간청에 굴복했다. 워녹은 신시내티, 루이스빌, 사바나, 아우구스타, 멤피스, 세인트루이스에서 이 작품을 공연하자고 졸랐다. 워녹은 "돈은 확실하잖습니까."라고 했다.

"그게 무슨 말이에요?"

"내 말은 관객들이 그 작품을 사랑한다는 거지요."

"관객들이 울고 싶어한다는 건가요?"

"그럼요, 물론이지요. 사람들은 극장에서 울고 싶어하거든요. 웃고 싶어하는 것만큼이나 울고 싶어합니다. 그게 뭐 잘못인가요, 부인? 어쨌거나 그들이 가장 보고 싶어하는 건 위대한 연기지만요. 그걸 해 줄 수 있는 건 바로 당신입니다!"

플롯에 따라서 주인공이 떠났다가 줄거리의 전개 과정에서 주인공이 많은 고통을 겪고 완전히 딴사람이 되거나 혹은 편의상 변장을 하여 교묘하게 무대로 되돌아왔을 때, 연극을 보는 관객은 주인공의 정체와 상황을 아주 잘 알고 있지만 무대 위에서 연기를 하는 사람들은 그 사람의 진정한 정체를 전혀 눈치 채지 못하는 장면을 탁월한 연극적 기교로 보여 주는 것보다 관객을 더욱 즐겁게 하는 건 없다. 바로 그런 것이 〈이스트 린〉의 주인공 역할이다. 사실상 그것은 1인 2역이기도 했다. 한 사람은 허약한 심성의 소유자이자 속기 쉬운 이사벨 부인인데, 그녀는 계획적으로 접근한 교활한 난봉꾼의 꾐에 넘어가서 사랑하는 남편과 자식들을 버린다. 다른 한 명은 참회의 고통으로 일찌감치 폭삭 늙어 버린 회개하는 죄인이다. 그녀는 안경을 쓰고 머리가 희끗한 가정교사로 자기 집에 되돌아온다. 가정교사 "바인 부인"은 자기 아이들을 돌본다. 이사벨 부인이 가출하던 무렵에는 갓난아이였던 세 명의 자녀들 중 막내가 자신의 품에 안겨 죽을 때 그녀는 울부짖는다. **오, 윌리, 내 아기. 내 아기가 죽다니, 죽다니, 죽다니! 내가 누군지도 모른 채, 나를 어미라고 한 번 불러 보지도 못한 채!** 관객들의 슬픔은 거침없이 터져 나왔다. 죽어 가는 그녀가 자기 정체를 밝히면서 남편에게 용서를 구할 때 눈물은 또다시 흘러넘쳤다. **지금의 나는 당신의 기억 속에서 지워 주세요.** (당신이 그럴 수만 있다면) **나를 당신의 아내로 맞이해 주었을 때의 순진하고 신뢰하던 처녀로 생각해 주세요.** 남편에게 애원한다. 자신을 저버림으로써, 남아 있는 두 아이에게 고통을 가하지 말아 달라고 애원한다. **루시와 아치에게 다정하게 대하고 사랑해 주세요.** 그녀는 쉰 목소리로 속삭인다. **자기 어미의 죄를 아이들이 물려받지 않도록 해 주세요!**

이 장면에서 아치발트 역할을 하는 배우는 **절대로, 절대로 그런 일은 없을 거요,** 하고 소리쳤다. 미국은 열 명도 넘는 아치발트를 가지고 있었지만, 최고의 이사벨은 오직 한 명뿐이었다. 마리냐는 이사벨을 연기하는 법을 배우게 됨으로써 가장 경이롭고 슬픔에 찬 이사벨을 만들어 냈다. 아치발트 역을 한 배우는 고개를 숙여 절을 했다. 마리냐는 그의 옷깃에 떨어진 비듬을 보았다. 마리냐는 주체할 수 없이 슬퍼졌다. 내가 뭘 하고 있는 거지, 하는 의구심이 조금씩 들면서 그녀는 〈이스트 린〉의 뻔뻔한 감상과 파괴할 수 없는 흥분에 자기 몸을 맡겼다.

마리냐는 지극한 평정을 찾고 있는 중이었다.

시카고에서는 홀리 오페라 하우스에서 열흘 동안 공연을 했는데, 화환과 선물, 이 도시에 정착한 다수의 폴란드인들의 간청을 주체할 수가 없어서 성가실 정도였다. 일요일, 보그던과 함께 세인트 스타니슬라브 성당 미사에 뒤이어 가톨릭 고위 성직자 몬시뇰 클리모브스키 Monsignor Klimowski가 주관한, 끝날 것 같지 않은 정찬을 마치고, 마리냐는 교회에 접해 있는 친목 회관에서 몇 가지 프로그램을 보여 주었다. 마리냐는 미키에비치의 시 구절, 슬로바키의 『마제파*Mazepa*』의 한 구절, 셰익스피어의 유명한 몇 구절을 낭송했다. 포셔가 자비를 간청하는 연설, 오필리아가 미친 장면, 스코틀랜드 레이디의 몽유병적인 광란을 읊조렸다. 폴란드어로 셰익스피어를 전달하자, 정말 즐겁다는 느낌이 들었다. 무뚝뚝하고 초라한 남자와 충혈된 눈을 손수건으로 연신 훔치는 여자들이 앞으로 걸어 나와서 마리냐의 손에 키스를 했다.

그처럼 많은 여행을 하면서 새로운 곳마다 똑같은 것을 반복하게 되자 세계가 줄어들었다. 새로운 도시라고 해 보았자 크기와 분장실의 약속, 무능함에 다소 차이가 있는 레퍼토리 극장의 남자 배우들, 보그던의 위치(마리냐는 보그던이 무대 윙이나 특등석에 있어 주기를 바랐는데, 무대에서 연기를 하면서도 그의 표정을 훨씬 잘 볼 수 있었기 때문이었다.)가 주는 안도감, 만사가 잘 진행되고 있다고 안심시켜 주는 그의 따스한 위로로 세계는 축소되었다.

하인리히 극단의 어린 여배우였을 때 마리냐는 마음껏 여행하는 것이 어렵다는 생각을 했다. 그런데 미국에서는 제대로 쉴 수가 없었다. 미국인들은 계속되는 순회공연을 고안했다. 연이은 공연으로 이 도시에서 저 도시에 이동하는 데 겨우 하루 이틀이 고작이었다. 열차의 칸막이 방에서 계속 지내면서 마리냐는 기차바퀴가 덜커덩거리는 소리와 소리 사이로 자기가 맡은 배역의 대사에 몰두했다. 보그던은 책을 읽었다. 특급 기차가 우레 같은 소리를 내면서 그들을 지나갈 때까지 그들이 탄 기차는 한 시간도 넘게 옆으로 비켜 선 채 기다리고 있어야 했는데 그때도 계속해서 책을 읽고는 했다. 피터가 창문 바깥을 내다보면서 혼자 중얼거리고 있을 동안 마리냐는 섰다 앉았다, 앉았다 섰다를 되풀이했다. 마리냐는 아이를 방해하지 말아야 한다는 정도는 알고 있었다. 그런 실수를 한 번 한 뒤에야 그 점을 알아차릴 수 있었다.

"28이라니 그게 뭔 소리니, 얘야?"

"엄마, 엄마가 망치고 있잖아요!"

"세상에, 피터, 내가 뭘 망쳤단 거야?"

"화물 차량의 숫자를 더하고 있었어요. 저건 하나, 그리고 아홉 개, 여덟 개, 그리고 세 개, 그런데 엄마가……."

"미안하구나. 그럼 다시 헤아리렴."

"엄마는 참!"

"이번에는 또 뭘 잘못했니?"

"또 다른 기차가 올 때까지 기다려야 해요."

마리냐는 종종 밤잠을 설쳤지만, 그녀의 인내력은 경이적이었다. 원하면 그녀는 언제든지 잘 수 있었고 한 시간 정도 자고 나면 개운하게 깨어났다. 워녹은 마리냐가 불평하기를 기다렸다.

"보다시피 난 불평하지 않아요, 워녹 씨." 얼음장 같은 위스콘신의 끝머리쯤을 지날 무렵이었다. 한밤중에 차를 홀짝이면서 마리냐는 그렇게 말했다. 그녀는 밀워키에 있는 그랜드 오페라 하우스에서 이틀 저녁을, 캔자스시티 음악원에서 사흘을 공연할 예정이었다. 그들은 화물 차량 기지에 붙들려 있었다. 기차는 갈지자로 비틀거렸고 한 시간 이상을 끽끽거리면서 끙끙거렸다. "이런 끔찍한 야간 기차 여행. 최근에 나와 나의 가족을 묵게 했던 지저분한 호텔, 함께 공연하지 않을 수 없었던 형편없는 배우들하며 정말 많은 걸 배웠어요. 내 말 잘 들어요, 오직 한 번, 제발, 이런 대접은 한 번이면 족해요. 두 번 다시 이런 식으로 되풀이할 수는 없을 거예요."

폴란드는 동심원적인 사회였다. 익숙한 모든 것들은 구심점을 향해 스며들었다. 그런데 이 나라는 훨씬 널찍하고 거칠 것이 없었으며 모든 것들이 방사선으로 뻗어 나갔다. 낯선 곳에서 또 다른 낯선 곳으로 끊임없이 이동하게 됨으로써 마리나는 어디에서도 구심점이 될 만한 곳이나, 너무나 튼튼하여 보호받을 수 있는 곳을 발견하지 못했다. 연기야말로 그녀가 절박하게 만족하면서 하는 일이었다. 셰익스피어의 줄리엣과 로잘린드, 아드리엔, 마르그리트 고티에, 심지어 〈이스트 린〉의 불쌍한 이사벨 부인마저 좋아했다. 그들과 어울려 있을 때면 얼마나 편안한지 몰랐다. 종종 그런 여주인공들이 꿈속에까지 찾아와서 서로 이야기를 나눴다. 마리나는 그들을 위로하고 싶었다. 그들 또한 그녀를 위로해 주는 데 성공했다. 때로는 아무 생각 없이 오직 그들만 존재하는 것처럼 느껴졌다.

그러는 사이 어떤 것들은 전혀 입에 올리지 않게 되었다. 어쩌다 발작적으로 얼핏 스쳐 지나가면 그것으로 그만이었다. 3년 전 장티푸스를 한 차례 앓으면서 머리카락이 빠졌을 때가 기억났다. 경악스럽게도 뒤통수에 검붉은 자국이 두 개나 생겼다. 하나는 정수리 부분에,

다른 하나는 목덜미 위였다. 손거울을 쥐고 정확한 각도로 비추면서, 자기 뒤에 놓인 분장실의 커다란 거울을 통해 그녀는 반점으로 드러난 탈모의 흔적을 진저리치면서 바라보았다. 그녀의 뒤통수를 볼 수 있는 사람이라고는 가발 만드는 사람과 의상 담당자뿐이었고, 얼마 지나지 않아 보송보송한 솜털이 자라 나오자 그마저 덮여 버렸다. 머리카락이 다시 완전히 자라자 탈모가 된 맨머리 가죽을 두 번 다시 볼 일은 없을 것처럼 보였다.

심란하고 혼란스럽게 만들거나, 이전에는 보이지 않던 것들이 눈에 들어옴으로써 우리는 보고, 포착한다.……. 그러다가 그런 것(예를 들어 탈모의 흔적 같은 것)은 사라진다. 일단 사라지고 난 뒤 그런 흔적을 뒤좇는 건 부질없는 짓이다. 더 이상 그곳에 보이지 않고 존재하지 않는 것을 찾겠다고 고집하는 건 소용없는 짓이다. 이처럼 한때는 마음을 심란하게 만들었던 지식이 너무나도 쉽게 쓸모없는 지식이 되어 버린다.

이렇게 추측해 본다면, 지난 일 년 동안 헤어져 있으면서 마리냐와 보그던은 모두 필요한 만큼 딴 곳에서 애정을 구했다고 할 수 있었다. 말하지 않아도 이미 알고 있었던 것에 대해 구태여 이야기할 작정은 아니었다. 사랑이란, 특히 결혼한 사이에서의 사랑이란 관대한 침묵으로 가득한 것이었다. 그들은 서로에게 관대할 작정이었다.

마리냐는 이 남자에게 왜 이다지도 묶여 있는지 그 이유를 자신이 알고 있다는 생각이 들었다. 보그던은 마리냐가 충분히 자유롭다고 느끼도록 만들 만큼 용의주도한 사람이기 때문이었다.

하지만 보그던이 모든 공연에 전부 참석하면서, 언제나 그녀 곁에 머물러 있을 것이라고 당연히 생각한다면 너무 주제넘은 기대였을까? 폴란드에서 보그던은 뎀보브스키 백작이자, 애국자이며 세련된 감식가였다. 미국에서 그는 그런 것들 대신 한 가지 역할을 맡은 남자에 불과했다. 영광의 중심에 있는 자기 아내 옆자리에 서 있는 역할 말이다.

"난 당신이 걱정돼요, 여보. 내 직업에 내려진 저주 때문에 오로지 나만 생각하게끔 되어 있으니까요. 당신이 옆에 있어 줘서 너무 고마워요. 당신의 지원과 사랑과……."

"내가 걱정스러운 거요?" 보그던이 물었다. "그런 생각하지 말아요." 보그던이 지금 그녀를 책망하고 있었던가? 그럴 리가. "당신은 나에게 위안을 구하고 있군."

"그런 것 같아요."

마리냐의 마음이 평안해지면서 안정되었다. 마리냐의 순회공연이 극서쪽으로 이동함에 따라(오마하에 있는 보이드 오페라 하우스에서 한 주 동안 공연이 잡혀 있었다.) 보그던은 마리냐를 떠나 남부 캘리포니아로 되돌아갔다. 보그던이 공공연하게 밝힌 목적은 마리냐의 순회공연이 끝날 때면 언제든지 휴식을 취할 수 있도록 구입할 만한 집과 소유지를 물색하는 것이었다. 마리냐는 보그던이 비밀스러운 비행 클럽에 들어가려고 카핀테리아로 되돌아가지 않을까 짐작했다. 보그던을 잘 알고 있는 그녀로서는 일단 비행 장면을 볼 수 있도록 허락받는 순간, 본인이 직접 비행사가 되려고 할 것임이 틀림없을 거라는 확신이 들었다.

"당신에게 무슨 일이 생기면 난 견딜 수 없을 거예요. 그래도 당신은 하고 싶은 일은 하고야 말겠지만요."

마리냐가 계속해서 이동을 하는 마당에 보그던이 편지를 통해 그녀에게 위안을 준다는 것은 불가능했다. 비상시에만 전보를 보내기로 서로 의견을 모았다. 마리냐의 순회 여정은 다가오는 6월, 브룩클린의 파크 극장에서 한 주 동안 〈춘희〉, 〈아드리엔〉, 〈로미오와 줄리엣〉을 하면 끝날 예정이었다. 만사가 예정대로 잘 진행된다면, 그 무렵 보그던과 뉴욕에서 합류할 수도 있었다.

물론 보그던은 마리냐가 자기를 걱정해 주었으면 했다. 그것은 남편으로서의 권리였다. 하지만 마리냐의 예술과 평정심을 위해서는 근심 걱정에 지나치게 매달리지 말아야 했다.

실제로 마리냐는 보그던이 모든 계획을 털어놓지 않는 편을 좋아했다. 그 나름의 은밀한 모험을 할 수 있는 권리를 자신이 좌지우지하고픈 마음은 전혀 없었다. 보그던은 마리냐가 쉽게 속아 주었으면 했다. 그들은 날기도 했으며, 그러다 좌초하기도 했다.

아뇨, 엄마. 더 이상 머물러 있을 수가 없어요. 한 주 뒤에 자코페인으로 갈 예정을 미리 세워 두었거든요. 스테판 오빠를 간호해 주었던 그 의사, 나의 좋은 친구이기도 티진스키 박사 있잖아요, 그래요 바로 그분. 여기 있을 동안 그분을 찾아뵈려고요. 아니요. 그 의사 선생님은 바르샤바에 살지 않아요. 그래요. 이제는 일 년 내내 자코페인에 살아요. 엄마, 정말 이해가 안 되네. 엄마는 내가 불편하게 지냈으면 좋겠어요? 내게는 호텔이 더 잘 맞아요. 여러 면에서 훨씬 나아요. 게다가 난 할 일도 많아요. 금의환향이죠. 아이러니에요, 엄마. 이건 순전히 사적인 고향 방문인데. 그건 엄마도 알잖아요. 모든 사람들이 왜 이처럼 성가시게 구냐고요. 왜냐고요? 나의 숭배자들은 내가 이곳을 떠나자마자 엄마와 요제피나 언니를 괴롭히지 않을 거예요. 틀림없어요, 그건 내가 장담해요. 이곳에 머무는 한 주 동안 "미국에서 온 편지"를 『안트락트』 잡지사에 보낼까 봐요. 어떻게 생각해요, 보그던? 그건 아니에요. 크라코프에서는 내게 필요한 마음의 평화를 결코 얻지 못할 거라고요. 내가 왜 바르샤바로 꼭 가야만 해요? 두 말할 필요도 없어요. 날 보고 싶다면 바르샤바에 사는 친구들이 기차를 타고 여기로 오면 되잖아요. 임페리얼 극장의 행정에 정말 치를 떨었거든요. 난 극장 감독을 친구로 여겼어요. 그래요. 친구로요. 적어도 그 역시 보복하려는 관료에 불과하다는 걸 알기 전까지는 그랬죠. 보그던, 당신도 동의하지 않아요? 우린 그 점을 결코 고려하지 않았어요. 한바탕 꼴사납게 소란을 피웠죠. 그러다 보니 침착할 필요가 있더군요. 과거의 동료들이 정말 많이 보고 싶지만요. 특히 임페리얼 극장에서 메인 무대에 선 타데우즈를 보지 못하는 게 정말 안타까워요. 그렇지만 난 바르샤바에는 가지 않을 작정이에요. 철회해 달라고 요구하라고요? 엄마, 제정신이에요? 아직도 여전히 기분이 나빠요. 그 때문에 내가 미국에 머물겠다는 건 아니에요. 우린 친척들을 방문하고 7월과 8월에는 되돌아갈 계획을 항상 세웠으니까요. 친구도 만나고. 보그던은 곧장 포즈나뉴로 떠나서 뎀보브스키 장원 몇 군데를 둘러봐야 해요. 아, 슬프게도 유산 문제로 형님과 의논해야 하나 봐요. 우리가 그녀를 다시 볼 수 있을 정도로 가까이 왔다는 건 미칠 노릇이죠. 우린 뉴욕을 떠났고 벌써 바다 한가운데 있어요! 보그던은 가슴이 많이 아픈가 봐요. 요제피나는 정말 예외적인 인물이었어요. 신식은 전혀 아니지만, 대단히 불경스럽잖아요. 그런 여자를 폴란드에서는 두 번 다시 볼 수 없을 거예요. 보그던, 우리 엄마에게 구혼자가 있어요. 점잖게 말하자면 그렇게 표현해야겠죠. 이 나라에서는 뭐든 진행되고 있고, 또 되고 있어요. 엄마는 여든 살이 다 되었다고요! 글린스키 씨는 플로리안스카 거리에서 빵 가게를 하는데, 커다란 덩치에 커다란 머리통을 하고 수염에는 밀가루를 묻히고 다녀요. 아침 일찍 꼬마를 데리고 한 시간가량 시간을 보내려고 우연히 그 근처를 지나간다면, 그분이 아직도 그곳에 있다면 분명 알아볼 수 있을 거예요. 정말 알아볼 수 있을까? 그럴 생각은 아닌데. 뭐 안 될 것도 없지만. 그분은 피터에게 함께 빵 가게로 와서 시간을 보내도록 허락해 줘요. 그래요, 엄마, 걔는 이제 피터라고 불러요. 아뇨. 정말로요. 그게 미국식 이름이기도 해요. 글쎄 잘 모르겠지만, 엄마에게는 표트르라고 부르도록 해 줄 거예요, 분명히. 걔가 폴란드어를 잊지 않았다는 게 뭐 그렇게 놀랄 일인가요? 아니엘라와는 폴란드어로 말하잖아요. 내 비서요? 아니엘라나 피터가 그녀 이야기를 언급했나요? 그 아가씨는 미국인이에요. 폴란드어라고는 한마디도 몰라요. 물론 배울 수는 있었지요. 그런데 뭐 땜에 배우겠어요? 그곳은 미국이라니까요, 엄마! 아니엘라에게 우리랑 함께 가자는 말을 하면서 콜린그릿지 양은 두 달 동안 캘리포니아로 가서 머물러도 좋다고 하자 아니엘라의 얼굴이 활짝 피더군요. 그런데 막상 폴란드로 되돌아왔을 때 아니엘라는 전혀 감흥이 없는 것 같아서요. 아마도 가족이 없어서 그럴지도 몰라요. 가슴이 짠해요. 아뇨. 그냥 혼잣말을 하는 중이에요, 엄마. 엄마가 잘 지내고 있어서 너무 좋아요. 정말이라니까요, 헨리크, 이번 방문에서 예상했던 것 중에서 최고로 만족스러운 건, 당신을 보게 된 것이에요. 보그던, 사랑하는 보그던, 내가 당신과 더불어 비엘코폴스카에 가지 않아도 정말 괜찮겠어요? 이그나시가 감히 뭐라고 하겠어요. 엄마, 날더러 바르샤바에 가도록 설득할 생각 마세요. 그래요, 위약금을 물었어요. 이미 말씀드렸잖아요. 모든 극장은 모든 종류의 불미스러운 행동에 대해 배우들에게 위약금을 매기는 조항이 있어요. 엄마, 그 이전에는 위약금을 낸 적이 당연히 한 번도 없었죠! 만 루블이요, 엄마. 그래요, 만 루블요. 내 자유를 사는 데 그만큼의 돈이 들었어요. 아, 이제야 이해하시는군요. 여동생, 오빠와 그 가족에게 가져온 선물들은 전부 돌렸어요. 헨리크, 피터는 엄마와 요제피나 언니에게 맡겼어요. 모든 사람들이 피터를 응석받이로 만들고 있어요. 안 돼, 피터, 넌 엄마랑 함께 자코페인에 갈 수 없어. 아니엘라랑 함께 여기 있어. 아니야, 엄만 그곳에 오래 있지 않을 거야. 엄마는 한 주 이내에 돌아올 거니까. 엄마, 애플 팬케이크 먹고 싶지 않아요. 정말 감사하지만 이젠 물렸어요. 엄마, 글쎄 내 나이가 서른여덟이에요! 보그던, 포젤스카 거리를 떠나기 전에 오늘 아침 아니엘라가 했던 말을 한번 짐작해 보세요. 여기서는 미국에서처럼 그렇게 바쁘지 않아요. 아니엘라 역시 덜 분주할 거예요. 슬프게도 그건 나도 마찬가지예요! 헨리크, 우리가 브레멘에 도착했을 때 기차역에 나와 봤어야 했는데. 군중, 화환, 노래. 내가 떠날 때와 꼭 마찬가지였어요. 난 너무 감동을 받았어요. 귀향한다는 것이 어떤 느낌일지 알 수가 없었거든요. 보그던, 당신은 짐작할 수 있었나요? 미국에서 경험한 나의 무용담이 지금은 마치 달나라 여행처럼 보일 수도 있어요. 하지만 그런 건 아니에요, 보그던. 아니죠. 미국적인 과찬은 깊이가 없는 반면, 폴란드식 과찬은 깊이가 있어요……. 내 말뜻이 뭔지 아시죠? 인터뷰라고요, 그래요. 딱 한 번만입니다. 자, 여기 앉아요. 커피 한잔 하시겠어요? 한 시간밖에 시간이 없어요. 미국 생활은 정말 행복합니다. 분명히, 그곳의 극장은 여기와는 대단히 달라요. 아뇨, 탁월한 배우들이 상당히 많아요. 에드윈 부스라는 배우인데, 아마 이름을 들어 보지 못하셨을 테죠? 폴란드에서 다시 연기를 할 의도가 있냐는 건 언급할 필요조차 없어요! 다른 무엇보다 난 언제나 폴란드식 애국자이자, 폴란드의 여배우일 테니까요. 여전히 현대적인 예술가로서, 난 내 예술을 많은 사람들에게 보여 주고 싶어요. 영어로 연기하는 것은 아주 자연스러워요. 내년에는 영국에서 공연할 계획을 세우고 있어요. 현대 운송 수단의 기적 덕분에 자기 예술을 도처에서 선보일 수 있으니까요. 거리 때문에 위축되지는 않을 겁니다. 이런 점에서 난 상당히 미국인이 되었죠. 보그던, 이제 당신 떠나야 할 시간이죠? 며칠만 더 머물러요. 보그던, 우리의 아름답고 오래된 크라코프가 왜 이렇게 작게만 보이는지요? 아무것도 변한 게 없어요. 아무것도! 그게 말도 안 된다는 건 나도 잘 알아요, 헨리크. 그런데도 자코페인으로 가는 게 두려워요. 그곳이 변했을까 봐요. 오랫동안 떠나 있다가 어떤 곳으로 돌아갈 때, 그곳이 어떨까 하는 막막한 두려움 같은 것 있잖아요. 심지어 당신이 달아난 곳일 망정, 당신이 떠날 때의 그 모습대로 남아 있기를 기대하는 심정 같은 거죠. 벽에는 볼품없는 예전의 그 그림이 여전히 걸려 있고, 식탁 밑에는 졸리운 눈을 한 예전의 그 개가 여전히 웅크리고 있고, 벽난로 위에는 자기로 된 한 쌍의 강아지가 여전히 놓여 있고, 서가에는 읽지도 않은 채 꽂혀 있는 예전의 그 가죽 장정본이 여전히 꽂혀 있고, 창가에는 검은방울새가 곡조도 맞지 않는 예전의 그 노래를 여전히 부르길 기대하잖아요. 그 사람, 크라코프로 올 거예요, 보그던. 날 놀리는 게 재미있다는군요. 자코페인이 변하지 않았다고는 말할 수 없다는군요. 오, 맙소사. 당신 얼굴의 주름살 좀 봐요, 헨리크. 울고 싶어요. 아뇨,

사실 주름살 때문이 아니에요. 당신도 그건 알잖아요. 당신이 여기 있기 때문이에요. 당신 머리카락은 백발이 되었군요. 손은 왜 그렇게 떨어요? 어디 한번 안아 봐요, 헨리크. 내 사랑하는 친구. 자코페인으로 왔어야 했는데, 날 용서해 줘요, 헨리크. 크라코프에서 온 돈 많은 사람들이 투숙하는 샬레 옆을 지나가면서는 눈길만 그저 돌리면 그만일 것을. 우리의 자코페인을 더 이상 알아볼 수 없다고 말할 수도 있었겠죠. 당신은 내 말을 믿지 않을 테지만요. 당신도 알잖아요, 내가 과장하는 버릇이 있다는 거요. 당신 친구 마리냐가 배우라는 걸 잊진 않았을 테니까요, 그죠? 당신 뺨에 다시 키스하게 해 줘요. 정말이에요. 이곳을 떠났을 때의 그 모습 그대로, 아무것도 변하지 말았으면 했어요. 왜 그래야 하냐고요? 오랜 시간 동안 떠나 있었던 것도 아니었으니까요. 고작 2년인걸요. 겨우 2년을 가지고 영원이라고 할 수는 없을 테죠. 지금 누가 연극을 한다고 그래요? 당신, 날 비웃는 거죠, 헨리크? 그래요, 내가 떠났을 때보다 나은 방향으로 바뀌었으면 해요. 글쎄? 물론 그래요, 난 더 강해지고 있으니까. 그래요. 내 인생 처음으로 홀로 선다는 게 뭔지 알았어요. 한 번도 홀로였던 적이 없었지만 말이에요. 당신을 이해해요. 아뇨, 내가 당신을 영원히 떠났던 적은 없었어요, 아, 내 사랑하는 친구. 가장 위대한 폴란드의 여배우가 된다는 게 뭐죠? 내 야심이 절정에 달했을 때, 난 가브리엘라 에버트보다 더 나아야 한다고 했던 말, 기억하죠? 이제는 자연스럽게 사라 베른하르트보다 더 나은 배우가 되고 싶어요. 내가 베른하르트보다 낫다고요? 내가 폴란드에 남아 있었더라면 결코 알지 못했을 거예요. 난 역경, 도전, 신비로움 따위를 원해요. 집처럼 편하게 느끼지 않을 곳이 필요해요. 그런 것들이 날 강하게 만들어 주니까요. 지금은 그것을 알아요. 나 자신에게서 벗어날 필요가 있어요. 그 점 이해할 수 있죠, 헨리크. 그건 단지 무대에서 자기를 변형시키고 다른 인물을 연기하는, 그런 의미가 아니잖아요. 그렇다면 연기란 무엇이냐고요? 이건 오직 당신에게만 털어놓는 것인데, 헨리크, 연기란 물론 잘못된 재현misrepresentation이에요. 극장은 뭐냐고요? 아, 그건 가식과 겉모습일 따름이죠. 아니, 내가 환멸에 빠진 게 아니에요. 그와는 반대지요. 한 무리의 대학생들이 내가 묵고 있는 호텔 창문 아래서 세레나데를 부르고 있어요. 날마다 싱그러운 꽃이 호텔 입구에 쌓여 있어요. 그 전날 피터가 우리 어머니에게, 자기가 연극을 좋아하는 이유는 정말로 사람들이 죽는 것은 아니기 때문이라고 하는 말을 들었어요. 그냥 죽는 척하는 것이라고요! 피터를 엄마와 요제피나로부터 구해 줘요. 애를 좀 데리고 나가요, 야렉. 아이가 하루 종일 아파트에서 지내거나 빵가게에서 보내서는 안 되잖아요. 아이에게는 운동이 필요해요, 바깥에서 보내는 것도 필요하고요. 우리가 팔란스테르(비웃지 말아요, 헨리크!)를 떠난 이후에 힘든 시간을 보냈어요. 그렇다고 보그던에게 도와달라고 할 수가 없었거든요. 농장만 하더라도 산적한 문제로 힘들 때였으니까요. 팔 수 있는 건 전부 팔았어요. 보석과 목걸이를 전당포에 잡히고, 때로는 차도 떨어지고 설탕 살 돈조차 없어서 쫄쫄 굶고 잠들기도 했어요. 그런데 가난은 전혀 문제가 아니었어요. 예기치 않은 기쁨도 있었고, 가슴 아픈 일 또한 있었어요. 내가 희생한 것들 덕분에 강해지고 있어요. 이 이상으로 말할 수 없는 날 이해해 줘요. 심지어 당신에게조차 그걸 이야기하면 보그던에게 못할 짓을 저지르는 느낌이 들 테니까요. 당신 알아요? 그 사람…… 그러니까 그 사람이 귀국해서 당신에게 얘기하지 않던가요? 아니라고요? 물론 그가 그랬을 리

없죠. 그 사람, 신중하고 고결한 영혼의 소유자라고 믿으니까요. 나에 관한 얘기를 전혀 하지 않았다고요? 단 한 번도요? 나에게 너무 화가 나서 그랬을 거예요. 그런데 헨리크, 당신은 어떻게 알았어요? 왜 내가 묻고 있냐고요? 나에 관해 당신만큼 잘 아는 사람이 없잖아요. 난 괴물이에요. 사랑을 차 버렸으니까요. 나쁜 엄마이기도 해요. 난 나 자신을 포함하여 모든 사람들에게 거짓말을 해요. 아뇨. 당신에게 면죄부를 받으려는 게 아니에요, 헨리크. 아뇨, 아뇨. 사실 그러고 싶은 걸지도 몰라요. 그런가요? 당신이 보기에도 내가 그처럼 괴물인가요? 내 머리를 당신 어깨에 기대고 싶어요. 그럼, 당신의 팔로 나를 감싸 주겠지요. 이런 느낌이 얼마나 좋은지 몰라요. 나의 헨리크, 가장 소중한 나의 친구, 당신은 어떻게 지내요? 내가 할 수 있는 거라곤 전부 나 자신에 관한 얘기뿐이군요. 보그던은 가서 괴팍한 친척들과 싸워야 해요. 보그던은 할머니 무덤 앞에서 분명 통곡할 거예요. 그 할머니, 불같은 성격이었거든요. 그녀를 존경하지만 두렵기도 했어요. 보그던에게는 더할 나위 없이 다정했지만요. 보그던이 돌아오면 우리는 8월 하순 쉘부르에서 출항하기 전, 파리에 얼마 동안 머물 작정이에요. 그러고는 9월 한달 내내 가을과 겨울 순회공연을 위해 내가 조직하고 있는 극단 배우들의 오디션을 볼 거예요. 이번 공연은 뉴욕에서 6주 동안 시즌이 계속될 거예요. 사랑하는 크리스티나, 어디 당신 얼굴 한번 봐요. 당신의 오필리아 역할을 가지고 며칠 동안 함께 연기에 관해 연구할 시간이 있을 거예요. 그보다 더 즐거운 일이 어디 있겠어요. 내일 오후 호텔로 와요. 좋아요, 좋아. 버림받은 걸음걸이. 난 그런 걸음걸이가 좋아요. 거투르드 여왕(햄릿의 어머니. 옮긴이)에게 꽃다발을 내밀 때는 심지어 다리가 휘청거릴 수도 있어요. 두려워 말고

대담해져요. 너무 오래 끌지만 않는다면 뭐든 한번 노력해 볼 수 있어요. 자기 역할로 만들어 보세요. 내가 묘사한 것이 어떻든, 그것에 기죽지 말고요. 위대한 여배우 레이첼이 스코틀랜드 레이디를 들고 런던으로 왔을 때(그 스코틀랜드 레이디가 누군지 모르겠다는 표정으로 날 쳐다보지는 말아요!), 런던의 위대한 여배우인 시던스 부인이 몽유병 장면으로 연기할 수 있는 가능한 모든 아이디어를 전부 다 사용했다는 말을 들었대요. 그러자 레이첼이 이렇게 대답했대요. 모든 아이디어는 물론 아니겠죠, 하고요. 난 내 손이라도 핥을 작정이에요. 당신의 가장 격렬한 환상을 한번 사용해 봐요, 크리스티나. 해 봐요, 크리스티나! 브라바. 당신은 대단한 재능을 가지고 있어요. 그런데 너무 소심해요. 배우는 정확히 전달해야 해요. 오필리아도 그저 희생자만은 아니에요. 생명력 없는 대사, 생명력 없는 몸짓, 생명력 없는 퇴장을 명심해요. 그런 말 말아요, 헨리크. 난 조만간 돌아올 테니까요. 왜냐고요. 당신이 나 없이 얼마나 잘 사나 보려고요. 헨리크, 헨리크. 내가 당신에게 짓궂게 굴었나요? 당연히 기분이 나쁠 테죠? 어조가 달라졌군요, 헨리크. 아, 당신은 나에게 물을 테죠, 언제쯤이면 나 자신에게만 몰두하는 데서 벗어날 수 있냐고요. 그렇다면 당신은 대답을 이미 가지고 있는 셈이에요. 내가 아무도 그리워하지 않는다고 대답하겠죠, 아마도. 난 너무 바빠요. 그런데도 난 보그던이 종종 그리울 때가 있어요. 이상한 소리처럼 들리겠죠. 왜냐하면 그 사람은 거의 언제나 내 곁에 있었으니까요. 당신에게는 이상하게 들리지 않는다고요? 사실 그래요. 완벽한 남편이라고요? 너무 완벽하게 빠져 있다고요? 당신은 리샤드와 비슷한 말을 하는군요. 리샤드라면 그와 비슷하게 말했을지도 몰라요. 아무리 그래도 당신은 날 기분 나쁘게 할 수 없어요, 소중한 나의 친구, 헨리크. 알잖아요, 내가 겉보기만큼 그렇게 자기 중심적인 인물은 아니라는 걸요. 보그던이 할 일이 그다지 많지 않을까 봐 걱정이에요. 보그던은 캘리포니아를 아주 좋아해서 산타 애너 산에 있는 아름다운 계곡에 위치한 땅을 사려고 협상 중이에요. 내가 공연을 하지 않을 때 그곳에서 함께 지내려고요. 물론 난 언제나 공연을 하게 되겠지만요. 미국에서 성공한 배우는 해마다 250일에서 길게는 300일까지 공연을 해요. 대단히 도움이 되죠. 그 아가씨는 비서라기보다는 가정교사라는 편이 맞아요. 대단히 엄격하고 철저해요. 모든 사람들이 가정교사를 원해요. 심지어 나마저 가정교사가 필요한 판이니. 피터는 그녀를 대단히 좋아해요. 요제피나 언니, 재혼할 생각 없어? 언니가 왜 연극을 그만두었는지 이해해. 여배우로서의 허영심도 없었고 충분히 이기적이지 못했으니까. 언니가 엄마와 함께 사는 건 칭찬하고도 남을 일이야. 하지만 언니 자신도 생각해야지. 얼굴 찡그리지 말아요, 요제피나 언니. 여자에게 결혼이 언제나 최선의 해결책인 것만은 아닐 수도 있어. 하지만 사랑하는 언니, 사랑스러운 이마에 주름살이 늘어 가고 있는 언니, 언니도 누군가에게 헌신할 필요가 있었는데. 헨리크처럼 이상적인 대의명분이나 봉사에 헌신한다면 더욱 좋은 일이고. 언니는 선생님이 되었어야 했는데. 그래요, 그 사람은 정말 멋진 남자예요. 고귀한 영혼의 소유자고. 정말 존경할 만해요. 자코페인에서 그가 보여 준, 의사로서의 천직을 다하는 모습을 생각하면 정말 그래. 언니도 할 수 있어. 아, 언니는 얼굴을 붉힐 때면 더욱 예뻐, 요제피나 언니. 헨리크, 당신을 위해 좋은 계획이 있어요. 하지만 아직 말할 수는 없어요. 당신 스스로 생각하도록 할 참이에요. 그래요. 미국 순회공연은 힘들어요. 장장 32주 동안 계속될 때도 있으니까요. 주연급 배우의 생활은 언제나 어느 정도의 즐거움이 있는데, 그건 주로 어린 시절의 즐거움을 유지할 수 있다는 게 보상이죠. 장난치고, 백일몽을 꾸고, 그런 척 가장하고, 화를 내고. 미소 짓고 있군요, 헨리크. 그건 전적으로 제정신을 유지할 수 없다는 의미인가요? 나에게는 그런 역할이 기대되었으니까요. 격렬하고, 지배적이며, 변덕스럽고 애정에 탐욕스러운 역할을 기대했으니까요. 난 좀 멋대로인데다 선별된 즉석 가족과 함께 생활할 겁니다. 그러니까 다른 배우들, 독선적인 매니저, 콜린그릿지 양, 무대의상 담당자……가 한 식구이죠. 그리고 보그던이 연중 많은 시간을 나와 함께 할 테니까요. 그렇다고 보그던이 언제나 나와 함께 순회 여행을 하리라 기대할 수는 없는 노릇이지만요. 캘리포니아에서 보그던은 혼자서 모험을 하고 있어요. 그에게 일종의 애정 행각이 있었냐고요? 그것에 관해서는 전혀 말해 주지 않았어요. 오히려 그 점에 난 고마워해요. 그런 애정 행각이 과거에는 어땠고 지금은 어떻든 간에, 하여튼 그는 아직도 나와 함께 자기 삶을 살아가고 싶어해요. 피터, 엄마가 지금 헨리크 아저씨랑 이야기하고 있잖니. 그래, 아니엘라와 함께 빵 가게에 가도 좋아. 안 돼요, 엄마. 저녁때까지 여기 있을 순 없어요. 보그던이 내일 돌아갈 작정이거든요. 며칠 뒤에 우리는 포즈나뉴에 가야 해요. 그곳에서 보그던의 누나와 한 주 머물기로 했어요. 보그던은 나의 수호천사예요, 헨리크. 그래요. 당신이 그걸 묻고 있는 게 아니라는 건 나도 알아요. 내가 그럴 수 있는지 나도 잘 모르겠어요. 그렇지만 난 보그던을 원해요. 그를 필요로 하고요. 그와 있으면 기분이 좋아요. 날 초조하게 만들지 않아요. 그에게 싫증난 적은 없어요. 난 그를 사랑하고 싶어요. 내가 그를 사랑하지 않는다면, 그건 너무 부당한 거죠. 난 그를 정말 사랑해요. 아, 당신은 나에게 너무 가혹해요, 헨리크. 물론 당신 말이 맞아요. 내가 당신에게 말했잖아요. 난 나쁜 인간이라고요. 난 아무도 사랑하지 않아요. 아뇨. 남들의 사랑에 완전히 빠져들지 않았어요. 웬 헛소리! 어쨌거나 당신은 날 사랑하면 안 돼요. 당신은 내게 너무 다정해요, 헨리크. 지나치게 다정하죠. 울게 내버려 둬요. 난 모든 걸 망쳐요. 아무도 행복하게 해 주지 못해요. 아니라고 머리를 젓는군요. 그게 위로가 되지는 않아요, 헨리크. 아뇨. 지금 난 연기를 하고 있는 게 아니라니까요. 연기가 무엇인지 당신에게 말해 줄까요, 타데우즈? 연기란 잘못된 재현이에요. 배우의 기교는 유혹하거나 가짜로 꾸며 낼 수 있는 자기 능력을 뽐내기 위해 저자의 희곡을 탐구하는 데 달려 있어요. 배우는 사기꾼 같아요. 보그던, 뉴스가 있어요. 타데우즈와 크리스티나가 결혼할 예정이래요. 사람들이 예측한 대로 행동할 때는 그다지 개의치 않아요, 당신은요? 두 사람은 서로에게 운명이에요. 그 바보가 아내 역할을 하느라고 자기 경력을 포기하지 않을 것으로 믿어요. 크리스티나가 사실 타데우즈보다 더 재능이 있는데. 내가 그들의 첫 아기의 대모가 될 거예요. 오, 보그던. 늙는다는 건 너무 끔찍해요. 난 늙어 가는 게 싫어요. 당신은 너무 자상해서 날 사랑한다고 말한다는 걸 알아요. 그렇지만 내가 어떤 모습인지 알아요. 아름다운 크라코프. 미국 도시들은 믿을 수 없을 정도로 추해요, 요제피나. 너무 추하고, 너무…… 경멸스러워요. 그런데 땅, 그 땅과 산들과 사막과 프레리 초원과 거친 강들은 정말 웅장하고 더 영감을 주고, 유럽인들이 미국에 대해 상상하는 것보다도 혼란스러운 곳이에요. 당신은 영웅적인 남부 캘리포니아가 어떤지 상상조차 하기 힘들 거예요. 언젠가 당신도 그곳을 보았으면 해요, 헨리크. 그곳에서는 숨 쉬는 게 달라질 거예요. 대양과 사막과 그 모든 숭엄한 공명정대함은, 어떻게 살아야 하는지에 관해 전혀 다른 생각을 제시하니까요. 심호흡을 하면서 마음먹은 건 뭐든 할 수 있을 것 같은 기분이 들 거예요. 아니에요, 엄마. 난 아프지 않아요. 그냥 하루 푹 쉬면 돼요. 파티도 너무 많았고 반가운 눈물과 인터뷰도 너무 많았거든요. 폴란드 무대로 조속히 되돌아오라는 제안을 받았어요. 거절할 수가 없잖아요. 내 극단의 감독직까지 포함해서요. 보그던, 여기서는 왜 이렇게 몸이 좋지 않은 것처럼 느껴질까요? 언제나 스테판이 생각나기 때문일까요? 내가 왜 폴란드를 떠나고 싶어했는지 이제 기억이 나요. 그 때문에, 그 때문에…… 아니에요. 이유는 모르겠어요. 심지어 지금도 알 수가 없군요. 내가 아는 것이라고는 너무 초조하다는 게 고작이에요. 나의 극단이라. 폴란드 극단이라니. 그 이상 뭘 더 바라겠어요? 금의환향에 숭배받으면서 되돌아왔으니까요. 내가 아직도 사랑받고 있고, 그리움의 대상이라는 건 틀림없어요. 모든 사람들이 돌아오라고 간청하는군요. 그런데도 그게 전혀 기쁘지 않아요. 조금도요. 바바라, 자기, 이보다 더 만족스러운 모습을 본 적이 없었던 것 같애. 가끔씩 우리의 이상향을 떠올리곤 하나요? 얼마나 매혹적인 꿈이었던지! 우린 무모하리만큼 용감했어요. 난 우리가 정말 자랑스러워요. 알렉산더, 우린 샌디아고 캐니언에 땅을 구입할 참이에요. 허네코트 목장. 당신, 기억하죠? 그곳에서 우리 모두 만나야 해요. 집이 완성된 이후, 다가올 여름에요. 보그던은 가축을 원하지만 적절한 일손을 찾아볼 작정이에요. 그러니까 당신에게 염소 젖을 짜라거나 말들에게 여물을 주라고 하지는 않을게요. 약속해요! 정말 멋질 거예요. 당신네들, 다누타와 시프리언 두 사람과 그들의 딸들 그리고……, 떠올리기도 싫어요. 그 점에 관해서는 생각하지 않을래요. 아무도 그녀를 말릴 순 없었어요. 끔찍해요, 끔찍해. 물론 우리는 율리앙도 초대하려고 해요. 그런데 그가 오지 않을 거라는 거 알아요. 야쿱은 뉴욕에서 올 거예요. 리샤드라고 했나요? 말할 필요도 없어요, 안 그래요, 보그던? 그는 아직도 바르샤바의 그 하숙집에서 지내고 있을까요? 아님 제네바? 언제부터요? 왜 제네바죠? 아뇨. 우린 최근 들어 그의 소식을 전혀 듣지 못했어요. 올해 난 내 소유 극단을 가지게 될 거예요. 그러면 전국 순회공연이 훨씬 길어질 테죠. 미국에서 주역 배우들은 "경영돼요." 마치 사업을 경영하는 것처럼요. 매니저들이 순회 여행을 함께 해요. 그러면 당신은 극단 주치의로 우리와 함께 여행하게 될 거예요. 아픈 사람은 언제나 있기 마련이고. 아, 정말 멋진 생각이잖아요. 한번 고려해 봐요, 헨리크. 난 요제피나 또한 초대할 작정이에요. 언니는 정말 멋진 여자예요. 당신도 동의하지 않아요, 헨리크? 향수병이라고, 알렉산더? 폴란드를 향한 향수병? 가문비나무들이 줄지어 서 있는 타트라 산의 오솔길, 크라코프의 밤나무 샛길, 그런 것들 때문에요? 오, 나의 노년을 위해서요. 내가 느끼는 게 그런 건 아니라고 생각해요. 그건 아니에요, 헨리크. 난 향수 같은 건 느끼지 않아요. 과거에 연연하지 않아요. 미국은 그 점에서 참 좋아요. 미국, 미국, 미국! 입만 열었다 하면 미국이라고 당신은 나무라실 테죠. 그런데 난 그런 어조가 더 좋은걸요. 내가 새로 선택한 나라에서, 그곳에서는 내가 원하는 것은 뭐든 찾을 수 있다고 여기는 것은 아닐까, 하고 생각한다면, 그건 당신 말이 맞아요, 헨리크. 그 점에서도 미국은 정말 적절한 나라거든요. 놀라워라, 피터, 네가 이 카이절 롤을 혼자 힘으로 구웠단 말이니? 진짜 맛있구나. 보그던, 요전 날 난 몹시 흥미로운 사실을 알게 되었어요. 헨리크가, 얼마 전까지만 해도 향수병이 대단히 심각하고 치명적인 질병이었다고 말해 줬거든요. 가을이 가장 위험한 시기로, 특히 공격에 허약한 직업을 가진 사람들이 잘 싸워 나가야 할 시기라는군요. 사실상 뭐든, 그러니까 연애편지, 사진, 노래, 어린 시절에 먹었던 맛있는 죽 한 숟가락, 어깨 너머로 어디선가 들리는 고향 사람의 말투, 할 것 없이 이 질병을 촉발시킬 수 있대요. 헨리크가 읽었던 것은 전부 프랑스 의학 저널에 실린 사례 연구들이었는데, 프랑스인만이 과거에 대한 애착으로 죽어 가는 건 아니래요. 폴란드인들은 이 질병에 노출될 위험이 더욱 높았을 것임이 틀림없다고 우린 이구동성으로 말했어요. 미국이 특히 과거에서 자유로운 나라인 것만큼, 폴란드는 과거에 대단히 집착하니까요. 그래요, 엄마, 정말 맛있네요. 아니요, 엄마, 난 빵조각을 얹고 버터를 두른 포크커틀렛이나 콜디플라워를 좋아하지 않아요. (맙소사!) 엄마, 난 마른 게 **아니에요**. 오늘날 유럽에서 가장 유명한 여배우는 프랑스 무대의 여왕인데, 체중이 얼마 나가지 않아요……. 아, 그만둡시다! 엄마, 엄마는 내가 누군지 생각해 본 적 있어요? 조금**이라도** 말이에요. 보그던, 바로 그 질문인데, 내가 헨리크에게 물어봤어요. 아마도 이 질병이 사라지게 된 건 증기 엔진, 전보, 정기적인 우편 제도 같은 문명의 진보에 따른 무수한 혜택 중 하나인 것 같아요. 헨리크의 성격 알잖아요. 그에게 낙천주의는 어울리지 않잖아요. 신랄한 관찰을 포기할 수 없는 사람이니까. 그**가** 생각하기에 치명적인 형태인 이런 감수성의 쇠퇴가 새로운 질병의 부상을 전조하는 것일 수 있다더군요. 그러니까 어떤 것에도 애착을 느끼지 않는 질병 말이에요. 헨리크, 난 종종 리샤드 생각이 나요. 의사 선생님. 이 고통을 진정시킬 약 좀 처방해 줄 수 있어요? 아니면 마비시켜 주던지요. 난 단지 이기적인 게 아니에요. 공포에 질린 거예요. 그가 날 질식시켰어요. 나 역시 분열된 느낌이었어요. 보그던, 어제 헨리크가 말했어요. 헨리크가 얼마나 신랄한 사람인지 잘 알잖아요. 그런 그가 말하길, 폴란드가 나를 사랑한대요. 폴란드가 나를 필요로 한다고요. 그런데 내가 더 이상 폴란드를 필요로 하지 않는대요. 그러니 내가 그에게 뭐라고 말할 수 있을까요? 헨리크, 세상에는 두 종류의 사람들이 있어요. 사랑하는 친구, 당신처럼 모든 것이 이해 가능하고 익숙한 곳에서만 오로지 안정감을 느끼는 사람들이 있어요. 한편 나 같은 사람들도 있어요. 그런 사람들은 집처럼 편안한 곳에서는 지루하고 초조해하며 덫에 걸린 느낌을 받아요. 그렇다고 나에게 열렬한 애국심이 없다는 건 아니에요. 요제피나에게서 내가 가장 존경하는 점이 있다면, 헨리크, 언니는 정말 아량이 넓다는 것이에요. 오, 보그던, 당신의 이그나시 형님은 어쩜 그렇게 완고할 수가 있죠! 우리가 노력을 했다는 게 기뻐요. 그리고 헨리크와 함께 자코페인으로 돌아왔어요. 한창 나이인 한 쌍의 캘리포니아인들이 고작 이틀 걸리는 마차 여행에 주눅이야 들겠어요? 그 마을로 갔을 때, 멋지고 장비가 잘 갖춰진 헨리크의 새 진료실을 시작으로 마을의 발전한 모습에 기뻐하지 않을 수 있었겠어요? 어쨌거나 그곳은 여전히 떫고 맵고 맛있는, 고립된 변치 않는 우리의 자코페인이니까요. 우리는 축제 기분이었어요. 무슨 축제냐고요? 우리는 걸었어요. 무슨 걷기였냐고요? 익숙한 풍경이 전개되었던 곳보다 훨씬 더 멀리까지 등산을 했지요. 고지대 사람들이 정말 반겨 주었어요. 우리가 일요일까지는 이곳에 머물 것으로 당신이 짐작하고 있었단 걸 알아요. 그럼, 우리가 점점 더 헨리크 당신을 불행하게 만들게 될 거예요. 우리가 이곳에 오래 머물수록 우리를 더욱 그리워할 테니까요. 요제피나의 이마, 머리카락. 헨리크, 요제피나가 사랑스럽단 생각 들지 않아요? 당신은 정말 장님이군요, 친구. 우리가 어디 있냐고요? 지금 우린 자코페인에 있어요. 그런데 난 자코페인으로 오고 싶지 않았어요. 우리는 크라코프에 있어요. 그런데 난 크라코프에 머물고 싶지 않아요. 피터, 할머니, 이모, 외삼촌, 사촌들을 안아 주렴. 글린스키 씨에게 작별 인사를 얼마든지 하렴! 보그던, 보그던, 당신은 내가 구제 불능일 정도로 변덕스럽다고 생각할 거라는 것 알아요. 우리가 계획했던 만큼 여기 머물고 싶지 않아요. 이제 파리를 향해 떠납시다. 난 의상이 필요해요, 그럼요. 몇날 며칠 동안 가봉할 시간이 필요해요. 그리고 매일 밤, 우리는 극장에 갈 거예요. 그녀는 코미디 프랑세즈에서 공연을 하고 있을 테니까요. 난 그녀를 싫어하면서도 그녀에게 빠져들 것이라는 걸 알아요. 라신느의 희곡이 전달해 주는 낭랑한 모음을 생각하면 가슴에 통증이 느껴져요. 그녀는 라신느의 희곡을 시작했고 멋진 기간을 보낼 거란 상상만 해도 그런 기분이 들어요. 아마도 난 그녀가 공연한 〈아드리엔 르쿠브뢰르〉나 〈카밀라 부인*Dame aux camelias*〉을 즐길 수 없을지도 모르겠지만, 그녀가 공연한 〈에르나니〉와 〈페드라〉는, 이 세상 어느 것보다 즐길 수 있을 거예요. 내가 객석에 관중으로 앉아 있다는 것을 모르고 있는 한 말이에요. 엄마, 내년 여름에도 틀림없이 올게요. 엄마와 요제피나 언니가 미국으로 와서 나랑 함께 살면 어때요? 보그던과 내가 목장을 구입하게 되면요. 너무 늙었다고요? 제발 쓸데없는 말씀 마시고요, 엄마. 아, 폴란드여. 잃어버린 사랑이 되지 말지니. 이 세상으로 나아가는 데 있어 나의 힘이자, 자부심이며 방패가 될지어다. 오, 리샤드, 당신의 손과 당신의 입, 섹시한 당신. 보그던, 모든 게 아직까지 괜찮은 거죠? 난 괜찮아요. 난 단념했고 그리고 승리했어요, 헨리크. 이렇게 되리라고 누가 상상이나 했겠어요?

7월 하순, 그들은 폴란드를 떠나 파리 여행길에 올랐다. 파리에서 마리냐는 3주를 보내면서 열두 벌의 새 의상을 맞췄고 초상화를 그리기 위해 포즈를 취했다. 연극을 열심히 보았고(그녀는 사라 베른하르트가 빅토르 위고의 〈에르나니〉에서 도나 솔 역할을 하는 것을 지켜보고 극이 끝나자 무대 뒤로 가서 당당한 경쟁자에게 정중한 경의를 표했다.) 갤러리와 박람회를 방문했으며, 8월 20일에는 쉘부르를 향해 떠났다. 마리냐는 한 주일 뒤, 뉴욕의 고약한 여름이 끝나 갈 무렵에 때맞춰 도착했다. 그들은 유니언 스퀘어에서 조금 떨어진 극장 구역에 또 다시 머물렀다. 클라렌든 호텔의 특실은 화환으로 가득 차 있었다. 꽃들은 머리가 멍해질 정도로 찌는 듯한 무더위에 재빨리 시들었다. 마리냐는 자기 호텔을 찾았으며, 뉴욕 공연이 있을 때면 언제나 그곳에 머물렀다. 두 번째 전국 순회공연을 하면서 마리냐는 여러 가지를 고정시켜 놓는 경향이 늘었다. 직업적으로 순회하는 사람들은 다음 순회 기간까지 상당한 휴지기가 있으므로 아는 체하면서 어느 정도 반갑게 맞이해 주는 곳을 원했다. 같은 호텔, 같은 방에 여장을 풀고 같은 레스토랑에서 예전과 다름없는 저녁을 먹고자 한다. 새롭게 결정해야 할 것이 적으면 적을수록 좋은 법이었다.

마리냐는 미국으로 돌아온 것이 너무 기뻤다. 그러다가 막상 부두에 내리는 순간에는, 일종의 실망감을 억제할 수가 없었다.(그녀의 상상력 때문에 실망감을 느꼈다.) 진정으로 이해받지 못한다는 느낌으로 인한 좌절인지, 아니면 모든 사람들이 하나같이 생기 넘치고, 즐거워하고, 진지하며, 만족하는 미국인(이런 모습 이외의 미국인을 상상할 수 있을까)들이 견딜 수 없는 것인지 알 수가 없었다. 그러나저러나 실망과 좌절과 성마름은 일단 자신의 극단에서 일할 배우들을 오디션하는 순간, 완전히 진정되었다. 몸 상태가 좋고 평상심을 유지하려면, 매일 아침 극단으로 가서 지시를 내리는 것으로 충분했다. 10월 초반에 시작하여 6주간 마리나가 공연하게 될 극장이었다. 이른 오후 나타난 그녀는 태양빛과 열기, 오만불손하고 완강하게 버티는 군중 때문에 진이 빠지는 기분이었다. 그녀는 스스로에게 타일렀다. 여기는 미국이 아니라 뉴욕일 따름이라고. 자부심으로 가득 차 있고 부담스러우며, 좁고 만원인 뉴욕일 따름이라는 점을 스스로에게 상기시켰다. 고향(새롭게 정착한 나라에서 마리나는 그곳을 고향이라고 상상하고 싶었다.)은 뉴욕이 아니었다. 뉴욕은 비록 이민자들의 미국이 시작되는 곳이었지만, 미국은 한 대양(대서양)에서 시작하여 다른 대양(태평양)에서 끝난다. 보그던은 캘리포니아를 원했다. 마지막, 그러니까 마지막 시발점은 캘리포니아였다. 그 점은 마리나에게도 마찬가지였다.

5번가 극장에서 있었던 두 번째 뉴욕 시즌은 더욱더 성황을 이루었다. 마리나는 아드리엔과 마르그리트 고티에와 줄리엣을 반복했는데, 마지막 두 주 동안은 〈프로프로*Frou-Frou*〉의 주역을 맡아서 새로운 승리를 만끽했다. 이 작품은 사랑을 많이 받은 또 다른 프랑스 연극이었는데, 간통의 대가에 관한 것이었다. 이야기는 어떠냐고? 아, 이야기라! 명랑하고 미숙한 질베르트의 별명이 '프로프로'인데, 그녀는 자기 집안을 관리해 줄 사람으로, 존재감이 없고 미혼인 여동생 루이스를 데려왔다. 루이스는 착한 여성의 표본이었으므로, 응석받이

인데다 아기 같은 아내 질베르트에 지친 형부의 사랑과 어린 조카의 사랑을 대신 차지하게 되었다. 한편 자기 동생에게 배신당했다고 상상한 프로프로는, 결혼한 뒤에도 사랑의 구애를 멈추지 않았던 비열한 과거의 구혼자와 함께 사랑의 도피 행각을 벌인다. 이들의 관계는 몇 년이 지나 그녀가 결국 되돌아오는 것으로 끝난다. 뉘우치지만 너무나 허약해진 질베르트는 죽기 전에 남편에게 용서를 받고 자기 아이들을 안아 볼 수 있게 된다.

"〈이스트 린〉과 그다지 비슷한 것 같지는 않다고 생각하는데." 마리냐가 말했다. "그래요, 안 그래요?"

"하긴 〈이스트 린〉은 영국 연극이고, 〈프로프로〉는 프랑스 연극이니까." 보그던이 농담을 던졌다. "미국 관객들은 타락한 외국 여성의 운명을 보면서 맘껏 울고 싶은 거지."

"부자이고, 게다가 작위도 있고."

콜린그릿지 양이 거들었다.

"보그던, 그다지 나쁘지 않다고 말해 줘요."

"내가 어떻게? 두 작품이 모두 어떻게 끝나는지 한번 봐요. 격조 높은 가구로 가득 찬 응접실에서 여주인공이 어리석고도 한심스럽게 저버렸던 그 집에서 죽는다는 끝부분을 한번 봐요. 〈이스트 린〉에서 당신의 마지막 대사는 우리가 암기할 정도거든. **아, 이것이 죽음인가? 헤어지기가 너무 힘들구나! 안녕, 내 사랑하는 아치발트! 한때는 내 남편이자, 죽음의 순간에 다시 사랑하게 된 그대여. 지금 이 순간보다 더욱 사랑한 적이 없었나니! 안녕, 영원에 이를 때까지! 간혹 날 생각해 줘요. 나를 위해 당신 가슴 한자락에 날 머물게 해 줘요. 불쌍하고 죄 짓고 타락한 당신의 이사벨을 위해!** 그러고는 막이 내린다."

"밀드레드 양의 의견이 기대되는데."

마리냐가 물었다. 콜린그릿지 양은 웃고 있었다.

"아, 이것이 죽음인가?"

피터가 흉내 냈다.

"넌 방해하지 말아."

마리냐가 피터를 끌어당겨 자기 품에 안아 주면서 말했다.

"간혹 날 생각해 줘요. 나를 위해 당신 가슴 한자락에 날 머물게 해 줘요."

콜린그릿지 양이 읊었다.

"아니, 너마저!"

마리냐가 소리를 질렀다.

"그런 반면 〈프로프로〉에서 당신은 이렇게 말하지. 같은 소파에 다른 천을 씌운 것처럼, **아, 이번에는 죽는 것이 이다지 힘들구나. 아니야, 나를 위해 슬퍼하지 말아요.** 이것이 슬픔에 찬 남편, 여동생, 아버지에게 당신이 하는 대사이고, 이들 모두가 손수건에 얼굴을 묻고 흐느끼라고 지시되어 있으므로, 관객들은 오로지 당신 얼굴에만 집중하게 되어 있어요. **내가 이들 모두에게 버림받은 채 죽을 수밖에 없었는가? 자포자기하고 버림받은 채 죽는 것 외에? 그렇게 죽는 대신 난 사랑하는 사람들에 둘러싸여 평화롭게 죽는구나. 행복하게. 아무런 고통 없이. 모든 것이 평온하고 조용하다……."**

"제발 좀 그만해요!"

마리냐가 소리쳤다.

"부드러운 음악이 흐르고 드높은 슬픔이 당신의 마지막 대사를 뒤따른다. **여러분, 모두 용서하세요. 여러분은 프로프로를 용서하지 않으렵니까, 불쌍한 프로프로를!** 그리고 막이 내린다. 이제 말해 봐요. 이게 똑같은 연극이 아닌가요?"

"똑같군요."

"그런데 왜 프로프로가 죽어야 해요?" 피터가 물었다. "자리에서 벌떡 일어나 이렇게 말하면 되잖아요. 난 마음이 바뀌었어, 하면 될 텐데."

"그거 좋겠는데."

마리냐가 아이의 머리에 키스를 하면서 말했다.

"그러다가 캘리포니아로 가서 비행선을 타면서 이렇게 말할 수 있잖아요. 잡을 수 있으면 날 잡아 봐라."

피터가 덧붙였다.

"이런 끝마무리가 훨씬 더 나은 것 같은데요."

콜린그릿지 양이 맞장구를 쳤다.

"나도 그래." 마리냐가 호응했다. "그래, 나도 미국인 다 되었나 보다. 해피엔딩이 훨씬 나은 것처럼 보이니까 말이야."

"불가능해요." 보그던이 잘라 말했다. 그런 일정은 불가능했다. "그러다가는 당신, 죽고 말 거야."

첫 번째 순회공연을 했을 때 마리냐는 전속 극단이 있는 극장에서만 공연을 할 수밖에 없었다. 십 년 전에 비해 상당히 줄기는 했지만 그런대로 상주 극단이 많았다. 자기 극단과 더불어 13명의 여배우와 12명의 남자 배우를 가진 마리냐로서는 극장이 어디 있든지 간에 공연을 할 수 있었다. 미국의 모든 도시에는 극장이 있었는데, 많은 극장들은 오페라 하우스라고 불렀다. 그곳에서 오페라 공연이 있었던 적은 한 번도 없었음에도 이름은 오페라 하우스였다.

워녹은 뉴욕 주 한 곳에서만도 포킵시, 킹스턴, 허드슨, 알바니, 우티카, 시러큐스, 엘미라, 트로이, 이타카, 로체스터, 버팔로에서 마리냐가 한두 번 공연하는 출연 계약을 했다.

보스턴에서는 글로브 극장에서 공연한 뒤, 연속적으로 로웰, 로렌스, 하버힐, 폴 리버, 홀리오크, 보록턴, 우스터, 노샘프턴, 스프링필드 등지에서 연달아 매일 밤 공연을 했다.

펜실베이니아에서는 필라델피아 일주일, 피츠버그에서 나흘, 브래드포드, 워렌, 스크랜턴, 이리, 윌크스배러, 이스턴, 오일 시티에서 한 번씩 공연을 했다. "오일 시티라니. 내가 착각한 것이 아니라면 미국 동부에 있는 도시 이름치고는 특이하군." 보그던이 의아해했다.

그리고 또 오하이오에서…….

"캘러머주는 틀림없이 인디언 이름일 거예요."

피터가 말했다.

"내 의붓아들 덕분에 기억이 나는군." 보그던이 말을 계속했다. "미시건에서 마담의 모든 일정은 하루 만에 끝내야 한다오. 캘러머주, 머스키건, 그랜드래피즈, 새기노, 베틀크릭, 앤아버, 베이 시티, 디트로이트, 여덟 도시를 열흘 동안 이동해야 하고."

"뗏목을 타고 그랜드래피즈로 내려갔다가 캘러머주로 되돌아오기 전에, 새기노 추장과 그의 아내인 디트로이트 부인은 앤하버 아래에 있는 베이 시티 근처에서 캠핑을 하고 있어요." (피터가 미랴나가 순회공연을 해야 할 여덟 도시 중 미스키건을 뺀 여덟 도시 이름으로 만든 문장을 읊조리고 있다. 옮긴이)

피터가 가야 할 도시 이름을 읊었다.

"머스키건을 빠뜨렸어."

콜린그릿지 양이 지적했다.

"하지만 그들 부부는 자기네 어린 아들인 머스키건을 데리고 간다는 걸 까먹을 수가 없죠."

"완벽해."

콜린그릿지 양이 칭찬했다.

"전국을 부리나케 돌아다니면서" 하고 보그던은 지도를 다시 접으면서 말을 이었다. "몇 주 동안 거의 날마다 다른 호텔 방에서 불편한 잠을 자야 하겠죠? 당신은 살인적인 일정으로 자기 스타를 죽이고 싶은가요, 워녹 씨? 단 하룻밤 이곳에서 출연하고 다음 날 밤에는 다른 곳에서 출연해야 하는 식으로 무자비하게 잡은 출연 계약은 취소해야만 될 겁니다."

"이보세요. 선생님, 지금 농담하시는 건가요? 하룻밤 무대가 순회공연 중 최대의 돈벌이를 안겨 주는데도요."

마리냐는 이런 말다툼을 지켜보다가 자신은 뭐든지 할 준비가 되어 있다고 공언했다. 보그던은 화를 삭이지 못했다. 워녹은 필사적이었다. 그는 만약의…… 경우 전체 순회공연이 무너질 수도 있다는 것을 알았다. 보그던도 인정하지 않을 수 없을 만큼 워녹은 영리한 해결책을 제시했다.

"우리가 사적으로 철도 차량을 소유한다고요? 미국에서 그게 흔한 일인가요?"

마리냐가 물었다. 물론, 전혀 그렇지 않다. 마리냐가 극장 순회공연 여행을 하기 위해 산 열차 차량은 열차 거물과 시해된 대통령(링컨 대통령을 운반하기 위해 사용되었다는 말. 옮긴이)의 시신을 운송는 정도에나 특별히 이용되었다. 마리냐는 자신이 미래의 물결이 되는 것을 좋아했다. 워녹은 철도 차량을 이용하게 됨으로써 언론의 이목을 끌고자 했다. 그들이 방문하는 도시마다 기자들은 철도 차량에 올라와 보고 높이가 두 배로 높은 통풍창, 천장에는 물과 관련된 전설을 그려 놓은 프레스코화(갈대숲의 모세, 연못을 들여다보고 있는 나르시스, 장례용 배에 실린 아서 왕의 관), 검은색 호두나무로 조각한 인테리어, 벨벳 창문 커튼, 은을 입힌 가스등과 제품들, 페르시아 카펫, 부인의 살롱에 있는 피아노, 얼룩말 무늬 카펫, 도금된 체경, 침실에 걸린 서부식 복장을 한 마리냐의 전신 초상화가 있었다. 자체 분장실과 남편과 부인의 전용 화장실이 딸린 커다란 특실. 안락한 사무실과 침실 곁에는 마리냐의 매니저를 위한 침실, 부인의 아들과 부인의 비서를 위한 침실, 배우들과 부인의 개인 하녀와 무대의상 담당 아가씨를 위한 편안한 이층 침상("차량의 한가운데를 스크린으로 차단함으로써 밤에는 분리될 수 있도록 해 놓은 신사 숙녀를 위한 잠자리."), 낮 동안에는 마루에서 치울 수 있도록 접는 팔걸이의자와 식당 가구들. 차량의 한끝에는 세면실 세 개, 취사실, 의상과 이부자리들을 넣는 벽장이 있었다. 워녹은 21미터 길이 상당의 과거 와그너 침대차의 내부를 재디자인하고 개조하는 데 9천 달러가 들었다는 것을 홍보했다. 외부에는 차량 양편으로 진한 적포도주 색깔의 타원형 패널을 부착했는데, 그 위에는 휘어지는 황금색 글씨체로 "잘렌스카와 그 극단, 해리 H. 워녹 매니저"라고 적혀 있었다. 그의 중간 이름은 한니발이었으며 워녹은 자기 중간 이름을 언급하는 것을 좋아했다. 차량의 새 이름은 "폴란드"라고 지었다.

사적인 열차 차량의 획득, 솜씨 있는 유색인 승무원들(요리사, 두 명의 웨이터, 포터)을 위한 숙소, 그들 소유의 수화물 웨건, 무대의상과 배경 막을 위해 칸막이를 한 독창적인 창고가 생김으로써 워녹은 하룻밤 공연을 더욱더 부추겼다.

더 이상 짐을 쌌다 풀었다 할 필요가 없었다. 그들은 한 번에 몇 주씩 기차에서 먹고 잤다. 날마다, 혹은 하루 걸러 새로운 도시와 극장과 마주쳤다.

도착하는 즉시 마리냐와 워녹은 극장으로 직행했다. 그곳에서 보그던과 극단의 나머지 사람들과 합류하고는 했다. 워녹은 매진 영수증을 체크하고, 배경 막을 치는 과정에서 발생할 수 있는 기술적인 문제에 관해 무대장치 일꾼들과 의논을 하고, 천장 속의 무대장치들이 너무 낮은지 혹은 윙의 공간이 필수적인 앞무대(무대와 오케스트라가 있는 공간 사이)가 오프닝의 절반보다 좁은지 살펴보고, 마리냐 소유의 스타 분장실에는 극장, 도시 이름, 무대 담당 매니저를 기억할 수 있도록 거울 옆에다 다음 순회 여정을 붙여 놓았다. 오후에 있을 간단한 리허설에서는, 그날 밤에 있을 연극이 한두 주 동안 공연하지 않았던 것이었다면 다시 준비했다. 그 도시 지역의 연극 애호가들의 대표단, 멋진 넥타이를 한 시인들, 무대를 동경하는 어린 숙녀들과 그 어머니, 지역 신문사 편집장, 지역 여성 기독교 금주 조합의 지역 총회장과 점잖은 대화를 나눌 시간을 따로 떼어 놓아야만 했다. 그런 다음 분장실로 되돌아가서 분장을 하고 의상을 걸치고 연기를 하러 무대에 오르고, 접견실에서 지역 유지를 맞이하고 많은 화환 중에서 몇 개를 고른 뒤 한밤중에 기차역으로 서둘러 갔다. 기차역에서 그들의 폴란드와 수화물 차량은 다음 스케줄이 있는 도시로 가는 기차가 있으면 그 뒤에 연결시켰다.

연극 연습을 지속적으로 할 수 있는 본거지 극장은 없고, 경제적인 수익을 전적으로 순회 여행을 통한 배우 생활에 의존했다는 것은, 마리냐가 할 수 있는 영어 레퍼토리가 많지 않다는 뜻이었다.(임페리얼 극장에서는 56가지 역할을 연기했다!) 그런데도 충분히 리허설을 한 연극 여섯 편으로 잘렌스카와 그 극단은 미국의 대다수 주연급 배우들보다도 더 많은 공연을 하면서 미국을 횡단하고 또 횡단했다. 사실상 상당수 배우들은 가장 인기 있는 역할만 선택하여 해마다 공연했으며, 자신을 위한 야심을 점점 접으면서 관객들을 점점 더 경멸했다. 배우라면 대개 대중을 불신하기 마련이다. (배우들이 자신들을 비난한다는 것을 관객들이 알았더라면 어땠을까?) 그날 밤 공연이 끝나면 안도감과 피곤으로 아찔한 상태에서, 배우들은 분장실 거울을 들여다보고 분장을 지우려고 얼굴에 콜드크림을 듬뿍 바르면서, 그날 밤 "관객"의 판단을 되짚어 본다. 집중했던가? 멍청했던가? 반응이 전혀 없었던가? 멍청한 관객은 어쩔 도리가 없다. 하지만 마리냐는 무감각한 관객들을 시정하고 일깨우려고 온갖 궁리를 했다. 앞으로 튀어나온 무대 가장자리까지 다가가거나 관객을 뚫어지게 바라보거나, 목소리의 볼륨과 떨림을 높여 보는 등의 방법을 강구했다. 아니면 기침을 해대는 관객을 침묵시키기도 했다. 관객이 기침을 한다는 것은 딴 곳에 있고 싶다는 뜻이었다.(리사이틀을 할 때 시작하고 난 첫 10분 동안, 그리고 앙코르를 받을 동안에는 아무도 기침을 하지 않는다.)

극장이 언제나 만원인 것은 아니었다. 궂은 날씨 탓일 때도 있었고, 광고가 제대로 되지 않았던 때도 있었다. 혹은 탐욕스러운 극장 매니저가 티켓 값을 너무 비싸게 책정했거나 심기가 불편할 정도로 외국을 상기시키거나 지나치게 뉴욕을 떠올리게 함으로써 관객을 기분 나쁘게 하는 등, 이유는 그야말로 다양했다. "뉴욕이나 침실의 비극을 즐기도록 내버려 두라. 오하이오는 그보다는 격조 있는 일에 신경을 쓸 테니까." 잘렌스카와 그 극단이 파롯 극장에서 공연하는〈춘희〉를 보이콧하도록 촉구하면서 리마의 한 신문기자에게 보낸 편지는 그렇게 끝을 맺고 있었다. 그 편지에는 '미국의 어머니들' 이라고 서명되어 있었다. 테러호트의 한 평론가는 마르그리트 고티에의 역할을 하면서 마리냐가 보여 주었던 "여성다운 품위"가 결국은 "그로 인해 죄짓는 직업이 더욱 매력적인 것으로" 보이도록 했다고 비난했다.

마리냐는 오하이오와 인디애나에서 〈이스트 린〉 공연에 무엇을 첨가하거나 관객 비위를 맞추는 프로그램을 단호하게 거부했으므로, 워녹은 대중들의 관심을 분산시키려고 잘렌스카 부인이 마르그리트 고티에의 "4천 달러 상당의 십자가와 다이아몬드 화관"을 잃어버렸다고 발표했다. 최고의 보석을 보내라는 전보를 파리로 즉시 보내, 잃어버린 십자가와 다이아몬드 화관보다 더욱 값비싼 보석을 쉘부르에서 주문하여 다음 증기선에 실어 급하게 인디애나에 당도할 때까지 해리 워녹은 자기 스타의 기분을 책임질 수가 없었다. 마리냐는 그녀를 웃음거리로 만들었다면서 화를 냈다. 워녹은 전혀 그렇지 않다고 대답했다. 미국 대중들은 유명한 여배우들이 적어도 일 년에 한 번 정도 자기 보석과 결별하기를, 말하자면 잃어버려 주기를 기대한다는 것이었다.

"아, 물론 자기 인조 보석들과 말이죠? 아니면 진짜 보석들과 그런단 말인가요?"

"마리나 부인" 워녹이 짜증스럽게 콧방귀를 꿨다. "스타라면 원래 자기 보석에 부주의한 법이니까요."

"누가 그 따위 소리를 해요, 워녹 씨?"

"이미 20년 전에 바넘이 입증했거든요."

"물론 바넘에 관한 소문은 나도 들었지만요."

마리냐가 연극적으로 한숨을 내쉬면서 말했다.

"바넘이 제니 린드(스웨덴의 오페라 가수로 흔히 스웨덴의 나이팅게일로 불렸으며 1850에 시작된 미국 순회공연에서 엄청난 인기를 누렸다. 옮긴이)에게 보석을 마련해 주었을 때 말이죠? P. T가 제니를 스웨덴의 나이팅게일로 불렀던 것처럼, 그녀는 진정한 천재였어요. 그런데 여기 순회공연을 하는 동안 자기 보석을 세 번이나 몽땅 잃어버렸거든요."

워녹이 옳았다. 보석에 관한 이야기를 발설한 뒤부터 〈춘희〉는 언제나 만원사례였다.

또한 관객은 끈기도 발휘했다. 포트웨인 음악원에서 있었던 〈춘희〉 공연은 일곱 번의 커튼콜을 받았다. 노랗게 물들인 가발이 비스듬히 벗겨진 뚱뚱한 남자가 접견실에서 배알하고 있는 숭배자 집단을 이러저리 밀치며 나타났다.(접견실은 하이워사의 청동 조각상, 율리시즈 그랜트 장군의 연설 전집을 선물로 가져온 사람들로 붐볐으며, 근처 테이블 위에 놓인 뮤직 박스에서는 「베니스에서의 카니발Carnival in Venice」이라는 곡의 태엽이 반복으로 감았다 풀렸다 하면서 노래를 들려주고 있었다.) 남자는 마리냐에게 자신이 가져온 선물을 받아야 한다고 우겼다. 그가 가져온 선물은 포동포동하고 코를 끙끙거리는 샴페인 색깔의 잉글리시 퍼그 종(불독 비슷한 발바리. 옮긴이)이었다. "얘가 보물은 아닙니다만, 잘 부인, 한동안은 얘가 부인을 기쁘게 해 드릴 겁니다."

"개를 우그라고 부를게요." 마리냐가 말하자, 모두 미소를 지었다. 그녀는 피곤했다. 심지어 오늘 저녁은 짜증스럽기조차 했다.

"뭐라고 하셨죠, 우……?"

팬인 그 남자가 물었다. 예상과 달리 마리냐는 오직 큰 개만 좋아했으며 호흡기가 좋지 않아 끙끙거리지 않는 개를 좋아했지만, 워녹에게 우그를 남들에게 주어 버리지 않겠다고 약속해야만 했다. 워녹의 이색적인 주장에 의하면 "유명한 모든 여배우들은 애완용 강아지 한 마리는 갖고 있어야 한다."는 것이었다. 그 점에 관해서 그는 고집을 절대로 꺾지 않았다. 콜린그릿지 양이 짐승을 맡아서 키워 주는 것을 전제로, 퍼그에게 "인디애나"라는 새로운 이름을 붙여 주는 것이 허락되었다.

잭슨빌에서 마리냐는 라임그린색 새끼 악어 한 쌍을 선물 받았다.

"이건 계속 가지고 있을 필요가 없어요." 워녹이 말했다. 콜린그릿지 양은 악어들을 넣어 둘 더 큰 우리를 이미 찾아 놓았으며, 대담하게도 달팽이와 곤충이 든 단지를 비운 것도 모자라 입을 짝짝 벌리고 있는 악어 입에다 피가 뚝뚝 떨어지는 소고기 생살을 넣어 주었다.

"아, 난 키울 거예요." 마리냐가 말했다. "걔들에게 이미 폴란드 이름을 붙여 뒀어요. 하나는 카시아이고, 걔의 짝 이름은 클레멘스예요. 콜린그릿지 양이 나에게 확실히 해 줬어요. 저 악어들이 멋진 동물이라고요. 그리고 걔들의 작고 하얀 이빨들이 아직 날카롭지 않아서 그다지 위협적이지는 않을 거라더군요."

"지금 날 놀리는군요, 마리나 부인."

"내가 놀리다니, 그럴 리가? 사라 베른하르트 양이 새끼 사자, 치타, 앵무새, 원숭이를 애완동물로 가지고 있었다는 소리를 듣지 못했어요?"

"사라 베른하르트는 프랑스 여배우잖습니까, 마리나 부인. 부인은 미국 여배우이시고."

"맞아요. 워녹 씨. 아니, 충분히 맞다고 말해야 하나요? 그럼에도 열차 차량에서 내 시간을 대부분 보내지 않았더라면 난 이미……."

"맞아요." 워녹이 수긍했다. "악어를 키우시죠."

워녹이 카시아와 클레멘스와 함께 한 마리냐의 사진을 찍고 나서는 기자들에게 잘렌스카 부인이 악어들을 뉴올리언스에서 선물 받았다고 발표했다. 마리냐도 능청스럽게 거짓말을 하는 데는 이력이 나 있었던 터였지만 워녹이 그렇게 말한 이유가 궁금했다.

"잭슨빌에서 선물 받았다는 것보다 뉴올리언스가 훨씬 더 발음이 낫기 때문이죠."

"낫다고요? 어떤 점에서 낫다는 건가요, 워녹 씨?"

"더 낭만적이고, 더 이국적인 느낌이거든요."

"미국에서는 그런 게 좋은 건가요? 자자, 참고 들어 봐요. 난 그냥 이해하고 싶어서 그래요."

"그럴 때도 있고, 그렇지 않을 때도 있어요."

"물론이겠죠. 그렇다면 이건 어때요? 뉴올리언스에서 아흔네 살 먹은 점쟁이 할머니가 내 머리 위에 떠돌고 있는 악령이 있다면서 조심하라고 이걸 슬쩍 건네주었어요. 그 당시 난 쪼글쪼글한 늙은 할머니의 예언 따위를 비웃었어요. 그런데 내시빌에서 〈로미오와 줄리엣〉을 끝내고 박수갈채를 받는 동안, 무대 천장을 장식했던 납으로 만든 파이프 더미가 간발의 차이로 내 머리통을 비켜 떨어지자, 곱지 않은 짐승들이 내실의 내 곁에 있는 게, 없을 때보다 훨씬 더 안도감을 주게 되었죠."

"당신은 천상 배우군요!" 워녹이 감탄했다. "그래요, 부인. 당신은 이제…… 모든 걸 이해했군요."

오하이오 주 자네스빌의 슐츠 오페라 하우스에서 〈뜻대로 하세요〉를 공연하기에 앞서, 관객들은 스털 크레이븐 교수의 「셰익스피어와 희극 정신」이라는 주제의 강연을 들었다. 아이오와 주 블라프 위원회의 도헤니 오페라 하우스에서는 버라이어티 프로그램(복화술, 외발자전거 타기, 춤추는 개)이 마리냐의 〈줄리엣〉에 앞서 6미터 넓이로 튀어나온 앞 무대 위에서 진행되었다. 일리노이 주 스프링필드에 있는 채터톤의 오페라 하우스에서는 〈프로프로〉에 앞서 악사들이 20분 동안 「빙판을 건너 달아난 엘리자」를 연주했다. 사우스캐롤라이나 주 찰스턴의 오웬 음악원에서 "벨리니, 마이어베어, 바그너 소품 메들리"의 연주 이후에 〈아드리엔〉은 공연되었다. 휴스턴의 필롯 오페라 하우스에서 관객들은 〈이스트 린〉을 보기에 앞서 모노로그 엔터테이너인, 타데우즈 머치의 〈난 올챙이에게 대답해야 해〉부터 먼저 볼 준비를 해야만 했다. 윙에서 마리냐는 타데우즈가 계속…… 끝없이 독백하는 소리를 들었다. "올챙이였던 이유는 내가 아주 어렸을 때는 작았기 때문이었거든. 머치라고 했던 건, 나의 아빠가 머치였기 때문이거든. 두들벨 머치. 이제 아빠는 두들벨이라고 불러. 왜냐하면……." 보그던이 참다못해 잘렌스카와 그 극단 앞에 다른 프로그램을 집어넣지 않겠다고 워녹이 맹세를 하든지, 아니면 나머지 순회공연을 취소하든지 하라면서 분노를 폭발시켰다.

결혼의 편리한 이중성이 베풀어 준 또 다른 혜택이 있었다. 그녀가 느끼고 있었던 분노와 당혹감을 보그던이 대신 폭발시키게 되자, 마리냐는 당혹감을 느끼고 있었으므로, 그녀는 훨씬 더 자유롭고 느긋하게 다른 주장을 할 수 있게 되었다. 이제 마리냐가 말할 차례였다.

"뭘 기대했던 거예요, 여보? 여기는 미국이에요. 관객들에게는 오락거리가 제공되고 있다는 확신이 들어야 해요. 무례한 기계공들 역시 내가 그들에게 제공하는 걸 즐기는 거죠."

몬태나 주 헬레나에 있는 오페라 하우스에서는 오버틴 우드워드 디 케이라는 부인이 마리냐를 위해 잘렌스카와 그 극단이 〈춘희〉의 막을 올리기 전에 쇼팽의 마주르카 Op. 7번 No. 1과 A 플랫 장조 폴로네즈를 헌정 연주했다. 공연이 끝난 뒤에는 극단 전체에게 디 케이 맨션에서 꽃다발을 증정했다. 소박했으나, 의도가 빤했다. 유럽적인 절차를 까다롭게 따지는 일들은 완전히 무너져 버렸어, 난 그냥 즐겁게 만들어 주는 게 행복해, 라고.

이제 마리냐의 레퍼토리에는 폴란드에서보다 셰익스피어 작품의 역할이 세 가지 더 추가되었다. 〈12야〉에서의 비올라, 〈헛소동〉의 베아트리스(마리냐는 짝이 잘못 지어져서 소동이 벌어지고 서로 겨루던 커플들이 끝에 가서는 각자 제자리를 찾는 그런 이야기들을 좋아했다.), 〈겨울 이야기〉의 허미언이 덧붙여졌고, 피터는 허미언 왕비의 불행한 아들인 마밀리우스 역을 연기할 수 있었다. 피터가 기숙학교에 들어갈 나이가 되었다는 것을 알면서도 차마 아이와 헤어질 준비가 되지 않았다. 그리고 그녀는 보그던 또한 떠나 보낼 준비가 되어 있지 않았다.

"난 당신이 부러워요. 나로서는 두 가지 인생을 함께 영위한다는 건 도저히 무리였을 테니까요." 마리냐가 보그던의 눈을 똑바로 쳐다보지 않으면서 말했다. "단 한 가지, 이 생활을 유지하는 것도 너무 벅차니까요."

"난 가지 않을 거요."

보그던이 대답했다.

"아뇨, 당신은 가고 싶어해요. 당신이 떠난다 하더라도 일손을 구하는 게 어렵지는 않을 거예요."

마리냐는 영웅적인 기분이 들었다. 어떤 사람들이 그녀를 우울하다고 보는 것이 놀라웠다. "내가 여기 들어왔을 때 당신은 슬퍼 보이더군요." 월간지 『멤피스 데일리 아발란체*Memphis Daily Avalanche*』의 기자가 대담하게 말했다.

"폴란드인치고 얼굴에 슬픔의 기색이 없는 사람이 어디 있겠어요?" 마리냐가 대답했다. "남편이 없으면 정말 슬퍼요. 우린 언제나 함께였거든요. 그런데 최근에 남편이 사업차 몇 달간 캘리포니아로 가야 했어요. 난 남편이 항상 그립답니다."

전보 일시: 1879년 2월 23일

폰 뢰블링이 비행 장면을 볼 수 있도록 허락해 주었음.

탑승은 허락되지 않음.

보그던은 뭘 하고 지냈을까? 보그던이 그녀를 놀래키는 일이 없었으면 하고 바랐다. 하지만 안심시켜 달라고 요구하지 않았다.

다음 전보는 8일 뒤에 도착했다.

10분 동안 떠올랐음. 이루 비할 데 없는 장관이었음.

지상에서 떠올라서 본 풍경이라고? 보그던의 말을 어떻게 믿을 수 있을까? 미주리에서 공연이 6일, 켄터키에서 5일이 잡혀 있지 않았더라면 마리냐는 보그던을 훨씬 더 걱정했을 터였다. 마리냐의 레퍼토리는 이제 아홉 작품으로 늘어났다. 그중 다섯 작품이 셰익스피어의 것이었다. 지난 두 달 동안에만 34개 극장에서 셰익스피어 극을 공연했다. 마리냐는 중서부를 횡단하여 되돌아가는 길에 네브래스카에서 레퍼토리에 〈심벌라인〉을 첨가시키기로 작정했다. 셰익스피어 작품 중에서 〈심벌라인〉은 미국에서 가장 인기 있는 작품 중 하나였다. 관객들은 마지막에 이르러 착한 이모겐의 유혹자가 될 뻔했던 악당과 다혈질에다 잘 속는 그녀의 남편 두 사람 모두에게 화해의 물결이 넘쳐나 정화되는 것을 좋아했다.

남편은 언제나 올바르다. 죄 지은 아내는 죽어야 한다. 정말로 부정을 저질렀다면, 죽어야 한다. 부정을 저지르지 않았나 하는 의심과 오해 때문이라면, 죽는 척이라도 해야 한다. 분노했던 남자가 이성을 차리고 용서해 줄 때까지 기다려야 한다.

보그던! 남편! 내 옆에 누워 줘요! 나를 안아 줘요. 나를 따스하게 품어 줘요. 난 당신과 함께 덜커덩 거리면서 달리는 기차 칸에서 잠들던 때가 그리워요.

또 다른 전보는 1879년 3월 7일자로 되어 있었다.

마리냐 마리냐 마리냐. 모든 것이 완전해. 도처에 물.

그러다 참묵. 보그던이 미친 걸까? 영원히 사라지려는 걸까?

물론 난 그이 없이도 살 수 있다. 계속 순회공연을 하고 있는 한. 순회공연은 균형을 잡도록 해 준다. 이동과 흥분과 의무감은 불길한 생각을 몰아내고 어리석은 생각을 진정시킨다.

남편! 친구! 마땅히 당신이 하고 싶은 일을 해요. 하지만 날 고문하지는 말아요. 난 그다지 강하지 못해요. 아직은.

"각각의 기체는 다른 원칙에 따라서 구성되어 있어요." 보그던이 돌아와서 들려주었다. "그것을 에어로 하트, 에어로 코라존이라고 불렀소. 때로는 그냥 코라존이라고도 부르고."

"그랬어요? 그러다가 곤두박질쳤고요."

"마리냐, 당신은 이해를 못 했군. 그건 올라가는 것이었다니까. 거의 수직으로, 이 비행 물체의 가장 큰 특징은 날개가 없다는 거요. 기체 외부에는 비행에 필요한 장치가 보이지 않는데도 수직으로 거의 3백 미터 높이까지 솟아오르거든. 그렇게 솟아오르더니 놀랍게도, 정말 경이롭게도 10분을 그렇게 떠 있었소."

"좀 더 말해 봐요."

마리냐가 졸랐다.

"아, 마리냐. 내가 너무 바보 같은 기분이 들었다오. 내가 뭘 하고 있는 걸까? 귀신에 홀렸나, 하고"

"아뇨, 당신은 귀신에 홀린 게 아니에요. 그냥 이야기를 해 줘요."

"이야기라고 말하지 말아요!"

"그래요."

마리냐는 부드럽게 웃었다.

"뭘 알고 싶은 거요?"

"생긴 모양은 어때요?"

"거대한 공 같아요. 완벽하게 밀폐된 조종실을 가지고 있고 거대하고 넓은 스크루 프로펠러가 지붕에 고착되어 있어서 작동을 하면 마치 회전하는 팽이처럼 보여요. 날개가 없다고 말하지 않았던가, 안 그랬소? 그럼, 물론 언급했겠지만. 이륙 동력은 발명가가 '에어 스퀴저' 라고 부르는 발명품에 의해 공급되고 있어요. 에어 스퀴저는 압축된 공기를 튜브를 통해 보내는 장치인데, 기체 바로 아래서 발사되도록 되어 있어요. 스퀴저와 프로펠러는 기체를 예정된 높이까지 수직으로 날아오르게 해 주고, 기체가 예정된 높이에서 멈추면 수평으로 날아가게 되어 있어요. 바로 그 부분이 이번에는 작동하지 않았어요. 정해진 방향으로 수평으로 날아야 하는 건데. 시속 128킬로미터 이상이라고, 후안 마리아와 호세 끌라임이 주장하더군요."

"발명가들이 전부 독일인인 줄 알았는데."

"거의 모두가 독일인 맞아요."

"그 비행기가 추락했을 때 그들은 살아남았군요. 당신의 멕시코 친구들은 아무 상처도 없고 말예요. 그들이 죽었더라면 혹은…… 당신은 나에게 말을 해 주었겠죠."

"그래요, 코라존은 재앙에 탁월한 준비가 되어 있어요. 크라존 크기의 세 배는 되고 보정기compensator라고 불리는 풍선이 팽창하면서 갑자기 추락하는 것을 재빨리 막아 주고 떨어지는 속력을 줄여 주는 동안 기체 아래쪽에서 탄력성 있는 다리가 뻗어 나와 가볍게 착지할 수 있도록 해 주니까."

"당신은 그들과 함께 승선하지 않았던 거죠?"

"마리냐, 당신에게 말해 줬잖소. 난 그럴 수 없었다고."

"그래서 승선하지 않았군요."

"함께 데려가 달라고 말하려던 참이었소. 그런데 갑자기 두려움을 극복할 수가 없었어요. 나도 알고 있었고, 그들도 알고 있었어요. 착륙이 잘못될 수는 있지만, 보조 장치들이 있어서 치명적인 결과는 나오지 않을 거라는 걸 말이오. 그런데 여전히 확신은 없었어요. 그게 바로 모험이니까, 그렇지 않아요? 모험이란 게 현혹적이어서 머리에 꽂은 아름다운 꽃만 보이고 얼굴은 보이지 않는 법이니까."

"뭐라고요, 보그던?"

"아, 드레퓌스가 **관심이** 많아요. 난 뢰블링과 그가 만나도록 주선할까 생각 중이오. 그럼 내 임무를 수행할 수 있을 테니까. 마리냐, 마리냐, 제발 그렇게 머리를 절레절레 흔들지는 말아요!"

미국을 떠난다고? 왜냐하면 (이성적인 대다수 미국인들이라면) "옮겨야 할 때인가?" 하고 의문을 가졌기 때문이다. 워녹은 이해하지 못했다. "미국에서 이제 막 시작했잖아요. 부인은 여기서도 성공할 수 있어요. 모든 사람들이 당신을 좋아하니까요."

하지만 워녹 같은 위인이 어떻게 셰익스피어의 진정한 숭배자에게 런던이 주는 유혹을 이해하겠는가. 단지 영어로 연극을 하는 배우가 아니라 영국에서 배우가 된다는 것의 의미를 말이다! 영국에서 마리냐는 미국에서의 성공적인 두 번째 순회공연보다도 심지어 모든 면에서 능가하는 성공을 거둘 수도 있었다.

"아뇨, 그럴 수 없을 겁니다."

워녹이 잘라 말했다. 당혹스럽고 화가 난 워녹은 마리냐의 런던행 모험이 실패하리라고 되풀이 예측했지만, 마리냐는 자신을 에드워드 두들리 브라운로의 손에 맡겼다. 브라운로는 영국 흥행사였다. 1879년 5월, 마리냐는 〈춘희〉로 런던 무대에 데뷔했다. 같은 제목이 아니라 약간 바꿔 〈동백꽃 아가씨〉라는 말도 안 되는 제목으로 알려지게 되었는데, 챔벌린 수상 시절의 검열법 때문이었다. 셰익스피어가 태어난 땅이라는 점뿐만 아니라 모든 시민운동의 탄생지로서의 영국을 언제나 흠모했으므로, 마리냐는 영국 같은 나라에서 정부 검열이 존재한다는 사실에 몹시 충격을 받았다. 바르샤바와 마찬가지로 런던에도 검열이 있다니! 아니, 바르샤바와 같을 리는 없었다. 만약 영국의 검열이 미미했다면 연극 제목을 변경함으로써 저지될 수도 있었다. 마리냐는 새로운 제목으로 〈평온한 마음*Heartsease*〉을 차라리 더 좋아했다. 그 제목이 차라리, 아무 의미는 없지만 타협적이고 호감이 가는 것처럼 들렸다. 그런데 브라운로가 '마음의 평온heartsease' 이라는 말이 또 다른 꽃 이름(야생 팬지)에 불과하다는 사실을 알려 주자 마리냐는 실망했다. 순수한 마음을 가진 고급 창부를 상징하는 (동백)꽃처럼 품위가 떨어진 것 같은 기분이 들었다. 이 챔벌린 수상이 "동백꽃 아가씨"가 5막에 이르러 팬지를 뿌린…… 침대 위에서 죽도록 할 리는 없었다!

마리냐는 셰익스피어의 극보다는 〈동백꽃 아가씨〉를 먼저 선택했는데, 그것은 미국에서 〈아드리엔 르쿠브뢰르〉를 먼저 선택한 것과 같은 이유에서였다. 미국에서 영어 발음하는 법을 배울 때 마리냐는 콜린그릿지 양의 도움으로 턱을 약간 느슨하게 하는 가면을 썼다면, 런던에서는 턱을 긴장시켰다. 음절을 파열시키는 법을 재검토했으며, 좀 더 파삭파삭 또렷한 자음을 발성하기 위해 입의 뒤쪽에서부터 내던 발음을 좀 더 입의 앞쪽으로 이동해 발음하고 입술은 늘여서 가는 모양으로 만들었다. "그 사람들은 속물이거든요. 영국인들은 우리 미국인들의 발음에서 언제나 결점을 찾아내길 좋아한답니다." 콜린 그릿지 양이 한마디 했다. "영국인들은 미국 배우들이 특히 길게 늘여 발음하는 억양을 싫어해요." "길게 늘인다고? 내가 언제부터 길게 늘여 발음했지?" 놀라서 마리냐의 목소리가 높아졌다. 마리냐는 자신의 영국식 영어가 위협적이라는 점을 인정할 수가 없었다. 마리냐는 느슨한 입모양을 한 미국식의 스스럼없는 발음 구사, 즉 수다스럽게 흘러가면서 친밀성을 강조하는 그런 발음 구사에 익숙해져 버렸던 것이다. 미국에서는 그녀 조국이 경험했던 비극적인 운명에 어느 누구도 관심을 보이지 않았지만 그럼에도 한결같이 환영받았다는 느낌이었다. 그런데 여기 런던에서는 셔츠 칼라가 지저분한 신문 잡지 기자든, 디너를 함께 한 작위를 가진 귀족들이든 하나같이 그녀가 폴란드에 관해 이야기하고 싶어할 것으로 여겼다. 마리냐가 정말로 하고 싶었던 것은 영국식 대화였는데 말이다. 런던 극장 시즌에 관한 대화. 디즈레일리 수상과 글래드스톤에 관한 것. 날씨 얘기들, 다시 말해 영국적인 대화를 원했다.

마리냐는 영국인들을 미국인들처럼 그렇게 재빨리 정복할 수 있을 것이라고는 고대하지 않았다. 그러나 잠정적인 예외를 감안한다면, 영국인들이라고 해서 전혀 정복하지 못하리라는 법은 없을 것이라는 생각이 들기도 했다. 마리냐는 스스로 다짐했다. 런던 신문에 실린 연극 평 중에서 단지 절반만이라도 그녀의 억양이 "매력적"이라거나 "황홀하다"는 식으로 표현해 준다면, 영국으로 옮겨 온 자신의 경력을 놀라운 성공으로 여기겠다고 다짐했다. 모든 연극 평은 찬사 일색이었으며, 모든 비평가들은 억양을 언급했다.

마리냐는 칭찬을 받았지만 받아들여지지는 않았다. 미국인들과는 달리, 영국인들은 원정에 나선 외국인을 어떻게 대해야 할지 몰랐다.(외국인들을 영국인으로 받아들인다는 것은 그들에게는 선택 사항이 아니었다.) 그들에게 마리나 잘렌스카는 이중으로 외국인이었다. 미국 출신의 폴란드인이었으므로.

5월의 마지막 무렵, 코트 극장에서의 공연(〈동백꽃 아가씨〉, 〈로미오와 줄리엣〉, 〈뜻대로 하세요〉)을 끝냈을 때, 마리냐는 보그던과 콜린그릿지 양과 함께 낭만적인 한 쌍인 엘렌 테리와 헨리 어빙이 라이시움, 즉 어빙 극장에서 하는 공연을 잔뜩 기대에 차서 보러 갔다. 영국 무대의 새로운 신들인 이들에게 머리를 숙여 경배할 마음의 준비를 했던 마리냐는 흠모는커녕 거의 실망스러웠다. 그날 저녁 불워리튼 Bulwer-Lytton의 진부하지만 여전히 인기 있는 〈리욘스의 레이디〉에서 테리가 맡은 연기를 면밀히 관찰한 결과 마리냐는 자신도 그만큼은 충분히 할 수 있다고 보그던에게 말했다. 그녀가 본 '위대한' 헨리 어빙은 신분이 낮은 주인공의 역할에서 다리를 질질 끄는 것이나 목구멍에서 나오는 빈약한 목소리하며, 에드윈 부스보다 품격이나 차별화에서 완전히 한 수 아래였다.

몸과 영혼을 다 바쳐 영어로 공연하는 데 몰두했기 때문에 영국에서의 경력이 방해받지 않았더라면, 테리와 충분히 맞설 수 있었을 것이라는 사실을 알았다는 정도로 마리냐는 만족했다. 하지만 마리냐는 사라 베른하르트와 경쟁할 수는 없었다. 베른하르트는 조만간 영국으로 와서 게이어티에서 프랑스어로 공연을 할 예정이었다.

베른하르트와 코미디 프랑세즈가 〈페드라〉 공연으로 박수갈채를 받으려고 개막하는 바로 그날, 마리냐는 영국 지방 여름 순회공연을 떠났다. 그곳에서 로잘린드와 줄리엣, 오필리아와 비올라를 무대에 올렸다. 브라운로는 그런 작품들을 가을 시즌 동안 런던 무대에 올리기를 갈망했지만 마리냐는 더 이상 거기 머무르고 싶지 않았다. 인정을 받으려고 징징거리는 캠페인도 더 이상 바라지 않았다. 마리냐는 자기 의지로 가능하리라고 생각했던 불가능한 재능에 할당되었던 모든 것을 이미 다 소진해 버렸다는 암울한 생각이 들었는지도 몰랐다. 의지로 감당할 수 있는 재능이 설혹 있다 할지라도 거의 불가능해 보였다. 그저 대단히 힘들다, 정도가 아니었다.

영국에서 체류하는 동안, 미국에서 인기를 얻는 것이 훨씬 더 용이하다(그토록 쉬웠던가?)는 것을 절실하게 깨닫게 되었다. 나라 전체가 의지를 믿는 미국에서 말이다.

울싱턴 영부인이 마리냐를 위해 베푼 디너파티에서 마리냐는 막강한 미국 소설가이자 연극 비평가인 헨리 제임스 바로 옆자리에 앉게 되었는데, 그는 요 근래 영국에 정착했다. 제임스 씨는, 다음 주 화요일 로열 카페에서 자기와 함께 차나 한잔 할 수 있는지 그녀에게 물었다. 카페에서 만난 제임스는 빙빙 에두르면서도 무뚝뚝한 말투였는데, 아름답고 비단처럼 잘 다듬은 턱수염을 쓰다듬으면서 자기 말투가 너무 공격적이라고 생각하지 말아 줬으면 한다고 망설이듯이 말했다. 대리석으로 표면을 장식한 테이블에 자리를 잡은 후 제임스는 수차례 말을 망설였다.

"만약 뭐가 그렇다는 거죠, 제임스 씨?"

"정말로 매료까지는 아니더라도 대단히 관심이 있는 것으로 내가 그야말로 묘사할 수 있는 것에 관해 고백한다면, 소설가로서 그리고 극작가로서, 사실 실례를 무릅쓰고 당신에게 장차 나의 희망사항을 털어놓는 것인데, 그러니까 소설가이자 극작가로서는 현대적인 **타입**의 여배우에게 대단히 매료됩니다. 비범하고 풍부한 표현능력을 가진 여배우가 아니라, 그럴 경우 풍부한 표정이란 어느 정도 위험을 감수하고, 장점, 풍부한 표정, 대담함 같은 자질을 필요로 하는 것들이 그녀의 예술과 결부되어 있는데, 그런 여배우가 아니라, 내가 말하는 현대적인 여배우는 여성적인 **성취**를 가장 탁월하게 표현한 사람을 의미합니다."

제임스 씨는 가끔씩 단호하게 강조를 했는데 때로는 문장 첫머리를 강조하기도 했지만 종잡을 수 없고 두서없이 흘러가는 문장 말미에 종종 강조점을 두기도 하면서 이야기를 했다.

"런던에서 온전히 성공할 것처럼 보이지는 않습니다." 마리냐가 대답했다. "적어도 내가 바랐던 정도로는 아닌 것 같아요. 당신의 따스한 글에 관해서는 정말 감사하게 생각하지만요."

"아, 잘렌스카 부인, 영국인들에게 기회를 주어야 합니다. 난 당신이 양키들의 직설화법으로 응석받이가 된 것은 아닐까, 걱정이 되는군요. 드넓은 **공간**이 부족한 촘촘한 섬나라이기에 보기보다는 **겉모습**에 훨씬 더 많이 치중합니다. 겉으로 하는 말과 이면의 속뜻은 다른 경우가 많지요. 이 사람들은 조심스러워요. 의심할 수 있는 한 의심하는 편이고, 열심히 노력하는 것에는 그다지 열광하지 않습니다. 이 사람들은 지나치게 영악하다기보다는 오히려 느린 편이라고 생각할 수 있을 겁니다. 이 사람들을 어떻게 표현하면 좋을까요? **억제하**는 편이지요. 내가 예견하건대, 이 사람들 아마 생각을 바꿀 겁니다."

제임스는 의심할 나위 없이 친절했다. "영국은 미국처럼 모호하고 완충적이지 않아요." 그가 단언했다. 제임스 자체가 약간 모호하고 좋은 의미에서 완충적이었다. 제임스는 약간 살찌고, 장황하고, 너무나도 탁월한 남자였다. 영국과 미국의 차이에 관해 심사숙고하는 것은 부질없는 짓이었다고 제임스가 격려하듯이 공언했다. "커다란 앵글로색슨 전체"로 간주하도록 마리냐에게 권했다. 제임스 씨가 최근에 자기 고향인 뉴욕을 다시 방문한 적이 있었을까? 캘리포니아에 다시 발을 디딘 적이 있었을까? 틀림없이 그런 적은 없었다. "커다란 앵글로색슨 전체로서 모든 것들을 융합하는 엄청난 용광로가 운명이었다면 영국과 미국의 차이를 고집하는 것은 부질없고 현학적인 것이지요." 제임스는 말을 이어 나갔다. "모든 것을 뒤섞는 용광로 기능은 점점 더 가속화될 겁니다. 그 점을 당연하게 여길수록 두 나라에서의 삶은 연속적이거나 어느 정도 개량 가능한 것이 될 터이지요."

아마도 미국인들에게는 개량 가능할 것이라고 마리냐는 생각했다. 적어도 이런 유형의 미국인들에게는 그랬다. 제임스 씨(주저하는 말투, 뻣뻣하고 음침하며 불투명하고 정중한 예의) 같은 사람은 대단히 영국적인 것처럼 보였다. 작가이므로 그럴 수도…….

"같은 책의 두 장이라고 해 두지요."

제임스가 마치 마리냐의 마음을 읽은 것처럼 읊조렸다.

"혹은 동일한 연극의 2막이든지요."

"바로 그겁니다."

제임스가 수긍했다. 하지만 배우로서는 그럴 수 없었다. 마리냐는 미국인이 될 수 있었지만 배우로서 영국인은 결코 될 수 없었다. 그녀는 오래된 미국적인 조화, 즉 기꺼이 융합하고 그것을 당연하게 받아들여 어울리고자 하는 미국적인 특징을 알아보았다. 헨리 제임스는 결국 대단히 미국적인 사람이었다. 그가 자신이 마음대로 할 수 있는 의지의 힘을 인정했다는 점에서 그랬다.

영국 배우라면 언제나 미국에 올 수 있었다. 다수가 그렇게 했다. 에드윈 부스의 아버지인 유니우스 브루투스 부스Junius Brutus Booth는 젊은 배우로서 런던 무대에서는 에드먼드 킨과 함께 연극하면서도 또한 서로 경쟁 관계이기도 했는데, 그는 보우 거리의 꽃 파는 아가씨와 사랑에 빠져 처자식을 버리고 그녀와 함께 미국으로 도망쳤다. 그곳에서 새로운 가족을 이뤄 열 명의 자녀를 두었고, 위대한 미국 배우의 한 사람이 되었다. 미국 배우가 영국으로 달아나서 그와 마찬가지의 눈부신 성공을 이룬다는 건 상상할 수 없었다. 런던의 비평가들에게 박수갈채를 받은 미국인, 예를 들어 한 세대 전 샬롯 쿠시먼처럼 포셔, 베아트리스, 레이디 맥베스, 로미오(자기 여동생인 줄리엣의 상대역) 역할을 했지만, 그런 미국인들이 런던 극장에 영원히 받아들여졌던 것으로 간주될 수는 없었다.

마리냐는 보그던과 함께 8월 하순, 잠깐 크라코프를 방문한 뒤 미국으로 되돌아왔다. 마지못해 인정해야 한다면 실패는 실패다. 영국 대중들이 대단히 환영했으며, 일단의 기자들이 화이트 스타 부두에서 밀치고 소리하고 땀을 흘리면서 기다렸다는 소식이 전해졌다. 맞아, 하고 그녀는 고개를 끄덕였다. 런던에 머물렀더라면, 하는 유혹을 잠시 느꼈다고.(아닙니다, 아닙니다! 난 미국 무대를 버린 게 아니라고 수차례 말을 했거든요.) 그러나 마리냐는 미국으로 돌아온 것이 진정으로 기뻤다. 그 부분은 진심이었다.

미국은 단지 또 다른 나라가 아니었다. 유럽 역사의 부당한 진로 때문에 폴란드인들은 폴란드의 시민이 될 수 없다고 규정했다면(폴란드인들은 러시아인이거나 아니면 오스트리아, 혹은 프러시아인이었다.), 세계사의 정당한 진로는 미국을 창조했다. 마리냐는 언제나 폴란드인이고 싶었다. 그것을 바꿀 방법도 없거니와 바꾸고 싶지도 않았다. 그러나 선택하려고 마음먹는다면, 마리냐는 미국인일 수 있었다.

마리냐는 다음 뉴욕 시즌과 다시 전국 순회공연을 위한 계획에 즉시 착수했다. 워녹을 용서할 수 없었던지라, 마리냐는 보그던과 상의하여 일단 사태를 제대로 바로잡기 위해 개인 매니저로서 열심일 뿐더러 "멋진" 이름을 가진 아리엘 N. 피바디를 고용했다.

"우리가 생각했던 것보다 더욱 멋진 것 같군요." 마리냐가 보그던에게 보고했다. "워녹 씨가 얼마나 자기 중간 이름에 자부심을 가졌던지 생각나서 피바디 씨에게도 중간 이름을 물어볼 생각이었어요. 당신 이름의 N은 무슨 뜻이죠?" 마리냐는 피바디 씨가 그러는 것처럼 고개를 갸우뚱하면서 물었다. 기이하게 머뭇거렸던 그의 목소리를 흉내 내면서 마리냐가 말했다. "아, 그게 부인을 즐겁게 해 줄 수 있겠는데요, 마리나 부인. 그건 (한참 뜸을 들인다.), 내 중간 이름은……" 얼굴을 붉히면서 고개를 숙인 채 그가 대답했다. "아무것도 아니란 의미의 낫싱Nothing입니다."

"미국인들은 절대 실망시키는 법이 없군."

보그던이 감탄했다.

"중간 이름이 낫싱이라니. 하나의 징조군. 아마도 절대 워녹과 같은 사람은 아닐 것 같군. 더 이상 협잡도 없을 테고, 이 단어가 마음에 들어요. 분실한 다이아몬드, 애완용 강아지, 악어, 허풍, 그런 것은 더 이상 없을 것 같아요."

"난 그런 걸 중시하지는 않아요."

보그던이 충고했다. "어쨌거나 마리나 잘렌스카 같은 인물이 더 이상 아리엘 낫싱 피바디가 이래라 저래라 하고 지시하는 걸 들을 필요는 없어요."

"그녀의 성공은 눈사태처럼 불어났다."고 『노포크 퍼블릭 레저 *Norfolk Public Ledger*』는 선언했다. 마리냐는 셰익스피어 레퍼토리를 점차 더 첨가시켰다. 1880년에는 〈법에는 법으로〉를 필두로 하여, 다음 해에는 〈베니스의 상인〉, 그리고 마침내 "스코틀랜드 희곡"을 덧붙였다. 스타로 말하자면 그녀는 미국식 스타일이었다. 세 번째 전국 순회공연의 마지막 무렵이 되자 마리냐는 그 역할을 완전히 장악했다는 생각이 들었다.

사치스러운 이동식 아파트이든, 기차에 이어 붙인 개인 차량이든 간에 어디든 다닐 수 있다. 기차 차량에 동판화로 된 고딕식 유리 창문, 벨벳 커튼, 화분에 심어 놓은 종려나무들, 자그마한 서재, 피아노, 내실에 비치된 마호가니 옷장을 가득 채운 경대, 인디애나라는 이름의 애완견, 애완견을 수채화로 그려 놓은 그림이 개인용 차량의 응접실 패널을 장식하고 있었다. 어딜 가든지 최대이자 최고로 호화스러운 호텔 특실에 묵어야 했다. 돋을새김으로 표면을 가공한 최고로 섬세한 리넨 종이에다, 그녀를 기쁘게 해 주었거나 혹은 마음에 들려고 애썼던 사람들에게 의례적으로 보내는 감사 메모를 휘갈기고, 면담을 요청할 정도로 용감하지만 미몽에 빠져 있는 젊은 여성들에게 다정하게 몇 마디 적어서 보냈다.(얼마나 많은 여자들이 어떻게 하면 이 직업을 시작할 수 있는지, 나에게 조언을 구하는 편지를 날마다 얼마나 많이 보내는지 당신은 상상조차 하기 힘들 거예요. 하지만 내가 그들에게 어떻게 권하겠어요? 미국에서는 아직 영구적인 상설 전용 극장도 없는 판인데요.) 그 밖에도 그녀는 다른 전설적인 인물들과 격의 없이 터놓고 지내는 사이가 되었다. 롱펠로는 마리냐의 특별한 친구였으며, 테니슨은 런던에서 마리냐를 맞이해 주었고, 오스카 와일드는 백합 다발을 한 아름 가지고 와서 마리냐를 위한 희곡을 헌정하겠다고 공언했다. 오스카 와일드가 비록 관습에 거의 얽매이지 않는다고는 하나, 그것은 대단히 파격적인 일이다. 마리냐가 특히 관습에 반기를 들었기 때문이다. 마리냐는 숙녀이면서도 담배를 피운다. 그런 것이야말로 사람들이 그녀에게서 배우고자 하는 모습이다. 자기 소유물에 무심하면서도 어떤 것도 내던져 버리지 않으며, 계속해서 습득하려고 한다. 뉴욕 신문들이 헤아린 바에 의하면 다음 해 여름 파리 여행("조국 폴란드를 잠시 방문했어요.")을 갔다 오면서 예순다섯 개의 짐 꾸러미를 부려 놓았다. 주거지도 무수히 많다. "조만간 그녀와 남편인 뎀보브스키 백작은 한 달 동안 남부 캘리포니아에 있는 목장으로 갈 것이다. 본가인 이 집은 최근에 완성되었는데, 잘렌스카 부인의 친구인 저명한 건축가이자 극장 애호가인 스탠퍼드 화이트가 디자인했다."

폴란드에서는 배우로서의 그녀에게 방종할 기회가 허용되었으면서도 진지하고 높은 이상을 구현했으면, 하는 기대감 또한 있었다. 사람들은 바로 그 점에서 마리냐를 존경했다. 미국에서 마리냐는 혼란스럽고 격정적인 내면을 표출했으면, 했다. 아무도 진지하게 취급하지 않았던 의견들을 표현해 주고, 괴상한 결점과 과도한 사치를 요구했다. 의지의 힘, 취향, 자존심을 과시하기를 원했다. 최고의 것은 뭐든 요구하려 들었다.

개인 마차에 타고 드라이브를 나가면(보스턴, 필라델피아, 시카고), 충동적으로 서점 앞에 멈춰서 고르고 골라 엄선된 양피지, 모로코 가죽, 송아지 가죽으로 장정된 열두서너 권의 시집을 골라서 나왔다. 그녀의 취향은 독보적인 것이라고 신문 잡지 기자들은 보도했다. 마리냐는 좌우를 막론하고 공주처럼 자유롭고 호화롭게 돈을 썼다. 그와 동시에 그녀가 돈에 관해서 영민하고 가차 없는 협상가이면서도 자비심 또한 있었으면, 하고들 기대했다.(궁핍한 폴란드 이민들에게서 가슴 에이는 편지를 줄곧 받는다). 그래서 대중들은 비난을 넘어서 존경할 만한 가정적이고 헌신적인 부모였으면, 하는 기대를 그녀에게 품었다. 여성은 자기 직업의 경력보다는 가족 문제가 더욱 소중하다고 언제나 선언해야 한다.

물론 마리냐에게 가족은 그녀의 극단이었다. 그녀의 극단은 마리냐의 격렬하고 유연한 모니터링 덕분에 기술면에서 지속적으로 향상되었다.

"커튼이 올라가면 관객을 장악해야 합니다." 이 대목에서 마리냐는 배우들의 손목을 잡고 간곡히 부탁했다. "관객들에게 눈길을 고정시켜요. 목소리로 그들의 영혼을 사로잡아요. 횡격막을 충분히 이용해요, 알았죠?" 여기서 그녀는 우렁차게 소리를 뿜어냈다. "꽥꽥거리거나 고래고래 소리 지르지 말아요!"

마리냐는 무대에서 사용하는 속임수와 함정을 면밀히 따져 보고 훈련시켰다. 죽는 장면은 너무 빨라서도, 그렇다고 너무 질질 끌어서도 안 된다고 설명했다. 기침, 기절, 기도하는 수법 등을 지도해 주었다. 무대에 입장하기 오래 전부터 무대 공포 때문에 윙에서 고뇌하는 습관을 가졌던 배우에게는 "분장실에 있다가 마지막 순간에 나가라"고 처방했다.

"관객에게 등을 돌리는 것을 두려워 말아요." 마리냐가 훈계했다. "얼굴은 아주 많은 것을 말할 수 있어요. 그렇지만 관객은 필요하다면, 당신 등만 보고서도 읽어 내고 싶은 것은 얼마든지, 필요 이상으로 읽어 낼 수도 있거든요."

그런 다음 이렇게도 조언했다. "말을 할 때는 고개를 움직이지 말아요. 그렇게 되면 목에서 강한 인상이 덜해 보여요." 또한 "목소리가 처져서는 안 돼요. 목소리는 반드시 상대 배우를 향해서 나가야 해요. 여러분의 목소리는 관중들에게는 너무 강하거든요."

규칙적으로 샌프란시스코의 차이나타운에서 날생강이 배달되어 왔는데, 마리냐는 극단의 모든 배우들에게 생강차를 자주 마셔야 한다고 강조하면서 생강의 이로운 점을 설파했다. 생강을 끓여 뜨겁게 해서 마시고, 찻잔 아래 가라앉은 가늘게 썬 생강 조각을 날로 먹으면, 목소리 문제가 거의 모두 해결될 것이라고 했다. 다른 한편 마리냐는 공포와 불안이 남자들에게는 열이 올라가게 되며(열이 오른다고요! 하고 콜린그릿지 양이 인정한다는 듯이 소리쳤다.) 따라서 발열 때문에 땀이 밴 흔적이 의상 윗부분에 번지는 것에 각별히 조심해야 할 필요가 있다고 지적했다. 반면 똑같은 감정인데도 여성들에게는 한기를 가져다주므로, 여자들은 공연 전과 중간 휴식 시간에 옷을 잘 여미고 있어야 한다고 주의를 주었다.

"하지만 부인." 워렌 밴크로프트(극단의 두 번째 순회공연 동안 그녀의 로미오이자 베네딕이자 올란도이며 아르망 듀발이자 모리스 역할을 한 배우)가 말했다. "전 무대 공포를 느낄 때면 얼음처럼 차가워지던데요."

"그럴 리가요." 마리냐가 부인했다. "연기란 결코 쉬운 법이 없어요." 그녀가 **'쉬운'** 이라는 말에 침을 튀기며 강조했다.

"그 말은 자기 자신을 망각했다는 의미지요. 당신이 어디에 있는지 잊어버렸던 겁니다. 당신이 무대에 서 있다는 것을 절대로, 절대로, 절대로 잊지 말아야 합니다. 당신은 언제나 두려움을 느낄 거예요. 두렵지만 그런 만큼 당신은 정복자이기도 해요. 무대에 있는 동안에는 당신이 무슨 역할을 하든지 간에, 당신은 정복자예요. 무대에서 있을 동안에는 자신이 거대한 존재라고 느껴야만 해요. 당신에게 있는 모든 것들이, 그 두려움을 중심으로 수축되고 뻗어 나가야 해요. 심지어 오목거울처럼 슬픔을 흡수하면서도 당신은 여전히 대사를 해야 합니다. 대사는 가장 높은 발코니 끝의 마지막 자리에 앉은 관객들에게 곧장 전달되어야 해요. 굳건히 버텨야 해요! 빛의 원천이 되어야 해요. 당신은 촛불입니다. 등을 꼿꼿이 곧추 세워야 해요. 목이 어깨로 움츠러들게 해서는 안 돼요. 당신 머리 꼭대기에서 불꽃을 느껴야 해요."

애버너 딕시는 첫 시즌이 끝나고 난 뒤 해고되었다.(그는 〈뜻대로 하세요〉의 제이크스, 〈12야〉에서의 말볼리오, 좀 더 무표정한 레비슨 함장, 〈이스트 린〉에서 교활한 난봉꾼 역할을 맡았다.) 그녀는 명쾌하게 정리했다. "그는 어떤 것도 변화시키지 못했어요. 배우는 변해야 하는데 말이에요."

"무대에서 적절한 행동이라고 간주되는 규칙들은 실생활에도 그대로 적용할 수 있어요." 마리냐가 배우들에게 말해 주었다.("단, 그러지 못할 때는 제외하고요." 그녀는 수수께끼 같은 미소를 지으면서 가볍게 말했다.) 그런 규칙 중 하나가 절대로 실수를 인정하지 말라는 것이었다. 트렌턴에 있는 테일러 오페라 하우스에서 〈법에는 법으로〉를 공연하면서 오빠인 클로디오를 연기했던 배우는 사형을 언도받았을 때, 여동생인 이사벨라의 발밑에 몸을 날리며 안젤로의 야비한 요구(그의 목숨을 살려 주는 대신 이사벨라가 치러야 할 요구. 안젤로는 클로디오의 목숨을 살려 주는 대신 이사벨라의 정조를 요구한다. 옮긴이)를 들어 주라고 간청하다가 잘못하여 감방 의자를 넘어뜨렸다. 클로디오의 비참한 상황이 요구하는 대로 미친듯이 말을 내뱉으면서도 그는 교묘하게 의자를 다시 일으켜 세운다. 무대의 막이 내리고 마리냐는 새로 모집되어 극단에 들어온 새파란 배우와 함께 여러 차례 관대하게 커튼콜을 나눈 후에 부드럽게 그에게 타일렀다. "절대 공연 중에 저지른 실수를 만회하려고 하지 말아요. 그 때문에 관객들이 오히려 당신 실수를 깨닫게 될 뿐이니까."

무시하고 넘어가기 힘든 실수도 있었다. 시카고의 맥비커 극장에서 〈맥베스〉를 공연하는 동안("당연히 그것은 스코틀랜드 희곡이었다!") 몽유병자 역할을 하느라 멍청하게도 눈을 감은 채 등장하여 대사를 하다가 마리냐는 삐끗하여 발목 인대가 파열되었다. 마리냐는 아무런 비명도 지르지 않았고 얼굴 하나 찡그리지 않고 걸음걸이 하나 바꾸지 않고서 끝까지 그 장면을 마무리했다.

마리냐가 고치라고 하는 내용은 신랄하고도 구체적이고 정당했다. 또한 마리냐가 제시한 사례는 명료했다.

마리냐의 단원들은 찬사와 공포, 완벽한 헌신으로 마리냐에게 보답해 주었다.

마리냐는 단원들에게 연기를 해 보여 주었으며 단원들을 감탄하도록 만들었다. 마리냐는 절정에 도달한다. 스스로의 힘은 무제한이라고 지금 느끼고 있다.

그들은 콜로라도에서 관중을 완전히 압도하고 사로잡았다. 덴버의 테이버 그랜드 오페라 하우스에서 있었던 한 주 공연의 마지막 작품인 〈줄리엣〉(〈로미오와 줄리엣〉은 극단 스케줄에서는 줄여서 이렇게 불렸다.), 〈아드리엔〉, 〈춘희〉, 〈겨울 이야기〉가 끝나고 난 뒤, 매니저인 피바디는 호텔의 텅 빈 살롱에 앉아서 단원들을 위해 공짜 술과 함께 늦은 저녁을 마련했다. 단원들은 대부분 남자였지만 그중에는 여자 단원도 있었는데 마리냐가 그들과 합류했을 무렵, 그들 대부분이 거나하게 취했다. 로라 피치는 〈심벌린〉에서 사악한 여왕과 〈뜻대로 하세요〉에서 오드리, 〈12야〉에서 폴리나 역할을 맡았는데, 테이블 앞에서 암송을 마무리하고 있었다.

비통한 이야기가 지닌 의미를
충분히 알기에는 아직 너무 어렸다네.
이것은 우리 어머니에게 들었나니,
무덤에 누운 아버지는 차가웠다고.
오랫동안 우리 어머니의 침상 곁에서 지켜보았네.
죽어서 누워 있는 어머니를 보면서 흐느꼈네.
이제 우리 손에 손을 잡고 방황하네.
스위스에서 온, 고아가 된 두 명의 여자 아이로서!

"어흠" 하고 헛기침을 한, 〈로미오와 줄리엣〉의 머쿠쇼이자, 〈뜻대로 하세요〉의 터치스톤이며, 〈춘희〉에서 의리파 개스통 역을 맡은 제임스 브리저는 로라와 사랑에 빠져 있었다. "이제 나의 무대는 어디인가?" 머쿠쇼와 같은 날렵한 동작으로 술집 카운터로 나아가면서 손으로 자기 가슴을 치면서 으르렁거렸다.

> 안간힘을 다해 부를 쌓느라 건강을 망쳤네.
> 불쌍한 어조로 그 은행가가 말했다네.

"저런!" 그러고는 풀썩 주저앉았다. 마리냐의 모습을 보고서 모든 사람들이 죄 지은 아이 모양으로 경건하게 움츠려들었다.

"제발! 내가 방해가 되지 않았으면 해요."

"우리 그냥 농담하고 있었거든요, 부인. 서로 운도 맞지 않는 시구를 읊조리면서요."

코넬리아 스커더는 마리냐가 〈뜻대로 하세요〉에서의 실리아, 〈겨울 이야기〉의 퍼디타, 〈헛소동〉의 헤로, 〈프로프로〉에서 루이스 배역을 맡겼던 젊은 여배우였다.

"그러니까 계속해 봐요." 마리냐는 코넬리아를 좋아했다. 마리냐는 이 얼굴 저 얼굴을 둘러보았다. "아무도 날 위해 공연하기를 원치 않는단 말인가요? 아무도 날 웃게 해 주고 싶지 않다는 거죠?" 마리냐는 그들의 불편한 기색을 보면서 미소 지었다. "좋아요." 그녀가 엄숙하게 고개를 끄덕였다. "그럼 내가 여러분을 위해 연기를 해야겠군요. 여러분들이 분명 관심을 가질 만한 것으로요. 비록 폴란드어로 말하더라도 말이죠."

마리냐는 속삭이기 시작했다. 그녀의 나풀거리는 목소리가 허스키하고 유연하게 흘러갔다. 처음에 그녀가 전달하는 것은 망설임으로 가득 차 있었으며, 감정이 잔뜩 실려 무거운 마음을 드러냈다. 신랄한 감정으로 뭔가를 표현하고 싶지만, 확신이 없는 목소리였다. 힘을 받으면서 그녀의 목소리는 높고 조롱하는 듯한 운율로 바뀌었다. 광상곡으로 이어지다가 목소리가 뚝 떨어지면서 거칠고 저미는 소리로, 가볍고 미친 듯한 웃음소리로, 그러다가 흐느낌과 신음으로 접어들었다. 공허하게 응시하던 마리냐는 슬픔으로 가슴이 미어지는 듯 쉰 목소리였다. 솟구치는 목소리로 고동치면서 새로운 희망과 결단을 이야기하고 있었다.

마리냐의 주술에 붙잡힌 배우들은 숨을 죽이고 그녀를 바라보았다. 마리냐 맞은편에 앉았던 콜린그릿지 양은 종이에다 뭔가를 갈겨 쓴 다음 쪽지를 테이블 위로 건네주었다. 마리냐는 얼굴을 찡그렸다. 마침내 누군가가 감히 소리쳤다. "정말 대단하군요." 숨을 삼키며 호레이스 페트리가 감탄했다. 그는 〈심벌린〉에서 포스트휴머스, 〈법에는 법으로〉에서 안젤로, 〈맥베스〉에서 밴쿠오 역을 맡았다.

"쉬이이." 메이벌 할리는 하녀 역으로 발탁된 인물이었는데(줄리엣의 유모, 〈춘희〉의 나닌, 〈이스트 린〉의 조이스 역), 넘쳐흐르는 불만을 억제함으로써 〈아드리엔〉에서 부용 공주 역할로 보상받았다.

"그게 뭐든지 간에 부인, 난 작살에 꿰인 기분이 들었답니다." 고수머리에 풍채가 좋은 해리 켈로그는 〈아드리엔〉에서 부용의 왕자 역할, 〈프로프로〉에서는 앙리, 〈겨울 이야기〉에서는 레온테스, 〈뜻대로 하세요〉에서 시니어 공작을 맡았다. 켈로그는 매사추세츠 주 뉴베드포드의 고래잡이 가문 출신이었다.

"그게 시인가요, 부인?" 메이벌이 물었다. "오래된 폴란드 비극에 나오는 독백인가요?"

마리냐는 미소 지으면서 담배에 불을 붙였다.

"뭔데요, 부인? 그게 뭔가요?" 찰스 휘튼이 물었다. 〈심벌린〉에서 아이아키모, 〈법에는 법으로〉의 클로디오, 〈12야〉의 올시노, 〈이스트 린〉에서는 부정한 아내를 둔 남편 아치볼드 칼라일 역을 맡았다.

"난 그냥……" 마리냐가 나른하게 콜린그릿지 양이 보낸 쪽지를 펴면서 말을 시작했다. 쪽지에는 이렇게 적혀 있었다. "폴란드 알파벳을 암송했어요. 두 번." 마리냐가 웃음을 터뜨렸다.

"우리에게 말해 줘요! 그게 뭔데요, 부인?"

"밀드레드 양이 말해 줘요, 내가 뭘 암송하고 있었던가를?"

"기도예요."

젊은 여성은 도전적으로 말했다. 밀드레드가 얼굴을 붉혔다.

"그래요." 마리냐가 대답했다. "배우의 기도문이죠. 나의 슬프고 독실한 조국에서는 모든 것을 위해 기도를 해요."

콜린그릿지 양이 미소 지었다.

"밀드레드, 내 어깨 너머로 폴란드어를 배운 것도 아니었을 텐데, 안 그래?" 다음 날 아침 기차가 하룻밤 〈프로프로〉 공연을 하러 레드빌로 달릴 때, 마리냐가 물었다. 레이스가 달린 티 가운을 입은 마리냐는 뒤로 제쳐지는 긴 의자에 몸을 기댄 채 나른한 몸짓으로 담배 낀 손을 흔들고 있었다. 콜린그릿지 양이 고개를 설레설레 저었다. "내가 널 그처럼 잘 알지 않았더라면, 널 악마라고 말했을 거야."

"마리나 부인, 저에게 해 주었던 말 중에서 가장 멋있는 말인데요."

"그래 어땠어? 그게, 내 알파벳 말이야?"

"영어로는 '그래, 그게 어땠어? 내 알파벳 말이야' 하는 순서로 말해야 하거든요."

"그래, 새겨들었어. 그래, 알파벳은?"

"대단했어요."

콜린그릿지 양이 감탄했다. 미국 사회가 예술을 왜 그다지 수상쩍게 보는지를 마리냐는 결코 이해할 수가 없었다. 심지어 교육받은 사람들조차 예술을 상당히 부정적으로 보았으며 극장에 대한 반감은 엄청났다. 밀워키에 있는 플랭킨턴 호텔 로비에서 소개받았던 한 여성은 극장에 발을 들여놓은 적이 없다는 것을 자랑으로 여겼다. "극장 입구가 보이면 난 극장과 반대편 길로 가로질러 갑니다." 그런데도 무대를 위해 태어났다고 생각하는 젊은 여성들(그 어머니들)들로 미국의 모든 도시들은 넘쳐났다.

그들 중 한두 명은 여배우가 될 수도 있었다. 그녀가 보았던 여자들 중 누구도 마리냐가 생각하기에 대단한 사람, 대단한 스타가 될 만한 재목감은 없었다.

권위, 특이성, 벨벳 같은 부드러움이 스타를 만드는 것들이다. 잊을 수 없는 목소리. 일단 어떤 건반을 눌러야 하는지, 어떤 것을 어둠 속에 남겨 두어야 하는지 알고 있는 마리냐는 목소리 하나로 모든 것을 할 수 있었다. 필요에 따라 호흡을 적절히 조절한다. 매끈한 구절, 밝은 색깔의 범위, 미묘한 음색 변화, 한마디 외침, 수정같이 명징한 속삭임, 예기치 않은 휴지. 마리냐의 목소리는 힘들이지 않고 허둥거리지 않으며 순수하게 올라간다. 극장 전체를 떨리는 침묵으로 사로잡는다. 이사벨라의 고귀한 간청을 들으면서 과연 누가 개과천선하지 않겠는가?

그러나 인간이여, 자만하는 인간이여.

한순간 권위의 옷을 걸치고

자신이 무엇을 가장 확신하고 있는지 거의 모른 채

성난 원숭이처럼 번질거리는 그의 본질,
천상의 천국 앞에서 그처럼 광적인 속임수를 연기하다니.
천사가 눈물 흘리게 만들면서…….

마리냐는 모든 관객들을 잠시 동안이나마 후회에 사로잡혀 심오하게 만들 수 있었다. 혹은 **여기 피 냄새가 나는구나**……, **아직도** 라는 구절과 더불어, 죄 지은 손을 내려다보면서(손의 냄새를 킁킁 맡거나 혹은 손을 촛불에 비춰 볼 필요는 없다.) 옆구리에 축 늘어뜨린 팔 끝의 손가락이 부들거리는 모습만으로도 충분했다. **아라비아의 그 모든 향수를 가지고서도 이**…… **작은 손을 향기롭게 할 수는 없을 터이니.** 오. 오. 오. 하는 대사와 더불어 신음하고 한숨짓고 종소리처럼 울려 퍼지게 함으로써, 마리냐는 극장에 앉아 있는 관객들의 마음을 전율하게 할 수 있었고 또 그렇게 했다.

때로 마리냐는 새로운 역할을 맡은 배우를 한밤중부터 새벽 다섯 시까지 연습시키고 난 뒤 잠시 눈을 붙였다. 깨어나 아침 9시에 잡힌 첫 약속부터 시작해 종일을 바쁘게 보내고 저녁에는 공연을 했다. 그래 놓고도 그녀는 전혀 피곤해 보이지 않았다. 종종 아름다움을 유지하는 비결이 무엇인가라는 질문을 받으면, 그녀는 우선 이렇게 대답했다. "행복한 삶……. 남편과 아이, 친구들, 극장에서 나의 생활, 적당한 수면과 좋은 비누와 물이지요." 미국에서 특권으로 둘러싸인 스타가 남들과 전혀 다르지 않다고 주장하면서 이런 특권을 거의 의식하지 않는다는 것은 사실이 아니었던 경우가 흔했다. 마리냐의 여성

숭배자들은 마리냐가 구체적으로 구입할 수 있는 것들을 "인정했다" 면, 말하자면 해리엇 허바드 에이어 백화점의 미용 크림과 엔젤 스타 헤어로션이 좋다고 했다면 더욱 행복해했을 것이다.

마리냐는 자기가 좋아하는 크림이나 로션을 발견할 수 있었으면 했다. 마지못해 기름기 많은 지성 화장을 하게 되면서 특히 그랬다. 현대 생활의 대부분이 그렇게 표준화됨으로써, 새로운 화장품은 둥근 막대 형태에 숫자와 레벨이 붙어 있는 기성품이 되었다. 파우더를 만드는 데 들어가는 특정한 화학제품에는 비스무트, 붉은색과 흰색 납 성분이 들어 있어서 실제로 유독하다는 소문을 믿는다면, 지성 화장이 건성 화장보다 훨씬 빨리 스며들고 더 안전했다.(건성 화장과 수성 화장 모두를 사용할 수만 있다면, 거대한 연통에서 연기를 뿜어내면서 대서양을 정기적으로 운행하는 증기선처럼, 엔진이 고장났을 경우 돛대로 항해를 대신하는 것이나 마찬가지일 것이다.) 마리냐는 가혹하고 노골적인 조명에 노출되는 것 또한 체념해 왔다. 냄새 없고, 안전하고(안전성이 그처럼 중요한가?) 더 밝은(아, 너무 밝은) 것. 거리에서는 매력적인 것들이 무대에서는 적나라하게 만드는 것이 된다. 가스등 안쪽은 온갖 얼룩으로 혼탁하기 때문에, 조명이 짙고 부드러워서 많은 장면에서 필요한 환상을 부여해 주었지만, 전기는 노골적으로 보여 줄 필요가 없는 것들을 여실히 노출시켰다. 마리냐는 헨리 어빙과 엘렌 테리가 무대 위에서 가스등을 전등으로 대체하는 것을 거부했다고 들었다. 영구적으로. 하지만 미국에서는 종종 달갑지 않은 진보의 요청을 아무도 거절할 수 없었다. 가스등은 쓸모없는 물건이 되었고, 그것으로 끝이었다. 새것에 대한 미국인들의 편애는 강령이 되었다. 무엇이든 개량할 수 있다, 혹은 무엇이든 대체되어야 한다. 마리냐는 1882년 5월 7일자로 되어 있는 편지에 서명을 해야 할지 어떨지를 얼마 지나지 않아 잊어버리고 말았다. 그 편지는 『잘렌스카 부인이 미국 발명품에 보내는 헌사』라는 제목으로 여러 잡지에 실리게 되었다.

존경하는 선생님, 지난 10월 캔자스 주 토페카에서 저는 치아를 위해 펠트 타블렛(이상적인 치아 광택제) 몇 상자를 구입하여 그날 이후로 열심히 사용해 오고 있습니다. 저는 즐겁게 이 제품의 가치에 관해 남들에게 나의 증언을 곁들입니다. 이 발명품은 마침내 뻣뻣한 털로 만든 칫솔을 완전히 대신할 것으로 믿습니다. 저는 이 제품이 동이 나서 다시는 구할 수 없을까 봐 때로 걱정이 됩니다.

당신의

마리나 잘렌스카

마리냐가 실제로 말했던 것과 그녀가 생각했던 것의 차이를 기억하는 것이 점점 힘들어지게 되었다. 이런 현상은 위대한 배우들에게 언제나 일어났던 일이 아니던가? 미국의 위대한 시인인 롱펠로를 친구로 맞이한 이후로(「헤스페로스의 난파」를 낭송하기 위해 순회공연을 취소했으며, 그녀는 그의 장례식에서 몇 마디 조사를 했다.) 보그던은 마리냐를 비난했다. "당신은 롱펠로가 정말로 월트 휘트먼만큼 훌륭한 시인이라고 생각하는 거요?" "모르겠어요……. 나도 잘 모르겠다고요." 마리냐가 더듬거렸다. "당신은 내가 멍청해지고 있다고 생각하는 거죠, 보그던? 충분히 그럴 수 있어요. 아니면 내가 너무 진부하다고 생각하거나."

마리냐는 마침내 에드윈 부스의 상대역을 하지 않겠냐는 권유를 받았다. 뉴욕의 메트로폴리탄 오페라단의 〈햄릿〉 자선 공연에서, 마리냐는 몇 년 전 바르샤바에서 오필리아를 연기했을 때 그녀를 위해 모니우슈코가 작곡해 주었던 오필리아의 노래를 부르게 되었다. "아, 내 아버지의 유령이다!" 무대 커튼이 올라가기 한 시간 전, 마리냐가 부스의 방문을 노크했을 때 그는 그렇게 외치고 있었다. 마리냐는 부스에게 귀중한 악보의 원본을 보여 주고 싶어서 가지고 갔다. 부스는 무대의상을 완전히 차려입고 어둠 속에서 술을 마시고 있었다. 깡마르고 의미 있는 부스의 얼굴을 거의 볼 수 없었다. 분장실에서는 지린내가 났다. 그는 슬프고 애처롭게 태어났으며, 어린 시절 폭군이자 괴상한 아버지 손에 맡겨져 아버지를 돌보면서 힘들고 외롭게 자랐고, 남동생 존 윌키 부스가 저지른 악명 높은 행동이 있고 얼마 지나지 않아 사랑하는 어린 아내가 결혼한 지 3년 만에 죽었다. 그런 상처에서 그가 전혀 회복될 수가 없었다고 수군거리는 말들을 마리냐는 무수히 들었다. 마리냐는 자기 자신도 우울할 수 있는 나름의 이유가 있었지만, 그 어떤 이유도 그와 비교할 정도는 아니었다. 그의 고독에 관해서 두 번 다시 지레짐작하지 않았다.

마리냐는 평온함을 느꼈다. 단지 늙었기 때문만은 아니길 바랐다. 매일 저녁 화장을 마무리하고 의상을 걸친 다음 한 장면을 골라 대사를 새롭고 신선하게 해 보려고 노력하고는 했다. 그러면 그녀는 투명해지고 집중되고 긴장되었다. 막과 막 사이에 마리냐는 진홍색과 자홍색 기모노(그녀의 숭배자였던 워싱턴 주재 일본 대사의 선물이었다.)를 무대의상 위에 걸치고, 모직 스카프로 목을 감싸 목 근육을 따스하게 유지해 주면서 분장실에 앉아 있었다. 집게손가락에 끼고 있던 반지에 부착된 작은 황금 클램프 사이에 담배를 끼워 놓은 채, 마리냐는 엄지

손톱보다 더 크지 않은 무릎에 펼쳐 놓을 수 있는 카드를 골똘히 들여다보면서 생각에 잠겼다…….

혼자서 솔리테르(혼자 하는 카드 놀이의 일종. 옮긴이)를 할 때면 자신을 속이지 않는다. 그렇다고 자기 자신에게 패를 돌리면서 모든 패를 받아들이는 것도 아니다. 이길 수 있는 더 나은 찬스가 올 때까지 패를 돌리고 또 돌린다.(말하자면 킹 두 명이나 아니면 적어도 에이스 하나는 들어올 때까지) 때로 마리나는 생각을 하고 있었다. 아니면 무엇인가를 계획하거나 혹은 회상하고 있었다. 예를 들면 리샤드를 떠올리고 있었다. 때로는 그것이 또 다른 게임을 하고 싶다는 그저 보드랍고 음험한 욕망에 불과했다. 리샤드에 관한 소식을 들었다. 그는 결혼을 했다. 헨리크가 그 소식을 그녀에게 맨 처음 알려 주었고 그런 다음 다른 사람들에게도 전했다. 질투심이 불꽃처럼 일었다. 희고 뜨거운 불꽃으로 솟구쳤다.(그랬다. 그녀가 아닌 어느 누구도 사랑하지 않으리라고 믿다니, 그녀는 정말 허영이 대단한 여자였다.) 그녀의 내면에서 후회의 웅덩이가 패는 것을 느꼈다. 그러다가 분노로 인해 얼음처럼 굳었다.(그가 사랑 없는 결혼을 했으리라는 생각은 결코 떠오르지 않았다.) 그녀는 자신에게 패를 돌렸다. 그리고 졌다. 게임에서 지면, 다시 하고 싶은 법이다. 딱 한 게임만 더, 하고 다짐한다. 그런데 막상 이긴다 할지라도 여전히 게임을 계속할 것이다.

"잘렌스카 부인과 그 자녀들에게 말하고 싶습니다." 마리나의 차 앞에서 키 크고 깡말라서 유령 같은 여자가 말했다.

한 시간 전 그들은 켄터키 주, 렉싱턴에 있는 차량 기지에 들어왔다. 그녀가 어떻게 멜빌 몰래 이곳으로 들어올 수 있었는지 신기했다. 영리한 문지기인 멜빌은 극장 단원들을 제외하고는 누구도 들여보내지 말라는 지시를 지키고 있었기 때문이다. 무대의 문을 찾아서 여기저기 헤매거나 아니면 호텔(일주일 동안 공연을 위해 마리냐가 그 도시에 체류하고 있었다면) 바깥 거리에서 배회했던 젊은 여성들이 자기네들의 우상을 보려다가 기어코 컴컴한 철도역 구내까지 숨어 들어오는 모험이 세상에 알려지고는 했다. 그런데 이번 경우는 무대 지망생이 아니라는 점을 마리냐는 한눈에 알아보았다.

"뭘 도와드릴까요?"

마리냐가 자리에서 일어나면서 물었다.

"잘렌스카 부인과 그 일행이군요." 그녀는 창백한 푸른 눈으로 마리냐와 함께 늦은 저녁을 막 먹으려고 긴 테이블에 앉아 있는 보그던, 콜린그릿지 양, 피바디, 대여섯 명의 배우들을 둘러보았다. "이들이 당신의 자녀인가요?"

서른다섯 살인 모리스 배리모어(재능 있는 영국 배우이자 여러 시즌 동안 마리냐의 극단에서 로미오, 올란도, 클로디오, 모리스, 아르망 듀발을 해 왔으며 극작가를 갈망하는 인물이었다.)와 예순 살의 프랜시스 맥기번(프라이어 로렌스, 안젤로, 미쇼네, 아르망의 아버지 역)이 웃음을 터뜨렸다.

"조용해요. 어린이 여러분. 아니면 저녁을 굶긴 채 엉덩이를 때려 혼내 준 다음 잠자리로 쫓아 버릴 테니까! 우리 모두 알다시피 위대한 여배우는 나이를 먹지 않는 법이니까요. 당신의 찬사에 감사를 드립니다, 그런데 성함이?"

"웬톤 부인입니다."

"불행하게도 난 아이가 하나인데, 보스턴 근처에 있는 기숙학교에

다니느라 지금은 멀리 떨어져 있어요."

"당신 극단을 지칭하고 있는 겁니다. 단원들 모두 당신 영혼의 자녀들 아닌가요? 그들의 구원은 전적으로 당신에게 달렸으니까요."

"미국에 광신도 인구가 얼마나 될 것 같소?"

보그던이 콜린그릿지 양의 귀에 대고 물었다.

"선생님, 왜 귓속말을 하시는 겁니까? 당신 어머니에게 하는 말을 당신도 열심히 잘 들어 두셔야 합니다."

"난 배우가 아니라오, 부인. 내 영혼은 임박한 위험에서 면제될 것 같은데요. 그리고 이 부인과 나를 모자 관계로 언급하는 사람이 있다면 누구든지 용납하지 않을 것이오."

이벤 스톱포드는 〈뜻대로 하세요〉에서 레슬러 찰스 역할을 했고, 〈맥베스〉에서는 포터 역을 했는데, 거대한 손바닥으로 식탁을 꽝 하고 내리쳤다.

"이건 보자 하니 날 조롱하고 있잖아."

"마리나 부인, 출구까지 저 부인을 모셔 갈까요?"

"아뇨, 이벤, 괜찮아요."

웬톤 부인은 의기양양한 미소를 머금고 식탁으로 다가와 마리나의 얼굴을 뚫어지게 쳐다보았다. "당신과 이야기할 수 있게 해 주십시오. 사적인 이야기입니다. 난 아주 소중한 사람에게 거룩한 선교 임무를 받고 당신에게 보내진 사람입니다."

"사적인 이야기라, 좋아요. 당신에게 자기는 배우가 아니라고 말한 신사 분을 초대해서 함께 들을까 합니다만."

차량 끝에 있는 움푹 꺼진 응접실에 놓인 독서 테이블에서 잡지를 뽑아 든 다음 보그던은 소파에 앉아 다리를 꼬면서 얼굴을 찌푸렸다.

마리냐는 침입자를 서가 옆에 놓여 있는 자기 맞은편 안락의자에 앉도록 했다. 보초 임무를 제대로 다하지 못한 멜빌을 꾸짖지 않으리라 마음먹었다. 멜빌은 커피를 가져왔다. 단호하게 손사래를 쳐서 물린 다음 원치 않은 손님이 입을 열도록 기다리면서, 마리냐는 황금으로 된 작은 튜브를 꺼내 입에 물었다. 보그던이 일어나 성냥을 켜자 그녀는 몸을 앞으로 내밀어 불을 붙였다. 보그던이 담뱃대 끝에서 불꽃이 일어나도록 해 주자, 그녀는 다시 몸을 뒤로 느긋하게 기대면서 레이스로 덮인 편안한 의자의 팔걸이에 팔을 올려놓았다.

"숙녀가 담배 피는 것을 한 번도 본 적이 없었군요."

"보지 못했습니다."

"그럼 한번 보세요." 마리냐가 말했다. "놀라움을 진정시키고 내게서 뭘 원하는지 말해 보시지요. 그렇지 않으면 전 저녁 먹으러 돌아가야겠군요."

"그럼, 이제 시작해도 될까요? 들을 준비가 된 건가요?"

"시작해도 좋아요, 휀톤 부인."

"웬톤 부인입니다. 연기가 콧구멍과 입으로 나오는 걸 보자니, 내가 얘기할 수 있을지 모르겠네요."

"물론 할 수 있어요. 한번 피워 봐요."

마리냐가 대답했다.

"간밤에 내 아들이 천상에서 내려와 나에게 나타났어요. 내 작은아들은 겨우 세 살 때 우리 집 근처에 있는 연못에 빠져 죽었어요. 아이는 눈에 별을 담고 있었어요. '어머니, 잘렌스카 부인에게 가세요. 무대 바닥은 지옥의 불길이 놓여 있는 쇠창살과 다를 바 없다고 전해 주세요. 어머니, 경고를 해 주세요. 나쁜 본보기를 계속해서 전파한다면 그녀에게는 어떤 긍휼도 없다는 걸 말해 주십시오. 어느 날 한 걸음, 오직 한 발자국만 더 내디디면 마루는 부서질 것이고 그럼, 지옥불의 심연으로 떨어질 것이라고요. 다른 배우들도 그녀와 함께 불구덩이로 떨어질 겁니다.' "

웬톤 부인은 눈물이 고인 눈으로 애원하듯 마리냐를 쳐다보았다.

"부인의 아들 이야기는 가슴이 아프군요. 그 끔찍한 사고가 언제 일어났던가요?"

"여러 해 되었습니다. 그러나 아이는 언제나 나와 함께 있어요. '어머니' 하고 아들이 간밤에 말했습니다. '인류의 행복이라는 이름으로 잘렌스카 부인에게 간청하세요. 그녀 자신을 구하고 그녀가 타락으로 끌고 들어가는 다른 배우들의 영혼을 구해 달라고 간청하십시오.' "

"마리냐, 그만……."

"타락시킨다고요? 내가 누구를 타락시킨다는 거죠?"

"네, 타락시키고 있어요!" 침입자는 마리냐가 무대에 올린 연극에 관해 장광설을 늘어놓기 시작했다. 〈아드리엔〉은 무대를 칭송하는 이야기이며, 〈춘희〉는 고급 창부를 미화한 것이다. 〈프로프로〉는 남편과 어린 아들을 버린 경박한 여자 이야기다. "이 세 편 모두 프랑스 저자들의 지옥 개념을 보여 준 것입니다." 하고 그녀가 결론을 내렸다.

"이 불행한 세 여자들, 아드리엔, 마르그리트 고티에, 불쌍한 질베르 모두 연극 말미에 죽게 되는데, 그게 당신의 노여움을 진정시켜 주지 않던가요? 당신이 말한 것처럼 그들이 나쁜 여자라 치더라도, 그들은 충분히 처벌받지 않았던가요?"

"그러나 그들이 처벌을 받기 전까지, 잘렌스카 부인, 당신 예술 때문에 그들이 대단히 매력적으로 보인다는 게 문제지요."

"그래서 나 역시 처벌받아야 한다는 건가요? 당신이 말하려는 게 그겁니까?"

"마리냐, 내가……."

"아뇨, 보그던. 웬톤 부인의 이야기를 듣고 싶어요. 그녀를 이해하고 싶으니까."

"이해할 것도 없습니다. 잘렌스카 부인. 난 윤리와 종교의 이름으로 온 사람이니까요."

"무슨 종교인지 물어봐도 될까요?"

"난 복음주의자입니다. 모든 종교의 복음요."

"정말인가요? 미국에는 수많은 교회들이 있어서 가족이 제각기 다른 종교를 믿는다는 소리는 들었지만. 당신은 그 모든 종교들을 전부 믿는다는 건가요, 웬톤 부인? 놀랍군요. 난 오직 하나의 종교에 속해 있는데. 로마정교입니다. 자비와 사랑의 가르침을 따르지요."

"로마에 속하지 않은 걸 천국에 감사합니다. 하지만 우리 모두, 로마인이든 아니든 간에 선악의 차이는 알고 있어요. 하나님이 당신에게 재능을 주었지요. 아름다운 재능을요. 그런데 왜 그런 재능을 착한 일에 사용하지 않습니까? 왜 그처럼 부도덕한 연극을 무대에 올리는 겁니까?"

"셰익스피어를 부도덕하다고 생각하는 건 분명 아닐 테죠?"

"아름다운 재능을 치명적으로 오용한 또 다른 사례지요. 전부는 아니라 할지라도 그 또한 그래요. 셰익스피어는 상스럽기 그지없으니까요! 그걸 사랑이라고 부르기는 하지만 〈로미오와 줄리엣〉은 정욕 자체거든요. 〈한여름밤의 꿈〉에 등장하는 쌍쌍은 땅바닥에서 함께 잠을 자질 않나. 〈뜻대로 하세요〉와 〈12야〉 두 작품 모두 **타이즈** 바람으로 무대에서 신나게 날뛰는 여자들이 등장합니다! 마녀들의 예언을 듣고 난 뒤에 아내가 남편을 꾀어 왕을 살해하도록 교사한 연극에는 마법이 등장하고요."

"이제 그만 하시지요."

마리냐가 말을 막았다.

"뭘 말하지 말라는 건가요?"

"웬톤 부인, 그럼 어떤 연극을 무대에 올렸으면 좋겠어요? 아마도 수난극The Passion Play 같은 걸 좋아하시나요?"

"그것 또한 저질 프랑스 연극 아닌가요? 제목으로 짐작하건대……."(웬톤 부인은 passion이라는 말을 열정으로 알아들었다. 옮긴이)

"아뇨, 아뇨, 수난극은 종교적인 연극입니다. 오스트리아에서 공연했죠. 그것의 주제는 그리스도의 고통입니다."

"내 말을 들어 보시지요, 잘렌스카 부인. 당신은 대단한 표현력과 대단한 목소리를 가지고 있습니다. 당신을 통해 누군가가 말을 해요. 이것이 여성의 재능입니다. 무대 위에서 가짜 인생을 살면서 당신이 아닌 다른 사람인 척하는 대신 설교하는 여성이 되십시오. 당신은 가슴에서 우러나는 말을 할 수 있어요. 당신은 설교자가 되어야 합니다!"

"예술은 어떻게 하고요?"

"예술은 망상입니다! 이 세상에서 가장 큰 망상입니다. 명성도 마찬가지입니다."

"그럼 돈은요?"

"돈은 망상은 아니지만, 함정이지요."

"섬세한 구분이군요." 마리냐가 말했다. "미국인들이 돈을 순전히, 그리고 단순히 망상이라고 간주하리라고는 상상할 수가 없군요."

"당신은 왜 이 위대한 나라를 비판합니까, 이 나라가 당신에게 얼마나 잘 대해 줬는데요."

"아, 당신 말이 옳아요." 마리냐는 담배를 비벼 끄고 자리에서 일어났다. "그게 비판이었군요. 그럴듯하지만 독창적이지도 못한 비판 맞아요. 돈과 사랑에 빠진 미국인을 비난하지 않았던 사람이 있었을까요? 자신이 선택한 나라를 비판할 수 있다는 것, 그것이 미국인들의 권리지요. 우리가 이곳에 온 지 7년째이고, 미국 시민이 되었어요. 이 나라에 정말 감사해요. 나 역시 돈을 망상이라고 생각하지는 않는답니다."

"마리냐, 시간이……."

보그던이 나섰다.

"그래요, 그래. 웬톤 부인 하나 물어봐도 될까요? 간혹 극장에 간 적이 있었던가요?"

"파렴치의 정도가 얼마나 더 심해지고 있는지 알려면 극장에 가지 않을 수 없지요."

여자는 마리냐를 올려다보면서 고개를 까딱했다.

"그럼 당신은 내가 지금 연습 중인 연극을 틀림없이 보러 오겠군요. 맥콜리의 루이스빌에서 토요일에 공연할 텐데. 그 연극에서는 젊은 남편이 자기 아내 때문에 몹시 흥분하는 장면이 있어요. 아내가 남편 앞에서 탬버린을 흔들면서 격정적으로 타란텔라(남부 이탈리아의 활발한 민속춤으로 일종의 검무였다고 한다. 옮긴이)를 추거든요."

웬톤 부인이 자리에서 벌떡 일어났다.

"당신을 위해 그 춤을 지금 춘다면 당신은 날 좋아하게 될걸요."

"지옥의 길을 집요하게 고집하시는군요."

"그럼요."

"내 아들이 대단히 실망할 겁니다. '어머니, 어머니가 잘렌스카 부인을 구하지 못했군요.' 하면서요. 아들이 나에게 화를 내지 않았으면 합니다." 그녀는 나가다가 뒤돌아서 한마디했다. "기억하십시오. 지옥의 문은 활짝 열려 있다는 걸 말입니다."

"링컨 대통령이 다름 아닌 바로 그 지옥의 문에서 추락했어요!" 마리냐가 읊조렸다. "포드 극장에서 비극적인 최후를 맞이한 이후 모든 극장이 몇 주일 문을 닫았다는 이야기를 들었어요. 그때 북부의 목사들은 일요일 설교단에서 나의 악마 같은 직업에 신의 심판이 떨어졌다고 설교했다더군요."

"켄터키에서 태어나고 그곳에서 자란 나로서는 무신론자인 링컨 대통령의 죽음에 흘릴 눈물은 없습니다. 그렇다 할지라도 극장이 죽음의 자리로 적절하지 못하다는 생각만큼은 변함이 없습니다."

"난 극장에서 죽는 걸 개의치 않아요." 마리냐가 응수했다. "사실 다른 곳에서 죽는 게 오히려 마음에 걸릴 거예요."

"부인의 영혼을 위해 기도하겠습니다."

"아, 웬톤 부인. 당신 같은 사람을 어떻게 해야 할까요? 당신과 당신 같은 부류의 사람들이 이 나라의 극장이 천박한 오락거리에 불과한 것에서부터 벗어나려고 하는 모든 노력을 파괴시키는 장본인이라고요. 당신 같은 사람들이 미국을 망칠 겁니다!"

"어쨌거나 간에, 우리의 저녁을 망친 건 바로 당신이오. 마리냐, 갑시다! 가!"

보그던이 잡지를 내던지면서 재촉했다.

12월 3일. 타란텔라를 춰야 하는 연극. 관능으로 몸부림치다. 종교적 광신도의 침입. 애처로운 위협, 장광설, 지옥의 불, 저주. M은 논쟁을 벌이며 매료되었다.

12월 4일. 이 연극에 M은 왜 그렇게 흥분하는가, 이상하다. 이것은 〈프로프로〉를 거꾸로 뒤집어놓은 것이다. 응석받이 어린 아내는 유치하고 어리석은 척할 뿐이었다. 남편이 그녀의 그런 모습을 좋아하기 때문이었다. 그녀는 상당히 영리한 인물임이 밝혀진다. 불륜 때문에 자기 가족을 버리지 않는다. 문제는 그녀가 결혼한 남편이 무가치한 인물이라는 것을 깨닫는다는 점이다. 잘못을 저지른 것은 남편이고, 그는 용서받지 못한다. 자기 자신에 관해 섬광처럼 깨닫는 것(자신이 진정 누구인가를 깨닫는 것!)이 왜 재앙이 될 수 있는지 관객들에게는 아무런 암시도 주지 않는다. 극은 그녀가 집과 자녀를 버리는 것을 너그럽게 봐 준다. 〈이스트 린〉과 마찬가지로 아이는 셋이다.

12월 5일. 욕망이 금지된다면, 부풀어 올라 터져 나올 것이다. 구름으로 달을 가리려면 달은 구름보다 작아야 한다. 캘리포니아에서의 마지막 체류. 기댈 곳. 시냇물 소리의 흥얼거림. 초조한 미소, 부드럽지만 구릿빛 같은 승낙……. 꿈꾸어 왔던 것들이 너무도 명료해졌다. 난 슬프다. 내가 마치 그들을 저버린 것처럼. 욕망이 피어올랐다. M의 꿈을 꾸기 시작했다. 그녀를 떠날 수가 없다. 영원히, 영원히, 영원히.

12월 6일. 동과 서. 안전과 무분별. 집과 위험. 사랑과 정욕. 극단의 포터 겸 웨이터로 합류시키려고 후안 마리아를 동부로 데려간다고?

그게 내가 원하는 것인가?

12월 7일. 이미 구세계에서는 악명 높지만 새로운 연극을 루이스빌에서 시험 삼아 해 보는 것은, 아마도 실수였다. 켄터키에서 아내는 남편과 세 자녀를 버리고 떠날 수 없다고 M에게 말해 주었다. 켄터키는 결코 허용하지 않으리라. 아내는 머물러야 하고 어떻게든 최선을 다하면서 견뎌야 할 것이다. M의 표정. 적어도 우리는 제목을 바꿔야 한다. 미국인들은 말뜻 그대로만 받아들이곤 하는 이들이라 관객들은 그것이 어린이를 위한 연극인 줄로만 생각할지도 모른다. 다음 토요일, 맥콜리 극장 바깥 보도에는 유모차를 끌고 나온 사람들이 줄지어 서 있었다. 모리스는 아내에게 스칸디나비아식 이름을 붙여 주면 대중들이 이 극을 이해하는 데 도움이 될 수 있을 것으로 제안한다. 토라라는 이름은 어떠냐고 한다. 토라와 그녀의 남편 토발트? 너무 스칸디나비아 냄새가 나는 이름이다. 아닌가?

12월 8일. 문제는 물론 결말이다. 미국 관객들이 과연 남편과 자녀를 버리고 떠나는 여자, 그것도 그녀가 사악해서가 아니라 진지해서 가족을 버리고 떠난다는 것을 어떻게 받아들일까? 받아들일 것 같지 않다. 아내가 남편과 화해하는 것으로 마무리한다면 훨씬 낫지 않을까, 하고 M에게 말했다. 남편은 후회하는 것처럼 보인다. 그리고 아내는 그에게 한 번 더 기회를 준다. 그런데 그녀가 떠나기를 고집한다면, 이 얼어붙은 겨울밤에 걸어서 나간다는 게 가능하기나 한가. 거의 한밤중임이 틀림없다. 그 시간에 그녀가 어디로 갈 수 있단 말인가? 호텔로 간다? 이 작은 마을에 무슨 호텔이 있을 것인가? 너무 멜로드라마 같지 않은가? 아침까지 기다릴 수는 없었던가?

12월 9일. 내 생각에 당신은 해피엔딩을 좋아했던 것 같은데, 하고 내가 말한다. 이게 해피엔딩이라고 생각해요, 하고 M이 말한다. 만사가 너무 쉽군, 내가 말한다. 모든 사람들이 결혼의 족쇄를 끊어 버리고 새 출발을 꿈꾼다. 맞아요, 하고 M이 말한다. 난 지금은 아니에요. 당신은 어때요, 보그던? 그 질문에 내 대답을 듣고 싶은 거요? 내가 대답한다. 우리는 이 극의 결말을 어떻게 할 것인지를 의논하고 있는 중이었소, 내가 대답한다. 남편이여, 남편이여, M이 읊조린다. 다른 걸 이야기할 때도 언제나 우리 이야기로 귀결돼요. 그러니 대답해요. 그렇다면 왜 결론을 바꿀 수 없다는 거요, 내가 물었다. 난 떠나지 않을 거요, 내가 대답했다.

12월 11일. M이 마지못해 동의한다. 노라(아니 토라!)가 떠날 것을 생각 중이다. 그런데 떠나지 않을 것이다. 남편을 용서할 것이다. 여기서 성공하게 되면 뉴욕에서는 우리가 원했던 진짜 결말로 밀고 나갈 수 있을 것이다.

12월 12일. 지난밤 〈토라〉를 무대에 올렸다. M은 위풍당당했다. 모리스는 둔감한 남편으로서 격조가 있었다. 관객들은 한심스러웠다. 연극 평론가들은 해피엔딩임에도 화를 냈다. 내가 두려워했던 그대로였다. 기독교 윤리와 미국 가족에 대한 모욕이란다. 그리고 그, 타란텔라가 문제였다.

헨릭 입센의 〈토라〉, 마리아 잘렌스카가 타이틀 롤을 맡은 이 작품은 켄터키 루이스빌에서만 공연했을 뿐이었다.

마리냐가 새로운 희곡을 물색하고 있을 동안 모리스 베리모어는 그녀를 위해 절대 실패할 수 없는 작품을 쓰기로 결심했다고 말했다.

주제는 그녀가 그의 앞에서 종종 언급했던 것으로, 러시아의 압제자 아래 폴란드의 순교에 관한 것이었다. 제목은 〈나제즈다*Nadjezda*〉였다. 두 역할 중 하나는 마리냐를 위한 것이었다. 아름다운 폴란드 여성인데, 그녀의 남편은 1863년 봉기에 가담한 죄목으로 러시아인들에 의해 구속되었다. 자보우로프 왕자는 경찰총장이었는데 나제즈다에게, 자신의 정욕을 충족시켜 준다면 남편을 틀림없이 석방시켜 주겠다고 약속했다. 그녀의 남편을 풀어 주는 대신 자보우로프는 그를 총살대로 보냈고 총알에 벌집에 된 시신을 나제즈다에게 되돌려 준다. 나제즈다는 자신의 어린 딸을 신성한 제단에 봉헌하면서 복수해 달라고 부탁한 뒤 독약을 삼키고 남편의 시신 위에 쓰러져 죽는다. 마리냐는 아름다운 딸 나딘 역할도 맡는다. 그녀는 자라나 부모의 죽음에 복수한다. 자보우로프는 점점 더 방탕한 포식자가 되어 어느 날 밤, 늦은 시각에 나딘을 자기 사무실로 유인한다. 그녀를 겁탈하려고 달려들자, 그녀는 저녁 식탁 가까이 놓여 있던 칼을 집어 들어 그를 찌르게 된다. 희곡은 나딘이 자기가 사랑하는 사람이, 자신이 복수한 남자의 아들이라는 사실을 알고서 독약을 마시고 연인의 품에 안겨 숨을 거두는(이 역할은 베리모어가 자신을 위해 쓴 것이었다.) 것으로 끝난다.

마리냐는 그 연극을 거절할 수가 없었다. 모리스가 그녀에게 준 선물이었으며, 모리스는 탁월한 배우였다. 그녀는 모리스를 몹시 좋아했다. 모리스가 무턱대고 마리냐를 좋아하는 것이 폴란드인들의 애국심, 폴란드의 고통, 폴란드의 기사도를 감상적으로 희화화하도록 고취시키지만 않았더라면 좋았을 것을. 예를 들어 도망가기 전에 나딘은 자보우로프의 머리맡에 촛불 두 개를 켜 놓고 짧은 기도를 했다……. 그럴 수가, 모리스!

"감상적이라고요? 아, 내 말뜻은 그녀가 자기가 저지른 폭력을 후회한 것이 그렇단 말이죠. 그렇지만, 경건한 몸짓은 감동적이라고 말해야겠지요. 마리나 부인, 그렇게 생각지 않으세요?"

"그렇게 생각지 않아요, 모리스. 그건 경건한 것이 아니라 감상벽이에요. 나딘은 자기가 저지른 폭력에 두려움을 느꼈을 수는 있지만 후회해서는 안 돼요. 러시아 황제의 경찰총창은 죽어 마땅한 인물이니까."

볼티모어에서 몇 번 공연을 한 뒤 마리냐는 뉴욕의 스타 극장에서 1884년 2월에 〈나제즈다〉를 개막했으며, 전국 순회공연에서 50회 이상 공연했다.

다음 해 〈나제즈다〉 공연을 계속하지 않는 동안, 한 입으로 두 말하는 작가가 그것을 사라 베른하르트에게 보내면서 자기 작품을 읽어 주면 크나큰 영광이라고 적었다. 두 명의 주역은 베른하르트를 염두에 두고 썼다고 맹세할 용기까지는 차마 없었던지라, 그저 베른하르트 양을 염두에 두고 썼다고만 언급했다.

베른하르트 양이 그의 희곡을 조금은 좋아했음이 틀림없었다. 그녀의 극작가이자 애인이기도 한 빅토리앙 사르두Victorien Sardou에게 분명히 전해 주었기 때문이었다. 2년 후 베른하르트는 파리에서 〈나제즈다〉와 너무나도 흡사한 연극을 사르두의 작품으로 무대에 올렸다. 사르두는 전문가답게 약간 변화시켰다. 20년에 걸쳐 전개되었던 스토리는 늦은 아침부터 다음날 새벽까지, 하루에 일어난 것으로 압축되어 있었다. 1863년의 실패한 폴란드 봉기는 18세기 말경 로마에서 발생했다가 실패한 공화정 봉기로 바뀌었다. 고귀한 폴란드 아내는 불같은 이탈리아 오페라 가수로 변했으며, 처형을 기다리고 있는 남편은 열렬한 연인이자 화가로 바뀌었다. 어머니와 딸 둘 다 자살하는 대신, 한 명의 여주인공인 가수가 애인을 자유의 몸이 되게 해 주려고(그녀는 그렇게 생각했으므로) 사악한 경찰총장을 죽이고서는, 그녀가 약속했던 대로 거짓 소풍을 가려고 로마의 테베레 강둑에 서 있는 성곽 지붕으로 올라갔다가 진짜 처형 장면을 목격하게 되었고, 몸을 날려 투신자살했다.

마리냐는 모리스의 비탄에 전혀 마음이 움직이지 않았다. 그녀가 〈나제즈다〉 공연을 중단했던 것은 사실이었다. 그렇다고 해서 그 작품을 베른하르트에게 보내지는 말았어야 했다. 모리스는 그런 식으로 당해도 쌌다.

비록 사르두가 경찰총장의 시체 옆에 그 터무니없는 촛불을 분명히 남겨 두기는 했지만, 마리냐가 보기에 사르두의 작품은 모리스의 것보다 훨씬 나았다. 사실상 이제 주동 인물이 더 이상 폴란드의 애국자가 아니었으므로, 마리냐는 그 작품이 몹시 탐이 났다. 피바디는 사르두에게 편지를 보내 미국에서 그 작품의 공연권에 대한 조건을 제시했다. 마리냐가 모리스에게 모질게 대하기도 전에, 사르두는 정중하게 거절하는 전보를 보냈다. 모리스가 표절로 자신을 고소하지나 않을까 두려웠던 것이었을까? 베른하르트 양도 거절했는데, 그럴 만도 했다. 그녀를 위해 쓰여진 모든 역할들 중에서 가장 성공한 배역이 마리나 잘렌스카의 손에 들어가도록 할 리 없었다.

마리냐가 계획한 배신을 눈치채지 못한 채, 표절 소송이 좌절되자, 〈나제즈다〉의 운수 사나운 저자는 자기 자신의 희곡을 재표절하여, 사르두의 〈토스카〉를 남북전쟁 스토리로 변형시켰다. 여주인공 이름은 리디아가 아니라 이제 아나벨라였다. 북부 연방군의 대의명분을 위해 스파이 노릇을 하는 첩자에게는 아름다운 아내인 아나벨라가 있었다. 그녀의 남편은 조지아 주의 군사법정에서 사형을 언도받았다. 그녀는 남부 동맹군 장군에게 남편의 목숨을 살려 달라고 간청한다. 호색한 도나드 장군은 경멸할 만한 홍정을 제안한다. 그는 그런 홍정을 지킬 의도는 전혀 없었다. 그리스식으로 복원된 도나드의 저택 온실에서, 이 저택의 온화한 성품의 집사인 조지가 굴과 샴페인으로 늦은 저녁 식탁을 차리고 그 위에 놓인 반짝거리는 은 촛대에 촛불을 켜고 있었다. 반면 조지의 주인은 아름다운 청원자가 도착하기만을 기다리고 있었다. 그녀는 순진하게도…….

전혀 말도 안 돼요, 모리스! 전혀 말도 안 돼. 그 아이디어에 거부권을 행사한 사람은 다름 아닌 보그던이었다. 마리냐는 이렇게 해서 확실한 승리를 다졌다.

"들어 봐요, 보그던. '미국 무대에서 가장 위대한 여배우는 폴란드인이다. 실제로 잘렌스카 부인은 사라 베른하르트를 제외하고는 살아 있는 경쟁 상대가 없다. 내가 생각하기로 그녀는 대부분의 경우 베른하르트를 훨씬 능가한다.'"

"누가 그런 기사를 썼소? 윌리엄 윈터는 아닐 테고?"

"그럴 리가요." 마리냐는 윈터의 초조한 목소리처럼 가라앉으면서 낮게 웃었다. "'미국인들은 진지한 목적을 핑계로 내세워 극장을 비윤리적으로 사용하는 것을 방지하기 위해 단호한 결단을 내리는 데 서로 합심해야 한다. 나는 너저분한 '문제적인 연극'을 무대화하는 유행을 말하고 있는 중이다.' 입센을 두고 한 우리의 모험을 윈터가 얼마나 싫어했는지, 기억나요?"

"그럼 항상 존경할 만한 자넷 길더는요?"

"심지어 그녀도 아니에요. 내가 한 번도 만난 적이 없었던 『극장』이라는 잡지의 비평가의 말이에요."

"자, 됐어, 마리냐. 당신이 이겼소."

"이제 내가 읽었던 것을 믿는 일만 남았군요."

다음 해 그녀는 에드윈 부스와 함께 전국 순회공연을 하고 있었다. 그가 햄릿을 하면 상대역 오필리아를, 그가 오셀로를 하면 데스디모나를, 그가 샤일록을 하면 포셔를 맡았다. 부스가 〈햄릿〉을 제외하고는 최고로 성공적인 인기를 누렸던 불워리튼의 드라마 〈리슐리외〉에서는 추기경의 무력한 피후견인인 줄리의 역할을 하게 되었다. 그녀는 또 다른 여성 희생자였다!

"가엾은 마리냐!" 보그던이 통탄했다. "너무 긴장이 심한 생활 때문에 쉽게 속아넘어가는군. 아첨하는 비평가들은 감히 칭찬 이외에는 하지 않을 테고, 빙빙 둘러서 말하는 남편은 감히 그녀에게 진실을 말해 주지 않을 테고, 노골적일 만큼 직설적인 말을 과연 누가 해 줄 수 있을까……."

"떠나길 원한다면, 당신 그렇게 해요. 난 이제 충분히 강하니까."

마리냐가 말했다.

"가방을 꾸려라, 결혼 반지를 뽑아 당신에게 내민 다음 문을 열고 나가 등 뒤로 꽝 하고 닫는다. 그러고는 눈이 내리는 어두운 밤의 여로로 걸어 들어가란 말이오?"

"이것만이 당신이 이끌어 나갈 수 있는 유일한 인생은 아니니까요."

"많은 사람들에게 듣던 말이군."

보그던이 말했다.

"하지만 보그던, 지금은 누구도 아닌 내가 바로 당신에게 말하고 있잖아요."

"당신은 날 겁쟁이라고 생각하는군."

"아뇨, 당신이 날 사랑한다고 생각해요. 남편으로서의 사랑. 우정. 하지만 우리 두 사람 모두가 알고 있다시피, 다른 종류의 사랑도 있어요." 머리를 묶어서 마무리한 뒤 그녀는 한 손을 내밀었다. 보그던은 그녀에게 지성 화장품 박스를 건네주었다. "당신에게 필요한 것을 발견할 수 있었으면 하고, 언제나 바라는 내 마음을 당신이 믿어 줬으면 해요."

"난 그러지 않을 거요."

"그러지 않다니요?"

"난 너무 익숙해져 있소. 부속품처럼. 완제품처럼. 나의 미국은 당신이오. 아직도 당신이오. 내가…… 그곳에 있을 때 당신을 얼마나 그리워했는지 당신은 상상조차 못할 거요."

"나의 보그던, 내가 얼마나 당신을 사랑하는지 나 스스로도 이해가 되지 않을 정도니, 당신은 상상조차 할 수 없을 거예요. 내가 다시 무대를 포기하는 게 좋겠어요?"

"저런, 마리냐!"

"당신을 위해서라면 무대를 포기할 수 있어요."

"여보, 마리냐. 날 위해 그런 희생을 하는 건 안 돼요."

"그게 그렇게 대단한 희생인지는 모르겠어요." 마리냐는 코코아 버터를 이마와 뺨에 얇게 펴서 바르고 마사지를 하고 있었다. "당신 말처럼 난 이겼어요. 이 단어를 좋아하지 않지만요. 계속해야 할 일만 남았을 뿐이에요. 스스로 반복하면서 진부해지거나 조야해지지 않도록 되풀이해서 노력할 일만 남은 셈이죠. 전국 순회공연을 스무 번쯤 하게 될 때면 내가 얼마나 대단한 스타가 될까요? 서른 번을 한다면요? 마흔 번을 한다면요?" 그녀는 소녀처럼 웃었다. "언제면 줄리엣의 유모 역할에도 체념하게 될까요? 난 유모 역할을 받아들일 정도로 체념할 수 없어요! 차라리 〈맥베스〉에서 마녀 역할을 할 거예요."

"마리나!"

"당신을 놀라게 만드는 게 좋아요, 보그던." 그녀는 아주 낮은 어조로 〈맥베스〉를 읊조렸다. "맥베스. 내가 그걸 다시 말할게요. 맥베스. 당신 생각에 우리가 천벌을 받을 것 같아요?"

"당신은 언제나 매력적일 거요, 마리나. 당신은 미친 듯이 날 사로잡아요. 후안 마리아와 호세와 함께 비행 기구를 타고 위로 올라갔어요. 난 그들과 함께 계속 날았어요."

"나도 그렇게 생각했어요. 당신은 너무 너무 용감하다고요." 마리나가 일어나 손을 뻗어 보그던의 얼굴을 쓰다듬었다.

"당신은 얼마나 특이한지. 나 자신 속으로 사라졌으면, 하는 생각이 들었소. 아마도 비행 기구가 추락해 충돌하길 바라는 욕망인지도 모르겠소."

"그런 일은 없었잖아요, 보그던." 마리나가 그의 입술을 맛보았다. 보그던이 그녀를 자기 품에 안았다. "알다시피, 벼락이 떨어지는 일은 없었어요. 지금 이대로 함께 죽는다면 좋겠지만요. 추락하고, 불길이 치솟고, 재가 되어서."

"마리나!"

"이제 당신이 날 울게 만들려면, 나의 작은 왕국에서 자리를 비워야 해요. 화해의 이슬비를 맞으면서 어떻게 내가 화장을 할 수 있겠어요? 당신 길을 가요, 내 사랑, 가요!" 마리냐의 미소는 눈이 부셨다. "명심해요. 반갑지 않은 침입자가 들어올 수도 있으니 문을 잠그고 나가는 것, 명심해요." 마리냐의 입술이 벌어졌고, 그녀의 눈길은 기억을 깨우는 것처럼 천장을 향했다.

마리냐는 앉아서 거울을 들여다보았다. 틀림없이 그녀는 울고 있었다. 행복한 인생이 불가능한 것만이 아니라면, 너무나 행복했기 때문에 울었다. 인간으로서 성취할 수 있는 최고의 삶은 영웅적인 삶이다. 행복은 많은 형태로 다가온다. 예술을 위한 삶을 살았던 것은 특권이자 축복이다. 여자는 성적으로 지고의 행복을 단념하는 데 재능이 있다. 그녀는 분장실 문이 삐걱, 하면서 닫히는 소리를 들었다. 그리고 문고리가 찰칵, 하고 잠기는 소리에 귀 기울였다.

In America

"알다시피, 마리나……. 난 우리가 마리나 부인, 부스 씨의 가면을 쓰지 않아도 괜찮을 것이라 믿소. 우리끼리만 있으니까. 난 지쳤고 박수에도 질렸소. 게다가 난 필요한 만큼 충분히 취했으니까…… 오늘 저녁 당신이 무대 전면으로 나와서 내 몸에 닿았을 때 난 그런 몸짓이 못마땅했다는 걸 말해야겠소. 내게서 눈을 떼지 말아요. 법정에 출두한 사람들의 시선은 무시하고, 그것에 이의를 제기하지도 말고. 샤일록에게 하는 연설에 관해서는 우리 두 사람 다 동의했잖소. **자비의 특징은 강요가 아닙니다. 하늘에서 땅으로 내리는 단비 같은 것이라오**. 아니 그게 아닌데. 여기서는 그게 핵심이 아닌데, 그러니까, 내 요점은, 내가 말하려는 요점은…… 포셔가 샤일록을 설득하는 중이고, 따라서 그의 마음을 움직이려고 하고 있는 중이라는 거요. 샤일록은 쉽사리 마음이 움직이는 인물이 아니지. 샤일록 또한 원한이 많았으니까. 포셔는 그 불쌍한 사내로부터 자신이 먼저 감동을 받았는지는 모르겠지만. 하지만 포셔는 절대 샤일록의 몸에 손을 대서는 안 돼요. 고작 어깨에 손을 얹은 정도라고 할지라도 말이오. 어깨에 손이 닿거나 그의 몸 어떤 부위에도 손이 닿는다? 절대로 닿아서는 안 돼! 샤일록은 너무 고통스러운 상태니까. [그는 자기가 쥐고 있는 술잔을 응시한다.] 고통스러운 상태라는 건…… 폭발하기 쉬운 상태거든. [위를 올려다본다.] 당신은 포셔가 붉은 법복 아래서 대단히 여성적이라는 점을 보여 주어야 하지 않았나, 하는 생각이 들어요. 대단히 여성적이고, 따라서 무슨 말을 듣지 않아도 그 괴물이 이성, 애정, 열정, 상처를 가지고 있다는 점을 아니까. 하지만 그건 멍청하고 감상적인 몸짓이라오. [그는 고개를 세차게 젓는다.] 당신은 터무니없이 감상적인, 여자요. 다른 사람들에게 그런 소릴 들었던 적 없었소? 나 자신은 크게 격노하는 몸짓을 선호하오. 그렇다고 그것이 내가 술에 훨씬 더 취하게 된다면, 이 저녁이 끝나기 전에 당신 몸에 손대지 않을 것이란 의미는 아니지만. 당신은 결혼한 몸이라거나, 더 이상 젊지 않다거나, 뭐 그 따위 소리는 하지 말아요. 당신은 나보다 열세 살이나 어리니까. 당신 나이를 속이지 않았다면 말이오. 매력적인 여자들이란 흔히 거짓말을 해도 괜찮은 법이거든. 손을 얹어야 하느니, 말아야 하느니 하는 문제 따위는 그만둡시다. 나중엔 어떤 변덕을 부릴지도 모르는 일이니까. [벽난로 옆에 선다.] 지금은 그냥 나랑 술이나 한잔 하자고 조르고 싶소. 숙녀답게 거절하겠다고? 탁월한 선택이군. 좋아요, 좋아. 고개를 끄덕이면서 미소 짓는 당신. 완벽하게 고혹적인 그 미소. 사랑스런 당신 머리카락의 정수리를 만지는 손길만으로는 충분하지 않아요.

당신이 환호하면서 '그래요, 에드윈. 그래요, 그래…… 에드윈.' 하는 소리를 듣고 싶소. 브라보! 잘했어요! [그는 술잔을 비운다.] 당신도 '잘했어요, 네드!' [빈 잔을 벽난로 선반에 올려놓는다.] 네드는 내 어린 시절 이름이오. 그런데 당신은 날 네드라고 부를 순 없겠지. 당신이 날 에드윈이라고 부르기 시작한 게 바로 얼마 전이니까. 네드라고 부른다면 너무 친밀한 사이로 보일 테니까, 안 그렇소? 우리, 당신과 난, 최선을 다해야 하오. 적당히 친밀하도록. 우리는 배우니까. [그는 난로에 둘러 쳐놓은 불똥막이 울 위에 오른발을 올려놓는다.] 당신은 다시 어린아이로 되돌아가고 싶다고 느낀 적 없소, 마리나? 아, 당신도 없군. 우리에게 공통점도 있군. 당신과 내가, 배우라는 이외에 공통점이 많으리라고는 생각지 않았는데. 그 점을 인정하면 많은 것이 있긴 하오. 그렇지 않소, 마리나? 내 말에 완전히 집중하고 있는 거요, 마리나? 당신 시선이 헤매고 있군. 당혹스러워서. 아, 서가의 꼭대기에 놓여 있는 셰익스피어 반신상에 시선이 가는군. 주변을 한번 둘러봐요. 여기 있는 모든 방에서 온통 셰익스피어 사진이나 반신상을 볼 수 있을 테니까. 저 반신상 내려 주리까? [서가로 걸어간다.] 싫다고? 날 뚫어지게 보고 있는 것보단 그게 나을 텐데. [셰익스피어의 머리통을 쓰다듬는다.] 연기란, 마리나, 당신과 내가 하는 것이오. 우리는 오늘 저녁 관객들 앞에서 함께 연극을 했어요. 덧붙이자면 그럭저럭 봐 줄 만했소. 그리고 관객 없이, 우리는 서로에게 연기를 계속하게 될 것이오, 그렇소? 물론 우린 완벽하게, 완벽하게 진지할 것이오. [무대 인사를 한다.] 난 누구를 연기하게 될까? 잠깐 생각해 봅시다. 내 생각에는, 음, 내 생각에는 에드윈 부스를 무대에 올려 볼까 하오. 이 얼마나 탁월한 생각이오. 그 친구가 샤일록보다 훨씬 더 흥미진진한 것처럼 보이니까. 모든 면에서 완벽하게 불행하니 말이오. 유명할 정도로 불행하고, 음울하고 비극적인 역을 맡기에는 안성맞춤이니까. 그러나 내가 너무 전제적이라고는 생각지 말아요. 난 오늘 밤…… 당신이 마리나 잘렌스카 역을 하지 않았으면 하오. [장식장에서 위스키 병을 꺼내러 간다.] 그걸 한번 생각해 주시겠소? 그냥 날 위로해 줄 심산으로. 당신 레퍼토리 안에는 다른 자아가 몇 개 있다는 건 알아요. 지난 10년 동안 영어권 세계에서 가장 위대한 여배우가 폴란드인이었다는 건 몹시 즐거운 일이라 생각하오. 외국 억양이 있는 폴란드인. 그렇소, 마리나. 어느 누구도 당신의 억양을 더 이상 거론하지 않아요. 오히려 그게 당신의 마력 중 하나니까. '그어어건 대애안히 대애안히' 주목할 만한 일이지만. 맙소사. 여인이여, 그렇게 삐친 얼굴 하지 말아요. 억양이야 어떻든, 당신이 영어권 사람들보다 훨씬 더 대사를 훌륭하게 표현한다는 건 부인하지 않으리다. 한 잔 더? 좋아요. 술이 언제 효력을 발휘하는지 보고 싶군. [그녀 주변을 맴돈다.] 당신은 주술적이오, 마리나 잘렌스카. 내가 상당히 진지하거나, 아니면 단지 당신에게 아부하고 싶은 걸까. 당신은 어느 쪽이라고 생각하오? 아니면 그 어느 것도 아닐 수도 있고. 내가 앵무새일 수도. [앵무새처럼 꽥꽥거린다.] 놀라지 말아요. 내 아버지가 가끔 그런 짓을 했다오. 무대의 윙에서. 억지로 웃으면서 꽥꽥거리고 날카롭게 새된 소리를 내지르고 하면서요. 그러다가도 눈 깜짝할 사이에 우아하고 웅변적이고 달콤한 목소리를 내고는 했소. 내가 무슨 말을 하고 있었지? 아, 그래요. **사람들이** 그렇게 말들 하더이다. '내가 만났던 가장 매혹적인 인물' 이라고들 하더군. 그런 말들이 성가시지 않소, 마리나? 스스로 반문한 적 없었소? 날더러 그토록 매력적이라고 할 만큼 연기를 잘했어야만 했던 건 아닐까, 하고 자신에게 물어본 적 없었던가요? [그녀의 손에 키스를 한다.] 내가 로미오를 연기하는 데 성공하지 못했고, 얼마 안 가 나의 레퍼토리에서 로미오를 뺄 것이라는 걸 당신은 아마도 알고 있을 테지만. 베네딕트로 말하자면…… 난 한 번도 훌륭한 베네딕트를 연기한 적이 없었소! 충분히 경쾌하고 가벼울 수가 없었으니까. 내 안에는 현실에 구속받는 뭔가가 있어요. 결코 그로부터 벗어나 비상할 수 없는 게 말이오. 아, 그래요. 우리는 최선을 다해야만 하오. 그렇지 않소? 난 악당을 가장 잘할 수 있어요. 순회공연에서 〈리처드 3세〉를 하지 않았다는 건 정말 유감이군! [몸을 비튼다. 뒤틀린 형상이 된다.] 그게 아버지가 처음으로 한 위대한 역할이었다오. 당신은 앤 부인이었고. 아, 슬프게도 당신과 함께 하지는 않았지만. 딕 크룩백이 연인 역할을 하자, 당신은 그의 매력에 저항할 수 없었고. [몸을 곧추 세운다.] 말해 봐요, 당신이 정말로 나보다 그처럼 젊단 말이오? 얼굴 붉히지 말아요, 여자여! 당신은 우리가 무대에 서 있다고 생각하는 거요? 그래요? 나와 있을 때는 당신의 비밀을 털어놓아도 괜찮소. 당신이 망설이는 걸 지켜보고 있소. 당신이 날 기쁘게 해 주려 하는 걸 말이오. 그렇다는 생각이 들어요. 글쎄, 그렇다 하더라도 당신은 여전히 나보다 적어도 일곱 살은 어릴 테니까. 상당한 미모이고, 그건 여자들에게는 대단한 자산이지. 내가 너무 신랄한가? 당신에게는 위안이 필요하오? 모든 배우들에게는 아첨이 필요한 법. 에드윈 부스보다 그 점을 더 잘 알 위인이 누구겠소? 흠, 당신에게 진실하면서도 당신 마음에 흡족할 만한 게 뭐가 있을까? 아, 그거야. [손가락으로 그녀를 가리킨다.] 당신은 잘 걸어요. 오늘밤 당신의 걸음걸이는 괜찮았소. 연극 무대가 베니스라는 걸 당신은 잊지 않았어. 포셔는 대리석 위를 건 듯 냉정하게 걸어요. 난 아직도 그걸 기억하고 있소. 그 말은 그 모습을 훔칠 거란 뜻이오. 지금부터는 샤일록 또한 냉혹하게 걸을 테니까. [방을 가로지른다. 걸음걸이가 점잖 빼는 것처럼 되어 버린다. 중단. 웃음.] 오랜 세월이 지났건만 난 여전히 역할을 위해 애써 노력해야 하오. 나의 아버지는 샤일록을 연기하면서 히브리어로 투덜거리고는 했어요. 아니, 히브리어처럼 들리는 소리로 중얼거렸을 거요. 일단 애틀랜타에서 샤일록을 하는 동안에, 그는 그 도시에서 가장 멋진 레스토랑에 가서 햄과 야채를 주문했어요. 웨이터가 주문한 음식을 식탁에 내오면 접시를 마루에 내동댕이치면서 소리를 버럭 질렀소. '지저분하군! 홍! 지저분하군! 홍!' 그는 고함을 냅다 지르면서 으르렁거렸소. 물론 난 합리성의 화신이므로, 무대에 서지 않을 경우에 단 일 분도 나를 샤일록으로 생각한 적이 없다오. 유태인들이 입는 짙은 갈색 개버딘 옷차림, 모자 테가 늘어진 황갈색 모자를 깊숙이 쓰고 매듭 있는 지팡이를 쥐고서. [그는 손을 그녀에게 뻗는다.] 나를 오셀로라고 생각한 적 또한 없었소. 무어인처럼 시커멓게 분장을 하지 않는 한 말이오. 심지어는 내가 그처럼 좋아한 배역이었음에도 나 자신을 리처드 3세로 생각한 적도 없었다오. 리슐리외의 복장을 했을 때가 아니면 리슐리외도 마찬가지였소. 햄릿의 경우도…… 그랬을 테지요. 당신은 내가 햄릿을 하기에는 약점이 있다고 말할 수도 있었을 거요. 모든 사람들이 날 햄릿과 비슷하다고 생각하기 때문은 아닐 테지. 내가 햄릿과 비슷하다고? 나의 아버지였더라면 홍, 이라고 콧방귀를 뀌었겠지만! 그런데도 여전히 햄릿에게서 나와 비슷한 점을 발견한다오. 아마도 햄릿이 배우였기 때문일 수도 있겠지. 그래요, 마리나, 햄릿 자체가 배우요. 그는 연기를 하고 있어요. 그는 배우처럼 보여요, 그런데 그 표면 아래 무슨 본질이 있소? 아무것도 없어요. 없다고, 없어. 2장의 궁정 장면에서 햄릿은 잉크빛 검은색 상복을 입고 있소. 보란 듯이, 집요하게 자기 아버지의 죽음을 애도하거든. 그러자 거트루드 왕비는 모든 사람들의 아버지는 다 죽기 마련이라고 지적하오. 그녀 말이 맞아요. **그런데도 유독 너에게만 유별난 일인 것처럼 보이느냐?** 그러면 햄릿은 으르렁거리지, 그는 으르렁거리고 있소. **보이느냐고요, 왕비님? 아니, 그렇게 보이는 것이 아니랍니다. 난 '보이는 것처럼' 꾸미지 못합니다.** 하지만 햄릿은 '보이는 것처럼' 꾸미는 것을 너무 잘 알고 있소. 햄릿은 그 밖의 것은 아무것도 모르니까. 그게 햄릿의 문제요. 햄릿은 배우가 아니면, 아무것도 아닌 존재였을 것이오. 아무것도 아닌 존재 말이오. 그런데도 그는 배우이기를 저주하오. 배우나 되라고 저주하지요! 햄릿은 꾸미기와 연출하기에서 벗어나 오로지 있는 그대로 존재하기를 기다리고 있어요. 하지만 꾸미기의 맞은편에는 진실이 있는 게 아니라 아무것도 없다는 것이지. 마리나, 죽음을 제외하고는 아무것도 없다오. 죽음 말고는. [방을 둘러본다.] 난 나의 요릭의 해골을 찾고 있소. 내가 그걸 잘못 놓아두었다고? 그럴 리가. 내 말은 필로의 해골 말이오! 필로, 너 어딨는 게냐? 내가 그걸 어디 뒀더라? [뚜껑 달린 책상 서랍을 당겨서 연다. 마루 위에 종이들이 뒹군다.] 버팀목. 버팀목. 버팀목을 위한 나의 왕국! 내가 해골에게 채찍을 휘둘렀다면 나의 마지막 대사는 지나치게 되울려 퍼지지 않았을 것이오. 죽음 말고는. 죽음 말고는. 두 번째 죽음이라는 단어에서 죽음을 강조했던 걸 들었소? 그처럼 하찮고 사소한 세부적인 것들이 위대한 공연을 만들어 내는 법이니까. 당신은 내가 강조한 '죽음'의 차이를 들었을 것이오, 마리나. 망가진 배우의 대사를 당신보다 더 잘 들을 수 있는 사람이 어딨겠소? [그의 손을 그녀에게로 뻗는다.] 나의 작은 공주여. 나의 폴란드 여왕이여. 술이 취해 사는 네드의 '네드 극단' 단원으로 기꺼이 들어오기로 승낙했소. 당신은 그가 그다지 해롭지 않다는 걸 알고 있소. 너무 술에 취해서 당신의 정숙함이 안전하리라는 걸 말이오. 당신이 존경할 만한, 결혼한 여성이라고 할지라도. 당신은 그다지 젊지 않고, 앞으로 그렇게 될 것이오. 늙은 네드를 조심하시오. 그자는 교활한 작자니까. [발끝으로 한 바퀴 재빨리 돈다.] 술에 잔뜩 취한 척 연기할 수도 있으니까. 아니면 정말 미쳤는지도 모르지. 따라서 그냥 약간, 약간 위험할 수도 있지만. 햄릿처럼 그 작자 역시 교활할 수도 있거든. 그 작자는 연기하지 않는 척할 수도 있소. 그 작자는 남들에게 연기 레슨을 하고 있소. **그 연설을 말해 봐. 제발 부탁하노니, 내가 발음한 대로 혀 위에서 가볍게 굴려 봐.** 그 작자가 배우들에게 가르치는 것이 훨씬 명료하다고 생각지 않소? 대단히 말이오. **대사에 행동을 맞춰, 행동에는 대사를 맞추고.** 왜냐고? 그 작자는 폴로니어스처럼 진부하거든! **고난은 어디에 있느냐? 무모함은 어디에 있느냐? 시작부터 끝까지.** 버팔로에서 나의 아버지가 리어 역을 했을 때처럼, 나는 발소리를 죽이고 햄릿을 연기해야 했소. 아니면 아버지가 필라델피아에서 이야고 역을 했을 때처럼, 속삭이듯이 하거나. 물론 나의 아버지는 미쳤소. 아니면 술에 취했거나. 혹은 둘 다이거나. 어느 게 어느 것인지 아마 구별하기 힘들 거요. 나처럼. 당신 지금 그렇게 생각하고 있는 거 아니오? 그렇진 않다고? 오, 당신의 오랜 친구인 이 네드를 진지하게 대해 주고 있었던 거요? [소파의 그녀 옆자리에 앉는다.] 그런데 햄릿이 미친 거냐고? 그 점을 밝히려고 얼마나 많은 잉크가 허비되었는지. 햄릿은 미친 것으로 간주되어야만 한다는 게 내 생각이오. 오직 미친 사람만이 자신을 미친 사람으로 꾸미고 있다고 생각할 수 있기 때문이오. 다르게 가장하는 방법을 선택할 수 있는데도 말이오. 그렇지 않을 수도 있을 테지만. 아마 여러 가지로 꾸며 댈 수 있는 선택의 여지가 그렇게 많지 않을 수도 있을 테고. 미친 척하는 것이 유일한 선택이라고 한다면, 마리나, 이 경우 햄릿의 선택은 완벽하게 이치에 맞는 선택이오. 가장 탁월하고 합리적이고 매력적인……. 내가 언제나 말하듯 덴마크 왕자로서 말이오. 틀림없이 약간은 불행한 왕자로서 말이오. 사실은 대단히 불행했지만. 불행하다고 미친다면, 우리 모두 미쳐야 했을 테니 말이오. [신발을 벗고 자신의 발을 문지른다.] 내가 당신을 따분하게 만들고 있소? 그렇지 않았으면 하오. 이제 난 당신의 역할을 할 참이기 때문이라오. [벌떡 일어선다.] 오필리아는 **미쳤소**. 그래서 재미가 없소. 미친 것처럼 꽃들에게 소리치고. 햄릿은 그녀에게 다정하게 대하지 않았소. 불쌍한 아가씨. 햄릿은 칼날을 그녀의 아버지 뱃속에 쑤셔 박아요. 자, 햄릿의 어머니는 신경이 잔뜩 곤두서 **있었소**. **그리고** 햄릿은 커튼 뒤에 쥐새끼가 있다고 생각했고. [벽난로에서 불쏘시개를 꺼내 그것을 검인 것처럼 내리꽂는다.] 오필리아는 물속으로 걸어 들어가요. 광기가 뭔지 당신은 이해하오, 마리나? 난 그렇게 생각지 않소. 당신은 자기 슬픔을 탁월하게 억누르는 사람이라는 데, 내기를 걸 수도 있소. 언제나 그런 것은 아니지만. 내 말이 맞소? 약간, 약간의 고통은 드러낼 수도 있겠지만.

아, 당신네 유럽인들 하고는. 당신네 유럽인들은 비극을 발명했으니, 당신이 그걸 독점하겠다는 거군. 우리 미국인들은 둔감한 낙천주의자들이오. 맞아요. 지금 이 순간에도 둔감한 낙천주의가 다가오고 있는 걸 느낄 수 있소. 얼마나 새롭고 신선한가! 아아아아……. 위스키 한 잔 더 하겠소, 마리나? 내가 보았던 당신의 오필리아 중에서 정말로 미친 것처럼 보였던 것은 지난 주, 프로비던스에서의 공연이었소. 평상시와는 달리 당신은 집중을 하지 못했는데 아마 나 때문이었던 것 같소. 내가 윙에서 당신과 함께 있으면서 이를 갈고 있었으니까. 당신은 빈 손으로 4막에 입장하여, 전혀 당황하지 않고 당신의 꽃다발을 거트루드 왕비, 클라우디우스 왕, 레어티스 오빠에게 나눠 주러 나갔소. 보이지 않는 꽃을 말이오. 아버지라면 그걸 인정했을 텐데. [술 한 잔을 따라 마신다.] 나의 아버지가 앵무새처럼 꽥꽥거렸단 얘기 했던가요? 나체즈에서 했던 〈햄릿〉 공연을 기억하오. 오필리아가 미친 장면에서 무대 바깥에서 어떤 목소리가 까마귀처럼 까욱까욱 울기 시작했소. 틀림없이 그건 아버지였소. 윙에 놓인 사다리 꼭대기에 올라앉아서 말이오. (까욱.) 까욱 하면서요. 그러니 오필리아가 미칠 때는 주변을 살펴보라는 것이었소. 그건 심리적으로 감염이 될 수 있으니까. 나의 어머니는 아버지가 순회 여행을 할 때면 너무나 걱정한 나머지 열네 살이었던 나를 아버지의 분장사 겸 동료로 딸려 보냈소. 연기를 배우는 게 아니었소. 연기는커녕 그런 것과는 거리가 멀었소! 조니가 배우가 되기로 되어 있었다오, 아버지의 계승자로. 아버지는 내가 목수가 되어야 한다고 말했소. 그런 판이니 아버지가 어느 날 저녁 워터베리에서 자기와 함께 셰익스피어를 보자고 했을 때 그건 일대 사건이었소. 내가 생각하기에 그건 씁쓸한 작품이었지만, 아버지는 즐거운 작품이라고 했다오. 〈리어왕〉에서 나온 몇 페이지였소. 우리가 햄릿에 관해 이야기할 때, 햄릿은 왕자였으니 당연히 왕위 계승자가 되기를 기대하고 있다는 말을 하고 있었소. [벽난로로 몸을 돌린다.] 햄릿의 아버지가 미쳤다고 생각한 적 없소? 유령이 되어 자식을 홀리려고 저승에서 되돌아와서 자식 앞에 나타나다니, 내가 보기에는 미친 것 같더군. 적어도 햄릿에게는 끊임없이 되돌아와서 사람 홀리는 동생은 없었소. 당신도 알다시피, 조니는 총을 발사하고 나서 대통령석에서 무대로 뛰어내리면서 그 대사를 외쳤소. 독재자의 몫은 독재자의 것으로!(sic simper, 남북전쟁 당시 남군의 주무대였던 버지니아 주의 라틴어 구호였다. 옮긴이) 그의 다리가 부러졌소. [절뚝거리며 책상 쪽으로 간다.] 난 한 잔 더 할 참인데, 마리나, 당신은? 한 잔 더, 좋아요? 주기적으로 술에 대한 아버지의 발작적인 탐욕이 드러날 때의 증상 중 하나가 이런 특이한 몸짓이었소. [톱질하듯 오른손으로 자기 머리 옆을 썰었다.] 술을 마시지 못하도록 내가 막을까봐, 그게 내가 맡은 역할이기도 했지만, 아버지는 위협적인 몸짓을 하면서 소리쳤소. '저리 꺼져, 이 녀석, 썩 꺼져! 맙소사, 아버님, 전함에 태울 겁니다, 함장님.' 당신도 알겠지만 순전히 헛소리를 한 거라오. 아버지를 막을 수 있는 건 아무것도 없었소. 그냥 옷을 벗기고 토한 것을 치우는 것 이외에는. [그의 잔을 들어올린다.] 당신을 위하여. 아버지는 위대한 배우였소. 내 말을 액면 그대로 받아들여도 돼요. 진정 위대한 배우였으니까. 아버지는 스물한 살 때 리처드 3세로 런던을 깜짝 놀라게 만들었소. 킨의 라이벌이자 계승자로 환영받았지요. 몇 년 뒤 그는 뉴욕에서 같은 역할로 데뷔했소. 곱

사등이 악당 역을 맡은 아버지는 어린 시절부터 내 인생의 일부였다오. 우레와 같은 박수갈채를 받으면서 왼쪽에서 무대로 등장하고는 했어요. 사람들이 가장 먼저 보았던 것은 윙을 지나가는 그의 발길이었고, 그러다가 나머지가 따라나왔소, 숙인 머리가 말이오. 그는 무대에서 천천히 걸어 내려와 풋라이트가 있는 쪽으로 왔어요. 허리띠에 두른 검을 잡고 무대를 음미하듯이. 40년이 흘렀지만 아버지가 차고 있던 검이 철커덩거리는 소리가 들리는 듯하오. 삼천 명이나 되는 관객들이 아버지가 입을 열기만을 섬뜩하리만큼 숨죽이고 기다리던 장면을. **지금은 불만의 겨울이오**, 하는 첫 구절을 기다리면서 말이오. 내가 보기에 아버지의 연기 스타일은 과장되고 그야말로 연극적이었다오. 오늘날의 기준으로 본다면 그렇게 간주될 법한 점도 분명히 있었소. 아무도 그를 내면적이고 지적이라고 부른 사람은 없었으니까. 나 역시 마찬가지 대접이지만. [웃는다.] 아버지는 공포에 복종했소. 자기 안에 있는 악마를 인정했으니까. 아버지는 절대 고기를 먹지 않겠다고 맹세했어요. 고기를 '죽은 살점' 이라고 했다오. 딱 한 번 이 맹세를 깨고 말았는데, 회개하기 위해 구두에다 마른 콩을 가득 채운 채 납으로 구두창을 만들어서 볼티모어에서 워싱턴까지 그 먼 길을 터벅터벅 걸어갔다오. 아버지는 자신이 나쁜 인간이라고 생각했소. 아버지는 자기가 종종 미쳤다는 것을 알았소. '난 읽을 수가 없어! 난 고아원의 고아야! 난 읽을 수가 없어! 날 정신병자 수용소로 보내 줘!' 하고 시라큐즈의 위팅 극장에서 있었던 〈리어왕〉 공연 중에 그렇게 외친 적도 있다오. 몇몇 관중이 야유를 보내는 소리에 쫓겨 서둘러 무대에서 내려왔어요. 무대에서 그런 광기가 폭발하는 적은 드물었소. 아, 내가 어떻게 아느냐고 묻고 싶은 거요? 이런 아직도 양말인 채로 있군. [신발 속으로 발을 집어넣는다.] 내가 아버지와 동생 조니에 관해 이러쿵저러쿵 이야기하는 게 너무 가슴 아프기 때문이라오. 조니에 관해 이야기할 때면 울게 되니까. [손을 절박하게 올린다.] 아직은 아니오. '기다려. 왕을 죽이는 건 위대한 행위야.' 조니는 주장하고는 했소. '형도 알게 될걸. 부스 집안의 이름이 모든 곳에 알려질 테니까.' 나는 조니가 폼 잡으려고 그러는 거라고 생각했다오. 배우가 어떻게 진지한 대접을 받을 거라고 생각할 수 있겠소? 전부 허영이고, 허풍이라 여겼으니. 배우는 언제나 자신을 흥밋거리로 만들어야 하오. 첫째, 자기가 자신에게 흥미를 느껴야 해요. 그런 다음 남들에게도 흥미를 줄 수 있어야 하고. 당신은 자신이 흥미롭다고 생각한 적 있소, 마리나? [그의 잔을 찾으려고 주변을 둘러본다.] 협박과 징조. 우리는 듣고 싶은 소리만 듣는 법이오. 링컨의 부인은 이 위대한 해방자가 간밤에 꾸었던 꿈 얘기를 해 주었을 때 그 말에 주의를 기울였을까? 검은 강물 속으로 홀로 떠내려가는 꿈을 꾸었다고 했을 때 말이오. 전혀 아니올시다, 였어요. 그들은 극장에 갔어요. [웃는다.] 조니는 이미 상당히 숭배받고 있었지요. 그가 살았더라면 누가 알겠어요, 나보다 혹은 아버지보다 더 성공하지 못했으리란 법도 없었을 테니까. 조니는 낭만적인 역할에는 적격이었소. 그러니까 로미오와 같은 역할들 말이오. 악당 배역들, 리처드 3세, 이야고, 스코틀랜드 군주나 아니면 햄릿과 오셀로 등은 영 어울리지 않았지만. 조니는 상사병에 빠진 여자들, 아가씨들에게 매주 수백 통의 편지를 받았소. 운좋게도 그의 사랑을 받았던 여성들에게는 엄청난 편지를 받았다는 건 언급할 필요도 없지만. [울기 시작한다.] 조니는 사랑받고 싶어했다오. [자수가 놓인 손수건을 꺼낸다.] 지금 내가 운다면, 이걸 배우의 눈물이라고 하겠소? 배우의 눈물 맞소이다, 당신도 알다시피. 배우라고 해서 눈물이 없을까? 배우라도 찔리면 피가 흐르지 않겠소? 그 일이 일어났을 때 난 보스턴 극장에서 공연 중이었소. 처음 그 사건은 가족의 음모로 간주되었소. 형인 저니우스가 체포되었지만 금방 풀려났어요. 난 체포되지는 않았지만 경찰 감시 아래 있었다오. 부스 집안의 모든 가족들을 죽이겠다는 협박에 시달렸소. [그의 손을 응시한다.] 경찰서에서 조니와 난 미친 듯이 싸웠소. 난 노예해방주의자인데다 북부연방주의자였으니까요. 난 두 번이나 링컨에게 투표했어요. 조니는 자기가 독재자를 죽였다고 생각했소. 그는 자신이 영웅이라 칭송받기를 기대했어요. 동생의 죽음은 너무 고통스러웠소. 부스가는 언제나 그의 가족으로 일컬어질 거요. 한낱 배우가 왕의 시해자와 비교되다니. 아니오. 성인의 암살이라고 했소? 내가 어떻게 린치를 모면했느냐고요? 난 각오를 했소. 많은 세월이 흘렀을 때 뒤늦게 날 살해하려는 시도가 실제로 있었소. 그것도 극장을 싫어하는 사람이 아니라 극장 애호가였다오. 신문에서는 배우를 동경하는 미치광이라고 일컫더군요. 난 더 이상 각오하지 않았소. 이런 종류의 광기를 연극광이라고 부르더군. 당신도 그 이야기를 알고 있소? 몰랐다고요? [다시 자리에 앉는다.] 그 일은 시카고에서 발생했소. 〈리처드 3세〉를 공연하던 믹비터 극장에서요. 마크 그레이는 자기 권총을 이층 발코니에 가지고 들어왔어요. 나는 폼프렛 성의 지하 감옥에 갇힌, 애처롭고 어린 왕의 마지막 독백을 하면서 무대에 있었소.

이 감옥을 내가 사는 세상과 어떻게

비교할지 열심히 궁리해 보고 있다네.

세상에 사람이 너무도 많다면

이곳은 나 말고는 아무도 없으니,

내가 그것을 어떻게 비교할 수 있으리.

그가 나에게 두 번 총을 쏘았소. 내가 간발의 차이로 살 수 있었던 건 평상시대로 하지 않았기 때문이었소. **내가 그것을 어떻게 비교할 수 있으리** 하는 대사를 할 때면 난 언제나 머리를 한동안 손에 파묻고 있었소. 난 바로 그때 딱 한 번, 충동적으로 일어섰소. [일어선다.] 그 작자의 총알이 빗나가고 난 이후에 무슨 일이 있었던가 궁금하오? 아, 훌륭한 공연이었다오. 위대한 비극 배우(그건 나 자신이었소. 마리나, 당신의 겸허한 하인인 나 말이오.)는 침착하게 풋라이트 쪽으로 걸어가서 그 미치광이를 가리키면서, 그는 체포될 터이지만 결코 해치지는 않을 것이라고 말한 뒤, 잠시 무대를 떠나 아내를 안심시켜 주러 갔소. 언제나처럼 아내는 무대의 윙에 서 있으면서 완전히 패닉 상태가 되었으니까. 아내를 안심시킨 뒤, 나는 자기 역할로 되돌아가서 침착하게 공연을 마무리했소. [웃는다.] 나의 침착함으로 인해 사람들에게 엄청 찬탄을 받았다오. 내 가슴이 사자처럼 갈비뼈 아래서 얼마나 쿵쾅거렸는지 누가 알 수 있겠소? 그 다음 하루 밤낮 동안 꼬박 가슴은 계속해서 뛰고 쿵쾅거렸으니까. 그러니까 내가 꽤나 용감했던 것처럼 보였다오. 심지어 뒤통수를 왕창 맞았을 정도로 말이오. 몇몇 신문들이 내가 공연 주간에 좀 더 인기를 끌려고 목숨을 담보로 이런 짓을 꾸몄다고 떠들어 댔거든. 세상 이

목을 끌려고 광고를 했다더군. 세상에 그럴 수가! 하여튼 모든 것을 사고팔고, 가치 있는 모든 건 전부 광고하는 사회에서 살다 보니 모두 냉소주의자가 되는 것으로 끝장이 나더군. 내게 총을 쏘라고 미치광이를 고용하지 않았다는 걸 대중들에게 확신시키려면 심각하게 상처를 입었어야 했소. 아니면 아예 살해당했거나. 그랬더라면 부스 가문의 비극적인 저주, 운운하면서 행복하게들 말할 수 있었을 테니까. [그는 한 잔을 다시 따라서 마신다.] 나중에 난 내 머리통 옆으로 스쳐 지나갔던 총알이 무대 장치에 박힌 것을 어렵게 입수하여 황금 탄피에다 '마크 그레이가 에드윈 부스에게' 라고 적어 넣었다오. 그걸 부적처럼 시계 줄로 만들어 차고 있어요. 그 재앙의 유품을 어디 한번 보시겠소? [시계를 꺼낸다.] 젠장, 늦었군. 이제 피곤하기도 하니까. 마리나, 당신이 여기 있으니까 상당히……. 되살아난 기분이오. 당신이 날 처음 봤을 때 뭐라고 했더라, 캘리포니아에서 십이삼 년 전에 봤던 것으로 기억하는데, 내 기억이 맞소? 그때가 지금보다는 훨씬 나았지. 아무렴, 훨씬 나았지. 당신이 감탄했으니까, 안 그렇소? 나도 그래요. 헨리 어빙을 위해 한 잔 합시다. 아니, 당신이 틀렸소. 그 사람은 정말 훌륭한 배우요. 그의 햄릿은 나보다 훨씬 더 나았던 것 같았소. [잔을 들어올린다.] 어빙을 위해 술을 들 수는 없다고? 저런, 충성스럽기도 하지, 여자여. 이건 거의 감동인데. 나의 햄릿이 아무 장점이 없었다고는 말하지 않겠소. 사실상 제정신이 아닌 그 덴마크 왕자를 무대에 올리려고 상당한 신용 대출을 해야 했으니까. 윈터 가든에서 햄릿을 준비하는 동안 난 손잡이에 보석이 박힌 검을 구입했고 그것을 집으로 가져가서 침대 발치에 걸어 두었소. 밤새도록 잠들지 못하고 깨어나 성냥을 켜고는 그걸 지켜보며 검의 위치를 이리저리 옮겼다오. 그러니까 **'천사와 은총의 사제들이 우리를 보호한다!'**는 생각이 떠오를 때까지 말이오. 그 검은 실제로 십자가였다오. 그래서 검을 높이 치켜들고서는 햄릿의 아버지 유령으로부터 햄릿을 보호하는 데 사용할 수 있었으니까. 지나치게 독창적으로 해석하면 우린 셰익스피어를 망치게 될 거요. 그러나 당신 말대로 약간, 약간의 독창성이라면……. 난 독창적이고 진정으로 미친 덴마크 왕자였다오. 이야기인즉 이렇다오. 데이빗 개릭 부인이 킨에게 와서 '데이빗이 〈햄릿〉의 벽장 장면을 정말 멋지게 연출했어요. 그러니까 당신은 그렇게 하지 말아요. 남편은 유령이 출몰했을 때 의자를 넘어뜨렸어요.' 하고 말해 주었소. 킨이 한 번 시도해 보았소. 몸을 감췄던 곳에서 일어나 유령을 보려고 했을 때, 그의 발꿈치는 의자 다리 아래에 있었고, 의자 다리에 걸려서 의자를 쓰러뜨리게 되었던 거요. 그런데 그는 의자를 다시 일으켜 세울 수가 없었소. 그는 생각을 하고 있었소. 이거 괜찮을까? 치명적 실수군! [의자를 쓰러뜨린다.] 알다시피 어떤 것도 반복할 수는 없소. 세계의 종말이 오는 그날까지 난 의자를 넘어뜨릴 수 있지만 개릭이 했던 방식으로는 결코 하지 않을 거요. [또 다른 의자를 발길로 찬다.] 당신은 새로운 시도를 좋아하오? 이제 여자들도 그런 몸짓을 한번 해 볼 수도 있겠군. 가슴이 찢어진 오필리아가 의자를 차서 넘어뜨리는 장면 어떻소? 이 아이디어를 훔쳐 가려면 서둘러요, 마리나. 요즘은 모든 게 하도 빠르게 진행되니까. 그게 현대 생활이잖소. 그런 현대 생활에 난 결코 익숙해질 수가 없다오. 그러다가 그럴 필요가 없단 생각이 들더군. 당신도 마찬가지겠지만. 캘리포니아의 어느 극장 매니저가 생각나는군. 내가 아주 어렸을 때였는데, 그가 리허설을 지휘하는 방식은 단원들에게 언제나, '서둘러! 느릿느릿 해서 되겠어? 좀 더 빨리 해! 좀 더 빨리! 큐 사인이 떨어질 때까지 기다리지 마!' 하고 단원들을 달달 볶는 것이었지. 그 매니저가 〈햄릿〉의 리허설을 하는 것을 정말 보고 싶구먼. 〈햄릿〉을 하려면 천천히 느린 호흡으로 진행해야 하니까. 오…… **나란**…… **인간은**…… **이 얼마나**…… **악당이자**…… **농노인가**, 하는 식으로. 나를 무대로 되돌아오게 만들었던 건 다름 아닌 약점이었소. 그런…… 불상사 이후, 부스 성을 가진 가족들에게 사람들이 증오심을 폭발시키는 것은 정당화되었고, 그 때문에 난 영원히 무대에서 떠날 결심을 했소. 무대에서 은퇴한 뒤, 채 6개월을 버티지 못했소. 생계를 꾸려 가야 했으니까. 친구들은 극장으로 되돌아가서 빚을 갚으라고 했지. 나에게는 겁쟁이라는 오명이 따라다녔소. 부스라는 이름을 들을 때면 다른 이미지를 떠올릴 수 있도록 하고 싶었소. 그래서 여기 윈터 가든 극장에 햄릿으로 되돌아왔소. 5년 동안 나는 조니의 물건들은 그대로 간직하고 있었소. 그 무렵 나의 오류에 마음을 열고 극장 예술의 사원을 열었소. 물론 우리는 프랑스처럼 국립극장을 가진 적이 없었지만, 진지한 배우들이 감독하는 극장을 가지고는 있었다오. 그런 극장에서는 예술적 가치가 상업적인 관점보다 우월한 것으로 간주될 수도 있었거든. 하, 부스의 극장이 얼마나 오래 갔는지는 당신도 잘 알잖소. 내가 망한 이유는 사업에 젬병이거나, 혹은 미국에서 예술적 가치 운운하는 사업은 가당치 않거나, 아니면 그 두 가지 모두였기 때문일 거요. 그래요, 두 가지 모두요. [석탄 통에서 장작을 조금 모은다.] 어느 날, 밤늦게 나를 도와주러 온 무대 목수와 함께 조니의 옷가지, 책, 기록물, 무대의상 전부(무대의상 중에는 아버지에게 물려받은 것들도 있었소.)를 부스 집안의 지하실에 있는 난로 속에 던져 넣었소. 조니의 일기도 있었고 편지 꾸러미도 있었소. 편지 꾸러미는 각기 다른 여자에게 온 연서들이었는데 단정하게 끈으로 묶여 있었소. [난로 속으로 장작을 던져 넣는다.] 여자들은 조니를 사랑했다오. 어깨 위로 솟아 있는 머리와 진정으로 아름다운 목과, 상앗빛 피부와 검고 숱이 많은 머리카락과 반짝이는 눈을 덮는 무거운 눈꺼풀, 풍만한 입술……. [불쏘시개로 불길을 휘저어 살려 놓는다.] 부스 가족에게는 동양적인 피가 흐르고 있소. 아버지는 우리 핏속에 유태인의 피가 흐른다는 걸 자랑으로 여겼으니까. 아버지의 할아버지인 존 부스는 은 세공사였는데 그의 성씨인 베스를 따라, 부스가 되었지요. 그는 포르투갈에서 쫓겨났어요. 나는 그 이야기를 좋아하오. 심지어 진실이었을 수도 있었소. [얼굴을 마리나에게로 돌린다.] 아버지는 키가 너무 작았거든요. 나도 마찬가지지만. 게다가 아버지는 안짱다리였어요. 저기 아버지의 초상화가 걸려 있소. 아니, 초상화를 쳐다보려고 일어나지 말아요. [벽에 있는 초상화를 벗겨서 마리나가 앉아 있는 곳으로 가져온다.] 아버지의 입술은 가늘고 일 자여서 여기서는 곡선이 보이지 않아요. 아버지의 멋진 매부리코는 얼굴 중에서 가장 잘생긴 부분이오. 내가 열 살 때였는데, 어머니, 형, 누나들과 함께 볼티모어* 근처 농가에서 살았소. 그때까지만 해도 농가는 친숙한 곳이었지. 찰스턴에서 마구간 관리인과 심한 말다툼이 있었는데, 아버지는 그곳 찰스턴에서 공연 중이었어요. [초상화를 제자리에 다시 걸고 난롯가 자기 자리로 되돌아온다. 벽난로 선반에 기대선다.] 자, 당신도 보았다시피 아버지는 콧잔등이 부러졌어요. 윌리엄 윈터는 아버지 콧대는 콧잔등 아래에서부터 코끝으로 향하는 부분이 비뚤어졌다고 지적했소. 당신도 경험해 봐서 알겠지만 비평가들이란 정확한 법이잖소. 여동생 에드위나는 어렸을 적에 비평가를 귀뚜라미[비평가critics를 잘못 발음하여 귀뚜라미cricket이라고 발음했다는 것. 옮긴이]라고 잘못 발음하고는 했지요. '아빠 걱정 마요, 시끄럽게 우는 귀뚜라미들은 걱정 마요.' 비평가들은 관객과 다를 바 없어요. 관객들에게 아첨하면서도 관객을 무시하라. 그래요. 당신은 관객들을 틀림없이 미워할 거요. 1865년 이후…… 내가 돌아왔을 때 환영해 주었던 방식에 대해 난 고맙게 생각해야만 한다오. 내기하건대, 〈이스트 린〉 때문에 관객들은 남북전쟁보다 더 많이 눈물을 흘렸을 게요. 그러다가도 관객들은 어느새 당신 머리통을 잘라 버릴 거요. [난로에다 침을 뱉는다.] 관객들은 자신들이 느끼는 척하고 있다는 것을 느끼기나 할까? 그렇다면 관객은 정말 멍청이지. 관객이 그처럼 멍청하다면 배우가 진지해지려고 고민할 필요가 더더욱 없다는 이유가 되는 셈이지. 때로는 영감을 받았으면 하는 생각이 들기도 하지만. 내 역할을 '느끼고' 싶지는 않아. 내가 무슨 소릴 지껄이고 있는 건지! 하여튼 파괴적인 유혹에 이끌려 들지 않으면서도 자신을 언제나 고귀한 영감의 높이로 거듭 유지할 수는 없는 법이니까. 한번은 기겁한 레어티스를 제외하고는 아무도 없기에, 오필리아의 무덤에서 오줌을 눌 수가 있었지. 다른 한 번은 호레이쇼의 품에 안겨 죽어 가는 햄릿의 마지막 장면이었지. 호레이쇼가 **편히 잠드소서, 왕자님이시여,** 하고 슬퍼하면서 자기 뺨을 내 뺨에 가져다 대는 장면에서 그의 귀에다 음란한 말을 속삭였거든. 그의 얼굴이 하얗게 질리더군. 그건 내가 남자 배우들을 대할 경우이고, 여자들의 경우에는 정중하게 기사도 정신을 발휘하여 보호해 주지. [마리나의 맞은편에 앉아서 자기 의자 옆에 있는 작은 테이블 위에 놓여 있는 담배 상자에서 시가를 꺼낸다.] 한 대 피워 보겠소? 정말이오? 평생 동안 얼마나 피워 보았소? [시가에 불을 붙인다.] 한 번 이상은 아니라고? 그래요? 그게 세상 평판의 토대는 아니잖소. 모든 건 익숙해지기 마련이니까. 기쁨만큼이나 슬픔도 익숙해지는 법이오. [시가를 카펫에 떨어뜨린다.] 아니, 아니 괜찮소, 걱정 말아요. [벌떡 일어선다.] 이 집을 불태울 작정은 아니니까. [시가를 난로에 던져 넣는다.] 약간 어지럽군. 그래요. 그러니 다시 앉겠소. [그녀 곁에 앉는다.] 이 늙은 네드를 두려워하지는 않을 테지요. 당신도 알다시피, 그 작자는 해로운 친구는 아니라오. 늙은 술주정뱅이 네드. [그녀의 손을 잡는다.] 늦은 밤에 마주 앉아 나누는 잡담이 육탄전으로 바뀔 위험은 전혀 없으니까. 아, 내가 당신을 웃게 만들었군. 우스꽝스러운 내 프랑스어 발음 때문이오? 당신에게 감명을 주려고 노력 중이오. 당신네 유럽인들은 태생적으로 프랑스어에 익숙한 것처럼 보이더군요, 그렇지 않소? 하긴 우리는 셰익스피어를 가지고 있지만. 셰익스피어는 우리를 고결하게 만들어요. 셰익스피어의 헨리 8세는 **'말을 잘한다는 것은 훌륭한 행위거든.'** 이라고 했다오. 셰익스피어는 날 고결한 경지에 올려놓았소. 그가 없었더라면 내가 얼마나 비천해졌을지 모른다오. 그의 언어 덕분에 더 높은 차원으로 언제나 날 고양시킬 수 있소. 그러다 이런 생각이 들더군. 셰익스피어에게서 나 자신을 본다는 건 셰익스피어를 망치는 것이라는 생각 말이오. 내가 셰익스피어에게 해독을 끼쳤다고. 내가 셰익스피어를 죽였다는 기분이 들었소. 그러다가 다시 생각한다오. 아니다, 미친 놈. 지금 무슨 헛소리를 하고 있느냐? [그는 자기 이

마를 친다.] 그건 네가 아니라 셰익스피어야. 셰익스피어는 우리에게는 감당이 안 될 정도로 훌륭하니까. 예술에서 '아름다운 것과 고상한 것을 위한 민주주의'라는 것이 무슨 소용이란 말이오? 그건 아무것도 아니요. 전혀. 아무짝에도 쓸모없는 소리요. 중요한 건 어쨌거나 내가 상당히 성공했다는 점이오. 난 돈을 엄청 벌었고, 번 돈을 멍청한 사업에 투자할 수 있는 한 재빨리 쏟아 부었소. 극장처럼 멍청한 사업에 말이오. 대중의 호의라는 늪에 빠져서 겨우 콧구멍만 간신히 물 위로 내놓고 있었던 거요. 내 인생을 허무하게 흘려보냈소. 자, 마리나, 당신은 회전하는 내 마음의 풍경이요. [일어선다.] 좀 낫군, 아니, 괜찮소. 난 설 수 있소. 마리나, 내겐 다 자란 딸이 있소. 당신에게는 대학에 다니는 아들이 있고. 당신 아들은 배우가 되고 싶어하지 않을 것이라고 믿소. 재능의 나무가 자라도록 내버려두지 말아요. 재능을 가지치기 해요, 여인이여. 가지를 쳐요, 쳐. [흔들거리기 시작한다.] 아니, 난 아무렇지도 않아. 폴란드로 돌아갈 생각은 아니겠지, 그런 거요? 우리는 결코 돌아갈 수 없으리. 결코. 아니, 아니……. 난 그냥 뭔가에 기대 필요가 있어. [벽난로 선반으로 다가간다.] 우리가 논의해 볼 만한 주제가 여기 있군! 여자도 배우가 될 수 있는가, 이 주제 어때요? 네드는 이렇게 피력하고 있소. 여자다움의 귀감이 되고자 하지 않는 한, 가능하지. 당신에게는 다정하고 사람 마음을 녹여 주는 게 있소, 마리나. 모든 위대한 여배우들에게서 찾을 수 있는 속성들이겠지. 단 한 사람 베른하르트를 제외하고 말이오. 인상 찡그리지 말아요, 여인이여. 여자답지 않으려는 베른하르트의 지나친 노력이야말로 가식적으로 보이니까. 애완용으로 사자를 키운다, 맙소사! 비단으로 두른 관에서 잠을 자다니. 그녀가 정말 그런다고 믿어서 하는 말이 아니오. 그럼에도 그녀 자신이 그렇게 행동한다고 말하니까. 아니지, 위대한 배우는 광포해서 나긋나긋하기가 좀처럼 힘들지. 깊이…… 분노하니까. 당신 분노의 혈관은 어디에 있소, 마리나? [불쏘시개를 집어서 위협적으로 잡고 있다.] 마리나, 당신은 전혀 위험하지 않아. 자신의 파국을 받아들이지 않았소. 오히려 파국을 희롱하고 그것과 거래하면서 흥정해 왔으니까. 때때로 당신은 생각하기 위해 자기 영혼을 팔았어. 그래서 당신은 행복한 거야. 그래, 당신의 영혼을 팔았어, 마리나. 에드윈, 자네 정말 대단한 통찰력이야. [불쏘시개를 흔든다.] 당신이 생각하는 건 그게 아니겠지만. 내가 당신을 공격하고 있다고 생각할 테니까. 그래, 난 공격하고 있어. 그게 자기 파국을 받아들였던 사람의 권리니까. [불쏘시개를 다시 제자리에 놓는다.] 아, 마리나, 저주하는 법을 당신에게 가르쳐야겠군. 그런 것들이 평온한 성격에 개성을 부여해 준다오. [발걸음을 옮기기 시작한다.] 실패를 두려워 말아요, 마리나. 실패는 영혼에 약이라오. 오, 맙소사, 우리의 일이 얼마나 타락시키는 직업인지. 우리는 우리가 미와 진실을 고양시킨다고 자부하지만, 고작 허영과 거짓을 전파하고 있다오. 아, 당신은 이제 내가 '대애단히', 미국인처럼 말하고 있다고 생각할 거요. 그래요, 그래. 난 미국인**이요**. 이제 당신도 미국인이기는 매한가지잖소. 오, 폐위한 폴란드의 여왕이여. 당신 조심하지 않으면 뉴잉글랜드 변종들이 당신 또한 삼킬 거요. 심지어 자기 정신이 길을 잃고 타락의 길로 접어드는 것조차 감지하지 못할 것이오. 그러면 당신은 우울하고 비판적이 되겠지. 하지만 당신은 캘리포니아를 좋아하잖소. 그건 유럽인으로서는 좋은 징조요. 당신은 그런 것으로부터 면제될 수도 있겠지만. 당신 목장을 방문해 달라는 초대에 내가 응할 수 있을지 모르겠소. 더 이상 내가 캘리포니아 기질이 아니라서. 나는 폐쇄되고, 봉쇄되고 둘러싸인 곳이 좋아요. 저기 멀리 있는 당신 남편에 관해 얘기해 봐요. 미주리 공연 주간 동안 당신 남편이 나타났을 때, 서로 사랑하는 모습이 보기 좋았소. [책상 위에 놓인 작은 사진을 집어든다.] 여기 또 다른 사진이 있소. 에드위나의 어머니요. 메리라고. 내 첫 아내인데, 천사였소. 천사가 뭔지 당신도 알잖소. 오로지 자기 남편만을 생각하는 여자였다오. 두 번째 아내는 제정신이 아니었소. 비참한 마지막 10년 동안, 그녀는 내가 어딘가에 아내를 숨겨 뒀다고 생각했다오. 감춰 둔 아내와는 행복할 거라고 말이오. 그럴 수 있었다면 오죽 좋았겠소만! 아버지는 아내가 둘이었소. 영국에 버리고 떠나온 아내와 그리고 우리 어머니, 두 사람이었다오. [사진을 제자리에 놓는다.] 마리나, 당신은 해피엔딩을 좋아하오? 난 해피엔딩에 반대하는 입장이라오. 그래요, 난 반대라오. 당신은 〈리어왕〉이 지난 10년 동안 영국과 미국에서 완전히 제멋대로 뜯어 고쳐진 것을 좋아할지도 모르겠소만. 어릿광대는 사라지고, 에드가와 코델리아의 사랑은 성취되고, 코델리아와 리어왕은 살려 두고. 내가 자랑스럽게 여기는 몇 가지 안 되는 것들 중 한 가지는, 그렇게 마무리하지 않았다는 점이오. 난 해피엔딩을 좋아하지 않아요. 전혀. 왜냐하면 해피엔딩 같은 건 존재하지 않으니까. [앉는다. 마리나의 손을 잡는다.] 무대에서 마지막 막幕은 안티클라이맥스요. 다행히 재수가 좋아서 죽는다면, 그것 또한 안티클라이맥스요. 최고조에 이르렀을 때 끝내지 않는다면, 누가 비난하지 않겠소? 포틴브라스[덴마크 왕자인 햄릿의 친구이자 이웃 나라인 노르웨이의 왕위 상속자. 옮긴이]가 나타나서 햄릿의 불쌍한 운명에서 관객을 떼어 놓아야만 했소. 그러고 싶다면 우리는 햄릿을 위해 애도할 수도 있소. 그러지 않을 수도 있지만. [다시 일어선다.] 늦었군. 이런 게 바로 안티클라이맥스처럼 느껴지지 않소? 거의 한밤중이군. **내가 무엇을 무서워하냐고? 나 자신? 나 자신 말고는 어떤 것도 두렵지 않소.** 보스워스 벌판에서 유령이 그의 뒤를 따라왔을 때 딕 대왕이 말한 것처럼 말이오. 마리나, 당신이 가도록 내버려두고 싶지 않소. **우리는 한밤을 알리는 종소리를 들었소, 샐로우 나리**……. 그러나 미국인들은 종소리 같은 건 들어 본 적이 없었소. 마리나, 당신은 과거 폴란드에서 한밤을 알리는 종소리를 분명 들어 보았을 테지요. 우리 미국에는 한밤을 알리는 종소리는 없으니까. 더 이상 내가 셰익스피어의 대사를 생각하지 않게 된다면, 그런 날이 오면, 그런 날이 온다면 그걸 경험해 보고 싶소. 안티클라이맥스를 위해 마지막 한 잔을! [위스키를 좀 더 따른다.] 셰익스피어의 대사들이 언제나 내 머릿속에서 들끓고 있다는 건 사실이 아니오. 내가 셰익스피어를 말하지 않고, 암송도 하지 않을 때면 몇날 며칠이고 아무것도 생각하지 않은 나날들이 흘러가니까. 난 술 마시고. 난 자고. 난 천천히 서성거리지. 손 좀 이리 줘요, 마리나. 아니. 그보다 나은 생각이 떠올랐소. 눈을 감아요, 마리나. 두려워 말아요. 변해라, 얍! 수리수리마수리! 돌팔이 약장수들이 하는 얄궂은 기합 소리들. 자, 눈을 떠요. 짠, 해골이 있군. [해골을 휘두른다.] 요릭의 해골이오. 이건 보통 사람들의 불쌍한 해골이 아니요. 마니라. 도굴꾼들이 매몰되었던 해골을 파 가지고 와서 극장에 파는 그런 흔한 해골이 아니란 말이오. 이건 범죄자의 해골이오. 이름도 알아요. 필로 퍼킨스가 이 해골 주인의 이름이오! 말을 훔치다 교수형을 당한 작자요. 그런 위인에게는 자비가 하늘에서 단비가 내리듯, 그런 식으로 내리는 법은 없다오. 그 불쌍한 친구가 교수대로 올라가면서 한 마지막 요청이 무엇이었냐고? 그게 뭐였을까? 바로 그 순간이 지나면 그의 목이 닭모가지처럼 비틀릴 거였소. 그 목을 자르는 것이 왜 그렇게 즐거웠을까? 머리통에서 껍질을 벗기고 깨끗이 한 다음 그의 찬사와 더불어 그 해골을 선물로 보낸다면, 그 용도는 비극 배우인 유니우스 부루투스 부스에게 적합한 것이었다오. 그래요, 말 도둑은 열렬한 연극광이었다오. 아버지를 특히 숭배하는 자였고. 그래서 갈 수 있을 때면 언제나 아버지의 공연을 보았다오. 그를 처형한 자는 호탕하게도 사형수의 요청을 들어 주었소. 잿빛 나무토막 같은 이 **물건이** 아버지에게는 몇 십 년 동안 요릭의 해골이었소. 사람들은 미국인들이 진정으로 진지한 연극에는 관심이 없다고들 말하지요! 글쎄, 글쎄, 그게 글쎄……. [해골을 카펫 가운데 놓는다. 해골을 쳐다보기 위해 뒤돌아선다.] 내가 고통스러우냐고? 등뒤에서 사람들이 수군거리는 소리를 듣는다오. 아, 불쌍한 에드윈 부스. 가엾은 친구. 난 그들을 실망시키는 법이 없다오. 그래서 난 고통을 연출하오. 그게 내가 맡은 역할이니까. 평생 동안 우울한 표정을 짓고, 고통받고 슬픔에 시달리는 표정 말이오. 난 최악의 괴물이 된다 한들 상관하지 않았소. 아내 메리의 죽음. 조니의…… 죽음. 아마도 난 전혀 고통스럽지 않은지도 몰라요. 책속의 한 페이지처럼 단지 바싹 야위었을 뿐인지도 모르지. '난 고통받고 있어.' 하고 말할 수 있다면, 그건 진정으로 고통받고 있지 않다는 뜻이오, 마리나. 당신은 배우요. [해골 옆에 등불을 놓아 둔다.] 가끔씩 난 내가 아버지처럼 되어 가고 있다는 생각이

든다오. 아버지처럼 점점 더 그 모든 과정이 진행됨으로써 기력을 모으고, 속도를 모으고, 폭포수처럼 절벽 가장자리를 향해 달려가는 형국이거든. 그러다 그들은 혼탁하고 검푸른 물속으로 날 밀어 넣을 테지. 난 광기 속에서 익사할 테고. 내가 먼저 죽이지 않는 한. 그 점은 확신할 수 있어. 불멸의 신이 자기 파괴에 반대하는 법을 선포했다고 할지라도……. 난 연기를 하고 있으니까, 마리나. 당신은 틀림없이 눈치 챘을 테지만. 짓궂은 악동 네드. 진심으로 하는 말이 거의 없군. 난 나 자신을 죽이지 않을 거요. 난 너무 무서워. 아버지는 죽었을 때 혼자였소. 완전히 혼자였지. 그때 내 나이 열아홉 살이었소. 아버지는 샌프란시스코에서 날 떠났소. 뉴올리언스에서 아버지는 미시시피 리버보트를 타고 신시내티로 향하고 있었소. 다섯째 되는 날, 이런 식으로 넘어졌소. [바닥에 무너진다.] 아니, 괜찮소, 부축해 주지 않아도 돼요. 난 시간과 사건의 평형감각을 잃어버렸고 안개 속에서 살고 있소. 나는 과거보다 많이 나아졌다는 소릴 들어요. 그건 사실이 아니오. 어이, 자네 필로(해골의 주인인 필로 퍼킨스라는 사형수를 가리킨다. 옮긴이)인가? [힘들게 일어선다.] 그러나 우린 오늘 저녁 이만하면 상당히 잘 지낸 편이잖소. 나와 함께 클럽으로 되돌아오겠다고 승낙한 거요, 당신. 정숙한 여성들을 숙소로 초대할 수 있어요. 난 배우 클럽에서 살고 있으니까. 이건 내 집이고 당신도 알다시피 당신은 나의 사실私室에 있는 거잖소. 당신 얼굴을 만져도 되겠소? 당신이 좋아하든 말든 개의치 않고 난 당신 얼굴을 만질 거니까. 그것 봐, 당신도 좋아하는군. 당신은 젠장, 너무 매력적이야, 마리나. [딸꾹.] 난 로미오와는 거리가 멀다고 하지 않았던가. [좀 더 많은 딸꾹질.] 당신이 견뎌야 할 고통이 너무 많

아. 그리고 이제는 욕망의 희극을 시작할 때가 온 거요. 그럴 때가 아닌가? 여자는 이런 분위기에서도 구애를 받아들였을까? 여자는 이런 분위기에서도 마음이 사로잡혔을까? 내가 셰익스피어의 역할을 기억하는 데 몰두하는 것처럼, 별자리 이름을 배우는 데 시간을 할애했더라면, 하는 생각이 문득 들 때가 있었소. 어둠 속으로 추락할 때면, 마리나, 당신이 사라진 후에도 빛이 존재할 것이라는 걸 상상하기 힘들 거요. 일단 우리가 이해한다면, 우리가 죽는다는 사실을 이해한다면, 진정으로 이해한다면, 천문학이 유일한 위안이라오. 천상의 극장을 쳐다봐요, 마리나. [창문을 활짝 연다.] 차갑게 식힙시다. 눈이 내리고 있소. 내가 당신을 클라렌든 호텔로 보내 줄 테니까. 별들을 봐요, 마리나. 나무들, 불빛들이 거리를 따라 올라가고 있군. 당신, 춥소? 당신 몸을 녹여 줄 사람이 필요하지 않소? 나의 침실로 와요, 마리나. 내가 당신에게 비밀을 보여 줄 테니까. 내 침대 옆에 조니의 사진을 액자에 넣어 두었거든. 나와 함께 침실로 갑시다. 난 너무 취해서 당신과 사랑을 나눌 수조차 없을지도 몰라. [마리나가 일어선다.] 그래요. 나에게 기대요. 이런, 젠장. 내가 당신에게 기대야 할 판이군. 잠깐, 기다려요. 내가 당신에 관해 어찌 그토록 많이 아는지 궁금한 거요? 왜냐하면, 여자여, 난 당신과 함께 연기를 해 왔으니까 그렇지. 난 당신이 얼마나 가장을 잘 하는지 너무 잘 알고 있거든. 가장하는 것보다 더 잘 보여 주는 건 없으니까. 당신이 나의 신부인 것처럼 훤히 보여 주고 있으니까. 난 예술 분야의 당신 남편이니까. 늙고 나이 든 남편. 노쇠하고 노망 든 남편이지. 쭈그렁뱅이, 가녀린 다리, 머리카락은 다 빠지고, 미친…….”

"그만 해요, 에드윈." 마리냐가 말했다. "귀여운 에드윈."
"아, 여자의 자비로군. 받을 만한 대접이 아닌데. 아주 우아하게 받아들여 주는군. 너그럽고 이해할 수 없지만 좋은 뜻으로 이제 그만 하라는 요구로군."
"그만 해요, 에드윈."
"그러지. 사실 당신이 개의치 않는다면, 연습해야 할 게 있어. 당신이 입장하고 난 뒤에 포셔가 나에게 말하지……. 내 말은, 샤일록이 당신에게, 그러니까 포셔에게 말하는 장면을 두고 하는 말이오……. 내 말은, 마리나, 그 순간을 우리가 잘 고쳐 볼 수 있지 않을까 하는 생각이 드는군. 당신이 내 몸에 닿아도 **되는지** 아직도 확신은 없지만 말이오. 여기 새로운 해석에 전적으로 반대하는 건 아니오. 난 전통에 맹목적으로 매달리지는 않으니까. 공허한 반복이야말로 내가 가장 혐오하는 것이오. 그러나 즉흥적인 것도 싫어한다오. 배우가 그냥 멋대로 **꾸며 낼** 순 없는 노릇이니까. 지금 여기서 우리 서로 약속할 수 있겠소? 우리가 뭔가 새로운 것을 시도할 경우, 언제나 서로에게 먼저 말해 주기로 약속하는 거요? 우리 앞에는 긴 여행이 기다리고 있으니까."

어디에도 없지만 어디나 있는 아메리카에서

인생은 입장과 퇴장이 있는 한 편의 연극이라는 표현이 있다. 『인 아메리카』는 분명 소설이다. 소설인가 하면 연극이다. 연극 안에서 전개되고 있는 소설처럼 읽히기도 한다. 1장 앞에 덧댄 0장과 마지막 장은 연극에서의 프롤로그와 에필로그처럼 전체 소설의 테두리를 구성한다.

21세기를 살고 있는 독자는 영문도 모른 채 19세기 중반의 어느 눈 내리고 추운 겨울날 동유럽의 한 호텔 방으로 초대받는다. 느닷없는 화자의 초대에 과거로 거슬러 올라간 독자는 얼떨결에 이 대하드라마의 관객이 된다.

그 무대 위에서 전개되는 이야기는 이렇다. 19세기 중반이었던 그 때 그 시절, 폴란드에는 유명한 여배우가 살았다. 그녀는 최고의 여배우일 뿐만 아니라 대단한 카리스마의 가모장家母長이었다. 폴란드의 자존심이자 국민배우였던 마리냐 잘레조브스키(미국식으로 고친 이름은 마리나 잘렌스카다.)는 어느 날 문득 푸리에식의 유토피아를 꿈꾸면서 미국행을 결심한다. 그녀는 귀족인 남편, 연하의 애인, 전남편 사이에 난 어린 아들, 추종하는 친구들과 함께 플로리다 주 애너하임에 정착한다. 폴란드의 민족 여배우라는 칭송을 받으면서 성공의 절정에 달한 그녀가 무대와 고국을 버리고 무슨 연유로 미국행을 결심했을까. 폴란드에서 쌓았던 과거의 문화적(바르샤바 임페리얼 극장의 종신 배우), 상징적(민족의 보물), 신분적(귀족 남편으로 인한 백작부인) 자산을 뒤로 한 채 그녀가 불확실한 미래를 향해 떠나고 싶었던 이유는 무엇이었을까? 미국으로 이주 후에는 무슨 일이 일어났을까?

과거의 무거운 짐으로부터 자유로운 나라, 물려받은 인습이 없는 나라, 그런 나라로서의 아메리카가 실재하기는 했을까? 화자는 미국의 꿈이 살아 있었던 황금시대가 도금시대gilded age로 넘어가기 직전으로 되돌아간다. 그곳은 지리적인 공간으로서의 미국이 아니라 짧았던 한순간의 유토피아인, 시간으로서의 미국은 아니었을까? 과거의 유산에서 벗어나 누구나 자유롭고 평등한 출발선상에서 다시 시작할 수 있다는 꿈이 있었던 그 시절 말이다. 과거가 버겁게 느껴지는 귀족은 신세계에서 농부를 꿈꿀 수 있었다. 가난에서 벗어날 수 없었던 구대륙 농부들은 신대륙에서 신분 상승을 갈망했다. 폴란드처럼 나라가 분할되어(러시아, 프러시아, 오스트리아) 지도상에서 아예 종적을 감춘 나라의 국민들은 고국에서 지녔던 민족적 양심이 미국에서는 부질없는 것임을 깨닫게 되었다. 폴란드에서는 폴란드어를 지키기 위해 침략국의 언어인 독일어(혹은 러시아어를 사용하지 않으려고 했던 퀴리 부인의 어린 시절의 일화는 우리에게도 익히 알려져 있다.)를 사용하지 않으려고 했지만 미국에 이주하는 즉시 영어가 자유롭지 않은 그들은 독일인 이주민들과 이웃하여 살면서 독일어로 대화하지 않을 수 없었다. 미국에서는 국가, 언어, 민족, 빈부, 귀천을 초월하여 '미국인' 이 되는 경험을 하게 된다.(물론 그 시절에도 미국 시민으로서 구성은 백인 유럽인들만의 경험이었다.)

미국에서 유토피아적인 공동체를 건설하려는 마리냐의 꿈은 우아한 환상이자 허망한 실패로 끝난다. 실패에도 지칠 줄 모르는 그녀의 다음 번 도전은 무엇일까? 미국 무대에 서는 것이었다. 폴란드에서는 국민 여배우였을지 모르지만, 마리냐가 미국 무대에 서는 데 가장 큰 걸림돌은 언어의 장벽이었다. 신천지에서는 무명이나 다를 바 없는 그녀가 폴란드 억양을 지우고 영어로 무대를 장악할 수 있을 것인가? 그것도 2개월 만에 완벽한 영어를 습득하고자 한다면? 그녀의 남편인 보그던이 비행을 꿈꾸었듯, 마리냐는 불가능의 가능성을 향해 비상하고자 한다. 당대 최고의 미국 배우인 에드윈 부스의 상대 여배우가 될 정도로.

이 소설은 어디까지가 허구이고 어디까지가 사실인지가 모호하다. 카메오로 등장하는 역사적인 실존 인물들(헨리 제임스, 오스카 와일드, 롱펠로, 휘트먼, 찰스 노르도프, 에드윈 부스 가족들)이 소설 읽는 재미를 더해준다. 링컨 대통령이 포드 극장에서 〈우리 미국인 사촌〉을 보다가 암살되었다는 역사적 사실을 기억하고 있는 독자라면, 이 소설에 등장하는 부스 가문의 비극과 대면하면서 역사적 허구와 소설적 진실이 주는 틈새에서 혼란스러운 마음으로 서성거릴 수도 있을 것이다.

좋았던 그 시절, 미국에는 미국인이 없었다. 모두가 이민이었으므로. 좋았던 그 시절 미국의 언어는 영어가 아니었다. 이민자들은 자국어를 가지고 이민국을 통과했으므로. 좋았던 그 시절이라는 향수가 보여 주다시피, 좋았던 그 시절의 미국은 더 이상 존재하지 않는다. 향수병이 더 이상 존재하지 않는 것처럼, 좋았던 그 시절의 미국은 어디에도 없다. 어디에도 없으므로 어디에나 편재하는 아메리카. 옛날 옛날 한옛날, 나뭇가지마다 황금 사과가 주렁주렁 달렸던 '아메리카' 에서, 국가를 초월하는 한 여성 영웅이 있어 개인적 자율성과 '넌 할 수 있어' 라는 아메리카의 신화를 실현하려고 했다면 과연 무슨 일이 일어나게 되었을까? 그런 미국에 대한 서사시가 『인 아메리카』다.

2008년 6월

임옥희